Ofre
a la t

Dolo
Redo

Ofrenda a la tormenta

Dolores Redondo

Ediciones Destino
Colección Áncora y Delfín

Obra editada en colaboración con Editorial Planeta – España

© 2014, Dolores Redondo Meira
www.doloresredondomeira.com
Publicado de acuerdo con Pontas Literary & Film Agency

© 2014, Editorial Planeta, S.A. – Barcelona, España
Ediciones Destino es un sello de Editorial Planeta, S.A.

Derechos reservados

© 2015, Editorial Planeta Mexicana, S.A. de C.V.
Bajo el sello editorial DESTINO M.R.
Avenida Presidente Masarik núm. 111, Piso 2
Colonia Polanco V Sección
Deleg. Miguel Hidalgo
C.P. 11560 México, D.F.
www.planetadelibros.com.mx

Primera edición impresa en España: noviembre de 2014
ISBN: 978-84-233-4868-8

Primera edición impresa en México: abril de 2015
ISBN: 978-607-07-2728-3

Impreso en los talleres de Programas Educativos, S.A. de C.V.
Calzada Chabacano no. 65, local A, colonia Asturias, México, D.F.
Impreso en México – *Printed in Mexico*

Para Eduardo, como todo lo que hago.

Para mi tía Ángela y todas las orgullosas mujeres de mi familia,
que siempre han sabido hacer lo que había que hacer.

Y sobre todo para Ainara.
No puedo darte justicia, pero al menos recordaré tu nombre.

—Por el amor de Dios, Dorian, arrodillémonos y tratemos juntos de recordar una oración.
—Nada de eso significa ya nada para mí.

El retrato de Dorian Gray, OSCAR WILDE

Todo lo que tiene nombre existe.

Creencia popular baztanesa recogida en *Brujería y brujas*, JOSÉ MIGUEL DE BARANDIARÁN

Trust I seek and I find in you
Every day for us something new
Open mind for a different view
And nothing else matters.

Nothing else Matters, METALLICA

I

Sobre el aparador, una lámpara iluminaba la estancia con una cálida luz rosada que adquiría otros matices de color al filtrarse a través de los delicados dibujos de hadas que decoraban la tulipa. Desde la estantería, toda una colección de animalitos de peluche observaba con ojos brillantes al intruso, que, en silencio, estudiaba el gesto quieto del bebé dormido. Escuchó atento el rumor del televisor encendido en la habitación contigua y la estentórea respiración de la mujer que dormía en el sofá, iluminada por la luz fría proveniente de la pantalla. Paseó la mirada por el dormitorio estudiando cada detalle, embelesado en el momento, como si así pudiera apropiarse y guardar para siempre aquel instante convirtiéndolo en un tesoro en el que recrearse eternamente. Con una mezcla de avidez y serenidad grabó en su mente el suave dibujo del papel pintado, las fotos enmarcadas y la bolsa de viaje que contenía los pañales y la ropita de la pequeña, y detuvo los ojos en la cuna. Una sensación cercana a la borrachera invadió su cuerpo y la náusea amenazó en la boca del estómago. La niña dormía boca arriba enfundada en un pijama aterciopelado y cubierta hasta la cintura por un edredón de florecillas que el intruso retiró para poder verla entera. El bebé suspiró en sueños, de entre sus labios rosados resbaló un hilillo de baba que dibujó un rastro húmedo en la mejilla. Las manitas gordezuelas, abiertas a los lados de la cabeza, temblaron levemente antes de quedar de nuevo inmóviles. El intruso suspiró contagiado por la niña y una oleada de ternura le embargó durante un instante, apenas un segundo, suficiente para hacerle sentir bien. Tomó el muñeco de peluche que había permanecido sentado a los pies de la cuna como un guardián silencioso y casi percibió el cuidado con el que alguien lo había colocado allí. Era un oso polar de pelo blanco, pequeños ojos negros y prominente barriga. Un lazo rojo, incongruente, envolvía su cuello y le colgaba hasta las patas traseras. Pasó dulcemente la mano por la cabeza del muñeco apreciando su suavidad, se lo llevó al rostro y hundió la nariz en el pelo de su barriga para aspirar el dulce aroma de juguete nuevo y caro.

Notó cómo el corazón se le aceleraba al tiempo que la piel se perlaba de agua comenzando a transpirar copiosamente. Enfadado de pronto, apartó con furia el osito de su cara y con gesto decidido lo situó sobre la nariz y la boca del bebé. Luego simplemente presionó.

Las manitas se agitaron elevándose hacia el cielo, uno de los deditos de la niña llegó a rozar la muñeca del intruso y un instante después pareció que caía en un sueño profundo y reparador mientras todos sus músculos se relajaban y las estrellas de mar de sus manos volvían a reposar sobre las sábanas.

El intruso retiró el muñeco y observó la carita de la niña. No evidenciaba sufrimiento alguno, excepto una leve rojez que había aparecido en la frente justo entre los ojos, probablemente causada por la naricilla del oso. No había ya luz en su rostro y la sensación de estar ante un receptáculo vacío se acrecentó al llevarse de nuevo el muñeco a la cara para aspirar el aroma infantil, ahora enriquecido por el aliento de un alma. El perfume fue tan rico y dulce que los ojos se le llenaron de lágrimas. Suspiró agradecido, arregló el lazo del osito y volvió a depositarlo en su lugar, a los pies de la cuna.

La urgencia le atenazó de pronto como si hubiera tomado conciencia de lo mucho que se había entretenido. Sólo se volvió una vez. La luz de la lamparita arrancó piadosa el brillo a los once pares de ojos de los otros animalitos de peluche que, desde la estantería, le miraban horrorizados.

2

Amaia llevaba veinte minutos observando la casa desde el coche. Con el motor parado, el vaho que se formaba en los cristales, unido a la lluvia que caía afuera, contribuía a desdibujar los perfiles de la fachada de postigos oscuros.

Un coche pequeño se detuvo frente a la puerta y de él bajó un chico que abrió un paraguas a la vez que se inclinaba hacia el salpicadero del vehículo para coger un cuaderno, que consultó brevemente antes de arrojarlo de nuevo al interior. Fue a la parte trasera del coche, abrió el maletero, sacó de allí un paquete plano y se dirigió a la entrada de la casa.

Amaia lo alcanzó justo cuando tocaba el timbre.

—Perdone, ¿quién es usted?

—Servicios sociales, le traemos todos los días la comida y la cena —respondió haciendo un gesto hacia la bandeja plastificada que llevaba en la mano—. Él no puede salir y no tiene a nadie que se haga cargo —explicó—. ¿Es usted un familiar? —preguntó esperanzado.

—No —respondió ella—. Policía Foral.

—Ah —dijo él perdiendo todo interés.

El joven volvió a llamar y, acercándose al dintel de la puerta, gritó:

—Señor Yáñez, soy Mikel, de servicios sociales, ¿se acuerda? Vengo a traerle la comida.

La puerta se abrió antes de que terminase de hablar. El rostro enjuto y ceniciento de Yáñez apareció ante ellos.

—Claro que me acuerdo, no estoy senil... ¿Y por qué demonios grita tanto? Tampoco estoy sordo —contestó malhumorado.

—Claro que no, señor Yáñez —dijo el chico sonriendo mientras empujaba la puerta y rebasaba al hombre.

Amaia buscó su placa para mostrársela.

—No hace falta —dijo él tras reconocerla y apartándose un poco para franquearle el paso.

Yáñez vestía pantalones de pana y un grueso jersey sobre el que se había puesto una bata de felpa de un color que Amaia no pudo identificar con la escasa luz que se colaba por los postigos entornados, y que era la única de la casa. Ella lo siguió por el pasillo hacia la cocina, donde un fluorescente parpadeó varias veces antes de encenderse definitivamente.

—¡Pero, señor Yáñez! —dijo el chico demasiado alto—. ¡Ayer no se tomó la cena! —Frente al frigorífico abierto sacaba y colocaba paquetes de comida envueltos en plástico transparente—. Ya sabe que tendré que apuntarlo en mi informe. Si luego el médico le riñe, a mí no me diga nada. —Su tono era el que usaría para hablar con un niño pequeño.

—Apúntalo donde quieras —farfulló Yáñez.

—¿No le ha gustado la merluza en salsa? —Sin esperar a que contestase continuó—: Para hoy le dejo garbanzos con carne, yogur y, para cenar, tortilla y sopa; de postre, bizcocho. —Se dio la vuelta y colocó en la misma bandeja los envoltorios de comida sin tocar, se agachó bajo el fregadero, anudó la pequeña bolsa de basura que sólo parecía contener un par de embalajes y se dirigió a la salida, para detenerse en la entrada junto al hombre, al que habló de nuevo demasiado alto—: Bueno, señor Yáñez, ya está todo, que aproveche y hasta mañana.

Hizo un gesto con la cabeza a Amaia y salió. Yáñez esperó a oír la puerta de la entrada antes de hablar.

—¿Qué le ha parecido? Y hoy se ha entretenido, normalmente no tarda ni veinte segundos, está deseando salir por la puerta desde que entra —dijo apagando la luz y dejando a Amaia casi a oscuras mientras se dirigía a la salita—. Esta casa le pone los pelos de punta, y no se lo reprocho, es como entrar en un cementerio.

El sofá tapizado de terciopelo marrón estaba parcialmente cubierto por una sábana, dos gruesas mantas y una almohada. Amaia supuso que dormía allí, que de hecho gran parte de su vida transcurría en aquel sofá. Se veían migas sobre las mantas y una mancha reseca y anaranjada parecida al huevo. El hombre se sentó apoyándose en la almohada y Amaia le observó con detenimiento. Había transcurrido un mes desde que lo vio en comisaría, pues debido a su edad permanecía en arresto domiciliario a la espera de juicio. Estaba más delgado, y el gesto duro y desconfiado de su rostro se había afilado hasta darle un aspecto de asceta loco. El cabello seguía corto y se había afeitado, pero bajo la bata y el jersey asomaba la chaqueta del pijama; Amaia se preguntó cuánto tiempo haría que lo llevaba puesto. Hacía mucho frío en la casa, reconoció la sensación del lugar en que no ha habido calefacción durante días. Frente al sofá, una chimenea apagada y un televisor bastante nuevo y sin volumen que competía y ganaba en tamaño a ésta, y arrojaba sobre la estancia su gélida luz azul.

—¿Puedo abrir los portillos? —preguntó Amaia dirigiéndose a la ventana.

—Haga lo que quiera, pero antes de irse déjelos como estaban.

Ella asintió, abrió las hojas de madera y empujó las contraventanas para dejar pasar la escasa luz de Baztán. Se volvió hacia él y vio que centraba toda su atención en el televisor.

—Señor Yáñez.

El hombre estaba concentrado en la pantalla como si ella no estuviera allí.

—Señor Yáñez...

La miró distraído y un poco molesto.

—Querría... —dijo haciendo un gesto hacia el pasillo— ... querría echar un vistazo.

—Vaya, vaya —respondió él haciendo un gesto con la mano—. Mire lo que quiera, sólo le pido que no revuelva, cuando se fueron los policías lo dejaron todo patas arriba y me costó mucho trabajo volver a dejarlo todo como estaba.

—Claro...

—Espero que sea tan considerada como el policía que vino ayer.

—¿Ayer vino un policía? —Se sorprendió.

—Sí, un policía muy amable, hasta me hizo un café con leche antes de irse.

La casa tenía una sola planta, y además de la cocina y la salita había tres dormitorios y un cuarto de baño bastante grande. Amaia abrió los armarios y revisó los estantes, donde aparecieron productos para el afeitado, rollos de papel higiénico y algunos medicamentos. En el primer dormitorio dominaba una cama de matrimonio en la que parecía no haber dormido nadie desde hacía mucho tiempo, cubierta con una colcha floreada a juego con las cortinas, que se veían decoloradas donde les había dado el sol durante años. Sobre el tocador y las mesillas, unos tapetes de ganchillo contribuían a aumentar el efecto de viaje en el tiempo. Una habitación decorada con primor en los años setenta, seguramente por la esposa de Yáñez, y que el hombre había mantenido intacta. Los jarrones con flores de plástico de colores imposibles le produjeron a Amaia la sensación de irrealidad de las reproducciones de estancias que podían verse en los museos etnográficos, tan frías e inhóspitas como tumbas.

El segundo dormitorio estaba vacío, con la excepción de una vieja máquina de coser situada bajo la ventana y un cesto de mimbre a su lado. Lo recordaba perfectamente del informe del registro. Aun así lo destapó para poder ver los retales de tela, entre los que reconoció una versión más colorida y brillante de las cortinas del primer dormitorio. El tercer cuarto era el del niño, así lo habían llamado en el registro porque exactamente eso era: la habitación de un chaval de diez o doce años. La cama individual, cubierta por una pulcra colcha blanca. En las estanterías, algunos libros de una colección infantil que ella misma recordaba haber leído y juguetes, casi todos de construcción, barcos, aviones y una colección de coches de metal colocados en batería y sin una mota de polvo. Detrás de la puerta, un póster de un modelo clásico de Ferrari, y en el escritorio, viejos libros de texto y un fajo de cromos de fútbol sujetos con una banda elástica. Los tomó en la mano y vio que la goma que los ceñía estaba seca y cuarteada y se había soldado al cartón descolorido de los cromos para siempre. Los dejó en su sitio mientras comparaba mentalmente el recuerdo del piso de Berasategui, en Pamplona, con aquel cuarto helado. Había en la casa dos estancias más, un pequeño lavadero y una leñera bien aprovisionada, en la que Yáñez había habilitado una zona para guardar sus herramientas del campo y un par de cajones de madera abiertos en los que se veían patatas y cebollas. En un rincón, junto a la puerta que daba al exterior, había una caldera de gas que permanecía apagada.

Tomó una silla de la mesa del comedor y la colocó entre el hombre y el televisor.

—Quiero hacerle unas preguntas.

El hombre cogió el mando a distancia que reposaba a su lado y apagó el televisor. La miró en silencio, esperando con aquel gesto suyo entre la furia y la amargura que hizo que Amaia lo catalogase como impredecible desde la primera vez que lo vio.

—Hábleme de su hijo.

El hombre se encogió de hombros.

—¿Cómo era su relación con él?

—Es un buen hijo —contestó demasiado rápido—, y hacía todo lo que se podía esperar de un buen hijo.

—¿Como qué?

Esta vez tuvo que pensarlo.

—Bueno, me daba dinero, a veces hacía compras, traía comida, esas cosas...

—No es ésa la información que tengo, se dice en el pueblo que tras la muerte de su esposa mandó al chico a estudiar al extranjero, y que durante años no se le volvió a ver por aquí.

—Estaba estudiando, estudiaba mucho, hizo dos carreras y un máster, es uno de los psiquiatras más importantes de su clínica...

—¿Cuándo comenzó a venir con más asiduidad?

—No sé, quizá hace un año.

—¿Alguna vez trajo algo más que comida, algo que guardase aquí o que quizá le pidiera que guardase en otro lugar?

—No.

—¿Está seguro?

—Sí.

—He visto la casa —dijo ella mirando alrededor—. Está muy limpia.

—Tengo que mantenerla así.

—Comprendo, la mantiene así para su hijo.

—No, la mantengo así para mi mujer. Está todo como cuando ella se fue... —Contrajo el rostro en una mueca entre el dolor y el asco, y permaneció así unos segundos sin emitir sonido alguno. Amaia supo que lloraba cuando vio las lágrimas resbalar por sus mejillas.

—Es lo único que he podido hacer, todo lo demás, lo he hecho mal.

La mirada del hombre saltaba errática de un objeto a otro, como si buscase una respuesta escondida entre los adornos descoloridos que reposaban sobre las repisas y las mesitas, hasta que se detuvo en los ojos de Amaia. Tomó el borde de la manta y tiró de ella hasta cubrirse el rostro; la mantuvo así dos segundos y después la apartó con furia, como si con el gesto se penalizase por haberse permitido la debilidad de llorar ante ella. Amaia casi estuvo segura de que allí terminaba aquella conversación, pero el hombre levantó la almohada en la que se apoyaba y de debajo extrajo una fotografía enmarcada que miró embelesado antes de tendérsela. El gesto del hombre la transportó a un año antes, a otro salón en el que un padre desolado le había tendido el retrato de su hija asesinada, que había mantenido preservado bajo un cojín similar. No había vuelto a ver al padre de Anne Arbizu, pero el recuerdo de su dolor revivido en aquel otro hombre la golpeó con fuerza mientras pensaba cómo el duelo era capaz de hermanar en los gestos a dos hombres tan distintos.

Una joven de no más de veinticinco años le sonrió desde el portarretratos. La miró unos segundos antes de devolvérselo al hombre.

—Yo pensaba que teníamos la felicidad asegurada, ¿sabe? Una mujer joven, guapa, buena... Pero cuando el niño nació ella comenzó a estar rara, se puso triste, ya no sonreía, no quería ni coger al niño en brazos, decía que no estaba preparada para quererlo, que notaba que él la rechazaba, y yo no supe ayudarla. Le decía: eso son tonterías, cómo no te va a querer, y ella se ponía aún más triste. Siempre triste. Pero aun así mantenía la casa como una patena, cocinaba cada día. Sin embargo, no sonreía, no cosía, en su tiempo libre sólo dormía, cerraba los postigos como yo hago ahora y dormía... Recuerdo lo orgullosos que nos sentimos cuando compramos esta casa, ella la puso tan bonita: la pintamos, colocamos macetas con flores... Las cosas nos iban bien, creí que nada cambiaría. Pero una casa no es un hogar, y ésta se convirtió en su tumba..., y ahora me toca a mí, arresto domiciliario lo llaman. Dice el abogado que cuando salga el juicio me dejarán cumplir la condena aquí, así que esta casa será también mi tumba. Cada noche me quedo en este lugar sin conseguir dormir y sintiendo la sangre de mi esposa bajo mi cabeza.

Amaia miró el sofá con atención. Su aspecto no concordaba con el resto de la decoración.

—Es el mismo, lo mandé al tapicero porque estaba cubierto de su sangre y le puso esta tela porque ya no fabricaban la del sofá, es lo único que está cambiado. Pero cuando me tumbo aquí puedo oler la sangre que hay bajo el tapizado.

—Hace frío —dijo Amaia, disimulando el estremecimiento que recorrió su espalda.

Él se encogió de hombros.

—¿Por qué no enciende la caldera?

—No funciona desde la noche en que se fue la luz.

—Ha pasado más de un mes desde aquella noche. ¿Ha estado todo este tiempo sin calefacción?

Él no contestó.

—¿Y los de servicios sociales?

—Sólo dejo entrar al de la bandeja, ya les dije el primer día que si vienen por aquí les recibiré a hachazos.

—También tiene la chimenea, ¿por qué no la enciende? ¿Por qué pasa frío?

—No merezco más.

Ella se levantó, fue hasta la leñera y regresó trayendo un cesto lleno de leña y periódicos viejos; se agachó frente a la chimenea y removió la ceniza vieja para acomodar los troncos. Cogió las cerillas que estaban sobre la repisa y encendió el fuego. Regresó a su asiento. La mirada del hombre estaba fija en las llamas.

—La habitación de su hijo también está muy bien conservada. Me cuesta creer que un hombre como él durmiese ahí.

—No lo hacía, a veces venía a comer, a veces se quedaba a cenar, pero nunca dormía aquí. Se iba y regresaba por la mañana temprano, me dijo que prefería un hotel.

Amaia no lo creía, ya lo habían comprobado, no constaba que se hubiera alojado en ningún hotel, hostal o casa rural del valle.

—¿Está seguro?

—Creo que sí, ya se lo dije a los policías, no puedo afirmarlo al cien por cien, no tengo tan buena memoria como le hago creer al de servicios sociales, a veces se me olvidan las cosas.

Amaia sacó su móvil, que había sentido antes vibrar en su bolsillo, y al hacerlo vio que había varias llamadas perdidas. Buscó una foto, tocó la pantalla para aumentarla y, evitando mirarla, se la mostró al hombre.

—¿Vino con esta mujer?

—Su madre.

—¿La conoce?, ¿la vio esa noche?

—No la vi esa noche, pero conozco a su madre de toda la vida; está un poco más mayor, pero no ha cambiado tanto.

—Piénselo bien, ha dicho que no tiene buena memoria.

—A veces olvido cenar, a veces ceno dos veces porque no recuerdo si ya he cenado, pero no olvido quién viene a mi casa. Y su madre jamás ha puesto los pies aquí.

Apagó la pantalla y deslizó el teléfono en el bolsillo de su abrigo. Colocó la silla en su sitio y entornó de nuevo los postigos antes de salir. En cuanto estuvo sentada en el coche, marcó un número en el móvil, que seguía vibrando insistentemente. Un hombre respondió al otro lado recitando el nombre de la empresa.

—Sí, es para que manden a alguien a poner en marcha una caldera que está parada desde la última gran tormenta. —Después dio la dirección de Yáñez.

3

Amaia aparcó junto a la fuente de las lamias y, cubriéndose la cabeza con la capucha del abrigo, traspasó el pequeño arco que separaba la plaza de la calle Pedro Axular. Los gritos podían oírse con claridad a pesar del estrépito de la lluvia. El rostro del inspector Iriarte reflejaba toda la angustia y urgencia que delataban sus insistentes llamadas. La saludó con un gesto desde lejos sin dejar de prestar atención al grupo que intentaba contener para evitar que se acercase al coche patrulla, en cuyo interior un individuo de aspecto cansado reposaba su cabeza contra el cristal perlado de lluvia. Dos agentes intentaban sin gran éxito establecer un cordón policial alrededor de una mochila que aparecía en el suelo en medio de un charco. Aceleró el paso para ayudarles mientras sacaba su teléfono y pedía refuerzos. En el mismo instante, dos coches más con las sirenas puestas, cruzaron el puente de Giltxaurdi consiguiendo por un momento reclamar toda la atención del excitado gentío, que enmudeció superado por el aullido de las sirenas.

Iriarte estaba calado hasta los huesos; el agua le resbalaba por el rostro y, mientras hablaba con Amaia, se pasó repetidamente las manos por la cara intentando reconducir los regueros de lluvia que le anegaban los ojos. El subinspector Etxaide apareció milagrosamente de algún lugar con un enorme paraguas que les tendió antes de unirse a los policías que intentaban contener al grupo.

—¿Inspector?

—El sospechoso que está dentro del coche es Valentín Esparza. Su hija de cuatro meses falleció anoche mientras dormía en casa de su abuela, la madre de la madre. El médico certificó síndrome de muerte súbita del lactante, hasta ahí una desgracia. El caso es que la abuela, Inés Ballarena, se presentó ayer en comisaría. Era la primera vez que la niña se quedaba en su casa porque era el aniversario de la pareja y salían a cenar. La mujer estaba muy ilusionada, hasta le había preparado una habitación. Le dio el biberón, la acostó y se quedó dormida en el sofá del cuarto contiguo viendo la tele, aunque jura que tenía los interfonos de escucha conectados. Un ruido la despertó, se asomó a la habitación del bebé y desde la puerta pudo ver que dormía; entonces oyó un crujido fuera de la casa, en el empedrado, como el que hacen los neumáticos al maniobrar sobre la gravilla, y al asomarse a la ventana vio alejarse un coche, no se fijó en la matrícula, pero pensó al momento que era el de su yerno, un coche grande y gris —dijo Iriarte haciendo un gesto vago—. Entonces miró la hora. Dice que eran las cuatro y que pensó que al volver de fiesta quizá se habían acercado hasta la casa para ver si había luces encendidas. El domicilio de la pareja cae de camino y no sería extraño. No le dio importancia. Volvió al sofá y pasó allí el resto de la noche. Cuando despertó se extrañó de que la niña no reclamase su alimento, y cuando fue a verla la encontró muerta. La mujer está muy afectada, no puede con la culpabilidad, pero al establecer el médico la hora de la muerte entre las cuatro y las cinco de la madrugada, recordó que a esa hora algo la había despertado, cuando oyó el coche en la entrada, y antes que eso asegura que hubo un ruido en el interior de la casa, probablemente el que la despertó. Preguntó a la hija, pero ésta le dijo que habían llegado a casa sobre la una y media y, como hacía tiempo que no bebía alcohol, el vino y una copa habían sido suficientes para aturdirla. Pero cuando preguntó al yerno, él reaccionó mal, se puso nervioso y no quiso contestar, hasta se enfadó y dijo que sería una parejita que buscaría un sitio tranquilo; por lo visto ya había pasado otras veces. Pero la mujer recordó otra cosa, los perros no habían ladrado. Tiene dos fuera de la casa y asegura que cuando llega un extraño ladran como locos.

—¿Qué hizo usted? —preguntó Amaia dirigiendo la mirada hacia el grupo que, acobardado por la presencia policial y la lluvia que en ese momento caía más intensamente, se había replegado hasta la puerta del tanatorio rodeando a una mujer que a su vez abrazaba a otra que gritaba histérica palabras incomprensibles ahogadas por el llanto.

—La que grita es la madre; la que la abraza, la abuela —explicó siguiendo la mirada de Amaia—; bueno, la mujer estaba muy alterada y afectada, no dejó de llorar ni un momento mientras me lo contaba. Pensé que lo más probable es que sólo buscase una explicación para algo que resulta difícil de asumir. Era la primera vez que la dejaban al cuidado del bebé, la primera nieta en la familia, estaba destrozada...

—¿Pero?

Pero, aun así, llamé al pediatra. Muerte súbita del lactante, sin duda. La niña nació prematura, tenía los pulmones inmaduros y pasó dos de sus cuatro meses en el hospital. Aunque ya había recibido el alta, esta misma semana el pediatra la había visto en consulta porque tenía un resfriado, nada de importancia, mocos, pero en un bebé tan pequeño, bajo de peso al nacer, el médico no tenía dudas acerca de la causa de la muerte. Hace una hora la abuela se presentó de nuevo en comisaría, decidí acompañarla porque insistía en que la niña tenía una marca en la frente, un circulito como un botón, y que, cuando lo había comentado a su yerno, éste había atajado el tema ordenando cerrar el ataúd. Justo cuando entrábamos en la funeraria nos cruzamos con él, que salía. Llevaba esa mochila y al verle me pareció raro el modo en que la sostenía. —Iriarte recogió los brazos sobre su pecho imitando el gesto y acercándose al bulto mojado que la bolsa formaba en el suelo—. Vaya, no como se lleva una mochila. Al verme se puso pálido y echó a correr. Le alcancé junto a su coche y entonces empezó a gritar que le dejásemos en paz, que tenía que acabar con aquello.

—¿Acabar... con su vida?

—A eso creí que se refería, pensé que quizá en la bolsa llevaba un arma...

El inspector se acuclilló junto a la bolsa y, renunciando al cobijo que le había prestado, colocó el paraguas en el suelo a modo de pantalla. Abrió la cremallera de la mochila y aflojó el ceñidor de plástico que ajustaba el cordel. La suave pelusilla, oscura y escasa, dejaba visible las fontanelas todavía abiertas en la cabecita de la niña; la piel pálida del rostro no dejaba lugar a dudas, pero los labios ligeramente entreabiertos aún conservaban el color creando una falsa apariencia de vida que atrapó sus miradas durante unos segundos eternos, hasta que el doctor San Martín, inclinándose a su lado, rompió el hechizo. Iriarte resumió para el doctor lo que ya le había contado a Amaia, mientras San Martín sacaba de su envoltorio aséptico un bastoncillo de algodón y procedía a retirar el maquillaje graso que alguien había aplicado con muy poca maña sobre el puente de la nariz del bebé.

—Es tan pequeña —dijo el doctor con tristeza. Iriarte y Amaia le miraron sorprendidos. El doctor se dio cuenta y disimuló su abatimiento concentrándose en el trabajo—. Un intento muy chapucero de ocultar una marca de presión, probablemente ejercida contra la piel en el momento en que dejó de respirar y que ahora que las lividices se han asentado resulta perfectamente visible a simple vista. Ayúdenme —pidió San Martín.

—¿Qué va a hacer?

—Tengo que verla entera —respondió con gesto de obviedad.

—Le ruego que no lo haga, ese grupo de ahí es la familia —dijo Iriarte haciendo un gesto hacia la funeraria—, también la madre y la abuela de la niña, y apenas hemos podido contenerlos. Si ven el cadáver del bebé tirado en el suelo pueden volverse locos.

Amaia miró a San Martín y asintió.

—El inspector tiene razón.

—Entonces, hasta que no la tenga en la mesa no podré decirles si existen otras señales que indiquen maltrato. Sean minuciosos procesando el escenario; en una ocasión tuve un caso similar y resultó ser la marca que el botón de la funda de la almohada había dejado en la mejilla del bebé, aunque sí puedo darles un dato que les servirá de ayuda en su búsqueda. —Revolvió en el fondo de su maletín Gladstone y extrajo un pequeño aparato digital que mostró con orgullo—. Es un calibre digital —explicó mientras separaba las uñas metálicas ajustándolas al diámetro de la marca circular en la frente de la niña—. Aquí lo tienen —dijo mostrando la pantalla—, 13,85 milímetros, ése es el diámetro que deben buscar.

Se incorporaron para dejar que los técnicos introdujeran la mochila en una bolsa portacadáveres, y cuando Amaia se dio la vuelta vio que unos pasos más atrás el juez Markina, a quien habría informado San Martín, les había estado observando en silencio. Bajo el paraguas negro y con la escasa luz que se colaba entre las densas nubes, el rostro del juez se veía sombrío, pero aun así pudo percibir el brillo en sus ojos y la intensidad de su mirada cuando la saludó, un gesto que apenas duró un instante pero que fue suficiente para obligarla a volverse nerviosa buscando en los ojos de Iriarte y San Martín la señal inequívoca de que ellos también lo habían notado. San Martín daba órdenes a sus técnicos mientras resumía los datos al secretario judicial apostado a su lado e Iriarte observaba con atención el rumor creciente que pareció recorrer al grupo de familiares, tornándose un segundo después en airados gritos que pedían respuestas mezclados con los redoblados alaridos de dolor de la madre.

—Hay que llevarse a este tipo de aquí ahora mismo —dijo Iriarte haciendo un gesto a uno de los policías.

—Trasládenlo a Pamplona directamente —ordenó Markina.

—En cuanto sea posible, señoría, pediré un furgón a Pamplona y esta tarde lo tendrá allí, pero de momento lo llevaremos a la comisaría. Nos vemos allí. —Iriarte se despidió de Amaia.

Ella asintió, saludó con un breve gesto a Markina al pasar por su lado y se dirigió al coche.

—Inspectora... ¿Puede esperar un minuto?

Ella se detuvo y se volvió hacia él, pero fue el juez el que avanzó hasta cubrirla con su paraguas.

—¿Por qué no me ha llamado? —No era un reproche, ni siquiera era del todo una pregunta, su tono tenía la seducción de una invitación y la frescura del juego.

El abrigo gris oscuro sobre un traje del mismo tono, la camisa blanca impecable y una corbata oscura, poco habitual en él, le daban un aspecto serio y elegante que se encargaba de mitigar el flequillo que le caía de lado sobre la frente y la barba de dos días que llevaba con estudiado descuido. Bajo el diámetro del paraguas, su ámbito de influencia parecía multiplicarse, y el caro perfume que emanaba desde la tibieza de su piel y el brillo casi febril de sus ojos la atraparon en una de aquellas sonrisas suyas.

Jonan Etxaide se situó a su lado.

—Jefa, los coches van llenos. ¿Me sube a comisaría?

—Claro, Jonan —respondió azorada—. Señoría, si nos disculpa. —Se despidió y echó a andar junto al subinspector Etxaide hacia el coche. Ella no lo hizo, pero Etxaide se volvió una vez a mirar, y Markina, que seguía parado en el mismo lugar, le respondió con un saludo.

4

La tibieza de la comisaría aún no había conseguido devolverle el color al rostro del inspector Iriarte, que había tenido el tiempo justo para cambiarse de ropa.

—¿Qué ha dicho? ¿Por qué se la llevaba?

—No ha dicho nada, se ha sentado en el suelo, al fondo de la celda, y permanece inmóvil, hecho un ovillo y en silencio.

Ella se puso en pie y se dirigió a la puerta, pero antes de salir se volvió.

—¿Y usted qué cree? ¿Piensa que es un comportamiento impulsado por el dolor, o cree que ha tenido algo que ver en la muerte de la niña?

Él lo pensó muy serio.

—De verdad que no lo sé; puede ser, como usted dice, una reacción al dolor, o puede que así quisiera evitar una nueva autopsia, pues ya se había dado cuenta de que su suegra sospechaba. —Se quedó un par de segundos en silencio mirándola gravemente—. No puedo imaginar nada más monstruoso que dañar a tu propio hijo.

La imagen nítida del rostro de su madre acudió a su mente como convocada por un ensalmo. La desechó de inmediato mientras era sustituida por otra imagen, la de la vieja enfermera Fina Hidalgo guillotinando los brotes nuevos con su uña sucia y teñida de verde: «¿Acaso tiene idea de lo que supone para una familia hacerse cargo de un niño así?».

—Inspector, ¿la niña era normal? Quiero decir si no sufría daños cerebrales ni retrasos de ningún tipo.

—Excepto que nació con bajo peso al ser prematura, no había nada más. El pediatra me dijo que era una niña sana y normal.

Las celdas de la nueva comisaría de Elizondo no tenían barrotes. En su lugar, un grueso muro de cristal blindado separaba el área de identificación de los detenidos permitiendo que un foco iluminase el interior de los cubículos y fueran grabados por una cámara en todo momento. Amaia recorrió el corredor frente a las celdas. Todas permanecían abiertas excepto una; se acercó al cristal y vio al fondo a un hombre sentado en el suelo, entre el lavabo y el retrete. Las rodillas flexionadas y los brazos cruzados sobre éstas impedían ver su rostro. Iriarte accionó el interfono que comunicaba con el interior.

—Valentín Esparza —llamó.

El hombre irguió la cabeza.

—La inspectora Salazar quiere hacerte unas preguntas.

El hombre ocultó el rostro de nuevo.

—Valentín —llamó de nuevo Iriarte con tono más firme—. Vamos a entrar, estarás tranquilo, ¿de acuerdo?

Amaia se inclinó hacia Iriarte.

—Entraré sola, es menos hostil, no llevo uniforme, soy mujer...

Él asintió y se retiró hasta la habitación contigua, desde donde podía ver y oír lo que ocurría en las celdas. Amaia entró en el calabozo y permaneció de pie en silencio frente al hombre; sólo después de unos segundos preguntó:

—¿Puedo sentarme?

Él levantó el rostro desconcertado por la pregunta.

—¿Qué?

—Que si le importa que me siente —respondió ella indicando el banco de obra que ocupaba casi toda la pared y que hacía las veces de camastro. Pedirle permiso denotaba su respeto; no le trataba como a un detenido ni como a un sospechoso.

Él asintió.

—Gracias —dijo ella tomando asiento—. A esta hora del día ya estoy agotada. Yo también tengo un bebé, un crío de cinco meses. Sé que perdió ayer a su hija. —El hombre elevó el rostro para mirarla—. ¿Qué tiempo tenía?

—Cuatro meses —susurró con voz ronca.

—Lo siento mucho.

Él hizo un gesto con la cabeza y tragó saliva.

—Hoy era mi día libre, ¿sabe? Y cuando he llegado me he encontrado con todo este follón. ¿Por qué no me cuenta qué ha pasado?

Él levantó el rostro un poco más apuntando con la barbilla a la cámara tras el cristal y el foco que iluminaba la celda. Su rostro aparecía serio y dolido, pero no desconfiado.

—¿No se lo han contado sus amigos?

—Preferiría que me lo contara usted, ésa es la versión que me interesa.

Él se tomó su tiempo. Un interrogador menos experimentado podría pensar que no hablaría, pero Amaia se limitó a esperar.

—Me llevaba el cuerpo de mi hija.

Había dicho cuerpo, admitía que se llevaba un cadáver, no una niña.

—¿Adónde?

—¿Adónde? —contestó desconcertado—. A ningún sitio, sólo... Sólo quería tenerla un poco más.

—Has dicho que te la llevabas, que te llevabas el cuerpo y te detuvieron junto a tu coche. ¿Adónde ibas? —Él permaneció en silencio.

Probó por otro camino.

—Es increíble cómo cambia la vida con un bebé en casa, son tantas cosas, tantas exigencias. El mío tiene cólicos todas las noches; llora en la última toma durante dos o tres horas y no puedo hacer nada más que tenerlo en brazos y pasear por la casa con él para intentar calmarlo. A veces pienso que no es raro que algunas personas pierdan la cabeza con ellos.

Él asintió.

—¿Es eso lo que pasó?

—¿Qué?

—Tu suegra dice que visitaste su casa durante la noche.

Él comenzó a negar con la cabeza.

—Que tuvo tiempo de ver tu coche que se alejaba...

—Mi suegra se equivoca. —La hostilidad era evidente al nombrar a la madre política—. No distingue un modelo de otro. Seguramente fue una parejita que se metió por el camino de acceso buscando un lugar tranquilo para... Ya sabe.

—Ya, ya, pero los perros no ladraron, así que sólo podía ser alguien conocido. Además, tu suegra —dijo con retintín— le contó a mi compañero que la niña tenía una marca en la frente, una que no tenía al acostarla, que estaba segura de haber oído un ruido y que cuando se asomó pudo ver tu coche que se alejaba.

—Esa cabrona haría cualquier cosa para perjudicarme, nunca me ha tragado. Pregunte a mi mujer, fuimos a cenar y regresamos a casa.

—Sí, mis compañeros han charlado con ella y no es de gran ayuda; no te desmiente, es que simplemente no lo recuerda.

—Sí, bebió un poco de más y ya no está acostumbrada, con el embarazo...

—Ha debido de ser duro. —Él la miró sin comprender—. Me refiero al último año, un embarazo de riesgo, reposo, nada de sexo, luego nace la niña prematura, dos meses en el hospital, nada de sexo, por fin viene a casa y todo son cuidados y preocupaciones, nada de sexo...

Él compuso una mueca cercana a la sonrisa.

—Lo sé por experiencia... —continuó—: Y en vuestro aniversario, dejáis a la niña con tu suegra, salís a cenar a un restaurante caro y a la tercera copa tu mujer está como una cuba, la llevas a casa, la acuestas y... Nada de sexo. Todavía es temprano. Coges el coche, vas hasta la casa de tu suegra a ver si todo está en orden. Llegas allí; tu suegra se ha dormido en el sofá, eso te cabrea. Entras en el cuarto de la niña y te das cuenta de que es una carga, de que está acabando con tu vida, de que todo era mucho mejor cuando no la teníais... Y tomas una decisión.

Él escuchaba inmóvil sin perderse una palabra.

—Así que haces lo que tienes que hacer y regresas a casa, pero tu suegra se despierta y ve el coche que se aleja.

—Ya le he dicho que mi suegra es una cabrona.

—Sí, sé de qué hablas, la mía también, pero la tuya es una cabrona muy lista y se fijó en la marquita que la niña tenía en la frente; ayer no se veía apenas, pero hoy el forense no tiene dudas: es la marca que queda al presionar un objeto con fuerza contra la piel.

Él suspiró profundamente.

—Tú también lo viste, por eso aplicaste maquillaje sobre la marca y para asegurarte de que nadie lo veía ordenaste cerrar el ataúd, pero la cabrona de tu suegra no iba a rendirse; así que decidiste llevarte el cuerpo para evitar que alguien más hiciera preguntas... ¿Quizá tu mujer? Alguien os vio discutir en el tanatorio.

—Usted no entiende nada, fue porque quería incinerar el cuerpo.

—¿Y tú no? ¿Preferías un entierro? ¿Te la llevabas por eso?

Él pareció entonces darse cuenta de algo.

—¿Qué pasará ahora con el cadáver?

Le llamó la atención el modo en que lo dijo, era correcto, pero los familiares no solían referirse a su ser querido como cuerpo o cadáver, lo habitual habría sido la niña, el bebé, o..., reparó entonces en que no sabía el nombre de la criatura.

—El forense va a realizarle una autopsia, después lo devolverá a la familia.

—No deben incinerarla.

—Bueno, eso es algo que debéis decidir entre vosotros.

—No deben incinerarla, tengo que terminar.

Amaia recordó lo que le había contado Iriarte.

—¿Terminar el qué?

—Terminarlo, si no todo esto no habrá servido para nada.

El interés de Amaia se acrecentó inmediatamente.

—¿Y para qué se supone que debía servir?

Él se detuvo de pronto tomando conciencia de dónde estaba y de cuánto había dicho, replegándose sobre sí mismo.

—¿Mataste a tu hija?

—No —contestó.

—¿Sabes quién lo hizo?

Silencio.

—Quizá quien mató a tu hija fue tu mujer...

Él sonrió mientras negaba como si la sola idea le resultase ridícula.

—Ella no.

—Entonces, ¿quién? ¿A quién llevaste hasta la casa de tu suegra?

—No llevé a nadie.

—No, yo tampoco lo creo, porque fuiste tú, tú mataste a tu hija.

—No —gritó de pronto—... La entregué.

—¿La entregaste? ¿A quién? ¿Para qué?

Él compuso un gesto de autosuficiencia y sonrió levemente.

—La entregué a... —Bajó la voz hasta convertirla en un siseo incomprensible—: como tantos otros... —murmuró algo más y volvió a cubrirse el rostro con los brazos.

Aunque Amaia permaneció en la celda un rato más, sabía ya que el interrogatorio había terminado, no iba a decir nada más. Pulsó el interfono para que le abrieran la puerta desde fuera. Cuando salía, él se dirigió de nuevo a ella.

—¿Puede hacer algo por mí?

—Depende.

—Dígales que no la incineren.

Los subinspectores Etxaide y Zabalza esperaban junto a Iriarte en la habitación contigua.

—¿Han podido entender lo que ha dicho?

—Sólo que la entregó. No he podido entender el nombre; está grabado, pero tampoco resulta audible, sólo se aprecia cómo mueve los labios pero no creo que realmente dijese nada.

—Zabalza, mire a ver qué puede hacer con las imágenes y el audio, quizá pueda aumentarlo a tope. Lo más probable es que el inspector tenga razón y nos esté tomando el pelo, pero por si acaso. Jonan, Montes y tú, conmigo. Por cierto, ¿dónde está Fermín?

—Acaba de terminar de tomar declaración a los familiares.

Amaia abrió sobre la mesa el maletín de campo para comprobar que tenía todo lo que necesitaba.

—Tendremos que parar a comprar un calibre digital. —Sonrió mientras reparaba en la cara de circunstancias que ponía Iriarte—. ¿Ocurre algo?

—Hoy era su día libre...

—Oh, pero ya lo hemos solucionado, ¿verdad? —Sonrió, tomó el maletín y siguió a Jonan y a Montes, que esperaban con el coche en marcha.

5

Casi sintió piedad y algo cercano al compañerismo hacia Valentín Esparza cuando entró en la habitación que la abuela había preparado para la niña. La sensación de *déjà vu* se acrecentó animada por la profusión de lazos, puntillas y encajes de color rosa que atestaban la habitación. La *amatxi* se había decantado aquí por una colección de ninfas y hadas en lugar de los imposibles corderitos rosas que había elegido su suegra para Ibai, pero por lo demás el cuarto podría haber sido decorado por la misma mujer. Había al menos media docena de fotografías enmarcadas; en todas aparecía el bebé en brazos de la madre, la abuela y otra mujer más mayor, probablemente una anciana tía, pero no había rastro de Valentín Esparza en ninguna de ellas.

La planta superior estaba muy caldeada, habrían subido la calefacción para mantener caliente a la niña. Desde la planta baja donde se ubicaba la cocina y llegaban amortiguadas las voces de amigas y vecinas que se habían trasladado hasta la casa para acompañar a las mujeres, hacía un rato que habían dejado de oírse llantos. Aun así, cerró la puerta que daba a la escalera. Observó durante un par de minutos a Montes y a Etxaide procesando la habitación mientras maldecía el teléfono móvil, que no había dejado de vibrar en su bolsillo desde que había salido de comisaría. En los últimos minutos la entrada de mensajes que indicaban llamadas perdidas se había multiplicado. Comprobó la cobertura; en el interior del caserío, como ya esperaba, ésta había disminuido considerablemente debido a los gruesos muros. Bajó la escalera, pasó silenciosa ante la cocina, reconociendo aquel murmullo ominoso que caracterizaba las conversaciones de velatorio, y, aliviada, salió a la calle. La lluvia había cesado un momento arrastrada por el viento que barría el cielo y desplazaba a gran velocidad la compacta masa nubosa, pero sin conseguir abrir claros, lo que reafirmaba la certeza de que volvería a llover en cuanto amainase el viento. Se alejó unos metros de la casa y revisó el registro del teléfono. Una llamada del doctor San Martín, una del teniente Padua de la Guardia Civil, una de James y seis de Ros. Llamó primero a James, que acogió con disgusto la noticia de que no iría comer.

—Pero, Amaia, hoy es tu día libre...

—Te prometo que iré en cuanto pueda, y te compensaré.

Él no pareció muy convencido.

—... Tenemos una reserva para cenar esta noche...

—Llegaré de sobra, como mucho me llevará una hora.

Padua contestó inmediatamente.

—Inspectora, ¿cómo está?

—Buenas tardes, bien. He visto sus llamadas y... —Su voz apenas pudo contener la ansiedad.

—No hay novedades, inspectora, la he llamado porque esta mañana he hablado con la comandancia de Marina de San Sebastián y con la de La Rochelle en Francia. Todas las patrulleras del Cantábrico han recibido el aviso y conocen la alerta.

Amaia suspiró y Padua debió de oírla al otro lado del teléfono.

—Inspectora, los guardacostas opinan, y yo también, que un mes es tiempo suficiente para que el cuerpo hubiese aparecido en algún punto de la costa. Las corrientes podrían llevarlo por toda la cornisa cantábrica, aunque es más probable que las ascendentes lo empujasen hacia Francia. Pero en el caso del río hay otras opciones, que enganchado a un objeto permanezca anclado en el fondo o que con el impulso de las lluvias torrenciales la corriente lo arrastrase varias millas mar adentro y lo haya depositado en una de las profundas simas tan comunes en el golfo de Vizcaya. En muchos casos los cuerpos no se recuperan nunca y, dado el tiempo transcurrido desde la desaparición de su madre, debemos empezar a barajar esta posibilidad. Un mes es mucho tiempo.

—Gracias, teniente —respondió intentando disimular su decepción—. Si hay alguna novedad...

—La avisaré, puede estar tranquila.

Colgó y sepultó el teléfono en el fondo de su bolsillo mientras asimilaba lo que Padua le había dicho. Un mes es mucho tiempo en el mar, un mes es mucho tiempo para un cuerpo. Creía que el mar siempre devolvía a sus muertos, ¿o no?

Mientras escuchaba a Padua, sus pasos erráticos la habían llevado a rodear la casa huyendo del incómodo crujido de la grava de la entrada bajo sus pies. Había seguido el reguero que el agua había marcado en el suelo al caer desde el tejado y al llegar a la esquina trasera se detuvo en el lugar que coincidía con la entrega de los dos aleros. Percibió un movimiento a su espalda y reconoció de inmediato a la anciana señora que aparecía en las fotos de la habitación sosteniendo a la niña. Detenida junto a un árbol en el campo trasero de la casa, parecía hablar con alguien; mientras golpeaba suavemente la corteza del árbol, repetía una y otra vez palabras que le llegaron confusas, y que parecía dirigir a un oyente que Amaia no alcanzaba a ver. La observó durante unos segundos hasta que la mujer se percató de su presencia y se dirigió hacia ella.

—En otros tiempos la habríamos enterrado ahí —dijo.

Amaia asintió bajando la mirada hasta la tierra compacta en la que era evidente el dibujo que el agua había trazado al caer desde el alero. No pudo decir nada mientras a su mente acudían las imágenes de su propio cementerio familiar, los restos de una manta de cuna asomando entre la tierra oscura.

—Lo encuentro más piadoso que dejarla sola en un cementerio o incinerarla, como quiere mi nieta... No todo lo moderno es mejor. Antes, a las mujeres nadie nos decía cómo teníamos que hacer las cosas, algunas las haríamos mal, pero otras, yo creo que las hacíamos mejor. —La mujer hablaba en castellano, pero, por el modo en que marcaba las erres, supuso que habitualmente lo hacía en euskera. Una anciana *etxeko andrea* de Baztán, una de esas mujeres incombustibles que habían visto un siglo entero y aún tenían fuerzas cada mañana para peinarse con un moño, hacer la comida y dar de comer a los animales. Aún eran visibles los restos polvorientos del mijo que había portado, a la antigua usanza, en su delantal negro—. Hay que hacer lo que hay que hacer.

La mujer se le acercó caminando torpemente con sus botas de goma verdes, pero Amaia contuvo el impulso de ayudarla, sabiendo que le molestaría. Esperó inmóvil y, cuando la mujer la alcanzó, le tendió la mano.

—¿Con quién hablaba? —dijo haciendo un gesto hacia el campo abierto.

—Con las abejas.

Amaia compuso un gesto de extrañeza.

> *Erliak, erliak*
> *Gaur il da etxeko nausiya*
> *Erliak, erliak,*
> *Eta bear da elizan argía**

---

* Abejas, abejas. / Hoy ha muerto el amo de la casa. / Abejas, abejas. / Y necesita luz en la iglesia.

Recordaba habérselo oído mencionar a su tía.

En Baztán, cuando alguien moría, la señora de la casa iba al campo hasta el lugar donde tenían las colmenas, y mediante esta fórmula mágica les comunicaba a las abejas la pérdida y la necesidad de que hicieran más cera para los cirios que debían alumbrar al difunto durante el velatorio y el funeral. Se decía que la producción de cera llegaba a multiplicarse por tres.

Le conmovió su gesto, casi le pareció oír las palabras de Engrasi: «Regresamos a las viejas fórmulas cuando todas las demás fallan».

—Lamento su pérdida —le dijo.

La mujer ignoró la mano y la abrazó con sorprendente fuerza. Cuando la soltó, desvió la mirada hacia el suelo para evitar que Amaia pudiera ver sus lágrimas, que secó con el borde del delantal en el que había llevado el pienso para las gallinas. El gesto de valor, de valentía, unido al abrazo conmovió a Amaia despertándole una vez más el orgullo antiguo que sentía hacia aquellas mujeres.

—No fue él —dijo de pronto.

Amaia permaneció en silencio. Sabía reconocer perfectamente el momento en que alguien iba a hacer una confidencia.

—Nadie me hace caso porque soy una vieja, pero yo sé quién mató a nuestra niña, y no fue ese lerdo de su padre. Ése no está interesado más que en los coches, las motos y en aparentar; le gusta el dinero más que a un cerdo las manzanas. He conocido a muchos como él, alguno de ésos hasta me pretendió cuando yo era joven, venían con las motos y los coches a buscarme, pero a mí esas cosas no me confundían, yo busqué un hombre de verdad...

La anciana comenzaba a divagar. Amaia la recondujo de nuevo.

—¿Usted sabe quién lo hizo?

—Sí, ya se lo he dicho a ésas —dijo haciendo un gesto

vago hacia la casa—; pero como soy una vieja nadie me hace caso.

—Yo sí. Dígame quién lo hizo.

—Fue Inguma, Inguma lo hizo —afirmó, y para constatarlo lo rubricó con un golpe de cabeza.

—¿Quién es Inguma?

La anciana la miró y en su gesto pudo ver la lástima que le provocaba.

—¡Pobre niña! Inguma es el demonio que se bebe el aliento de los niños mientras duermen. Inguma entró por las rendijas, se sentó sobre el pecho de la niña y se bebió su alma.

Amaia abrió la boca, desconcertada, y volvió a cerrarla sin saber qué decir.

—También crees que son cuentos de vieja —la acusó la anciana.

—No...

—En la historia de Baztán está escrito que en una ocasión Inguma se despertó y se llevó a cientos de niños. Los médicos decían que era la tosferina, pero era Inguma, que venía a robarles el aliento mientras dormían.

Inés Ballarena surgió por el costado de la casa.

—*Ama*, pero ¿qué haces aquí? Ya te he dicho que les había dado de comer yo a la mañana. —Tomó a la anciana por el brazo y se dirigió a Amaia—: Perdone a mi madre, está muy mayor y debido a lo que ha ocurrido está también muy afectada.

—Claro... —susurró Amaia mientras, aliviada, respondía a la llamada que entraba en su teléfono, alejándose unos pasos para hablar—. Doctor San Martín, ¿han terminado ya? —preguntó consultando la hora en su reloj.

—No, de hecho acabamos de empezar —carraspeó—. Un colega me ayuda en esta ocasión —dijo tratando de enmascarar su sensibilidad hacia aquel tema—, pero he creído conveniente llamarla a la vista de los hallazgos.

Todo apunta a que la niña fue sofocada mientras dormía colocando sobre su rostro un objeto blando como una almohada o un cojín, usted pudo ver la marca que aparece sobre el puente de la nariz. Tenga en cuenta las medidas para buscar el objeto con el que se hizo, pero le adelanto que en los pliegues de los labios hemos hallado unas suaves fibras blancas que aún estamos procesando pero que le darán una pista del color. Tenemos además varios rastros de saliva por todo el rostro, la mayoría de la propia niña, pero puedo adelantarle que hay al menos una muestra diferente, puede que no sea nada, quizá uno de los familiares besó a la niña y dejó el rastro...

—¿Cuándo podrá decirme algo más?

—En unas horas.

Corrió tras las mujeres, que ya alcanzaban la puerta principal.

—Inés, ¿bañó a la niña aquella noche antes de acostarla?

—Sí, el baño por la noche la relajaba muchísimo —contestó apenada.

—Gracias —respondió corriendo escaleras arriba—. Buscad algo suave y blanco —dijo mientras irrumpía en la habitación, al tiempo que Montes alzaba el brazo para mostrarle el contenido de una bolsa de pruebas.

—Blanco polar —contestó el inspector sonriendo y señalándole el osito aprisionado en el interior de la bolsa.

—¿Cómo lo habéis...?

—Nos llamó la atención lo mal que olía —explicó Jonan—. Luego vimos el pelo apelmazado...

—¿Huele mal? —se extrañó Amaia, un muñeco sucio no encajaba en aquella habitación en la que hasta el último detalle había sido cuidado con mimo.

—Oler mal es poco, apesta —corroboró Montes.

6

De camino a la comisaría, tres nuevas llamadas de Ros se sumaron a las anteriores. Apenas pudo contener su impaciencia por llamarla, pero no lo hizo pues presentía que aquel apremio inusual en su hermana era el preludio de una conversación a gritos que no le apetecía mantener ante sus compañeros. En cuanto estuvo sentada en su coche, la llamó. Ros respondió con susurros y como si hubiera esperado la llamada sosteniendo el teléfono en la mano.

—Oh, Amaia, ¿puedes venir?

—Sí, ¿qué pasa, Ros?

—Mejor ven y lo ves tú misma.

Saludó a los operarios que trabajaban en la parte delantera y se dirigió al despacho. Ros permanecía en pie frente a la puerta imposibilitándole ver el interior.

—Ros, ¿me quieres decir qué pasa?

Cuando su hermana se volvió tenía el rostro ceniciento y enseguida supo por qué.

—¡Vaya, la caballería! —fue el saludo de Flora al verla.

Amaia disimuló la sorpresa y, tras besar brevemente a Ros, se acercó a su otra hermana.

—No sabíamos que venías, Flora. ¿Cómo estás?

—Bueno, todo lo bien que se puede estar, dadas las circunstancias...

Amaia la miró sin entender.

—Nuestra madre ha muerto hace un mes y de un modo horrible, ¿es que soy la única que se ha dado cuenta? —repuso con sarcasmo.

Amaia se volvió hacia Ros y sonrió antes de contestar.

—Claro, Flora, es sabido mundialmente que tú tienes un índice de sensibilidad superior a la media.

Flora asumió el golpe con una sonrisa torcida y se desplazó hasta situarse detrás del despacho. Ros permanecía inmóvil en el mismo lugar. Con las manos a los lados del cuerpo, era la imagen del desamparo; sólo en sus ojos brillaba una especie de furia contenida que comenzaba también a tensar su boca.

—¿Te quedarás mucho, Flora? —preguntó Amaia—. Imagino que con los rodajes de tu programa no tendrás mucho tiempo.

Flora se sentó tras la mesa y ajustó el sillón a su medida antes de responder.

—Es cierto, tengo mucho trabajo, pero dadas las circunstancias... Tenía intención de tomarme unos días —dijo mientras ordenaba de nuevo el escritorio. Ros apretó aún más la boca y Flora lo vio.

»... Aunque quizá decida prolongarlo algo más —comentó de modo distraído mientras con el pie empujaba la papelera colocándola junto a la mesa y tirando al interior los pósit de colores, un cubilete con dibujos de florecitas y dos o tres bolígrafos con pompones que eran inequívocamente de Ros.

—Oh, eso sería perfecto. La tía estará contenta de verte cuando pases luego por casa. Pero, Flora, si piensas venir al obrador, avisa primero. Ros tiene mucho trabajo, ha conseguido al fin aquel contrato con los supermercados franceses que tanto se te resistió y no tiene tiempo para perderlo reordenando lo que desordenas a tu paso —dijo inclinándose sobre la papelera y depositando de nuevo los objetos sobre la mesa.

—Los Martinié —susurró Flora con amargura.

—*Oui* —respondió Amaia sonriendo como si fuese muy divertido.

El rostro de Flora reflejaba la humillación que para ella suponía, pero aun así no se rindió.

—Yo hice todo el trabajo de aproximación y los contactos, más de un año persiguiéndoles...

—Pues en la primera reunión con Ros cerraron el acuerdo —respondió Amaia festiva.

Flora contemplaba fijamente a Ros, que como para apartarse de la influencia de su mirada se acercó a la cafetera y comenzó a preparar las tazas.

—¿Tomaréis café? —casi susurró.

—Yo sí —contestó Amaia sin dejar de mirar a Flora.

—Yo no —contestó ella—. No quiero entretener más tiempo a Ros ahora que le va tan bien —dijo poniéndose en pie—. Sólo quería contaros que venía a preparar el funeral de la *ama*.

La noticia desconcertó a Amaia. La posibilidad de un funeral ni siquiera se le había pasado por la cabeza.

—Pero... —comenzó.

—Sí, ya sé que no es oficial y que todas querríamos pensar que de algún modo logró salir del río y está a salvo, pero lo cierto es que eso es poco probable —dijo mirando a los ojos de Amaia—. He hablado con el juez de Pamplona que lleva el caso y está de acuerdo en que celebrar el funeral es pertinente.

—¿Llamaste al juez?

—Él me llamo a mí, un hombre encantador, por cierto.

—Ya, pero...

—Pero ¿qué? —la apremió Flora.

—Pues... —Tragó saliva antes de hablar y la voz le salió rara—: que no podemos estar seguros de que muriese hasta que no aparezca el cuerpo.

—¡Por Dios, Amaia! Una mujer mayor que estuvo

inmovilizada tanto tiempo no tenía ninguna posibilidad en el río; tú viste la ropa que recuperaron del agua.

—No sé... De cualquier modo no estaría oficialmente muerta.

—Yo creo que es buena idea —interrumpió Ros.

Amaia la miró sorprendida por su actitud.

—Sí, Amaia, creo que lo mejor es pasar página, hacer un funeral por el alma de la *ama* y cerrar este capítulo de una vez.

—Es que no puedo, no creo que esté muerta.

—¡Por Dios, Amaia! —chilló Flora—. ¿Y dónde está? ¿Dónde se supone que podría estar? ¿Adónde podría ir en medio del bosque y de la noche? —Bajó el tono antes de añadir—: El río la arrastró, Amaia, nuestra madre murió en el río, está muerta.

Amaia apretó los labios y cerró los ojos.

—Flora, si necesitas ayuda con los preparativos, dímelo —se ofreció Ros.

Flora no contestó, tomó su bolso y se dirigió a la salida.

—Ya os comunicaré día y hora cuando lo sepa.

Las dos hermanas quedaron en silencio tras la partida de Flora sorbiendo los cafés en un acto íntimo y pacificador, suficiente para contrarrestar la energía que como una tormenta eléctrica había quedado flotando en el aire. Por fin, fue Ros la que habló.

—Está muerta, Amaia.

Suspiró profundamente.

—No lo sé...

—¿No lo sabes o aún no has admitido que es así?

Amaia la miró.

—Llevas toda la vida huyendo de ella y te has acostumbrado a que sea así, a vivir con la amenaza y la certeza de que ella estaba en algún lugar y no te había olvidado. Sé lo mucho que has sufrido, pero ahora es pasado, Amaia, por fin es pasado. La *ama* está muerta y, Dios me perdone, no lo lamento. Sé cuánto dolor te causó y lo que estuvo a punto de hacerle a Ibai, pero se ha acabado. Yo también vi el abrigo, empapado como estaba, pesaba como plomo, nadie habría podido sobrevivir en el río en plena noche. Razónalo, está muerta.

Aparcó frente a la casa de Engrasi y, sentada en el coche, se recreó en la luz dorada que iluminaba las ventanas desde el interior como si un sol pequeño o un hogar perpetuo ardiesen en el corazón de aquel lugar. Miró al cielo entre nubes, comenzaba a anochecer. Durante todo el día había sido necesario tener las luces encendidas en el interior de la casa, pero era ahora cuando la oscuridad fuera se hacía evidente, cuando aparecía en todo su esplendor. Recordaba que, en ocasiones, cuando era pequeña y su tía la mandaba a tirar la basura, se entretenía sentándose en el murete del río para observar la fachada de la casa encendida, y cuando la tía la llamaba y por fin entraba con las manos y el rostro fríos, la sensación de volver al hogar era tan grata que convirtió aquel juego en una costumbre, una especie de rito taoísta con el que prolongar el placer de regresar. Últimamente había dejado de hacerlo; la urgencia le arrebataba en cuanto llegaba a la puerta y el deseo de volver a ver a Ibai le hacía precipitarse al interior con la ilusión de verlo, tocarlo, besarlo, y recuperar aquel hermoso e íntimo juego le hizo pensar en el modo casi enfermizo en que seguía aferrándose a aquellas cosas, las cosas que le habían salvado la vida, las cosas que habían preservado su cordura, pero que quizá ahora había que dejar definitivamente en el pasado. Bajó del coche y entró en la casa.

Sin siquiera quitarse el abrigo entró en el salón, donde la tía recogía la baraja y los tantos de su habitual partida de cartas con la alegre pandilla. James sostenía distraídamente un libro, que no leía, mientras vigilaba a Ibai, que reposaba en una hamaquita colocada encima del sofá. Amaia se sentó junto a James y tomándole de la mano le dijo:

—Lo siento, de verdad, las cosas se han complicado y no he podido llegar antes.

—No importa —dijo sin gran convencimiento mientras se inclinaba para besarla.

Sólo entonces se despojó del abrigo, que arrojó sobre el respaldo del sofá, y tomó a Ibai en brazos.

—La *ama* ha estado todo el día por ahí y te ha echado mucho de menos, ¿y tú a mí? —susurró abrazando al bebé, que respondió agarrándose con fuerza a su cabello y tirando dolorosamente de él—. Supongo que ya os habréis enterado de lo que ha ocurrido en el tanatorio esta mañana...

—Sí, las chicas nos lo han contado. Es una terrible desgracia lo que le ha ocurrido a esa familia, yo los conozco de toda la vida y son buenas personas, y perder a un bebé así... —dijo la tía acercándose para poner su mano sobre la cabecita de Ibai—, no quiero ni pensarlo.

—Es normal que el padre se haya vuelto loco de dolor. Yo no sé cómo reaccionaría —razonó James.

—Bueno, de momento es una investigación abierta, y no puedo hablar de ello, pero de todos modos eso no ha sido lo único que me ha entretenido esta tarde. Ya veo que no se ha pasado por aquí, si no, me lo habríais dicho en cuanto he llegado.

Ambos la miraron expectantes.

—Flora está en Elizondo. Ros me llamó muy nerviosa porque lo primero que ha hecho ha sido pasarse por el obrador a tocar un poco las narices, ya sabéis, en su línea, y después nos ha anunciado que se quedará unos días para organizar un funeral por Rosario.

Engrasi detuvo su ir y venir acarreando vasos para mirar a Amaia, preocupada.

—Bueno, ya sabes que no siento una gran simpatía

hacia tu hermana Flora, pero creo que es una buena idea —dijo James.

—¡James! ¿Cómo puedes decir eso? Ni siquiera sabemos si está muerta. Organizar un funeral está completamente fuera de lugar.

—No, no lo está, hace más de un mes que el río arrastró a Rosario...

—Eso no lo sabemos —interrumpió Amaia—. Que el chaquetón apareciese en el río no significa nada, también pudo arrojarlo como señuelo.

—¿Señuelo? Escúchate, Amaia, estás hablando de una mujer muy mayor en plena noche, en mitad de una tormenta, y teniendo que vadear un río desbordado; creo que le supones habilidades que es muy poco probable que tuviera.

Engrasi se había detenido a mitad de camino entre la mesa de póquer y la cocina y escuchaba apretando los labios.

—¿Poco probable? Tú no la viste, James. Salió de aquel hospital por su pie, vino a esta casa, estuvo en el mismo lugar en el que yo estoy ahora y se llevó a nuestro hijo; caminó cientos de metros por el monte, desde donde dejaron el coche, hasta la cueva, y cuando salió de allí no era una anciana torpe, era una mujer resuelta y segura. Yo estaba allí.

—Es verdad, yo no estaba —contestó duramente—, pero dime una cosa, ¿adónde fue, dónde está, por qué no ha aparecido aún? Más de doscientas personas la buscaron durante horas, el chaquetón apareció en el río, y la conclusión es que fue arrastrada por el agua; la Guardia Civil estuvo de acuerdo, Protección Civil estuvo de acuerdo, yo hablé con Iriarte y estaba de acuerdo, hasta tu amigo el juez estuvo de acuerdo —dijo con intención—. Se la llevó el río.

Ignorando sus insinuaciones, empezó a negar con la cabeza mientras acunaba rítmicamente a Ibai, que contagiado por la tensión había comenzado a lloriquear.

—Pues me da igual, yo no lo creo —respondió despectiva.

—Ahí está el problema, Amaia —sentenció alzando el tono—. Yo creo, yo no creo, yo y yo. ¿Te has parado a pensar en lo que sienten los demás?, ¿concibes por un momento la posibilidad de que los demás también sufran?, ¿de que tus hermanas necesiten cerrar este episodio de una puta vez y para siempre y que tú y lo que tú crees no sean el centro del universo?

Ros, que entraba en ese instante, se detuvo junto a la puerta, alarmada por la tensión que se respiraba entre ellos.

—Sin duda has sufrido mucho, Amaia —continuó James—, pero no eres la única, párate por un momento a pensar en las necesidades de los demás. Creo que no hay nada de malo en lo que tu hermana intenta hacer; es más, creo que puede ser un ejercicio muy beneficioso para la salud mental de todos, y me incluyo. Si celebran ese funeral asistiré, y espero que tú me acompañes... Esta vez.

Había un reproche latente en sus palabras. Lo habían hablado, creía que estaba resuelto, y que lo pusiera en evidencia en medio de esa conversación que nada tenía que ver le dolió un poco, pero le sorprendió aún más, porque James no era así. Ibai lloraba vivamente; la tensión de su voz, de sus músculos, y la respiración acelerada se habían contagiado al pequeño, que se debatía nervioso en sus brazos. Lo abrazó intentando calmarlo y, sin decir nada, se dirigió al piso superior tras cruzarse con Ros, que seguía parada y silenciosa en la entrada de la sala.

—Amaia... —susurró cuando ella pasó a su lado.

James la vio salir de la habitación y miró desconcertado a Ros y a la tía.

—James... —comenzó a hablar Engrasi.

—No, tía, no, te lo pido por favor, te lo ruego y te lo pido a ti porque sé que a ti te hará caso. No la animes, no sustentes más su miedo, no alimentes sus dudas, si alguien puede ayudarla a pasar página, eres tú. Nunca te he pedido nada, pero lo hago ahora, porque estoy perdiéndola, tía, estoy perdiendo a mi mujer —dijo abatido mientras se sentaba de nuevo en el sillón.

Amaia acunó a Ibai hasta que cesó su llanto, después se tumbó sobre la cama colocándolo a su lado para disfrutar de la mirada límpida de su hijo, que con sus manitas torpes recorrió su rostro tocando sus ojos, su nariz, su boca, hasta que poco a poco se fue quedando dormido. Del mismo modo que antes la tensión de ella había hecho presa en él, ahora la placidez y la calma del niño se contagiaron a la madre.

Sabía lo importante que había sido en su momento para James exponer en el Guggenheim y entendía que se hubiera sentido decepcionado porque finalmente no le había acompañado, pero lo habían hablado; de haberlo hecho, quizá Ibai estaría muerto. Sabía que James lo comprendía pero a veces entender las cosas no era suficiente para aceptarlas. Suspiró profundamente y, como en un eco, Ibai suspiró también. Conmovida se inclinó hacia él para besarlo.

—Mi amor —susurró mientras contemplaba arrobada las facciones pequeñas y perfectas de su hijo, y una placidez casi mística, que sólo alcanzaba a su lado, la fue envolviendo, hechizándola con su perfume de galletas y mantequilla, relajando sus músculos y sumiéndola suavemente en un profundo sueño.

Sabía que era un sueño, sabía que dormía y que era el perfume de Ibai el que inspiraba sus fantasías. Estaba en el obrador, mucho antes de que se convirtiera en un lugar para las pesadillas; su padre, vestido con una chaquetilla blanca, estiraba el hojaldre con un rodillo de acero, antes de que el rodillo fuera un arma. De las placas blancas de masa se desprendía el olor untoso de la mantequilla. Las notas de música procedentes de un pequeño transistor se dispersaban por el obrador desde lo alto de la estantería donde su padre lo había colocado. No reconoció la canción; sin embargo, en el sueño, la niña que era canturreaba palabras sueltas de la letra. Le gustaba estar a solas con él, le gustaba verle trabajar y dar vueltas alrededor de la mesa de mármol aspirando el aroma que, ahora sabía, era de Ibai y entonces era el de las galletas de hojaldre. Era feliz. De esa manera en que sólo pueden serlo las niñas muy amadas por sus padres. Casi lo había olvidado, casi había olvidado que él la había querido tanto, y recordarlo, aun en un sueño, la hizo de nuevo feliz. Dio un giro más, un nuevo paso de baile en el que no tocaba el suelo. Trazó una elegante pirueta y se volvió hacia él sonriéndole, pero él ya no estaba. La mesa de amasar estaba limpia, no entraba luz por los ventanucos cercanos al techo. Debía darse prisa, tenía que regresar enseguida, antes de que ella sospechase. «¿Qué haces tú aquí?» El mundo se hizo muy pequeño y oscuro curvándose en sus extremos y transformando el escenario de su sueño en un tubo por el que debía caminar; los pocos pasos que la separaban de la puerta del obrador se convirtieron en cientos de metros de galería curvada que la distanciaban de un destino en el que podía ver una pequeña luz que seguía brillando al fondo. Después, nada, la piadosa oscuridad que le cegó los ojos con la sangre que resbalaba desde su cabeza. «Sangrar no duele, sangrar es plácido y dulce, como volverse aceite y derramarse», había dicho Dupree. «Y cuanto más sangras, menos te importa.» Es verdad, no me importa, pensó la niña. Amaia sintió pena, porque las niñas no deben resignarse a morir, pero también la entendió, y aunque le rompía el corazón la dejó en paz. Primero oyó sus jadeos, la respiración acelerada, excitada por el placer. Y después, aun sin abrir los ojos, percibió cómo se acercaba, lenta, inexorable, ávida de su sangre y de su aliento. Su pecho pequeño de niña apenas albergaba el oxígeno necesario para mantener el hilo de conciencia que la unía a la vida. La presencia como un peso se afianzó sobre su abdomen aplastando sus pulmones, que se vaciaron como un lento fuelle, dejando que el aire fluyese entre sus labios, a la vez que otros sedientos y crueles se aplicaban sobre la boca de la niña para robarle el último aliento.

James entró en la habitación y cerró la puerta tras él. Se sentó en la cama junto a ella y durante un minuto la observó dormir con el deleite que produce mirar el descanso de los verdaderamente agotados. Tiró de una manta colocada a los pies de la cama, la cubrió hasta la cintura y se inclinó sobre Amaia para besarla justo en el instante en el que ella abrió los ojos loca de miedo y sin verle; sobresaltada e instantáneamente aliviada, volvió a recostarse en la almohada.

—No es nada, estaba soñando —susurró repitiendo la frase que como un conjuro había recitado desde su infancia casi cada noche. James volvió a sentarse en la cama mirándola y sin decir una palabra hasta que Amaia sonrió un poco y él se inclinó para abrazarla.

—¿Crees que aún nos darán de cenar en ese restaurante?

—Lo he cancelado, hoy estás muy cansada. Lo dejamos para otro día...

—¿Qué tal mañana? Tengo que ir a Pamplona, pero te prometo que me tomaré la tarde libre, la pasaré contigo y con Ibai y por la noche tendrás que pagarme esa cena —añadió bromeando.

—Baja a comer algo —pidió él.

—No tengo hambre.

Pero él se puso en pie, le tendió su mano sonriendo y ella le siguió.

7

El doctor Berasategui continuaba conservando el aplomo y la firmeza en el gesto propios de un reputado psiquiatra, y su aspecto seguía siendo cuidado y pulcro; cuando entrelazó las manos sobre la mesa, Amaia observó que aún lucía una cuidada manicura. No sonrió, la saludó con un educado buenos días y permaneció en silencio esperando a que ella hablase.

—Doctor Berasategui, tengo que admitir que ha sido toda una sorpresa que aceptase verme. Supongo que la rutina carcelaria debe de resultar realmente penosa para un hombre como usted.

—No sé a qué se refiere. —Su respuesta pareció honesta.

—Doctor, no tiene por qué disimular conmigo. En el último mes he leído su correo, he visitado en repetidas ocasiones su casa y, como ya sabe, he tenido oportunidad de conocer sus gustos culinarios... —Él sonrió levemente ante la última mención—. Sólo por eso, su vida aquí ya debe de resultar insoportable, vulgar y aburrida, y no es nada comparado con lo que tiene que suponer para usted no poder ejercer su afición favorita.

—No me subestime, inspectora, entre mis muchas habilidades también se encuentra la de la adaptación. Créame, este centro penitenciario no dista mucho de un internado en Suiza para chicos díscolos. Cuando se ha vivido eso, se está preparado para todo.

Amaia le miró en silencio durante unos segundos antes de volver a hablar.

—Que es usted un hombre hábil me consta, hábil, seguro y capaz; debe serlo por fuerza para haber conseguido someter a todos esos desgraciados que cargaron con sus crímenes por usted.

Él sonrió abiertamente por primera vez.

—Se equivoca, inspectora, nunca fue mi intención que firmaran mi obra, sólo que la representaran. Yo soy una especie de director de escena —aclaró.

—Sí, y con un ego del tamaño de Pamplona... Por eso hay algo que no me cuadra, algo que quiero que me explique: ¿por qué una mente brillante y poderosa como la suya terminó obedeciendo órdenes de una anciana senil?

—No fue así.

—¿Ah, no? Pues yo vi las imágenes de las cámaras de la clínica y a usted se le veía bastante sumiso.

Utilizó ex profeso la palabra «sumiso», sabiendo que le ofendería como el peor de los insultos. Berasategui se pasó suavemente los dedos por los labios apretados, en un gesto inconfundible de contención verbal.

—Así que una pobre mujer enferma planeó su fuga de una prestigiosa clínica y convenció a un eminente psiquiatra y a un brillante, ¿cómo ha dicho?, sí, director de escena, de que fuera su cómplice en un chapucero plan de fuga que acabó con una arrastrada por el río y el otro entre rejas. Permítame decirle que esta vez no ha estado a la altura.

—Está completamente equivocada —se jactó—, todo salió como esperaba.

—¿Todo?

—Excepto la sorpresa del crío, pero eso no era asunto mío; de haberlo controlado yo, lo habría sabido.

Berasategui parecía haber recobrado de nuevo su habitual seguridad. Amaia sonrió.

—Ayer visité a su padre.

Berasategui respiró profundo llenando sus pulmones y después dejó escapar el aire lentamente. Aquello le molestaba.

—¿No va a preguntarme por él? ¿No le interesa saber cómo está? No, claro que no. Sólo es un viejo al que utilizó para que localizase las tumbas de los *mairus* de mi familia.

Él permaneció impasible.

—Entre los huesos que abandonaron en la iglesia había unos distintos, y ese patán de Garrido no habría sabido de ninguna manera dónde encontrarlos; nadie lo habría sabido, excepto alguien que hubiese hablado con Rosario, porque sólo ella podía tener esa información. ¿Dónde está ese cuerpo, doctor Berasategui? ¿Dónde está esa tumba?

Él ladeó la cabeza y compuso un atisbo de sonrisa autosuficiente que denotaba cuánto le divertía todo aquello.

Amaia borró su sonrisa con la siguiente frase:

—Su padre se mostró bastante más hablador que usted, me contó que jamás se quedaba a pasar la noche allí, que lo hacía en un hotel, pero lo hemos comprobado y sabemos que no es así. Voy a decirle lo que creo. Creo que tiene otra casa en Baztán, un piso franco, un lugar seguro donde guardar esas cosas que nadie puede ver, esas de las que no se puede desprender, el lugar adonde llevó a mi madre aquella noche, el lugar donde se cambió de ropa y el lugar al que seguramente regresó cuando salió de la cueva dejándole tirado.

—No sé de qué me está hablando.

—Le hablo de que Rosario no se cambió en la casa de su padre, y tampoco lo hizo en su coche, y que hay un tiempo muerto entre la salida del hospital y su visita a la casa de mi tía, un tiempo en el que usted nos tuvo bien entretenidos con los *souvenirs* de su piso, un tiempo en que tuvieron que ir a alguna parte. Y no fue a casa de su padre. Doctor, ¿de verdad pretende hacerme creer que un hombre como usted no tenía prevista esa contingencia?, no insulte a mi inteligencia pretendiendo que crea que obró como un tonto sin un plan...

Esta vez tuvo que contener su boca con ambas manos para sujetar el impulso de hablar.

—¿Dónde está la casa? ¿Dónde está el lugar al que la llevó? Está viva, ¿verdad?

—¿Usted qué cree? —contestó sorpresivamente.

—Creo que usted había preparado un plan de huida, y creo que ella lo siguió.

—Me gusta usted, inspectora. Es una mujer inteligente, hay que serlo para valorar la inteligencia. Tiene razón, hay cosas que echo de menos aquí, sobre todo tener una interesante conversación con alguien que tenga un coeficiente superior a ochenta y cinco —dijo haciendo un gesto displicente hacia los funcionarios que custodiaban la puerta—. Y sólo por eso voy a hacerle un regalo. —Se inclinó hacia adelante para hablarle al oído. Amaia no se alarmó, aunque le pareció curioso que los funcionarios no le reprendiesen—. Escuche bien, inspectora, porque es un mensaje de su madre.

Ella reaccionó alarmada, pero ya era tarde. Él estaba muy cerca, podía oler su loción de afeitado. La sujetó fuertemente por la nuca y llegó a sentir cómo sus labios rozaban su oreja: «Duerme con un ojo abierto, pequeña zorra, porque la *ama* te comerá tarde o temprano». Amaia aprisionó su muñeca para obligarle a soltarla y retrocedió a trompicones derribando la silla en la que se había sentado. Berasategui volvió a ocupar su lugar mientras se masajeaba la muñeca.

—No mate al mensajero, inspectora —dijo sonriendo.

Ella siguió retrocediendo hasta la puerta y miró alarmada a los funcionarios, que permanecían impasibles.

—¡Abran la puerta!

Los hombres continuaron en su sitio observándola en silencio.

—¿No me han oído? ¡Abran la puerta, el recluso me ha atacado!

Loca de miedo, se dirigió al hombre que estaba más cerca y se colocó a su lado; habló tan cerca de su rostro que pequeñas partículas de saliva salpicaron su cara.

—¡Abra la puerta, maldito cabrón, abra la puerta o le juro por Dios que...! —El funcionario la ignoró y dirigió su mirada a Berasategui, que con un displicente gesto de cabeza le autorizó. Los funcionarios abrieron la puerta y sonrieron a Amaia mientras le franqueaban el paso.

8

Conteniendo el impulso de correr, caminó apresurada por el pasillo hasta el siguiente control y saludó con un gesto al funcionario disimulando su desasosiego hasta llegar al control principal, donde había visto al entrar a otro funcionario que conocía, y aun así esperó a recuperar su bolso y su pistola antes de preguntarle por el director de la prisión.

—El director no está. Ha ido a Barcelona a un congreso de seguridad, pero si quiere puede hablar con su adjunto. ¿Le aviso? —dijo levantando el auricular de un pesado teléfono.

Amaia lo pensó un instante.

—No, déjelo, no tiene importancia.

Subió al coche y sacó su móvil; reparó, paranoica, en las cámaras de vigilancia que circundaban la prisión y decidió entonces alejarse varias calles antes de aparcar el coche a un lado y marcar un número al que nunca antes había llamado.

La voz sosegada de Markina respondió al otro lado.

—Inspectora, es la primera vez que me llama a mi teléfono...

—Señoría, se trata de un asunto oficial, acabo de salir de la cárcel de Pamplona de entrevistarme con Berasategui... —Advirtió que su voz aún delataba la tensión vivida. Tomó aire profundamente intentando calmarse antes de continuar.

—¿Berasategui? ¿Por qué no me ha avisado de que iría verle?

—Lo siento, señoría, pero era una visita de índole personal, quería preguntarle por... por Rosario.

Le oyó chascar la lengua en señal de desaprobación.

—Toda la información que tengo me lleva a pensar que aquella noche tuvieron que ir a algún lugar, un piso franco donde ella pudo cambiarse de ropa, un lugar donde esconderse si las cosas se complicaban... No puedo creer que un hombre tan organizado como Berasategui no tuviera previsto algo así.

Markina permaneció silencioso al otro lado de la línea.

—Pero no es eso lo que quiero contarle, la entrevista se desarrolló bien hasta que le pregunté si Rosario seguía viva... Entonces él me dio un mensaje de ella.

—¡Amaia! Es un manipulador, ha jugado contigo —dijo abandonando cualquier formalismo—. No tiene ningún mensaje de tu madre, se lo serviste en bandeja, vio tu debilidad y atacó por ahí.

Ella suspiró profundamente, comenzando a arrepentirse de habérselo contado.

—¿Qué te dijo con exactitud?

—Eso es lo de menos, lo que importa es lo que pasó después. Mientras me hablaba se acercó mucho a mí y llegó a tocarme.

—¿Te ha hecho daño? —interrumpió él alarmado.

—Había dos guardias con nosotros en la sala, y ni se inmutaron —continuó ella—; no me hizo daño, me liberé de su mano y retrocedí hasta la puerta, pero los guardias siguieron impasibles mientras les gritaba que abriesen, y esperaron hasta que Berasategui con un gesto se lo autorizó.

—¿Estás bien? ¿Estás segura de que estás bien? Si te ha hecho daño...

—Estoy bien —cortó—. Parecen sus perros. Hasta se

permitió bromear ante ellos sobre su escasa inteligencia, y le obedecieron con auténtica sumisión.

—¿Dónde estás? Quiero verte. Dime dónde estás e iré ahora mismo.

Ella miró alrededor, desorientada.

—El director está de viaje, y no conozco a su segundo, pero es primordial hacer algo enseguida, no sabemos a cuántos funcionarios tiene sometidos ya.

—Yo me encargo. Tengo aquí mismo el teléfono personal del director. Lo llamaré para recomendarle que lo trasladen a máxima seguridad y lo aíslen; en diez minutos estará solucionado. Pero ahora necesito verte, necesito ver que estás bien.

Amaia se inclinó hacia adelante tocando la frente contra el volante e intentando ordenar sus pensamientos: la urgencia desesperada en la voz de Markina le causaba una desazón incontrolable; su preocupación parecía sincera y el modo impulsivo en que había reaccionado ante la posibilidad de que hubiese sufrido algún daño le resultó a la vez feroz y halagador.

—¿Le ha llegado ya el informe del forense sobre el caso Esparza?

—No. Quiero verte ahora.

—Mi hermana me ha dicho que usted la llamó.

—Es cierto. Ella llamó a mi despacho; mi secretaria me pasó el aviso y cuando vi el apellido le devolví la llamada como una deferencia hacia tu familia. Un asunto doméstico, quería saber si era apropiado celebrar un funeral por vuestra madre. Le contesté que no tenía nada que objetar. Y ahora quiero verte.

Ella sonrió ante su insistencia, debió de haber imaginado que la versión de Flora estaría algo adulterada.

—Estoy bien, en serio, ahora no puedo, debo regresar a comisaría, el informe del forense debe de estar a punto de llegar.

—¿Cuándo entonces?

—¿Cuándo qué?

—¿Cuándo voy a verte? Has dicho «ahora no puedo». ¿Cuándo?

—Tengo otra llamada —mintió—, tengo que colgar.

—Está bien, pero prométeme que no volverás a visitar a Berasategui sola. Si algo llegara a ocurrirte...

Ella colgó y permaneció inmóvil durante un par de minutos mirando la pantalla vacía.

9

La escasa luz y el cielo cubierto de nubes oscuras que cubría Pamplona, que se había ganado el ser rebautizada por sus pobladores como Mordor, fueron sustituidos en Baztán por otro cielo más claro y difuminado, por una suerte de neblina brillante que hería los ojos al mirar al cielo y embellecía el paisaje con una extraña luz que, sin embargo, no permitía avistar a lo lejos. La comisaría de Elizondo se veía inusitadamente tranquila en comparación con el día anterior, y cuando bajó del coche observó que el silencio se había extendido como una manta sobre el valle permitiendo, desde aquel punto alto, escuchar el rumor del río en Txokoto, que apenas llegaba a ver desde allí, escondido tras las piedras centenarias de las casas de Elizondo. Volvió la mirada hacia el interior del despacho: media docena de fotos de la cuna, del oso, del cadáver asomando desde el interior de la mochila en la que Valentín Esparza se lo llevaba y del ataúd vacío del que había robado el cuerpo de su hija, y el informe del forense abierto sobre su mesa. San Martín confirmaba la asfixia como causa de la muerte de la niña. La forma y medidas de la nariz del oso encajaban perfectamente con la marca de presión que la pequeña tenía en la frente, y las fibras blancas halladas en la comisura de sus labios pertenecían al muñeco. Los rastros de saliva que aparecían en el rostro del bebé y en el pelo del muñeco correspondían a la propia niña y a Valentín Esparza, y el penetrante y nauseabundo olor que despedía el muñeco se originaban en el tercer rastro, del que todavía no se había establecido el origen.

—No es definitivo —explicó Montes—. El padre siempre puede decir que besó al bebé cuando se despidió de ella al dejarla en casa de la suegra.

—Cuando San Martín me confirmó que había saliva, pregunté a la abuela si había bañado a la niña, y me contestó que sí; lo hizo antes de acostarla. De haber tenido algún rastro de saliva de sus padres, el baño la habría borrado —explicó Amaia.

—Un abogado diría que en algún momento besó al muñeco con el que fue asfixiada, y que la saliva llegó a la piel de la niña por transferencia —dijo Iriarte.

Zabalza alzó una ceja extrañado.

—¿Qué? No es tan extraño —se justificó Iriarte buscando apoyo en Amaia—. Cuando eran más pequeños, mis hijos me obligaban a besar a todos sus muñecos.

—Esta niña tenía cuatro meses, no creo que le pidiera a su padre que besara al osito, y Esparza no encaja con la clase de tipo que hace esas cosas. La abuela declaró que rara vez subía a la planta superior, que aquel día se quedó en la cocina tomando una cerveza y que fue su hija la que la acompañó arriba a instalar al bebé —dijo Amaia tomando una de las fotos en la mano para verla con más cuidado.

—Yo tengo algo —dijo Zabalza—. He trabajado con las imágenes grabadas en las celdas; por más que aumentaba el sonido resultaba inaudible, pero como se veía bastante bien se me ocurrió que quizá alguien pudiese leerle los labios y se las mandé a un amigo que trabaja en la ONCE. No tiene ninguna duda, lo que dijo Esparza es: «La entregué a Inguma, como tantos otros sacrificios». He buscado Inguma en el sistema, no aparece nadie con ese nombre o ese alias.

—¿Inguma?, ¿está seguro? —preguntó Amaia, sorprendida.

—Dice que sí, que no hay duda, «Inguma».

—Es curioso, la bisabuela de la niña me contó que Inguma es un demonio de la noche, una criatura que se cuela en las habitaciones de los durmientes, se sienta sobre su pecho y los asfixia robándoles el aliento —dijo dirigiéndose sobre todo a Etxaide—. Afirmó también que él había matado a la niña.

—Vaya, es una de las criaturas más antiguas y oscuras de la mitología tradicional, un genio maléfico que aparece de noche en las casas cuando sus moradores se hallan dormidos, estrangula sus cuellos dificultándoles la respiración y causándoles una increíble angustia; se le considera causante de horribles pesadillas, ahogos nocturnos y lo que ahora se conoce como apnea del sueño, un período en el que el durmiente deja de respirar sin causa aparente y vuelve a hacerlo en algunos casos a los pocos segundos, y en otros se prolonga hasta causarles la muerte. Se suele dar entre fumadores y personas muy corpulentas. Una curiosidad es que se solía contar que era muy peligroso dormir con las ventanas abiertas porque entonces Inguma podía entrar con toda facilidad; precisamente, estas personas con problemas respiratorios cerraban puertas y ventanas para impedir su entrada, tapando hasta las pequeñas rendijas, pues se decía que podía colarse por el más mínimo resquicio; por supuesto, se le consideraba causante de la muerte súbita de los lactantes mientras dormían. Se solía recitar una fórmula mágica antes de dormir para protegerse de este demonio, decía algo así como: «Inguma, no te temo»; empezar así era muy importante, como con las brujas, estableciendo de antemano que aunque se creía en ellas no se les tenía miedo. Y continuaba:

Inguma, no te temo.
A Dios, a madre María tomó por protectores.
En el cielo estrellas, en la tierra hierbas,
    en la costa arenas, hasta haberlas contado todas, no te
me presentes.

»Es una preciosa fórmula de sometimiento, en la que se obliga al demonio a realizar un ritual que le llevará una eternidad cumplir, muy parecida a la de la *eguzkilore* para las brujas, que deben contar todos sus pinchos antes de poder entrar en la casa, de modo que amanece antes de que puedan cumplirlo y deben correr a esconderse. Me llama la atención porque este demonio es uno de los espíritus de la noche menos estudiados y que aparece con exactas características en otras culturas.

—Me gustaría ver cómo le explica al juez que un demonio mató a su hija —dijo Montes.

—No admite haberla matado, pero tampoco lo niega, más bien puntualiza que la entregó —explicó Iriarte.

—«Como tantos otros sacrificios» —añadió Zabalza—. ¿Qué insinúa con eso, que quizá ya lo había hecho antes?

—Bueno, en este momento lo tiene difícil para cargarle su crimen a un demonio; esta mañana me he dado una vuelta por su domicilio y he tenido la suerte de encontrarme con una vecina que había estado mirando la tele hasta tarde y «casualmente» se asomó a la ventana cuando oyó el coche de la pareja que llegaba de la cena aquella noche. Y volvió a oírlo veinte minutos después, cosa que le llamó la atención. Me explicó que pensó que la niña podía estar malita, y estuvo atenta hasta oír el coche de nuevo veinticinco minutos más tarde. Miró por la mirilla de su puerta, «no con la intención de espiar», sólo para saber si la niña estaba bien, y vio que el marido regresaba solo.

Iriarte se encogió de hombros.

—Pues ya lo tenemos.

Amaia estuvo de acuerdo.

—Todo apunta a que lo hizo solo, pero hay tres cosas que no están claras, el nauseabundo rastro oloroso del osito, la obsesión con que el cuerpo no se incinere y el «como tantos otros sacrificios». Por cierto —dijo mostrándoles la foto que había sostenido en la mano—, ¿hay algo dentro del ataúd o es un efecto de la imagen?

—Sí —explicó Iriarte—. Con el revuelo inicial no nos dimos cuenta, pero el encargado de la funeraria nos advirtió. Parece que Esparza colocó en el interior del ataúd tres paquetes de azúcar que cubrió con una toalla blanca, a simple vista parece el fondo acolchado del cajón. Lo haría con intención de que nadie notase la diferencia de peso al levantar la caja.

—Está bien —dijo Amaia dejando la foto junto a las otras—. Continuaremos atentos por si el análisis del tercer rastro abre una nueva línea; quizá recogió a alguien por el camino. Buen trabajo —añadió, dando por terminada la reunión. Jonan se rezagó un poco.

—¿Va todo bien, jefa?

Le miró intentando aparentar una calma que no tenía. ¿A quién pretendía mentir? Jonan la conocía casi tan bien como ella misma, pero de igual modo sabía que no siempre se puede contar todo. Le lanzó un señuelo cargado de sinceridad para evitar el tema que no quería tocar.

—Mi hermana Flora está en Elizondo y se empeña en organizar un funeral para nuestra madre; la sola idea me saca de quicio, y para colmo el resto de mi familia parece estar de acuerdo, incluido James. Por más que he tratado de explicarles por qué creo que sigue viva, no he podido convencerles y sólo he conseguido que me reprochen no dejarles cerrar este episodio de sus vidas.

—Si le sirve de algo, yo tampoco creo que cayese al río.

Ella le miró y suspiró.

—Claro que me sirve, Jonan, me sirve de mucho... Eres un buen policía, confío en tu instinto, y supone para mí un enorme apoyo saber que estás de acuerdo conmigo en contra de tantas opiniones.

Jonan asintió lentamente, aunque sin convencimiento, mientras rodeaba la mesa para agrupar todas las fotos.

—Jefa, ¿quiere que la acompañe?

—Me voy a casa, Jonan —respondió ella.

Él sonrió antes de salir del despacho dejando en ella la familiar sensación de no haber conseguido engañar a alguien que la conocía demasiado bien.

Bajó con el coche hacia Txokoto, pasó junto a Juanitaenea y vio los palés de material de obra agrupados frente a la puerta de la casa, aunque no se observaba ni rastro de actividad. Al pasar por el barrio pensó en la posibilidad de parar en el obrador, pero lo descartó; tenía demasiadas cosas en la cabeza y no le apetecía una conversación con Ros para volver sobre el tema del funeral. En lugar de eso, atravesó el puente de Giltxaurdi y condujo hasta el antiguo mercado, donde aparcó. Desanduvo el camino deteniéndose indecisa ante las puertas que daban a la fachada y que le parecieron todas iguales. Al fin se decidió por una y sonrió aliviada cuando Elena Ochoa abrió la puerta.

—¿Podemos hablar? —preguntó a la mujer.

Como respuesta, ella la tomó del brazo y tiró de ella con fuerza hacia el interior de la casa, después se asomó y miró a ambos lados de la calle. Como en la ocasión anterior, la condujo hasta la cocina y sin mediar palabra comenzó a preparar un par de tazas de café, que dispuso sobre una bandeja de plástico cubierta con papel de cocina a modo de mantel. Amaia agradeció el silencio. Cada minuto invertido en preparar el café con su repetitivo ritual los dedicó a ordenar los impulsos, pues apenas podía llamarlos pensamientos o ideas, que la habían llevado hasta allí. Resonaban en su cabeza como el eco de un golpe, y las imágenes que se repetían cadenciosas se mezclaban con otras guardadas en su memoria. Había ido a por respuestas, pero no estaba segura de tener las preguntas. «Tendrás todas las respuestas si sabes formular todas las preguntas», podía oír la voz de tía Engrasi, pero ella sólo tenía un pequeño ataúd blanco vacío en el que alguien había sustituido un cuerpo por unos paquetes de azúcar, y una palabra, «sacrificio»; y ambas cosas mezcladas constituían una ominosa combinación.

Observó que la mujer hacía esfuerzos por dominar el temblor de sus manos mientras servía el azúcar en la taza. Comenzó a remover el brebaje, pero el tintineo de la cuchara contra la porcelana pareció exasperarla sobremanera; se detuvo de pronto y arrojó la cuchara sobre la bandeja.

—Perdóneme, estoy muy nerviosa. Dígame qué quiere y terminemos de una vez.

La cortesía de Baztán. Aquella mujer no quería hablar con ella, no la quería en su casa, respiraría aliviada cuando la viese salir por la puerta, pero era sagrado ofrecerle un café o algo para comer, y lo haría. Era una de aquellas mujeres que hacían lo que hay que hacer. Avalada por este convencimiento, tomó en sus manos el café que no llegaría a probar y habló.

—En mi anterior visita le pregunté si creía que el grupo había llegado a realizar un sacrificio humano...

La mujer comenzó a temblar visiblemente.

—Por favor... Tiene que irse, no puedo decirle nada.

—Elena, tiene que ayudarme. Mi madre está libre por ahí; tengo que encontrar esa casa, sé que allí obtendría respuestas.

—No puedo decírselo, me matarían.

—¿Quiénes?

Ella negó apretando los labios.

—Le daré protección —dijo Amaia dirigiendo una disimulada mirada a la virgencilla ante la que ardía una velita; a su lado, un par de estampas de Cristo y un manoseado rosario envolvía con sus cuentas la base de la vela.

—Usted no puede protegerme de eso.

—¿Cree que hubo un sacrificio?

Elena se puso en pie, arrojó el café al fregadero y se dedicó a lavar la taza dando la espalda a Amaia.

—No, no lo creo. La prueba es que usted está aquí y entonces la única mujer embarazada del grupo era Rosario. He dado las gracias mil veces porque no hicieran nada, quizá era sólo palabrería para impresionarnos, quizá sólo querían someternos con el miedo o parecer más peligrosos o poderosos...

Amaia miró a su alrededor en aquella casa llena de objetos protectores; una pobre mujer teorizaba, esperanzada de que las cosas fueran como ella deseaba, aunque la desesperación en sus gestos dejaba traslucir que en el fondo no creía lo que decía.

—Elena, míreme —ordenó.

La mujer cerró el grifo, dejó la esponja y se volvió para mirarla.

—Nací junto a otra niña, una hermana gemela que murió oficialmente de muerte de cuna.

La mujer levantó las manos enrojecidas por el frío del agua y se las llevó al rostro crispado, que quedó arrasado por el llanto y el miedo mientras preguntaba:

—¿Dónde está enterrada? ¿Dónde está enterrada?

Amaia negó con la cabeza viendo cómo la mujer se crispaba a medida que le explicaba:

—No lo sabemos, localicé la tumba, pero el ataúd estaba vacío.

Un horrible gemido surgió de las entrañas de aquella pequeña mujer, que se abalanzó sobre Amaia; ésta, sorprendida, se puso en pie.

—¡Váyase de mi casa! ¡Váyase de mi casa y no vuelva nunca! —gritó empujándola hacia el pasillo—. ¡Fuera! ¡Váyase!

—¿Qué obtenían con el sacrificio? ¿Qué hacían con los cuerpos? —preguntó mientras la mujer le cerraba el paso para obligarla a avanzar.

Amaia abrió la puerta y se volvió para rogarle.

—Sólo dígame dónde está la casa.

La puerta se cerró ante ella, aunque desde el interior

le siguieron llegando amortiguados los sollozos de la mujer.

Casi instintivamente sacó su teléfono del bolsillo y marcó el número del agente Dupree. Caminó hacia su coche sosteniendo el aparato pegado a su oreja con fuerza, en un intento de captar la mínima señal de actividad al otro lado de la línea. Iba a desistir cuando un crujido delató la presencia de Dupree. Sabía que era él, el viejo y querido amigo que tan importante había llegado a ser en su vida, pese a la distancia, pero lo que oyó a través del teléfono erizó todos los pelos en su nuca y le hizo jadear de puro miedo. Un rumor de cánticos fúnebres y repetitivos se oía de fondo; el eco que producían las voces indicaba un lugar enorme en el que alcanzaban una sonoridad propia de una catedral. Había algo oscuro y tétrico en el modo en que recitaban una y otra vez tres palabras desprovistas de tono y que hablaban de amenaza y muerte. Sin embargo, fue el claro y angustioso grito de una criatura moribunda lo que le provocó absoluto pavor. La agonía de aquel ser se prolongó durante varios segundos en los que su voz lastimera se fue perdiendo, supuso que porque Dupree se alejaba de él.

Cuando por fin habló, la voz del hombre delataba tanta angustia como la que ella misma sentía.

—No vuelva a llamarme, no vuelva a llamarme, yo lo haré. —La conexión quedó interrumpida y Amaia se sintió tan pequeña y tan lejos de él que hubiera querido gritar.

Aún sostenía el teléfono cuando éste volvió a sonar. Leyó la pantalla con una mezcla de esperanza y pánico. Distinguió los números de identificación de las oficinas del FBI y la cálida voz del agente Johnson, que la saludó desde Virginia. Las convocatorias para los cursos de intercambio en Quantico acababan de publicarse, y desde el área de estudio de la conducta criminal esperaban poder contar con ella. En aquel mismo instante harían la solicitud a su comisaría. Hasta aquí una conversación formal como las que en anteriores ocasiones siempre había mantenido con funcionarios administrativos; el hecho de que la llamada se produjese apenas dos minutos después de hablar con Dupree no le pasaba inadvertido, pero fue lo que el agente Johnson dijo inmediatamente después lo que le confirmó que sus llamadas estaban siendo escuchadas.

—Inspectora, ¿ha tenido algún tipo de contacto con el agente especial Dupree?

Amaia se mordió el labio inferior conteniendo su respuesta mientras repasaba la conversación mantenida apenas un mes atrás con el agente Johnson y en la que él le había advertido de que para cualquier aspecto relativo a Dupree evitase la línea oficial y le llamase a un número particular que él le facilitó. Pensó en que cuando conseguía hablar con Dupree, su voz le llegaba lejana y plagada de ecos; las llamadas se cortaban e incluso había llegado a desaparecer de la pantalla la información de su origen, como si nunca se hubiesen producido. Y a eso había que añadir el aviso recibido desde la oficina central del FBI, cuando Jonan las rastreó y localizó su origen en Baton Rouge, Luisiana. Además, Johnson planteaba la pregunta como si no recordase que en esa conversación ella le había dicho que Dupree siempre contestaba a sus llamadas. De cualquier modo, si se habían puesto en contacto con ella en ese momento era porque sabían que acababa de hablar con él, y comunicarle su aceptación en los cursos no era más que una mera excusa.

—No demasiado a menudo, pero de vez en cuando le llamo para saludarle, como a usted —dijo sin darle importancia.

—¿Le ha hablado el agente Dupree del caso en el que trabaja?

Las preguntas parecían sacadas de un cuestionario de asuntos internos.

—No, ni siquiera sabía que estuviese con un nuevo caso.

—Si el agente Dupree se pone de nuevo en contacto con usted, ¿querrá comunicárnoslo?

—Me está preocupando, agente Johnson, ¿ocurre algo?

—Nada grave, en los últimos días nos ha costado un poco dar con el agente Dupree. Es una cuestión rutinaria, seguramente se han complicado un poco las cosas y por seguridad ha preferido no contactar, pero no tiene que preocuparse, inspectora. Eso sí, le agradeceremos que si Dupree la llama nos lo comunique de inmediato.

—Así lo haré, agente Johnson.

—Muchas gracias, inspectora, esperamos verla pronto por aquí.

Colgó el aparato y esperó diez minutos más, inmóvil dentro del coche, a que el teléfono volviese a sonar. Cuando lo hizo, vio en su pantalla el número que tenía identificado como particular de Johnson.

—¿A qué ha venido todo eso?

—Ya le dije que Dupree tiene su propio modo de hacer las cosas. Hace tiempo que no informa, esto no es raro, usted lo sabe; cuando se trabaja como infiltrado, encontrar el momento oportuno para ponerse en contacto puede ser complicado, pero el tiempo transcurrido unido a la actitud un tanto irreverente del agente Dupree les hace sospechar de la seguridad de su identidad.

—¿Creen que puede haber sido descubierto?

—Ésa es la versión oficial, pero sospechan que ha sido captado.

—¿Y usted qué opina? —dijo tanteando el terreno en el que se movían mientras se preguntaba hasta qué punto podía fiarse de Johnson, cómo podía estar segura de que la segunda llamada no estaba siendo grabada igual que la primera.

—Creo que Dupree sabe lo que hace.

—Yo también lo creo —afirmó ella con toda la fuerza de la que fue capaz, aunque en su cabeza volvían a resonar los fabulosos gritos que había escuchado cuando Dupree descolgó el teléfono.

10

Habían pasado la tarde en un centro comercial de la carretera de Francia con el pretexto de comprar ropa para Ibai y huyendo del frío que había traído la niebla, que fue volviéndose más densa con la caída de la noche y que apenas les permitió ver la otra orilla del río cuando salieron de casa para ir a cenar. Santxotena estaba bastante animado, desde el comedor grande llegaba el murmullo de risas y conversaciones que les envolvieron en cuanto cruzaron sus puertas. Ellos siempre pedían una mesa junto a la cocina, que estaba abierta al comedor, con lo que podían observar el ordenado trajín de tres generaciones de mujeres que se movían por la estancia sin molestarse, como si hubieran ensayado mil veces una coreografía de corte victoriano refrendada por los impolutos delantales blancos que llevaban sobre el uniforme negro.

Eligieron el vino y durante unos minutos se dedicaron tan sólo a disfrutar del ambiente del local. No habían vuelto a hablar del tema del funeral y durante la tarde habían soslayado enfrentarse a la tensión que se respiraba entre ambos, pues sabían que había una conversación pendiente y que, por un acuerdo tácito y silencioso, la habían aplazado hasta estar solos.

—¿Cómo va la investigación? —preguntó James.

Le miró indecisa unos segundos. Desde que era policía había aplicado la norma de no hablar de los pormenores de su trabajo en casa. Ellos sabían que no debían preguntar, y ella aplicaba la regla sin excepción. De ninguna manera quería hablar con James de las partes oscuras del día a día, así como también sentía que había zonas de su pasado que, aunque James ya conocía, era mejor no comentar. De algún modo siempre había sabido que todo lo que tenía que ver con su infancia debía ser silenciado, y de forma inconsciente lo había mantenido oculto bajo una falsa apariencia de normalidad durante años. Cuando los diques que habían contenido aquel horror se habían roto hasta arrastrarla casi a la locura, la sinceridad con su marido había sido la brecha en el muro del miedo que había permitido que la luz entrara a raudales, creando un lugar de encuentro entre ambos. Un lugar que consiguió traerla de vuelta a un mundo donde los viejos vampiros no podían alcanzarla mientras mantuviera alta la guardia.

Pero, lo había sabido siempre: el miedo no se va, no desaparece, sólo se retira unos pasos atrás hasta un lugar húmedo y oscuro, y se queda ahí, esperando, reducido a poco más que un pequeño LED rojo que puedes ver aunque no quieras, aunque lo niegues, porque de otra forma no se puede vivir. Y sabía también que el miedo es propiedad privada, que la sinceridad que te permite ponerle nombre y mostrarlo no es suficiente para desligarte de él, ni siquiera para compartirlo. Había creído que el amor lo podía todo, que abrir la puerta que le permitió mostrarse ante él con toda la carga de su pasado sería suficiente.

Ahora, sentada ante James, seguía viendo al chico guapo del que se había enamorado, al artista confiado y optimista al que nadie había intentado matar jamás, y su modo sencillo y algo infantil de contemplar las cosas, que lo llevaba a mantenerse en una línea segura, donde la mezquindad del mundo no podía alcanzarle, y a creer que si se pasa página, si se entierra el pasado o si durante meses se le cuenta a un psiquiatra que tu madre quería comerte, uno puede «curarse» del miedo, vivir en un mundo de prados verdes y cielos azules sostenidos con la simple voluntad de que así sea. La convicción de que la felicidad es una decisión le resultaba tan ilusa que apenas podía imaginar cómo plantearle su opinión sin que pareciera insultante. Sabía que James no quería saber, que cuando preguntaba qué tal iba todo en el trabajo no pretendía recibir una explicación de cómo había interrogado a un psicópata sobre el paradero de su madre o del cadáver de su hermana desaparecida.

Sonrió antes de contestar porque lo amaba, porque aquel modo de ver el mundo seguía fascinándola y porque sabía que amar también es esforzarse en amar.

—Bastante avanzada, creo que en un par de días cerraremos el caso —respondió.

—Hoy he estado hablando con mi padre —explicó él—. Últimamente no se ha sentido muy bien de salud. Mi madre insistió en que se hiciera un chequeo a fondo y han encontrado una lesión en su corazón.

—¡Oh, James! ¿Es grave?

—No, incluso mi madre está tranquila. Ella misma me lo ha explicado: sufre una fase inicial de arteriosclerosis y se le está produciendo una obstrucción en la coronaria; para solucionarlo tienen que colocarle un *by pass*, que es una cirugía programada y casi casi preventiva para evitar que sufra un infarto en el futuro. Eso sí, tendrá que dejar de trabajar ya. Hace tiempo que mi madre le presionaba para que cediese de una vez la dirección activa de la empresa, pero a él le encanta estar ocupado y mientras se ha sentido bien lo ha ido postergando, ahora será definitivo. Casi te diría que mi madre se alegra; ya me ha hablado de un par de viajes que quiere hacer con él en cuanto esté recuperado de la operación.

—Espero que todo salga bien, James, y me alegra ver que todos os lo estáis tomando así. ¿Cuándo tienen previsto operarle?

—El próximo lunes. Por eso te preguntaba cómo andabas de trabajo. Mis padres no ven a Ibai desde el bautizo y había pensado que el niño y tú podríais acompañarme.

—Bueno...

—Creo que podríamos irnos después del funeral. Tu hermana se ha pasado por casa por la mañana y nos ha dicho que seguramente será el viernes, mañana nos lo confirma. Estaríamos allí sólo cuatro días y no creo que suponga un problema que te cojas vacaciones en esta época del año.

Demasiadas cosas pendientes, demasiadas cosas por ordenar. Era cierto que la investigación oficial se cerraría en unos días, pero estaba el otro tema; ni siquiera estaba segura de la conveniencia de acudir a los cursos en Quantico, aún no había recibido confirmación del comisario y no había querido decirle nada a James.

—No lo sé, James... Tendría que pensarlo.

La sonrisa se le congeló en su rostro.

—Amaia, esto es importante para mí —añadió muy serio.

Ella captó el mensaje de inmediato. Ya se lo había dejado entrever el día anterior. Tenía necesidades, tenía proyectos, reclamaba un lugar en su vida. Acudió a su mente la imagen de los montones de material de obra inmovilizados frente a Juanitaenea y la voz de Yáñez diciendo: «Una casa no es un hogar».

Estiró su mano sobre la mesa hasta tocar la de él.

—Claro, para mí también —dijo, intentando sonreír—. Mañana mismo cursaré la solicitud. Como dices, no creo que pongan pegas, nadie pide vacaciones en invierno.

—Genial —respondió festivo él—. Ya he mirado billetes, en cuanto tengas la confirmación, los compro.

Pasó el resto de la cena planeando el viaje entusiasmado con la idea de llevar a Ibai a Estados Unidos por primera vez. Ella le escuchó.

I I

Su aliento ardía sobre la piel y la evidencia de su cercanía
encendió su deseo en lo más profundo. Él dijo algo que no
llegó a entender, aunque daba igual, había algo hechizan-
te en la virilidad de su voz. Evocaba el dibujo marcado de
sus labios, de su boca húmeda y carnosa y de aquella sonrisa suya que siempre conseguía desconcertarla. Aspiró la
tibieza de su piel y lo deseó; lo deseó como se desea lo imposible, con los ojos cerrados, el aliento contenido y los
sentidos plegados al placer. Sintió sus labios besando su
cuello, ardían en un avance húmedo y lento, como de lava
derramándose del cráter de un volcán. Cada nervio se debatía furioso entre el placer y el dolor, pidiendo más, deseando más, erizando el vello de su nuca, contrayendo la
piel en sus pezones, ardiendo entre sus piernas. Abrió los
ojos y miró alrededor, desconcertada. La pequeña luz que
siempre dejaba encendida cuando dormía le permitió
identificar el espacio familiar de su dormitorio en la casa
de Engrasi. Su cuerpo se tensó alarmado. James susurraba
junto a su oído mientras la seguía besando.

Ya era de día e Ibai estaba despierto. Le oyó moverse en su
cuna emitiendo los sonidos quedos que acompañaban el
pataleo con el que se despertaba y con el que lograba desta-
parse completamente exiliando el edredón a los pies de la

cuna. No abrió los ojos; le había costado mucho volver a dormirse después de hacer el amor y ahora sentía los párpados pegados y la perezosa y plácida sensación consistente en prolongar el sueño cinco minutos más. Oyó a James que se levantaba y tomaba al niño en brazos mientras le susurraba:

—¿Tienes hambre? Vamos a dejar a la *ama* dormir un rato más.

Les oyó salir de la habitación y remoloneó intentando en vano regresar al estado plácido y vacío en el que no había sueños y podía descansar. Recordó de pronto haber soñado con Markina, y aunque nadie como ella sabía que uno no es dueño de sus sueños, que tanto los más placenteros como las tortuosas pesadillas brotan de un lugar misterioso al que no se puede acceder ni controlar, se sintió culpable, y, mientras lo razonaba ya completamente despierta y disgustada por haber tenido que renunciar a la placidez de esos cinco minutos más, supo que la culpabilidad no provenía de haber soñado con Markina, sino de haber hecho el amor con su marido estimulada por el deseo que aquél le provocaba.

James entró en la habitación con un vaso de café con leche, y casi al mismo tiempo el teléfono de Amaia vibró sobre la mesilla emitiendo un desagradable sonido.

—Buenos días, Iriarte.

—Buenos días, inspectora. Acaban de llamar de la cárcel de Pamplona. Berasategui ha aparecido muerto en su celda.

Colgó, salió de la cama y se tomó el café mientras se arreglaba. No le gustaba hacerlo así; todavía era una joven estudiante cuando adoptó la costumbre de tomarse con calma su café en la cama. Odiaba correr por la mañana, siempre era presagio de un mal día.

El director de la prisión esperaba en la entrada. El modo en que paseaba de un lado a otro como una fiera enjaulada denotaba su preocupación. Les tendió una mano con un gesto profesional y les invitó a acompañarle a su despacho, lo que Amaia descartó, tras lo que solicitó ver el cuerpo cuanto antes.

Precedidos por un funcionario de prisiones que les franqueó el paso en cada control, llegaron a la zona de aislamiento. Un guardia apostado frente a la puerta maciza permitía distinguir la celda de Berasategui.

—El médico no ha encontrado ningún signo de violencia en el cadáver —explicó el director—. Estaba aislado a petición del juez y desde ayer no ha hablado con nadie. —Hizo un gesto al funcionario para que abriese la puerta y les cedió el paso.

—Pero habrá entrado alguien... —supuso el inspector Montes—. Por lo menos para comprobar que está muerto.

—El funcionario vio que estaba inmóvil y dio el aviso. Sólo hemos entrado el médico de la prisión, que ha certificado la defunción, y yo, y les llamamos inmediatamente. Creo que todo apunta a una muerte natural.

La celda, desprovista de cualquier pertenencia personal, se veía limpia y ordenada. La ropa de cama, tan estirada como una litera militar, y sobre ella, tendido boca arriba, el doctor Berasategui completamente vestido, incluidos los zapatos. El rostro relajado y los ojos cerrados. La celda olía al perfume del doctor, pero la ropa colocada a la perfección y el modo en que había cruzado las manos sobre el pecho sugerían un cadáver embalsamado.

—¿Natural, dice? —se extrañó Amaia—. Este hombre tenía treinta y seis años y se mantenía en forma, incluso tenía un gimnasio en su casa. Además era médico; si hubiera estado enfermo, él habría sido el primero en saberlo, ¿no cree?

—Hay que reconocer que es el cadáver con mejor aspecto que he visto —comentó Montes dirigiéndose a Zabalza, que con el haz de una linterna recorría el perímetro de la celda.

Amaia se puso los guantes que le tendía el subinspector Etxaide, se acercó al camastro y observó en silencio el cadáver hasta que unos minutos después percibió al doctor San Martín a su espalda.

—¿Qué tenemos aquí, inspectora? El médico dice que no presenta signos de violencia, apunta a que puede ser natural.

—No hay elementos con los que pueda haberse lesionado —apuntó Montes— y tiene buen aspecto, si no ha sido natural, desde luego no ha sufrido.

—Pues si no tienen otra cosa, me lo llevo. El médico ya ha certificado la muerte, así que ya les contaré después de la autopsia.

—No ha sido natural —cortó Amaia. Notó cómo todos guardaban silencio y hasta creyó oír resoplar a Zabalza—. Miren, su postura está justo en el centro del camastro. La ropa estirada, los zapatos puestos y limpios. La posición de las manos es exactamente la que quería que viésemos al entrar. Este hombre era un narcisista vanidoso y pagado de sí mismo que no iba a permitir que lo encontráramos de forma poco honrosa o humillante.

—El suicidio no encaja en el comportamiento narcisista —apuntó con timidez Jonan.

—Sí, lo sé, es eso lo que me hizo dudar cuando entramos. Encaja y no encaja. Por un lado, el suicidio no es propio de una personalidad vanidosa y, por otro, es así exactamente como creo que lo haría un narcisista.

—¿Y cómo lo hizo? No hay nada que indique que se lo haya podido causar él —dijo Zabalza.

Picado en su curiosidad, San Martín se acercó al cadáver y palpó el cuello; levantó los párpados y miró el interior de la boca.

—Todo apunta a un fallo cardíaco; no obstante, es cierto que es un hombre muy joven y en buena forma. Por lo demás, el cadáver no presenta petequias, heridas defensivas o síntomas de sufrimiento. Da la sensación —dijo mirando a todos los presentes— de que simplemente se tumbó aquí y murió.

Amaia asintió.

—Tiene razón, doctor, eso es exactamente lo que hizo: se tumbó ahí y murió, pero tuvo que tener ayuda. ¿Desde qué hora permaneció aislado? —preguntó dirigiéndose al director.

—Desde las once, en cuanto recibí la llamada del juez. Yo estaba de viaje, pero mi adjunto me confirmó quince minutos más tarde que ya había sido trasladado.

—¿Hay cámaras en las celdas? —preguntó Montes apuntando con la linterna hacia las esquinas en el techo.

—En las celdas no; no son necesarias. Los presos aislados son vigilados constantemente por un funcionario a través del portillo. Hay cámaras en los pasillos. Ya supuse que necesitarían las imágenes, así que he preparado una grabación.

¿Y los funcionarios que le acompañaban ayer?

—Les hemos dicho que se vayan a casa mientras dure la investigación del incidente —respondió el director, visiblemente incomodado por la cuestión.

Tanto la pregunta como la respuesta habían pillado por sorpresa a los policías; Montes y Etxaide se volvieron a mirar a Amaia demandando respuestas, pero ella se acercó de nuevo al camastro y dijo:

—El doctor Berasategui no quería morir, pero con una personalidad como la suya, tampoco iba a permitir que nadie se ocupara por él.

—Se suicidó... ¿pero no quería morir...?

Ella se inclinó sobre el cadáver iluminando su rostro con la linterna. La piel bronceada de Berasategui mostraba unos regueros blanquecinos que habían corrido encauzados por las incipientes arrugas que circundaban sus ojos.

—Lágrimas —sentenció San Martín.

—Sí, señor —confirmó ella—. Berasategui se tumbó

aquí y, en un ataque de autoconmiseración propio de su narcisismo, lloró por su propia muerte, y no poco —dijo palpando la superficie de la tela, que a simple vista se veía más oscura por efecto de la humedad—. Lloró tanto que empapó la almohada con sus lágrimas.

12

Montes estaba contento. Las imágenes de la cámara de seguridad mostraban cómo un funcionario se había acercado a la celda y había deslizado a través del portillo algo que resultaba inapreciable en la imagen, pero que podría ser lo que Berasategui había utilizado para causarse la muerte. El funcionario ya había terminado su turno y la patrulla que mandaron a su casa no había logrado encontrarlo, seguramente ya estaba en Francia o en Portugal, pero, aun así, la idea de que aquel cabrón de Berasategui estuviese muerto le alegraba el día, y además no le hacía sentirse mal en absoluto.

Se inclinó hacia adelante para encender la radio del coche y, al hacerlo, la dirección se desvió un poco pisando con los neumáticos las bandas sonoras de la calzada.

—¡Cuidado! —avisó Zabalza, que iba a su lado y se había mostrado bastante silencioso durante todo el viaje. Cabreado, supuso Montes, porque no le dejaba conducir, ¡pero qué hostias! Ningún niñato iba a conducir mientras el inspector Montes fuese en el vehículo. Lo miró de lado y sonrió.

—Cálmate, que vas más tenso que los huevos de un adolescente —bromeó, y le hizo tanta gracia el chiste que él mismo se rió, hasta que vio que Zabalza seguía irritado.

—Pero ¿se puede saber qué te pasa?

—Es que me saca de quicio...

—¿Quién?

—¿Quién va a ser? La poli estrella de los cojones.

—¡Cuidado, chaval! —avisó Montes.

—¿Es que usted no la ha visto con ese aire místico? Cómo se para ante el cadáver mirándolo como si le diese lástima y el modo que tiene de decir las cosas, haciendo callar a todo el mundo como dictando sentencia. ¿Ha visto cómo ha explicado que el muerto había llorado? Joder, todos los cadáveres lloran, se mean... Los fluidos salen del cuerpo por todas partes, es normal.

—Éste no se había meado... Imagino que tuvo cuidado de no beber nada para que no le encontrásemos con los pantalones mojados, y la cantidad de lágrimas era enorme, se ve que el tío estaba realmente apenado por su propia muerte.

—Chorradas —contestó despectivo Zabalza.

—De chorradas, nada. Tú lo que tienes que hacer es estar atento, igual hasta aprendes algo.

—¿De quién? ¿De esa payasa?

Fermín detuvo el coche en el arcén. Los cuerpos de ambos se proyectaron un poco hacia adelante debido a la inercia del frenazo.

—¿Qué pasa? —exclamó alarmado el subinspector.

—Lo que pasa es que no quiero volver a oírte hablar así de la inspectora: es tu jefa y es una policía excepcional y una compañera leal.

—¡Joder, Fermín! —bromeó Zabalza—. No te pongas así, que lo de poli estrella te lo oí primero a ti.

Fermín le miró de hito en hito y volvió a arrancar el coche.

—Tienes razón, y estaba equivocado. Rectificar es de sabios, ¿no? Aunque te lo advierto, si tienes problemas habla conmigo, pero que no te vuelva a oír —dijo incorporando el vehículo de nuevo a la calzada.

—Yo no tengo problemas —murmuró Zabalza.

Cuando Amaia salió de la celda, vio que el director de la prisión se había alejado unos metros por el pasillo para poder hablar con el juez Markina, cuya voz, que le llegaba en susurros, le trajo vívida la evocación del sueño de la noche anterior. Haciendo un esfuerzo, se impuso a sus sensaciones e intentó concentrarse en las escuetas explicaciones que daría antes de salir huyendo de allí. Pero ya era tarde; el murmullo de las palabras que no llegaba a entender debido a la distancia la atraparon en un camino de ida y vuelta en el que se vio observando el modo en que Markina movía las manos o se tocaba el rostro mientras hablaba, cómo los vaqueros se ceñían a su cintura o el infinito color azul de su camisa, que le daban el aspecto de ser muy joven, y se encontró preguntándose cuántos años tendría y pensando que, aunque era curioso, no lo sabía. Esperó al doctor San Martín y se unió a ellos. Informó brevemente tratando de no mirar a Markina y procurando que no se notase que lo evitaba.

—¿Les espero para la autopsia, inspectora? —preguntó San Martín, haciendo un gesto que englobaba también al subinspector Etxaide.

—Empiece sin mí, doctor, me uniré a usted más tarde. Quizá quieras ir tú, Jonan, yo tengo algo que hacer primero —le comentó evasiva.

—¿Hoy también se va a casa, jefa? —contestó él.

Ella sonrió admirada por su perspicacia.

—Está bien, subinspector Etxaide, ¿quiere acompañarme?

13

La recepcionista de la clínica universitaria la recordaba a la perfección, o eso dedujo del hecho de que la sonrisa se le congelara en su rostro en cuanto la vio. Aun así, sacó su placa, dio un codazo a Jonan para que hiciera lo mismo y las colocó visiblemente sobre el mostrador de recepción.

—¿El doctor Sarasola, por favor?

—No sé si se está —contestó la mujer levantando el auricular del teléfono. Les anunció, escuchó lo que su interlocutor le decía y sin sonreír les indicó las puertas de los ascensores—. Pueden subir, cuarta planta, en el control les indicarán, les están esperando —dijo las últimas palabras en un tono de advertencia. Amaia le sonrió y le guiñó un ojo antes de volverse hacia el ascensor.

Sarasola les recibió en su despacho, tras una mesa atestada de documentos, que apartó; se puso en pie y les acompañó hasta los sillones que había junto a la ventana.

—Imagino que vienen por el fallecimiento del doctor Berasategui —dijo mientras les tendía la mano.

Ni Amaia ni el subinspector Etxaide se sorprendieron de que lo supiera, pocas cosas ocurrían en Pamplona sin que Sarasola llegara a saberlas. Al ver sus gestos, explicó:

—Espero que no les moleste. El director de la cárcel está vinculado a la Obra por su familia.

Amaia asintió.

—Y bien, ¿en qué puedo ayudarles?

—¿Visitó al doctor Berasategui en la cárcel?

Les constaba que, en efecto, Sarasola había visitado al doctor en la prisión. La pregunta no tenía más sentido que comprobar si éste lo admitía.

—Le visité en tres ocasiones, todas desde una perspectiva profesional. El descubrimiento de las actividades del doctor nos sorprendió a todos, debo reconocer que a mí el primero, y, como usted ya sabe, tengo especial interés en el estudio de casos en los que el comportamiento aberrante está adornado con el matiz o el acercamiento al mal.

—¿Le habló el doctor Berasategui de la fuga de Rosario y de lo que pasó aquella noche? —preguntó el subinspector Etxaide.

—Me temo que nuestras conversaciones fueron bastante técnicas y abstractas..., muy interesantes, eso sí. No hay que olvidar que Berasategui era un excelente profesional y conversar con él sobre su propio comportamiento y acciones suponía un reto extraordinario. Cualquier intento por mi parte de analizarlo se veía contestado con una brillante réplica, así que me dediqué a ofrecerle alivio para el alma, aunque de cualquier modo nada de lo que hubiera podido decir sobre Rosario o los hechos de aquella noche tendría valor alguno: si algo sé es que no se debe escuchar jamás lo que dicen los que se han acercado al mal, puesto que sólo mienten.

Amaia suspiró en un gesto contenido que, sin embargo, Jonan supo que indicaba que empezaba a perder la paciencia.

—Pero ¿usted le preguntó por Rosario, o ese tema le traía sin cuidado?

—Lo hice, y cambió de tema enseguida. Espero, inspectora, que con lo que sabe hoy no continúe responsabilizándome de la fuga de Rosario.

—No, no lo hago, es sólo que tengo la rara e inexplicable sensación de que todo forma parte de un plan muchísimo más intrincado, que va desde el modo en que Rosario salió de Santa María de las Nieves hasta los hechos de aquella noche y de que, de alguna manera, tampoco habría podido evitarlo.

Sarasola se giró en su asiento, inclinándose hacia adelante para mirar a Amaia directamente.

—Me alegra que empiece a comprender —dijo.

Ella asintió.

—Eso no le descarga del todo, me cuesta creer que a alguien como usted se le escapara algo de lo que ocurre en su clínica.

—No es...

—Sí, ya lo sé, no es su clínica, pero me ha comprendido a la perfección —replicó ella con dureza.

—Ya me disculpé por eso —se defendió él—. Es cierto que al entrar en su investigación quizá debí vigilar más estrechamente a Berasategui, pero en este caso yo también soy una víctima.

El uso del título de víctima por parte de alguien que no estaba muerto o en el hospital siempre le repugnaba; de sobra sabía ella lo que era una víctima, y Sarasola no lo era.

—Está bien, su suicidio no me cuadra. Yo también le visité y no era un suicida. Habría sido más creíble que se fugara a que acabase con su vida.

—El suicidio es una manera de huida —apuntó Jonan—, aunque no encaje mucho en su perfil.

—Estoy de acuerdo con la inspectora —contestó Sarasola—, y deje que le diga algo sobre los perfiles de comportamiento: sé que funcionan, funcionan hasta con las personas mentalmente enfermas, pero no son ni mucho menos tan fiables cuando hablamos de individuos que son la encarnación del mal.

—A eso me refiero exactamente cuando hablo de un plan trazado de antemano. ¿Qué razón llevaría a alguien como él a quitarse la vida? —planteó Amaia.

—Lo mismo que todos los actos que le han precedido: cumplir con un propósito que desconozco.

—¿Y según eso cree usted que Rosario está muerta o que huyó de alguna manera?

—Sé lo mismo que ustedes, todo apunta a que el río...

—Doctor Sarasola, creía que habíamos superado esa fase de nuestra relación. Deje de decir lo que se espera que diga y ayúdeme —le recriminó ella.

—Creo que Berasategui actuó durante años induciendo a esos hombres a cometer los asesinatos. Creo que tejió una trama para relacionarla a usted con el caso dejando en la iglesia los huesos de sus antepasados, y que durante meses preparó la salida de Rosario de Santa María de las Nieves y su fuga de esta clínica, y que los planes que tenía para aquella noche habían sido minuciosamente planeados. No puedo creer que un plan tan elaborado no observase hasta la más mínima contingencia. Es cierto que Rosario es una mujer mayor, pero mi opinión tuvo que cambiar por fuerza cuando vi las imágenes en las que abandonaba la clínica junto a Berasategui.

—¿Entonces?

—Creo que está ahí afuera, en alguna parte.

—¿Por qué implicarme a mí, por qué esa provocación?

—Sólo se me ocurre que tiene que ver con su madre.

Amaia sacó una fotografía de su bolso y se la tendió.

—Muestra el interior de la cueva donde Berasategui y Rosario se disponían a matar a mi hijo —explicó.

Sarasola tomó la fotografía, la estudió, miró a Amaia durante unos segundos y de nuevo la fotografía.

—Doctor, creo que los asesinatos del Tarttalo sólo son la punta del iceberg, una punta muy vistosa destinada a llamar nuestra atención en un juego en el que a la vez se nos muestra información y se nos distrae de algo mucho más importante, algo que tiene que ver con las profanaciones y la inequívoca señal que supone usar los huesos de los niños de mi familia. Tiene que ver con la razón por la que iban a matar a mi hijo, la razón por la que no lo hicieron, y estoy convencida de que tiene que ver con la alarma que generó en el seno de la Iglesia una profanación que inicialmente no era tan alarmante.

Sarasola les miró en silencio y se centró de nuevo en la fotografía. Amaia se inclinó hacia adelante llegando a tocar el antebrazo de Sarasola.

—Necesito su ayuda. ¿Qué ve en esa foto?

—Inspectora Salazar, ¿sabe que comparte apellido con un ilustre inquisidor? Cuando los juicios a brujas alcanzaban su punto más álgido, Salazar y Frías abrió una investigación sobre la presencia del Maligno en su valle hasta traspasar la frontera francesa. Durante más de un año convivió con sus vecinos y llegó a la conclusión de que las prácticas mágicas que se daban en el valle eran algo muchísimo más enraizado y cultural que el mismo cristianismo, que aunque bien instaurado entre aquellas gentes se había fusionado de un modo espantoso con las antiguas creencias que imperaban en aquel lugar antes de que se fundase la Iglesia católica. Un hombre de mente abierta, un científico, un investigador que aplicó técnicas tan actuales como las que pueda utilizar usted indagando y verificando cada descubrimiento. Es verdad que muchos de aquellos vecinos pudieron verse arrastrados por el pánico que provocaba la sola mención de la Inquisición, es cierto que muchos se sentían impelidos a confesar esas prácticas para verse libres de las horribles torturas a las que los sometían. Aplaudo la decisión de Salazar y Frías de terminar con la locura que se había instaurado, pero entre los muchos casos que investigó quedaron sin resolver también muchos crímenes cometidos sobre todo contra menores, niños de menos de dos años y jovencitas adolescentes. Sus muertes y la desaparición posterior de sus cuerpos están recogidas en numerosas declaraciones que, una vez admitidas las aberrantes prácticas de la Inquisición, se dieron por falsas en su totalidad.

»Lo que veo en esta fotografía es el escenario de un sacrificio, un sacrificio humano, un sacrificio que iba a ser su hijo. Es una horrible práctica de brujería y una ofrenda al Maligno. Eso es lo que nos llamó la atención con las profanaciones de Arizkun, los restos de criaturas; la utilización de restos humanos, sobre todo de niños, es habitual en ese tipo de prácticas, pero asesinarlos como sacrificio es la mayor ofrenda al mal.

—Conocía la historia de Salazar y Frías. Entiendo lo que dice, pero ¿está estableciendo una conexión entre las prácticas de brujería en el siglo XVII y lo que ocurrió en Arizkun o lo que estuvo a punto de pasar en esa cueva?

Sarasola asintió lentamente.

—¿Qué sabe sobre las brujas, inspectora? Y no me refiero a las parteras y curanderas, sino a las brujas mitológicas que recogieron en sus relatos los hermanos Grimm.

Jonan se inclinó hacia adelante, interesado.

Amaia sonrió.

—Que son horribles, que viven en medio del bosque...

—¿Sabe lo que comen?

—Comen niños —contestó Jonan.

El sacerdote se volvió irritado al ver el gesto escéptico de Amaia.

—Inspectora —advirtió Sarasola—, deje ese doble juego conmigo. Sospecho, desde que ha entrado aquí, que tiene más información de la que muestra. Y no estoy bromeando, la información que ha trascendido a través de los siglos al saber popular proviene del origen. Las brujas y los brujos comen niños, quizá no literalmente, pero de eso es de lo que se alimentan: de la vida de un inocente ofrecida como sacrificio.

Sarasola era un hombre inteligente y sagaz que había entendido que las razones de una inspectora de homicidios para preguntarle sobre aquel tema debían tener más base de la que ella quería mostrar.

—Vale, ¿y qué obtienen de ese sacrificio?

—Salud, vida, riquezas materiales.

—¿Y hay gente que cree eso? No me refiero al siglo XVII, sino a ahora mismo, ¿hay gente que cree poder obtener alguno de esos beneficios con un sacrificio humano?

Sarasola suspiró cansado.

—Inspectora, si quiere entender algo de cómo funciona todo esto deje de plantearse si es lógico o no, si encaja o no con un mundo informatizado o con sus perfiles de comportamiento, deje de plantearlo en los términos de cómo alguien puede creer eso en estos tiempos.

—Es imposible no planteárselo.

—Y ése es su error, y el de todos los necios que se plantean su concepto del mundo filtrado a través de lo que para ellos es lógico y probado por la ciencia conocida; y, créame, ese error no se diferencia mucho del de los que condenaron a Galileo por defender la teoría heliocéntrica. «Según lo que conocemos y la comprensión del cosmos sostenida durante siglos, sabemos que la Tierra es el centro del universo», adujeron entonces. Piénselo antes de responder, ¿sabemos o creemos que lo sabemos porque es lo que nos han contado? ¿Acaso hemos sometido a pruebas a cada una de las leyes absolutas que tan convencidos aceptamos porque llevan siglos repitiéndonoslas?

—Bueno, lo mismo podríamos aplicar a la existencia de Dios o el demonio que durante siglos ha defendido la Iglesia...

—Pues sí, y hace bien al someterlo a juicio, aunque no según lo que cree saber. Experiméntelo, busque a Dios y busque al Maligno, búsquelos y llegue a su conclusión, pero deje de juzgar lo que creen los demás. Millones de personas viven su vida en torno a la fe, la fe en lo que sea, en Dios, en una nave que vendrá a llevárselos a Orión, en que deben inmolarse con una bomba para ir al paraíso, donde las fuentes manan miel y las vírgenes estarán a su servicio, ¿qué más da? Si quiere entender algo, deje de plantearse si es lógico y empiece a admitir que es real, que tiene consecuencias reales y que hay gente dispuesta a morir y a matar por lo que cree, y ahora vuelva a plantear su pregunta.

—De acuerdo, ¿por qué niños y cómo los usan?

—Necesitan una criatura de menos de dos años a la que se dará muerte en un ritual. Desangrarlos es lo más común, pero hay casos en los que se han desmembrado para usarlos por partes; los cráneos son especialmente valorados, pero también lo son los huesos largos como los *mairu-beso* que usaron en la profanación de Arizkun. En otras prácticas se utilizan los dientes, las uñas y los cabellos, además del polvo resultante de moler los huesos pequeños. Entre todos los objetos litúrgicos empleados en brujería, los cadáveres de criaturas son los más valorados.

—¿Por qué de menos de dos años?

—Es el tiempo de tránsito —intervino Jonan—; en muchas culturas se considera que hasta esa edad los niños se mueven entre dos mundos y son capaces de ver y escuchar lo que ocurre en ambos, y eso los convierte en el vehículo adecuado para establecer comunicaciones con mundos espirituales u obtener respuesta en las peticiones.

—Así es. Entre el nacimiento y el segundo año, los niños desarrollan el aprendizaje instintivo, el que tiene que ver con sostenerse en pie, caminar, sujetar objetos y otras prácticas de imitación, pero es a partir de los dos años, al desarrollarse el lenguaje, cuando se cruza la frontera y se marca una nueva forma de relación entre el niño y el medio; y a partir de ese momento, aunque los menores siguen siendo muy atractivos para las prácticas de brujería, sobre todo cuando son prepúberes, dejan de ser un vehículo tan eficaz.

—Si un cadáver fuera robado con esa intención, ¿a qué tipo de lugar lo llevarían?

—Bueno, imagino que como investigadora ya habrá supuesto que a un lugar donde puedan obtener la protección y privacidad necesarias para llevar a cabo sus prácticas, aunque imagino por dónde va. Sé que está pensando en templos, iglesias o lugares sagrados, y tendría toda la razón si se tratase de prácticas satanistas en las que el objetivo no fuera sólo honrar al demonio, sino también ofender a Dios. Pero la brujería es una rama muchísimo más amplia que el satanismo, y aunque pueda parecer que están íntimamente ligadas, no tienen por qué estarlo. En numerosas creencias se utilizan restos humanos como objetos vehiculares con los que obtener gracias. Se me ocurren el vudú, la santería, el Palo o el candomblé, prácticas en las que se convocan no sólo a deidades, sino también a los espíritus de los muertos, y para esto lo mejor es usar restos humanos. En este tipo de rituales es necesario recurrir a un lugar sagrado para profanarlo. Claro que en el caso de Arizkun hablamos del valle de Baztán, con una riquísima tradición histórica de brujería en la que, en efecto, se convocaba a Aker, el demonio.

Amaia se quedó en silencio durante unos segundos, desvió la mirada de los inquisitivos ojos de Sarasola y miró a través de la ventana hacia el oscuro cielo de Pamplona. Los hombres permanecían en silencio, conscientes de que a pesar de la quietud aparente en la mente de la inspectora los engranajes giraban a toda velocidad. Cuando Amaia volvió a mirar al interior de la sala y a Sarasola, las dudas en su rostro habían sido sustituidas por la determinación.

—Doctor Sarasola, ¿sabe qué es un Inguma?

—Mau mau o Inguma. No qué es, sino quién es. La demonología sumeria lo llama Lamashtu, un espíritu maligno tan antiguo como el mundo, uno de los demonios más horribles y despiadados, sólo superado por Pazuzu, que es el nombre que los sumerios dan a Lucifer, el primer y más importante demonio. Lamashtu arrancaba de los brazos de las madres a niños de pecho para comerse su carne y beberse la sangre, y también provocaba la muerte súbita de los bebés en la cuna. Esa muerte súbita durante el sueño provocada por algún ser maligno está presente en las culturas más antiguas. En Turquía recibe el nombre de «demonio aplastante»; en África, su nombre se traduce literalmente como «demonio que cabalga a tu espalda»; la etnia hmong lo llama «demonio torturador», y en Filipinas se conoce como *bangungut*, y el ser que lo provoca es una vieja que recibe el nombre de Batibat. En Japón, el síndrome de muerte súbita durante el sueño se conoce como *pokkuri*. El pintor Henry Fuseli lo retrató en su famoso cuadro *La pesadilla*; en él se ve a una joven dormida en un diván y a un demonio que se sienta sobre ella con gesto ruin mientras, ajena a su presencia, la mujer parece sufrir atrapada en un mal sueño. Recibe muchos nombres, pero su proceder es siempre el mismo: penetra por la noche en la estancia de los que duermen, se sienta sobre sus pechos y en ocasiones aprieta su cuello causándoles una terrible sensación de ahogo que puede ocurrir dentro de la propia pesadilla, de la que son conscientes, pero en la que no pueden despertarse ni moverse. Otras veces Inguma aplica su boca sobre la del durmiente robándole el aliento hasta que muere.

—¿Usted cree...?

—Soy un sacerdote, inspectora, vuelve a plantearlo mal; por descontado soy creyente, pero lo que importa es el poder que eso tiene. Cada mañana, al amanecer, se celebra en Roma una misa de exorcismo. Varios sacerdotes celebran esa ceremonia para pedir la liberación de las almas poseídas, y acto seguido reciben en consulta los casos de cuantos se presentan allí pidiendo ser atendidos. Puedo decirle que muchos son derivados a una consulta psiquiátrica... Pero no todos.

—Bueno, de cualquier manera el exorcismo puede tener un efecto placebo aliviando a aquellos que crean estar poseídos.

—Inspectora, ¿ha oído hablar de la etnia hmong? Se trata de un pueblo asiático que procede de las regiones montañosas de China, Vietnam, Laos y Tailandia. Ayudaron a los norteamericanos durante la guerra de Vietnam y eso supuso su condena frente a aquellos pueblos cuando la guerra terminó, lo que llevó a muchos a huir a Estados Unidos. Pues bien, en 1980 el Centro para el Control de Enfermedades de Atlanta registró un extraordinario aumento de muertes súbitas durante el sueño: doscientos treinta varones hmong murieron en Estados Unidos asfixiados mientras dormían, aunque fueron muchos más los afectados; los que lograron sobrevivir declaraban haber visto a una anciana bruja que se cernía sobre ellos apretando con fuerza sus cuellos. Lo más terrorífico de estos episodios es que los familiares, alertados, comenzaron a dormir junto a los varones de su familia para despertarles de estas pesadillas, y en el momento en que empezaban a sufrir el ataque los zarandeaban, llegando incluso a sacarlos de la cama; pero ellos, atrapados en la pesadilla, seguían viendo a la siniestra anciana y sintiendo sus garras en el cuello. No estoy hablando de una recóndita región de Tailandia, esto ocurrió en Nueva York, Boston, Chicago, Los Ángeles..., por todo el país los varones de la etnia hmong sufrían estos ataques cada noche, y si sobrevivían eran ingresados en hospitales donde se les mantenía bajo estricta vigilancia y donde se pudo comprobar y grabar los ataques invisibles, en los que, en efecto, la víctima parecía sufrir un estrangulamiento feroz por parte de un ser intangible ante el desconcierto de los médicos, que se veían incapaces de diagnosticar cualquier tipo de enfermedad. Los chamanes de la etnia llegaron a la conclusión de que este demonio les atacaba precisamente porque esta generación de hmong se estaba alejando de sus tradiciones y de las protecciones que durante siglos habían funcionado. Pidieron realizar ceremonias de purificación alrededor de los afectados, y en la mayoría de los casos la petición les fue denegada porque para ello debían realizar sacrificios de animales, aunque se comprobó que sólo en los casos en los que se habían permitido, los ataques habían cesado. En el año 1917, setecientas veintidós personas murieron mientras dormían en Filipinas, atacadas por *Batibat*, literalmente «la vieja gorda». Y en 1959, en Japón, quinientos jóvenes sanos fallecieron, afectados por el *pokkuri*. La creencia dice que, cuando Inguma despierta, se cobra un alto número de víctimas, hasta que sacia su sed y vuelve a dormirse o hasta que se puede detener de algún modo. En el caso de los hmong, el misterio médico que se cobró la vida de doscientos treinta varones sanos continúa hoy, ya que ni en las autopsias pudo averiguarse la causa de la muerte.

14

Cumpliendo su palabra, el doctor San Martín había comenzado con la autopsia. Etxaide y ella se acercaron hasta la mesa de acero, situada en una sala atestada ese día de estudiantes de medicina que rodeaban al doctor. San Martín trabajaba en ese momento de espaldas, pesando en la báscula los órganos internos. Se volvió y sonrió al verles.

—Llegan por los pelos, vamos ya muy adelantados. El análisis de tóxicos ha dado un índice exagerado de un potentísimo tranquilizante; tenemos el principio activo, aunque todavía no me atrevo a asegurar de qué se trata. Teniendo en cuenta que él era médico psiquiatra, sabría exactamente qué tranquilizante y qué cantidad utilizar. En la mayoría de los casos suelen ser inyectables, pero unas pequeñísimas abrasiones en los laterales de la lengua apuntan a que se lo bebió.

Amaia se inclinó para ver a través de la lupa las diminutas ampollas que se habían formado en hilera a los lados de la lengua, y que San Martín le mostró tirando de ella con unas pinzas planas.

—Se aprecia un olor dulzón y ácido —observó ella.

—Sí, ahora es más evidente, al principio pudo quedar enmascarado por el perfume en el que literalmente se había bañado el doctor, un tipo muy vanidoso.

Amaia miró el cadáver mientras pensaba en las palabras del doctor San Martín. El corte en Y que partía de los hombros y bajaba por el pecho hasta la pelvis había abierto el cuerpo dejando a la vista los brillantes colores del interior, que siempre le fascinaban por su viveza; pero en esta ocasión, además, San Martín y su equipo habían abierto las costillas utilizando un fórceps para extraer y pesar cada órgano, espoleados sin duda por la curiosidad de observar los efectos de un potentísimo sedante en un cuerpo joven y sano. Las costillas sobresalían inusitadamente blancas apuntando al techo, los huesos descarnados tenían un aspecto irreal, como las cuadernas de un barco a medio construir, como el esqueleto de una vieja ballena o como largos dedos fantasmales de un ser interior que intentase salir de aquel cuerpo. No hay cirugía comparable a una autopsia; la palabra para definirla es, sin duda, magnífica, y se podía llegar a entender la fascinación que había ejercido sobre algunos asesinos, casi todos los destripadores, por su espectacularidad y la maestría que suponía extraer las vísceras sin dañarlas en el orden preciso, así como efectuar los cortes con la justa profundidad y contenerse ante la profusión de formas, colores y olores. Observó a los ayudantes y estudiantes, que escuchaban atentos las explicaciones de San Martín, que señalaba distintas zonas en el hígado que denotaban el modo en que se había parado, colapsando todo el organismo cuando seguramente el doctor Berasategui ya estaba inconsciente. Había buscado una manera digna e indolora de morir, pero no había podido sustraerse a lo que vendría después, un protocolo que él, como médico, conocía perfectamente. No quería morir, y seguramente jamás pensó en quitarse la vida. Un narcisista como él sólo habría renunciado a vivir si antes hubiera tenido que renunciar también al dominio que ejercía sobre los demás, pero ella había podido comprobar que el estar en prisión no suponía para él un obstáculo insalvable. Había hecho lo que tenía que hacer, aunque no era lo que deseaba, y esto constituía un elemento tan discordante e impropio que de ninguna manera Amaia podía aceptarlo. Berasategui había muerto llorando por su propia muerte, no como alguien que decide poner fin a su vida, sino como quien está siendo ejecutado, conducido a través de una milla verde en la que no hay vuelta atrás.

Se volvió hacia Jonan para explicarle lo que pensaba, y vio que él se había quedado unos pasos más atrás, separado del grupo que escuchaba al doctor San Martín, con los brazos cruzados sobre el pecho y mirando fijamente el cadáver, que, desnudo, mojado y abierto en canal sobre la mesa y con los huesos blancos apuntando al cielo, presentaba un aspecto dantesco.

—Acérquese, subinspector, he reservado el estómago hasta que llegaran... Imagino que querrán ver el contenido, aunque estamos casi seguros de que ingirió el vial.

Una de las ayudantes colocó un colador sobre un matraz y, tomando el estómago, que el doctor había pinzado por uno de sus extremos, volcó el contenido denso y amarillo sobre el recipiente. El olor a vómito acrecentado por los restos del tranquilizante resultó nauseabundo. Jonan retrocedió un paso asqueado, y a Amaia no se le escapó la rápida mirada que los ayudantes intercambiaron ante su gesto.

—Se aprecia —dijo San Martín— la presencia de restos del medicamento en el estómago. Deduzco que redujo al máximo la ingesta de alimentos y agua para acelerar la absorción, y el contacto del medicamento con la mucosa estimuló la cuantiosa producción de ácidos estomacales. Sería interesante abrir el estómago, la tráquea y el esófago para ver las consecuencias que el paso del fluido tuvo por estos órganos.

La propuesta fue contestada con entusiasmo por sus colaboradores, pero no por Amaia.

—Nos quedaríamos encantados, doctor, pero debemos regresar a Elizondo. Si es tan amable, cuando tengan localizada la marca del producto que utilizó comuníquenoslo; aunque ya sabemos que se lo proporcionó un trabajador de la prisión, que después debió de llevarse el vial, el origen del medicamento nos dará una idea más clara no sólo de cómo se obtuvo, sino de quién colaboró para hacérselo llegar.

Jonan acogió la noticia con visible alivio y, tras despedirse del doctor, caminó hacia la salida delante de ella procurando no tocar nada. Amaia le siguió, sonriendo ante su comportamiento.

—Espere un momento. —El doctor cedió su puesto frente al grupo a su ayudante. Arrojó los guantes a un contenedor y tomó un sobre de un casillero—. Es el resultado de la analítica del rastro fétido que había en el osito.

Ella se interesó de inmediato.

—Creí que tardarían más...

—Sí, las cosas se nos complicaron debido a su peculiaridad... Acaban de entregármelo. Seguramente para cuando llegue a Elizondo ya tendrá allí los resultados, pero ya que está aquí...

— ¿Qué peculiaridad? Es saliva, ¿no?

—Bueno, podría serlo; de hecho, todo apunta a que lo es. La peculiaridad reside en la gran cantidad de bacterias que pueblan el fluido y que produce el espantoso hedor. Y, desde luego, no es humana.

— ¿Es saliva pero no es humana? ¿Entonces de qué, de un animal?

—El fluido se asemeja a saliva y podría pertenecer, en efecto, a un animal, aunque con ese nivel bacteriano lo normal es que estuviera muerto. No soy un experto en zoología, pero sólo se me ocurre que sea el fluido salivar de un dragón de Komodo.

Amaia abrió los ojos sorprendida.

—Sí —reconoció el doctor—. Ya sé que es del todo absurdo, y como le digo tampoco tenemos la saliva de un varano de Komodo para compararla, pero es la primera idea que se me ha ocurrido cuando he visto la proliferación de bacterias, suficientes para provocar septicemia a cualquiera que se pusiera en contacto con ella.

—Conozco a un zoólogo que quizá podría ayudarnos.

¿Conserva aún alguna muestra?

—Por desgracia, no. Obtuvimos la muestra cuando estaba fresca, pero después se degradó muy rápidamente.

Siempre dejaba conducir a Jonan cuando necesitaba pensar. El suicidio de Berasategui había constituido toda una sorpresa, pero era la conversación con el padre Sarasola lo que daba vueltas en su cabeza. El asesinato de la pequeña de Valentín Esparza, su empeño en llevarse el cadáver, un cadáver que no debía ser incinerado, pero sobre todo aquel ataúd vacío en el que unas bolsas con peso habían sido dispuestas en el fondo con el fin de hacerlas pasar por el cuerpo, le habían traído intacta la imagen de otro ataúd blanco que reposaba en el panteón familiar de un cementerio de San Sebastián y que hacía apenas un mes ella misma había abierto para comprobar que su interior contenía tan sólo unas bolsas con gravilla que alguien había colocado con el mismo fin.

Debía volver a interrogar a Valentín Esparza. Había leído su declaración ante el juez, en la que no añadía nada distinto de lo que le dijo a ella. Se había limitado a admitir que se llevaba el cadáver para tenerlo un poco más, pero su afirmación de que lo había entregado a Inguma, al demonio que se llevaba el aliento de los niños, «como tantos otros sacrificios», no dejaba de resonar en su cabeza. Había asesinado a su hija asfixiándola. Sus rastros genéticos, salivales y epiteliales estaban en el muñeco que había utilizado, pero, aparte de la aparición del curioso resto bacteriano, había en su proceder algo que le resultaba dolorosamente familiar. Llamó a Elizondo para convocar una reunión en cuanto llegase y, por lo demás, apenas habló durante el viaje. No llovía aquella tarde, pero el frío era tan intenso y húmedo que Jonan decidió aparcar en el interior del garaje. Antes de bajar del coche, Amaia se dirigió a él.

—Jonan, ¿crees que podrías encontrar datos sobre la incidencia de la muerte súbita del lactante en el valle, digamos, en los últimos cinco años?

—Claro. Me pondré enseguida —dijo sonriendo.

—Borra esa risita de tu cara, que conste que no creo que ningún demonio sea el responsable de la muerte de esa niña. Pero hablé con una testigo que me contó que en los años setenta se instaló en un caserío del valle una especie de secta, en plan *hippie* y esas cosas, y que al poco tiempo degeneró en prácticas ocultistas, e incluso parece que satánicas. La testigo me contó también que practicaban sacrificios con animales y que en algún momento se insinuó la posibilidad de hacerlo con humanos, concretamente con niños, con niños recién nacidos. La testigo dejó de asistir a las reuniones y fue hostigada por algunos de sus miembros. No está segura de cuánto tiempo continuaron los encuentros, aunque todo apunta a que la secta se disolvió. Como te he dicho, no creo que un demonio asesinara a esa niña, está claro que fue su padre, pero el empeño que puso en llevarse el cadáver, unido a lo que nos ha contado Sarasola y a la información que todas las policías europeas manejan y que señala hacia la proliferación de sectas y grupos de este tipo, hacen que no esté de más comprobar que las cifras de fallecimientos se ajustan a la normalidad. Me gustaría que me proporcionases todos los datos posibles sobre este síndrome y la mortalidad comparada con otras zonas y países.

—¿Cree que puede ser eso lo que ocurrió con el cadáver de su hermana?

—No lo sé, Jonan, pero cuando vi la fotografía de ese ataúd vacío la sensación de *déjà vu* me produjo la certeza de estar ante el mismo modus operandi. No digo que tengamos una pista; de momento es tan sólo un pálpito, una corazonada que quizá no lleve a nada. Compartiremos los datos con tus compañeros y esperaremos a ver qué encuentras antes de plantearlo siquiera.

Se disponía a entrar en su casa cuando sonó su teléfono. En la pantalla, un número desconocido.

—Inspectora Salazar —contestó.

—Buenas noches, inspectora. ¿Ya es de noche en Baztán?

Reconoció la voz ronca al otro lado de la línea a pesar de que parecía hablar casi en susurros.

—¡Aloisius! Pero ¿este número...?

—Es un número seguro, pero aun así usted no debe llamarme, yo la llamaré cuando me necesite.

No preguntó cómo iba a saber él cuándo lo necesitaba. De alguna manera, su relación siempre había funcionado así. Durante los minutos que siguieron, paseó alejándose de la casa y le expuso a Dupree todo lo que sabía del caso, sus sospechas sobre que su madre podía seguir viva, la niña muerta que debía ser entregada, la reacción de Elena Ochoa, el mensaje de Berasategui y su curiosa forma de suicidio... El raro y fétido rastro de saliva semejante al de un reptil milenario que únicamente vivía en la lejana isla de Komodo...

Él la escuchó en silencio y cuando terminó le preguntó:

—Tiene ante usted un puzle complicado, pero no me llamó por eso... ¿Qué quiere preguntarme?

—La anciana bisabuela de la niña me dijo que un demonio llamado Inguma había entrado por una rendija y, sentándose sobre el pecho de la pequeña, se había bebido el aire de sus pulmones; me dijo que ese demonio ya vino otras veces y se llevó a montones de niños en cada ocasión. El padre Sarasola me explicó que es un demonio común en muchas culturas: en la sumeria, la africana, la hmong y en la vieja y oscura mitología de Baztán, entre otras.

Oyó el extenuado resuello del agente Dupree al otro lado de la línea. Después nada, silencio.

—Aloisius, ¿está ahí?

—No puedo seguir hablando ahora. Aún no sé cómo, pero en los próximos días le haré llegar algo... Tengo que colgar.

La señal de línea cortada le llegó a través del auricular.

15

Ros Salazar ya no fumaba, aunque lo había hecho desde los dieciséis años y hasta el momento en que decidió que quería ser madre. La maternidad por lo visto no era para ella, y desde que se separó de Freddy no había tenido más que un par de escarceos de bar que no merecían ni mención. Las posibilidades de conocer a un hombre nuevo en Elizondo no eran muy altas, y aunque seguía pensando, incluso cada vez más a menudo, en la posibilidad de ser madre, no parecía que en su caso eso fuese a estar unido a tener a un hombre a su lado. Aun así no había vuelto a fumar, al menos tabaco. Pero de vez en cuando, ya tarde, cuando la tía se había acostado, se liaba un porro y salía bajo el pretexto de airearse, paseaba hasta el obrador, se sentaba en el despacho y se lo fumaba tranquilamente mientras disfrutaba del placer de la propietaria que por fin estaba sola tras una jornada de trabajo en su negocio ya cerrado al público.

Le sorprendió ver luces encendidas y enseguida pensó que Ernesto, el encargado, se había olvidado de apagarlas tras cerrar. Al abrir la puerta del almacén vio que también estaban encendidas las del despacho. Sacó su móvil, marcó el 112 sin accionar la llamada y gritó.

—¿Quién está ahí? He llamado a la policía.

Un rápido movimiento de objetos, un golpe, un roce. Presionó la tecla de llamada cuando la voz de Flora le respondió.

—Ros, soy yo...

—¿Flora? —dijo cortando la llamada y avanzando hacia el despacho—. ¿Qué haces aquí? Pensaba que estaban robando.

—Yo... —titubeó Flora—. Creía que... pensé que me había olvidado algo aquí y vine a ver si estaba.

—¿El qué? —preguntó Ros.

Flora miró nerviosamente a su alrededor.

—El bolso —mintió.

—¿El bolso? —repitió Ros—, pues aquí no está.

—Ya lo veo, y ya me iba —dijo rebasándola y dirigiéndose a la puerta.

Oyó cómo se cerraba el portón del almacén a su espalda, mientras toda su atención se centraba de nuevo en el despacho. Observó con detenimiento los enseres. Había sorprendido a Flora haciendo algo que no debía, eso seguro, algo por lo que había mentido inventándose aquella tontería del bolso, algo que la había llevado al obrador en plena noche... ¿Para hacer qué?

Ros sacó el sillón giratorio de detrás de la mesa del despacho y lo situó en medio de la estancia. Se sentó, buscó en su bolsillo el porro que la había llevado hasta allí, lo encendió y le dio una honda calada que la mareó un poco. Aspiró profundamente y se recostó en el sillón, que fue girando poco a poco mientras fumaba; todos los objetos del despacho comenzaron a contar su historia. Casi una hora y varias vueltas después fue cuando reparó en el cuadro que adornaba la pared y representaba una escena de mercado en los gorapes que le encantaba. Había observado muchas veces aquella escena por la serenidad que emanaba. Pero no fue eso lo que llamó su atención. La imagen le había hablado. El objeto, que guardaba un orden inmóvil establecido por todas las leyes del equilibrio, le contaba su historia. Tuvo que ponerse en pie y acercarse para comprobarlo. Sonrió cuando vio la huella del tacón que los zapatos de Flora habían dejado sobre la tapicería del sofá que estaba justo debajo. Se subió colocándose en el mismo lugar y levantó el marco, que era más pesado de lo que había imaginado. No le sorprendió ver la caja, sabía que estaba allí. Flora la había hecho instalar años atrás con el pretexto de tener metálico para los proveedores. Hoy en día todos los pagos se realizaban a través de cuentas bancarias y, que ella supiera, la caja estaba vacía o debía de estarlo. Apoyó el cuadro en el sofá, acarició con un dedo la ruleta, aunque no tenía sentido ni intentarlo, y regresó a su lugar en el sillón giratorio. En las horas que siguieron, y mientras miraba aquella caja incrustada en la pared, se preguntó muchas cosas, cosas que le llevaron buena parte de la noche.

Había llovido desde las primeras horas de la madrugada. Amaia era consciente de haber escuchado el rítmico golpeteo de la lluvia en las contraventanas del dormitorio durante la multitud de microdespertares que poblaron su sueño y que le resultaban especialmente fastidiosos ahora que Ibai, por fin, dormía la noche entera. Aunque la lluvia había cesado, las calles mojadas le parecieron inhóspitas y agradeció la cálida sensación de entrar en la comisaría seca y caldeada.

Al pasar junto a la máquina del café, saludó a Montes, Zabalza e Iriarte en su habitual reunión de la mañana.

—¿Le apetece un café, jefa? —preguntó Montes.

Amaia se detuvo y, antes de contestar, sonrió divertida al ver el gesto contrariado de Zabalza.

—Gracias, inspector, pero soy incapaz de tomar café en esos vasos de plástico, luego me serviré uno de verdad en mi taza.

El subinspector Etxaide la esperaba en su despacho.

—Jefa, tengo un par de datos interesantes sobre el tema de la muerte súbita de lactantes.

Ella colgó su abrigo, encendió el ordenador y se sentó tras la mesa.

—Le escucho.

—Síndrome de muerte súbita del lactante es el nombre que recibe la muerte inesperada de un niño normalmente menor de un año, aunque hay casos que se han extendido hasta los dos. Se produce mientras el niño duerme y sin síntomas aparentes de sufrimiento. En Europa fallecen por esta causa dos de cada mil niños nacidos, la mayoría de ellos, más del noventa por ciento, durante los primeros seis meses de vida, y es la primera causa de muerte entre bebés sanos después del primer mes. La catalogación de este tipo de muerte es bastante misteriosa; se considera muerte súbita del lactante si después de la autopsia no se ha encontrado ninguna otra causa que la explique. En el documento le detallo los factores que se consideran de riesgo y los minimizadores del mismo, aunque ya le advierto que son bastante peregrinos y que van desde los cuidados prenatales hasta la postura para dormir, o la lactancia materna, pasando por el hecho de que los adultos de la casa fumen... Excepto quizá el hecho de que la mayoría se producen en invierno. La media en todo el país coincide con la europea, y en Navarra fallecieron diecisiete niños por esta causa en los últimos cinco años, cuatro de ellos en Baztán; las cifras se ajustan a la media.

Ella le miró sopesando la información.

—En todos los casos se realizó autopsia y se decretó muerte súbita del lactante, pero hay algo que me llamó la atención: en dos de los casos se abrió una posterior investigación por parte de los servicios sociales a las familias —dijo tendiéndole unos folios grapados—. No aparece más información complementaria, así que no sabemos en qué quedó todo eso, aunque parece que los casos se cerraron sin más novedades al cabo del tiempo.

El inspector Montes dio unos golpecitos a la puerta y asomó la cabeza.

—Etxaide, ¿te vienes a echar un café? Vaya, si no interrumpo.

Era evidente que a Etxaide la invitación le había pillado por sorpresa, y miró a Amaia alzando las cejas, extrañado.

—Vete tranquilo, voy a leerme esto con calma —dijo levantando las hojas del informe.

Tras salir Jonan, y antes de cerrar la puerta, Montes volvió a asomar la cabeza y le guiñó un ojo.

—¡Fuera de aquí! —le dijo ella sonriendo.

La puerta no llegó a cerrarse, el inspector Iriarte entró en el despacho y le dijo:

—Una mujer ha aparecido muerta en su domicilio. La encontró su hija, que vino desde Pamplona porque no respondía al teléfono. Por lo visto ha vomitado una gran cantidad de sangre. La hija llamó a emergencias, pero no han podido hacer nada por ella. El médico que la ha visto dice que hay algo raro.

Cuando cruzaban el puente, ya vio los vehículos de bomberos detenidos al final de la calle, pues en Baztán eran ellos los que se ocupaban de los traslados de heridos y enfermos a centros hospitalarios. Pero fue al aproximarse al final de la calle y ver la puerta de la casa abierta cuando sintió que el cubículo del coche se vaciaba de aire obligándola a abrir la boca para respirar.

—¿Cómo se llama la mujer, cómo se llamaba?

—Creo que han dicho Ochoa, no recuerdo el nombre.

—¿Elena Ochoa?

No le hizo falta la respuesta de Iriarte. Pálida y demudada, una chica que era una versión más joven de la propia Elena fumaba un cigarrillo frente a la puerta de la casa, abrazada, casi sostenida, por un hombre joven, probablemente su pareja.

Los rebasó sin dirigirse a ellos y penetró en el estrecho pasillo, avanzando hasta la puerta del dormitorio, como le indicó un sanitario. La alta temperatura de la habitación contribuía a expandir por el aire el aroma acre de la sangre y la orina, que habían formado sendos charcos alrededor del cadáver. Éste había quedado trabado entre la cama y una cajonera. Estaba de rodillas, las manos, con las que se sujetaba el vientre, no eran visibles porque el cuerpo se había derrumbado hacia adelante hasta hacer reposar el rostro en el denso charco de vómito sanguinolento. Amaia agradeció que tuviese los ojos cerrados. Toda su postura delataba el horrible sufrimiento que había soportado en sus últimos momentos; pero el rostro se veía relajado, como si el mismo instante de la muerte le hubiese supuesto una gran liberación.

Se volvió hacia el médico de la ambulancia, que esperaba a su espalda.

—El inspector Iriarte me ha comentado que ha visto algo raro...

—Sí, de entrada parece una gran hemorragia que le llenó el estómago, le colapsó los pulmones y le provocó la muerte. Pero al observar de cerca el vómito, he visto que está compuesto por lo que me parecieron pequeñas astillas de madera.

Ella se inclinó junto al charco de vómito y comprobó que, en efecto, contenía cientos de trocitos de lo que parecía madera.

El médico se agachó a su lado y le mostró un recipiente de plástico.

—He tomado una muestra y, tras retirar la sangre, esto es lo que se ve.

—¿Son...?

—Sí, son cáscaras de nuez, rotas en afiladas astillas que cortan como cuchillas de afeitar... No imagino cómo pudo tragárselas, pero es seguro que en esta cantidad le perforaron el estómago, el duodeno y la tráquea, y lo peor fue cuando las vomitó, porque al expulsarlas con la fuerza que requiere el vómito salieron destrozando todo a su paso. Estaba en tratamiento con antidepresivos, las pastillas están en la cocina, sobre el microondas, aunque no hay modo de saber si había estado siguiendo su tratamiento. Es una manera horrible de suicidarse.

La hija de Elena Ochoa había heredado de su madre el innegable parecido físico, el nombre y la cortesía con las visitas. A pesar de que Amaia la había excusado diciéndole que no era necesario, ella había insistido en preparar café para todos los que estaban en la casa. El joven, que finalmente había resultado ser su novio, tranquilizó a Amaia.

—Déjela, se sentirá mejor si está haciendo algo.

Amaia la observó ir y venir por la cocina desde el mismo lugar donde se había sentado durante la última entrevista con su madre, y como hizo entonces, esperó a que la joven terminase de disponer las tazas antes de comenzar a hablar.

—Yo conocía a su madre. —Vio la cara de sorpresa de la joven.

—Nunca me habló de usted.

—Realmente no teníamos mucha relación. La visité un par de veces para hablar de Rosario, de mi madre; ellas fueron amigas cuando eran jóvenes —explicó—. En mi última visita me pareció que estaba bastante nerviosa. ¿Había notado usted algo raro en el comportamiento de su madre en los últimos días?

—Mi madre siempre ha estado mal de los nervios. Tuvo una terrible depresión cuando falleció mi padre, yo tenía siete años; desde entonces no ha levantado cabeza. Ha tenido períodos mejores, peores, pero siempre ha estado delicada, aunque es verdad que de un mes a esta parte se mostraba casi paranoica, muerta de miedo. Ya le había pasado otras veces y el médico siempre me aconsejaba que fuese firme con ella y que no alimentase sus aprensiones. Sin embargo, esta vez estaba realmente asustada.

—Usted la conoce mejor que nadie. ¿Cree que su madre sería capaz de suicidarse?

—¿Suicidarse? No, claro que no, ella jamás se suicidaría, era católica. ¿No pensarán...? Mi madre ha muerto de una hemorragia. Ayer, cuando hablé con ella por teléfono, me dijo que le dolía el estómago, que se había tomado varios antiácidos y calmantes, y que iba a probar con una manzanilla. Yo estaba trabajando, pero me ofrecí a venir a verla cuando saliese. Hace un año que vivo en Pamplona con Luis —dijo haciendo un gesto hacia el chico—. Venimos casi todos los fines de semana y nos quedamos a dormir. Pero ella me tranquilizó y me dijo que sólo era un poco de ardor de estómago, que no hacía falta que viniese. Anoche, antes de acostarme, la llamé de nuevo, me dijo que estaba tomando manzanilla y que se encontraba mucho mejor.

—Elena, el médico ha hallado entre el vómito montones de astillas de cáscara de nuez. Las hay en tal cantidad que es imposible que las ingiriese accidentalmente, y el médico opina que tragarlas y sobre todo vomitarlas fue lo que le causó la hemorragia.

—Eso es imposible —respondió la joven—. Mi madre odiaba las nueces, su sola presencia la volvía loca de miedo. Nunca entraban nueces en esta casa, se lo aseguro, yo le hacía la compra. Y ella habría caído muerta antes de tocar una. —Amaia la miró con suspicacia—. En una ocasión, cuando era pequeña, una mujer me regaló un puñado de nueces en la calle; cuando llegué a casa, mi madre reaccionó como si trajese veneno en las manos y me hizo tirarlas fuera. Después registró todas mis cosas para estar segura de que no había guardado ninguna, me bañó de pies a cabeza y quemó mi ropa mientras yo me deshacía en lágrimas sin entender nada de lo que ocurría. Luego me hizo jurar que nunca, nunca, aceptaría las nueces que nadie me diera. Créame, se me quitaron las ganas de volver a traer nueces a esta casa, aunque lo curioso es que aquella mujer volvió a ofrecérmelas dos o tres veces en los años siguientes. Así que tiene que ser un error, o un accidente, porque ella bajo ninguna circunstancia las comería.

El doctor San Martín negó repetidamente con la cabeza antes de dirigirse al juez Markina.

—Este tipo de suicidios son siempre espantosos, los he visto en multitud de ocasiones, pero sobre todo entre población reclusa. ¿Recuerda a Quiralte, aquel que tragó matarratas? Pues lo he visto con cristales molidos, amoníaco, virutas de hierro... Llama la atención en contraste con el doctor Berasategui y su muerte dulce.

—Doctor, ¿hay alguna posibilidad de que se pudiera haber tragado las cáscaras de forma accidental, quizá mezcladas entre otros alimentos? —preguntó Iriarte.

—Es difícil, aunque no imposible... Hasta que no examine el contenido del estómago no puedo contestar a eso, pero la cantidad en que aparecen en el vómito lo hace altamente improbable. —Se despidió del juez y caminó hacia su coche—. ¿La veré en la autopsia, inspectora?

—Iré yo —intervino Iriarte—. La víctima era amiga de la familia de la inspectora.

El doctor San Martín musitó una condolencia y se metió en su coche. Amaia se apresuró tras él, tocó con los nudillos en la ventanilla y se inclinó para decirle:

—Doctor, a colación del caso de la pequeña Esparza, hemos comprobado la incidencia de muerte de cuna en la zona durante los últimos años y nos ha llamado la atención que al menos en un par de ocasiones se aconsejó desde el Instituto de Medicina Legal una investigación por parte de los servicios sociales.

—¿A cuántos años se remonta?

—Unos cinco.

—Entonces la otra titular en el instituto era la doctora Maite Hernández, estoy seguro de que fue ella la que se encargó; por norma, y siempre que puedo, evito hacer las autopsias de niños tan pequeños. —Amaia recordó su abatimiento ante el cadáver de la niña Esparza y notó que desviaba la mirada mientras lo decía, como si el hecho de sentir aquella repugnancia natural fuese algo vergonzoso, y, sin embargo, le hizo ganar inmediatamente puntos ante ella. Era un magnífico profesional que compatibilizaba su trabajo con la enseñanza, pues sin duda la docencia era su gran debilidad—. La doctora Hernández consiguió una plaza de titular en la universidad pública del País Vasco; la llamaré en cuanto llegue al despacho. No creo que tenga ningún inconveniente en hablar con usted, siempre ha sido una mujer encantadora.

Amaia le dio las gracias y vio cómo el coche se alejaba. La calle estaba ahora casi despejada de vehículos y vecinos, que habían vuelto a sus casas a la hora de comer, empujados por la fina lluvia que había comenzado a caer; aunque fieles a la naturaleza vecinal, Amaia detectó movimiento tras los visillos e incluso alguna ventana entreabierta a pesar de la lluvia que seguía arreciando.

Markina abrió su paraguas y la cubrió con él.

—En los últimos días he visitado más veces tu pueblo que en toda mi vida. No es que me moleste —sonrió—, de hecho tenía pensado hacerlo, pero esperaba que fuese por otros motivos.

Ella no contestó y echó a andar calle adelante, intentando huir de las indiscretas ventanas que daban a la calle Giltxaurdi.

—Sigues sin llamarme, no sé nada de ti, y tú sabes que estoy preocupado. ¿Por qué no me cuentas cómo estás?, en los últimos días han pasado muchas cosas.

Se reservó todo lo relativo a la visita a Sarasola, pero sí que le explicó sus conclusiones sobre la muerte de Berasategui y el modo en que pensaban que había obtenido la droga para matarse.

—Hemos investigado al funcionario huido. No es uno de los que acompañaban a Berasategui cuando me reuní con él, ya estaban suspendidos. Vivía con sus padres, que no tuvieron ningún problema en mostrarnos su habitación; no encontramos nada allí, excepto una bolsa de plástico proveniente de una farmacia muy lejana a su domicilio, lo que nos pareció sospechoso. Cuando le mostramos su foto al farmacéutico le recordó de inmediato porque le había llamado la atención un calmante de dichas características en ampollas. Comprobó la receta y el número de colegiado, que curiosamente todavía no ha sido dado de baja. Y viendo que todo estaba correcto no tuvo más remedio que dispensar el medicamento. En el vídeo puede verse que el funcionario permanece durante un minuto junto a la puerta de la celda; probablemente esperó hasta que Berasategui se bebiera el contenido del vial y se llevó la ampolla para deshacerse de ella. Lo hemos puesto en busca y comprobado que no esté en el domicilio de ninguno de sus familiares. De momento no tenemos más noticias.

Habían alcanzado el antiguo mercado. Markina se detuvo de pronto, obligándola a retroceder para guarecerse de nuevo bajo el paraguas. Volvió a hacerlo, sonriendo de aquel modo en que no sabía si se burlaba de ella o se sentía extraordinariamente feliz al verla; la contempló en silencio durante unos segundos hasta que ella, finalmente intimidada, bajó los ojos sólo un segundo, lo suficiente para recuperar su entereza y preguntar:

—¿Qué pasa?

—Cuando me he quejado de tu falta de noticias no me refería a los avances en la investigación.

Ella volvió a bajar la mirada, esta vez sonriendo mientras asentía con la cabeza. Cuando la levantó, era totalmente dueña de sí.

—Pues éstas son todas las noticias que tendrá de mí —respondió ella.

La sombra de la tristeza nubló su mirada y cualquier atisbo de sonrisa desapareció de su rostro.

—¿Recuerdas lo que te dije aquella noche al salir del piso de Berasategui, cuando nos dirigíamos aquí?

Amaia no contestó.

—Mis sentimientos no han cambiado, y no van a cambiar.

Estaba muy cerca. La proximidad acrecentó su deseo y las notas graves de su voz se fundieron con el recuerdo del sueño de la noche anterior, que apareció vívido en su mente evocando en unos segundos la calidez de sus labios, de su boca, de sus besos.

Recibir encargos institucionales era señal inequívoca de éxito. Cuando las más importantes fundaciones culturales se decantaban por la obra de un artista, lo hacían siempre basándose en las apuestas de sus asesores en arte e inversiones, que, además de tener en cuenta en su juicio el talento y la ejecución de la obra por parte del artista, consideraban sobre todo la previsión de futuro en su trayectoria y la rentabilidad de su inversión a largo plazo. Los artículos aparecidos tras su exposición en el Guggenheim en dos de las publicaciones sobre arte más prestigiosas del mundo, *Art News* y *Art in America*, habían disparado su cotización en el *ranking* internacional. La reunión en Pamplona con los representantes de la fundación del BNP hacía prever un importante encargo. James ajustó el retrovisor y sonrió a su imagen en el espejo. Atravesó Txokoto hacia el puente de Giltxaurdi para tomar desde allí la salida a la general. Al pasar por la calle hacia la altura del mercado vio a Amaia detenida junto a un hombre que sostenía un paraguas y la protegía bajo él. Aminoró la velocidad y bajó la ventanilla para llamarla. Sin embargo, su gesto quedó detenido; hubo algo imperceptible pero evidente que congeló su llamada en el aire. El hombre le hablaba muy cerca, ajeno a todo lo demás, y ella escuchaba con los ojos bajos; llovía, se guarecían bajo el paraguas y apenas los separaban unos centímetros, pero no fue la escasa distancia entre ellos lo que le perturbó, sino lo que vio en la mirada de ella cuando levantó de nuevo el rostro, brillaba en sus ojos un reto, el desafío de un lance, y James sabía que aquello era lo único a lo que ella no se podría resistir, porque era un soldado, una guerrera regida por la diosa Palas: Amaia Salazar nunca se rendía sin dar batalla. James subió la ventanilla y continuó sin llegar a detener el vehículo. En su rostro no quedaba ni rastro de sonrisa.

16

Tragó con desagrado un sorbo de café que ya hacía rato que se había quedado frío y asqueada exilió la taza a una esquina de la mesa. No había comido nada desde el desayuno, se sentía incapaz de tomar ni un bocado. Ver a Elena Ochoa muerta sobre su propia sangre se le había llevado el apetito y algo más... Algo que tenía que ver con un hilo de esperanza de que quizá en algún momento Elena pudiera superar las barreras del miedo y hablar. Si tan sólo le hubiese dicho dónde estaba la casa... Presentía que era muy importante. La muerte de Elena sumada a la de Berasategui la dejaba sin recursos y con la sensación de que los hechos se le escapaban de entre los dedos como si intentase contener el agua del río Baztán. Sobre su mesa, el informe del subinspector Etxaide acerca de las muertes de cuna, la transcripción de la declaración de Valentín Esparza en los calabozos, el informe de la autopsia de Berasategui, un par de folios con sus notas emborronadas de tachaduras y una conclusión que no lo era en absoluto: que no podía avanzar, que no había adonde ir. Frustrada, volteó los folios.

Comprobó la hora en su reloj, casi las cuatro. Hacía una hora que el doctor San Martín la había llamado para darle el teléfono de la forense que había realizado las autopsias de los bebés del informe de Jonan. Le había explicado lo que Amaia quería y habían quedado en que la llamaría a las cuatro. Tomó el teléfono, esperó el último minuto con el aparato en la mano y, en cuanto dio la hora, marcó el número.

Si a la doctora le sorprendió su puntualidad, no lo mencionó.

—El doctor San Martín me ha dicho que está interesada en dos casos en concreto. Los recuerdo perfectamente aunque, por si acaso, he buscado mis notas de entonces. En ambos, las autopsias fueron normales, de dos niñas aparentemente sanas; en ninguna de las dos se halló nada que hiciera sospechar que las muertes no hubieran sido naturales, entiéndase por cuanto natural pueda ser el síndrome de muerte súbita del lactante, que era lo que inicialmente habían sugerido los médicos que firmaron los correspondientes certificados de defunción. Uno de los bebés dormía boca abajo, la otra ni eso. Lo que me planteó dudas en ambos casos fue la actitud de los padres.

—¿La actitud?

—En uno de los casos me entrevisté con ellos a petición del padre, que casi llegó a amenazarme advirtiéndome de que más valía que, tras la autopsia, su hija tuviera dentro todas las vísceras, que había leído en alguna parte que a veces los forenses se las quedaban. Traté de explicarle que eso no era así y que sólo se daba en los casos en que se había recibido autorización de los familiares o en que se donaba el cuerpo para el estudio. Pero lo que más me llamó la atención fue que dijo que sabía qué precio podían alcanzar los órganos de un niño muerto en el mercado negro. Le contesté que si estaba pensando en donaciones estaba completamente equivocado, que para eso se los tendrían que haber extraído nada más fallecer y en unas condiciones médicas muy especiales, y me contestó que no hablaba del mercado negro de donaciones, sino del de cadáveres. La esposa intentaba todo el tiempo que se callase y me pidió repetidamente disculpas queriendo justificar a su marido con el terrible trance que estaban sufriendo, pero cuando lo afirmó yo le creí, parecía saber de qué hablaba, y eso que por lo demás era un patán sin modales. Si llamé a los servicios sociales fue sobre todo por la pena que me dio el niño mayor, el otro que tenían. Sentado en la sala de espera y oyendo a su padre hablar así, no me pareció que estuviera de más que echaran un ojo.

»En el segundo caso, la actitud de los padres fue también sorprendente, aunque muy distinta. Esperaban en el Instituto de Medicina Legal; pasé por delante de la sala para decirles que pronto podrían llevarse a su hija y lo que vi fue que, lejos de estar abatidos, estaban eufóricos. Aunque pueda resultar desconcertante, he visto todo tipo de reacciones en los familiares, desde el esperado dolor hasta la más absoluta frialdad, pero cuando salí de la sala oí al hombre susurrar a la mujer que todo iba a ir bien a partir de ese momento. Es chocante, podría suponer una especie de promesa, aunque cuando me volví a mirarles ambos estaban sonriendo, y no se trataba de un gesto forzado con el que infundirse ánimos, no, estaban felices. —La doctora hizo una pausa rememorando—. He visto alguna vez respuestas parecidas ante la muerte cuando se trata de creyentes convencidos de que su ser querido va directamente al cielo; sin embargo, en estos casos la emoción dominante es la resignación. No vi resignación en ellos, vi alegría. Alerté a los servicios sociales porque tenían dos hijos más que todavía eran muy pequeños, dos y tres años, vivían en un bajo sin calefacción que les había prestado un familiar y él llevaba toda la vida en el paro. Aparte de las estrecheces que se puede imaginar, cuidaban bien de los niños, lo mismo que la otra pareja. Eso me dijo la trabajadora social. Ahí terminó el asunto. Pero la llamada de hoy de San Martín me ha hecho recordar otro caso, en marzo de 1997. Al finalizar la Semana Santa, se produjo un descarrilamiento en Huarte Arakil. Fallecieron dieciocho personas. Estábamos desbordados de trabajo y casualmente el accidente coincidió con una muerte de cuna.

Esta vez también fueron los padres los que solicitaron verme. Ya le digo que estábamos superados por la catástrofe, pero se plantaron allí e insistieron en que no se irían hasta haber hablado conmigo. Fue muy triste, la mujer estaba enferma de un cáncer muy avanzado. Me pidieron que acelerase los trámites para que pudieran llevarse el cuerpo. También en este caso tenían prisa y, a pesar de la circunstancia, no aparentaban estar tan apesadumbrados como cabía esperar, sino todo lo contrario. Su actitud llamaba la atención en aquella sala llena de familiares destrozados; ellos, sin embargo, parecían estar esperando a que les entregasen el coche en el taller en lugar de un cadáver. No tenían más hijos, lo comprobé. He buscado la ficha con mis apuntes. Si me facilita un correo, se la envío junto al número de la trabajadora social, por si quiere hablar con ella.

—Sólo una cosa más, doctora —dijo Amaia antes de colgar.

—Dígame.

—En el último caso que me ha contado, ¿el bebé era también una niña?

—Sí, era una niña.

La trabajadora social tardó una hora más en localizar los expedientes y devolverle la llamada. Los partes se habían cerrado sin incidencias. En uno de los casos, la familia recibió ayuda durante un corto período de tiempo hasta que renunció a ella. Nada más.

Llamó a Jonan, que para su sorpresa parecía tener el teléfono desconectado. Se asomó al pasillo y golpeó suavemente con los nudillos en la puerta abierta del despacho de enfrente, en el que Zabalza y Montes trabajaban.

—Inspector Montes, ¿puede venir a mi despacho?

Él la siguió.

—El subinspector Etxaide elaboró un informe sobre todas las familias que habían perdido niños por muerte de cuna en Baztán; inicialmente no parece que haya nada relevante, pero en dos de los casos la forense que había entonces recomendó una inspección a los servicios sociales. Mientras hablaba con la doctora, ésta ha recordado otro más en el que los padres no reaccionaron como se puede esperar, me ha dicho que literalmente estaban felices; una de las familias estuvo bajo la tutela del Gobierno de Navarra una temporada, recibiendo ayuda social. Me gustaría que mañana les hiciera una visita; invéntese cualquier motivo y evite mencionar el tema de los bebés.

—¡Ufff! —se quejó Montes—. Me va a costar mucho, jefa —dijo hojeando los expedientes—, pocas cosas me cabrean más que esas familias que no cuidan a sus niños.

—No mienta, Montes, a usted le cabrea todo —dijo sonriendo mientras él asentía—. Llévese a Zabalza, le vendrá bien airearse y tiene más tacto que usted. Por cierto, ¿sabe dónde anda Etxaide?

—Tenía la tarde libre, me comentó que iba a hacer unos recados...

Amaia se concentró en poner de nuevo en orden sus notas añadiendo lo que la forense y la trabajadora social le habían contado; al cabo de unos segundos se percató de que Montes seguía en pie junto a la puerta.

—Fermín, ¿quiere algo más?

Él permaneció mirándola un par de segundos más y después negó con la cabeza.

—No, no, no es nada.

Abrió la puerta y salió al pasillo, dejando en Amaia la sensación de estar perdiéndose algo importante.

Desconcentrada, se rindió a la evidencia de no estar avanzando en absoluto. Guardó los papeles, consultó la hora y recordó que James tenía una importante reunión en Pamplona. Marcó su número y esperó, pero él no respondió. Apagó el ordenador, tomó su abrigo y regresó a casa.

Las chicas de la alegre pandilla de la tía Engrasi parecían haber sustituido en los últimos tiempos la habitual partida de cartas por una especie de festivo encuentro en el que se dedicaban a pasarse a Ibai de brazo en brazo haciéndole monerías y carantoñas, y riendo encantadas de la vida. No sin cierto esfuerzo logró arrebatarles al niño, que reía contagiando a las mujeres.

—Me lo estáis echando a perder —bromeó—. Se ha convertido en un fiestero, y luego no hay modo de dormirle —dijo mientras subía las escaleras, llevándose al pequeño entre las airadas protestas de las mujeres.

Dejó a Ibai sobre su cuna mientras preparaba el baño, se quitaba el grueso jersey y escondía su pistola encima del armario ropero, pensando que pronto ni siquiera aquel lugar sería tan seguro con Ibai en casa. En Pamplona tenía una caja fuerte para guardarla y en el proyecto de Juanitaenea habían incluido la colocación de una, pero en casa de la tía siempre la había dejado sobre el armario; de entrada parecía un lugar seguro, aunque era sabido que los bebés, hacia los tres años, se transforman en monitos trepadores capaces de llegar a cualquier sitio. Pensó en Juanitaenea, en los palés de material de obra amontonados frente a la entrada y en la labor en la que no se habían producido avances. Tomó el teléfono y llamó de nuevo a James; escuchó dos señales antes de que la llamada quedase interrumpida, como si hubiese colgado. Se tomó su tiempo para bañar a Ibai; el niño adoraba el agua, y a ella le encantaba verle tan feliz y relajado, pero tuvo que reconocer que la preocupación por el hecho de que James no cogiese sus llamadas comenzaba a hacer mella en ella. No había disfrutado de aquel momento del baño, que solía ser tan especial. Tras ponerle el pijama al niño, volvió a marcar. De nuevo la llamada quedó enseguida interrumpida. Envió un mensaje: «James, estoy preocupada, llámame», y un minuto después llegó la respuesta: «Estoy ocupado».

Ibai se durmió en cuanto tomó su biberón. Conectó los intercomunicadores de escucha. Se sentó junto a Ros y a la tía, que miraban la televisión, pero no consiguió concentrarse en otra cosa que no fuera escuchar el ruido que los vehículos hacían al pasar sobre el empedrado frente a la casa. Cuando oyó detenerse el coche de su marido, se puso el abrigo y salió a recibirle. James permanecía en el interior del automóvil con el motor parado y las luces apagadas. Ella se acercó y se subió por la puerta del copiloto.

—James, ¡por Dios! Estaba preocupada.

—Ya estoy aquí —respondió él sin darle importancia.

—Podías haber llamado...

—Tú también... —cortó él.

Visiblemente sorprendida por su reacción, se puso a la defensiva.

—Lo hice, y no lo cogías.

—¿A las seis de la tarde? ¿Después de todo el día? —Ella encajó el reproche, pero inmediatamente se sintió furiosa—. O sea, que viste la llamada y no la cogiste. ¿Qué pasa, James?

—Dímelo tú, Amaia.

—No sé a qué te refieres...

Él se encogió de hombros.

—¿No sabes a qué me refiero? Perfecto, entonces no pasa nada —dijo haciendo ademán de salir del coche.

—James. —Le detuvo—. No me hagas esto, no comprendo nada. Sé que tenías la reunión con los representantes del BNP, nada más, ni siquiera me has dicho cómo ha ido.

—¿Acaso te importa?

Ella le miró dolida durante un par de segundos. Su chico guapo estaba perdiendo la paciencia, y sabía que, en buena parte, ella era la responsable. Bajó el tono y cuando habló lo hizo poniendo en sus palabras todo el cuidado y ternura.

—¿Cómo puedes preguntarme eso? Claro que me importa, James, tú eres lo que más me importa del mundo.

Él la miró, intentando sostener durante un par de segundos más el gesto adusto, que ya empezaba a relajarse en sus ojos. Sonrió un poco.

—Ha ido bien —admitió.

—Oh, por favor, cuéntame más, ha ido bien bien o muy bien.

Él sonrió abiertamente.

—Muy muy bien.

Ella le abrazó arrodillándose en el asiento para poder pegarse a él y besarle. Su teléfono sonó. James compuso un gesto de fastidio cuando ella lo sacó del bolsillo.

—Es de la comisaría, tengo que contestar —dijo deshaciéndose del abrazo. Descolgó y un policía contestó al otro lado.

—Inspectora, ha llamado a comisaría la hija de Elena Ochoa. Insiste en hablar con usted y dice que es urgente. No la habría molestado, pero la chica ha dicho que es muy importante que se vean cuanto antes. Acabo de enviarle su número en un mensaje.

—Tengo que hacer una llamada, me llevará tan sólo un par de minutos —dijo bajándose del coche. Marcó el número y se alejó un poco más para evitar que James pudiera oír la conversación.

—Inspectora, estoy en Elizondo. Con todo lo que ha pasado decidimos quedarnos a dormir hoy aquí, y ha sido al ir a acostarme cuando he apartado la almohada y he encontrado una carta de mi madre. —La voz, que hasta aquel instante había sonado segura y espoleada por la urgencia, se rompió de un modo lastimero cuando la joven comenzó a llorar—. Supongo que tenían razón, se suicidó, no puedo creerlo, pero se suicidó... Ha dejado una carta —dijo rota de dolor—. Yo siempre intenté ayudarla, hacía lo que los médicos decían, que no le hiciera caso, que no alimentase su paranoia, que le restase importancia a sus miedos... Y ha dejado una carta. Pero no para mí, es para usted. —La joven se rompió del todo; Amaia sabía que a partir de ese momento sería incapaz de articular palabra alguna; esperó unos segundos mientras oía cómo alguien que intentaba consolarla le arrebataba el teléfono de las manos.

—Inspectora, soy Luis, el novio de Elena. Venga a por la carta.

James había bajado del coche y ella retrocedió unos pasos hasta colocarse frente a él.

—James, tengo que hacer una cosa. Es sólo recoger un documento, aquí mismo, en Elizondo, iré andando —dijo como para hacer más patente lo poco que tardaría—, pero tengo que ir ahora.

Él se inclinó para besarla y sin decir una palabra entró en la casa.

17

El invierno regresó con fuerza tras el respiro de las últimas horas. Mientras caminaba por las calles desiertas de Elizondo, el viento helado proveniente del norte le hizo lamentar no haber cogido sus guantes y su bufanda; se levantó el cuello del abrigo y, cerrándolo en torno a su garganta con las manos, apuró el paso hasta llegar a la casa de Elena Ochoa. Llamó a la puerta y esperó temblando, sacudida por los envites cada vez más fuertes del aire. El novio de la chica abrió, pero no la invitó a pasar.

—Está agotada —explicó—. Se ha tomado una pastilla y ha comenzado a adormilarse.

—Lo comprendo —justificó Amaia—. Es un golpe muy duro...

Él le tendió un sobre blanco y alargado. Amaia observó que no había sido abierto y que en el frontal figuraba su nombre. Lo tomó y lo guardó en el bolsillo de su abrigo observando el alivio del chico al verlo desaparecer.

—Os mantendré informados.

—Si es lo obvio, ahórreselo, ya ha sufrido bastante.

Caminó hacia la curva del río atraída por las luces anaranjadas de la plaza que en medio de la noche gélida aportaban una sensación de falso calor; luego rebasó la fuente de las lamias, que sólo volvía a serlo bajo la lluvia, y se detuvo en la esquina del ayuntamiento para tocar brevemente la superficie suave de la *botil harri* con una mano mientras con la otra aprisionaba el sobre que viajaba en su bolsillo y del que se desprendía una desagradable tibieza, como si el papel contuviese las últimas trazas de vida de su autora. El viento barría la superficie de la plaza haciendo imposible pensar siquiera en detenerse allí. Caminó por Jaime Urrutia parándose bajo cada punto de luz mientras tomaba conciencia de pronto de que estaba buscando un lugar para leer aquella carta, de que no quería leerla en casa y de que no podía esperar. Rebasó el puente, donde el fragor del viento competía con el ruido de la presa, y al llegar frente al Trinquete giró a la derecha para ir al único lugar donde en aquel momento podría estar sola. Palpó en su bolsillo la suavidad del cordel de nailon con el que su padre había sujetado aquella llave tantos años atrás y la deslizó en la cerradura del almacén. La llave se trabó a medio camino. Volvió a probar, aunque era evidente que la cerradura había sido sustituida. A la vez sorprendida y satisfecha por la iniciativa de Ros, guardó la llave inservible y acarició de nuevo el sobre, que como un ser vivo parecía clamar en su bolsillo. Acelerando el paso y luchando contra el viento, casi corrió hasta la casa de la tía, pero no entró. En lugar de ello, se dirigió a su coche, se sentó en el interior y encendió la luz.

Lo saben, le dije que se enterarían. Siempre tengo cuidado, aunque ya se lo dije: nadie puede protegerte de ellos, de algún modo me lo han hecho llegar, y ahora lo tengo dentro, siento que ha comenzado a morderme las entrañas. Tonta de mí, creí que era un ardor de estómago, pero pasan las horas y sé lo que está ocurriendo, me está devorando, va a matarme, va a acabar conmigo, así que ya no tiene sentido ocultarlo más.

La casa es un viejo caserío destartalado, las paredes de color galleta y el tejado oscuro. Hace muchos años que no voy por allí, pero siempre tenían los portillos entrecerrados.

Está en la carretera de Orabidea, en medio de la única pradera plana que debe de haber en toda la región, no hay árboles, nada crece a su alrededor, resulta invisible desde arriba, la reconocerá porque surge de pronto ante los ojos cuando se tuerce el camino.

Es una casa negra, no me refiero al color de sus paredes, sino a lo que hay en su interior. Sé que es inútil pedirle que no vaya, que no la busque, porque si es usted quien dice ser, si sobrevivió al destino que ellos le tenían preparado, dará igual que usted no los busque, ellos la encontrarán.

Que Dios la ayude.

Elena Ochoa.

El sonido estrepitoso e incongruente del teléfono móvil en aquel pequeño espacio cerrado la sobresaltó, provocando que la carta de Elena Ochoa cayese de entre sus manos y fuera a parar a los pedales del coche. Alterada y confusa, respondió a la llamada mientras se inclinaba hacia adelante para intentar recuperar el pliego de papel.

La voz del inspector Iriarte delataba el cansancio de las horas sumadas en una jornada que había comenzado muy temprano. Amaia consultó la hora en su reloj, más de las once, mientras admitía mentalmente que se había olvidado de Iriarte por completo.

—Acabamos de terminar con la autopsia de Elena Ochoa... Le doy mi palabra, inspectora, de que es lo más impresionante que he visto en mi vida. —Hizo una pausa en la que Amaia le oyó coger aire profundamente y soltarlo muy despacio—. San Martín ha decretado suicidio por ingestión de objetos cortantes, y, créame, si para mí ha sido turbador, para él ha tenido que ser muy confuso, pero ¿qué otra cosa iba a poner?... —argumentó soltando una risita nerviosa.

La amenaza de una horrible migraña le golpeó la cabeza con dos fuertes latidos. Sintió frío y de alguna forma supo que sus sensaciones estaban directamente conectadas con el contenido de aquella carta y con los silencios comprendidos entre los titubeos del inspector Iriarte.

—Explíquemelo, inspector —rogó con firmeza.

—Bueno, ya vio la cantidad de cáscaras de nuez que había en el vómito; en el estómago quedaban algunas, pero los intestinos estaban llenos...

—Comprendo.

—No, inspectora, no me ha comprendido, estaban literalmente embutidos de cáscaras de nuez, como si para meterlas allí hubieran usado una máquina de hacer chorizos. Repletos hasta reventarse en algunas zonas, el entramado hecho trizas, parecía rellenado a la fuerza, había partes en las que el tejido de la tripa no había resistido, perforándose por completo, clavándose en la pared intestinal, llegando incluso a los órganos que lo rodeaban.

Amaia sintió cómo la migraña atenazaba su cabeza ya, como un casco de acero que alguien estuviera remachando a martillazos desde el exterior.

Iriarte tomó aire antes de continuar.

—Siete metros de intestino delgado y un metro y medio más de intestino grueso llenos hasta reventar de cáscaras de nuez hasta tal punto que habían doblado su tamaño. Al doctor le ha extrañado que la pared intestinal haya resistido sin rasgarse totalmente. Nunca en mi vida he visto nada igual, ¿y sabe qué es lo más curioso? Ni un trozo de fruto, no hay nueces, sólo cáscaras.

—¿Qué ha dicho San Martín? ¿Hay algún modo de que se las hubieran podido implantar o embutir?

Iriarte resopló.

—No estando viva. La sensibilidad del intestino es muy alta, el dolor la habría enloquecido, seguramente la habría matado. Tengo algunas fotos. San Martín se ha quedado preparando el informe de la autopsia, supongo que lo tendrá a primera hora. Y ahora me voy a casa, aunque no creo que pueda dormir —añadió.

Amaia estaba segura de que, como Iriarte, ella tampoco conseguiría dormir; tomó un par de calmantes y se acostó junto a James e Ibai, dejando que la cadenciosa respiración de su familia le aportase la paz que tanto necesitaba. Dejó pasar las horas con la atención repartida entre un libro en el que fue incapaz de concentrarse y el hueco oscuro de la ventana, cuyos portillos seguían abiertos para poder vislumbrar, desde su posición en la cama, las primeras luces del alba.

No supo que por fin le había entrado el sueño, aunque fue consciente de haber estado durmiendo cuando ella llegó. No la oyó entrar, no escuchó sus pasos ni su respiración. La olió; el olor de su piel, de su pelo, de su aliento estaban grabados en su memoria a cincel. Un olor que constituía una alarma, el rastro de su enemiga, de su asesina. Sintió la desesperación del miedo mientras maldecía su torpeza por haberse distraído, por haber dejado que se acercara tanto, porque si podía olerla era que estaba demasiado cerca. Una niña muy pequeña rezaba al dios de las víctimas clamando piedad y alternando su ruego con la orden que jamás debía ser contravenida y que gritaba en su cerebro, no abras los ojos, no abras los ojos, no abras los ojos, no abras los ojos, no abras los ojos. Gritó, y su grito no fue de terror sino de rabia, y no procedía de la niña sino de la mujer, no puedes hacerme daño, ya no puedes hacerme daño. Y entonces abrió los ojos. Rosario estaba allí, inclinada sobre su cama y a escasos centímetros de su cara; la proximidad desenfocaba su rostro; sus ojos, su nariz y su boca llenaban su espacio de visión. El frío que traía prendido en la ropa erizó la piel de Amaia, mientras el rictus sonriente de su boca se alargó hasta ser como un corte en el rostro; los ojos ávidos la escrutaban divertidos ante su horror. Intentó gritar, pero de su garganta ahora no brotó más que el aire caliente que empujaba desde los pulmones con todas sus fuerzas pero que nacía huero en su boca. Intentó moverse y comprobó aterrorizada que era imposible, sus miembros parecían pesar toneladas y permanecían inmóviles, sepultados por su propio peso en el mullido colchón. La sonrisa de Rosario se agrandó, a la vez que se endurecía mientras se inclinaba un poco más, hasta que las puntas de sus cabellos rozaron el rostro de Amaia. Cerró los ojos y gritó todo lo que pudo. Esta vez, el aire volvió a salir impelido con fuerza y, aunque no se tradujo en el grito que ella lanzaba desde el inframundo, la mujer que dormía sobre la cama llegó a susurrar una palabra: «no». Fue suficiente para despertarla.

Completamente cubierta de sudor, se sentó en la cama apartando a manotazos el pañuelo que cubría la tulipa de la lámpara para tamizar su luz. Un rápido vistazo alrededor para comprobar que James e Ibai dormían y uno más hacia lo alto del armario, donde como cada noche descansaba su pistola. No había nadie en la habitación, lo había sabido en el mismo segundo en que despertaba, pero las sensaciones vividas durante el sueño seguían presentes, el corazón desbocado, los miembros anquilosados, la musculatura dolorida por la pugna mantenida por liberarse. Y su olor. Esperó un par de minutos mientras su respiración se regularizaba y salió de la cama a trompicones. Recuperó su pistola, cogió ropa limpia y se dirigió a la ducha para quitarse de la piel la odiosa impresión de ese olor.

18

Comenzó a buscar la casa antes del amanecer. Había desayunado un café, que se bebió de pie, apoyada contra la mesa de la cocina, y sin quitar los ojos de la ventana, donde el cielo oscuro de Baztán aún no daba señales de un nuevo día.

Condujo por la carretera desde Elizondo hacia Oronoz-Mugaire y tomó el desvío a Orabidea, uno de los lugares menos transitados del valle, en el que el tiempo parecía haberse detenido manteniendo intactos campos, caseríos y todo el encanto y la potencia natural de un paraje tan hermoso como feroz. Los caseríos distaban varios kilómetros unos de otros y a algunos todavía no había llegado la electricidad. Durante la primavera pasada, James la había convencido para visitar Infernuko Errota (el Molino del Infierno), uno de los lugares más mágicos y especiales de Baztán. A unos quince kilómetros por aquella carretera se llegaba hasta Etxebertzeko Borda, y desde allí partía el camino, que sólo podía hacerse a pie o montado sobre los lomos de un burro, como probablemente lo habrían hecho muchas veces los que se aventuraban en plena noche a llegar al molino que daba nombre al lugar, oculto entre la espesura. El Molino del Infierno, edificado en la época carlista, fue vital para la supervivencia de los soldados que se echaron al monte durante las guerras. Construido sobre tres troncos que cruzaban el río y con paredes de madera, en los tiempos de racionamiento, las gentes de Baztán llegaban hasta allí durante la noche con sus burros cargados de grano para molerlo clandestinamente y obtener la harina con la que alimentar a sus familias. La belleza bucólica del camino debía de ser pura incertidumbre y peligró al anochecer, cuando caminar en la oscura noche de Baztán guiando a un animal por aquellos senderos estrechos y resbaladizos debido a la humedad del río y llegar hasta el molino resultaría un auténtico descenso a los infiernos. Seguramente por esto se había ganado el nombre de Molino del Infierno. En Baztán siempre se ha encontrado la manera de hacer lo que hay que hacer. Fuera de aquella ruta sólo conocía el campo de tiro y sus alrededores en Bagordi. Apagó el navegador del coche, que, inservible en aquel paraje, calculaba y recalculaba la posición tras perder cada pocos segundos la señal del satélite. Condujo por la pendiente ascendente deteniéndose a ratos para consultar el mapa abierto sobre el asiento del copiloto, en el que se veían señalados los principales caminos, pero que no era de gran ayuda en cuanto a las numerosas bordas que aparecían y que no constaban en los registros de construcciones oficiales. Las escuetas indicaciones que le había proporcionado Elena eran tan vagas que ni siquiera le daban una pista de si la casa podía encontrarse en una zona ascendente o descendente; sólo el detalle de la inmensa pradera plana que rodeaba la finca parecía distintivo; aun así, no descartó ni los caseríos en los que era evidente que el terreno no era plano, penetrando con su coche hasta donde la carretera se tornaba pista, ni las pequeñas bordas, construidas originalmente para caballos u ovejas, que en los últimos años habían sido restauradas como casas habitables. Saludó con la mano a algunos caseros que le salían al encuentro, fingiéndose perdida del camino principal o despistada y soportando las miradas cargadas de burla de los hombres y los ladridos roncos de los perros pastores que, enfebrecidos, perseguían las ruedas del coche.

Hacia las diez de la mañana detuvo el vehículo para estirar las piernas, marcar sobre el mapa nuevas cruces sobre los lugares que ya había visitado y descartado, y para tomar un poco de café, que había tenido la precaución de llevar en un viejo termo que recordaba haber visto en casa de Engrasi desde que era pequeña y cuya tapa hacía las veces de taza. La sostuvo entre las manos bebiendo pequeños sorbos y admirando el paisaje apoyada en el maletero del coche. La bebida dulce y caliente le arrancó un escalofrío que le trajo intacto el recuerdo del sueño de aquella noche. ¿Terror nocturno o una señal inequívoca de alarma que no debía ser despreciada? ¿Qué habría dicho sobre esto el agente Dupree? ¿Información que el cerebro procesaba de otro modo y nos llegaba a través de los sueños, o una pesadilla, reminiscencia del terror auténtico que vivió en su infancia? Sacó de su bolsillo el teléfono, sabiendo que no iba a llamarle, pues con Dupree las llamadas tenían que esperar a que se pusiese el sol; aun así, miró la pantalla y volvió a guardarlo al comprobar que no había cobertura y darse cuenta de que no había recibido ni una sola llamada durante toda la mañana.

—La naturaleza nos protege —susurró, mirando alrededor y apreciando la belleza de las altas copas de los árboles que formaban a ambos lados del camino una barrera natural y umbría en la que, a pesar de que aún faltaban días para que entrase la primavera, apenas llegaba a penetrar la luz. Amaia tomó conciencia de la poderosa energía del bosque atravesado por la carretera, que, lejos de partirlo en dos, actuaba como un certero canal linfático por donde la potencia del monte fluía como en un río invisible.

No necesitaba hablar con Dupree para saber lo que diría, para saber que cuando una alarma se dispara no debe hacérsele oídos sordos. Era policía, una investigadora entrenada, y en los últimos tiempos había aprendido que el contraste entre lo racional y lo irracional, la metodología policial y las viejas tradiciones, el análisis minucioso y lo puramente intuitivo formaban parte del mismo mundo, y que una interacción entre ambos posicionamientos frente a la realidad podía ser muy fructífera para el investigador. Le daba igual que su hermana organizase una docena de funerales por el alma inmortal de Rosario; era cierto que no podía asegurarlo, pero presentía que el alma de su madre seguía morando en su cuerpo, que la amenaza que había pendido sobre su cabeza desde la infancia continuaba intacta y era real, como las palabras que Berasategui le había adjudicado. Lo sentía en las tripas, en la piel, en el corazón y en un cerebro que mientras dormía le mandaba aquellos terroríficos mensajes. Recordó cómo la sensación del sueño se había prolongado varios minutos, y que cuando despertó aún sentía el dolor en sus miembros, la tensión por haber estado inmovilizada y el rastro de Rosario pegado a la piel, un olor que sólo había podido arrancar tras frotarse vigorosamente con gel de ducha y agua caliente. Sorbió otro trago de café, que al evocar ese olor le produjo una arcada. Asqueada, arrojó el resto del contenido de la taza a unos matorrales mientras recordaba las palabras de Sarasola y se preguntaba si las pesadillas podían matar, si la fuerza de la que están dotados los monstruos que las pueblan podría traspasar la frágil barrera entre los dos mundos y dar caza por fin a sus presas. ¿Qué habría pasado si no llega a despertarse? Lo que llegaba a experimentar en sus pesadillas era tan vívido que parecía real; al igual que los hmong de los que hablaba Sarasola, ella era consciente de haberse dormido, del momento en que su madre llegaba, abría los ojos y podía verla, olerla, y esta vez incluso había sentido el cosquilleo de las puntas del cabello cuando se inclinó sobre su rostro. ¿Cuánto más podría percibir? ¿Lo habría notado si ella hubiera llegado a tocarla? ¿Notaría los labios secos y la lengua húmeda y ávida de su sangre lamiendo su rostro? ¿Podría percibir la fuerza de su boca cuando la aplicase sobre sus labios para robarle el aliento? ¿Podía esa pesadilla beberse su aliento hasta matarla, igual que el legendario Inguma?

Por el rabillo del ojo percibió un leve movimiento a su izquierda, entre la densa vegetación del bosque. Oteó las copas quietas en la altura y descartó que hubiese sido el viento, pero aunque observó la espesura con atención no logró ver nada bajo el umbrío dosel que formaban los árboles. Abrió el maletero del coche para guardar el termo de Engrasi y entonces lo vio de nuevo. Lo que fuese tenía la envergadura suficiente como para agitar las ramas a la altura de un hombre. Cerró el portón del coche y avanzó un par de pasos hacia la linde del bosque. Se detuvo al percibir la forma alargada y oscura que se ocultaba tras el grueso tronco de un haya y que había provocado el suave estremecimiento de las hojas raquíticas que brotaban de los pequeños ejemplares de haya que habían arraigado a los pies de los árboles gigantescos y que estaban, por esta razón, condenados a morir.

Se mantuvo quieta donde estaba, percibiendo el temblor que comenzaba en sus piernas y se extendía por todo el cuerpo. Inconscientemente, verificó la presencia de su pistola en la cintura mientras se recordaba a sí misma que no debía sacarla. El observador se mantenía oculto tras el tronco del árbol. Con el fin de alentarlo a salir, retrocedió un paso y bajó la cabeza dirigiendo su mirada al suelo.

El efecto fue inmediato, los ojos de su observador se posaron sobre ella, pero no lo hicieron como mariposas blancas o ligeros pájaros que liban de las flores. La mirada cruel, feroz y desalmada se clavó en su alma como si acabase de ser asaeteada, y la alarma que la hostilidad latente provocó en ella la desconcertó, haciéndola retroceder un paso más, lo que casi la llevó a perder el equilibrio. Perturbada por sus emociones intentó, sin embargo, sobreponerse mientras escrutaba de nuevo la espesura detectando el rápido movimiento con el que su observador se ocultaba de nuevo. Introdujo su mano bajo el plumífero y con la yema de los dedos llegó a rozar la culata de la Glock, pero casi al instante se reconvino por su gesto, que aun así logró tranquilizarla. Aspiró profundamente recordando que debía mantener la calma. Necesitaba volver a verlo, había añorado tanto su presencia que casi le dolió en el pecho, y la posibilidad de tenerle tan cerca y, a la vez, la certeza de que estaba tan lejos le produjo una intensa frustración por no poder transmitirle cuánto le necesitaba, ni conseguir de nuevo aquella sensación de protección que tanto ansiaba. Avanzó un paso más; si extendía las manos podía tocar los árboles que lindaban con la carretera. Percibió entonces el silencio en el que se había sumido el bosque. Los trinos y aleteos y hasta el rumor callado que siempre podía oírse entre los árboles habían cesado, como si la naturaleza entera contuviese el aliento, esperando. Dio un paso más y notó que la sombra comenzaba lentamente a salir de su escondite. El inexplicable terror que la embargaba se acrecentó cuando de pronto, a su espalda y procedente del otro lado de la carretera, sonó el intenso silbido del guardián del bosque, el basajaun protector que tanto añoraba, alertándola del peligro. Amaia sacó su arma, y la sombra que ella había tomado por el guardián invisible retrocedió, regresando a la oscuridad.

Corrió hasta el coche, arrancó el motor, aceleró levantando parte de la grava suelta de la carretera y condujo a gran velocidad hasta que alcanzó el siguiente grupo de caseríos y detuvo el coche. Sus manos aún temblaban. «Era un jabalí. Era un jabalí y seguramente lo que ha sonado en el otro extremo del bosque sólo era el silbido de un pastor que llamaba a su perro.» Movió el espejo retrovisor para verse la cara; los ojos de la mujer que vio reflejados allí no estaban de acuerdo con esa opinión.

Continuó comprobando caminos, sendas y pistas durante el resto de la mañana. Había pasado el mediodía cuando, al retroceder por un camino y frente a una casa que había descartado, vio la pradera. Una extensión de un verde perfecto se extendía por los lados y la parte de atrás de la casa, hasta ahí la coincidencia. La casa, de tejado rojo a dos aguas, no podía tener más de diez años, y mostraba en su parte delantera unas amplias ventanas, un porche de madera y una mesa para diez comensales junto a una barbacoa de factura moderna. Al verla desde la curva entendió por qué ni siquiera había reparado en ella. La casa se encontraba en mitad de la pradera, pero todo el acceso delantero que podía haber anunciado su presencia estaba protegido por un antiguo muro cubierto de vegetación entre la que apenas era visible un buzón de hierro colado que había sido pintado de verde para pasar todavía más inadvertido. Descendió de nuevo por el camino, aparcó a un costado y comprobó que, en efecto, el muro y una valla que se hallaba tras él delimitaban perfectamente la propiedad. Caminó junto a la pared hasta el buzón, en el que aparecían dos apellidos mecanografiados sobre una cartulina: Martínez Bayón. Siguiendo el muro giró a la izquierda para descubrir, tras una empalizada tapizada de enredaderas, una moderna puerta de acceso protegida por un tejadillo de piedra y custodiada por un interfono con vídeo-vigilancia y la placa distintiva de una empresa de seguridad que brillaba incongruente sobre un tronco longitudinal en el que las expertas manos de un artesano habían tallado el nombre de la finca: Argi Beltz. Dos metros más adelante se hallaba el acceso al garaje.

—Argi Beltz —susurró. Luz negra. «Es una casa negra», resonaron en su mente las palabras de Elena Ochoa. Se acercó a la puerta, se situó frente al visor de la cámara y tocó el timbre. Esperó un par de minutos antes de volver a llamar, y aún volvió a hacerlo una vez más antes de desistir; justo cuando se retiraba, estuvo segura de haber oído un pequeño chasquido procedente del interfono, aunque la luz que indicaba que el auricular había sido descolgado seguía apagada. Tuvo la sensación de estar siendo observada y, más que inquietud, el hecho le produjo un gran fastidio. Recorrió de nuevo la extensión del muro hasta su coche, trazó la vuelta del camino y ascendió la colina para poder ver de nuevo, desde la curva, la forma de la finca. Tenía que ser aquélla; como Elena le había indicado, era poco probable que alrededor de otra casa en la zona hubiese una pradera semejante, aunque el aspecto no se correspondía en absoluto con la descripción de Elena. Habían pasado treinta años; quizá alguien compró el terreno y reedificó sobre la vieja casa, aunque puestos a hacer una reforma de cierta importancia también podía ser que el propietario hubiera encargado un gran movimiento de tierras para crear aquella superficie plana, y que aquella casa no fuera la que buscaba. Conduciendo a veinte kilómetros por hora recorrió el camino atenta a cada detalle, y como a un kilómetro más adelante, una inclinación en el terreno y la señal inequívoca de dos perfectos almiares indicaron la presencia de otro caserío. Un cartel tallado en madera señalaba el nombre de la finca: Lau Haizeta («Cuatro Vientos»). Desvió el coche hacia allí y unos metros más adelante lo detuvo ante una cruz de piedra de considerables dimensiones que custodiaba el camino. No le sorprendió: numerosas casas y caseríos en Baztán exhiben estas protecciones en las entradas de las fincas, algunas del tamaño de una persona, otras incluso más grandes. En Arizkun pueden verse casi en la puerta de cada casa, en las de los establos y gallineros, y junto a los *eguzkilore* que custodian las entradas del caserío. Le llamó la atención que en esa finca no hubiera sólo una, sino hasta seis, que pudo contar mientras dirigía el coche a la entrada principal, defendida por cuatro perros que trotaron junto al vehículo sin ladrar. Enseguida entendió por qué. La dueña de la casa, asomada desde una puerta en la planta baja, observaba su avance con gesto adusto. Esperó a que hubiera bajado del coche antes de acercarse, probablemente para tener tiempo de observarla.

—Buenos días, ¿qué se le ofrece? —preguntó en español.

—*Egun on, andrea* —saludó Amaia en euskera, notando cómo de inmediato, al reconocer el acento de Baztán, el gesto de la mujer se relajaba—. ¿Podría ayudarme?

—Claro, ¿se ha perdido? ¿Adónde quiere ir?

—Bueno, la verdad es que estoy buscando una casa, pero estoy un poco desorientada. Por las señas podría ser la siguiente finca que hay descendiendo por el camino, aunque las indicaciones que me han dado no encajan; de hecho, busco una casa vieja, y ésa es bastante nueva, así que debo de estar confundida.

El gesto de la mujer se endureció al escucharla.

—No sé nada de ninguna casa, váyase de aquí —le espetó.

Amaia se sorprendió ante el cambio producido en la actitud de la mujer, que sólo unos segundos antes estaba dispuesta a ayudarla y que ahora, con tan sólo la mención de la casa, la echaba de allí como un perro. Cuando buscaba información, siempre evitaba identificarse de entrada como policía; algunas personas, aunque no tuviesen nada que ocultar, se ponían a la defensiva ante la presencia de la placa. Pero en aquel caso vio que no tenía más opción, así que buscó su identificación en el bolsillo interior del plumífero y se la mostró.

El efecto fue automático: la mujer se relajó, asintió aprobatoriamente y preguntó:

—¿Está investigando a esa gente?

Amaia lo pensó. ¿Estaba investigando a aquella gente? Sí, maldita sea, si tenían algo que ver con su madre iba a investigarlos aunque tuviese que perseguirlos hasta el mismo infierno.

—Sí —confirmó.

—¿Tomará un café? —invitó la mujer franqueándole el paso hacia la cocina—. Me gusta recién hecho —explicó mientras manipulaba una pequeña cafetera italiana de dos tazas.

Puso ante Amaia una bandeja de pastas de té y la dejó sola en la cocina mientras ella se dirigía a la planta superior. Regresó enseguida, y cuando lo hizo traía con ella una antigua caja de hojalata de cacao soluble que colocó sobre la mesa. Sirvió los cafés y abrió la caja, que estaba repleta de fotos, entre las que rebuscó hasta hallar una.

—Esta foto tendrá unos cincuenta años. Es de cuando mis padres reconstruyeron la chimenea del caserío, que un rayo había roto durante una tormenta; la foto está tomada desde el tejado y al fondo puede verse la casa por la que usted me pregunta..., claro que entonces no tenía el aspecto que tiene ahora, pero es la misma casa, se lo aseguro.

Amaia tomó la foto que la mujer le tendía. En primer plano, un hombre con ropa de trabajo y *txapela* posaba en el tejado de la casa junto a una enorme chimenea; justo detrás, aparecía el viejo caserío con paredes que podían ser de color galleta y tejado oscuro en mitad de una pradera plana como la que Elena Ochoa había descrito.

—Creo que puede ser la casa que busco.

La mujer asintió.

—Estoy segura de que es la casa que busca.

—¿Y por qué está tan segura?

—Porque nunca ha habido nada bueno en esa casa, siempre gente rara, siempre mala gente. Yo no les tengo miedo. Ésta es mi tierra y aquí estoy protegida. —Amaia pensó en las grandes cruces que, como centinelas, custodiaban la entrada—. Pero en esa casa han pasado cosas horribles.

»Yo no conocí a la familia propietaria original. Cuando nací, ya llevaba años deshabitada, pero mi *amatxi* me contó que perteneció a tres hermanos, dos hombres y una mujer. La madre había fallecido muy joven y el padre se había vuelto loco de dolor; no era peligroso, aunque estaba mal de la cabeza, y antes, a los que estaban así, la familia los encerraba en la parte alta de la casa. Los dos hermanos eran muy brutos, trataban muy mal a la hermana y, como era costumbre entonces, no la dejaban casarse para que les hiciera de criada. Pero por lo visto ella conoció a un hombre, un tratante de caballos, y dicen que andaba en amores con él. El caso es que parece que un día él fue a buscarla para llevársela, y dicen que uno de los hermanos le recibió sonriendo en la puerta. «Pasa, ahí la tienes», le dijo mostrándole un barril. Cuando el hombre abrió la cuba, vio el cuerpo hecho trocitos de su novia. Se armó una gran pelea entre los tres, pero el de los caballos tenía experiencia, sabía defenderse, le dio una cuchillada a uno y salió huyendo. Dijo mi *amatxi* que cuando llegó la Guardia Civil uno de los hermanos estaba muerto, desangrado, y el otro se había colgado de la viga del comedor. Imagínese el cuadro, ella hecha cachitos, el otro lleno de sangre y el tercero completamente morado e hinchado colgando del techo. Pero eso no fue lo peor: cuando registraron la casa encontraron en el desván el cadáver momificado del padre tumbado sobre un camastro al que estaba encadenado. Cerraron el caserío y así estuvo durante más de setenta años. La gente de por aquí decía que los espíritus de esa familia seguían atrapados dentro —dijo haciendo un gesto condescendiente.

Amaia tomó nota mental de las fechas para comprobarlo.

—Y fue en los años setenta cuando llegaron los *hippies*..., no es que fueran *hippies* exactamente, pero vivían todos juntos y revueltos, un montón de chicos y chicas, hasta veinte llegó a haber, y eso sin contar a la gente que iba y venía, algunos bastante mayores. Organizaban reuniones culturales, espirituales, cosas así. Alguna vez me vieron por el camino y me invitaron a participar, yo siempre rehusé; entonces yo era una mujer joven con cuatro niños, no tenía tiempo para tonterías. La casa, en aquel tiempo, no se parecía en nada a lo que es ahora —dijo señalando la foto—, aunque era una casa recia, tantos años de abandono le habían pasado cuenta, era una cochambre. Tenían un pequeño huerto, pero casi no lo trabajaban, unas gallinas y hasta un par de cerdos y ovejas, sin embargo, lo tenían todo sucio y los animales andaban sueltos por la campa revolcándose en su propia mierda. Más o menos sería entonces cuando llegó la pareja que todavía vive ahí, no voy a decir matrimonio, no creo que estén casados, no eran cristianos, o al menos nunca iban a misa; tuvieron una niña, nunca llegué a saber cómo se llamaba, se les murió de un ictus cuando tenía un añito más o menos, y cuando pregunté al cura por el funeral me dijo que tampoco estaba bautizada. Ya sé que un derrame cerebral es algo en lo que no manda nadie, pero la verdad es que no cuidaban de ella. Imagínese, en una ocasión, un par de meses antes de que muriera, haría poco que la niña se había soltado a andar, apareció aquí solita, se les escapó y atravesó todo el campo, se ve que atraída por las voces de mis hijos, que jugaban fuera. Mi hija mayor la vio, la cogió en brazos y le lavó la cara y las manos porque venía muy sucia. Tenía el pañal meado y la ropa asquerosa. Yo había hecho rosquillas de anís para que los niños merendaran y a mi hija se le ocurrió darle un poquito en la boca. He criado cuatro hijos, inspectora, y aquella niña estaba famélica, engullía los trozos de rosquilla con un ímpetu que hasta me dio miedo que se atragantara, así que mojamos la rosquilla en leche para ablandarla y mi hija se la fue dando... No daba abasto. La niña metía las manos en la taza y se llevaba la rosquilla mojada a la boca con una ansiedad que ponía los pelos de punta, nunca he visto a un niño comer así. Salí al camino para avisar a sus padres de que la niña estaba aquí, y me los encontré histéricos buscándola. Eso podría parecer lo normal en unos padres normales, pero no se correspondía esa preocupación con el evidente descuido que presentaba la niña. Lo he pensado muchas veces, eran otros tiempos, no había servicios sociales y la gente se ocupaba sólo de su vida, pero quizá debí hacer algo más por aquella niña. Desde el balcón de arriba de este caserío puede verse una de las fachadas y la campa de atrás de la casa, y yo solía contemplar a la niña fuera, sola, pisando las porquerías de los animales y a medio vestir. Reuní alguna ropa usada de mis niños y venciendo el asco que me daba esa gentuza fui hasta allí. El padre me recibió en la puerta. Dentro había mucha gente y parecían estar celebrando algo así como una fiesta; no me invitó a pasar, aunque yo tampoco tenía intención de hacerlo. Me dijo que la niña había muerto. —Los ojos de la mujer se llenaron de lágrimas—. Volví a casa y estuve tres días llorando, y ni siquiera sé cómo se llamaba. Todavía se me rompe el corazón cuando pienso en ella. Una pobre criatura menospreciada y negada desde que nació: el cura me dijo que no estaba bautizada y ni siquiera tuvo un funeral por su alma.

—¿Y ésa es la pareja que sigue viviendo en la casa?

—Sí, de la noche a la mañana todo el grupo que vivía ahí desapareció y sólo quedaron ellos. Ahora deben de ser los propietarios. Las cosas les fueron muy bien, reformaron toda la casa, hicieron un jardín por la parte de delante y construyeron el muro que la rodea. No sé en qué trabajan, pero tienen coches de lujo, BMW y Mercedes; reciben a menudo visitas, y aunque aparcan en el interior de la finca suelo ver los coches por el camino y siempre son de alta gama. No sé si serán gente importante, pero lo que sí le puedo decir es que tienen dinero, lo que es increíble teniendo en cuenta que cuando llegaron aquí eran unos piojosos muertos de hambre.

—¿La gente que les visita es de por aquí? ¿Cómo se llevan con los vecinos?

—¿Con los vecinos? Como el aceite, no se mezclan, y la gente que les visita desde luego que no es de por aquí.

—¿Sabe si están en la casa? He llamado pero nadie ha contestado.

—No lo sé, pero es fácil averiguarlo, cuando están en casa siempre tienen los portillos entornados; si están abiertos es que no hay nadie.

Amaia alzó las cejas componiendo un gesto de perplejidad.

—Sí, señora, van al revés del mundo, ya le he dicho que son gente rara. Acompáñeme —dijo poniéndose en pie y conduciéndola hacia las escaleras que llevaban a la planta superior. Tras atravesar uno de los dormitorios, salieron a un gran balcón corrido que ocupaba toda la fachada.

—¡Vaya, esto es nuevo! —exclamó la mujer señalando la casa, en la que los portillos de las ventanas de la planta baja se veían abiertos mientras que los de la planta superior aparecían cerrados—. Es la primera vez que los veo así.

Las fachadas se veían blanqueadas, las ventanas originales habían sido agrandadas y los pequeños portillos sustituidos por elegantes contraventanas de madera natural; desde aquella altura, Amaia pudo apreciar la extensión de la finca, que, circundada por un jardín, presentaba un aspecto totalmente distinto del de la casa original.

Antes de despedirse de la mujer, sacó el móvil y le mostró un par de fotos, la del coche del doctor Berasategui y la de Rosario.

—El coche sí que lo he visto un par de veces por el camino, lo reconozco porque lleva esa pegatina de médico en el cristal que le sirve para poder aparcar en cualquier sitio. Me llamó la atención cuando lo vi. A la mujer no la he visto nunca.

Acababa de detener su coche de nuevo junto al muro de la casa cuando un BMW todoterreno la rebasó, internándose a continuación en el camino disimulado tras la empalizada. Bajó del coche y corrió tras el vehículo, que alcanzó frente al portón automatizado que se abría lentamente. Sacó su placa y la alzó, permitiendo que el hombre y la mujer que viajaban en el coche pudieran verla mientras de forma instintiva la otra mano se iba a la Glock que llevaba en la cintura. El conductor bajó la ventanilla visiblemente sorprendido.

—¿Ocurre algo, agente?

—Detenga el motor del coche, por favor, no ocurre nada. Sólo quiero hacerles unas preguntas.

El hombre obedeció y ambos rodearon el coche hasta situarse frente a Amaia. Tendrían unos sesenta años bien llevados. La mujer vestía con elegancia y parecía recién salida de la peluquería; el hombre llevaba pantalones y camisa de traje, aunque no llevaba corbata, y lucía en la muñeca un Rolex de oro, que Amaia no dudó de que era auténtico.

—¿En qué podemos ayudarla? —preguntó la mujer amablemente.

—¿Son ustedes los propietarios de esta casa?

—Sí.

—Me temo que les traigo malas noticias: su amigo, el doctor Berasategui, ha muerto. —Observó atentamente los rostros de ambos. La noticia no les sorprendió, hubo un pequeño titubeo en el que intercambiaron una rápida mirada cargada de intención para decidir si admitían conocerle. El hombre fue el más rápido, alzó una mano para contener a la mujer y, mirando fijamente a Amaia, calculó lo contundente de su afirmación y optó por no negarlo.

—¡Oh, es una terrible noticia! ¿Cómo ha sido, un accidente quizá, agente?

—Inspectora, inspectora Salazar, de Homicidios. Aún no se ha establecido la causa —mintió—. La investigación sigue abierta. ¿De qué se conocían?

La inseguridad inicial del hombre había desaparecido por completo, dio un paso hacia ella y le dijo:

—Perdone, inspectora, pero acaba de comunicarnos que alguien muy querido por nosotros ha fallecido. Comprenda que necesitamos tiempo para asimilarlo, estamos muy afectados —dijo sonriendo un poco para hacer patente cuánto le afectaba—, y la relación que nos unía al doctor Berasategui está protegida por el secreto profesional, así que para cualquier otra pregunta que tenga al respecto diríjase a mi abogado. —Le tendió una tarjeta que la mujer acababa de sacar de su cartera.

—Lo comprendo y les doy mi más sentido pésame —replicó Amaia tomando la tarjeta—. De todos modos, no es sobre el doctor Berasategui sobre lo que quería preguntarles, sino sobre una mujer que quizá pudo acompañarle —dijo levantando el móvil a la altura del rostro del hombre—. ¿La han visto alguna vez?

El hombre miró la pantalla durante un par de segundos y la mujer se acercó poniéndose unas gafas para ver de cerca.

—No —negaron—, no la hemos visto nunca.

—Gracias, han sido muy amables —dijo ella guardándose el móvil y haciendo ademán de volver hacia el camino como si diese por terminada la conversación. Entonces avanzó un par de metros hasta colocarse junto al coche, al que ellos parecían dispuestos a regresar y desde donde podía ver el interior de la finca—. Seguramente no lo sabrán, pero en los últimos tiempos se han producido bastantes muertes de cuna, y estamos elaborando una estadística sobre la incidencia de este síndrome en el valle; y aunque ya hace bastante tiempo de esto, sé que ustedes tuvieron una niña que falleció antes de los dos años. ¿Por casualidad no se debería su fallecimiento a muerte súbita del lactante?

La mujer se sobresaltó y emitió una especie de gañido estirando la mano hasta tocar la de su marido. Cuando el hombre habló, su rostro estaba completamente ceniciento.

—Nuestra hija falleció de un ictus cerebral cuando tenía catorce meses —dijo con sequedad.

—¿Cómo se llamaba?

—Se llamaba Ainara.

—¿Dónde fue enterrada?

—Inspectora, nuestra hija falleció durante un viaje al Reino Unido. Entonces no contábamos con muchos medios y no teníamos seguro, así que la enterramos allí. Éste es un tema muy doloroso para mi esposa, así que le ruego que lo terminemos aquí.

—Está bien —concedió Amaia—. Sólo una cosa, antes de que llegaran he estado llamando a la puerta, nadie me ha abierto, pero parece que hay alguien en la casa... —dijo haciendo un gesto hacia la fachada del caserío.

—En la casa no hay nadie —casi le chilló la mujer.

—¿Está segura?

—¡Sube al coche! —ordenó el hombre a la temblorosa mujer—. Y, usted, déjenos en paz, ya le dicho que si quiere algo debe hablar con nuestro abogado.

19

Aunque todas las familias a las que debían visitar habían cambiado de domicilio en los últimos años, les fue fácil localizarlas, ya que seguían residiendo en los mismos pueblos: una en Elbete, otra en Arraioz y la tercera en Pamplona. El viento que durante la noche había azotado Elizondo mantendría la lluvia lejos del valle en aquella jornada, pero en Pamplona diluviaba, y el agua caía con tal fuerza que incluso esa ciudad, preparada como pocas para dar salida a las torrenciales descargas del cielo, parecía en aquella mañana incapaz de absorber más. Las alcantarillas y los desagües tragaban por sus bocas colosales cantidades de agua que formaban sobre la superficie de las aceras una balsa en la que las gruesas gotas rebotaban, produciendo un efecto inverso de lluvia que parecía brotar desde el suelo y que empapaba el calzado y los bajos de los pantalones de los viandantes. Montes y Zabalza se apresuraron desde el coche hasta guarecerse bajo el escaso abrigo que proporcionaba la marquesina de una cafetería. Cerraron los paraguas, que en aquel corto tramo ya chorreaban una ingente cantidad de agua, y, mientras Montes maldecía la lluvia, entraron en el local.

Éste fue a la barra a por los cafés y, fingiendo hojear un periódico deportivo, observó a Zabalza, que se había dejado caer desmayadamente en una silla. Miraba distraído hacia la pantalla del televisor. No estaba bien, y quizá no era cosa de los últimos días; era probable que llevase mucho tiempo así, pensó, sólo que entonces él, inmerso en el maremágnum de sus propias calamidades, no se había percatado de lo mucho que su compañero podía estar sufriendo. Conocía aquel carácter y se reconocía en él, el de los perpetuamente cabreados con el mundo, el de los que creían que la vida les debía algo y se revolvían ante la sangrante injusticia de que siempre les fuera negado. Sintió lástima. Sin duda era una travesía por el desierto, y lo peor era que si nadie te rescataba, estabas condenado a morir loco y solo... Eso sí, con dos cojones. En tipos como Zabalza, la fuerza y la razón residen en el mismo sitio, y en esos casos, el empuje que podría dar el valor necesario para avanzar se convierte a menudo en fatuo orgullo que te ahoga con una mezcla de odio y autoconmiseración. Él lo sabía bien, había bebido de esa hiel, de ese veneno, y había estado seguro de querer morir antes de admitir que se equivocaba.

Colocó una taza frente a Zabalza mientras removía el azúcar en la suya.

—Tómate ese café, a ver si te sube un poco de color a la cara, y cuéntame qué te ronda por la cabeza.

La mirada de Zabalza regresó desde la pantalla a su compañero, sonriendo ante su suspicacia.

—¿Qué le hace pensar que tengo algo que contar?

—Joder, chaval, llevo toda la mañana oyendo el runrún de los engranajes de tu cerebro.

Zabalza inclinó la cabeza a un lado, claudicando.

—Ayer, Marisa y yo fijamos la fecha para la boda.

Montes abrió los ojos como platos.

—¡Qué cabrón! ¿Así que te casas y no ibas a decirme nada?

—Se lo estoy contando ahora —se defendió él.

Montes se levantó, le tendió la mano y tiró de él obligándole a incorporarse para estrecharlo en un fuerte abrazo.

—¡Enhorabuena, chaval, así se hace!

Algunos parroquianos se volvieron a mirarles. Montes volvió a su sitio sin dejar de sonreír.

—Así que eso era lo que te tenía tan preocupado... Joder, pensaba que te pasaba algo...

—Bueno..., no sé...

Montes le miró y sonrió una vez más.

—Ya sé lo que te pasa, sé lo que te pasa porque a mí me pasó lo mismo: es la inminencia del hecho. Pones fecha y no hay vuelta atrás, sabes que a partir de ese día serás un hombre casado y para muchos este tiempo puede ser como caminar hacia el patíbulo. Deja que te diga que es normal que las dudas te devoren. En este momento todas las razones que te han llevado a dar ese paso quedan relegadas y sólo surgen en tu cabeza todas aquellas por las que no deberías hacerlo, sobre todo si se ha pasado por malos momentos en la pareja —Montes susurraba las palabras de un modo atonal y Zabalza observó que su mirada se había perdido en los restos de café de su taza casi como si estuviese en trance—, incluso por una separación temporal, por un problema que hasta pudo parecer definitivo, y te dices que nadie es perfecto, y yo menos que nadie, pero ¿por qué no dar una oportunidad a las relaciones?

—Vaya —admitió Zabalza—. Tengo que decir que no me esperaba esta reacción por su parte.

—Ya, supongo que crees eso por mi divorcio. Quizá pensaste que debido a mi experiencia tendría una mala actitud hacia el matrimonio, y no voy a negar que durante un tiempo fue así, pero voy a decirte algo que he aprendido: de todos los derechos que tiene un hombre, el más importante es el derecho a equivocarse, a ser consciente de ello, a ponerlo en valor y a que eso no sea una condena de por vida.

—Derecho a equivocarse... —repitió Zabalza—, pero ocurre que a veces en tus equivocaciones arrastras a otros, ¿qué pasa con los demás?

—Mira, chaval, este puto mundo es así, toma tus decisiones, comete tus errores, equivócate, y los demás que aguanten.

Zabalza le contempló durante unos segundos mientras valoraba cada una de sus palabras.

—Es un buen consejo —respondió.

Montes asintió y se levantó para ir a la barra a pagar los cafés, pero cuando se volvió a mirar a Zabalza observó que seguía tan triste como antes, quizá un poco más.

Los días comenzaban a alargarse y, antes de ponerse el sol, los atardeceres se prolongaban con una misteriosa luz plateada que hacía refulgir el río y pintaba de estaño y blanco los brotes nuevos de los árboles cercanos a la cristalera de la comisaría, en los que no había reparado hasta aquel momento. Amaia se volvió hacia el interior de la sala, donde había convocado una reunión con su equipo.

El inspector Iriarte, inusualmente silencioso mientras esperaba a que llegasen los demás, se había sentado muy rígido y en los dos últimos minutos no había quitado los ojos del informe de la autopsia de Elena Ochoa que estaba sobre la mesa. Hacía poco más de un año que lo trataba y, en aquel tiempo, Amaia había llegado a apreciar a Iriarte sinceramente. Era una buena persona, un excelente profesional, responsable y correcto como pocos, un policía técnico, quizá demasiado corporativista para llegar a ser brillante, pero en el tiempo en que le conocía jamás le había visto perder el control.

Pensó que en el fondo Iriarte no era muy distinto a su marido. Al igual que James, conocía y admitía la parte oscura del mundo, lo siniestro y miserable de algunas existencias, y del mismo modo optaba por mantenerse dentro de los parámetros de lo que le resultaba explicable, controlable. La influencia artística de James le permitía aceptar las adivinaciones de Engrasi o los poderes bondadosos de la diosa Mari como un chico que asiste divertido a un espectáculo de magia, siempre con el ser humano como artífice, como conductor. En el caso de Iriarte, probablemente había ido un paso más allá y quizá la opción personal de ser policía radicaba en su sencilla comprensión del mundo, de la familia, de lo que estaba bien y en la firme decisión de protegerlos a cualquier precio. Lo que le confundía no era lo que ponía en el informe de la autopsia, en el que San Martín había escrito suicidio por ingestión voluntaria de objetos cortantes, sino lo que había visto sobre la mesa de acero del Instituto Navarro de Medicina Legal.

Mientras tomaban asiento, Montes comenzó en tono festivo.

—Bueno, jefa, nosotros traemos algunas sorpresitas. Esta mañana hemos visitado a las dos familias del informe de Jonan y a la que añadió la forense. Las dos primeras siguen residiendo en los mismos pueblos, aunque han cambiado de domicilio. Primero fuimos a ver a los de Lekaroz, son los que tenían otro chaval y que insinuaron que los forenses traficaban con órganos. No sé dónde vivían antes, pero ahora tienen una gran mansión, pusimos la excusa de que había habido algunos robos en la zona y nos dejaron entrar hasta la zona del garaje..., con lo que vale un solo coche de los que tenían allí podría jubilarme. Por lo visto se dedican al negocio farmacéutico. A los de Arraioz tampoco les ha ido mal, no estaban en la casa. La persona que vigila la finca nos dijo que estaban de vacaciones, pero pudimos ver la casa por fuera y las cuadras que acaban de construirse; el vigilante nos comentó que se dedica a prospecciones gasíferas en Sudamérica, así que no me extraña que renunciasen a la ayuda social. La última pareja también está forrada, es la de la mujer enferma de cáncer que no tenía más críos que la que se les murió; entonces vivían en Elbete, ahora residen en Pamplona, y su caso es el menos sorprendente porque los dos eran abogados. No sé cómo será su casa, pero el bufete es imponente, doscientos cincuenta metros de pisazo en lo mejorcito de la capital. Lo realmente asombroso es que la esposa, que estaba en fase terminal en 1987, no sólo está viva, sino que ejerce y está como una rosa.

—¿Está seguro de que es la misma mujer? El marido pudo volver a casarse.

—Es ella. Su nombre luce en la placa de la entrada del bufete, Lejarreta y Andía, pero es que además hemos hablado con ella..., no sólo está viva y sana, está hasta buena —dijo dándole un codazo a Zabalza, que bajó la mirada cohibido.

—Lejarreta y Andía. No me suenan —dijo Iriarte.

—Normal, es que no se dedican a penal, sino a mercantil, importaciones y exportaciones y cosas así...

—A mí sí me suenan —dijo Amaia levantándose para rebuscar en los bolsillos de su plumífero hasta que halló la elegante tarjeta que los Martínez Bayón le habían dado en la puerta de su casa. Lejarreta y Andía. Abogados.

Colocó la tarjeta sobre la mesa asegurándose de que todos pudieran verla y se tomó unos segundos para ordenar sus pensamientos antes de hablar.

—Creo que todos saben que Elena Ochoa, la mujer fallecida ayer, era amiga de mi familia, concretamente de mi madre. Y saben también que desde la noche en que detuvimos a Berasategui y que Rosario desapareció he manifestado que no me cuadraban los tiempos desde que salieron de la clínica hasta que llegaron a la casa de mi tía; siempre he creído que fueron a otro lugar, el lugar donde ella se cambió de ropa y donde estuvieron hasta que llegó el momento, una casa, un piso franco. No fue en casa del padre, estoy segura, y eso nos lleva de nuevo a Elena Ochoa. Ella me contó que a finales de los setenta y a principios de los ochenta un grupo de tipo sectario se estableció en un caserío de Orabidea. Eran una especie de *hippies* que vivían en comuna y organizaban reuniones culturales y espirituales, que pronto derivaron hacia el ocultismo; sacrificaban pequeños animales y llegó incluso a insinuarse la posibilidad de un sacrificio humano, momento en el que Elena Ochoa decidió abandonar el grupo, que aún siguió activo algún tiempo. En esa época eran bastante comunes, seguramente influidos por el atractivo estético de grupos pseudosatanistas como el de Charles Manson, muy popular tras los asesinatos de la noche de los cuchillos. Entonces muchos grupos de jóvenes desencantados con el cristianismo y la sociedad conservadora del momento coquetearon con el amor libre, las drogas y el ocultismo. En la mayoría de los casos era un cóctel que resultaba excitante y hacía sexualmente muy atractivos a sus líderes. La mayoría de los grupos se disolvieron cuando se les acabó el LSD.

»Siguiendo las indicaciones de Elena Ochoa, esta misma mañana he localizado la casa. En la actualidad es una mansión completamente renovada y rodeada de medidas de seguridad. Viven en ella una respetable y adinerada pareja que rondará la edad de jubilación y que formaba parte del grupo original. La vecina ha identificado sin ningún lugar a dudas el coche de Berasategui. He hablado con la pareja y no han tenido más remedio que admitir que le conocían, pero cuando les he preguntado qué relaciones les unían me han puesto esta tarjeta en la mano. Lejarreta y Andía. Abogados...

—Puede ser casualidad, representarán a mucha gente.

—Sí, puede ser —admitió ella—. Pero la vecina me contó también que tuvieron una niña que murió de bebé. Si cuando les he preguntado por Berasategui se han molestado, cuando he nombrado a la niña se han puesto histéricos. Y por supuesto que puede ser casual, pero ya me empiezan a parecer demasiados bebés muertos.

—¿Está pensando que quizá les hicieran algo a sus bebés? Las autopsias determinaron muerte de cuna.

Ella soslayó la pregunta.

—Lo que quiero es comprobar si alguna de esas parejas tiene alguna clase de relación con los abogados, con Berasategui o con los Martínez Bayón. Y sería interesante que consiguiéramos el certificado de defunción de la niña, se llamaba Ainara, Ainara Martínez Bayón, y falleció con catorce meses de un ictus cerebral durante un viaje de la familia al Reino Unido, y por lo visto está enterrada allí. Jonan, ¿por qué no te ocupas tú de eso? Conocías a alguien en la embajada, ¿verdad? —dijo poniéndose en pie y dando por terminada la reunión. Se dirigió hasta la puerta, donde esperó a que todos salieran—. Montes, un momento. —Le retuvo, cerró la puerta y se volvió hacia él.

El inspector Montes era de esas personas que te miran intensamente a los ojos cuando tienen algo que decirte, formaba parte de su carácter impulsivo y sincero. En los últimos días, por lo menos en un par de ocasiones, había tenido la certeza de que Montes quería decirle algo que finalmente se había callado.

Fue directa.

—Fermín, creo que hace días que tenemos pendiente una conversación.

Él asintió con un gesto entre el alivio de lo inevitable y la carga de lo ineludible, pero guardó silencio. El contexto policial y la superioridad patente de dirigirse a él en su despacho quizá no fuese el ambiente más propicio para la sinceridad, y de sobra sabía que Fermín Montes era de la clase de tipos que hablaban mejor ante una copa.

—¿Cree que tendrá tiempo para tomar una cerveza y charlar un poco después del trabajo?

—Claro, jefa, por supuesto —respondió él, aliviado—, pero ahora véngase con nosotros a tomar un café. Yo invito, estamos de celebración: Zabalza se nos casa.

Dejó que el inspector Montes se adelantase mientras se tomaba unos segundos para deshacerse del gesto de incredulidad y preocupación que se había dibujado en su rostro y escuchaba en el pasillo la algarabía con que los demás acogían la noticia.

Fueron necesarias tres rondas de cervezas y unos calamares en el bar del Casino para que Montes pareciese lo suficientemente relajado para sincerarse. Sonrió ante el último chiste que él acababa de contar y le abordó de pronto.

—Bueno, Fermín, ¿va a contármelo de una vez o espera a que esté totalmente borracha?

Él asintió bajando la mirada y apartando el vaso de cerveza hasta la mitad de la barra.

—¿Damos un paseo?

Ella arrojó un billete sobre la barra y le siguió. La temperatura había descendido varios grados en las últimas horas, llevándose las jornadas lluviosas y templadas y sustituyéndolas por rachas heladas de viento que habían barrido de las calles cualquier presencia de vecinos. Caminaron en silencio atravesando la plaza y cruzaron la carretera hasta la entrada de la iglesia. Por fin, allí, Fermín se detuvo y la miró de nuevo a los ojos. Fuera lo que fuese lo que tenía que decir, era evidente que iba a costarle mucho.

—No sé cómo decir esto, así que ahí va. Desde hace unos días estoy de nuevo con Flora.

Ella abrió la boca incrédula, sorprendida, y apenas acertó a preguntar:

—¿Qué significa que está con Flora?

Él desvió un instante la mirada de los ojos inquisitivos de ella como para hallar entre las sombras que rodeaban la iglesia las fuerzas para explicar algo que ni para él tenía explicación.

—Hace unos días, cuando subía hacia la comisaría, me crucé con su coche, nos vimos, me llamó... Hablamos, y estamos juntos.

—¡Joder, Fermín! ¿Está loco? ¿Es que no recuerda lo que le hizo? ¿Es que no recuerda lo que estuvo a punto de hacer?

Él desvió de nuevo la mirada y, mientras se mordía el labio inferior, alzó la cabeza hacia el cielo despejado y helado de la noche de Baztán.

—Es mala, Fermín. Flora es mala, le destruirá, acabará con usted, es un puto demonio, ¿es que no se da cuenta?

Él explotó, la agarró de los hombros y la zarandeó un poco mientras acercaba el rostro al suyo y le decía:

—Claro, claro que me doy cuenta, sé cómo es, pero ¿qué quiere que haga? La amo, estoy enamorado de ella desde que la conocí y, aunque haya querido convencerme de lo contrario, en todos estos meses no he dejado de quererla ni un solo día, y de alguna manera sé que ella es mi última oportunidad.

Estaba muy cerca. Podía ver la desesperación en sus ojos, podía sentir el dolor en su alma. Alzó una mano y la depositó suavemente sobre la mejilla del hombre mientras negaba con la cabeza.

—Joder, Fermín... —se lamentó.

—Ya... —admitió él.

Se separaron, y como por un acuerdo tácito comenzaron a andar hacia la calle Santiago, juntos y silenciosos. Al llegar al puente ella se detuvo.

—Fermín, bajo ninguna circunstancia, nada, repito, nada de lo que ocurra o se diga en la comisaría o fuera de ella referente a alguno de los casos puede llegar jamás a mi hermana. Nunca. —Él asintió—. Nunca —dijo ella—. Repítalo.

—Nunca, le doy mi palabra. He aprendido la lección.

—Espero que así sea, inspector Montes, porque si tengo la más mínima sospecha de que no es así, todo lo que le aprecio no valdrá de nada, me encargaré de que le aparten. Y no sólo de un caso, sino de la policía y para siempre.

Cruzó el puente sin reparar, por una vez, en el rumor estrepitoso del agua en la presa. El paso firme y rápido alentado por el enfado, que iba en aumento, había conseguido que olvidara el frío que en otro momento le habría hecho temblar. Se estaba aproximando a la casa de la tía cuando decidió casi sobre la marcha pasar de largo y dar un paseo que le permitiese disipar la furia y la ira que sentía. Pero entonces vio el coche de Flora aparcado frente al arco de la entrada. Se detuvo en seco observando el vehículo como si se tratase de un extraño objeto abandonado allí por una inteligencia extraterrestre. Entró en la casa y, sin quitarse el plumífero, se asomó a la sala de Engrasi. La familia rodeaba a Flora mientras escuchaban atentos lo bien que había organizado el funeral de Rosario. Ella sostenía en una mano un platillo y en la otra una taza de café, que bebía a pequeños sorbos mientras hablaba.

Desde muy lejos oyó los saludos de su familia, desde muy lejos oyó el comentario seguramente sarcástico de Flora, y desde muy lejos oyó su propia voz, ronca y dura, dirigiéndose a su hermana.

—Coge tu abrigo y sal conmigo a la calle.

Su gesto y su tono no daban lugar a discusión alguna. La sonrisa de Flora se esfumó.

—¿Ha pasado algo, Amaia?

Ella no contestó, cogió del perchero de la entrada el abrigo de su hermana y se lo arrojó a los pies. Ignorando las protestas y preguntas de los demás, permaneció silenciosa y en pie junto a la entrada hasta que Flora la rebasó. Salió tras ella y cerró la puerta a su espalda.

—Pero ¿se puede saber a qué vienen tantas prisas?

—Deja de actuar, Flora, deja de fingir que eres una persona normal y dime qué te propones.

—No sé de qué hablas.

—Hablo de Fermín Montes, hablo del hombre que estuviste a punto de destruir, hablo del policía que ha estado suspendido casi un año por tu culpa.

Flora se recompuso y adoptó su habitual gesto de estar perdiendo la paciencia.

—Creo que no te debo ninguna explicación. Fermín es un hombre, yo soy una mujer y los dos somos mayorcitos.

—Pues ahí es donde te equivocas, hermana. No olvides que yo estaba allí la noche que Víctor murió y sé lo que pasó realmente, sé cuáles fueron las razones que te llevaron entonces a relacionarte con Montes, lo que no entiendo es por qué lo haces ahora, déjalo en paz.

Flora rió.

—Vaya, hermanita, no sabía que tenías esos sentimientos tan hermosos hacia Fermín. No tienes ninguna prueba de lo que ocurrió la noche que falleció Víctor, no tienes ni idea; reconozco que quizá no fui del todo sincera con Fermín cuando nos conocimos, pero entonces yo aún era una mujer casada y él lo sabía. Ahora las cosas han cambiado y mi interés por él es honesto.

—Honesto, una mierda. Lo del interés me lo creo, de hecho, creo que ésa es la palabra que define tus relaciones con los demás, y estoy segura de que alguna clase de interés tendrás cuando quieres relacionarte con él, pero no tiene nada que ver con cosas de hombres y mujeres, porque lo que te interesa a ti, Flora, viene en otro envoltorio, joven, rubia y muy guapa. ¿Me equivoco?

El habitual desdén de la mirada de Flora se consumió en una furia tan feroz como la que ardía en los ojos de Amaia, hermanándolas, quizá por única vez. Cuando habló, la angustia había atenazado tanto su garganta que la voz salió ahogada y rota por el dolor y la rabia.

—No tienes ni idea de la relación que tenía con ella, no te atrevas a nombrarla.

Amaia la observó estupefacta. Flora aparecía hundida, la espalda encorvada como si soportase un terrible peso, y había perdido toda su luz oscureciéndose ante sus ojos como si se encontrase gravemente enferma. No era la primera vez. En cada ocasión que había mencionado su relación con Anne, la reacción de Flora era tan exagerada, y a la vez tan sincera, que no dudaba de que lo que había habido entre aquellas dos mujeres era, probablemente, la pasión más fuerte que había sentido su hermana jamás en su vida, una pasión que ningún hombre le había hecho sentir, con una fuerza tan arrolladora que aún la devoraba y que le había dado fuerzas para llegar a matar.

La observó en silencio. No había mucho más que decir cuando se estaba ante alguien que recogía del suelo su dignidad hecha trizas. Flora se envolvió en su abrigo y, dedicándole una última mirada de desprecio, subió al coche, mientras Amaia disparaba varias fotos al frontal del vehículo con su móvil.

20

Ibai se despertaba muy temprano, a veces antes de que las primeras luces del alba hicieran su aparición. Luego, hacia las nueve y media o las diez de la mañana, solía dormirse hasta el mediodía, pero en esas primeras horas estaba sonriente y parlanchín y balbuceaba interminables peroratas. Amaia lo tomó en brazos, cerró a su espalda la puerta del dormitorio para permitir que James durmiera un poco más y dedicó las siguientes dos horas a pasear con él por toda la casa mostrándole cada objeto amado, mirando a través de las ventanas el agua del río Baztán, que pasaba frente a la casa manso y mate, con aquella luz helada del amanecer. Canturreaba para él canciones que iba inventándose sobre la marcha y que hablaban de lo hermoso que era y de cuánto le quería. Él lo miraba todo con ojos muy abiertos y le regalaba sonrisas inmensas que combinaba con una suerte de besos consistentes en aplicar su boca abierta y jugosa sobre las mejillas de ella, que sonreía dichosa devolviéndole cientos de besos que depositaba sobre su cabecita rubia mientras aspiraba su dulce olor a galletas y mantequilla.

La noche no había sido tan grata. El evidente disgusto de James y la tía por su encuentro con Flora se había prolongado durante toda la cena, en la que sólo Ros, que no había estado presente, intentó infructuosamente animar la conversación. Ya cuando iban a acostarse, y a pesar de que les había explicado que su discusión con Flora no tenía nada que ver con el funeral de Rosario, James le advirtió:

—Justo antes de que nos interrumpieras, Flora acababa de confirmarnos que el funeral por Rosario será pasado mañana en la parroquia de Santiago. Me da igual por qué has discutido con tu hermana, no quiero saberlo, pero espero que recuerdes lo que te pedí y que me acompañes a la iglesia.

Se preparó un café con leche con una sola mano, renunciando a soltar a Ibai ni un instante mientras pensaba en James y en cómo la conocía. Daba igual cuántos juramentos consiguiese arrancarle, él sabía que era tenaz, que nunca había abandonado una batalla. Entendía los argumentos de su marido para pedirle que fingiera, aunque fuera durante el rato del funeral, que aceptase que Rosario estaba muerta. Pero, por otra parte, le resultaba intolerable que él, que la amaba, fuese capaz de pedirle que sometiera su propia naturaleza.

Le vio entrar en la cocina con su espléndida sonrisa, un pantalón de pijama y una camiseta de los Broncos de Denver que se ceñía a su torso, marcándole la musculatura y haciéndole recordar por qué lo adoraba.

—Me has robado la bata —susurró mientras la besaba y acariciaba la cabecita de Ibai.

—Te la devuelvo ahora mismo, ya se me ha hecho bastante tarde —dijo pasándole al niño y quitándose ante él la gruesa bata en la que iba envuelta y bajo la que no llevaba nada más que la ropa interior.

—¡La *padre* que te *marió*! —exclamó él, arrancando las carcajadas de ella con el recuerdo de la vieja broma de cómo cuando llegó a España y aprendió, como todos los extranjeros, a decir palabrotas, había creado su propio repertorio de tacos absurdos que no comprendía y que, sin embargo, le parecían la parte más atractiva del idioma.

Oyó a la tía, que se dirigía a las escaleras justo cuando ella cerraba la puerta de la habitación. Se metió en la ducha y esperó bajo el chorro de agua caliente hasta oír a James entrar en el baño mientras se arrancaba la ropa. Sonrió, porque estaba bien que algunas cosas fueran tan predecibles, tan maravillosamente predecibles.

Jonan la esperaba en su despacho. Supo, en cuanto entró, que tenía noticias nuevas. Sonreía como un crío e, incapaz de contener su excitación, permanecía de pie haciendo oscilar su peso de una pierna a otra mientras golpeaba rítmicamente con dos dedos la superficie de una carpeta de cartón.

—Buenos días, Jonan, ¿tienes algo?

—Buenos días, jefa, no sé si es más interesante lo que tengo o lo que no tengo.

Ella se sentó y él abrió la carpeta para colocar ante ella algunos documentos.

—Es el certificado de nacimiento de Ainara Martínez Bayón, oficialmente nacida en Elizondo el 12 de marzo de 1979... Digo oficialmente porque parece que fue un parto en casa; entre comillas aparece el nombre del caserío, Argi Beltz, y la población, Orabidea. Está firmada por el doctor Hidalgo. Y ahora está lo que no tengo, que es el certificado de defunción, y no lo tengo porque probablemente no existe, y es aquí donde puede que hayan metido la pata. Si se les hubiera ocurrido decir que viajaron a la India, quizá no tendríamos mucho que hacer, pero en Inglaterra hace treinta años ya empezaron a informatizar los archivos. No consta en ningún hospital el fallecimiento de Ainara, y en ese año, concretamente, el de ninguna niña española. Está el otro aspecto, si hubiera sufrido un ictus, como ellos dicen, le habrían realizado una autopsia, de la que tampoco hay ni rastro. Pero es que además, según mi contacto allí, si una súbdita española fallece en un país extranjero,

166

la embajada recibe comunicación inmediata, y aunque los familiares no hubiesen contado con medios económicos, se habrían hecho cargo de la repatriación del cadáver, y en caso de decidir que fuera enterrada allí, también lo habrían sabido. Por otra parte, entonces no se les hacía pasaporte a los niños; para sacar a un menor del país, se añadía al pasaporte del padre o de la madre un permiso sellado por el gobernador civil y el libro de familia que acreditase que el niño era su hijo. En este momento estoy tratando de comprobarlo con la oficina de pasaportes, y puede llevarnos tiempo porque hace treinta años todavía no estaban informatizados, aunque lo que sí he hecho ha sido ir al registro civil y comprobar con la partida de nacimiento el asentamiento en el libro de familia, y allí tampoco figura la defunción de la niña.

—¿Cuándo crees que lo tendremos?

—No lo sé, jefa, puede ser hoy o dentro de una semana, pero he dado mi teléfono a la persona que lo lleva y me ha prometido que me llamará cuando tenga algo.

Ella lo pensó durante unos segundos, después suspiró ruidosamente y, poniéndose en pie, cogió del perchero su plumífero.

—Bueno, si tienen tu teléfono pueden localizarte en cualquier sitio. Acompáñanos, Iriarte y yo vamos a visitar a la mujer de Esparza.

Al pasar frente al despacho donde trabajaban Montes y Zabalza, se asomó a la puerta.

—Buenos días, ¿tienen algo de lo que les pedí ayer?

—Buenos días, jefa —saludó Montes—, pues sí, Zabalza ha establecido que hay relación profesional entre las familias de Arraioz y Lekaroz y los abogados Lejarreta y Andía, por otra parte nada raro, ya que ambos se dedican a los negocios y operan en el extranjero. Respecto a la posible relación con el doctor Berasategui, no tenemos nada y dudo que vayamos a conseguirlo, ya sabe que esas relaciones son confidenciales; es más probable que obtenga algo usted si va a hablar con su amigo el cura.

—Quizá lo haga —contestó ella—, pero no hoy.

Aparcaron sobre la crujiente grava de la entrada del caserío, la misma que aquella fatídica noche había delatado la presencia de Esparza en la finca.

Inés Ballarena les esperaba con la puerta de la casa abierta; se había puesto un gorro de lana y un grueso abrigo para combatir el frío, y aunque no sonrió, no podía, les saludó amablemente invitándoles a entrar. Amaia dejó que Iriarte y Etxaide siguieran a la mujer y se disculpó antes de volver hasta la esquina de la casa, donde al pasar había visto a la anciana *amatxi*. La saludó mientras se acercaba a ella y vio que la mujer sonreía con una mirada inteligente y cargada de intención.

—Veo que viene a por más, así que quizá ha comenzado a entender las cosas, ha empezado a pensar que puede que esta vieja tenga razón.

—Siempre he creído que usted tenía razón —aseveró Amaia.

—Entonces deje de buscar asesinos de carne y hueso.

—¿Quiere que busque a Inguma?

—No hace falta que lo busque, él la encontrará, quizá ya la ha encontrado...

La aparición de Rosario sobre su cama y el recuerdo de su boca acercándose le provocó un escalofrío.

—¿Quién es usted? —preguntó sonriendo.

—Sólo una vieja que no sabe nada.

La joven madre ofrecía una imagen sorprendente. Vestía de negro de la cabeza a los pies y sostenía entre las manos un pañuelo de papel que destacaba en su regazo como una flor muerta y arrugada. Con los ojos enrojecidos, la apariencia lavada del rostro pálido y sin maquillaje permitía ver las pequeñas petequias rojas y las venitas reventadas en los esfuerzos del llanto. El dolor parecía haber entrado en una fase lenta, de voces contenidas y movimientos etéreos en los que la mujer parecía flotar.

—Le agradecemos muchísimo la amabilidad que tiene al recibirnos hoy. Sabemos que esta tarde se celebrará el funeral por su hija —dijo Iriarte.

Si la joven le oyó, no dio señal alguna de ello. Continuó con la mirada perdida en un punto del espacio en su desolador gesto de dolor silencioso.

—Sonia, hija —llamó suavemente Inés Ballarena.

La joven levantó la mirada.

Amaia se había sentado frente a ella.

—Hay cosas que necesito saber para entender lo que ha pasado, y sólo tú puedes ayudarme, porque eres la persona que mejor conoce a Valentín. —Ella asintió—. Valentín parece un hombre bastante preocupado por el dinero y por la apariencia. Vuestra casa es preciosa, aunque bastante por encima de vuestras posibilidades económicas. Tu madre nos ha contado que os ayuda a pagarla, pero a pesar de esta circunstancia él parecía tener planes de seguir gastando dinero. En el registro hemos encontrado varios catálogos de coches de alta gama y en el concesionario nos han confirmado que Valentín pensaba cambiar de vehículo próximamente.

—Él siempre ha sido muy ambicioso, siempre quiere más, nunca está contento; en alguna ocasión he llegado a discutir con mi madre y con mi *amatxi* por esto.

—Hace un año —intervino Inés— trató de convencernos de que hipotecásemos el caserío para prestarle dinero para una nueva casa. Por supuesto me negué. No me parece mal que uno intente mejorar en la vida, pero Valentín estaba dispuesto a hacerlo a cualquier precio; eso no es bueno, y así se lo dije.

Amaia volvió a dirigirse a la joven.

—Quiero que pienses bien esto antes de contestar. ¿Has notado cambios en el comportamiento de Valentín en los últimos tiempos?

—Muchísimos, pero nada malo, de hecho hasta la *ama* y la *amatxi* lo veían con buenos ojos. Fue a partir del momento en que quedé embarazada. Ha sido una gestación de riesgo, amenaza de aborto, reposo absoluto... Y la verdad es que durante todo ese tiempo tuvo una paciencia que no me esperaba de él. Comenzó a leer sobre el embarazo, se interesaba por todo lo tradicional, por todo lo que tenía que ver con Baztán y nuestros orígenes, hablaba de la importancia que tenía tomar conciencia del poder de esta tierra, se obsesionó un poco con que sólo tomásemos productos ecológicos y del valle, y hasta me propuso un parto natural en casa. A mí me daba mucho miedo, no quería pasar dolor, pero insistió... En una ocasión hasta trajo a casa a una partera de la zona.

Amaia dio un respingo.

—¿Recuerda cómo se llamaba esa mujer?

—Josefina, Rufina o algo así.

—¿Fina?

—Sí, eso es, Fina Hidalgo. Era una mujer mayor aunque muy guapa todavía. Me dijo que había asistido miles de partos, me explicó cómo era el procedimiento del alumbramiento en casa y me dio mucha seguridad. Pero bueno, ya lo sabe, me puse de parto en el séptimo mes, mi pequeña nació prematura y por supuesto en el hospital.

—Sabemos que discutieron en el tanatorio. Él nos dijo que fue porque prefería un entierro tradicional y usted insistía en la incineración.

Ella negó.

—Ésa no fue la causa. Es cierto que al principio yo prefería la incineración, y fíjese que finalmente la enterraremos, mi *amatxi* me lo ha pedido, y es verdad que la discusión en el tanatorio comenzó por eso; de hecho, insistió tanto, parecía ser tan importante para él, que estuve a punto de ceder, pero entonces me dijo algo…, algo horrible, algo que no podré perdonarle nunca, porque sólo podía provenir de alguien que no hubiese amado a su criatura, un ser repugnante y sin corazón capaz de sustituir a las personas como si fuesen objetos…

Las lágrimas comenzaron a rodar por su rostro como si alguien hubiera abierto una compuerta allá, en el lugar oscuro y húmedo de donde brotan el llanto y la desesperación.

Inés la abrazó y la joven ocultó el rostro en el cuello de la madre. Esperaron en silencio algo más de un minuto, hasta que la chica se separó y les miró. El rostro aparecía empapado y la palidez inicial se había tornado un mar de pequeñas rojeces que cubrían su cara.

—Me dijo que no me preocupase, que iba a dejarme embarazada enseguida y que en nueve meses tendría otro hijo para ocupar el lugar de mi bebé. Entonces yo grité desesperada que no quería otro niño, que ningún hijo iba a poder sustituir a mi niña, que cómo se le ocurría pensar aquella monstruosidad. Que lo último en lo que podía pensar en aquel instante era en tener otro hijo, y menos en tenerlo para llenar el vacío que dejaba mi pequeña.

—Miró a Amaia a los ojos—. Usted tiene un hijo, ya sabe a qué me refiero. Quizá algún día vuelva a ser madre, pero me pareció tan monstruoso lo que él proponía, el modo en que cosificaba a nuestra hija, que la sola idea me asqueó. Y mientras lo decía estaba segura de que si se me hubiese ocurrido tener otro hijo para sustituir a la que he perdido, ahora mismo sé que no podría amarlo, no podría amarlo igual, puede que hasta lo odiase.

—Sólo una pregunta más. ¿Tienen usted o Valentín alguna relación con un psiquiatra de la clínica universitaria llamado Berasategui o con los abogados de Pamplona Lejarreta y Andía?

—Es la primera vez que oigo esos nombres.

Se despidieron de las mujeres y caminaron hacia la salida. Inés Ballarena les acompañó hasta el coche y, mientras se alejaban por el camino, Amaia pudo verla por el espejo retrovisor detenida en el mismo sitio.

Jonan parecía extrañado.

—Hacía mucho tiempo que no veía a nadie tan joven de luto, quiero decir completamente vestido de negro.

—Pues debería salir los sábados por la noche —apuntó Iriarte.

—No me refiero a vestir de negro. Creo que hay una gran diferencia, puede que sea algo que está en mi cabeza, o algo muy sutil como para que cualquiera pueda diferenciarlo, pero puedo distinguir perfectamente cuándo alguien viste de negro o va de luto —explicó Etxaide.

—Ha sufrido mucho —dijo Amaia—, y creo que aún le queda mucho por sufrir. Es bestial lo que le dijo el marido. Jonan, por favor, cuando lleguemos, llama a la cárcel e intenta conseguirme una cita para ver a Esparza lo antes posible. Quiero volver a hablar con él.

—El caso está cerrado, ya sabemos que él mató a su hija —dijo Iriarte.

—Creo que en este caso hay bastante más que los hechos evidentes.

—Ya tenemos al culpable, no es nuestro trabajo entender por qué lo hizo...

—No por qué, sino para qué, inspector. Esparza nos dijo que la entregó, que entregó la vida de su hija... Quiero saber para qué, con qué fin.

Iriarte asintió sin convencimiento mientras salía con el coche a la carretera general.

—¿A comisaría entonces?

—Aún no, espero que lleven una buena cámara en el móvil, vamos a hacer fotos a Irurita —respondió ella.

La casa de piedra de Fina Hidalgo se veía soberbia con su balcón corrido y el mirador acristalado, su invernadero victoriano y el camino de lajas que iba hasta la imponente reja pintada de negro y acogedoramente abierta, no tanto para facilitar el paso a los visitantes como para permitir a los paseantes admirar con envidia la belleza del jardín. Amaia accionó el timbre de la entrada y esperó, observando divertida el aprecio con que sus compañeros observaban el peculiar vergel.

La enfermera Fina Hidalgo salió del invernadero, donde la había recibido en su anterior visita. Vestía unos ajustados pantalones vaqueros y una camisa suelta de la misma tela, y se había recogido el pelo hacia atrás con una diadema; en las manos llevaba guantes de jardinero y en una de ellas, una pequeña cizalla. Su gesto se endureció al verles.

—¿Quién les ha dado permiso para entrar en mi propiedad?

—Policía Foral —dijo Amaia mostrándole la placa, aunque sabía de sobra que la había reconocido nada más verla—. La reja estaba abierta y hemos llamado al timbre.

—¿Qué quieren? —preguntó deteniéndose a cierta distancia.

—Hablar con usted, queremos hacerle unas cuantas preguntas.

—Pueden preguntar cuanto deseen —contestó desafiante.

—Investigamos el fallecimiento de una niña en el valle hace unos treinta años. Nos consta que usted y su hermano atendieron el parto, pues el certificado de nacimiento está firmado por él, y nos haría un favor si pudiera comprobar si por casualidad también firmó el acta de defunción.

—Bueno, eso no es lo que se dice una pregunta, es más bien una petición. ¿Se les ofrece algo más?

—Sí, de hecho quería preguntarle sobre su relación

con Valentín Esparza... Es más, tengo una lista de familias que perdieron a sus bebés al poco de nacer, y quiero saber si usted fue la matrona que asistió a esas familias tras los partos —dijo Amaia retrocediendo hacia la verja de la entrada y provocando, tal y como había planeado, que la mujer la siguiera.

—Pues para el certificado necesitará una orden judicial —dijo envalentonada Fina siguiéndola por el camino hasta la entrada— y para el resto de preguntas que tenga, llame a mis abogados. No pienso hablar con usted.

Amaia había llegado hasta la acera de la calle.

—Sus abogados..., déjeme que adivine, Lejarreta y Andía, ¿verdad?

La mujer sonrió mostrando sus encías y dio un paso más.

—Sí, y le aseguro que cuando le pongan las manos encima se le van a quitar las ganas de ser tan graciosilla.

—Ahora —dijo Amaia a Etxaide e Iriarte, que dispararon varias fotos a la mujer.

Ella comenzó a gritar.

—No pueden hacerme fotos, están en mi propiedad.

—Ya no. —Sonrió Amaia señalando los pies de la mujer, que habían rebasado el patio y estaban sobre la acera.

—Maldita hija de puta, las vas a pagar, las vas a pagar todas —chilló retrocediendo hacia la casa.

Amaia sonrió.

—Sólo una pregunta más, ¿este coche es suyo? —dijo señalando un vehículo aparcado en la acera, justo frente a la casa—. Etxaide, por favor, haz unas cuantas fotos, está en la vía pública.

Los chillidos de la mujer quedaron interrumpidos por el estruendo del portazo con el que cerró desde dentro.

21

Amaia se sentía satisfecha, por primera vez en los últimos días, su trabajo daba frutos, pensó mientras trazaba con su coche las cerradas curvas de Orabidea. Había decidido ir sola a visitar de nuevo a la amable vecina que tanta ayuda le estaba prestando, la clase de relación que se había establecido entre ellas podía haberse visto alterada si llegara a aparecer con otros dos policías. Mientras ascendía por los empinados caminos, miraba con fastidio su móvil, que a ratos perdía toda la cobertura. Había sonado tres veces, y en las tres ocasiones la llamada se había interrumpido nada más descolgar. Condujo a buena velocidad hasta llegar a la zona más alta, buscó un claro despejado de árboles y marcó el número de Etxaide.

—Jefa, no se lo va a creer, un preso ha apuñalado a Esparza hace unas horas. Le han trasladado al hospital y está muy grave, no creen que sobreviva.

El familiar pasillo de la zona UCI del hospital les recibió con su característico olor a desinfectante, la línea verde en el suelo que indicaba el recorrido y la inexplicable corriente de aire perpetua en los pasillos. Probablemente porque recibían a un funcionario de alto nivel, en esta ocasión para dar el parte médico, habían habilitado un pequeño despacho. En el interior, el director de la prisión, un par de funcionarios uniformados, dos jóvenes médicos, posiblemente residentes, dos enfermeras y el doctor Martínez Larrea. Cuando Jonan y ella entraron en el despacho, la sensación de absurdo hacinamiento se hizo más que evidente. El doctor Martínez Larrea y ella eran viejos conocidos. Un tipo machista y engreído que alimentaba la creencia de que pertenecía a una especie superior, combinación de médico y macho, y que probablemente se había saltado un peldaño en la escala evolutiva. Hacía un año, más o menos, cuando trabajaba en el caso del basajaun, había tenido un serio encontronazo con el doctor. Le dedicó una intensa mirada en cuanto entró en la sala y se sintió secretamente satisfecha cuando comprobó cómo él bajaba un poco la cabeza y, a partir de ese momento, hablaba dirigiéndose sobre todo a ella, aunque sin mirarla a los ojos durante más de un par de segundos seguidos.

—El paciente, Valentín Esparza, ingresó en este hospital a las doce horas y cuarenta y cinco minutos de esta mañana. Presentaba en el abdomen doce profundas laceraciones producidas por un objeto romo y largo. Algunas de las perforaciones habían alcanzado órganos vitales, y al menos dos importantes vasos sanguíneos. Trasladado de urgencia al quirófano, hemos intentado contener la hemorragia, pero las heridas recibidas lo han hecho imposible. Valentín Esparza ha fallecido a las trece horas y diez minutos. —Dobló el folio, del que había leído algunos de los datos, y musitando una disculpa salió del despacho seguido por el resto del personal médico.

—Quiero hablar con usted —dijo Amaia al director de la prisión, sin ninguna consideración a la palidez de su rostro o al aspecto preocupado que presentaba.

—Quizá más tarde —sugirió él—. Debo avisar a la familia, al juez...

—Ahora —insistió ella abriendo la puerta y dirigiéndose a todos los demás—: Señores, si son tan amables y nos disculpan un momento...

En cuanto estuvieron solos, el director se dejó caer en una silla visiblemente abatido. Ella se acercó hasta colocarse delante de él.

—¿Puede explicarme qué cojones está pasando en su cárcel? ¿Puede decirme cómo es posible que en el último mes hayan muerto estando bajo su custodia tres detenidos relacionados con los casos que investigo, dos en la última semana? —Él no contestó, levantó ambas manos y se cubrió con ellas el rostro—. El doctor Berasategui era muy listo y, aunque Garrido era una mala bestia, puedo llegar a comprender que, cuando alguien tiene el firme propósito de acabar con su vida, sea difícil evitarlo; pero lo que no tiene explicación, y cualquiera sin ninguna experiencia en dirección de centros penitenciarios podría decírselo, es que mezcle a un tipo acusado de matar a su bebé con los comunes... Usted le ha sentenciado a muerte, y no voy a parar hasta depurar responsabilidades.

Él pareció reaccionar; apartó decidido las manos del rostro y las cruzó ante ella en actitud rogativa.

—Por supuesto que no estaba con los comunes, no soy imbécil. Hemos activado todos los protocolos de seguridad desde que ingresó en nuestro centro y ha estado vigilado día y noche en una celda separada y con las medidas de prevención de suicidio activas; le habíamos puesto un compañero, un hombre tranquilo, de confianza. Cumplía condena por estafa y le faltaba apenas un mes para salir.

—Entonces, ¿cómo explica lo que ha ocurrido? ¿Quién tuvo acceso a él? ¿Quién lo ha matado?

—Le doy mi palabra de que no me lo explico... Fue él, el preso de confianza; su compañero de celda lo apuñaló utilizando el mango de un cepillo de dientes afilado.

Amaia se sentó en la silla dispuesta frente a la de él y permaneció en silencio contemplando al hombre, que parecía sinceramente desolado, y pensando cómo podía ser que todo se fuese a la mierda, con la ya más que evidente «casualidad» de que cualquiera que estuviese implicado en su «no caso», porque apenas podía hablar de una investigación en regla, acabase muerto de una manera o de otra. Al cabo de un par de minutos se levantó y salió de allí para no tener que ver gimotear al director.

Hacía frío en Pamplona, había llovido un poco por la mañana y el suelo aún se veía mojado en algunos lugares, pero ahora el cielo estaba despejado, no lo suficiente como para dejar pasar el sol, aunque sí una suerte de luz brillante e hiriente a los ojos. Mientras caminaban hacia el coche y Amaia le explicaba a Jonan cómo había muerto Esparza, su aliento dibujó volutas de vapor alrededor de su rostro. Si la temperatura seguía bajando y el cielo despejándose, el agua atrapada en los charcos se helaría durante la noche. Sonó el teléfono de Jonan; él contestó a la llamada, levantando la otra mano en gesto de contención y asintiendo a su interlocutor. Ella esperó expectante a que colgara.

—Era la llamada que esperábamos de la oficina del pasaporte. En efecto, aparece registrado un viaje de la pareja al Reino Unido en esa fecha...

Ella compuso un gesto de fastidio.

—... pero en ninguno de los pasaportes figura que viajasen con una menor, y mi contacto dice que es imposible que consiguiesen sacar a la niña del país sin la documentación correspondiente.

—Ha pasado tanto tiempo que siempre se puede achacar a un error administrativo, y no tendríamos manera de probarlo.

—Hay algo más: fue un viaje de fin de semana, estuvieron tan sólo cuarenta y ocho horas en el Reino Unido. Creo que es poco probable que en ese tiempo su hija enfermase, ingresara en un hospital, falleciese, le fuera practicada una autopsia y fuese posteriormente enterrada.

—¿Qué crees, Jonan?

—Que viajaron al Reino Unido sin la niña, sólo para tener una coartada y una explicación convincente que dar cuando alguien preguntase por la pequeña. No creo que esa niña llegase a viajar nunca a Londres.

Amaia permaneció detenida, en silencio, con la mirada fija en el rostro del subinspector Etxaide mientras valoraba su teoría.

—¿Qué hacemos ahora? —preguntó él.

—Tú te vas a casa, yo voy a hablar con el juez.

Era temprano para cenar, así que en esa ocasión el juez la había citado en una tranquila cervecería decorada con los antiguos enseres de una botica del siglo XIX, luz difusa, abundancia de cómodos asientos y un volumen en la música que permitía mantener una conversación sin necesidad de gritar. Amaia agradeció la acogedora tibieza del local mientras se desprendía de su abrigo.

El juez Markina, solo y sentado al fondo del local, permanecía pensativo con la mirada perdida en un punto del espacio. Vestía un traje oscuro con chaleco y corbata, muy formal. Ella se demoró por el camino entre la barra y la mesa; en pocas ocasiones podía permitirse observar al juez sin tener que enfrentarse a su mirada. El gesto ausente se extendía de su rostro a su cuerpo y le dotaba de cierto aire romántico al más puro estilo inglés, elegante hasta en el descuido y tan sensual que era imposible obviar su magnetismo. Suspiró mientras en un íntimo acto de contrición se proponía firmemente concentrarse en el caso, en ser convincente y en lograr el apoyo sin el que no podría dar un paso más en aquel laberinto en el que cada avance que lograba y cada pista que tenía estaban siendo silenciados con el más persuasivo de los argumentos. La muerte.

Él sonrió al verla y se levantó, haciendo ademán de apartar la silla para que ella se sentara.

—No haga eso —le atajó ella.

—¿Cuánto tiempo vas a seguir tratándome de usted?

—Estoy trabajando, ésta es una reunión de trabajo.

Él sonrió.

—Como quieras, inspectora Salazar.

Un camarero trajo dos copas de vino, que depositó sobre la mesa.

—Imagino que lo que te trae aquí es muy importante, lo suficiente como para pedir verme.

—Estará enterado de la muerte de Esparza...

—Sí, por supuesto, me avisaron del juzgado; he hablado por teléfono con el director y me lo ha contado. Por desgracia son cosas que pasan, los asesinos de niños lo tienen complicado en prisión.

—Sí, pero el hombre que lo atacó no tenía antecedentes por violencia e iba a salir el mes que viene.

—Por mi experiencia sé que las normas que rigen en prisión no son las mismas que en el resto del mundo. Los comportamientos y reacciones que parecen lógicos fuera no funcionan igual dentro. Que el preso no tuviese antecedentes de homicidio no es tan relevante. La presión que puede llegar a sufrir un individuo por parte del resto de los reclusos es suficiente para llevar a cualquiera a cometer actos que jamás hubiera pensado o que de ningún modo cometería fuera.

Ella lo valoró y asintió sin demasiada convicción.

—Pero creo, inspectora Salazar, que no estás aquí por un preso muerto en la cárcel.

—Puede que no sólo porque esté muerto, pero en parte sí que es por él y por cosas que me dijo y algunas más que hemos averiguado durante la investigación. Esparza siempre había estado obsesionado por el dinero, y en alguna ocasión esto le causó problemas con la familia. Tengo claro que él mató a su hija pero, cuando le pregunté al respecto, dijo algo muy raro, me dijo que la había entregado y que si se la llevaba era porque debía terminar algo. Creo que Esparza estaba convencido de que debía cumplir un ritual con el cadáver de su hija, un ritual necesario. Llegó a decir a su esposa que podían sustituir a la niña fallecida teniendo otra enseguida porque las cosas les iban a ir muy bien, y hubo algo que me llamó aún más la atención: dijo que lo había hecho «como tantos otros». Ayer por la tarde solicité verle hoy en prisión para interrogarle de nuevo. Pero Esparza ahora está muerto.

Él asintió ante lo obvio.

—Luego está el doctor Berasategui. La razón por la que le visité en prisión era preguntarle por el período de tiempo que había transcurrido entre el momento en que sabemos que salió de la clínica acompañando a Rosario, y tenemos la certeza porque está recogido por las cámaras de seguridad, y el momento en que atacaron a mi tía y se llevaron a Ibai. La casa del padre está descartada, y usted recordará lo desapacible que era la noche. Estoy segura de que se refugiaron en algún lugar, un caserío, una borda, un piso... Pero preguntárselo a Berasategui queda completamente descartado, porque él ahora está muerto.

Markina asintió de nuevo.

—Rosario perteneció a un grupo de tipo sectario que se afincó en Baztán entre los años setenta y principios de los ochenta, un grupo pseudosatanista que practicaba sacrificios de animales y llegó a proponer sacrificios humanos, sacrificios de recién nacidos o de niños muy pequeños, criaturas en tránsito; por lo visto, para estos grupos, los niños son más adecuados para sus fines entre el nacimiento y los dos años. Esto nos lleva a Elena Ochoa, la mujer que falleció anteayer en Elizondo, una vieja amiga de mi madre que la acompañó a aquellas reuniones en más de una ocasión, hasta que el salvajismo de los ritos fue más de lo que pudo soportar. Ella me contó dónde estaba la casa, que visité por curiosidad. Los propietarios son los de entonces: una pareja, que vive en la propiedad, ahora con un aspecto inmejorable. Este matrimonio también tuvo una hija que falleció antes de los dos años, según ellos durante un viaje al Reino Unido. Lo hemos investigado y no aparece certificado de defunción, acta hospitalaria, ni siquiera constancia del viaje, y todo esto en un tiempo en el que sacar a un menor del país requería incluirlo en el propio pasaporte y en muchos casos obtener un permiso especial del gobierno civil. Por otra parte, una testigo ha identificado sin ningún lugar a dudas la presencia en más de una ocasión del doctor Berasategui y su coche en esa casa, circunstancia que ellos mismos admiten, aunque no quisieron hablarme de la naturaleza de su relación con el doctor.

»Por supuesto nos hemos interesado por las muertes de niños menores de dos años que fallecieron mientras dormían. Por desgracia, la incidencia de la muerte de cuna es más alta de lo que la mayoría de la gente puede imaginar pero, descartando los casos en que los fallecidos eran varones, nos ha llamado la atención el de mi hermana y tres casos más. No por la naturaleza de la muerte, que de entrada no despertó demasiadas sospechas, pues se hizo un examen rutinario y se decretó muerte de cuna. Lo curioso es que la actitud de los padres fue tan sospechosa como la de mi propia madre, hasta el punto de que los servicios sociales aconsejaron un seguimiento de los que tenían más hijos. Y todos, mi madre y esas familias, tienen como nexo común esa casa, ese grupo y una pareja de ricos abogados de Pamplona que casualmente también perdieron así a una niña.

—Bueno, Berasategui no tenía hijos —objetó el juez.

—No —admitió ella.

—¿Hay algo alarmante en los informes de los servicios sociales?

—No —respondió fastidiada.

—¿Has conseguido establecer una relación directa entre todas las familias?

—Creo que el nexo común puede ser una enfermera jubilada, una matrona que asistió todos los partos.

—¿Jubilada? ¿Desde hace cuánto? La niña de Esparza nació en el hospital Virgen del Camino hace dos meses. ¿Trabajaba entonces allí?

—No, es una partera particular, se llama Fina Hidalgo, hermana y durante años enfermera del doctor Hidalgo, un médico rural que fue médico de cabecera de mi familia y de muchas otras en el valle; como era tradicional, mis hermanas y yo nacimos en casa, al igual que muchos niños en Baztán. La propia enfermera me contó que cuando falleció su hermano estuvo trabajando en varios hospitales y sigue ejerciendo de modo particular; aunque está jubilada, no fue en el hospital donde establecieron contacto; Esparza la llevó a su casa y trató de convencer a la esposa para que tuviera un parto domiciliario.

Markina hizo un gesto ambiguo que delataba la fragilidad de su exposición, y ella redobló sus esfuerzos.

—Las razones para pensar que esa partera puede tener algo que ver tienen fundamento: atendió a mi madre cuando yo nací y mi hermana falleció; su hermano es el médico que firmó el certificado de defunción; intentó estar presente en el parto de la niña Esparza y creo que estuvo en los demás.

—Crees..., ¿no estás segura?

—No —admitió—. Necesitaría una orden para poder ver los archivos particulares del doctor Hidalgo y las actas de defunción para estar segura de que estuvo presente, como sospecho.

—Entonces lo que insinúas es que la matrona Fina Hidalgo puede ser un ángel de la muerte.

Amaia lo pensó. Los ángeles de la muerte se caracterizan porque creen estar llevando a cabo una importante labor social y humanitaria al asesinar a sus semejantes. Suelen formar parte del personal médico, o bien son cuidadores o asistentes de personas ancianas, mentalmente disminuidas o físicamente enfermas, y muy a menudo son mujeres. Son difíciles de detectar, porque eligen víctimas cuya salud es frágil y, por lo tanto, cuya muerte resulta poco sospechosa. Rara vez se detienen porque, convencidos de la legitimidad de sus actos, que siempre disfrazan de infinita piedad, las víctimas parecen hacer cola ante ellos, que por norma general son en especial amables y cuidadosos con aquellos que están sufriendo.

—En una conversación que mantuve con ella admitió que en ocasiones, cuando los niños no eran sanos o normales, había que ayudar a las familias a deshacerse de la carga que suponía criarlos.

—¿Alguien más escuchó esa conversación?

—No.

—Lo negará, y seguro que las familias lo niegan también.

—Eso fue exactamente lo que dijo ella.

Markina se quedó pensativo unos segundos. Escribió algo en su agenda y miró de nuevo a Amaia.

—¿Qué más necesitas?

—Si aparecen los certificados de defunción en los ficheros del doctor Hidalgo, habrá que exhumar los cadáveres.

El juez se irguió en su silla mirándola preocupado.

—¿A qué exhumaciones te refieres? La niña Esparza ha sido enterrada hoy mismo.

—Me refiero a esas niñas cuyas muertes fueron casi celebradas por sus padres, las hijas de todas las familias que le he indicado.

—Autorizaré la orden de registro para el fichero privado del doctor Hidalgo, pero debes entender la complejidad de lo que me pides. Deberías tener pruebas irrefutables de que, en efecto, esas niñas fueron asesinadas para que te autorizase a abrir sus tumbas. Todas las exhumaciones de cadáveres son complicadas, por la alarma y el dolor que generan en las familias. Cualquier juez se lo pensaría mucho antes de autorizar la exhumación de un cadáver, y más si se trata de un bebé, y tú me pides que desenterremos a tres. La tensión y presión que tendríamos que soportar de los medios sería enorme, y sólo podríamos asumir ese coste si estuviéramos absolutamente seguros de lo que vamos a encontrar.

—Si los hechos ocultasen el asesinato de uno solo de esos niños sería razón suficiente y cualquier acción estaría justificada —contestó ella.

Él la miró impresionado por la fuerza de sus argumentos, pero se mantuvo firme. Ella comenzó a protestar, pero él la contuvo.

—De momento no tenemos en qué respaldarnos. Dices que los servicios sociales no detectaron maltrato, y las autopsias de los cadáveres apuntan a muerte natural. La actitud de esa partera me parece sospechosa, pero aún no habéis podido establecer relación directa entre todas estas personas; que algunos se conozcan o que tengan como nexo común un bufete de abogados es un poco como esa teoría de que todos estamos conectados con el presidente de Estados Unidos por seis personas o menos. Tienes que traerme algo más sólido, pero desde ahora te adelanto que las exhumaciones de bebés me repugnan en lo más profundo y que trataré por todos los medios de evitar que lleguen a producirse. —Markina se veía afectado; su gesto, entre el enfado y la preocupación, le confería a su rostro, habitualmente relajado, nuevos matices y un cariz de madurez y compromiso que, sin borrar su atractivo, le daban un aspecto más duro y masculino. Se puso en pie y tomó su abrigo—. Será mejor que demos un paseo.

Ella le siguió al exterior, sorprendida e interesada por su actitud.

Tuvo la sensación de que la temperatura había descendido otro par de grados, se cerró el abrigo hasta arriba subiéndose el cuello y se puso los guantes que llevaba en el bolsillo mientras apuraba el paso para colocarse junto al juez.

—El síndrome de muerte súbita del lactante es uno de

los horrores más sangrantes que puede llegar a producir la naturaleza. Las madres acuestan a sus niños a dormir y cuando van a verlos simplemente han muerto. Estoy seguro de que, dada tu condición de madre, puedes imaginar el horror que un hecho absurdo e inexplicable puede acarrear a una familia. El temor a haber hecho algo mal, a ser siquiera parcialmente responsable, sume a estas familias en un clima de reproches, sufrimiento, culpabilidad y paranoia que son un auténtico infierno. El modo sorpresivo en que se produce lleva a que las reacciones no sean siempre demasiado ortodoxas. Los afectados sufren una especie de período de locura transitoria en la que cualquier reacción, por absurda que parezca, está dentro de lo normal. —Se detuvo de pronto, como si pensase en la inmensidad del horror que encerraban aquellas palabras.

No hacía falta ser experto en el comportamiento para darse cuenta de que el juez Markina estaba emocionalmente implicado en aquel asunto. Sabía de qué hablaba, la riqueza y matices de sus explicaciones y el profundo conocimiento que demostraba tener sobre el sufrimiento que podía llegar a causar ese tipo de pérdida ponían en evidencia que lo había vivido.

Caminaron un rato en silencio, cruzaron la carretera hacia el auditorio Baluarte y, por fin, allí moderaron la celeridad de sus pasos para pasear por la explanada frente al palacio de Congresos. Mil preguntas pugnaban por ser contestadas en el cerebro de Amaia, pero por su formación en interrogatorios sabía que, si tenía la suficiente paciencia para esperar, la explicación llegaría, y que preguntando sólo conseguiría que él se cerrase en banda. Era un juez, un hombre inteligente, culto y educado que por el cargo que desempeñaba debía, además, alimentar una imagen de seguridad, aplomo y corrección. Probablemente en aquel momento ya se debatía entre la necesidad inherente al acto de continuar sincerándose o replegarse hacia la atalaya segura que le confería su cargo. Notó que caminaba más despacio, como si el objetivo no fuese desplazarse, sino simplemente no permanecer quieto y obtener con cada paso la coartada perfecta para no mirarle a la cara mientras hablaba, un parapeto de inercia suficiente para esquivar sus ojos.

—Cuando yo tenía doce años, mi madre quedó de nuevo embarazada. Imagino que fue una sorpresa porque ya eran algo mayores, pero estaban exultantes de alegría, y creo que nunca había visto a mis padres tan felices como cuando nació mi hermano. Tenía tres semanas de vida cuando ocurrió. Mi madre le dio su toma de la mañana, lo cambió y lo acostó de nuevo. Sería mediodía cuando la oímos gritar. Recuerdo haber subido las escaleras de dos en dos junto a mi padre y verla inclinada sobre la cama aplicando su boca sobre la del niño en un intento de insuflarle oxígeno, aunque era evidente, hasta para mí, con sólo doce años, que estaba muerto. Recuerdo la lucha de mi padre por apartarla del cadáver, tratando de convencerla de que no se podía hacer nada, mientras yo asistía como testigo horrorizado a todo aquello sin saber qué hacer.

»Aún me parece oír los gritos, los terribles alaridos que brotaron de su garganta como de un animal herido... Estuvo así durante horas. Luego vino el silencio y fue todavía peor. No volvió a hablar si no era para preguntar dónde estaba su bebé. Dejamos de existir para ella, no volvió a dirigirse ni a mi padre ni a mí nunca más, no volvió a hablarme, no volvió a tocarme. La muerte natural es completamente inaceptable en un bebé sano. Se convenció a sí misma de que tenía la culpa, de que no había sido una buena madre. Intentó suicidarse y eso motivó su ingreso en una clínica psiquiátrica. El dolor, la culpabilidad y lo inexplicable de un hecho semejante le hicieron perder la razón. Se volvió loca de dolor. Olvidó que estaba casada, olvidó que tenía otro hijo y se quedó sola con su duelo.

Amaia se detuvo. Él aún dio tres pasos más antes de hacerlo. Entonces ella le rebasó y, volviéndose hacia él, le miró a los ojos. Unos ojos brillantes por el llanto apenas contenido que por primera vez desvió, permitiendo que en esta ocasión fuese ella la que lo estudiase desde muy cerca. Le gustó verle así. Le gustó ver al hombre que se ocultaba bajo la masculinidad perfecta del juez. Sentía una repugnancia natural hacia la perfección, y supo que habían sido su belleza, su elegancia y sus refinados modales lo que le había resultado cargante en él. Sabía apreciar esas actitudes en un hombre o en una mujer cuando venían por separado, pero la palabra precisa y la sonrisa perfecta siempre le hacían desconfiar. Ahora sabía que Markina era uno de esos hombres que, al igual que ella, había establecido un férreo control de su vida actual para mantener lejos el dolor y el estigma que supone no haber sido amado por quien debe amarte, no haber sido protegido por quien debe protegerte. Le gustó saber que bajo las proporciones perfectas de la belleza se ocultaba una forja de presión y fuerza con la que Markina había moldeado su ideal de vida, una vida en la que nada parecía escapar a su control. Descubrir el código de reglas estrictas que personas como el juez aplican a la vida, pero sobre todo a ellos mismos, era para Amaia tremendamente satisfactorio. Puedes estar más o menos de acuerdo con sus normas, pero si tienes que luchar junto a alguien tranquiliza saber que tiene un código de honor y que no va a traicionarlo.

Él la miró a los ojos haciendo un gesto que contenía una disculpa.

—Puedo imaginar cualquier clase de reacción en alguien que pierde un hijo así —continuó—. Descríbame el comportamiento más aberrante por parte de unos padres enloquecidos de dolor y te creeré. No abriré una tumba para desenterrar tanto sufrimiento a menos que me traigas un testigo que hubiese presenciado cómo sus padres mataban a los bebés, o una declaración del forense que realizó las autopsias retractándose de su anterior informe y presentando nuevas pruebas. No autorizaré la exhumación del cadáver de un bebé. Ella asintió. Apenas podía contener la curiosidad.

—¿Qué ocurrió con tu madre?

Él desvió la mirada hacia las luces anaranjadas que se extendían como centinelas por la avenida.

—Falleció dos años más tarde en el mismo psiquiátrico; un mes después murió mi padre.

Ella extendió la mano enguantada hasta tocar la de él. Después se preguntaría por qué lo había hecho. Tocar a alguien supone abrir un sendero que no existía, y los senderos pueden recorrerse en ambas direcciones. Sintió a través de la delicada piel del guante el calor de su mano y el impulso casi eléctrico que recorrió su cuerpo. Él regresó desde las luces de la avenida a sus ojos, aprisionó su mano con fuerza y la condujo elevándola hasta tocarla con su boca. La retuvo así un instante, mientras depositaba en las puntas de los dedos de ella un beso pequeño y lento que atravesó la tela, la piel, el hueso y viajó como una descarga por su sistema nervioso. Cuando la soltó, fue ella la que emprendió la marcha, desconcertada, confusa, resuelta a no mirarle y con la huella de sus labios aún ardiendo en su mano, como si la hubiera besado un diablo. O un ángel.

El subinspector Etxaide había cambiado su abrigo por un plumífero gris con capucha que agradeció mientras paseaba la calle arriba y abajo haciendo tiempo hasta verlos salir del bar. Se mantuvo a una distancia prudente mientras los seguía por las calles del centro. La cosa se complicó un poco cuando cruzaron hacia el auditorio porque la extensa plaza de la entrada ofrecía pocos lugares donde resguardarse de las miradas, y aunque había elegido aquel abrigo que ella nunca le había visto puesto, no podía correr el riesgo de que le reconociese. Encontró la solución en un grupo de adolescentes que cruzaron hacia Baluarte y, desafiando el frío, se sentaron a charlar en las escaleras. Sin perder de vista a Amaia y a Markina, que se habían detenido unos metros más allá, caminó cerca de los chicos, casi como si formase parte del grupo, hasta llegar a las escalinatas, subió hasta la entrada principal y fingió leer los carteles que anunciaban conferencias y exposiciones. La pareja había vuelto hacia la avenida. Estaban muy cerca el uno del otro. No podía oír lo que decían, aunque percibía que hablaban e incluso llegaron a tocarse muy brevemente, su lenguaje corporal delataba una intimidad entre ellos que excluía al resto del mundo, quizá por eso no repararon en que él permanecía allí observando cada movimiento.

El coche estaba aparcado a tres calles de allí. Amaia las recorrió en silencio sintiendo la presencia del hombre a su lado y sin atreverse a volver a mirarle. Se arrepentía un poco de la osadía que le había impulsado a tocarle y se sentía a la vez secretamente unida a él por el episodio más aberrante de su existencia: ambos habían experimentado el rechazo de una madre que no les había amado, que en su caso la había odiado convirtiéndola en el centro de su aversión, pero en el caso de Markina ni siquiera había sucedido eso, condenado a ser ignorado con el silencio de una madre egoísta que, en su dolor, había abandonado a su hijo vivo en favor de su hijo muerto. Pensó en Ibai y se sintió entonces extrañamente cercana a aquella mujer, pues si algo le pasara a su hijo se detendría el mundo. ¿Sería suficiente el amor a James, a Ros o a la tía para hacerle continuar? ¿Y si Ibai fuese el hijo mayor y perdiera a otro niño? ¿Podría amar a otro niño más que a él, podía una madre amar más a un hijo que a otro? La respuesta era sí. En el estudio del comportamiento se veía constantemente, a pesar de que la norma había llevado durante siglos a mantener esa gran mentira, que lo cierto es que se amaba de distinto modo a cada hijo, se les educaba de distinta manera, eran distintas las cosas que se le permitían a cada uno. Pero ¿se podía llegar a odiar a un hijo, uno entre los demás, uno distinguido con ese dudoso honor? ¿Se le podía odiar hasta querer acabar con su vida cuando se cuidaba y protegía a los demás? Hasta los asesinos de comportamiento más aberrante seguían un patrón, un patrón que la mayoría de las veces sólo entendían ellos mismos, un patrón mutante en el que el investigador debía indagar hasta comprender qué criterio demente lo dictaba. En el caso de Rosario, estaba segura de que su comportamiento no venía impuesto por oscuras voces que sonasen en su cabeza, por la alteración de la morfología de una parte de su cerebro, sino por una razón, un motivo oscuro y poderoso que dictaba las normas para Amaia, un motivo y una razón que excluían a sus hermanas y que la habían hecho a ella, junto con su pequeña hermana, sus únicos objetivos.

Se preguntó cómo él había podido soportarlo, si es que lo había hecho, hasta qué punto le había marcado perder de un plumazo a toda su familia, pasar de un hogar feliz, casi utópico, a la más absoluta de las desgracias personales en un lapso tan corto de tiempo. Después le había ido bien, por lo menos estaba claro que había conseguido centrarse en los estudios, una carrera... Y aunque aún no sabía qué edad tenía, había oído decir que era uno de los jueces que había llegado más joven a la judicatura.

Divisó su coche, se volvió para indicarle que habían llegado y lo encontró sonriendo.

—¿Qué es tan gracioso? —preguntó ella.

—Me siento bien por habértelo contado, es algo que nunca he compartido con nadie.

—¿No tienes más familia?

—Mis padres eran hijos únicos. —Se encogió de hombros—. En compensación soy un hombre muy rico —bromeó.

Ella abrió el coche, se quitó el abrigo y lo arrojó al asiento del copiloto. Se apresuró a sentarse y accionó el motor mientras buscaba una manera rápida y profesional de despedirse.

—Muy bien, entonces, ¿cuento con la orden para el fichero del doctor Manuel Hidalgo?

Él se inclinó hacia el interior del vehículo, la miró, sonrió y dijo:

—Voy a besarte, inspectora Salazar.

Permaneció silenciosa e inmóvil, con los nervios a flor de piel y las manos enredadas una en la otra mientras lo veía aproximarse. Cerró los ojos cuando sintió sus labios y se concentró en el beso que ya había soñado, que había deseado desde que lo conocía, anhelando, casi codiciando el dibujo de sus labios, de su boca dulce y viril, y esperando con todas sus fuerzas descubrir la decepción de la vulgaridad que casi siempre acompaña a lo que se pretendía obtener. La realidad de lo idealizado.

Fue un beso dulce y breve que él depositó en la comisura de sus labios con un cuidado exquisito y que, sin embargo, alargó durante unos segundos, los suficientes para romper sus reservas. Ella entreabrió los labios. Entonces sí, la besó.

Cuando se separó de ella, sonreía de aquel modo.

—No deberías...

—No deberías hacer eso —acabó él la frase—. Puede que no, pero yo creo que sí. Gracias por escuchar.

—¿Cómo has conseguido superarlo? —preguntó ella realmente interesada—, ¿cómo pudiste continuar con tu vida sin dejar que te afectase?

—Aceptando que estaba enferma, que enloqueció y no era dueña de sus actos, y de todos a los que les causó dolor ella fue la más perjudicada. Si lo que me preguntas es si siempre pensé así, no, claro que no, pero un día decidí perdonarla, perdonar a mi padre, perdonar a mi hermano pequeño y perdonarme a mí mismo. Deberías probar.

Ella sonrió, poniendo cara de circunstancias.

—¿Cuento con la orden de registro?

—No vas a parar, ¿verdad? Si no te doy la orden para las exhumaciones seguirás con los ficheros, y si ahí tampoco encuentras nada irás por otro lado, pero no pararás, eres la clase de policía que se define como un sabueso.

Ella encajó la crítica, puso las manos a los lados del volante y se irguió en el asiento. En su mirada imperaba la resolución.

—No, no pararé. Entiendo tus razones para no autorizar las exhumaciones por ahora, pero te traeré lo que me pides. Creo que me costará que la forense admita que quizá se equivocó en las autopsias, porque eso sería el fin de su carrera y no puedo pedir a una profesional que admita eso sin pruebas, unas pruebas que están a dos metros bajo tierra. Pero si mis testigos dejan de morirse, puede que logre traerte la declaración de uno de los padres; es imposible que en todas las parejas ambos tuvieran el mismo nivel de compromiso. Hoy mismo he hablado con la esposa de Esparza y, si bien es cierto que ella no presenció que él matara a la niña, sus declaraciones habrían sido suficientes para acusarle. Conseguiré esas declaraciones, te traeré lo que me pides y entonces tendrás que darme esa orden. —Él la miraba muy serio. Ella se percató entonces de lo duro que había sido su tono y sonrió para suavizar sus palabras—. Apártese, señoría, voy a cerrar la puerta —bromeó.

Él empujó la portezuela y retrocedió hasta la acera. Cuando ella se incorporó al tráfico, aún seguía allí viéndola marchar.

22

Condujo mientras planeaba la jornada venidera intentando deshacerse de la cálida sensación del beso de Markina, cuyo perfil aún podía dibujar con exactitud sobre sus labios. Visitaría a Fina Hidalgo muy temprano; sacaría a aquella bruja de la cama si era preciso y le haría presenciar cómo revisaba una por una cada partida de nacimiento, cada certificado de defunción. Obtener la orden era una victoria parcial, pero había que empezar por algo y el fichero era un buen lugar; quizá no consiguiese allí lo suficiente para Markina, pero si podía establecer la relación de Fina Hidalgo con aquellas familias, como sospechaba, tendría por donde continuar. Les llamaría, les interrogaría por separado, tantearía al más débil y le apretaría las tuercas hasta que confesase.

Recordó entonces algo, una idea que le rondaba por la cabeza y que no conseguía clasificar. El origen estaba en el propio argumento que había esgrimido ante el juez Markina, era algo que había dicho durante su exposición y que, en ese instante, le había hecho pensar durante un segundo que aquel detalle era importante y que no debía olvidarlo; sin embargo, lo había hecho, y la sensación de que podía ser crucial se acrecentaba a cada minuto mientras se esforzaba en repasar sus palabras buscando el instante en el que se había producido. El rayo, así era como lo llamaba Dupree, el rayo, una espectacular descarga eléctrica que duraba un segundo y que era capaz de freírte el cerebro con su clarividencia, un chispazo proveniente de algún lugar del sistema nervioso central capaz de iluminar en un microsegundo todas las zonas oscuras del cerebro, una descarga rebosante de información que podía llevarte a solucionar un caso, si estabas atento.

Eran más de las once cuando llegó a Elizondo. Atravesó la desierta calle Santiago y, tras cruzar el puente, giró a la derecha y luego a la izquierda tras el Trinquete para ver Juanitaenea. El huerto, abandonado desde la detención de Yáñez, comenzaba a evidenciar la falta de cuidados. Observó que algunas de las altas cañas que sostenían los cultivos se habían caído, y en la parte más cercana a la carretera, donde llegaba a alumbrar la luz de las farolas, vio que habían crecido unos indeseables hierbajos. Con la escasa luz de aquella noche de luna creciente, la casa presentaba un aspecto casi siniestro, a lo que contribuían los palés de material de obra amontonados en la entrada sin ningún orden.

Engrasi miraba la televisión sentada frente a la chimenea. Se acercó a ella mientras se frotaba las manos ateridas.

—Hola, tía, ¿dónde están todos?

—Hola, cariño, ¡qué fría estás! —dijo cuando Amaia se inclinó para besarla—. Siéntate aquí a mi lado hasta que entres en calor. Tu hermana ya está acostada, y James subió hace un rato con el niño y no ha vuelto a bajar; supongo que se ha quedado dormido...

—Voy a verles y enseguida bajo —contestó ella liberándose de su mano—. Tengo hambre.

—Pero ¿no has cenado? Ahora mismo te preparo algo.

—No, tía, déjalo, por favor, comeré cualquier cosa

cuando baje —dijo mientras subía la escalera, aunque aún pudo ver que la tía ya se había levantado y se dirigía a la cocina.

Engrasi tenía razón. James se había quedado dormido junto a Ibai, y al verlos así, juntos, sintió una punzada de remordimiento por el beso del juez Markina. Se llevó la mano a los labios y se los tocó levemente. «No es nada, no significa nada», se dijo mientras descartaba sus pensamientos.

James abrió los ojos y le sonrió como si hubiera percibido su presencia.

—¿Qué horas son éstas de llegar a casa, señorita?

—Pareces mi tía Engrasi —dijo inclinándose para besar primero a Ibai y después a él.

—Métete aquí con nosotros —pidió James.

—Primero voy a cenar algo, enseguida vuelvo.

Cuando iba a salir de la habitación, se volvió de nuevo hacia él.

—James, he pasado por Juanitaenea y no parece que las obras progresen en absoluto...

—No me veo con ánimos de encarar ahora mismo el proyecto —contestó mirándola a los ojos—. Demasiadas preocupaciones como para estar pendiente de una obra, Amaia, quizá cuando volvamos de Estados Unidos. ¿Has pedido ya tus días?

No lo había hecho. Ni siquiera se le había pasado por la cabeza la posibilidad de hacerlo, pues no quería dejar en ese momento la investigación, el instinto le decía que estaba cerca de hallar la veta que le llevaría a algo importante. Pero también sabía que se la jugaba con James. Era un hombre extraordinariamente paciente, y en su relación siempre había sido ella la que había representado el papel de la exigencia, aunque eso no significaba que las cosas fueran a ser así eternamente, y en sus últimas conversaciones él se había encargado de dejárselo claro.

—Sí —mintió—. Aunque todavía no me han contestado, ya sabes cómo van estas cosas...

Él se quitó los pantalones y se metió en la cama sin dejar de mirarla.

—No tardes.

Amaia cerró la puerta a su espalda sin saber del todo si se refería al tiempo que tardaría en regresar a la cama o al que tardaría en obtener los días libres para viajar.

Un humeante plato de sopa de pescado la esperaba sobre la mesa. Engrasi lo había acompañado de una hogaza de pan y una copa de vino tinto. Amadia dio cuenta de la sopa en silencio; sólo cuando estaba llegando al final advirtió lo rápido que había comido. Levantó la mirada y sonrió al ver a la tía, que no le quitaba ojo.

—Sí que tenías hambre. ¿Quieres algo más?

—Sólo hablar contigo, tengo algo que contarte...

Engrasi apartó el plato vacío y le tendió las manos por encima de la mesa, en un gesto común entre ellas desde su infancia y que, según su tía, facilitaba la comunicación y la sinceridad. Amaia las tomó, notándolas pequeñas e increíblemente suaves.

—Sigo en contacto con Dupree.

—Lo sabía —espetó Engrasi apartando las manos.

Amaia se rió burlándose de ella.

—No seas embustera, no podías saberlo.

—Y tú no seas descarada, niña, tu tía lo sabe todo.

—Tía, tienes que entender que él es importante para mí, sus consejos y su guía me resultan de gran ayuda en mi investigación; pero es que además es mi amigo, y no por casualidad, tía: no soy estúpida, sé distinguir a una buena persona, y Dupree lo es. Necesito hablar con él, necesito poder llamarle y no tener que mentirte al respecto, porque Dupree es mi amigo, y a ti te quiero, os necesito a los dos. Seguiré llamándole y no quiero volver a ocultártelo a menos que me des una buena razón para ello.

Engrasi la miró muy seria durante un par de segundos que parecieron una eternidad. Después se puso en pie, fue hasta el aparador y regresó trayendo en las manos el paquetito negro envuelto en seda que contenía su baraja de tarot.

—¡Oh, tía, no! —protestó.

—Cada uno tiene sus métodos. Si aceptas los de él, tendrás que aceptar los míos también.

Con dedos hábiles abrió el envoltorio liberando la baraja con su aroma de almizcle y sus coloridos dibujos, la barajó entre sus dedos hábiles y se la tendió para que la cortara; a continuación, con cuidado, le dio a elegir los naipes y los fue volteando sobre la mesa formando un círculo de doce cartas. Se tomó su tiempo para mirarlas, para estudiar las invisibles líneas que las conectaban y que sólo ella era capaz de ver. Después de un rato, dijo:

—Ya casi no puedo hacer esto.

Amaia se sobresaltó, era la primera vez que oía admitir a Engrasi que no podía hacer algo. Su aspecto era tan sano y vital como siempre, pero el hecho de que admitiera no poder hacer aquello que había hecho toda la vida, aquello para lo que estaba naturalmente dotada, la alarmó sobremanera.

—Tía, ¿te encuentras mal? ¿Quieres que lo dejemos? No tiene importancia. Si no puedes ahora quizás es porque estás cansada...

—¡Qué cansada ni qué gaitas! Cuando digo que casi no puedo, no me refiero a que haya perdido facultades, ¡todavía no soy tan vieja! Soy consciente de que me cuesta más echarte las cartas por mi implicación personal. Hay cosas que no quiero ver, porque no lo deseo, y eso me hace no verlas.

—Dime lo que sí ves —pidió Amaia.

—Lo que sí veo tampoco querría verlo —contestó

Engrasi apuntando con un dedo huesudo a una de las estampas—. Hay un grave problema entre James y tú, hay un problema entre Flora y tú. Hay un problema entre Flora y Ros que te atañe a ti y, por si eso fuera poco, sigue pendiendo sobre tu cabeza una oscura amenaza.

Siempre le sorprendía el modo en que acertaba, aunque presentía que el amor y el conocimiento de ella tenía más que ver en aquello que la adivinación.

—Deberías cuidarte de Dupree...

—¡Tía!, a ver, ¿por qué? Es posiblemente una de las mejores personas que conozco.

—No lo dudo, es más, estoy segura de ello, pero te conduce a abrir puertas que sería mejor que permaneciesen cerradas.

Amaia removió las cartas sobre la mesa mezclándolas con gesto sombrío.

—Sabes que lo que me pides va contra mi naturaleza, ya no creo en las puertas cerradas, en los muros o en los pozos, los secretos enterrados son zombis, no muertos que regresan una y otra vez para torturarte toda la vida. Soy policía, tía, ¿te has parado a pensar alguna vez por qué? ¿Crees que esta clase de trabajo se elige sin más? Tengo que abrir puertas, tía. Derribaré muros y cegaré pozos hasta que encuentre la verdad, y si Dupree me ayuda a encontrarla, su ayuda será bienvenida, igual que la tuya.

Engrasi estiró de nuevo las manos sobre la mesa atrapando las suyas, que seguían revolviendo las cartas y obligándola a detenerse.

—Das por sentado que tras las puertas cerradas se encuentran la luz y la verdad. ¿Qué pasará si la puerta que abres es la del caos y las tinieblas?

—Haré un buen montón con el caos, le prenderé fuego e iluminaré las tinieblas —bromeó.

Engrasi compuso un gesto muy serio, aunque cuando habló, su voz denotaba una gran ternura.

—No deberías tomártelo a broma, te lo digo completamente en serio; si no estás de acuerdo, pregúntaselo a Dupree cuando hables con él. No creo que tarde mucho en llamarte.

Acompañó a la tía arriba. Se estaba despidiendo de ella con un beso cuando sintió vibrar el teléfono en su bolsillo.

—Ahí lo tienes —afirmó la tía—. Ve a hablar abajo o despertarás a todos, y no olvides preguntarle lo que te he dicho.

Amaia se lanzó escaleras abajo y se entretuvo el tiempo justo para cerrar la puerta del salón y la de la cocina tras ella antes de contestar a la llamada.

—Buenas noches, Aloisius —respondió sintiendo cómo el corazón se le aceleraba mientras esperaba ansiosa escuchar su voz, que por fin llegó ronca y lejana, como si el agente Dupree susurrase metido en el interior de una caja de resonancia.

—¿Ya es de noche en Baztán? Inspectora, ¿cómo está?

—Dupree —suspiró—, preocupada, hay algo importante que no logro recordar, lo supe durante un segundo pero lo he olvidado.

—Si estuvo ahí en algún momento, puede estar segura de que sigue ahí. No se obsesione y volverá.

—He conseguido una orden de registro para el fichero del médico y la enfermera que atendieron a mi madre cuando yo nací, y que parecen ser los mismos que atendieron a todas las niñas muertas mientras dormían. Quizá mañana tenga algo más.

—Quizá...

—¿Aloisius?

Él no contestó.

—Suelo hablar con el agente Johnson, creo que le aprecia sinceramente y está preocupado por usted. Me ha preguntado si seguimos en contacto... Y me ha dicho que hace tiempo que no se comunica con sus superiores.

Silencio.

—No le he dicho nada, esperaba a hablar con usted. Él cree que está en peligro... ¿Lo está? ¿Está en peligro?

Dupree no contestó.

—Imagino que tendrá alguna razón para no ponerse en contacto con sus jefes.

—Vamos, inspectora, usted sabe como yo que el sistema está devorado por la burocracia, que si un investigador se ciñe a sus reglas se queda ciego y sordo. El caso que investigo es muy complicado, uno de esos casos... ¿Acaso usted les cuenta a sus superiores todo lo que hace? ¿Les dice de dónde obtiene sus brillantes resultados? ¿Cree que aprobarían sus métodos, se atrevería siquiera a exponerlos?

—Quiero ayudarle —respondió ella. De nuevo silencio—. Mi tía dice que si usted es mi amigo jamás me pedirá ayuda, y yo sé que es mi amigo, así que no hace falta que me la pida.

—Todavía no, todavía soy yo el que tiene que ayudarla a usted.

—¿Es a eso a lo que se refería mi tía?

—Su tía es una mujer muy lista.

—Me dice que me aleje de usted.

—Su tía siempre da buenos consejos.

—¿Eso cree?

—Al menos están dictados por el corazón, y tiene razones para aconsejarle prudencia. Está usted rodeada de gente que no es lo que parece.

La comunicación quedó interrumpida. Medio minuto después, Amaia seguía mirando el teléfono y preguntándose qué significaba todo aquello.

23

Había puesto el despertador a las seis, y para cuando dieron las siete ya estaba en el garaje de la comisaría lista para salir hacia Irurita. Releyó en su móvil el mensaje que contenía la orden de registro y se aseguró de tener la versión impresa, la que le mostraría a Fina Hidalgo, en el bolsillo. Esperó a que todos los miembros del equipo estuvieran en los coches y subió al suyo, dándoles tiempo para colocarse la última en la comitiva. El cielo se veía blanquecino en aquella helada mañana, aunque un ligero viento mantenía las nubes bien altas impidiendo que brillase el sol, manteniendo alejadas también las precipitaciones. La preciosa mansión del doctor Hidalgo no presentaba señales de actividad: no se veían luces encendidas ni movimiento tras las ventanas, aunque la reja de la entrada seguía abierta. Casi sonrió ante su malévolo plan de sacar a Fina Hidalgo de la cama y darle un susto de todos los demonios. Sin embargo, cuando llamaron a la puerta, ésta se abrió de inmediato, como si la mujer hubiera estado esperando a que llegasen, apostada allí mismo. Vestía pantalones claros y un jersey marrón de cuello alto, y se había recogido el pelo en un moño suelto sujeto con un pasador japonés de agujas. Sonrió al verles. El subinspector Zabalza le entregó la orden impresa mientras le informaba de cómo se realizaría el registro. Ella se apartó cediéndoles el paso e indicándoles con la mano la dirección, al fondo de la casa, del despacho que buscaban. Amaia supo que algo iba mal en cuanto la vio, aquello no estaba saliendo como había imaginado, no había sorpresa en el rostro de aquella mujer. Les estaba esperando. La certeza de saberlo y no poder probarlo la puso furiosa; adelantó por el pasillo a los hombres que caminaban delante de ella y entró en aquella habitación tan masculina que Fina Hidalgo seguía conservando como cuando la usaba su hermano. Las cajas de cartón con las fechas rotuladas estaban sobre la mesa, y ni siquiera le hizo falta tocarlas para ver que estaban vacías; las tapas habían sido arrojadas al suelo con prisa. Fina Hidalgo entró en la habitación justo detrás de ella fingiendo leer el contenido impreso de la orden.

—¡Qué nefasta casualidad! Estos ficheros llevaban guardados aquí una eternidad. Supongo que mi hermano era un sentimental y por eso los almacenó... Y bueno, creo que yo también los conservaba casi como recuerdo, y si no llega a ser porque alguien me lo recordó hace poco —dijo mirando a la inspectora Salazar—, ni me habría acordado de que existían. Pero lo cierto es que eran un foco de ácaros y polvo, y yo, que no soy muy buena ama de casa, tengo que confesarlo, precisamente ayer, fíjese usted, me decidí por fin a hacer limpieza de este despacho y comencé por ese polvoriento montón de papeles.

Amaia se abalanzó sobre ella.

—¿Dónde están, qué ha hecho con ellos?

—Pues lo único que se puede hacer con un montón de papel: un buen fuego —dijo haciendo un gesto hacia la ventana del despacho, sobre la que todos se precipitaron para comprobar que en el jardín trasero humeaban los restos de una hoguera.

Amaia permaneció inmóvil junto a la ventana. Sentía tanta ira que no podía moverse, y la certeza de la presencia de la mujer a su espalda no ayudaba. Etxaide y Zabalza corrieron hacia la hoguera, en la que no se veían llamas; aun así, les vio pisotear las cenizas, quizá apagando algún rescoldo. Levantó la mirada hacia los gruesos cortinones que cubrían la ventana y, sin ningún tipo de ceremonia, arrastró parte del pesado cortinaje hacia el suelo y la abrió.

—Venga aquí, jefa, parece que hay algunos trozos bastante enteros —dijo el subinspector Etxaide—. Quizá los de la científica puedan hacer algo.

Manejar el papel quemado requiere un cuidado extremo por parte del técnico que realiza la recogida. Debe hacerse capa por capa, separando cada hoja y aislándola entre dos cubiertas de película plástica que la protegerán. El proceso llevó algo más de tres horas.

Entró una última vez en la casa antes de irse. Fina Hidalgo estaba sentada a la mesa de su magnífica cocina, en la que había dispuesto café caliente, tostadas, mantequilla, tres o cuatro clases de mermelada y un cuenco de nueces.

—¿Les apetece un café?

Amaia no contestó, aunque vio el gesto de duda de algunos de sus compañeros, que seguramente se habrían tomado encantados una taza de café caliente y a los que contuvo con un gesto de su mano.

La vieja enfermera sonreía afable.

—¿Saben que el desayuno es la comida más importante del día? Un desayuno completo es necesario para empezar bien la jornada: pan, café y unas nueces —dijo tendiéndole un puñado a Amaia—. Son de mi propio nogal, no sea tímida, tómelas, ¿no?

Sus compañeros asistían a aquella representación conscientes de estar presenciando una suerte de juego de salón en el que competían ambas mujeres.

Amaia se volvió hacia la puerta sin responderle.

—Vámonos de aquí —dijo a su equipo—, y que nadie acepte comer nada de lo que les ofrezca esta mujer.

Cuando alcanzaron la calle, Iriarte y Montes se colocaron a su lado.

—¿Me quiere explicar alguien lo que ha pasado ahí dentro?

Amaia no contestó. Aceleró el paso, se metió en su coche y salió hacia la carretera. Se detuvo apenas un kilómetro más adelante en una explanada que solía utilizarse para las subastas de ganado. Bajó del coche y con un gesto les indicó que hicieran lo mismo. Cuando todos los hombres estuvieron fuera de los vehículos, se acercó hasta ellos.

—Nos estaba esperando, sabía que veníamos. Obtuve la orden anoche, y hasta esta misma mañana no ha llegado la confirmación a comisaría. Quiero una lista de todas las personas que sabían que veníamos aquí; quiero que se revisen todas las llamadas que se han realizado desde la comisaría, y los que no hayan tenido nada que ver en esto, quiero que pongan a mi disposición sus teléfonos móviles para descartarlo.

—¿Qué está insinuando? ¿Que uno de nosotros llamó a esa mujer para advertirle de que íbamos a realizar el registro? ¿Se da cuenta del calado que tiene lo que está diciendo? —contestó Iriarte.

—Me doy perfecta cuenta, pero yo les envié un mensaje a cada uno de ustedes avisándoles de que hoy se realizaría este registro, y esa bruja se ha tomado su tiempo hasta para hacernos el desayuno. Si le sirve de algo, no creo que haya sido un acto premeditado, pero es evidente que alguien ha sido descuidado con la información.

—Jefa, no era información reservada; yo mismo lo he comentado esta mañana en comisaría. Como hemos llegado antes de la hora, los que salían de turno nos han preguntado qué hacíamos tan pronto y yo he comentado que teníamos un registro... —reconoció el subinspector Etxaide.

—¿A quién? —preguntó mirándole duramente.

—No sé, lo he comentado en el comedor...

—Jefa, yo también lo he comentado —admitió Fermín—. No lo saque de quicio, sería la primera vez que andamos con secretitos con temas de trabajo... Joder, que no veníamos a una plantación de coca, sino a llevarnos el fichero de un médico de cabecera.

Ella desvió la mirada.

—Tiene razón —admitió—. Pero eso no cambia el hecho de que la información tuvo que salir de comisaría, a menos que alguno de ustedes lo comentase fuera.

Todos negaron.

—Vuelvan a comisaría, yo voy a hacer una visita que tengo pendiente. Pero para cuando regrese quiero el nombre del responsable —dijo volviéndose hacia su coche.

24

La dueña de Lau Haizeta la recibió con su habitual cordialidad. Amaia se entretuvo acariciando las cabezas lanudas de los perros, en las que a aquella altura del invierno, ya casi primavera, se habían formado guedejas tan largas y prietas como las de la lana de las ovejas de las que solían cuidar.

—Si les hace mimos, ya no se los quitará de encima —le advirtió la dueña de la casa asomándose para indicarle que el café ya estaba listo. Pero ella aún se demoró un poco más sonriendo ante la demanda de los perros, que competían saltando a su alrededor, con lo que habían conseguido por fin que el mal humor y el enfado que habían aguantado intactos hasta allí se disipasen como arrastrados por el viento. La sardónica sonrisa de Fina Hidalgo sentada en su cocina, tan confiada como una reina en la audiencia a sus vasallos y ofreciéndole las nueces, la perseguía como la más clara declaración de inculpación. El modo en que había extendido la mano ofreciéndole los frutos secos sin dejar de mirarla, sabiendo que ella lo sabía, constituía una confesión sólo para sus ojos. Entendía la indignación de Iriarte, entendía las explicaciones de Jonan, las justificaciones de Montes, pero era evidente que la información sólo podía haber salido de allí. En su ecuación particular la X seguía siendo Zabalza; había algo en él que no terminaba de cuadrarle, quizá fuese su intento de ser «normal», de encajar y a la vez ser fiel a sí mismo lo que le chirriaba de él. Ella podía establecer la diferencia, no tenía por qué caerle bien, no tenía por qué gustarle para ser un buen policía, y había momentos en los que sospechaba que podía llegar a serlo; pero no se fiaba de él. Aun así, no tenía ninguna prueba que lo relacionase con Fina Hidalgo y le costaba imaginar que, por muy resentido que estuviese con ella, fuese capaz de poner en peligro un caso sólo por hacerla quedar mal.

Saboreó el café mientras la mujer le contaba anécdotas sobre los perros, lo buenos que eran y cómo cuidaban el caserío. Había pasado más de una hora cuando volvió a mirar el reloj y se dio cuenta de que estaba perdiendo el tiempo, porque no sabía qué hacer, porque se había quedado sin salidas. Sacó su teléfono móvil y mostró a la mujer las fotos de Fina Hidalgo y su coche, las que habían tomado el día anterior en la puerta de su casa. La reconoció de inmediato.

—Es la enfermera Hidalgo, la hermana del doctor. La conozco desde hace años.

—¿La ha visto entrar alguna vez en la casa de al lado?

—Muchísimas veces, ella es una de las que sigue viniendo a menudo.

Iba a guardarse el teléfono, pero buscó la foto de su hermana Flora y se la mostró a la mujer.

—A ésta también la conozco de verla en la televisión. ¿No es la que hace ese programa de repostería? Me han dicho que es de aquí, del valle.

—¿La ha visto alguna vez ir a la casa? Fíjese en el coche.

—Muy bonito..., pero no, no la he visto.

Se despidió de la dueña de Lau Haizeta con una mezcla de progreso y decepción. ¿De qué le serviría la declaración de la mujer confirmando que todas aquellas personas visitaban la casa si no podía probar que entre ellos hubiese otra relación que la puramente social o amistosa? Condujo hasta lo alto de la colina y detuvo el coche en el lugar desde el que podía verse buena parte de Argi Beltz; después, y sin saber muy bien para qué, bajó la cuesta hasta la entrada de la casa, aparcó allí el coche y permaneció en el interior observando la empalizada que mimetizaba la puerta y la entrada al garaje. Entonces percibió por el espejo retrovisor un movimiento detrás del vehículo. Sobresaltada, se volvió a mirar y vio a una mujer que había trepado por la ladera, frente a la casa, hasta superar la altura de la valla y que desde allí sacaba fotos con una cámara que en la distancia le pareció profesional. Bajó del coche y se dirigió hacia ella ascendiendo con dificultad, pisando una hierba tan alta e inclinada que resultaba terriblemente resbaladiza. La mujer tendría unos cuarenta años y vestía prendas deportivas de buena calidad, aunque el exceso de peso y seguramente el esfuerzo del ascenso habían desplazado la sudadera hacia arriba mostrando una porción de carne rolliza en sus caderas. Tan ensimismada estaba en su labor que no se percató de la presencia de Amaia hasta que estuvo muy cerca. Al verla, se asustó y empezó a gritar.

—Estoy en un lugar público. Puedo hacer fotos si quiero.

—Tranquilícese —comenzó a explicarse Amaia.

—No se acerque más —gritó ella retrocediendo con brusquedad, lo que ocasionó que perdiese el equilibrio y se quedara sentada en la hierba durante unos segundos. Se puso en pie sin dejar de chillar—. Déjeme en paz, usted no puede impedirme estar aquí.

Amaia sacó su placa.

—Cálmese, no pasa nada, soy policía.

La mujer la miró desconfiada.

—No lleva uniforme...

Amaia sonrió mostrando su placa.

—Inspectora Amaia Salazar.

La mujer la miró valorándola.

—Es usted muy joven..., no sé, al pensar en una inspectora una se imagina a una mujer más mayor.

Amaia se encogió de hombros casi a modo de disculpa.

—Me gustaría hablar con usted.

La mujer se pasó una mano por la frente sudorosa apartando el flequillo recto, que quedó pegado a un lado de la cabeza. Asintió.

—Creo que es mejor que bajemos —propuso Amaia. La mujer emprendió un descenso lento y patoso en el que resbaló un par de veces al pisar las altas hierbas. Trastabilló sin llegar a caer hasta que llegó a su altura. Amaia le ofreció una mano, que ella aceptó, y juntas fueron hasta el coche.

—¿Le han llamado ellos? —preguntó la mujer en cuanto alcanzó la carretera.

—¿Se refiere a los propietarios? —dijo Amaia señalando la finca—. No, sólo estaba dando un paseo y me llamó la atención verla haciendo fotos a la casa.

La mujer se quitó el grueso jersey y se lo ató a la cintura cubriendo con las mangas sus gruesas caderas. Las axilas de su camiseta se veían empapadas de sudor por el esfuerzo de su ascensión a la colina.

—No es la primera vez que me «invitan» a largarme de aquí, pero no hago nada malo.

—No he dicho que lo haga, pero me gustaría saber por qué le interesa tanto esa casa. ¿Acaso quiere comprarla? —la animó Amaia.

—¿Comprarla? Antes viviría en un vertedero. No es la casa lo que me interesa, sino lo que esos asesinos hacen ahí dentro.

Amaia se puso tensa y, obligándose a mantener la calma, preguntó:

—¿Por qué cree que son asesinos?

—No lo creo, lo sé: ellos mataron a mis niños y ahora no me los quieren dar, ni siquiera tengo a dónde ir a llorarlos.

La frase era lapidaria. Les acusaba de haber matado a sus hijos y, a la vez, de haber robado sus cadáveres. Amaia miró alrededor, consciente de que no podían continuar aquella conversación allí y buscando algo que había echado en falta.

—¿Dónde está su coche, cómo ha llegado hasta aquí?

—Andando..., bueno, mi padre me acerca en coche hasta la borda que hay más arriba y me recoge al final de la mañana; desde que estuve enferma el médico me recomendó salir a caminar todos los días —contestó—. Además, con el tratamiento que tomo tampoco puedo conducir.

—¿Aceptaría que tomásemos un café? Me gustaría hablar con usted, pero no aquí —dijo haciendo un gesto hacia la casa.

La mujer echó una mirada recelosa al coche de Amaia y a la casa, y por fin asintió.

—No puedo tomar café, por los nervios, pero iré con usted. Hace bien en no querer hablar aquí, sabe Dios de lo que son capaces esos asesinos.

Mientras conducía hacia Etxebertzeko Borda observó de soslayo a la mujer. Seguía transpirando copiosamente y despedía un fétido olor a sudor. El pelo, recogido en una coleta descuidada de la que habían escapado varios mechones, se veía un poco grasiento; sin embargo, el flequillo recto delataba la mano experta de un buen peluquero, que también le había aplicado mechas rubias por toda la cabellera. La cámara que colgaba de su pecho era, sin duda, un modelo muy caro, y llevaba varios anillos que a primera vista parecían buenos. Las manos, cuidadas y con las uñas bastante largas, se veían hinchadas, y los anillos se clavaban en sus dedos rechonchos de un modo desagradable. Amaia supuso que había ganado peso en muy poco tiempo y quizá todavía estaba engordando. A algunas personas les cuesta tomar conciencia de que necesitan una talla más, en su caso un par de ellas.

Aparcó junto a la borda y caminaron en silencio hacia la entrada, descartando la terraza donde solía sentarse con James cuando iban allí en verano y desde la que podía escucharse el rumor del río. Entraron directamente al comedor y un hombre de mediana edad salió a recibirles desde la cocina. Amaia pidió las bebidas mientras la mujer elegía a propósito la mesa más alejada de la barra, a pesar de que, en cuanto les hubo servido, el hombre regresó a la cocina, donde se oía hablar a varias mujeres.

—¿Por qué cree que esas personas asesinaron a sus hijos? ¿Se da cuenta de la gravedad de lo que está diciendo? ¿Tiene pruebas de ello? ¿Es consciente de que, si no las tiene, esas personas podrían emprender acciones contra usted?

La mujer la miró en silencio durante unos segundos. Inexpresiva, su gesto parecía idiotizado, como si no comprendiese sus palabras. Amaia se preguntó qué clase de tratamiento podía estar tomando. Entonces, la mujer le sorprendió respondiendo con un ímpetu extraordinario.

—Si digo que esas personas asesinaron a mis hijos, es porque ellos son los responsables de que estén muertos. Y sí que me doy cuenta de la gravedad de lo que digo y claro que tengo pruebas. No les vi matarlos, si es eso lo que me pregunta, pero mi marido se enredó con ellos en sus oscuras ofrendas y les entregó a mis hijos, y por si no fuera suficiente se han llevado sus cuerpos y me han dejado una tumba vacía. —La mujer sacó su teléfono móvil y le mostró la foto de dos bebés de escasos tres meses enfundados en sendos pijamas azules.

—¿De qué fallecieron sus hijos?

La mujer comenzó a llorar.

—De muerte de cuna.

—¿Los dos niños sufrieron síndrome de muerte súbita?

La mujer asintió sin dejar de llorar.

—La misma noche.

Amaia repasó mentalmente la lista que Jonan había confeccionado. No recordaba ningún caso de mellizos o gemelos fallecidos a la vez, algo que estaba claro que era demasiado chocante como para que se les hubiese pasado por alto.

—¿Está segura de que ésa fue la causa que el médico estableció como motivo de los fallecimientos? Quizá los niños murieron de otra cosa, como insuficiencia respiratoria o ahogamiento por vómito, que pueden ser confundidas con muerte de cuna.

—Mis hijos no se asfixiaron, no se ahogaron, murieron mientras dormían.

Sus argumentos eran contradictorios. Seguía transpirando copiosamente, a pesar de que la temperatura del local era fresca, y en la corta distancia que las separaba Amaia podía oler el sudor acre de sus axilas y el aliento fétido que expelía con fuerza en sus nerviosos jadeos. Era evidente que estaba enferma por su alusión a la medicación que tomaba, un tratamiento que imposibilitaba conducir, y por la prohibición de tomar café; hablaban de una afección nerviosa importante. Amaia bajó la mirada mientras admitía que se había dejado enredar por una pobre mujer con sus facultades alteradas. Sin embargo, no dejaba de llamarle la atención que tuviera como centro de sus neuras precisamente aquella casa, precisamente a aquella gente. Hablaba de dos niños varones, esto en sí mismo ya establecía una diferencia. Pero es que no constaba el fallecimiento simultáneo de dos hermanos.

—Yo no quería tener hijos, ¿sabe? Era mi marido el que los deseaba, imagino que yo era un poco egoísta; soy hija única, siempre he vivido muy bien, me gustaba viajar, esquiar y divertirme. Cuando le conocí a él ya tenía más de treinta y cinco años, y ya había descartado ser madre. Él es un poco más joven que yo, un francés muy guapo. Mucha gente dijo que se casaba conmigo por mi dinero, pero cuando insistió tanto en tener hijos pensé que de verdad quería formar una familia, así que me quedé embarazada, y entonces mi vida cambió: nunca creí que se pudiera querer tanto a alguien; después de todo lo que había pasado no creí que pudiera cuidarlos, ni siquiera que pudiera quererlos. Pero la naturaleza es sabia y te hace amar a tus criaturas, a todas tus criaturas. Los amé en cuanto los vi y cuidé bien de ellos; desde el instante en que nacieron fui una buena madre. —Amaia la miraba muy seria, escuchándola—. Usted puede creer que no fue así, porque me ve como estoy ahora, pero yo antes no era así. Cuando mis hijos murieron me volví loca, no me importa reconocerlo, no es nada malo: el dolor de perderlos y de ver cómo reaccionaba mi marido me superó.

—¿Qué hizo él? —preguntó Amaia sin poder contenerse, a pesar de que sabía que en aquel momento no debía interrumpirla.

—Me dijo que todo iría bien, que a partir de ese día todo iba a ir bien. Y entonces fue cuando se los llevaron. Tenemos un precioso panteón que mi exmarido mantiene lleno de flores, pero está tan vacío como su corazón, porque el mismo día del entierro de mis hijos se los llevaron.

—Ha dicho exmarido, ¿ya no están casados?

La mujer rió amargamente antes de contestar.

—Yo no estuve a la altura de las circunstancias. Tal y como él había vaticinado, las cosas comenzaron a irle muy bien, aunque no nos hacía falta más dinero: mi familia es muy rica, somos los propietarios de las minas de Almandoz, pero él quería tener su propio dinero, su propia fortuna, y en sus planes no entraba una esposa en tratamiento psiquiátrico que había engordado cuarenta kilos e iba diciéndole a la gente que sus bebés no estaban en su tumba.

Me dejó, y ahora está casado con su puta francesa y van a tener un hijo... Los míos tendrían tres años ahora.

—¿Su exmarido vive en Francia?

—Sí, en Ainhoa, en nuestra antigua casa. Yo no podía quedarme allí después de aquello, pero a él le da igual; vive allí con su nueva esposa y pronto con su nuevo hijo.

—¿Entonces sus hijos fallecieron en Francia? —preguntó Amaia.

—Sí, y deberían estar enterrados allí, en el precioso cementerio de Ainhoa, pero no están.

Amaia la estudió con ensayada atención y sin preocuparse de que ella lo notara. Su descaro no pareció molestar a la mujer, que se entretuvo mientras tanto en colocarse con los dedos el flequillo húmedo de sudor.

—¿Estaría usted dispuesta a hacer una declaración en comisaría contando todo lo que me ha dicho?

—Claro que sí —contestó—. Estoy harta de decírselo a todo el mundo sin que nadie me haga caso, ya no sé a quién recurrir.

—Debe saber que esto no significa nada, tendremos que comprobar cuanto nos ha dicho. Quiero que ponga por escrito todo lo que me ha contado y añada fechas o datos que puedan servir para corroborar su declaración. Apunte todo lo que pueda recordar aunque parezca que no tiene importancia. Y ahora necesitaré un número de teléfono donde pueda localizarla.

La mujer la miraba con su gesto vacuo, pero asintió y contestó:

—Apunte...

La sala de reuniones de la primera planta era desproporcionada para un grupo de cinco personas. Normalmente les reunía en su despacho a fin de agilizar las rutinas diarias y huir del formalismo que suponía ponerse ante ellos como un sargento de la policía neoyorquina para dar las pautas del día. Pero después del descalabro con el registro en la casa de la enfermera Hidalgo necesitaba dejar claros aspectos relativos al liderazgo, a la lealtad y al compromiso. Convocó a los veintidós policías de aquel turno y comenzó haciendo un breve resumen de los pasos que se habían dado para la obtención de la orden y de lo acaecido entre las horas transcurridas desde ese momento hasta la hora del registro, al tiempo que expresaba sus más que fundadas sospechas de que la enfermera Hidalgo les estaba esperando. Invitó a todos a que en un ejercicio de responsabilidad se sumaran al compromiso de desterrar actitudes que podían poner en peligro las investigaciones. Era la primera vez que les convocaba en aquella sala; aquel tipo de reuniones eran responsabilidad de Iriarte, que, sentado en la primera fila, permanecía cabizbajo y probablemente molesto por la intrusión. Evitó en todo momento dirigirse concretamente a ningún miembro de su equipo, incluso mirarlos, aunque era evidente que, a pesar de sus intentos por diluirlos entre los demás, el mensaje iba dirigido a ellos. Cuando la reunión terminó, retuvo a su equipo un poco más.

—Ha aparecido una nueva testigo.

Todos la miraron interesados.

—Una mujer que afirma haber tenido dos bebés que fallecieron de muerte de cuna simultáneamente. Dice también que su marido, ahora exmarido, frecuentaba la casa de los Martínez Bayón, en Orabidea, y que cuando los bebés fallecieron él le dijo que a partir de entonces todo iba a ir mejor. ¿Les suena de algo? La he citado esta tarde y quiero que todos estén presentes mientras declara y sugieran cualquier aspecto que se me pueda pasar por alto.

Asintieron.

—Una cosa más... La mujer es un tanto peculiar... —Pensó cómo plantearlo sin restarle credibilidad—. Sufrió mucho con la pérdida de sus hijos. Está en tratamiento psiquiátrico y esto la hace parecer un poco dispersa, pero yo he hablado con ella y no muestra confusión ni torpeza; se ciñe a datos concretos y los expone con claridad, aunque debemos ser especialmente cautos comprobando cada cosa que dice, porque un abogado podría desmontar nuestras tesis apoyándose en su estado. —Amaia consultó su reloj—. Debe de estar a punto de llegar.

Yolanda Berrueta había elegido un vestido granate con medias tupidas y una chaqueta del mismo color, que llevaba en la mano. El cabello recogido con un gran pasador en la coronilla se veía limpio y recién peinado. Parecía un poco preocupada y manoseaba nerviosa una carpeta de tapas de cartón en la que eran visibles las indelebles huellas de sus manos sudorosas. Amaia la acompañó hasta un despacho en la primera planta y se ofreció a coger la carpeta, que la mujer apretó contra su cadera con un gesto protector. Le presentó brevemente a sus compañeros, le advirtió que grabaría toda la conversación y comenzaron.

—Quiero que les cuente a mis compañeros lo que me dijo esta mañana, y si ha conseguido acordarse de algún dato más nos será de gran ayuda.

Ella se pasó varias veces la lengua por los labios antes de comenzar a hablar.

—Conocí a Marcel Tremond, mi exmarido, esquiando en Huesca; nos comprometimos y nos casamos. Yo no quería tener hijos porque siempre me había gustado disfrutar de la vida y además creía que ya era demasiado mayor para eso, pero él, que es más joven, insistió. Al final quedé embarazada y al dar a luz me volqué con mis bebés; los pobres nacieron con peso bajo, pero los sacamos adelante. Una noche, cuando tenían dos meses, fui a verlos mientras dormían y habían dejado de respirar.

Su voz sonaba atonal, como carente de emoción, pero su cara se perló de sudor como si hubieran pulverizado lluvia sobre ella.

—Los llevamos al hospital, pero no pudieron hacer nada y mis niños murieron. —Comenzó a llorar sin variar su tono y sin emitir sonido alguno. Iriarte le acercó una caja de pañuelos de papel. Yolanda sacó cuatro o cinco y se los aplicó sobre el rostro empapado como si se tratase de una máscara egipcia—. Perdón —susurró a través de sus manos.

—Tranquila, continúe cuando esté lista.

Ella despegó los pañuelos de su cara y los aplastó con las manos formando una pelota húmeda de papel.

—Se hizo el velatorio, el funeral, pero no me dejaron ver a mis niños. Marcel me dijo que era mejor que me quedase con un buen recuerdo y mandó cerrar las cajitas. ¿Por qué todo el mundo me trata así? ¿Creen que soy tan frágil que no soportaría ver a mis hijos? ¿No se dan cuenta de que para una madre es peor no verlos? ¿Por qué nunca me dejaron verlos?

El inspector Montes, que se había sentado justo detrás de la mujer, miró a Amaia componiendo un gesto de extrañeza mientras ella continuaba.

—Yo sé la razón. Las cajas estaban vacías, dentro no había niños porque se los habían llevado.

Iriarte intervino.

—¿Cree que sus hijos fueron robados? ¿Cree que pueden estar vivos?

Ella le miró con tristeza.

—¡Ojalá! No, estuvieron en parada cardiorrespiratoria desde casa hasta el hospital; sus caritas se habían puesto azules y sus deditos también. Murieron aquella noche.

—Entonces, ¿lo que dice es que se llevaron los cuerpos?

—No es que lo diga, es que lo sé, lo vi con mis propios ojos. Yo estaba muy débil, ellos creían que no podía levantarme, pero una madre saca fuerzas de donde sea. Entré en la sala del hospital donde estaba la cajita metálica y la abrí: dentro había una toalla envolviendo bolsas de azúcar. Pero mi bebé no estaba.

—¿Lo comentó con alguien? —preguntó Amaia.

—Se lo dije a Marcel, pero él me contestó que me habría equivocado de sala. En ese momento pensé que tenía razón, que me habían dado muchos tranquilizantes y pude confundirme, pero, dígame, ¿por qué iba alguien a meter bolsas de azúcar en una cajita de muertos?

—¿Se lo contó a alguien más? —preguntó Iriarte.

—No, no, me puse a llorar y me dieron una inyección. Cuando desperté, ya todo había concluido y se habían llevado las cajas.

—¿Qué le hace sospechar que su marido tuvo algo que ver?

—Él cambió, se volvió diferente. Durante el embarazo me cuidó mucho, pero luego, cuando los niños murieron, perdió todo interés por mí; me abandonó cuando más falta me hacía.

—A veces las personas reaccionan mal al dolor —dijo Amaia mirándola—. ¿Notó algo más?

—Nunca estaba en casa, decía que era por el trabajo, que iba muy bien, pero yo no le creía, no podía ser que siempre estuviese trabajando. Por eso comencé a seguirle.

Amaia captó la mirada de Zabalza a Montes y el gesto con el que éste le respondió.

—¿Seguía a su marido? —preguntó.

—Sí, y esta mañana, cuando me dijo que apuntase todo lo que fuese importante, recordé algo —dijo abriendo la carpeta que había mantenido todo el tiempo a su lado. Colocó sobre la mesa varias fotos de buena calidad, aunque impresas en folios con una impresora corriente. En ellas se veía un vehículo aparcado frente a una empalizada, que Amaia reconoció como la de la casa de los Martínez Bayón; en una incluso se distinguía el buzón metálico.

—Es el coche de Marcel, y esa casa es el lugar adonde iba; éstas son sólo las que he encontrado, pero estoy segura de que si busco en las tarjetas de memoria encontraré más.

Hice bastantes, hasta que se dieron cuenta y comenzaron a aparcar dentro de la finca.

En algunas de las fotos se apreciaban más vehículos detenidos en el estrecho camino.

—Le dijo a la inspectora que su marido es empresario —expuso Iriarte—. ¿Sabe que los propietarios de esa finca también lo son? Podrían reunirse por negocios.

—No lo creo —titubeó ella.

—¿Sabe si su marido tenía alguna relación laboral con un bufete de abogados llamado Lejarreta y Andía? —preguntó el inspector Montes.

—Lo desconozco.

—¿Dónde dio a luz usted? —preguntó Amaia.

—En un hospital francés, Notre Dame de la Montagne.

—¿Pensaron en algún momento en un parto en casa?

—Mi marido lo propuso al principio del embarazo, pero cuando supimos que era múltiple quedó descartado. Además, qué quiere que le diga, a mí esas cosas me dan repelús, donde esté un hospital... Pensar en esos partos con toda la familia mirando me parece tercermundista.

—¿Conoce a una enfermera llamada Fina Hidalgo?

—No.

Zabalza, que tomaba notas, le preguntó:

—¿El hospital donde dio a luz es el mismo donde fallecieron sus hijos?

—Sí, fue allí donde les trataron desde que nacieron.

—¿Puede facilitarme el nombre de su médico? Pediremos el informe de la autopsia.

—No se hizo la autopsia.

—¿Está segura? —se extrañó Amaia—. Es un procedimiento rutinario cuando alguien fallece en un hospital.

—No se hizo —aseguró ella apartándose el flequillo, que se veía de nuevo pegajoso de sudor y que quedó adherido a la frente de un modo ridículo. La mujer levantó los brazos para despegar la melena de la nuca. Montes vio cómo varias gotas resbalaban por su cuello uniéndose a los círculos húmedos que se le habían dibujado en las axilas.

—¿Quiere un vaso de agua? —ofreció.

—No, estoy bien...

Su cuerpo despedía un calor exagerado, como si tuviese fiebre, y el olor corporal comenzaba a ser innegable. Montes le indicó a Jonan Etxaide con los ojos que abriera la ventana, pero Amaia lo detuvo con una mirada.

La mujer extrajo de la carpeta cinco hojas más cubiertas de una letra pequeña y prieta y se las tendió a Amaia por encima de la mesa, provocando con el movimiento que su olor se expandiera por la pequeña habitación.

—He escrito aquí lo que he podido recordar. Todo es correcto, aunque a veces tengo problemas para acordarme de qué fue lo que pasó antes y qué después... Es por la medicación, pero todo es tal y como lo cuento, pueden comprobarlo.

—Gracias, Yolanda —dijo Amaia tendiéndole la mano y comprobando que ella aún sujetaba la bola de papel húmedo en la suya. La cambió rápidamente a la otra mano y la estrechó con fuerza, dejándole sentir su calor febril—. Nos ha sido de gran ayuda. En los próximos días me pondré en contacto con usted. Si recuerda algo más, no dude en llamarnos. El subinspector Zabalza la acompañará a la salida. ¿Cómo ha venido, necesita que la llevemos a su casa?

—No, gracias. No será necesario, mis padres me esperan fuera.

Aguardaron hasta comprobar que la mujer ya había salido del edificio antes de abrir la ventana.

—¡Joder! Creía que me moría —dijo Montes asomándose para tomar aire.

—Bueno, ¿qué conclusiones sacan? —preguntó ella.

—Que huele como un verraco y suda como un toro.

—Vale ya, Montes —le recriminó Amaia—. Yolanda está muy enferma: soporta un fortísimo tratamiento para los nervios y la medicación le produce esos efectos secundarios; se llama bromhidrosis... ¿No ha oído hablar del sudor por estrés? Tenga respeto.

—Si respeto tengo, pero lo que no debería tener es nariz para poder soportarlo. Huele como a meados...

—Es porque el sudor, al llegar a los poros, produce amonio y ácido graso: es lo que resulta tan fuerte y se acrecienta al estar nerviosa. Pero estoy segura de que cuando patrullaba tuvo que soportar cosas que olían bastante peor. A ver, ¿alguien tiene alguna observación que hacer que no tenga que ver con el olor corporal de esa pobre mujer?

—Yo la conocí hace años —dijo Iriarte—. Ella ni se acuerda de mí. Yolanda Berrueta es la hija de Benigno Berrueta, el propietario de las minas de Almandoz; su madre es de Oeiregi, que es donde vivía. Cuando yo la conocí tenía dieciocho años y cuarenta kilos menos, y era una pija insoportable y consentida, muy guapa, eso sí. Con esa edad ya conducía un deportivo descapotable. Es una pena cómo la ha tratado la vida.

—Pues dinero siguen teniendo: su padre la esperaba afuera con un BMW que valdrá al menos ochenta mil euros —apuntó Zabalza.

—No me refiero a eso: un matrimonio fracasado, sus hijos muertos y completamente loca; no me cambiaría por ella ni por todo el dinero de su familia.

—Así que tenemos a una pija cuarentona y en tratamiento psiquiátrico, no lo olvidemos, que dice que su exmarido, que ha vuelto a casarse y espera un hijo, tampoco lo olvidemos, robó los cadáveres de sus bebés cuando éstos fallecieron en un hospital. ¿Qué quieren que les diga? A mí también me da mucha pena, pero un juez verá a una loca resentida y amargada que intenta vengarse de su exmarido.

—Ya les avisé de que era una situación un tanto peculiar y del cuidadoso tratamiento que debemos darle. No se me escapa su situación, cómo lo vería el juez, pero yo la creo, creo que dice la verdad, o por lo menos acepto que ella está convencida de lo que dice. Nosotros sólo tenemos que comprobarlo, y ahora mismo esa mujer, con sus más y sus menos, es lo único que tenemos. Y desde luego la mención del paquete de azúcar en la cajita de muertos es de lo más significativo.

Todos asintieron.

—Montes y Zabalza, es importante que comprobemos si, al igual que las demás familias, Marcel Tremond o alguna de sus empresas tiene relación con los abogados Lejarreta y Andía. Pediremos los informes de autopsia al hospital donde fallecieron los niños; si no los tienen allí, al instituto anatómico forense correspondiente. A ver si es cierto que no se la hicieron. Sean amables, tengan en cuenta que estamos hablando de otro país y no contamos con ninguna orden. Iriarte, me gustaría que mañana nos acompañase a Etxaide y a mí a Ainhoa, como meros turistas, para echar un vistazo y ver qué nos cuenta la gente. De momento nos limitaremos a comprobar palabra por palabra su declaración sin implicar a terceros.

25

Amaia consideraba que era el pueblo más bonito del sur de Francia. Ainhoa, la primera población francesa después de pasar la frontera en Dantxarinea, perteneciente a la región de Aquitania, en el territorio vascofrancés de Laburt, fue construida en el siglo XIII en el eje fronterizo del Camino de Santiago con Baztán, y seguramente, como el mismo Elizondo, se concibió como lugar de acogida y paso para los numerosos peregrinos que pasaban por allí. Aparcaron junto al frontón y caminaron por la ancha avenida admirando la arquitectura de las casas, muy similares a las de Txokoto en Elizondo, pero en las que las habituales vigas marrones de Baztán se habían pintado de vivos colores verdes, rojos, azules y amarillos; observaron, también, los blasones y las placas que, talladas en piedra, alardeaban de sus nombres de origen vasco y grotescamente afrancesados. La casa de la familia Tremond se hallaba al final de la calle, donde la avenida dibujaba una suave curva que se abría hacia una zona más inclinada, plagada también de hermosas casas. Pasaron ante ella dedicando una apreciativa mirada al patio, visible desde la puerta abierta y cubierto de cantos rodados incrustados en la piedra, que dibujaba un perfecto círculo en lo que en el pasado había sido un patio de carrozas.

Pero si había algo que distinguía Ainhoa, si había algo que para Amaia lo definía total y absolutamente, era su cementerio alrededor de la iglesia. Juan Pérez de Baztán, señor de Jaureguizar y Ainhoa, dedicó su iglesia a Nuestra Señora de la Asunción, aunque a lo largo de los siglos sufrió tantos cambios y modificaciones que resultaba difícil establecer su estilo. Ainhoa se distinguía, además de por su iglesia, por un tradicional frontón y una avenida franqueada de hermosos caserones pintados de vivos colores que conservaban todo el sabor de otras épocas. Los enterramientos en torno a la iglesia comenzaron alrededor del siglo xvi con el aumento de una población por fin establecida y con los numerosos fallecimientos de los peregrinos que pasaban por allí. Se ideó un camposanto formando galerías en las que cada casa tenía su lápida sepulcral junto a la de su vecino, y tan pegadas que era casi imposible acceder a algunas de las tumbas sin pasar por encima de otras. Las numerosas estelas discoidales estaban adornadas con figuras geométricas, cruces vascas y sobre todo figuras solares y otras que representaban los oficios de los difuntos; las más elaboradas contaban la historia entera de sus vidas, desde el nacimiento hasta su defunción. El cementerio de Ainhoa circundaba completamente la iglesia de Nuestra Señora de la Asunción sobre la pequeña loma en mitad del pueblo, de modo que los panteones y cruces eran visibles desde cualquier lugar de la calle, de los comercios y cafeterías, y se había prescindido del muro que habitualmente encierra los camposantos para marcar el límite entre los vivos y los muertos, por lo que allí se mezclaban de un modo amable y cotidiano que resultaba chocante al forastero.

La iglesia estaba oscura, fría y silenciosa. Un hombre y una mujer sentados en la primera fila fueron las únicas personas que vieron por allí. Dieron una vuelta entera al cementerio antes de localizar el panteón de la familia Tremond. Como Yolanda Berrueta les había adelantado, aparecía totalmente cubierto de flores, en su mayoría blancas, como corresponde, según la tradición, a los niños muy pequeños. Se acercaron hasta la antigua lápida de oscura piedra y Amaia percibió la incomodidad de Iriarte al pisar las tumbas contiguas por la falta de respeto que proverbialmente suponía hacer algo semejante.

—No se preocupe. Aquí debe de ser algo habitual, no hay otro modo de llegar hasta algunos panteones.

El subinspector Etxaide apartó algunos de los ramos para poder leer las inscripciones que había sobre la lápida y comprobó que los nombres de los niños no aparecían. Colocó de nuevo las flores y se alejó unos pasos, deteniéndose, para disgusto de Iriarte, sobre las inscripciones de otra lápida.

—Jefa, desde aquí se aprecia que la losa está inclinada, un poco ladeada —dijo acercándose de nuevo y pasando los dedos por el borde que unía la piedra de la tumba con la lápida.

—Sólo es un efecto óptico. Ocurre porque alguien ha intentado forzar el sepulcro apalancando la piedra y esta arenisca tan antigua se ha deshecho en el lugar donde recibía presión como si fuese galleta mojada.

Amaia pasó los dedos por el lugar que Jonan le indicaba y apreció el hueco y el mordisco más claro en la piedra que la palanca había dejado.

Una mujer que podría tener unos noventa años se había detenido en el sendero de piedra y los observaba con curiosidad. Jonan se acercó sonriendo y, tras charlar un par de minutos con ella, se despidió besándola en ambas mejillas, tras lo que regresó junto a Amaia y el taciturno Iriarte, que parecía contagiado por toda la tristeza de aquel lugar.

—Madame Marie me ha dicho que el sacerdote no llegará hasta las doce.

Amaia consultó su reloj y vio que aún faltaba casi media hora.

—Podemos tomar un café, aquí hace un frío de muerte —propuso sonriendo, sobre todo por el gesto de desagrado de Iriarte, mientras salía de entre las tumbas y se dirigía a la escalera que iba a la calle principal.

Había una cafetería en la esquina, pero Amaia se entretuvo mirando los cachivaches que adornaban el escaparate de una tienda de *souvenirs* situada justo delante del cementerio.

—Jonan, ven un momento. ¿Qué pone aquí? —pidió.

Etxaide leyó en francés y luego tradujo.

—«Nuestros vecinos de enfrente están muy tranquilos, pero nosotros vivimos mejor. De momento no pensamos en mudarnos.»

Amaia sonrió.

—Humor negro, inspector Iriarte, convivir con la muerte crea curiosos vecinos —dijo tratando de iniciar una conversación con él. Desde el día anterior, y tras el episodio del registro en casa de Fina Hidalgo, estaba más serio que de costumbre.

—Me parece terrible lo que puede suponer para los que viven aquí —murmuró él levantando la cabeza y haciendo un gesto hacia los balcones de los primeros y segundos pisos—. Cada día, lo primero que ven al despertarse es el cementerio, no creo que esté bien como modo de vida para nadie.

—En Elizondo, en el pasado, el cementerio también estuvo ubicado alrededor de la antigua iglesia antes de que la riada lo destruyera y fuera trasladado al camino de los Alduides.

—Sólo le digo que, si continuase allí, yo jamás me compraría una casa desde la que tuviese que ver entierros y exhumaciones.

Entraron en la tienda y Amaia se entretuvo un rato eligiendo marcapáginas con estampas de la población.

El propietario les saludó sonriente.

—¿Están haciendo turismo?

—Sí, pero hemos venido sobre todo porque conoce

mos a una familia que vivía aquí, los Tremond, son los de la casa de postigos rojos que está más abajo...

El hombre asintió vivamente.

—Sé quiénes son.

—Hemos estado visitando la tumba de los pequeños, ¡qué terrible desgracia la de esta familia!

El hombre asintió de nuevo, esta vez pesarosamente. Amaia sabía por experiencia que a todo el mundo le gusta hablar de las desdichas ajenas.

—Oh, sí, una desgracia. La mujer se volvió completamente loca de dolor, está tan obsesionada que en más de una ocasión ha intentado abrir la tumba de los pequeños. —Bajó el tono hasta convertirlo en una declaración confidencial—: La aprecio muchísimo. Es una mujer muy agradable, aunque una vez yo mismo tuve que avisar a los gendarmes. La tumba de los niños se ve perfectamente desde aquí y pude apreciar cómo intentaba abrirla con una palanca. Yo no quería causarle problemas, pero era tan horrible lo que quería hacer.

—Hizo usted bien —le tranquilizó Amaia—. Es usted un buen vecino y seguro que la familia le está agradecida.

El comerciante sonrió satisfecho, con la complacencia del deber cumplido y reconocido. Salieron de la tienda justo cuando un hombre con sotana y alzacuellos cruzaba el cementerio con pasos largos. Renunciando al café, lo siguieron hasta el interior de la iglesia, donde al fin le alcanzaron y pudieron hablar con él.

—Conozco a esa familia y el terrible trance por el que han tenido que pasar —les comentó el sacerdote—. La esposa perdió la razón y viene cada semana para intentar convencerme de que los niños no están en esa tumba, dice que alguien se llevó sus cuerpos y que ella, como madre, puede sentir que no están ahí. Soy muy respetuoso con el instinto maternal: me parece una de las fuerzas más poderosas de la naturaleza; el mismo amor de nuestra madre

María es una de las piedras angulares en nuestra Iglesia, y el dolor que una madre puede llegar a sentir por la pérdida de un hijo no es igualable a ningún otro en este mundo, por eso puedo entender el dolor de Yolanda. Pero, por más que lo entienda, no puedo darle alas. Sus hijos fallecieron y están enterrados en este cementerio. Yo mismo oficié el funeral y presencié cómo los ataúdes eran descendidos hasta la fosa.

—Un vecino nos ha contado que una vez Yolanda intentó abrir la tumba. ¿Es esto cierto?

El sacerdote asintió pesarosamente.

—Me temo que en más de una ocasión. Éste es un pueblo pequeño y todo el mundo lo sabe ya, así que cuando alguien la ve rondar por el cementerio me avisan o avisan a la policía. Tienen que entender que ella no es peligrosa ni agresiva, pero está tan obsesionada...

—Sólo una pregunta más: ¿por qué los nombres de los niños no aparecen en la lápida?

—Oh, me temo que los panteones son muy antiguos; la arenisca está erosionada por la intemperie, así que en la mayoría de los casos se opta por colocar sobre la tumba una placa suelta con el nombre y la fecha. Así estaban las de esos niños, hasta que Yolanda las rompió arrojándolas a la carretera y diciendo que sus hijos no estaban allí y que lo que ponía en aquellas placas era mentira.

Al regresar a comisaría, los afligidos silencios de Iriarte se tradujeron en una petición.

—Inspectora, ¿puede venir a mi despacho?

Amaia entró y cerró la puerta a su espalda, y él se dirigió lentamente hacia su silla.

—Siéntese, inspectora —la invitó—. Llevo desde ayer dándole vueltas a esto...

No hacía falta que lo jurase, cuando un año atrás se había iniciado el caso Tarttalo ya había notado el modo en que la aparición de los huesos de niños le afectaba. Encontrar el cadáver de la niña de Esparza metido en una mochila no había contribuido a mejorar su imagen del mundo, y la índole kafkiana que había tomado la muerte de Elena Ochoa, o las de Esparza y Berasategui, le tenía especialmente sombrío y preocupado. Pero desde el incidente del registro en casa de Fina Hidalgo apenas si había dicho cuatro palabras.

—Salazar, cuando hace un año la conocí con el caso Basajaun supe enseguida que tenía ante mí a una gran investigadora. He tenido en este tiempo ocasión de acceder a niveles en las investigaciones que jamás habría soñado, y contar con usted en esta comisaría es un lujo que todos apreciamos profesionalmente. —Se humedeció los labios, en un gesto que denotaba cuán difícil le resultaba decir aquello—. No es usted fácil, nadie dice que deba serlo, cada uno es como es y estoy seguro de que su complejidad es fundamental en sus procesos deductivos y no pretendo que la brillantez pueda venir de otro modo. Nuestro trabajo es complicado y a menudo surgen divergencias de opinión, surgen entre todo el resto de compañeros, y yo no soy la excepción. En este último año, en más de una ocasión he tenido serias dudas de hacia dónde se dirigían sus avances, pero sabe que siempre le he dado mi apoyo y a veces mi silencio.

Amaia asintió recordando cómo Iriarte la acompañó bajo la lluvia mientras cubría con la oscura tierra de Baztán los huesos de sus antepasados en la *itxusuria* familiar.

—Pero... —adelantó ella.

Él hizo un gesto admitiendo que había un pero.

—No puede poner en duda la integridad de todo el equipo, no puede poner en la picota a todos esos policías. Admito que es más que sospechoso que Fina Hidalgo destruyese el fichero que queríamos revisar, y caben pocos argumentos para la casualidad. Comprendo la frustración y las sospechas, pero no puede acusar sin pruebas a todos los integrantes de su equipo. Como jefe de la comisaría he abierto una investigación interna para tratar de esclarecer si la información pudo salir de aquí. Pero hay algo que debe entender: llevo en Baztán toda mi vida, y en esta comisaría ya muchos años, y, si la información no es reservada, la gente habla. El comentario pudo hacerse sin mala intención, quizá alguien se lo dijo a un familiar que quizá lo soltó en un lugar público... Respondo de la integridad de esos policías; nadie llamó a Fina Hidalgo, y creo que fue un error pedirles que entregasen sus teléfonos personales.

Ella le miraba muy seria sabiendo cuánto le costaba a Iriarte decirle aquello; mientras le escuchaba, su humor cambió del enfado inicial a la más absoluta contrición. Ver a Iriarte en aquel brete, buscando las palabras adecuadas para decirle que estaba equivocada, evitando mirarla durante más de tres segundos seguidos, hablando bajo y pausado para quitarle al mensaje cualquier tipo de hostilidad...

—Tiene razón —admitió—. Habló la frustración por el fiasco del registro, y la verdad es que a mí también me cuesta creer que alguno de estos hombres sea capaz de dar al traste con una investigación por resentimientos personales. Pero lo cierto es que poco importa si fue algo accidental, la enfermera Hidalgo ha destruido pruebas porque alguien le dijo que íbamos, y eso ha comprometido la investigación. Sólo espero que, como dice, logre depurar responsabilidades. Esto es una comisaría, no el patio de la escuela, y todos estos profesionales deberían saber cuáles son sus atribuciones al llevar el uniforme. —Suavizó un poco el tono para decir—: Agradezco su lealtad y su sinceridad, y le reitero lo mismo por mi parte. Le reconozco como jefe de esta comisaría y le pido disculpas; me he extralimitado en mis funciones, no pretendía ningunearle, sólo espero que todos entiendan la gravedad de lo que ha pasado.

—Todos nos damos cuenta, se lo aseguro.

Ella se puso en pie y se dirigió hacia la puerta.

—Inspectora, una cosa más. Ha llegado la invitación para participar en los seminarios del FBI y la autorización desde Pamplona; tiene la documentación sobre su mesa. Sólo falta su firma y le daremos curso.

Ella asintió mientras salía del despacho.

El inspector Montes se dejó caer en la silla mientras sonreía.

—Ha sido fácil, en el registro mercantil aparecen varias empresas a nombre de Marcel Tremond, la mayoría relacionadas con tecnología eólica, motores para molinos y esas cosas, y con gran presencia en Navarra, Aragón y La Rioja. En todos los asientos del registro salen como representantes los abogados Lejarreta y Andía. Así que la relación queda establecida sin lugar a dudas.

—Yo no he tenido tanta suerte —intervino Jonan—: han llegado los resultados de las muestras de papel recogidas de la hoguera en casa de la enfermera Hidalgo; no se ha podido sacar nada en limpio, el papel estaba muy deteriorado —dijo, dejando un pliego impreso sobre la mesa—. Por otra parte, llevo todo el día mandando correos y hablando por teléfono con los forenses franceses y con el hospital donde fallecieron los niños. No hay autopsia. La pediatra que había tratado a los niños desde que nacieron firmó el certificado de defunción y no consideró necesario practicarla. El entierro lo organizó una funeraria de la zona. Ellos se encargaron del traslado desde el hospital al tanatorio y desde allí al cementerio. Marcel Tremond pidió que le dejaran a solas con sus hijos para poder despedirse, algo que es muy habitual; nadie más estuvo a solas con los ataúdes, y recuerdan perfectamente que a petición del padre los féretros permanecieron cerrados.

Amaia observó pensativa los rostros de los policías mientras procesaba la nueva información; ya lo había hecho antes. Si había dado estos pasos era porque estaba casi segura de obtener estas respuestas, y ahora que sus sospechas se veían confirmadas, el suelo parecía tambalearse bajo sus pies. Suspiró contenida, consciente de que la suma de lo que ellos traían con lo que ella sabía debía por fuerza producir un movimiento, un movimiento que no tenía claro si estaba dispuesta a llevar a cabo.

—Mi testigo en la zona reconoce el coche como uno de los que habitualmente solían aparcar frente a la casa de los Martínez Bayón, aunque creo que comienza a darse cuenta de la trascendencia que esto puede alcanzar. Hoy me ha dicho que, aunque está bastante segura, no lo juraría en un juicio; no anotó matrículas. En el caso de la enfermera Hidalgo y de Esparza, no tenía dudas porque conocía los coches o éstos portaban distintivos, como en el caso de Berasategui, y además les vio más de una vez cuando entraban o salían de la casa. Con Tremond no podría jurarlo, aunque de lo que sí está segura es de haber visto a Yolanda Berrueta haciendo fotos a la casa desde la colina en más de una ocasión.

Iriarte asintió.

—La casa se convierte en el nexo de unión con Berasategui. Aunque nadie puede asegurar que coincidieran, es obvio que la frecuentaban, y teniendo en cuenta el gusto por los huesos de infante que tenía nuestro amigo el psiquiatra, creo que cualquier juez vería una sospecha razonable y suficiente para amparar una exhumación.

—Cualquier juez puede, el juez Markina no —aseguró ella.

—Inspectora, el juez Markina no tiene jurisdicción en Francia —dijo mirándola fijamente mientras asentía y le daba tiempo para asimilar el calado y la importancia de sus palabras—. Conozco a la jueza De Gouvenain. Hace un par de años colaboramos con los gendarmes en un caso de tráfico de drogas en el que durante un ajuste de cuentas apareció muerto uno de los implicados en territorio navarro; es una mujer razonable y acostumbrada a tratar con temas sórdidos, pero con un gran corazón. No le temblará la mano para autorizar a abrir una tumba, sobre todo si con ello mitiga el desconsuelo de una madre, y creo que si argumenta sus razones para la petición en el sufrimiento de Yolanda Berrueta, que le ha llevado casi a perder totalmente la razón, algo que se podría haber evitado con la certeza que obtendría al comprobar que en efecto los cadáveres de sus hijos están en sus tumbas, la autorización está casi asegurada.

—Es muy arriesgado, no puedo hacerlo así. ¿Qué pasará si resulta que los niños no están en sus tumbas? ¿Qué pasará si, como sospecho, Marcel Tremond se llevó a sus hijos al mismo lugar adonde Esparza quería llevar el cadáver de su hija, quizá al mismo lugar adonde mi propia madre llevó el de mi hermana? Si los niños no están en su tumba, ¿cómo podré justificar ante la jueza no haberle explicado antes los antecedentes de la investigación?

Él asintió.

—Hágalo entonces a través de la policía francesa. Cuénteles lo que tiene y deje que sean ellos los que soliciten la autorización, pero omita todo lo que tiene que ver con su madre y su hermana; las implicaciones personales no le van a gustar nada a la jueza y pueden ser la razón de que se lo deniegue; por lo demás no veo problema. El caso ha llegado hasta la muerte de Esparza, aunque ha establecido relación con Berasategui, y el caso Tarttalo trascendió más allá de nuestras fronteras despertando el interés en nuestros vecinos; de hecho, recibí varios correos y llamadas de nuestros colegas del otro lado de los Pirineos, así que es probable que la jueza esté enterada. La parafernalia de un asesino como Berasategui llama demasiado la atención como para que un juez se sustraiga a la posibilidad de meter las narices en un asunto así. Plantéelo como una leve sospecha. Estoy seguro de que la contingencia de que un crimen en el que pudiera estar remotamente implicado el tarttalo hubiera traspasado la frontera francesa es un caramelo demasiado jugoso como para que una jueza ambiciosa como De Gouvenain se resista. —Consultó su reloj—. El inspector de gendarmes trabaja hasta tarde y tengo su teléfono.

Ella asintió garabateando su firma de conformidad en la autorización para asistir a los seminarios de Quantico.

26

El breve respiro que la lluvia había dado en las últimas horas había tocado a su fin. Como compensación, el cielo cubierto, como una capa protectora, había logrado subir algo la temperatura y detener la brisa, que aunque no era demasiado fuerte, resultaba heladora. El jefe de gendarmes y dos patrullas les acompañaban para verificar el cumplimiento específico de la orden que la jueza Loraine de Gouvenain había limitado a retirar la losa que cubría el panteón, descender al interior y abrir únicamente los féretros infantiles para comprobar que los cadáveres de los niños estuvieran en sus cajas, sin extraerlos a la superficie y sin autorización para manipular los cadáveres de ningún modo. La orden era extensiva a Yolanda Berrueta, que podía asomarse desde la parte superior y asegurarse de que, en efecto, los cuerpos de sus hijos estaban donde debían estar.

Esperaron junto a los gendarmes y los funcionarios del ayuntamiento, guarecidos de la lluvia bajo el pequeño pórtico que se ubicaba en la entrada del templo. El sacerdote sostenía a Yolanda, que permaneció recostada en su hombro, afectada pero serena, mientras le susurraba al oído palabras de consuelo.

La lluvia de las últimas horas había empapado la piedra porosa de las tumbas dotándolas del color oscuro que delataba su porosidad, lo que hacía, sin embargo, resaltar el brillo del musgo y los líquenes que trepaban por los panteones y que le habían pasado inadvertidos en la anterior visita. Por fortuna, la lluvia había relegado a los posibles curiosos al interior de sus casas, y un grupo en el que sólo los gendarmes vestían uniforme no resultaba llamativo resguardado en la puerta de Nuestra Señora de la Asunción. Un coche azul marino, evidentemente oficial, se detuvo en el aparcamiento, junto al acceso al cementerio, en el instante en que el teléfono del jefe de gendarmes comenzaba a sonar.

—Acompáñeme, la jueza ha llegado.

Amaia se subió la capucha de su plumífero y siguió bajo la lluvia al jefe de policía.

El cristal de la ventanilla trasera descendió con un siseo y la jueza De Gouvenain dedicó al exterior una mirada que denotaba su fastidio por la lluvia. Amaia había esperado a una mujer distinta, quizá debido a la opinión de Iriarte de que se trataba de una mujer «dura», acostumbrada a tratar con la sordidez. Loraine de Gouvenain se había recogido el cabello en un moño de bailarina y llevaba un vestido primaveral de color rojo coral y un abrigo ligero, desafiante ante los últimos coletazos del invierno. El jefe de gendarmes se inclinó para hablar con ella y Amaia le imitó. Del interior del vehículo brotó un intenso olor a hierbabuena y menta, procedente de un botecito de pastillas que la jueza sostenía en la mano y a las que al parecer era muy aficionada.

La jueza les saludó con una leve inclinación de cabeza.

—Jefe, inspectora... Supongo que retirar la losa llevará un buen rato. El secretario judicial les acompañará en el proceso. Cuando esté todo listo avísenme; no pienso arruinar mis zapatos esperando bajo la lluvia.

Mientras regresaban junto al grupo, Amaia comentó:

—Vaya con la jueza, lo que va a sufrir si tiene que descender al interior del panteón.

—Si tiene que hacerlo, lo hará: aborrece la lluvia, pero

es una de las mejores que conozco, curiosa y sagaz. Su padre fue jefe de las Sûreté de París y, créame, se nota, es una de esas juezas que nos facilita el trabajo.

Loraine de Gouvenain tenía razón, el proceso de extraer la losa se dilató durante más de una hora. Los funcionarios procedieron a retirar la gran cantidad de flores que tapizaban la superficie y rodearon la sepultura mirándose con preocupación.

—¿Qué ocurre? —preguntó Amaia.

—Por lo visto la losa está en muy mal estado y temen que se rompa si la ladean. Han decidido traer una pequeña grúa hidráulica, pasar unas cintas por debajo y elevarla en lugar de deslizarla hacia un lado, como tenían previsto.

—¿Tardarán mucho?

—No, guardan la grúa en el depósito municipal, que está muy cerca, pero necesitan otro vehículo para traerla hasta aquí.

—¿Cuánto tiempo les llevará?

—Dicen que una media hora...

El jefe de gendarmes fue hasta el coche de la jueza para avisarle del retraso. El sacerdote les instó a esperar en el interior del templo, pero todos rechazaron la invitación.

—¿Cómo distinguir a un abogado en un cementerio? —preguntó Jonan—. Es el único cadáver que camina —dijo haciendo un gesto hacia el grupo, que bajo dos paraguas cruzaba el cementerio con paso apresurado.

Reconoció a Marcel Tremond y al que indudablemente era su abogado, y cogida del brazo del primero, una joven envuelta en un abrigo rojo que no disimulaba la última fase de su embarazo. A su espalda, Amaia oyó a Yolanda Berrueta emitir un gemido ronco como el de un animal asustado. Se volvió hacia ella mientras el gendarme lidiaba con el abogado.

—Yolanda, ¿está usted bien? —Ella se inclinó hacia adelante y susurró algo a su oído. Amaia regresó junto al gendarme e interrumpió las protestas del abogado.

—Yolanda Berrueta afirma que existe una orden de alejamiento contra su cliente que le impide acercarse a ella a menos de doscientos metros, ¿es así?

El jefe de gendarmes endureció su gesto y le miró inquisitivo.

—¿Y quién es usted, si puede saberse? —respondió evasivo el abogado.

—Inspectora Salazar, jefa de Homicidios de la Policía Foral.

Él la observó doblemente interesado.

—¿Así que es usted Salazar? Aquí no tiene jurisdicción.

—Se equivoca de nuevo —contestó sarcástico el jefe de gendarmes—. Lea la orden. Si no sabe, se la leeré yo.

El abogado le dedicó una mirada envenenada antes de centrar su atención en el documento. Se volvió hacia la pareja que esperaba bajo el paraguas y les susurró algo que provocó sus airadas protestas.

—Tienen veinte segundos para salir del cementerio —dijo el jefe dirigiéndose a los policías uniformados—; si se resisten, deténgalos y trasládenlos a comisaría.

El abogado acompañó a sus clientes fuera del cementerio, aunque desde la parte superior Amaia pudo ver que se detenían calle abajo respetando escrupulosamente la distancia de doscientos metros.

La lluvia arreciaba formando profundos charcos entre las sepulturas. Cuando los operarios regresaron con la grúa, aún les llevó otro cuarto de hora calzar los apoyos en la irregular superficie del cementerio. Con una especie de pasacables deslizaron las cintas bajo la losa y con lentitud comenzaron a izarla.

—¡Deténganse! —gritó el jefe de gendarmes corriendo hacia ellos mientras sostenía su teléfono pegado a la oreja.

—¿Qué ocurre? —preguntó Amaia alarmada.

—Vuelvan a colocarla en su sitio, la jueza ha revocado la orden.

Amaia abrió la boca incrédula.

—Acompáñeme —le indicó el jefe—. Quiere hablar con usted.

De nuevo el siseo de la ventanilla con la que la jueza ponía distancia con el mundo.

—Inspectora Salazar, explíqueme por qué acabo de recibir una llamada de un juez español que me ha dicho que lleva este caso y que denegó explícitamente el permiso para abrir tumbas de niños. ¿Quién se ha creído que es? Me ha puesto en ridículo ante mi colega, al que he tenido que pedir disculpas sólo porque usted no sabe dónde está el límite.

El agua chorreaba por los costados de su gorro, e, inclinada como estaba, se escurría desde los bordes ocasionando que un par de gruesos goterones cayesen en el interior del coche y mojaran el forro interno de la puerta mientras la jueza los miraba con visible desagrado.

—Señoría, ese juez denegó la orden para otro caso que en un principio no tiene relación con este punto. Ya le he explicado...

La jueza la interrumpió:

—No es eso lo que él me ha dicho. Pasó por encima del juez y me ha puesto en una situación muy difícil. Inspectora, estoy muy enfadada; sepa que se lo comunicaré a sus superiores y espero que nunca precisen de mí, porque desde ahora le digo que no tendrá mi colaboración —sentenció accionando el botón de la ventanilla, que se elevó haciéndola desaparecer en su atmósfera de hierbabuena mientras el coche arrancaba.

El rostro le ardía de humillación y rabia mientras sentía la mirada de los policías clavada en su espalda. Apretó los labios, sacó el teléfono, que inmediatamente se cubrió de lluvia, y marcó el número de Markina. Escuchó una, dos, tres señales de llamada antes de que quedase interrumpida. Markina le había colgado, y estuvo segura de que en más de un sentido.

27

Jonan conducía, y en esta ocasión Amaia cedió el asiento delantero a Iriarte para tener así la oportunidad de distanciarse de sus silenciosos compañeros. Sentada atrás, repasaba una y otra vez los hechos intentando sustraerse de la sensación de profunda vergüenza que le atenazaba en el pecho y gestaba en su interior un grito que pugnaba por salir desgarrado e iracundo contra el mundo. El fastidio de los enterradores; los sollozos de Yolanda reclamando explicaciones; el silencioso reproche del sacerdote; la cara de circunstancias del jefe de gendarmes, que había musitado un escueto y ambiguo «lo lamento» antes de retirarse; la sonrisa lobuna del abogado Lejarreta cuando se lo cruzaron mientras se dirigían al coche...

No llegó ni a entrar en la comisaría. Sustituyó a Jonan al volante en cuanto llegaron y salió del aparcamiento sin decir una palabra. Condujo despacio, respetando los límites y concentrándose en la cadencia casi hipnótica de los limpiaparabrisas, que, en su velocidad más lenta, barrían las gotas de lluvia de la superficie de la luna delantera. La furia feroz que ardía en su interior como un volcán en erupción consumía toda la energía de su cuerpo dotándola de una apariencia externa cercana a la languidez que había aprendido a cultivar desde pequeña.

Salió de Elizondo a través de los persistentes bancos de niebla que, como puertas a otra dimensión, custodiaban las carreteras provocando la sensación de que se penetraba en otros mundos. Buscó la carretera secundaria junto al río y observó los rebaños de ovejas inmóviles bajo la lluvia, en las que el agua les resbalaba por las largas guedejas que apuntaban al final del invierno y que se extendían hasta tocar el pasto, lo que producía la impresión de estar contemplando raras criaturas brotadas del suelo.

Cuando divisó el puente, detuvo el coche al costado del camino, extrajo de la parte trasera las botas de goma, comprobó el móvil, que cien metros más allá perdería su cobertura, y la Glock.

El intenso frío, que contendría un poco más la nieve en los riscos, y la falta de lluvias de los últimos días habían contribuido a que el río no bajase muy lleno. Sobre la planicie del agua, altas columnas de niebla surgían de los ocasionales desniveles que arremolinaban la superficie como silenciosos espectros. Al atravesar el puente pudo comprobar la fuerza con la que había bajado sólo un mes atrás, en la noche en que su hijo había estado a punto de morir a manos de Rosario. La barandilla de la parte norte había desaparecido, como si nunca hubiese estado allí; en la del otro extremo se veían ramas y hojas tejidas formando un tupido entramado entre los barrotes. ¿Podía una anciana sobrevivir al envite de un río que se había llevado una barandilla de ocho metros como si fuese una ramita seca?

En cuanto pisó el prado, sintió cómo los pies se hundían en la engañosa extensión cubierta de hierba de color esmeralda que había brotado cuando las aguas del río Baztán se retiraron. Por debajo de la superficie perfecta, el terreno reblandecido cedía bajo sus pies dificultando el avance, en el que a cada paso debía esforzarse para desenterrar las botas, que quedaban enclavadas en el limo.

Alcanzó el viejo caserío abandonado y se detuvo un instante apoyándose en los recios muros para desprender de sus botas el exceso de barro que, como un lastre, las había tornado muy pesadas. Se retiró entonces la capucha del plumífero para tener más ángulo de visión, sacó su Glock y penetró en el bosque. Le daba igual si era lógico o no, el instinto le decía que, además del señor del bosque, alguien más acechaba, alguien que había estado a punto de engañarla, o quizá sólo fuera un jabalí... Alguien de quien él la había advertido, o quizá fuera el silbido de un pastor llamando a su perro... Alguien o algo que había retrocedido hacia las sombras, seguramente un jabalí, se repitió.

—Sí, nena, pero tú ve preparada —susurró—. Y si has pagado el precio de la paranoia por el estrés postraumático, al menos que sirva para algo.

Avanzó entre los árboles siguiendo el sendero natural que por instinto transitarían los animales. Por un instante llegó a vislumbrar un ciervo entre los árboles; sus miradas se cruzaron un segundo antes de que el animal huyera. Bajo las tupidas copas de los árboles, el agua de las últimas horas había dibujado senderos oscuros y compactos bajo los pies, que le condujeron hasta el pequeño claro donde la regata fluía ruidosa por la ladera, entre las piedras tapizadas de verde. Cruzó el puentecillo y rebasó el lugar donde, en otra ocasión, una hermosa joven que sumergía sus pies en el agua helada le había dicho que la señora llegaba. Levantó la mirada al cielo, que seguía desangrándose lento en aquella lluvia que no cesaría en todo el día, pero en el que no había rastro de la tormenta vaticinadora.

Llegó a la colina con la respiración agitada por la subida a través del sotobosque. Levantó los ojos hacia la escalera natural que creaban las rocas y que, empapada por la lluvia, se había cubierto de una pátina de barro que la tornaba previsiblemente resbaladiza. Calculando el esfuerzo, se colocó el arma en la cintura y comenzó a ascender. Arribó a la explanada que formaba un mirador natural sobre los árboles y, sin detenerse, volvió a ajustarse la capucha del plumífero y se internó en el camino, casi por completo cegado por las zarzas. Avanzó sintiendo cómo las espinas arañaban la superficie de su plumífero produciendo pequeños siseos semejantes a silbidos ahogados; en cuanto lo hubo rebasado, se retiró la capucha e inspeccionó la zona. Unos metros más arriba, la boca oscura y baja de la cueva, que no podía verse entera desde allí. A su izquierda, el precipicio cubierto de engañosa vegetación; a su espalda, el sendero por el que había venido, y a su derecha, la piedra mesa desierta de ofrendas. Como había supuesto al ver el estado del acceso, seguramente nadie había estado allí desde la última vez en que lo hizo ella. Miró alrededor, invadida por la soledad, se inclinó y desprendió del suelo blando un canto irregular, que limpió de barro frotándolo contra su ropa; avanzó dos pasos y lo colocó sobre la superficie pulida de la piedra mesa. Después, nada.

El fuego alimentado por la humillación y la vergüenza se había consumido con el esfuerzo de llegar hasta allí, y ahora no quedaba nada más que cenizas apagadas y frías. Inmóvil en aquel lugar, con el rostro empapado de lluvia, sintió en sus ojos los bordes preñados de partículas de lluvia que pesaban tanto... Amaia Salazar inclinó la cabeza y las gotas que pendían de sus pestañas cayeron arrastrando un océano de llanto que se derramó mientras su cuerpo se desmoronaba hacia adelante, vencido. Cayó sobre la mesa resbalando hasta quedar de rodillas, con el rostro pegado a la piedra y las manos cubriéndole los ojos. No sintió las gotas de lluvia que resbalaban por su pelo empapado colándose por el camino que trazaba la nuca. No sintió la dureza del suelo ni las perneras de su pantalón que se empapaban de agua y de barro. No reparó en el aroma mineral de la roca, en la que, como en el regazo de la madre que nunca tuvo, intentaba sepultar su rostro.

Pero sintió la mano suave y cálida que se posó sobre su cabeza con el más antiguo gesto de consuelo y bendición.

No se movió, ni siquiera detuvo su llanto, que aunque de pronto había perdido el propósito aún brotaría de sus ojos durante un rato más mientras se tornaba de agradecimiento. Prolongó la sensación a sabiendas de que no habría nadie allí si se volvía a mirar, de que la mano cálida que sentía sobre su cabeza infundiéndole consuelo no estaba allí. No supo cuánto tiempo duró, quizá unos segundos, quizá más. Esperó paciente antes de volver a levantar la cabeza, se puso la capucha mientras se internaba de nuevo en el camino de zarzas y sólo se volvió una vez: no había ninguna piedra sobre la superficie de la mesa roca. Un majestuoso trueno hizo temblar la montaña.

No regresó a la comisaría. Sabía que nadie se lo reprocharía, se sentía mentalmente agotada y físicamente enferma. Sólo quería ir a casa.

Aparcó frente al arco que distinguía el portal empedrado de la casa de Engrasi y reparó entonces en que aún llevaba puestas las botas de goma embarradas. Se sentó en uno de los bancos de piedra de la entrada para quitárselas y, cuando fue a ponerse de nuevo en pie, sintió que todas sus fuerzas la habían abandonado. Se fijó en el aspecto desastrado de su ropa y se llevó una mano al pelo aplastado y pegado al cráneo por la lluvia. No era la primera vez que se enfrentaba a la humillación y el oprobio. Cuando tenía nueve años era casi una experta en ese tipo de aprendizaje en el que nos doctora la vida, que no sirve absolutamente para nada, no te prepara, no te hace más fuerte; es sólo una barrena cruel y profundamente enclavada en la roca que eres. Un canal de debilidad que disimulas con suerte durante años, un dolor que reconoces en cuanto llega devolviéndote el deseo intacto de huir, de volver a la caverna donde habita el corazón humano, de renunciar al privilegio de la luz, que sólo es foco sobre tus miserias. Pensó en Yáñez, en aquella esposa cuya sangre teñía la entretela del sofá, en los portillos cerrados para no ver, para no ser visto, para esconder la vergüenza.

Se quitó el plumífero mojado y sucio de barro y lo arrojó sobre las botas antes de entrar en la casa arrastrando unas piernas que se habían vuelto tan pesadas como columnas de alabastro, e inmediatamente se vio envuelta por la benefactora influencia de la casa de su tía. Con la piel blanqueada por el agua y el frío del monte, penetró en el salón en el que su familia se preparaba para comer. No podría tomar ni un bocado. Abrazó a la tía, que la miró preocupada.

—Sólo estoy cansada y mojada, por si vas a decir algo —dijo atajando sus protestas—. Me daré una ducha, dormiré un poco y estaré como nueva.

Besó brevemente a James, que percibió que había algo más y se dedicó a observarla en silencio mientras ella centraba toda su atención en el pequeño Ibai, que retozaba en el interior de una especie de piscina de juegos acolchada que ocupaba buena parte de la superficie disponible del salón, provocando que la mesita de café, habitualmente situada frente al sofá, hubiese sido relegada junto a la pared.

—¡Por el amor de Dios, James, te has pasado! — dijo sonriendo ante la profusión de colores, formas y texturas que componían aquella monstruosidad de juguete donde cabían cuatro niños y que parecía encantar a Ibai.

—No he sido yo. ¿Por qué siempre me crees capaz de chaladuras como ésta?

—¿A quién si no se le va a ocurrir?

—A tu hermana Flora —contestó él sonriendo.

—¿Flora? —Lo pensó, y en el fondo no le extrañó tanto. Había visto cómo su hermana miraba al niño, cómo lo mecía en sus brazos cada vez que tenía ocasión; incluso recordaba que, reinando sobre la mesa del imponente recibidor de su casa de Zarautz, tenía una preciosa foto de Ibai.

Dejó que el agua caliente se llevase por el desagüe el frío y parte del dolor muscular, y lamentó que no fuese capaz también de arrastrar hacia el río Baztán el pesar y la vergüenza que, reconocía, la habían debilitado hasta límites que nunca habría podido imaginar. Lo había hecho mal, se había equivocado, había cometido un grave error, y en el mundo de Amaia Salazar los errores se pagaban caros. Se envolvió en su albornoz y declinó limpiar el espejo empañado para verse el rostro. Se tumbó sobre la cama cálida y limpia que olía al hombre que creía amar y al hijo que amaba, y se durmió.

Ya había tenido aquel sueño. A veces reconocía los paisajes oníricos como si fueran lugares reales que alguna vez hubiera visitado, y en aquél ya había estado antes. La certeza de estar soñando, la tranquilidad de que sólo era una proyección de su mente, le permitía moverse en los espacios de sus sueños recabando información y detalles imposibles de percibir la primera vez. El río Baztán fluía silencioso entre dos lenguas de tierra seca cubiertas de piedras redondas que conformaban ambas orillas hasta introducirse en los oscuros dominios del bosque. No oía nada, ni pájaros, ni el rumor del agua. Entonces vio a la niña, una niña que siempre había creído que era ella misma con seis o siete años, y que ahora sabía que era su hermana, sin duda una proyección de su mente, porque aquella niña nunca había llegado a cumplir siete años. La niña vestía un camisón blanco rematado con una puntilla y el lazo rosa que la *amatxi* Juanita había elegido para ella; estaba descalza y mantenía los pies dentro del agua del río, que lamía dulcemente sus tobillos mojando el extremo de las puntillas sin que el frío pareciese molestarla. Se alegró de verla con un sentimiento infantil sincero que le brotó del corazón y floreció en sus labios. La niña no respondió a su gesto, porque estaba triste, porque estaba muerta. Pero la niña no se había rendido;

la miró a los ojos y elevó su brazo señalando las orillas en el curso del río. «Los muertos hacen lo que pueden», pensó Amaia mientras seguía con los ojos la dirección que le indicaba. En los márgenes descendentes del río habían brotado docenas de flores blancas, tan altas como la niña. Amaia vio cómo abrían sus corolas, que al contacto con la brisa despedían un intenso perfume a galletas y mantequilla que llegó hasta ella extasiándola en su ternura mientras reconocía el olor de Ibai, el perfume de su niño del río. Regresó a los ojos de su hermana cargada de interrogantes, pero la niña había desaparecido sustituida por una docena de hermosas jóvenes que, ataviadas con pieles de cordero que cubrían apenas sus pechos y sus muslos, peinaban sus largas melenas, que casi llegaban a rozar la superficie del agua donde tenían metidos los pies.

—Malditas brujas —susurró Amaia.

Ellas sonrieron mostrándole sus dientes afilados como agujas y golpeando con sus pies de pato la superficie quieta del agua, que burbujeó como si viviese alimentada por un fuego subterráneo.

—Limpia el río —dijeron.

—Lava la ofensa —exigieron.

Amaia volvió a mirar hacia el curso del río y vio que las enormes flores blancas se habían convertido en níveos ataúdes para niños que comenzaron a temblar como si los cadáveres contenidos en su interior luchasen por salir de su morada eterna. Las cajas de madera vibraban sobre las piedras del río produciendo un ruido como de hueso contra hueso. Las tapas explotaron y su contenido quedó tendido sobre el lecho seco del río. Nada. En su interior no había nada.

Oyó a alguien entrar en la habitación y se despertó. Con los ojos medio cerrados comenzó a incorporarse mientras él se sentaba en la cama.

—Deberías secarte el pelo o te resfriarás —dijo acercándole la toalla que había caído junto a la cama.

—¿Cuánto tiempo he dormido? —preguntó ella, que sentía cómo los restos del sueño se descomponían hechos jirones mientras intentaba en vano retenerlos.

—¿Has dormido? Pues no habrá sido mucho... La comida está lista, tu tía dice que bajes.

Ella sintió cómo él la observaba mientras se secaba el pelo con la toalla.

—¿Qué te pasa, Amaia? Y no me digas que nada, te conozco y sé que no estás bien.

Ella se detuvo dejando la toalla, pero no contestó.

—Lo he pensado, y si todo este sufrimiento es por el funeral de Rosario —continuó él—, si va a afectarte tanto, comprenderé que no vayas.

Ella le miró sorprendida.

—No es por Rosario, James. El caso en el que trabajo se ha complicado mucho, muchísimo, tanto que probablemente he dado al traste con él, y ha sido por mi culpa, he cometido un error, me he equivocado y ahora no sé qué va a pasar.

—¿Quieres contármelo?

—No, aún lo estoy procesando y yo misma no sé bien lo que ha pasado. Aún tengo mucho que pensar antes de poder plantearlo siquiera.

Él extendió su mano hasta tocar el pelo enredado, que apartó con infinita ternura de su rostro.

—Nunca te he visto rendirte, Amaia, nunca, pero hay ocasiones en que es mejor rendirse hoy para luchar mañana. No sé si ésta es una de esas ocasiones, pero pase lo que pase estaré a tu lado. Nadie te ama más que yo.

Ella recostó la cabeza en su hombro con un gesto de infinito cansancio.

—Lo sé, James, siempre lo he sabido.

—Creo que te vendrá bien alejarte unos días de todo esto, desconectar. Pasaremos unos días con la familia y antes de que te des cuenta estaremos de vuelta.

Ella asintió.

—Quería hablarte sobre eso, quizá tengamos que prolongar nuestra estancia allí un poco más. Ha llegado la invitación para los cursos del FBI; para mí serán dos semanas intensas, pero he pensado que tú podrías quedarte ese tiempo en casa de tus padres con Ibai y luego regresaríamos juntos.

—Eso sería perfecto —estuvo de acuerdo él.

No recibió ninguna llamada. Durante la tarde se dejó amar y proteger por los suyos y por la influencia benefactora de aquella casa. Comió con su familia, durmió la siesta con Ibai, hizo un bizcocho y preparó la cena con James mientras tomaban una copa de vino y escuchaban a las chicas de la alegre pandilla jugando la partida en el salón. A última hora de la tarde, Amaia se llevó a Ibai arriba para bañarlo y disfrutar con él de uno de los más gratificantes momentos del día.

Sentada en el váter, Engrasi observaba los chapoteos del niño, que, sostenido por Amaia desde detrás, disfrutaba en el agua como el príncipe del río que era.

—Tía, ¿qué me dices de la última ocurrencia de Flora? No vino a ver al niño al hospital cuando nació, tampoco vino al bautizo porque estaba rodando sus programas de televisión, y de pronto se comporta como una *iseba txotxola* por su sobrino. Me da que pensar...

—¿En qué sentido?

—No sé, tía, ya la conoces. Flora nunca tira sin bala, no sé cuáles son sus motivaciones, pero me cuesta creer que de pronto adore a Ibai..., algo querrá, y desde luego si cree que me va a ablandar siendo buena con él pierde el tiempo.

La tía lo pensó unos segundos.

—No creo que sea eso, Amaia, creo que de verdad quiere al niño. Que no tuviera interés inicial no significa nada; en cuanto le conoció quedó prendada, como todos.

Parece muy dura pero es una mujer como cualquiera; ella deseaba tener hijos, sabes cuánto sufrió intentándolo, y al final no llegaron. Además, el interés no es reciente, desde hace meses me pregunta por él siempre que llama. Es más, creo que él es el motivo de sus llamadas; te aseguro que antes no me telefoneaba tan a menudo.

—A mí nunca me ha llamado.

—A eso me refiero. Flora es una de esas personas que en el fondo sienten miedo de parecer humanas. Yo le cuento sus anécdotas y avances, y parece disfrutar sinceramente.

Amaia lo pensó y recordó de nuevo la sorpresa que le produjo ver la preciosa foto de Ibai presidiendo la entrada de su lujoso piso de Zarautz. Sacó al bebé del agua y se lo tendió a la tía, que lo envolvió amorosamente en una gran toalla y lo depositó sobre la cama para terminar de secarlo.

—Flora es como es, pero quiere al niño, créeme, y no me extraña: es muy especial este niño nuestro.

Amaia se vertió en las manos una pequeña porción de aceite de almendras y comenzó a masajear los pies y las piernas del pequeño, que recibió la caricia relajándose y sin dejar de mirarla con sus hermosos ojos azules.

—¿Te has dado cuenta de que Ibai no tiene ni un solo lunar? —dijo la tía sonriendo.

Amaia apartó la toalla para verlo entero y repasó cada centímetro de su piel. Ni una marca, ni una rojez. Lo volvió para inspeccionar la espalda y los pliegues naturales: ni una imperfección manchaba la exquisita piel del niño. Cremosa y dorada, distaba mucho de la marmórea apariencia de la de Anne Arbizu, tendida sobre la mesa del forense con su piel inmaculada, que, sin embargo, vino a su mente con fuerza acompañando a la creencia popular de que las *belagile* no tenían ni un solo lunar en todo el cuerpo. Lo cubrió de nuevo para que no se resfriase mientras le ponía el pijama.

—Tía —dijo pensativa—. Hay algo de lo que me gustaría hablar contigo.

—Te escucho —contestó ella.

—Ahora no —respondió Amaia sonriendo ante la disponibilidad de Engrasi en cuanto la necesitaba—. Me gustaría que tuviéramos un rato para hablar de la antigua religión, de lo que vi en el bosque, de lo que tú también viste.

Engrasi lo pensó.

—Supongo que podremos convencer a tu marido para que nos deje tener una conversación de chicas —dijo animada—. Me alegra que quieras tratar ese tema. A veces me preocupa que tengas una mente demasiado racional...

Amaia la miró torciendo los ojos ante el comentario y rió mientras terminaba de vestir a Ibai y lo alzaba en sus brazos.

—Ya me entiendes: mantener la mente abierta como cuando eras una niña te ayuda a entender mejor la vida y a enfrentarte con los aspectos más difíciles ligados a tu trabajo.

—Sí, ya sé a qué te refieres. A veces pienso que todas esas cosas no tienen nada que ver conmigo, pero parece ser que eso a ellas les trae sin cuidado. Una y otra vez regresan a mí como si no pudiera verme libre de eso jamás.

Engrasi la miró apesadumbrada y reacia a acabar la conversación así.

—Cuando estemos solas, tía... —dijo haciendo un gesto hacia Ibai.

Engrasi asintió.

28

No se estaba enterando de nada —admitió con los ojos fijos en la pantalla del televisor—, en su cabeza repasaba una y otra vez los acontecimientos de la jornada, las conversaciones, los datos... Pensamientos que había conseguido evitar durante todo el día con el firme propósito de centrarse en su familia. Pero ahora, recostada contra su marido en el sofá y mientras fingía ver una película en la que él había insistido, el mecanismo iba solo. Los engranajes giraban enloquecidos mezclando datos y hechos, en una feroz tortura de palabras confusas que comenzaba a causarle dolor de cabeza. Pensó en ir a buscar una aspirina, pero no quiso renunciar a la agradable sensación de estar junto a James de aquel modo armonioso y despreocupado reservado para los que confían de verdad y que tan esquivo había resultado los últimos días.

El teléfono sonó estridente en el bolsillo de la amplia chaqueta de lana que solía ponerse en casa; miró la hora mientras se deshacía del abrazo de James, no sin disgusto. Casi la una de la madrugada. Era Iriarte.

—Inspectora, me acaban de llamar de Ainhoa. Yolanda Berrueta está gravemente herida. Por lo visto intentó abrir la tumba de sus hijos utilizando algún tipo de explosivo. Ha perdido varios dedos de las manos y un ojo. La han trasladado al hospital muy grave. En este momento están allí los técnicos de desactivación de explosivos de la gendarmería.

—Llame al subinspector Etxaide y recójanme en mi casa en cuarenta minutos.

Él suspiró.

—Inspectora, el jefe de gendarmes me ha llamado para informarme, como una deferencia, pero tengo que advertirle que quizá no sea muy bien recibida después de lo de esta mañana.

—Cuento con ello —respondió firme—. ¿Sabe a qué hospital han llevado a Yolanda?

—Al Saint Collette —respondió él disgustado antes de colgar.

Llamó y se identificó para pedir información. La paciente estaba grave y en el quirófano; todavía no podían decirle nada más. Se inclinó para mirar por la ventana y vio que había dejado de llover.

Eran las dos y media cuando llegaron. Habían tenido que esperar a que Etxaide regresase desde Pamplona, y ella lo había preferido así. Sabían que la explosión se había producido en torno a las doce y media de la noche, así que para esa hora los de explosivos ya habrían tenido tiempo de revisar la zona y los vecinos habrían regresado a sus casas. Quizá quedaría sólo un cordón policial y un coche custodiando la zona.

No se equivocó en cuanto a los técnicos en desactivación de explosivos y a los vecinos, pero todavía se veía bastante actividad de la científica. Se acercaron al jefe de gendarmes, que les saludó mezclando cortesía y preocupación.

—Buenas noches. Saben que la jueza De Gouvenain se enfadará mucho si se entera de que están aquí.

—Vamos, jefe, ¿quién se lo va a decir, usted? Somos ciudadanos europeos, estábamos por aquí de paso, hemos visto el follón y nos hemos acercado a preguntar qué ha pasado.

Él la miró en silencio durante un par de segundos y finalmente asintió.

—Vino al cementerio hacia las doce de la noche. Aquí, a esa hora y entre semana no hay nadie por la calle. Aparcó ahí abajo —dijo indicando un todoterreno de alta gama— y colocó unos doscientos gramos de explosivo. Aún no nos lo han confirmado, pero parece que puede ser goma-2; creemos que pudo obtenerlo del que se usa para las voladuras en las minas, ya que por lo visto su familia es propietaria de un yacimiento minero en la localidad navarra de Almandoz.

Amaia hizo un gesto afirmativo.

—Así es, pero me parece complicado que lo pudiese robar allí. Desde los atentados del 11-M en Madrid no se guarda explosivo en los polvorines de las minas, sino que el material que va a ser utilizado en cada voladura es transportado y custodiado en cada ocasión por guardias civiles y vigilantes de explosivos que debe contratar la propia empresa; siempre se levanta acta del material sobrante, que es destruido allí mismo.

—Los restos de los embalajes apuntan a que se trataba de explosivos viejos, retirados y probablemente de antes de los atentados, eso podría ser una explicación; aun así, es evidente que sabía lo que hacía. Colocó la carga en una hendidura de la losa, usó cordón retardante y un detonador manual bastante antiguo, lo que también apunta a la teoría de que fuesen materiales en desuso y olvidados en algún lugar al que ella tenía acceso. Un experto habría observado las señales de deterioro, la pérdida de maleabilidad o que apareciese «sudado», pero ella no se percató.

—¿Cómo se hirió?

—Accionó el detonador y esperó. Como no se producía la explosión se impacientó; el suelo estaba empapado y debió de pensar que o bien el cordón o bien los explosivos se habían mojado y no funcionaban. Se acercó en el momento de la explosión.

Amaia bajó la mirada mientras dejaba salir todo el aire de sus pulmones.

—Dos dedos de una mano han desaparecido literalmente; los otros dos los encontraron pegados en el panteón de enfrente, y no creo que puedan salvarle uno de los ojos; eso además de las quemaduras de la piel, de los tímpanos dañados. No había perdido la conciencia, ¿sabe? No sé cómo pudo aguantar tanto..., herida como estaba se arrastró hasta el borde de la sepultura para comprobar si sus hijos estaban allí dentro.

—¿Y estaban?

Él la miró con disgusto renovado.

—Compruébelo usted misma, al fin y al cabo ha venido para eso, ¿no?

Sin dar importancia al reproche del jefe de gendarmes, superó el cordón, que llegaba hasta la puerta de la iglesia, en la que había luz. El sacerdote, que se había mostrado tan silencioso por la mañana, parecía haber cambiado de idea.

—¿Ya está contenta? —preguntó mientras ella se agachaba para traspasar el límite que había establecido la policía.

Siguió adelante un par de pasos, pero se detuvo de pronto y regresó hasta donde estaba el cura, que retrocedió intimidado por la reacción.

—No, no estoy contenta. Esto es precisamente lo que trataba de evitar, y si todos ustedes, que dicen preocuparse tanto por ella, hubieran tenido un poco de humanidad, hace tiempo que habrían abierto esa tumba para evitarle tanto dolor.

Alcanzó a Iriarte y Etxaide junto a la sepultura. La mayoría de los daños se localizaban en las tumbas colindantes: cruces partidas y columnas, jardineras y tiestos que habían salido despedidos. En el panteón de los Tremond Berrueta, la peor parte se la había llevado la losa que lo había cubierto, que, como los enterradores habían pronosticado, debía de ser extraordinariamente quebradiza y aparecía ahora reducida a escombros sobre las otras tumbas; el trozo más grande no alcanzaba los cincuenta centímetros de lado y reposaba a los pies de la tumba junto a un gran charco de sangre, que se había mezclado con el agua de la lluvia colándose entre las hendiduras de las sepulturas.

La tumba abierta se había cubierto con un toldo azul que Iriarte levantó por una esquina para que pudieran alumbrar con sus linternas el interior. Dos oscuros ataúdes de adultos, bastante antiguos, delataban el impacto de una parte de la losa al caer sobre ellos. Un pequeño ataúd de aspecto metálico y apariencia sencilla, probablemente destinado a contener cenizas, se veía derribado y entreabierto en el suelo. Un poco más a la derecha estaban las dos cajitas blancas, muy dañadas; sobre una de ellas reposaba un trozo considerable de escombro, lo más seguro que el que había golpeado primero en el ataúd de adulto, y cuyo peso lo había aplastado, reventando la cajita por un lateral por el que asomaba lo que reconocieron, sin lugar a dudas, como una mano de bebé. El otro ataúd simplemente había volcado y su contenido aparecía a un lado. Habían vestido al niño de blanco para su entierro, aunque el color apenas si podía percibirse bajo la capa de moho que lo recubría oscureciendo el rostro de la criatura, que se veía completamente ennegrecido.

El subinspector Etxaide sacó la cámara que protegía bajo el abrigo y miró a Amaia buscando su autorización; ella asintió, mientras intentaba silenciar el teléfono, que sonó incongruente en aquel lugar. Cedió la linterna a Iriarte para que alumbrase el interior de la fosa y miró la pantalla. Era Markina.

—Señoría... —comenzó— llevo todo el día intentando...

—Mañana a las nueve en punto en mi despacho —dijo cortando su explicación. Tuvo que mirar la pantalla para comprobar que había colgado.

29

No había dormido, ni siquiera lo había intentado. Cuando llegó a casa se encontraba tan abatida y preocupada que la idea de dormir ni siquiera se le había pasado por la cabeza. Dedicó las horas que le separaban del amanecer a poner por escrito lo que sería su descargo ante el juez e intentó controlar el impulso de marcar el número de Dupree mientras pensaba que si existía entre ellos, como había creído tantas veces, algún tipo de comunicación mística, una suerte de telepatía que indicaba a su amigo cuándo le necesitaba, aquél habría sido sin duda el mejor momento... Pero la llamada no se había producido y el amanecer había llegado cargado de inquietudes.

Oscuras ojeras circundaban sus ojos y la piel apagada denotaba el cansancio. La seguridad que siempre había enarbolado como bandera hacía aguas por todas partes cuando se dispuso a entrar en el despacho de Markina.

Inma Herranz sonrió al verla.

—Buenos días, inspectora, es un placer volver a verla por aquí —dijo con su voz meliflua—. El juez la está esperando.

Acompañaban a Markina en su despacho dos hombres y una mujer que charlaban con el juez en español, aunque con marcado acento francés. Markina les presentó.

—Inspectora, Marcel Tremond, exmarido de Yolanda Berrueta, creo que ya se conocen, y sus padres, Lisa y Jean Tremond.

Agradeció que la presentara como la inspectora que llevaba el caso.

—Monsieur Tremond y sus padres están aquí voluntariamente para contarle algunos aspectos sobre el comportamiento de Yolanda Berrueta que creen que debe conocer —explicó el juez cuando se hubieron sentado—. Cuando quiera, monsieur Tremond.

—Ella siempre ha estado delicada. Cuando era más joven se notaba menos porque era una chica mimada y caprichosa que siempre había hecho lo que le daba la gana; las fiestas, el alcohol y las drogas no habían contribuido a mejorar un comportamiento que los padres de ella siempre justificaron por su carácter díscolo. Cuando nos casamos, Yolanda no quería ni oír hablar de tener hijos, pero para mí era muy importante formar una familia y al final la convencí. El de los mellizos fue un embarazo difícil, ella no dejó de beber y fumar, e incluso consumió tranquilizantes; además, estaba obsesionada con no engordar y tomaba pastillas para adelgazar durante el embarazo... Finalmente los niños nacieron antes de tiempo, con bajo peso y un problema de madurez pulmonar, y en ese momento fue como si se hubiese producido un milagro. Ella cambió, se mostraba realmente arrepentida, no hacía más que llorar y hablar de lo que había hecho; se volcó con ellos por completo y cuando cumplieron dos meses conseguimos por fin llevarlos a casa. Desde ese día hasta su fallecimiento tuvimos que ingresarlos en dos ocasiones por problemas respiratorios, hasta que aquella noche... —Tragó trabajosamente antes de continuar bajo la atenta y protectora mirada de sus padres, que se veían bastante angustiados—. Ella los vigilaba todo el tiempo, apenas si dormía, vio que algo raro pasaba y los trasladamos enseguida, ni siquiera esperamos a la ambulancia, los llevamos en nuestro propio coche, nunca recuperaron la conciencia..., fallecieron con dieciséis minutos de diferencia, lo mismo que se llevaron al nacer. A partir de entonces todo fue un desastre, ella se desmoronó, se volvió loca, no atendía a razones, no dormía, no comía, en más de una ocasión salió de casa durante la noche y la encontré postrada sobre la tumba de nuestros hijos en el cementerio.

La madre intervino entonces.

—No puede imaginar el calvario por el que ha pasado mi hijo, perdió a sus pequeños y a su esposa en un espacio muy corto de tiempo. Nosotros le convencimos de ingresarla cuando intentó suicidarse por segunda vez.

Amaia había escuchado el relato abatida, con la mirada fija en el exmarido y sin atreverse a mirar a Markina, aunque podía sentir sus ojos clavados en su rostro mientras pensaba, sin poder evitarlo, en las similitudes con su propia historia.

—Inspectora —dijo dirigiéndose a ella—, Lisa Tremond es además la jefa de pediatría del hospital donde fallecieron los niños, si tiene algo que preguntar es el momento.

No esperaba aquello. El juez le concedía la oportunidad de interrogar a la médico de los niños, y, por ende, a la persona responsable de firmar sus certificados de defunción y de que se les hubiera realizado la debida autopsia; y se enteraba ahora de que esa persona era la abuela paterna de los niños. Si esperaba que se cortase estaba muy equivocado.

—¿Por qué no practicó la autopsia a los cadáveres? Creo que es el procedimiento habitual en casos de muerte súbita de lactante.

No se le escapó el gesto con que la mujer intercambió una rápida mirada con su hijo.

—Soy la jefa de pediatría, traté a los niños desde que nacieron; fallecieron en un centro hospitalario, yo estaba con ellos, y no fue muerte súbita. El fallecimiento fue debido a la deficiencia pulmonar que presentaban desde su nacimiento, pero no fue ésta la razón por la que no se realizó la autopsia, sino por salvaguardar lo poco que quedaba de la cordura de Yolanda, que, desde el momento de la muerte de los pequeños, pidió por favor que no aumentásemos su sufrimiento haciéndoles una autopsia. Dijo literalmente: «No abráis en canal a mis hijos.» Sé cuál es el protocolo, pero, compréndame, también era la abuela de esos niños. Respondo de mis actos, mantengo que fue una decisión correcta.

—Yolanda declaró que los niños fallecieron por muerte súbita.

El padre de Marcel Tremond interrumpió enfadado.

—Yolanda está confusa, lo mezcla todo debido a la medicación que toma. Ni ella misma está segura de lo que ha ocurrido hoy o ayer; eso es lo que tratamos de explicarle. —Su esposa le puso sobre el hombro una mano tranquilizadora.

Amaia resopló ganándose una mirada reprobatoria del juez y formuló rápidamente otra pregunta antes de que él se arrepintiese.

—¿Qué relación tiene con los abogados Lejarreta y Andía? —preguntó dirigiéndose de nuevo a Marcel Tremond.

—Son unos abogados de Pamplona expertos en derecho mercantil; me proporcionan asesoramiento en algunos de mis negocios y también son unos buenos amigos.

La última parte de su respuesta le sorprendió, admitía no sólo conocerles y tener tratos con ellos, sino que además mantenían una relación personal y amistosa. Pensó con cuidado cómo plantearía la siguiente pregunta.

—¿Debo suponer que fueron ellos los que le presentaron a los Martínez Bayón?

—Así fue —contestó cauto.

Había esperado que lo negase para poder enfrentarlo a la evidencia de su coche aparcado frente a la casa.

—No es nada raro entonces que frecuentase su casa en Baztán —expuso mientras él asentía desmontando la mitad de sus hipótesis—. Tengo entendido que en la casa de esta pareja se celebran reuniones a las que solía asistir el doctor Berasategui, un eminente psiquiatra, ya fallecido, acusado de varios crímenes. Sabemos por un testigo que en más de una ocasión coincidió en la casa de los Martínez Bayón con él, y como supondrá es de gran interés para la investigación conocer la naturaleza de estas reuniones.

—Debo decir que nos quedamos absolutamente impactados cuando conocimos la gravedad de los cargos que había contra el doctor Berasategui, pero, como usted ha dicho, era también un insigne psiquiatra que dirigía a título personal grupos de apoyo de diversa índole. Y eso era exactamente lo que hacía en nuestras reuniones, dirigir nuestro grupo de apoyo en el duelo.

Ella se removió inquieta en su asiento, aquello no se lo esperaba.

—No sé si lo sabe, pero mis abogados perdieron también a una hija cuando era muy pequeña, lo mismo que los propietarios de la casa y todos los que asistimos a esas reuniones. Lo cierto es que nunca me planteé la posibilidad de unirme a uno de estos grupos, pero después de ingresar a Yolanda me di cuenta de que me había dedicado en cuerpo y alma a velar por ella, y de que las exigencias de sus cuidados y su dolor casi habían aparcado el mío. Este grupo me ha ayudado a superar las distintas fases del duelo y a poder mirar hacia adelante en mi vida con nuevas ilusiones renovadas; no sé qué habría sido de mí sin su ayuda, y aunque el doctor Berasategui pudiera tener esa doble existencia, le aseguro que, por lo menos con nuestro grupo, su comportamiento fue ejemplar y su ayuda valiosísima.

Markina se puso en pie tendiéndoles la mano y dando por terminada la reunión; les acompañó hasta la puerta y la cerró apoyándose en ella, tras lo que se volvió para mirarla.

—Señoría... —comenzó ella, no sabía muy bien qué iba a decir, sólo podía ratificarse en su motivación e intentar que comprendiese que tenía fundamento. Se había equivocado, mejor reconocerlo.

—Cállese, inspectora, cállese y escuche por una vez. —Hizo una pausa que pareció eternizarse y ella observó que incluso en privado volvía a tratarla de usted. Barreras no tan invisibles—. Desde que llegué a este puesto he respetado su trabajo, sus métodos nada ortodoxos, su manera de hacer y de proceder por la misma razón que lo aguantan el comisario, el director de la prisión, el forense o sus compañeros. Los resultados. Usted resuelve casos, casos raros, casos poco comunes. Y lo hace a su modo, un modo poco respetuoso con las normas y los procedimientos, un modo que a todos nos chirría pero que respetamos porque entendemos que es usted brillante. Pero esta vez se ha pasado, inspectora Salazar. —Ella bajó la mirada, abatida—. La he apoyado, pero usted ha pasado por encima de mí haciéndome quedar como un imbécil ante mi colega francesa. Acabo de autorizar el registro del fichero de Hidalgo y lo siguiente que sé de usted es que está en Francia abriendo una tumba.

—Señoría, es otra jurisdicción, es otro país...

—Lo sé de sobra, pero ¿por qué no me informó?

—Usted me había dejado clara su postura respecto a las exhumaciones, sabía que no me autorizaría.

—Y en vista del resultado, ¿reconocerá que habría sido lo acertado? —Ella se mordió el labio resistiéndose a contestar—. ¿No? —insistió él. Ella asintió—. ¿Se da cuenta del dolor que ha causado su irresponsabilidad a esta familia que ha tenido que revivir el horror de perder a sus niños? Y qué decir de esa pobre mujer, por el amor de Dios, ha perdido cuatro dedos y la visión de un ojo. Le advertí de cómo afecta el dolor y el sufrimiento a las ma-

dres que pierden a sus hijos, se lo expliqué con detalle
—dijo bajando la voz—, le conté mi propia experiencia
—añadió sentándose en la silla de confidente a su lado y
obligándola a mirarle a los ojos—. Te hablé de mi familia, Amaia —le dijo volviendo a tutearla sólo, estuvo segura, para dar más fuerza a su reproche—. Te hablé de
mi vida y, en lugar de escucharme, de entender que mi
experiencia me daba algún conocimiento de lo que decía,
creíste que eso me invalidaba para tomar decisiones,
creíste que eso me debilitaba...

—Me equivoqué en mi decisión de acudir a la jueza
francesa sin consultarle, pero no fue porque creyese que
su experiencia le debilitase en modo alguno; pensé que
obtendría una nueva línea de investigación, algo más sus-
tancial que traerle, tal y como me pidió. Me precipité y he
cometido un error, lo reconozco, pero dos niños habían
fallecido simultáneamente y no se les realizó autopsia; el
marido estaba relacionado con Berasategui, con sus abogados, con esa casa, y la mujer repetía una historia calcada
de las otras que conozco.

—Amaia, esa mujer está loca —gritó él de pronto—.
Traté de decirte lo que pasa, traté de explicarte que ellas
ven lo que quieren ver y son capaces de cualquier cosa
para hacer cuadrar su historia.

Ella le miró en silencio un par de segundos antes de
hablar.

—¿Vuelvo a ser Amaia? —preguntó conciliadora.

—No lo sé, no lo sé, no dejo de preguntarme por qué
no viniste a mí, joder, te estoy dando lo que necesitas,
todo lo que me pides... ¿Cómo fue el registro del fichero
Hidalgo?

—Mal, muy mal, cuando llegamos allí había hecho
una hoguera con el fichero, creo que alguien la avisó. A la
hora del registro no quedaban más que cenizas, dijo que
estaba haciendo limpieza y había empezado por el fichero, únicamente por el fichero.

—¿Y sospechas de alguien de la comisaría?

Ella lo pensó antes de contestar.

—Sí.

—Pues vuelve a revisar tus ideas, inspectora, si vas igual de acertada que con los demás joderás a alguien que no lo merece —dijo poniéndose en pie y abriendo la puerta.

Jonan la esperaba sentado en una silla frente a la mesa de Inma Herranz. Por la expresión de sus rostros era evidente que habían oído al menos parte de la conversación a través de la puerta y, desde luego, el último comentario de Markina mientras ella salía.

Etxaide se puso en pie y caminó hacia la salida para abrirle la puerta mientras musitaba una despedida a la secretaria, que no había dejado de sonreír y de mirar a la inspectora desde que salió del despacho de su jefe. Vio cómo Amaia le dedicaba una mirada hostil, a la que la secretaria respondía con un gesto despectivo que le habría valido un enfrentamiento con su jefa en otro momento, pero que ésta ignoró, saliendo de la sala.

Jonan condujo en silencio mirando de cuando en cuando a la inspectora, conteniéndose a duras penas y esperando como agua de mayo a que ella le diese pie para decir todo lo que ardía en su interior. Pero Amaia no parecía por la labor, se había ocultado tras sus gafas de sol y, ligeramente recostada en su asiento, permanecía en silencio, pensativa y con un gesto en el rostro que no le gustaba nada. La había visto en muchas situaciones con más o menos miedo, más o menos confusa; siempre parecía haber un propósito oculto, una luz invisible para los demás que la guiaba por los vericuetos de la investigación; sin embargo, ahora parecía perdida. O vacía, que era aún peor.

—Me ha dicho el inspector Iriarte que ha llegado la convocatoria para acudir a los cursos de Quantico.

—Sí —contestó ella cansada.

—¿Irá?

—Son dentro de quince días, creo que aprovecharé el viaje para ver a la familia de James y me quedaré un poco más.

Él negó con la cabeza; si ella lo vio, no hizo ningún comentario.

—¿La llevo a comisaría o a su casa? —preguntó de nuevo cuando ya entraban en Elizondo.

Ella suspiró.

—Déjame en la iglesia, si me doy prisa aún llego —dijo consultando su reloj—. Hoy es el funeral por Rosario.

Detuvo el coche en la plaza, frente a la pastelería y junto al paso de cebra desde el que podía verse la entrada principal de la iglesia dedicada a Santiago. Amaia iba a bajarse cuando él le preguntó:

—¿En serio?

—¿En serio, qué?

—¿En serio va a rendirse también en esto?

—¿A qué te refieres, Jonan?

—A que no sé qué hace yendo a ese funeral por alguien que sabe que no está muerta.

Se volvió hacia él y suspiró sonoramente.

—¿Que lo sé? No sé nada, Jonan, lo más probable es que esté equivocada, como en lo demás.

—¡Oh, por favor! No la reconozco, una cosa es equivocarse y meter la pata y otra muy distinta rendirse, ¿va a abandonar la investigación?

—¿Qué quieres que haga? La evidencia es aplastante, no es una metedura de pata, Jonan, es un error que casi le cuesta la vida a una persona y que le dejará graves secuelas para siempre.

—Esa mujer está loca, y probablemente habría terminado haciendo lo mismo tarde o temprano. El juez no la puede responsabilizar, ha dado todos los pasos lógicos en una investigación, no había autopsias de los niños, el padre está relacionado con los abogados, por lo tanto con Berasategui y por lo tanto con Esparza; cualquiera habría obrado como usted. Tenía fundamento y la jueza francesa vio indicios suficientes, y por eso le concedió la orden, aunque ahora pretenda lavarse las manos. No habría tenido que recurrir a la jueza francesa si él le hubiese prestado su apoyo.

—No, Jonan, Markina tiene razón, no debí pasar por encima de él.

Él negó con la cabeza.

—Se está equivocando.

Ella se quedó clavada; durante un par de segundos simplemente le miró anonadada.

—¿Qué has dicho?

Él tragó saliva y se pasó una mano nerviosa por el mentón en claro gesto de disgusto. Decir aquello le estaba costando; sin embargo, la miró directamente a los ojos y añadió:

—Digo que no está siendo objetiva, su implicación personal no le permite ser razonable.

Escuchar aquel reproche proveniente de él le produjo una mezcla de sorpresa y enfado que fue casi inmediatamente sustituida por curiosidad. Se quedó mirándole calculando cuánto sabía, cuánto presentía, consciente de que en parte había acertado.

—Lo siento, jefa, usted me ha enseñado que el instinto es fundamental en un investigador, el otro lenguaje, la información que procesamos de otro modo; una investigación es esto, equivocarse, seguir por una galería apuntalando hallazgos, equivocarse de nuevo, abrir una nueva línea... Pero hoy está negando todo lo que me ha enseñado, todo en lo que cree.

Ella le miró cansada.

—Hoy no puedo pensar —dijo desviando la vista hacia la calle Santiago—, no quiero equivocarme.

—Y es mejor dejarse llevar por la corriente —añadió él, sarcástico.

Ella puso la mano en la manija de la puerta.

—No creo que su madre esté muerta. El abrigo en el río fue un señuelo, y tanto la Guardia Civil como el juez Markina se precipitaron en sus conclusiones.

Ella le miró en silencio.

—Respecto al registro en casa de la enfermera Hidalgo, yo también creo que alguien la avisó —continuó él.

—No tengo modo de saberlo, Jonan, las meras sospechas no son suficientes.

—No tiene por qué ser alguien de comisaría.

—Entonces, ¿qué insinúas?

—Que esa secretaria del juez le tiene verdadera inquina.

Ella negó.

—¿Por qué iba esa mujer a hacer algo semejante?

—Y respecto al juez...

—Ten cuidado, Jonan —avisó ella.

—Su implicación personal con el juez le nubla el juicio.

Le miró de nuevo desconcertada por su arrojo, pero esta vez ni siquiera la prudencia fue suficiente para contener su enfado.

—¿Cómo te atreves?

—Me atrevo porque me importa.

Quiso contestar algo terminante, algo fuerte y tajante, pero se dio cuenta de que no habría nada que pudiera decir tan irrebatible como lo que había dicho él. Contuvo sus emociones intentando ordenar sus pensamientos antes de contestar.

—Nunca dejaría que una cuestión personal afectase a mis decisiones en una investigación, implicara lo que implicase.

—Pues no empiece hoy.

Ella miró hacia la iglesia y se bajó del coche.

—Tengo que hacerlo, Jonan —contestó, consciente mientras lo hacía de lo absurdo de su respuesta. Cerró la puerta, se puso la capucha de su plumífero y cruzó la calle

Santiago; atravesando decidida por el empedrado frente a la iglesia, subió las escaleras hasta el acceso sintiendo a su espalda los ojos de Etxaide, que seguía observándola desde el interior del coche, con la ventanilla bajada para poder ver a través de la precipitación de aguanieve.

Empujó la pesada puerta de la iglesia de Santiago, que, sin embargo, cedió silenciosa y suave sobre los goznes, entreabriendo una rendija, por la que pudo percibir el sonido estentóreo del órgano y el olor a librería de viejo de aquella iglesia que para ella era la de los funerales.

Retrocedió un paso y dejó que la puerta se cerrase de nuevo mientras apoyaba la frente en la madera pulida por la caricia de miles de manos.

—Maldita sea —masculló.

Regresó sobre sus pasos y cruzó la calle pasando frente al coche de Jonan, que la miraba sonriendo abiertamente y con la ventanilla aún bajada.

—¡Lárgate de aquí! —le espetó ella enfadada al pasar junto al coche. Él sonrió más aún y arrancó el motor levantando la mano con un gesto pacificador.

Caminó apresurada cruzando la plaza y la calle Jaime Urrutia mientras sentía cómo el aguanieve golpeaba su rostro dolorido por el frío, y sólo en el puente aflojó el paso hasta casi detenerse para ver la presa a través de las pesadas gotas que dificultaban la visión llenando la atmósfera con su presencia sólida. Bajo el arco que daba acceso a la casa, se sacudió el agua que llevaba prendida en la ropa y entró. Engrasi estaba en pie junto a la escalera; llevaba un vestido gris que sólo se ponía para los funerales y un collar de perlas que le daba un aire de dama inglesa.

—¡Tía! ¿Qué haces aquí?, pensaba... ¿Vas...?

—No —contestó ella—. Esta mañana me levanté y me puse este vestido y estas perlas de reina madre; te juro que estaba bastante convencida, pero, según se aproximaba la hora, fui perdiendo convicción. Me dije: ¿Qué haces, Engrasi? No puedes ir al funeral de alguien si no crees que haya muerto, ¿no te parece?

—¡Oh, tía! —dijo aliviada echándose a sus brazos—. ¡Gracias a Dios!

Engrasi la mantuvo apretada contra su pecho durante unos segundos; después la separó y mirándola a los ojos le dijo:

—Y aunque hubiese muerto, tampoco rezaría por su alma: intentó matar a Ibai y casi me mata a mí, no soy tan piadosa.

Amaia asintió convencida. Por cosas como aquélla adoraba a su tía.

—He invitado a Flora a comer. Vendrán todos aquí después del funeral, así que voy a cambiarme y comenzaré a hacer la comida.

—¿Quieres que te ayude?

—Sí, pero no a cocinar. Cuando vengan tus hermanas, nos va a tocar aguantar el chaparrón por no haber ido al funeral; quiero que mantengas la calma y no acabemos discutiendo, ¿crees que podrás?

—Ahora que sé que piensas como yo, podré, juntas podremos, puedo con todo si estás de mi parte.

—Yo siempre estoy de tu parte, mi niña —dijo ella guiñándole un ojo.

30

La intensidad del frío y la humedad que reinaban fuera se colaron hasta el salón compitiendo con el calor vivo de la chimenea.

Flora llevaba a Ibai en brazos y sonreía encantada mientras le cantaba una canción acompañando la letra de pequeños saltitos.

> *Sorgina pirulina erratza gainean,*
> *ipurdia zikina, kapela buruan.*
> *Sorgina sorgina ipurdia zikina,*
> *tentela zara zu?*
> *Ezetz harrapatu.* *

Ibai reía a carcajadas y Amaia la miró sorprendida: a sus hermanas siempre se les habían ido los ojos tras los bebés, quizá debido al hecho de que no habían podido tener hijos, pero nunca había visto a Flora haciendo payasadas y engolando la voz para hablar al niño. Le resultó curioso y sorprendente, una de esas actitudes de la que no crees capaz a algunas personas; pensó en lo que le había dicho la tía respecto a lo que Flora sentía por Ibai.

---

* La bruja piruja subida a una escoba, / el culo sucio, el capirote en la cabeza. / Bruja, bruja, del culo sucio, / ¿eres tonta? / ¡A que no me pillas!

James la saludó besándola brevemente y un poco serio, aunque sirvió vino y le tendió una copa mientras preguntaba:

—¿Mucho trabajo?

—Sí, he llegado tarde y decidí quedarme a acompañar a la tía.

—Luego hablamos —cortó él repartiendo copas a los demás.

Flora insistió en darle el biberón a Ibai. Hicieron algunos comentarios respecto al funeral, al precioso oficio que había celebrado el cura y a la cantidad de gente que había asistido, pero nada respecto al hecho de que ellas no hubieran acudido. Amaia estuvo segura de que la firmeza en la decisión de Engrasi de no asistir había sido capital. La tía era la cabeza de familia, una mujer que durante toda su vida había puesto de manifiesto su opinión y su postura, había vivido su vida según sus propias normas y seguía haciéndolo. Esa clase de mujer que respeta que hagas lo que te venga en gana siempre que asumas las consecuencias y no pretendas decirle que ella haga o piense como tú.

Acostó a Ibai y ayudó a la tía a sacar a la mesa el asado de cordero con sus patatas y salsa de cerveza, y todos se sentaron a comer.

—Hay un tema que quería tratar y debía esperar a que estuviésemos todos juntos —dijo Flora mirando a sus hermanas—, más que nada para evitar malentendidos.

—Observó a todos los presentes y continuó—: Esta mañana me he levantado muy temprano, salí a dar un paseo y me apeteció un café, así que fui hasta el obrador y, al intentar abrir la puerta con mi llave, he comprobado que no funcionaba, ¿sabéis algo de esto?

—Es verdad —dijo Amaia—. El otro día, cuando intenté entrar, ya me di cuenta...

—He cambiado la cerradura —dijo Ros interrumpiéndola.

—¡Vaya! —exclamó Flora—. ¿Y no pensabas contárnoslo?

—Por supuesto, pero, al igual que tú, esperaba que estuviésemos las tres juntas para evitar malentendidos —dijo mirando fijamente a su hermana.

Flora tomó su copa y, sosteniendo su mirada, dijo:

—Tendrás que darme una copia.

Ros dejó sus cubiertos sobre el plato sin dejar de contemplarla.

—Pues lo cierto es que no —replicó captando la atención de todos, que la observaron expectantes; incluso Flora se quedó inmóvil con la copa en la mano detenida a medio camino—. Ahora soy yo quien lleva el obrador, el trabajo, los horarios, las recetas; todo está dispuesto a mi modo. Seréis bienvenidas siempre que queráis visitarme, pero creo que si yo soy la responsable de los pedidos, las cuentas, el papeleo, no hay razón para que nadie entre en el obrador cuando yo no estoy, ya que cualquier pequeño cambio o alteración en mi sistema puede causar importantes trastornos en el trabajo. Espero que lo comprendáis.

Amaia miró a la tía y a James antes de responder.

—Creo que tienes razón, seguimos comportándonos como cuando vivía el *aita*, entrando en el obrador como Pedro por su casa. Lo respeto, Ros, me parece bien, es tu trabajo y no es normal que entremos cuando no estás.

—Pues yo no lo veo normal en absoluto —respondió Flora—. Quizá tú sí, Amaia, porque nunca has trabajado en el obrador, pero te recuerdo que hasta hace un año era yo quien lo llevaba.

—Bien, pero ahora soy yo —contestó Ros tranquilamente.

—La mitad del obrador sigue siendo mío —rebatió Flora.

—Y por eso te paso cada mes tu parte de beneficios. Sin embargo, ahora no vives en el pueblo, no trabajas en el obrador, no estás al día de los pedidos de los clientes, de nada relativo al trabajo; no veo qué puede ser eso tan importante que debes hacer en un lugar con el que ya apenas tienes ninguna conexión cuando yo no estoy allí.

Flora levantó la cabeza y abrió la boca para contestar, pero se contuvo unos segundos mientras tomaba otro bocado y sonreía preparando la artillería. Masticó despacio, dejó los cubiertos sobre el plato, bebió un trago de vino y entonces habló:

—Siempre has sido una cría estúpida, hermanita—. Ros comenzó a negar con la cabeza mientras en sus labios se dibujaba un desconcertante atisbo de sonrisa—. Sí —ratificó Flora—. Siempre has dependido de que alguien hiciera la parte difícil del trabajo por ti. Conozco a muchos como tú, siempre a la sombra, calladitos e inmóviles hasta que veis la oportunidad y, ¡zas!, os subís al trono que no os pertenece. ¿Quién te crees que eres? Clientes, pedidos, trabajo y recetas... Los clientes los hice yo; los pedidos que tienes los gestioné yo, y recetas, ¡por el amor de Dios! Escribo libros de recetas de pastelería e insinúas que voy a entrar en el obrador a robarlas. Qué ridículo.

Amaia intervino.

—Flora, Ros no ha dicho eso.

—Cállate, Amaia —cortó Ros—. No te metas, esto es entre Flora y yo —dijo volviéndose de nuevo hacia su hermana mayor—. Tengo el doble de pedidos que tú hace un año, nuevos clientes, y, lo que es mejor, los antiguos más satisfechos, con un montón de nuevas recetas y otras tradicionales adaptadas que tienen un gran éxito. Pero eso ya has debido de notarlo en la cantidad que ingreso en tu cuenta cada mes.

—Eso es lo de menos —sentenció Flora—. El caso es que el obrador es tan mío como tuyo, y yo estoy considerando la posibilidad de establecerme de nuevo en Elizondo. He conocido a un hombre —dijo mirando a Amaia cargada de intención— y mantenemos una relación estable; además, el programa de televisión es nacional y con viajar a los estudios una semana al mes puedo grabar todos los capítulos.

La mirada de Ros delataba el desconcierto que aquello le causaba. Flora continuó:

—Yo no tengo ningún problema en volver a ponerme al frente del obrador, como antes, pero si no estás de acuerdo sólo se me ocurre una solución: te compro tu parte y adiós.

—¡Flora, no puedes estar hablando en serio! —intervino la tía.

—No soy yo quien lo dice, tía; si Ros cree que no hay sitio en el obrador para las dos, una tendrá que irse. Le compro su parte y sale ganando.

—... O yo te compro la tuya —contestó Ros con calma asombrosa.

Flora se volvió hacia ella fingiendo sorpresa.

—¿Tú? No me hagas reír, o mientes con las cuentas y el negocio va mejor de lo que dices o te ha tocado la lotería, porque hasta donde yo sé la casa en la que vivías con Freddy estaba hipotecada y ese maridito tuyo se gastaba todo lo que ganabas y más, así que no me imagino de dónde piensas sacar el dinero.

Ros la contemplaba en silencio sosteniéndole la mirada de un modo que resultaba sorprendente en ella. Flora también lo percibió y Amaia supo que, para su hermana mayor, era aún más desconcertante que para los demás; la vio desviar los ojos y sonreír antes de continuar hablando como para demostrar que aún dominaba la situación, aunque era evidente que comenzaba a germinar en ella la duda de que quizá algo se le estaba escapando.

—Bueno, pues ya está todo aclarado, pedimos una auditoría y una tasación, y si puedes hacerle frente...

Ros asintió y levantó su copa en un mudo brindis. Concluyeron una comida en la que la conversación recayó casi por obligación en James, la tía y Amaia misma, a pesar de que al principio de la comida habría jurado que si acababan discutiendo sería con ella y con la tía. Ésta, mirando maliciosa a Flora, preguntó:

—Y dime, Flora, ¿quién es ese hombre que ha conseguido robarte el corazón y hacerte renunciar a vivir junto al mar?

—Pregúntaselo a Amaia, ella también alberga hermosos sentimientos hacia él —dijo poniéndose en pie mientras consultaba su reloj—. Por cierto, os tengo que dejar, he quedado con él y llego tarde.

Amaia esperó a verla salir y negó con la cabeza.

—¿No tenéis con Flora la sensación de un constante *déjà vu* cuando se va? Creo que es una experta en estas salidas dramáticas, deberían estudiarla en Hollywood para recuperar el glamur de la Garbo... Está con Fermín Montes.

—¿Con Fermín, el inspector Montes? —preguntó James, extrañado.

—Sí, con Fermín, con el mismo inspector Montes que casi se vuela la cabeza por su culpa. Por eso discutimos el otro día.

31

El abogado de la familia Berrueta había solicitado que el propietario de las minas de Almandoz declarase en Elizondo en lugar de hacerlo en una comisaría francesa. Iriarte se ocuparía aquella mañana. Había llamado temprano a Amaia para decirle que no era necesario que ella también acudiese; era sábado y, además, oficialmente ya estaba de vacaciones.

—¿Ha llegado Jonan?

—No, pero hoy no tenía que venir.

—Habíamos quedado en que me traería las ampliaciones de las fotos del interior de la sepultura que tomó ayer en Ainhoa...

—¿Ha mirado en su correo?

—Sí, no hay nada. Imagino que me las enviará o se acercará a traerlas a lo largo de la mañana. —Colgó el teléfono.

Engrasi y ella habían mandado a James a comprar madalenas con Ibai y prepararon un par de cafés para su charla de chicas.

Se colocó con su taza de café ante Engrasi.

—Tía —dijo llamando su atención y cerciorándose de que la miraba a los ojos.

Engrasi apagó el televisor.

—Yo lo vi en el bosque hace un año, lo vi como te veo ahora, a menos de cinco metros, y por lo menos en otras tres ocasiones lo he tenido tan cerca como para escuchar sus silbidos como si estuviese a mi lado; la última vez hace muy poco. El año pasado conocí a aquel guardabosques que afirmaba haberse encontrado con él, aunque lo cierto es que le habían disparado y el *shock* pudo alterar la percepción de lo que en verdad ocurría. Tú me contaste que lo viste accidentalmente cuando tenías dieciséis años y recogías leña en el bosque, y luego está el caso del profesor Vallejo. Si tuviera que elegir en todo el mundo un candidato menos apto como testigo de una aparición como ésa sería él, no he conocido jamás una mente más racional y científica —dijo mirando brevemente a su tía, que permanecía quieta escuchando—. Sin embargo, no son las personas que lo vieron las que me interesan, sino la frecuencia con que ha venido mostrándose en los últimos tiempos. Yo no lo vi de forma accidental, tía, lo vi porque él quiso que lo viera. Y necesito saber por qué.

Engrasi apuró en dos sorbos el contenido de su taza y habló.

—Lo he pensado mucho, he leído sobre el mito, las leyendas, creo que he leído todo lo que hay escrito sobre el basajaun. Él, bueno, se supone que es el guardián del equilibrio, el señor del bosque, el que cuida y preserva la proporción entre la vida y la muerte. Creo que todo forma parte de una especie de juego de contrapesos, y por una razón que desconocemos la ofensa es tal que se ha roto un equilibrio que era importante para que las cosas fueran lo que debían ser, una ofensa tan grande como para obligarlo a mostrarse. La muerte contra natura que supusieron los asesinatos de aquellas chicas el año pasado o el caso de ese monstruo que indujo durante años a cometer asesinatos y abandonar los restos de las víctimas en nuestro valle, por no mencionar lo que estuvo a punto de pasarle a Ibai. No sé qué te parecerá, pero a mí, desde luego, cualquiera de estos actos me parece terriblemente desconcertante, apabullantemente obsceno, y, desde luego, si partimos de una base de equilibrio de potencias, no puedo imaginar algo más desequilibrante que un asesino sembrando de cadáveres los montes y el río, los dominios de esas fuerzas.

—El río —musitó ella.

—El río —repitió la tía.

«Limpia el río, lava la ofensa», resonaron las voces de las lamias en su cabeza.

—¿Y qué significa?, porque partimos de la base de que es un hecho excepcional que una criatura mitológica se aparezca en el bosque; o todos nosotros estamos bajo el influjo alucinógeno de alguna hierba que crece en esos montes o debe de haber una razón, una razón que aún perdura, algo que va más allá de aquellos crímenes —expuso ella.

—Y sin duda la hay, Amaia, pero... Trato constantemente de decírtelo... Tengo miedo por ti, tengo miedo de las puertas que puedes abrir, de los lugares adonde tu búsqueda puede conducirte.

—Pero ¿qué puedo hacer? Las anomalías siguen produciéndose en el valle como un clamor, no puedo sustraerme a ellas. No son sólo las niñas del río, ni los restos en la cueva de Arri Zahar, ni siquiera los huesos de los *mairus* ardiendo en el altar de la iglesia... Los bebés y la muerte súbita aparecen oscuramente enredados con un tenebroso ser de nuestra mitología.

—Inguma —susurró Engrasi.

—El demonio que les roba el aire a los durmientes... Un experto —dijo sonriendo Amaia al pensar en el padre Sarasola— me contó que en otras culturas y religiones se da la presencia de un demonio de idénticas características; el más antiguo ya aparece en la demonología sumeria, pero se repite en África, Estados Unidos, Japón, Nigeria o Filipinas, por mencionar algunos lugares, y en todos los casos las características de sus ataques son idénticas: se centra en una zona geográfica, en un grupo de edad y sexo, y las muertes comienzan a repetirse durante el sueño sin que nadie pueda hacer nada. Existen casos documentados científicamente, y el Centro de Control de Enfermedades de Atlanta, en Estados Unidos, llegó a crear una alerta al pensar que las muertes que se sucedían sin control ni explicación constituían una epidemia de algún tipo. ¿Qué me puedes decir sobre esto?

Engrasi asintió repetidas veces mientras pensaba.

—El terror nocturno es un tipo de parasomnia, originada por el estrés, del tipo de las que tú has venido sufriendo toda tu vida, una manera de manifestar un gran sufrimiento mediante terribles pesadillas. Cuando ejercía en París, tuve un caso y estudié muchos más, y luego con tus pesadillas leí mucho sobre el tema. Las pesadillas pueden llegar como parte de un trastorno de ansiedad severo, como en la enfermedad de Ephialtes, que en griego sería «el que salta». Las personas que las sufren relatan muchos tipos de alucinaciones, presencias en la habitación, presencias amenazantes que se ciernen sobre la cama; algunas relatan visiones en las que han podido contemplar figuras oscuras, sombras fantasmales a los pies de la cama o a su lado. Las más terribles son las táctiles, en las que se llega a percibir la presencia física del visitante. Hasta aquí la explicación científica, porque desde la antigüedad se atribuyen estos ataques a súcubos, íncubos o Daimon, espíritus demoniacos que torturan a los humanos durante el sueño con visiones terribles o con su sola presencia, y los más peligrosos son los que vienen acompañados por alucinaciones respiratorias, sensación de estrangulamiento o asfixia. En el caso que traté en París, una chica aseguraba que cada noche era violada por un ser repulsivo que la inmovilizaba, imposibilitándole que se moviera bajo su peso y produciéndole una terrible sensación de ahogo y fatiga que le impedía gritar. Conozco los casos de los que habla tu amigo; mientras estudiaba tuve ocasión de ver una grabación tomada por el ejército japonés debido a que un alto número de sus soldados, en apariencia sanos, comenzaron a morir mientras dormían, atrapados en esas pesadillas asfixiantes. Te aseguro que el vídeo ponía los pelos de punta. Por más que me repitiera que se trataba de pesadillas, aquellos jóvenes morían de verdad, y presenciar cómo se debatían con un atacante invisible que los comprimía y aplastaba contra la cama era realmente espeluznante.

Amaia miró a su tía muy preocupada.

—Mi informante me dijo también que entre todo el histerismo y el clima de paranoia que provocó el fenómeno de la brujería en la zona, con denuncias y confesiones de estas prácticas que en buena parte eran generadas por miedo a las represalias de la Inquisición, subyacía una parte de verdad. Cuando Salazar y Frías se estableció en la zona tras el auto de fe de 1610 en Logroño, por el que tantas personas fueron asesinadas, este inquisidor convivió con los vecinos de Baztán durante más de un año y, aunque ha pasado a la historia por ser el inquisidor «bueno», como el hombre justo que tras conocer a nuestros vecinos regresó al tribunal del Santo Oficio y afirmó que no había presencia satánica en Baztán y que, por tanto, no podía condenarse a nadie a muerte por esta razón, negó tan sólo la presencia satánica, pero lo cierto es que obtuvo más de tres mil denuncias y mil quinientas confesiones voluntarias de vecinos que admitieron haber participado de un modo u otro en estas prácticas. A la historia ha pasado la afirmación de Salazar y Frías de que no era satanismo, era «otra cosa».

—Es cierto, es conocido el dato de que hace cien años en Baztán había más gente que creía en las brujas que en la Santísima Trinidad.

—Dijo que se daban todo tipo de prácticas para obtener esa protección no sólo contra ellos, sino a través de ellos, consiguiendo su colaboración o incluso su dominación de algún modo. Un proceso que pasaba invariablemente por hacer una ofrenda.

—Las conozco, y tú también. Iban desde llevar sidra,

manzanas, incluso unas monedas a la gruta de Mari, o pan y queso al basajaun, que se abandonaban sobre una roca. Pero las ofrendas cambiaban su carácter cuando se trataba de obtener el favor de otro tipo de fuerza.

—Ese experto afirma que, entre toda la avalancha de bulos que se levantaron alrededor de las prácticas de brujería y las leyendas que circulaban en torno a ellas, hay algunos fundamentados en la realidad que llevaban a las prácticas de esos ritos, a secuestrar a mujeres muy jóvenes, vírgenes que eran sacrificadas e —hizo una pausa para mirar directamente a la tía— niños muy pequeños que morían en crímenes rituales, como el que preparaban aquella noche en la cueva.

—Es verdad, es sabido, conocido y documentado por los expertos en antropología que han recorrido estos valles que en algunos de los lugares donde tradicionalmente se celebraron aquelarres han aparecido restos humanos. Es célebre el cráneo que se conserva en Zugarramurdi. —Hizo una pausa—. ¿Crees que algo así puede estar pasando ahora?

—¿Y si estuviese ocurriendo? ¿Y si las profanaciones o los restos de esas mujeres asesinadas formaran parte del ritual de ofrendas en el que mi hijo estuvo a punto de morir? Un ritual que alguien ha puesto en marcha para convocar a esas potencias. Tía, ¿se puede traer a Inguma de vuelta para que se cobre su cosecha de cadáveres? Porque ¿para qué querría alguien llevarse el cuerpo de un bebé muerto?

Engrasi se cubrió la boca con ambas manos con un claro gesto de no dejar salir lo que había allí.

Amaia suspiró.

—El uso de cadáveres es habitual en muchas religiones ocultistas en las que los muertos son el canal de comunicación entre ambos mundos, como en el vudú, y siempre sirven para hacer una ofrenda al mal.

—Esa «otra cosa» de la que habló el inquisidor Salazar era una realidad.

—¿Era o es? —Mientras hablaba, sacó su teléfono y consultó sus mensajes; comprobó que no había respuesta de Jonan y pensó en lo mucho que iba a lamentar haberse perdido aquella conversación cuando se la contase.

—¿Te das cuenta, mi niña analítica, lógica y práctica, de que estás hablando de brujería en el siglo XXI?

—«Cuando las nuevas fórmulas no sirven, se recurre a las viejas» —respondió Amaia citándola.

El interés de Engrasi iba en aumento.

—Me encantaría conocer a tu fuente, pues sé perfectamente a qué se refiere. En el Antiguo Testamento se admite la existencia de otras potencias, dioses menores, potencias geniales que necesitaban constantes sacrificios y ofrendas para mantenerse activas. Me viene a la mente el modo en que hasta en tres ocasiones la estatua del dios Dagón apareció postrada ante el Arca de la Alianza, que había sido colocada en el templo dedicado a él, hasta que la tercera vez se resquebrajó y se partió la cabeza y las manos, lo que se ha interpretado como la sumisión de los dioses menores al único Dios. Robert Graves, en su libro sobre los dioses y los héroes de la antigua Grecia, dice que cuando Jesús nació los dioses menores se retiraron a dormir hasta el fin de los tiempos.

—A dormir hasta que alguien o algo los despertara...

—Si alguien lo ha traído de vuelta, ya sabes por qué el guardián se está manifestando, y si tienes razón, habrá sido necesaria una terrible aberración, una ofrenda al mal tan extraordinaria, una ofensa de tal importancia que no me extraña que el cura ese del Vaticano estuviese alarmado —dijo mirándola fijamente, como si así pudiera extraerle la información y confirmar sus sospechas. Amaia habría sonreído ante su perspicacia de no ser porque a su mente habían acudido las imágenes de las profanaciones, el *itxusuria* familiar violado, la cantidad de piedras que había sobre la mesa roca, la tumba vacía de su hermana, la pelusa oscura de la cabecita de la niña de Esparza asomando de aquella mochila bajo la lluvia y las palabras de la vieja *amatxi* Ballarena mientras le contaba cómo Inguma había despertado en 1440 porque alguien quiso despertarlo y no se detuvo en su requisa de vidas hasta que hubo saciado su sed.

32

Caminó hasta la comisaría, de lo que se arrepintió enseguida, pues a pesar del buen paso con el que avanzaba, el frío ya había hecho presa en ella. El plumífero que había llevado al monte aún no se había secado y el abrigo que había elegido para ese día resultaba escaso aquella mañana, con los últimos coletazos del invierno y un cielo blanquecino que presagiaba nieve. Cuando entraba, se tropezó con el inspector Iriarte acompañando a Benigno Berrueta, que se detuvo al verla.

—Inspectora...

Ella se acercó cauta, no se podía prever la reacción de un familiar. El dolor y la desesperación les llevaban muy a menudo a buscar chivos expiatorios de su propio sentimiento de culpabilidad, y los policías eran con frecuencia blanco de sus iras. Lo había experimentado mil veces, lo había visto otras tantas. Pero al ver las manos tendidas del hombre y la mirada que buscaba la suya se relajó.

—Gracias —dijo el propietario de las minas—, gracias por lo que trató de hacer. Sé lo que pasó, y si le hubieran dejado hacer su trabajo sé que no habría sucedido. Esta mañana, antes de venir la he visitado, a mi hija, y me ha dicho que tras la explosión se asomó a la tumba y pudo verlos..., tenía un amasijo por manos y un ojo colgando, y aun así tuvo fuerzas para apuntar la linterna dentro de la sepultura y buscar a sus hijos. Sé que va a pensar que estoy loco al decir esto: me alegro de lo que ha pasado. Es terrible, pero por lo visto era la única manera; mi hija se dio cuenta y por eso hizo lo que hizo, porque a veces hay que hacer lo que hay que hacer, y ahora por primera vez en años albergo la esperanza de que se ponga bien. Hoy ha comenzado a llorar por sus hijos y quizá ha comenzado a curarse.

Miró a Iriarte, que permanecía junto al hombre. Amaia asintió tendiéndole la mano, que él tomó entre las suyas deslizando en el hueco de su mano una tarjeta personal...

—Gracias —repitió.

La comisaría estaba silenciosa en la planta superior; los sábados, la mayoría de los policías se encontraban en los controles de tráfico, y el grupo de la policía criminal no tenía mucho que hacer allí aquella mañana. Sin llegar a sentarse tras su mesa, revisó el correo en el ordenador mientras escuchaba a Iriarte.

—Parece que lograrán salvarle el ojo, pero las heridas son graves y le dejarán secuelas para siempre. Su vida no corre peligro y dicen que se recupera con sorprendente fuerza y celeridad. Como ha dicho su padre, lo ocurrido parece haber desencadenado al fin el proceso de duelo; la aceptación es la parte más dura, pero a partir de ahí irá hacia adelante.

Ella permaneció unos segundos en silencio mientras lo pensaba.

—El juez Markina me ha asegurado que la jueza De Gouvenain no presentará queja.

Iriarte resopló aliviado.

—Es una buena noticia, y últimamente andamos escasos de éstas. Creo que me iré a casa a comer con mi familia y a celebrarlo...

—¿No se ha pasado por aquí Etxaide?

—Hoy es sábado... —contestó él como explicación.

—Sí —dijo ella sacando su móvil y consultando de nuevo el correo—. Pero ya le he dicho que quedamos en que me mandaría las fotos que tomamos ayer en el cementerio de Ainhoa, y me extraña.

Iriarte se encogió de hombros y se dirigió a la salida. Ella le siguió mientras marcaba el número de Jonan; el tono de llamada se oyó cuatro veces antes de que saltara el buzón de voz.

—Llámame, Jonan —dijo tras la señal.

Sintió el mordisco del frío en el rostro en cuanto atravesó la puerta y aceptó el ofrecimiento de Iriarte de acercarla hasta la casa de Engrasi. Al pasar frente a Juanitaenea, el inspector comentó:

—Parece que no hay avances en la obra de su casa.

—No —contestó evasiva, y sin saber muy bien por qué se sintió muy triste. «Una casa no es un hogar», recordó las palabras del viejo señor Yáñez.

—Bueno, que tenga buen viaje —dijo Iriarte cuando detuvo el coche frente a la casa—. ¿Cuándo se van?

—Mañana al mediodía —contestó Amaia mientras se bajaba del coche—. Mañana.

Por la tarde, el cielo completamente blanco evidenciaba la llegada inminente de la nevada. Eran las cinco cuando sonó su móvil y el mensaje en el identificador le sorprendió: «Jonan casa». Ni siquiera recordaba que Jonan tuviese línea fija, siempre llamaba desde el móvil. Una voz de mujer le habló al otro lado.

—¿Inspectora Salazar? Soy la madre del subinspector Etxaide. —Allí estaba la explicación, recordaba que Jonan se lo dio en una ocasión en la que mientras pintaba su casa estuvo en la de sus padres unos días.

—Hola, señora, ¿cómo está?

—Bien, bueno... —Era evidente que estaba nerviosa—. Perdone la llamada, pero es que me está costando localizar a Jonan y... No querría molestarla, igual están trabajando.

—No, hoy no trabajamos... ¿Le ha llamado al móvil? —respondió sintiéndose tonta de inmediato; por supuesto que lo había hecho, era su madre.

—Sí —respondió la mujer—. Esperaba que estuviese trabajando, había quedado en venir a casa a comer a la una y, bueno..., no quiero parecer una loca, pero él siempre llama si se va a retrasar, y resulta que no coge el teléfono.

—Quizá esté dormido —dijo sin creerlo—. Los últimos días han sido agotadores, incluso hemos trabajado de madrugada, quizá no ha oído el teléfono.

Se despidió de la mujer e inmediatamente marcó el número de Jonan, que de nuevo le remitió al buzón de voz.

—Jonan, llámame en cuanto oigas el mensaje.

Marcó el número de Montes.

—Fermín, ¿está en Pamplona?

—No, estoy en Elizondo, ¿qué quería?

—Nada, déjelo...

—Jefa, ¿qué pasa?

—Nada... Etxaide no ha ido hoy a trabajar; habíamos quedado en que me traería las ampliaciones de unas fotos y tampoco me las ha enviado. No coge el teléfono, y hace un momento me ha llamado su madre, está preocupada, dice que habían quedado para comer y no se ha presentado ni ha avisado; estaba realmente preocupada. Es la primera vez que me llama en dos años. —Cuando terminó de exponerlo todo, se sintió más inquieta aún.

—Vale —respondió Montes—. Voy a llamar a Zabalza, que vive cerca de Etxaide. Le llevará un par de minutos acercarse desde su casa y comprobar que esté bien, seguro que está dormido y con el móvil en silencio.

—Sí —contestó ella—. Hágalo.

James, sentado entre las maletas abiertas sobre la cama, tachaba cosas de la lista que habían elaborado para no olvidar nada esencial. Amaia doblaba cuidadosamente las prendas con el fin de que ocupasen el mínimo espacio. No necesitaría mucha ropa, sólo para la primera semana, porque durante los cursos del FBI se vestía la ropa oficial de la academia, que le entregarían cuando llegase: un chándal, un pantalón corto y unas deportivas, cuatro camisetas, uniforme de campo, un chaleco antibalas, correajes, unas botas, calcetines y una placa identificativa como participante en los cursos, que debía llevar puesta y a la vista en todo momento. Bolígrafos, un bloc y una carpeta con folios, además de una gorra con las siglas del FBI, que era lo único que podían llevarse a casa los participantes.

—¿Qué te ocurre? —preguntó James, que la había estado observando.

—¿Por qué lo dices? —preguntó preocupada ella.

—Has doblado tres veces la misma camiseta.

Observó la prenda entre sus manos como si se tratase de un objeto desconocido que viese por primera vez.

—Sí... —dijo arrojándola a la maleta—. Es que tengo la cabeza en otra cosa. —Tomó conciencia de que ya había vivido antes aquella sensación y sabía a la perfección lo que venía después.

»Tengo que irme, James —dijo de pronto.

—¿Adónde?

—¿Adónde? —repitió ella quitándose la chaqueta de lana que solía llevar en casa y descolgando su abrigo del colgador que había tras la puerta—. Aún no lo sé —respondió pensativa mirándolo fijamente.

—Amaia, me estás asustando, ¿qué pasa?

—No lo sé —dijo siendo consciente de que mentía. «Claro que lo sabes», resonó su propia voz en su cabeza. Se precipitó hacia las escaleras y James la siguió alarmado.

Engrasi, que vigilaba a Ibai en su parque de juguete, se puso en pie al verla.

—¿Qué pasa, Amaia?

El sonido de su teléfono interrumpió la respuesta. Era Fermín Montes.

—Jefa, estaba en casa. Zabalza fue allí, vio la puerta entreabierta, ¡joder, Amaia! Le han disparado.

Todo se rompió a su alrededor, explotó en un millón de pedazos que salieron proyectados hacia el vacío helado del universo. Hacía horas que sabía que algo andaba mal, había sentido el peso en la nuca como uno de esos indeseables viajeros de las maldiciones árabes que trepan a tu espalda y con los que has de cargar por toda la eternidad. Se encontró entonces buscando el instante en que había comenzado a sentir su presencia ominosa. Lo pensaría después, se prometió, ahora no había tiempo. Hizo las preguntas; con las respuestas llamó a Iriarte, llamó a la comisaría de Pamplona, subió al coche y sacó de la guantera la sirena portátil, que casi lanzó sobre el vehículo. Mientras se abrochaba el cinturón, el inspector Montes saltó al asiento del copiloto casi sin aliento.

—Le dije que me esperara.

Ella aceleró el coche como respuesta.

—¿No esperamos a Iriarte?

—Va en su coche —dijo haciendo un gesto hacia el espejo retrovisor, en el que era visible el vehículo del inspector, que acababa de alcanzarlos.

—¿Qué le ha dicho exactamente Zabalza?

—Que llamó al timbre y no le abrió. Entonces golpeó la puerta, que no estaba cerrada aunque a primera vista lo parecía, y que cedió con los golpes, que nada más entrar lo ha visto tendido en el suelo y que le habían disparado.

—¿Dónde?

—En el pecho.

—Pero ¿está vivo?

—No lo sabía, dijo que había mucha sangre, avisó a emergencias y me llamó.

—¿Cómo que no lo sabía? ¡Por el amor de Dios, es policía!

—Tras la pérdida de sangre se tiene el pulso muy débil —explicó Montes.

Ella resopló.

—¿Cuántas veces?

—¿Qué?

—¿Cuántas veces? —dio un grito para hacerse oír sobre el alarido de la sirena.

—... dos, que él viera...

—Que él viera... —repitió acelerando un poco más en el tramo recto mientras maldecía cada kilómetro que separaba Elizondo de Pamplona—. Llame otra vez —ordenó.

Él obedeció silencioso y colgó el teléfono al cabo de un segundo.

—No contesta.

—¡Pues insista! —gritó—. ¡Maldita sea! ¡Insista!

Montes asintió y volvió a marcar.

Alcanzaban los primeros edificios a las afueras de la ciudad cuando comenzó a nevar. Los copos se precipitaron sobre el coche con una lentitud que, al recordarla más tarde, le parecería irreal. Todo lo que pasó desde el instante en que recibió la llamada de Montes se lo parecería, pero la nevada con sus copos tan grandes como pétalos de rosas antiguas cayendo lentamente sobre Pamplona se quedaría grabada en su memoria hasta el día de su muerte.

El cielo se caía. El cielo se resquebrajaba de dolor cubriendo la ciudad, y a ella todo le dio igual.

—¿A qué hospital? —preguntó.

Montes tardó un par de segundos en responder.

—Está en casa.

Ella le miró desconcertada, perdiendo de vista quizá por demasiado tiempo la carretera, que a cada segundo se volvía más peligrosa.

—¿Por qué? —preguntó desesperada, como una niña pequeña demandando una respuesta urgente.

—No lo sé —contestó Montes—. No lo sé... Quizá le están estabilizando.

La calle estaba cortada. Unos coches patrulla a ambos extremos impedían el paso. Mostraron sus placas y rebasaron la barricada subiendo el coche a la acera y sin esperar a que apartasen los vehículos policiales. Había frente al acceso de la casa dos ambulancias y docenas de policías uniformados que contenían a los vecinos y curiosos. Salió del coche; corrió hacia el portal cegada por los copos que aún caían inexorables cubriendo todas las superficies y que, sin embargo, no le impidieron reconocer, aparcado en doble fila frente al portal, el coche del doctor San Martín, una visión fugaz mientras avanzaba hacia el interior del edificio que fue suficiente para generar en su mente una suerte de catástrofe interrogativa.

—¿Qué hace él aquí? —preguntó a Montes, que le seguía mientras se precipitaban hacia el interior rebasando la puerta que un policía de uniforme mantenía abierta. Superaron el ascensor ocupado sin detenerse y corrieron escaleras arriba mientras volvía a preguntar:

—¿Qué hace él aquí?

Montes no contestó y ella agradeció que no lo hiciera. La pregunta no era para él, era para el maldito universo, y tampoco quería su respuesta, aunque no podía evitar hacer la pregunta. Llegó al descansillo, emprendió la subida a otro piso más... ¿Era el cuarto o el quinto? No estaba segura, avanzaba gestando en su interior una bola ardiente que había mantenido a raya en el trayecto hasta la casa de Jonan. La había controlado imponiéndose con furia mientras se concentraba en los kilómetros que se diluían bajo las ruedas del coche. Pero en el momento en que había visto el vehículo de San Martín, aquel engendro de horror, de dolor, de espanto, había comenzado a pugnar por nacer, trepando por su pecho como una repulsiva criatura que quería salir por su boca. Corrió y respiró profundamente, jadeando y tragando saliva, conteniendo el parto inminente de algo que le nacía de las entrañas. Deseó matarlo, ahogarlo, impedirle respirar, no dejar que naciera. Ya alcanzaba el piso. Vio a Zabalza pálido, demudado, apoyado entre la puerta de entrada y la del ascensor; se había escurrido hasta sentarse en el suelo, desolado. La vio y se puso en pie con una rapidez que no le habría atribuido viendo su estado. Fue hacia ella.

En el interior de Amaia atronaba la pregunta: ¿Qué hace él aquí?

Zabalza la interceptó junto a la puerta.

—No entre —susurró. Era un ruego.

—¡Apártese!

Pero él no lo hizo.

—No entre —repitió sujetándola por los brazos con fuerza.

—Suélteme. —Se zafó ella, liberándose de su abrazo.

Pero Zabalza se mostró implacable. No se correspondían con su gesto abatido, con su rostro demudado ni con su voz, apenas un susurro, la firmeza y decisión con la que la retuvo de nuevo abrazándola contra su pecho.

—No entre, por favor, no entre —rogó mientras buscaba con la mirada el apoyo de Montes, que había alcanzado el cuarto piso y negaba con la cabeza.

Amaia sentía el rostro de Zabalza pegado al suyo, podía oler el suavizante de su jersey y el aroma más acre del sudor en su piel. Dejó de forcejear y, a los pocos segundos, sintió cómo él aflojaba su abrazo; entonces asió el arma que llevaba en la cintura y la apoyó en el costado de Zabalza. Él retrocedió al sentir la dureza del cañón, separando las manos a los lados del cuerpo y mirándola con infinita tristeza. Amaia entró en el piso, vio a San Martín arrodillado en el suelo junto a Jonan y obtuvo la respuesta a la pregunta que no había querido hacer, la respuesta que no quería conocer. Jonan Etxaide, Jonan, su mejor amigo, seguramente la mejor persona que había conocido en su vida, yacía en el suelo boca arriba, en medio de un gran charco de sangre. Le habían disparado dos veces. Una, como le había dicho Montes, en el pecho, casi bajo la terminación del cuello. El orificio se veía oscuro, aunque no había sangrado apenas, pues la mayor parte de la hemorragia se había producido por el orificio de salida en la espalda. El otro, en la frente, apenas había llegado a describir un círculo que, en la parte superior de la cabeza, había levantado el pelo castaño, apelmazándolo en una masa sanguinolenta. Avanzó con la pistola aún en la mano, inconsciente de la alarma que causaba en los policías, que, sorprendidos, la miraban desde el interior de la sala. Y en ese momento, tras contener con tanto cuidado su respiración, sintió que no podía más. Tomó aire profundamente, y eso fue suficiente para insuflar aliento a la criatura, que escaló su esófago y su garganta ahogándola mientras, resignada, abría la boca para dejar que el horror naciera desde su interior. Sintió que la ahogaba, que no podía respirar. El dolor que traía consigo era tan grande que hizo arder sus ojos mientras le extraía de los pulmones hasta el último aliento y le arrasaba la garganta produciéndole un mareo que la hizo tambalearse y caer de rodillas ante el cuerpo sin vida de Jonan Etxaide.

Entonces, de su boca abierta nació aquel ente que había gestado dentro y, mientras sus ojos se arrasaban de llanto, mientras su pecho se rompía de pena, como a todos los frutos de su vientre, lo amó, lo abrazó y se fundió con el dolor sabiendo que pasaría a ser lo más importante de su vida y que, sin embargo, habría preferido morir para no sentirlo. Se inclinó, abrió los ojos y entre lágrimas vio sus manos blancas reposando en el oscuro charco de sangre, su hermoso rostro desdibujado por el rictus de la muerte, su boca entreabierta y sus labios pálidos, de los que todo atisbo de color había huido. Sintió en el pecho una laceración tan dolorosa que tuvo que llevarse las manos allí para contenerlo, y sólo entonces se dio cuenta de que aún sujetaba la pistola, y la miró extrañada preguntándose qué hacer con ella. Montes se arrodilló a su lado, con cuidado le quitó el arma de las manos y miró a San Martín. El profesor vocacional, el hombre que adoraba hablar de su trabajo, no tenía palabras; el rostro ceniciento, cubierto con la inexpresiva máscara de la desolación, y en sus ojos sólo brillaba algo parecido a una reacción, y era de incredulidad. Se había enfundado los guantes y examinaba las heridas con una parsimonia y cuidado infinitos, pasando suavemente los dedos por los cabellos compactados de sangre con un gesto pequeño y desconocido que producía la sensación en el observador de que casi quería restañar con sus dedos las heridas, empujar hacia el interior del cráneo las esquirlas de hueso, la masa gris y viscosa, y la sangre que había teñido todo alrededor. Un ceremonial que Montes imaginó nuevo para él, y que sólo detuvo para mirar a Amaia, que, ya despojada de su arma, había cruzado los brazos sobre el pecho en lo que podría parecer un patético intento de autoinfundirse consuelo y que San Martín reconoció como el supremo esfuerzo para contener el impulso de tocar el cuerpo contaminando el escenario. Se encontró con sus ojos y la contempló devastado, con el rostro demudado y los labios apretados. No dijo nada, no podía. Fermín Montes y el doctor San Martín nunca se habían llevado especialmente bien, a Montes le reventaban los tecnicismos clínicos del doctor, y San Martín opinaba que los policías como Montes pertenecían a otros tiempos y a otras siglas. Pero en aquel instante, mientras observaba las manos enguantadas del forense, que reposaban sobre la cabeza de Jonan, supo que San Martín no podría hacer aquella autopsia: al tiempo que miraba a Amaia, de modo inconsciente pasaba repetidamente la mano por los cabellos de Jonan, lo acariciaba.

No hace falta que lo hayas vivido antes para reconocerlo, no es necesario. Hay un instante, un hecho, un gesto, una llamada, una palabra que lo cambia todo. Y cuando ocurre, cuando llega, cuando es pronunciada, rompe el timón con el que habías creído gobernar tu vida y arrasa los ilusos planes que habías ideado para el mañana mostrándote la realidad. Que todo lo que parecía firme no lo era, que todas las preocupaciones de la existencia son absurdas, porque lo único absoluto y total es el caos que te obliga a doblegarte sumiso y humillado bajo el poder de la muerte. No podía dejar de mirar el cadáver; si lo hacía, su cerebro lo negaba de inmediato y clamaba de modo casi audible no, no, no. Por eso siguió mirándolo, torturándose con la visión de su cuerpo muerto, de sus ojos sin luz, su piel pálida y sus labios ahora secos, y sobre todo los negros abismos por donde la muerte había penetrado, la sangre amada, coagulada en un charco oscuro y aún brillante. Estuvo así, inmóvil, a su lado, observando el rostro muerto de su mejor amigo, sintiendo cómo el dolor la hacía suya sin resistencia mientras tomaba conciencia de que jamás se recuperaría de la muerte de Jonan, que llevaría el dolor de perderle clavado en su alma hasta el último día. La certeza le pesó como una losa, una carga que, sin embargo, aceptó agradecida por haber tenido el honor de conocerle un tiempo y de llorarle para siempre.

Sintió una mano sobre el hombro y al volverse vio al inspector Iriarte, que la conminaba a seguirle. Se dio cuenta entonces de las lágrimas densas y calientes que habían resbalado por su rostro; se las secó con el envés de la mano y, acompañada por Montes, siguió al inspector hacia el pasillo que unía la sala con la cocina, donde esperaba Zabalza. Iriarte parecía enfermo, marcadas ojeras que no tenía aquella mañana habían aparecido en torno a sus ojos, y cuando habló, su labio inferior tembló un poco, al igual que su voz. Le puso una mano sobre el hombro antes de hablar.

—Inspectora, creo que lo mejor es que nos deje a nosotros y que alguien la acompañe a casa.

—¿Qué? —preguntó sorprendida, sacudiéndose su mano del hombro.

Él miró a sus compañeros buscando apoyo, antes de volver a hablar.

—Es evidente que está muy afectada...

—También ustedes —contestó ella mirándoles de uno en uno—. Sería monstruoso que no lo estuvieran, pero nadie se va a casa. Llevo al menos quince minutos en este piso y aún estoy esperando a que alguien me informe de lo que ha pasado aquí —dijo con firmeza—. Jonan Etxaide es el mejor policía con el que he tenido la suerte de trabajar. En los años que compartí con él hizo gala de una profesionalidad, sentido común y lealtad inigualables; su pérdida es una catástrofe, pero si creen por un momento que me voy a ir a casa a llorar es que no me conocen. No soy la jefa de Homicidios por casualidad, así que todo el mundo a trabajar. Vamos a coger al cabrón que ha hecho esto. Zabalza.

—Cuando llegué, la puerta parecía cerrada, estaba ajustada, como si al salir, quienquiera que fuera no hubiese tirado con suficiente fuerza. Cuando llamé con los nudillos, cedió. En cuanto abrí la puerta, lo vi —dijo indicándole el ángulo que desde la entrada permitía ver toda la sala.

—¿Comprobó el piso?

—Sí, no había nadie, aunque es evidente que ha sido registrado y faltan algunos aparatos electrónicos.

—El televisor está ahí —dijo Montes señalando una pantalla plana sobre la chimenea.

—Imagino que se llevaron sólo aquello con lo que podían cargar.

Amaia negó con la cabeza.

—Esto no es un robo, señores. ¿Y su teléfono?

—También ha desaparecido.

—Yo le he llamado una docena de veces y en todas ha saltado el buzón. Si aún está encendido, podemos localizarlo —dijo sacando su móvil y marcando el número de nuevo. Esta vez no hubo señal de llamada. Apagado o fuera de cobertura. Colgó y apagó su teléfono. Al entrar en el piso había reconocido al inspector Clemos, del grupo dos de Homicidios de Pamplona. Si no se equivocaba, estaban a punto de apartarlos del caso, y no le extrañó, es lo que ella habría hecho.

—¿Ha hablado alguien con los vecinos?, tuvieron que oír los disparos.

—Nada, no oyeron nada, por lo menos los de esta planta. En este momento están preguntando a los demás.

Amaia se volvió a mirar hacia la puerta, donde se observaba por las marcas de polvo negro el paso de la policía científica, que ya parecía haber terminado con el proceso de elevación.

—¿Han encontrado huellas?

—Muchas, casi todas de él, y la mayoría inservibles; la entrada no ha sido forzada, todo indica que abrió a quien fuera y le dejó pasar.

—Alguien conocido... —añadió Iriarte.

—Lo suficiente como para permitirle entrar y avanzar hasta la mitad de la sala; alguien que a primera vista no le parecía peligroso, si no habría sacado su arma. También hemos encontrado un casquillo...

—Déjenme verlo —pidió a un agente de la científica, que le mostró una cápsula dorada en el interior de una bolsita.

—Munición de nueve milímetros IMI. Es de fabricación israelí, y esto explica que los vecinos no oyesen nada, es munición subsónica, la emplearon con un silenciador. ¿Saben qué significa esto?

—Que el asesino fue expresamente a matarlo —contestó Montes.

—Por cierto, ¿dónde está el arma del subinspector Etxaide?

—Aún no la hemos encontrado —dijo Zabalza.

Amaia dio un paso acercándose un poco más al grupo y bajó la voz.

—Escúchenme, quiero que hagan fotos de todo, me da igual si las hacen con el teléfono móvil. Clemos y su equipo están aquí por algo; no creo que tarden mucho en apartarnos del caso, y estarán de acuerdo conmigo en que esto no puede quedar así.

Les vio asentir pesarosamente mientras los rebasaba en dirección a las dos habitaciones del fondo que componían el pequeño piso, al mismo tiempo que constataba que, como había dicho Iriarte, alguien había registrado la casa de forma minuciosa, tomándose su tiempo para mirarlo todo con cuidado. Casi podía percibir la energía ajena del buscador, explorando la vida de Jonan con la avidez propia de un cazador. Había visto muchos domicilios tras un robo, el registro en busca de cualquier objeto de valor y el caos mayúsculo que dejaban a su paso. Aquí el intruso no había roto ni revuelto nada; se había limitado a llevarse los portátiles, las cámaras, los discos duros externos y la colección de USB donde él guardaba prudentemente toda la información de los casos y las fotos. Sin embargo, sabía que había estado allí, con toda probabilidad detenido en el mismo lugar que ahora ocupaba ella, impregnándose de la presencia del hombre que acababa de asesinar. Amaia reparó en una foto en la que ella aparecía junto a Jonan con el uniforme de gala y que, tomada el día de la Policía, reposaba sobre una estantería completando un trío. En las otras dos, él estaba sonriente junto a sus padres en una y junto a un hombre en la cubierta de un barco en otra. Se dio cuenta entonces de que, a pesar de que era su amigo, no sabía apenas nada de su vida privada, ¿quién era aquel hombre? Parecían felices en la foto, y ella ni siquiera sabía si tenía pareja. Regresó a la sala y vio que habían cubierto el cuerpo con una manta metálica plateada. El brillo incongruente que la luz arrancaba al plástico atrapó su mirada fascinada durante unos segundos, hasta que el revuelo a su espalda la sacó de su recogimiento. Había llegado el juez de guardia, acompañado de un secretario judicial, y observaba circunspecto todo a su alrededor. Cruzaron un breve saludo mientras Iriarte se acercaba a ella tendiéndole un teléfono.

—Jefa, es el comisario, dice que su móvil está apagado.

Así que por fin estaba allí. Había tardado un poco más de lo que ella había calculado, pero se había cruzado un par de incómodas miradas con Clemos, que se había situado junto al juez en cuanto lo vio entrar.

—Sí, no tengo batería —mintió.

Escuchó cómo el comisario le explicaba que iba a sustituir a todo su equipo al frente de la investigación. El grupo dos de Homicidios de Pamplona se haría cargo.

—Señor, soy la jefa de Homicidios —esgrimió como justificación.

—Lo siento, Salazar, no voy a dejar que lleve este caso. No puedo hacerlo, y usted lo sabe; si estuviera en mi lugar tomaría la misma decisión.

—Está bien, pero como jefa de Homicidios espero que se me mantenga informada.

—Por descontado, y yo espero que colaboren con el equipo dos prestándoles todo el apoyo, colaboración e información que necesiten para resolver el caso.

Antes de colgar, el comisario añadió:

—Inspectora... Lamento su pérdida.

Ella musitó un agradecimiento y cedió el teléfono a Iriarte.

33

Ojalá se parase el mundo. Pero cuando alguien a quien quieres muere, el mundo no se para. Había escuchado y leído la expresión muchas veces, y ese día deseó que fuera cierta, lo deseó con la misma fuerza con que se desea que exista Dios, o el amor verdadero, porque si no es así... La muerte le había enseñado la primera lección cuando era muy pequeña y perdió a su *amatxi* Juanita, con la muerte de su padre cuando era una adolescente y hasta con la que pudo ser su propia muerte. Cuando alguien a quien quieres muere, el mundo no se detiene, pero se reconfigura a tu alrededor como si el eje del planeta se hubiese torcido un poco, de un modo imperceptible para los demás y que, sin embargo, a ti te dota de una clarividencia que te permite percibir aspectos de la realidad que nunca imaginaste, transformándote de pronto de espectador a tramoyista, concediéndote el dudoso honor de ver la obra desde la parte oculta del escenario, la parte reservada a los que no participan. Ahí están los hilos, los nudos y las andas que mueven el decorado, y descubres de pronto que desde cerca se percibe irreal, polvoriento y gris. El maquillaje de los actores es exagerado, y sus voces forzadas están dirigidas por un apuntador aburrido que recita una obra en la que ya no tienes un papel. Cuando alguien que quieres muere, él pasa a ser el protagonista de una función en la que tú estás invitado y de la que no te sabes el texto, porque aunque Jonan Etxaide había sido asesinado y yacería pronto sobre la mesa de San Martín, la influencia de su ausencia dominaría los días siguientes con tanta fuerza como si estuviese vivo y dirigiera aquella obra.

Le dolían las piernas, la espalda, la cabeza. Sentada en la sala de espera del Instituto Navarro de Medicina Legal, pensaba en la multitud de ocasiones en las que había visto pasar a los familiares de las víctimas esperando, como ahora lo hacía ella. Recorrió la sala con la mirada, estudiando los gestos de sus compañeros, que se habían sentado juntos y susurraban con aquel tono reservado para los velatorios y que le hizo pensar en las mujeres reunidas en el caserío de los Ballarena. Se puso en pie y caminó hasta la ventana. Los copos grandes y secos habían blanqueado la calle amortiguando los sonidos de la ciudad, que parecía sorpresivamente detenida por la fuerza de la nevada. Pensó entonces que Elizondo estaría precioso, y más que nada en el mundo deseó volver a casa. Montes se colocó silencioso a su lado y con gesto de disculpa le tendió un vaso de papel lleno de café. Ella lo tomó de sus manos.

—Usted sabía que estaba muerto cuando me llamó.

Montes lo pensó un momento y asintió. Pudo haberlo negado, pero sólo habría conseguido dejar como un imbécil a Zabalza.

—Sí, Zabalza me lo dijo, asumo mi responsabilidad.

—Ella no contestó, se volvió hacia la ventana sosteniendo el vaso de café entre las manos heladas.

Josune llevaba dos años como ayudante del doctor San Martín, y en ese tiempo ya se había acostumbrado a la cara de extrañeza cuando explicaba a sus amigos que se lo pasaba bien en el trabajo, que su jefe era un tipo divertido y que disfrutaba realmente con lo que hacía. Hoy no era de esos días. Hacía ya rato que tenía dispuesto el instrumental, las cámaras, los focos, todo lo que San Martín podía necesitar. No había estudiantes y sobre la mesa se encontraba el cuerpo de aquel policía que no soportaba las autopsias. Apartó la sábana que lo cubría y observó entristecida su rostro, tan joven, sus labios entreabiertos, los cabellos castaños apelmazados de sangre y el cráneo grotescamente abultado en el lugar por el que la bala había salido.

Él siempre se quedaba al fondo, nunca se acercaba hasta la mesa y jamás tocaba los cuerpos. El doctor San Martín solía bromear sobre eso cuando se iba, pero sabía que a su jefe le gustaba el subinspector Etxaide; apreciaba su inteligencia y su sensibilidad. No hacía falta tocar un cuerpo para ser analista; el candor de sus reservas hacia los cadáveres no le limitaba como investigador, y había observado en más de una ocasión el gesto satisfecho de San Martín cuando ejercía de profesor y Etxaide respondía.

Cediendo a un impulso, extendió la mano y acarició dulcemente la mejilla del joven. Imaginó que a ella también le gustaba un poco... Volvió a cubrir el cuerpo y esperó a San Martín.

El doctor San Martín consultó de nuevo su reloj, sentado en el enorme despacho que no utilizaba más que como sala de exposiciones para su colección de bronces. Aquel despacho era un espacio absurdo de maderas nobles y pesados muebles que ocupaba una parte desproporcionada de la segunda planta del edificio y que había heredado de su predecesor, sin duda un tipo refinado y ostentoso que incluso se había hecho instalar, disimulado entre los paneles de la pared, un completo mueble bar, que, en otros tiempos, imaginó, estaría repleto de caras botellas de licor. Él sólo tenía una de whisky Macallan, aún con el precinto puesto. Lo arrancó y vertió un poco del oloroso brebaje en uno de los espléndidos vasos tallados y también heredados. Sorbió un pequeño trago que le abrasó la garganta y que recibió agradecido; apuró el vaso y se sirvió otra generosa copa antes de cerrar la botella y regresar al cómodo sillón que había tras la mesa, mientras observaba cómo el leve temblor de sus manos comenzaba a remitir. Había tomado la decisión adecuada, no era la primera vez en su carrera en la que objetaba llevar a cabo una autopsia. Solía evitar los bebés, los recién nacidos, los niños muy pequeños; sus manos se le antojaban enormes manipulando los diminutos órganos de los infantes; con ellos se sentía torpe y brutal, y por más que lo evitaba, no podía dejar de ver en sus rostros gestos minúsculos que se quedaban grabados en su mente durante días, así que ya hacía tiempo que derivaba aquellas operaciones a alguno de sus colegas, que sin ningún tipo de remilgo las aceptaban encantados. Nunca le había ocurrido con un adulto, nunca antes, y no se había dado cuenta hasta que el dolor de Salazar se lo había hecho notar. Tenía razón, hay cosas que un hombre debe hacer y hay otras que un hombre no debe hacer jamás.

El antiguo teléfono de baquelita que reposaba sobre la mesa emitió un desagradable sonido. San Martín levantó el auricular y escuchó.

—La doctora Maite Hernández está aquí, doctor.

—Está bien, enseguida bajo.

Todo el calor que había conseguido arrancarle al menesteroso vaso de café se esfumó mientras hablaba por teléfono en la entrada. Lo había preferido para huir de las atentas miradas de sus compañeros y los integrantes del grupo dos de Homicidios, que esperaban en la misma sala a que San Martín estuviese listo para comenzar.

Las quitanieves habían hecho su trabajo apartando los blancos montones a los lados y enterrando en el proceso algunos de los vehículos aparcados. Descendió la escalera y escuchó la angustia de James al otro lado de la línea, mientras sentía el suelo crujir bajo sus pies en mitad del artificial silencio en el que la nevada había sumido a la ciudad, que parecía prematuramente arrastrada a la noche.

—¿Cómo estás, Amaia?

No tuvo que pensarlo.

—Mal, muy mal.

—No sé cuánto tiempo tardaré en llegar, no estoy seguro de que ya estén abiertas las carreteras, pero voy ahora mismo.

—No, James, no vengas, acaban de abrir esta calle, pero la mitad de la ciudad aún está impracticable.

—Me da igual, quiero ir, quiero estar contigo.

—James, estoy bien —se contradijo—. Esto está lleno de policías, aún esperaremos a la autopsia, y luego tendremos que declarar, llevará horas y ni siquiera podré estar contigo...

Un grave silencio se estableció en la línea.

—Amaia... Ya sé que no es el momento adecuado, pero es que no hay otro...

Más silencio.

—Es por el tema del viaje. El lunes operan a mi padre.

—James —comenzó—, en este momento...

—Lo sé —la interrumpió él— y lo entiendo, pero ¿entiendes tú que tengo que ir?

Ella suspiró.

—Sí.

—Debo estar allí, Amaia, es mi padre, y la operación no es ninguna broma, por más que mi madre intente restarle importancia.

—Te he dicho que lo entiendo —contestó cansada.

—... Y, bueno, supongo que si no vas a llevar el caso podrás reunirte con nosotros tras el funeral, en un par de días.

—¿Tras el funeral? —protestó—. James, soy la jefa de Homicidios y Jonan era mi compañero y mi mejor amigo... —Mientras hablaba, otro pensamiento cruzó su mente—. ¿Has dicho nosotros?

—Amaia, me llevo a Ibai como habíamos planeado; tú no vas a poder atenderlo, y es mucha carga para la tía; en un par de días estarás con nosotros.

La confusión y el vacío se adueñaron de ella, ni se le había pasado por la cabeza la posibilidad de separarse de Ibai, pero James tenía razón, en los próximos días no podría hacerse cargo de él; lo más lógico era respetar el plan inicial. Se sintió terriblemente cansada mientras pensaba de nuevo en aquel instante en que una palabra había cambiado el curso de todas las cosas relegándola a mera espectadora de la debacle de su vida. Sí, James tenía razón. Sin embargo, quería discutir con él, gritarle, ¿qué?, reclamarle, ¿qué?, exigirle. Pero no sabía qué y tampoco tenía fuerzas para hacerlo.

Un taxi se detuvo frente a la entrada y de él descendió una mujer de mediana edad.

—Está bien, James, seguiremos hablando más tarde, ahora tengo que colgar.

—Amaia.

—¿Qué? —respondió molesta.

—Te quiero.

—Lo sé —contestó y colgó.

Cinco minutos más tarde, San Martín se asomaba a la sala de espera.

—Inspectores —dijo dirigiéndose a todos en general—. Por razones personales no llevaré a cabo la autopsia del subinspector Etxaide. Mi colega la doctora Maite Hernández, una reputada patóloga forense, lo hará en mi lugar. Yo supervisaré los resultados —dijo mientras intercambiaban apretones de manos.

—Salazar, ustedes ya se conocen...

Amaia tendió la mano a la mujer, que la apretó con fuerza mientras musitaba:

—Lamento su pérdida.

Y como respuesta se vio pronunciando unas palabras que había oído en los labios de la madre de Johana, una de las hijas de Lucía Aguirre, y que en su momento no entendió.

—Cuide de él ahí dentro. —Fue un error, un acto inconsciente, un ruego que le salió del alma y que provocó que Montes dejase escapar ruidosamente todo el aire de sus pulmones tambaleándose un poco mientras Zabalza apretaba los ojos en un gesto de gran contención.

Clemos y su equipo siguieron a la doctora al interior de la sala mientras ellos los observaban con el desamparo propio de perros abandonados.

—He pensado que quizá les gustaría acompañarme en mi despacho —propuso San Martín haciendo un gesto hacia la escalera.

Estaría eternamente agradecida a San Martín por cederle su despacho aquel día. Regresar al espacio oscuro y masculino en el que había estado por primera vez un año atrás le produjo una gran melancolía. En aquella ocasión, la madre de Johana Márquez les relató entre lágrimas el premeditado acoso al que su esposo había sometido a la niña, a la que terminó por violar y asesinar. Jonan la acompañaba, como siempre, y se había mostrado conmovido por el empeño de la mujer en rezar ante una de aquellas esculturas de bronce. Rebuscó con la mirada y la halló en el mismo lugar que un año atrás, sobre la mesa de reuniones que seguramente jamás se había utilizado con ese fin. Una magnífica piedad de poco menos de un metro de alto en la que, a diferencia de las habituales poses, la virgen sostenía con ambos brazos a su hijo muerto, pegado contra su pecho y con el rostro de Cristo oculto entre los pliegues de su ropa, como en una reminiscencia de infancia que observó con detenimiento mientras pensaba que éste era el gesto natural, el gesto que pedía el cuerpo, el que había tenido que reprimir al ver en el suelo a Jonan, abrazarlo y enterrarlo en su corazón. Sintió el llanto tras los ojos y tragó saliva apartando bruscamente la mirada de la talla y recuperando el control.

San Martín le cedió su asiento tras la pesada mesa y el inspector Clemos ocupó el de enfrente, visiblemente incómodo ante ella. No le caía bien. Un poli machista que sufría bastante teniéndola como jefa y que aprovechaba la ocasión para poner de manifiesto una especie de ridículo «yo sí y tú no». Le dedicó una dura mirada y él la desvió para leer sus notas.

—Podrán ver el informe de la autopsia cuando esté listo, pero de momento... El subinspector Etxaide recibió dos disparos, el primero en el pecho y el segundo en la cabeza cuando ya estaba postrado. Hemos recuperado un casquillo; parece ser que el autor pudo llevarse el otro pues éste lo encontramos tras un pesado mueble. Hallamos también una bala incrustada en la madera del suelo, y la doctora le ha extraído la otra. El modo de perpetrar el crimen unido al tipo de munición empleada apuntan a un sicario profesional. Tengo a varios policías buscando el arma en las proximidades del piso de Etxaide; lo habitual es que se deshagan de ella inmediatamente arrojándola a un contenedor o una alcantarilla. Puede que nunca aparezca.

Levantó un instante la mirada para ver el efecto que causaban sus palabras y volvió a sus notas.

—Todo señala a que el agresor no era desconocido para él o por su aspecto no presentaba una amenaza. Le abrió la puerta y le dejó entrar, y luego le acompañó, como indica el hecho de que el cuerpo estuviera al fondo del salón. No había señales de lucha y tampoco parece un robo, aunque sí se llevó el material informático; dejó su cartera, que estaba sobre la mesa, así como otros objetos de valor.

—Y su pistola —apuntó Montes.

—Como sabrá, esto también es típico de los sicarios; no sería raro que dentro de un par de años el arma apareciese relacionada con un crimen. Para ellos, un arma limpia es más valiosa que el dinero.

Amaia permaneció impasible escuchando.

—Así que necesitaremos que nos cuenten quién podía querer matar a Etxaide, quién le guardaba rencor o cualquiera que le hubiese amenazado.

Montes y Zabalza negaron con la cabeza.

—No puedo imaginar que hubiera tenido un conflicto con nadie, no era de esa clase de personas —afirmó Montes.

—¿Y los casos en los que han trabajado? Quizá los acusados o implicados se la tenían jurada.

—Ya le he facilitado todos los informes —explicó Iriarte—. El caso Basajaun, en el que el culpable falleció en un tiroteo; el caso Tarttalo, en que el presunto autor se suicidó en prisión; luego tenemos el caso de un ciudadano colombiano que asesinó a su novia e intentó suicidarse; el de una mujer de sesenta y cinco años que asesinó a su marido, que la había maltratado durante años, apuñalándolo mientras dormía, y el caso Dieietzki, un narco ruso que organizó el asesinato de otro narco de la competencia desde la cárcel.

—¿Y en los últimos tiempos?

—El caso Esparza —continuó Iriarte—. Un padre implicado en la muerte de su hija de pocos meses; también se suicidó en prisión.

—Sí, he oído que lleváis una buena media —dijo Clemos sonriendo mientras intercambiaba una mirada con un miembro de su equipo.

—¿Qué está insinuando? —saltó Montes—. ¡A ver si vamos a acabar mal!

—Montes —le contuvo Amaia—, deje continuar al inspector Clemos, vamos a ver hasta dónde le llega la cuerda.

Clemos la miró alarmado y tragó saliva.

—Sólo era una broma...

—¡Estamos para bromitas! —dijo Montes lanzándole una mirada asesina.

—Bueno —continuó—. Necesitaremos su ordenador en la comisaría de Elizondo y acceso al contenido de su mesa y objetos personales.

Iriarte asintió.

—Cuando quieran.

Clemos carraspeó incómodo.

—... Y luego están los otros aspectos.

—¿A qué aspectos se refiere? —preguntó Amaia.

—Los que no tienen que ver con el trabajo policial.

—No le entiendo.

—¿Podría estar metido Etxaide en algún asunto sucio? Ya me entienden, drogas, armas...

—No, descártelo.

—... Y no podemos olvidar que era homosexual.

Amaia dejó caer la cabeza a un lado entornando los ojos para mirar a Clemos.

—No entiendo qué relevancia puede tener la tendencia sexual del subinspector Etxaide para la resolución del caso.

—Bueno —dijo huyendo de la mirada de Amaia y refugiándose en la de sus compañeros—. Es sabido que ese colectivo lleva una vida sexual un tanto desordenada y... bueno... esos tíos pueden cabrearse mucho por sus cosas —dijo encogiéndose de hombros.

—Inspector Clemos —dijo ella—. Le vendría bien aclarar sus ideas y sus datos antes de exponerlos. Por un lado, acaba de argumentar perfectamente por qué cree que es un asesinato profesional. ¿Y ahora me sale con un crimen pasional? Le faltan datos, como que dentro del colectivo gay no se dan índices de violencia superiores a los que se dan entre los heterosexuales. No me gusta usted, y no creo que esté cualificado para llevar este caso, pero el comisario general le ha puesto al frente y lo asumo. Ahora, si vuelvo a oírle hacer una insinuación sin fundamento, le revocaré y conseguiré que le aparten del caso.

Clemos se puso en pie.

—Está bien, como quiera, he venido a hablar con usted como deferencia; en lugar de eso podía haberle mandado un informe por escrito, y así será a partir de ahora.

—Lo quiero sobre mi mesa mañana a primera hora —fue su respuesta.

Se quedaron en silencio unos segundos mirándose entre ellos. Amaia cerró los ojos y negó con la cabeza.

—Ya sé que me he pasado... Pero es que no tienen idea de cómo es... de cómo era Etxaide. No voy a permitir las insinuaciones de mierda de ese capullo.

—No se disculpe, jefa, me ha costado contenerme para no darle un par de hostias —dijo Montes.

—Pónganse en su lugar —intervino Iriarte. Todos se volvieron a mirarle con disgusto—, está en los preliminares de la investigación; es normal que mantenga abiertas todas las hipótesis.

—Sí, tiene razón, inspector —dijo Montes—, pero a veces todo ese corporativismo da un poco de asco, ¿no cree?

Los hombres se miraron tensos durante unos segundos. La respuesta que se intuía quedó interrumpida por la entrada de la doctora Hernández acompañada del forense.

—El doctor San Martín me ha pedido que responda a las preguntas que quieran hacerme, estoy a su disposición —dijo sentándose en el lugar que había ocupado Clemos.

—Cuéntenos qué tiene —pidió Amaia.

La doctora extrajo de una carpeta un bolígrafo y un folio en el que aparecía impresa una silueta humana y comenzó a dibujar sobre ella mientras hablaba.

—Dos disparos, con una nueve milímetros: el primero, en el pecho, lo derribó seccionando la aorta y causando una hemorragia masiva; el segundo, en la frente, fue el que le causó la muerte, aunque no era necesario, la pérdida de sangre fue tan rápida que habría muerto en pocos segundos. La primera bala se alojó en la nuca y se ha extraído durante la autopsia; la segunda, con orificio de salida, fue recuperada en la escena del crimen. Aún tendremos que esperar a los análisis para ser más concretos, pero por el cálculo del rigor creemos que la muerte se produjo entre las diez y las doce de anoche.

—¿Qué cree que pasó?

—Abrió la puerta a su asesino y seguramente le invitó a entrar y sentarse.

—¿Por qué cree eso?

—La trayectoria del primer disparo es desde abajo, como si el agresor estuviese de rodillas o sentado; si observan el dibujo verán que es evidente, la bala penetró por encima de la clavícula atravesando el cuello y alojándose en la nuca. Si el agresor hubiese estado de pie, aunque hubiera sido un individuo de baja estatura, la bala habría salido por la parte posterior o se habría alojado en el omoplato; sin embargo, estaba incrustada en la parte baja del cráneo.

Amaia observó el dibujo.

—Díganme, doctores, ¿están de acuerdo en que el asesino debería de estar más o menos aquí? —dijo señalando en el esquema un punto desde el que trazó una trayectoria.

—Muéstrenme las fotos de sus móviles que tomaron en el salón de Etxaide.

Todos dejaron sobre la mesa sus móviles, en los que eran visibles distintos ángulos de la habitación.

—No cuadra: si el asesino estaba enfrente de él, no podía estar sentado a la vez en el sofá. A menos que moviese el cadáver.

—El cuerpo estaba donde cayó, no fue movido con posterioridad.

—¿Pudo mover los muebles, entonces?

—No, los muebles están en su sitio —afirmó Montes—. Hace un par de meses estuve en su casa, y ésa es la disposición que tenían entonces.

—¿Un asesino de baja estatura? —sugirió ella.

—Me temo que no, tendría que tener la altura de un niño de ocho años.

—Quizá se pelearon y Jonan lo derribó. Eso explicaría que disparase desde más abajo —propuso Zabalza.

—No había signos de lucha, heridas de defensa ni marcas en las manos de ningún tipo, aunque pudo empujarle para echarle, por ejemplo.

La doctora miró pensativa el esquema.

—¿Cree, como el inspector Clemos, que se trata de la obra de un asesino profesional?

Ella levantó la cabeza del dibujo y dirigió la mirada a un punto en el vacío.

—Podría ser... Los elementos evidentes apuntan en esa dirección, pero hay otros no tan claros que me hacen plantearme algunas dudas. Por una parte, ese disparo desde abajo, la trayectoria rara..., no es así como ellos lo hacen. El segundo disparo podría ser el tiro de gracia, el modo de asegurarse de que han cumplido el encargo; sin embargo, como les he dicho, con el primer disparo la muerte habría sobrevenido muy rápidamente, pero de un modo muy doloroso y angustioso. La hemorragia masiva colapsó los pulmones inundando el esófago y la tráquea, produciendo una horrible sensación de ahogo; así que el segundo disparo le ahorró mucho sufrimiento, fue casi piadoso.

—No me joda —exclamó Montes—. Desde cuándo es piadoso pegarle a alguien un tiro en la cabeza.

—Cuando no hay intención de causar más padecimiento del estrictamente necesario.

—¿Y eso lo sabe porque le pegó otro tiro? —dijo Montes despectivo.

Ella extrajo una foto de la carpeta que portaba. Una ampliación del rostro de Jonan muerto en el escenario del crimen. La colocó sobre la mesa y casi escuchó el silencio que se extendió como una ola fría sobre los presentes.

—No, eso lo sé porque le cerró los ojos.

34

Le llevó casi dos horas el recorrido para llegar a Elizondo, que normalmente hacía en cincuenta minutos. Las quitanieves y los camiones de riego habían arrojado sobre la calzada su mezcla salobre, que crepitaba en los bajos del coche como una lluvia que brotase desde el suelo. Había dejado de nevar, pero el frío de la noche mantenía incólumes los montones de los lados, y la habitual y tenebrosa oscuridad del monte había sido sustituida por un refulgir anaranjado que la luz de la luna arrancaba al elemento y que confería al paisaje un halo de irrealidad comparable a la superficie de un planeta desconocido. El teléfono sonó a través de los altavoces del coche y en la pantalla apareció un número que identificó como desde el que Dupree le había llamado la última vez. Descolgó antes de que se cortase y buscó un lugar en el que detener el coche. Puso las luces de emergencia y contestó.

—Aloisius.

—¿Ya es de noche en Baztán, inspectora?

—Hoy más que nunca —respondió.

—Lo siento mucho, Amaia.

—Gracias, Aloisius, ¿cómo lo ha sabido?

—Un policía muerto en España es una noticia que vuela en los teletipos...

—Pero creía que tu...

—No crea lo que dicen, inspectora. ¿Cómo está?

Ella dejó salir todo el aire de sus pulmones.

—Perdida.

—No es cierto, sólo está asustada. Es normal, aún no ha tenido tiempo para pensar, pero lo hará, no puede evitarlo, y entonces encontrará la senda de nuevo.

—No sé ni por dónde empezar, todo se desmorona a mi alrededor. No entiendo nada.

—Para qué pensarlo, Salazar. Después de su experiencia en la vida y en la investigación, ¿no creerá que las cosas pasan porque sí?

—No lo sé, no encuentro un patrón en este caos. No veo nada —sollozó sintiendo que las lágrimas corrían por su rostro—, y lo de Jonan es tan... Aún no puedo creerlo, y quiere que le encuentre significado.

—Piense.

—No hago otra cosa, y no encuentro respuestas.

—Las tendrá cuando haga las preguntas adecuadas.

—Oh, Aloisius, por el amor de Dios, lo último que necesito ahora son consejos de maestro ninja... Dígame algo que me sirva.

—Ya le advertí. Alguien que estaba cerca no era en absoluto lo que parecía.

—¿Y quién es?

—Eso debe decírmelo usted.

—¿Y cómo, si estoy ciega?

—Acaba de responderse. No ve, Salazar, pero sólo está ciega porque no quiere ver. Tome perspectiva. Vuelva al inicio. *Reset*, inspectora, desde el principio. Está olvidando de dónde parte todo esto.

Ella resopló agotada.

—¿Va a ayudarme?

—¿No lo hago siempre?

Ella quedó en silencio escuchando.

—El demonio que cabalga sobre ti, *un mort sur vous* —dijo él.

—Aloisius, el caso se cerró cuando el padre de la

niña se suicidó en la cárcel. La esposa hizo una declaración que lo implicaba sin lugar a dudas, pero ya no hay caso —explicó, omitiendo lo relativo a la historia que Yolanda Berrueta le había contado y a lo ocurrido en Ainhoa.

—Como usted diga, inspectora.

—Aloisius, gracias.

—Procure dormir bien, mañana será otro día.

El equipaje, preparado junto a la puerta, la desconcertó de un modo que no esperaba. Ver las maletas de James e Ibai listas para el día siguiente le produjo una enorme sensación de pérdida.

James, la tía y Ros esperaban levantados. Abrazos, manos que tomaron las suyas y tristeza auténtica de aquellos que la amaban y se dolían por ella. No explicó nada, no contó nada; llevaba toda la tarde reviviendo el horror y ahora, de pronto, se había quedado como vacía. Era consciente de que la trampa de la negación, que ya había experimentado aun teniendo el cuerpo de Jonan ante ella, volvía a funcionar imposibilitándola visualizar el rostro muerto de su amigo, su cadáver tirado en el suelo. En sus recuerdos, tan sólo niebla y luz cegadora que le impedían reconocer la verdad, que estaba muerto, que Jonan había muerto. Era capaz de plantearlo, pero su cerebro no lo creía, y estaba demasiado cansada para imponerse ante la cruel verdad, así que se dejó caer, casi se arrojó en la trampa, que era piadosa, que dolía menos, y mientras escuchaba hablar a su familia pudo evadirse por primera vez en todo el día del dolor y pensar en otra cosa. Antes de acostarse, llamó al hospital Saint Collette. Yolanda Berrueta estaba fuera de peligro y había sido trasladada a planta.

James llevaba horas despierto escuchando la suave respiración de Ibai y mirando a su esposa, que dormía a su lado agotada. Ni el sueño, que necesitaba tanto y que tan profundamente la había atrapado, era capaz de borrar del todo el dolor de su rostro. En varias ocasiones la oyó gemir y llorar; en cada una puso la mano sobre su mejilla para consolarla desde lejos mientras pensaba que con ella todo era así. Estar a su lado suponía aceptar que las cosas siempre serían así, que vivían en dos mundos paralelos en los que, cuando ella dormía, él estaba despierto y, cuando él soñaba, ella vigilaba. Un mundo en el que no podían llegar a tocarse jamás, y sus caricias, sus palabras, su amor debía dárselo así, desde lejos, amándola con todas sus fuerzas y sabiendo que ella apenas lo percibía como un leve roce que se producía en su sueño. Una lágrima le resbaló por la mejilla y, conmovido, se inclinó sobre ella y depositó sobre sus labios un beso pequeño. Ella abrió los ojos de pronto y sonrió al verle.

—¡Oh, amor! —Y estiró los brazos rodeándole el cuello y ganándoselo, otra vez.

35

Ambas se habían levantado temprano: Amaia para aprovechar cada instante con Ibai; Engrasi para observarla. La había visto ir y venir por la casa con el niño en brazos y cantando muy bajito retazos de canciones que apenas pudo distinguir, pero que se adivinaban infinitamente tristes quizá por el gesto laxo con el que sujetaba al niño; la suave voz, casi infantil, con la que susurraba; el rostro, pálido, como lavado por el llanto y en el que los gestos eran muy breves, como si la máscara del dolor hubiera inmovilizado sus facciones privándole para siempre de la sonrisa. Cuando a mediodía cargaron el equipaje en el coche para llevarles al aeropuerto, Engrasi se apostó en la entrada de la casa mirándoles apesadumbrada. Amaia la tomó de la mano y la condujo a la cocina.

—¿Qué te pasa, tía?

Engrasi se encogió de hombros, y a Amaia su gesto le pareció frágil y adorable.

—Dímelo.

—No me hagas caso, cariño, supongo que me he acostumbrado a teneros aquí, y unido a que los acontecimientos de los últimos días no ayudan a la tranquilidad, veros partir me rompe el corazón.

Amaia la abrazó apoyando el rostro sobre su cabeza y la besó en el blanco cabello.

—Tengo miedo, Amaia, ya sé que no debería decirte

esto, pero tengo mal pálpito al veros salir de mi casa, como si no fuerais a regresar más.

—Tía, que no te oiga James. Tiene que coger un avión y sabes que se fía de tus corazonadas.

—No tiene nada que ver con eso —dijo apartándose de su sobrina.

—¿Entonces?

—Tiene que ver contigo, todo tiene que ver contigo, todo es por ti.

Amaia la miró sonriendo con ternura; no era la primera vez, y seguramente no sería la última, que la tía le daba aquel sermón, el mismo que tendrían que escuchar todos los policías de sus maridos, esposas, madres, hijos... La muerte de Jonan lo cambiaba todo.

—Tendré cuidado, tía, siempre lo tengo. Te aseguro que no va a pasarme nada malo. Confía en mí.

Engrasi asintió fingiendo convicción.

—Claro, ve, te están esperando.

Cargar el equipaje en el coche, conducir hasta el aeropuerto, aparcar en la terminal y acompañarles a facturar, actos comunes, inercia de la propia vida que se detuvo bruscamente cuando, ante el acceso al control de seguridad, besó por enésima vez a Ibai y se lo entregó a James. Se iban. Se abrazó a James y lo besó casi desesperada mientras comprendía que no iba a poder soportar su ausencia. En un acto irreflexivo le rogó:

—No te vayas.

Él la miró sorprendido.

—Cariño...

—No te vayas, James, quédate conmigo.

Él blandió los billetes ante ella como inevitables exigencias.

—No puedo, Amaia, ven tú, ven con nosotros.

Enterró el rostro en su pecho.

—No puedo, no puedo —gimió, y apartándose bruscamente de él añadió—. Lo siento, no sé por qué he dicho eso, es sólo que se me hace tan duro.

Él la abrazó y permanecieron así, en silencio, durante varios minutos, hasta que la megafonía avisó del vuelo. Después, él se mezcló entre los viajeros que avanzaban hacia el control y ella continuó allí en pie, hasta que los perdió de vista.

La capilla ardiente se había instalado en la comisaría de Beloso. Todas las autoridades de la ciudad y del Ministerio de Interior pasarían por allí antes del funeral en la catedral. Vestida con su uniforme de gala, Amaia hizo una guardia junto al féretro cerrado y cubierto por la bandera de Navarra, que apenas dejaba ver la madera del oscuro ataúd, que encontró absurdamente brillante. Desde donde estaba vio entrar a los padres de Jonan, a los que sólo conocía de verles un par de veces el día de la Policía. Saludos de las autoridades, pésames de los compañeros y el opresivo ambiente de susurros y roces, que le resultó insoportable. Cuando fue relevada se acercó a ellos, que en ese momento hablaban con un secretario del ministerio. La madre se dirigió a ella tomando entre sus manos las suyas cubiertas con los guantes negros del uniforme y durante unos segundos no dijo nada, se quedó en silencio mirándola mientras sentía cómo sus ojos se llenaban con las densas y cegadoras lágrimas del dolor reconocido en otro que sufre tanto como tú. Después se acercó un poco más y la besó en ambas mejillas.

—Cuando acabe el funeral, nos reuniremos en casa con un pequeño grupo de amigos. Me gustaría que viniera, sin uniforme —añadió.

—Por supuesto —contestó ella. Se soltó de sus manos y salió del forzado ambiente del velatorio. El teléfono había vibrado en su bolsillo persistentemente en los últimos minutos; leyó el mensaje y subió al área de investigación criminal buscando el cubículo de Clemos.

—Buenas tardes —dijo lo suficientemente alto como para forzar a todo el grupo a contestar.

—Buenas tardes, jefa —dijo Clemos poniéndose en pie—. ¿Quiere acompañarme? —añadió indicándole un despacho cerrado—. Garrues, venga con nosotros, por favor —pidió a otro policía.

El despacho era pequeño y no había sido ventilado en las últimas horas; en su interior les esperaban dos policías de Asuntos Internos que ya conocía. Les saludó y rechazó sentarse ante Clemos, que se había instalado en el sillón tras la mesa, percatándose del chapucero intento del inspector de devolverle la jugada de su encuentro del día anterior en el despacho de San Martín; en esta ocasión, quiso ser él quien dominase la situación tras la mesa, pero cometió el error de darle a ella la opción de elegir y olvidó que es quien elige su posición en un espacio cerrado quien controla el contexto.

Esperó en silencio mirándolo fijamente.

—Hemos hecho un descubrimiento que ahora esperamos que usted nos confirme si tiene importancia o no —dijo haciendo un gesto hacia el policía al que había pedido que les acompañase—. Garrues es el especialista informático que ha revisado el ordenador del subinspector Etxaide procedente de la comisaría de Elizondo. Nos consta que el subinspector era un más que decente experto en informática, así que imaginamos que no sería raro que en más de una ocasión recurriese a él para asuntos de esta índole.

—Constantemente —admitió ella.

Clemos sonrió, y eso no le gustó nada.

—¿Sabe en qué consiste la administración remota o VPN?

—Creo que es una herramienta o aplicación que permite que el técnico de una red informática pueda acceder a otro ordenador para solucionar problemas sin asistir personalmente.

—¿En alguna ocasión pidió al subinspector Etxaide que le asistiese de este modo para solucionar quizá algún problema de su equipo?

—No, nunca... Bueno, en una ocasión le pedí que crease una cuenta de correo, pero lo hizo en persona. Yo cambié la clave después, como él mismo me aconsejó.

El informático asintió satisfecho.

—Jefa, hemos detectado que el subinspector Etxaide accedió a su equipo de modo remoto hasta en veinte ocasiones en el último mes.

—No puede ser —dijo incrédula.

—Lo hemos comprobado: accedió mediante una conexión remota *team viewer* a su correo, a algunas de las carpetas donde lo almacena, incluso copió algunos archivos. Lo más llamativo del procedimiento es que tuvo que hacerlo desde la propia comisaría, porque, para que la herramienta funcione, ambos ordenadores, el del administrador y el del administrado, deben estar encendidos y la tutela debe aceptarse desde el equipo administrado mediante la introducción de una clave. Así que la pregunta es obvia: ¿tenía el subinspector Etxaide acceso diario a su equipo?

—Por supuesto que sí, el subinspector era mi ayudante, a menudo trabajaba en mi despacho... pero nunca le vi tocarlo.

Los policías de Asuntos Internos, que hasta aquel momento habían permanecido en silencio, se miraron e hicieron un gesto a Clemos y al informático para que abandonasen el despacho. Cuando la puerta se hubo cerrado, la invitaron a sentarse. Ella rehusó de nuevo.

—Inspectora, hemos sabido que hace unos días hubo un incidente relativo a un registro en el que todo apuntaba a que la persona objeto del mismo había tenido previo conocimiento de que se produciría.

Ella abrió la boca, pero no dijo nada.

—Hemos sabido también que usted sospechó desde el principio que un miembro de la comisaría de Elizondo, y más concretamente de su equipo, era el responsable de haber avisado a la persona en cuestión.

—Sí —admitió—. Es una teoría que barajé en el primer momento y que descarté cuando la analicé mejor. Confío en todos los miembros de mi equipo.

—No lo dudamos, pero el caso es que la orden —dijo el primero sacando una copia de la misma— se centraba en concreto en un fichero que fue destruido durante lo que la responsable llamó una acción de limpieza, antes del amanecer, y en la que ardió única y exclusivamente ese fichero. No se lo reprocho, inspectora. Yo también sospecharía.

—Y admito que lo hice, pero no sé qué tiene que ver esto con el subinspector Etxaide.

—Él accedió a su correo la noche previa y aquella misma mañana.

Ella se mordió el labio inferior conteniéndose.

—Por lo tanto, él conocía esa información —apuntó el policía.

—Mire, no sé por qué razón accedió el subinspector a mi equipo, pero seguro que hay una explicación. ¿Hay algún modo de que pudiera ser algo accidental? Puede que lo hiciera para dejar algún tipo de archivo en mi ordenador.

—El informático ya le ha explicado que para llevar a cabo esta operación es necesario instalar una aplicación en el ordenador que va a ser manejado y autorizar mediante un procedimiento evidente la visita temporal del administrador remoto; no hay modo de que sea accidental.

—Quizá quiso hacerme llegar algún tipo de archivo, a veces cuando las fotos tenían mucho peso no me las podía descargar, puede ser eso —explicó a la desesperada—. Tenía pendiente el envío de unas ampliaciones que quizá...

El de Asuntos Internos negaba.

—Es conmovedora su lealtad a sus hombres, pero lo siento mucho, jefa Salazar, el hecho es que el subinspector Etxaide accedió remotamente a su ordenador hasta en veinte ocasiones sólo en el último mes y que jamás le informó. ¿O lo hizo?

Ella negó.

—No, no lo hizo.

36

Jonan Etxaide fue incinerado acompañado tan sólo por su familia, así lo quería él y así lo habían hecho sus padres. Amaia se alegró de no tener que soportar ver su ataúd durante el eterno funeral que ofició el arzobispo de Pamplona frente a toda la corte de autoridades políticas y eclesiásticas de la ciudad, abrumando con sus atenciones a unos padres extraordinariamente enteros y serenos. Cuando la ceremonia terminó y pudo escapar del ambiente viciado del templo, respiró aliviada.

—Inspectora. —Oyó una voz a su espalda. Antes de volverse ya sabía quién era, aquel acento era inconfundible.

—Doctora Takchenko, doctor González. —Se alegró sinceramente de verlos. La mujer le tendió una mano que le transmitió en su apretón toda la fortaleza de su carácter. Él la abrazó mientras musitaba sus condolencias. Amaia se liberó del abrazo asintiendo, nunca sabía qué decir.

—¿Cuándo han llegado? —preguntó intentando sonreír.

—Esta tarde, nos costó un poco porque hay bastante nieve por el camino...

—Sí —dijo pensando en el patio de armas de la fortaleza que albergaba en Aínsa el laboratorio de los doctores. Sin querer, se vio pensando en Jonan y en lo que le fascinaba aquel lugar.

—¿Se quedarán esta noche, supongo...?

—Sí, nos alojamos en el centro. El doctor regresará antes, pero yo tengo que dar una conferencia aquí dentro de un par de días y hemos decidido que nos tomaremos un descanso. Estas cosas hacen pensar —dijo haciendo un gesto que englobaba todo alrededor.

Ella les miró en silencio pensando en lo absurdas que parecían todas las conversaciones en aquel momento, como si fuesen actores que, forzando el papel, recitasen frases sin sentido e inconexas. No quería estar allí, no quería actuar con normalidad, no quería fingir que nada había pasado.

—Llámeme y comemos juntas antes de regresar, ¿le apetece?

—Me apetece mucho —dijo forzando una sonrisa.

La doctora se inclinó hacia ella.

—Parece que alguien más la reclama.

Se volvió hacia la calle y vio un vehículo, a todas luces oficial, detenido al otro lado de la verja del templo; desde el asiento del conductor alguien le hacía señas. Cuando se estaba acercando, el chófer descendió del automóvil y le abrió la puerta trasera. En el interior, el padre Sarasola esperaba. Vencida la sorpresa inicial, levantó una mano para despedirse de los doctores y subió al coche.

—Siento tener que verla en estas circunstancias, inspectora. Es una pérdida lamentable. Le conocí brevemente, pero el subinspector Etxaide me pareció un joven brillante y muy prometedor.

—Lo era —contestó ella.

—¿Le apetece acompañarme en un corto paseo?

Ella asintió y el vehículo se puso en marcha. Permanecieron silenciosos mientras el chófer maniobraba por las estrechas calles del casco viejo, en las que los asistentes al funeral se mezclaban con los *txikiteros* de cada tarde. La pregunta de Sarasola le sorprendió.

—¿Podría decirme qué circunstancias han rodeado la muerte del subinspector Etxaide?

Lo pensó. Los hechos habían aparecido en la prensa, pero, proveniente de un hombre que se distinguía por conocer en todo momento lo que ocurría en aquella ciudad, la pregunta tenía más fondo.

—Podría, si usted me dice primero por qué tiene tanto interés en los detalles. La noticia es pública, y me consta que usted tiene cumplida información de todo lo que acontece en Pamplona.

Él hizo un gesto afirmativo.

—Por supuesto, he leído la prensa y tengo la opinión de algunos «amigos», pero quiero saber qué piensa usted. ¿Quién ha matado al subinspector Etxaide y por qué?

El interés de Sarasola suscitaba el suyo propio, aunque no estaba dispuesta a compartir información con él sin antes conocer sus cartas. Desvió la mirada y contestó evasiva:

—Todo ha sucedido muy rápido, la investigación aún está abierta a todo tipo de hipótesis, y seguramente también sabrá que es otro equipo el que lleva el caso.

Él sonrió condescendiente.

—Oficialmente.

—¿Qué quiere decir? —preguntó ella.

—Quiero decir, inspectora, que no me creo que se haya retirado de la investigación más allá de donde establece la mera apariencia.

—Pues créame, padre, si le digo que no sé por dónde empezar.

El coche avanzaba por una de las avenidas arboladas que rodeaban el campus universitario. A diferencia del centro de la ciudad, la nieve allí se veía intacta, como si acabase de caer. Sarasola golpeó con los dedos el asiento del conductor, y éste hizo un gesto de asentimiento con la cabeza, detuvo el vehículo unos metros más adelante, bajó del coche se puso un abrigo y encendió un cigarrillo, que fumó con fruición mientras se alejaba. Sarasola se ladeó en su asiento para mirarla de frente.

—¿Cree que la muerte del subinspector Etxaide guarda relación con la investigación que llevaban a cabo?

—¿Se refiere al caso Esparza? Como sabrá, el sospechoso se suicidó en prisión; luego intentamos un avance por otra línea pero no resultó.

Sarasola asintió mientras Amaia suponía que también le habrían llegado noticias del infortunio de sus pasos en Ainhoa.

—Inspectora, sé que no puede revelarme aspectos de la investigación, pero no me subestime; ambos sabemos que lo llamativo en este caso no residía en Valentín Esparza, sino en su relación con el doctor Berasategui.

—Hasta donde conocemos la relación fue circunstancial, un testigo ha declarado que participó en reuniones de terapia del duelo que Berasategui impartía como parte de un voluntariado. Ni siquiera hay constancia en los documentos que le incautamos al doctor.

Sarasola suspiró juntando las manos como si fuese a rezar.

—No los tiene todos.

Ella abrió la boca, incrédula.

—¿Me está diciendo que ocultaron datos y desviaron informes que podían ser relevantes para la investigación?

—Me temo que no soy el responsable de esto, inspectora. Hay autoridades a las que debo someterme.

Ella le miraba anonadada.

—Negaré esta conversación si se le ocurre hacerla pública, pero el fallecimiento del subinspector Etxaide me ha hecho pensar que quizá deba conocer esos detalles.

—Asesinato —dijo ella con rabia—. El subinspector Etxaide no ha fallecido, ha sido asesinado. ¿Y quién se cree para decidir qué información es pertinente que conozcamos en la investigación de un crimen?

—Cálmese, inspectora; soy su amigo, aunque le cueste creerlo, y si estoy aquí es para ayudarla.

Ella apretó los labios conteniéndose y esperó.

—El doctor Berasategui guardaba en la clínica un minucioso fichero cifrado de todos y cada uno de los casos en los que había trabajado o trataba tanto en la clínica como en su actividad privada, incluido el caso Esparza.

—¿Dónde están? ¿Los tiene usted?

—No los tengo. Cuando el doctor Berasategui fue detenido por estar implicado en la liberación de Rosario y en los crímenes conocidos como del Tarttalo, las más altas autoridades vaticanas se interesaron por el asunto. Como ya le expliqué en otra ocasión, el ejercicio de la psiquiatría es a menudo vehículo para hallar casos en los que se da ese matiz especial que nos preocupa y que la Iglesia se ha dedicado a perseguir desde su fundación.

—El matiz del mal —dijo ella.

Él arqueó las cejas y la miró fijamente.

—El doctor Berasategui había realizado importantes avances en este campo que, no obstante, nos mantuvo ocultos. Cuando el caso explotó, se procedió a la revisión de sus ficheros, que las autoridades vaticanas separaron del resto por entender que no tenían interés para la investigación policial y, sin embargo, eran de una naturaleza perturbadora y difícil de asimilar para el gran público. Por seguridad fueron trasladados a Roma.

—¿Se da cuenta de que robaron pruebas de un caso?

Él negó.

—La autoridad eclesiástica está por encima de la policial en estos asuntos. Créame, no puede hacer nada al respecto, salieron del país en valija diplomática.

—¿Y por qué me lo cuenta ahora?

Sarasola dirigió una larga mirada al exterior antes de regresar a sus ojos.

—Le he dado muchas vueltas al asunto antes de decidirme a hablar con usted, y si lo he hecho es debido a la naturaleza de la consulta que me realizó en su última visita a la clínica.

—¿Sobre Inguma?

—Sobre Inguma, inspectora. —Hizo una pausa y se tocó los labios con la punta de los dedos, como si dudase entre dejar salir lo que iba a decir o contenerlo dentro—. ¿Conoce el hecho de que en los últimos meses el Vaticano ha nombrado a ocho nuevos exorcistas autorizados para ejercer su labor en España? No es casual, con el Vaticano nada lo es. Desde hace tiempo venimos preocupándonos por la proliferación de grupos y sectas que actúan en todo el territorio. En este momento, en el país hay activos sesenta y ocho. Un llamado grupo A engloba colectivos que no dañan ni física ni económicamente a sus practicantes, pero una buena parte de ellos pertenecería a los grupos B y C, que causan daños económicos, psíquicos y físicos, violencia, prostitución forzada, fabricación y venta de armas, drogas, tráfico de niños y de mujeres convertidas en esclavas. Y por último el grupo D, con las peores características de los grupos B y C, lo constituyen sectas satánicas que se inclinan hacia el extremo máximo de violencia, llegando al asesinato, pero no como negocio, sino como ofrenda o sacrificio al mal. Algunos de estos falsos profetas llegaron con la inmigración trayendo sus prácticas de vudú, santería y otros ritos desde sus países de origen; otros grupos surgieron al calor, o debería decir al frío, de la crisis económica y de valores, en la que algunos han visto una provechosa mina en la que nutrirse de la desesperación y el deseo de medrar de mucha gente. No se nos escapa la responsabilidad de la Iglesia, que en los últimos tiempos no ha sabido adaptarse a las exigencias de sus feligreses, que han salido en desbandada; no hay más que entrar en un templo en una ciudad cualquiera entre semana para comprobarlo. La mayoría de la población se declara laica, agnóstica e incluso atea. Nada más alejado de la verdad. El ser humano busca a Dios desde el principio de los tiempos, porque hacerlo es buscarse a sí mismo y el hombre no puede renunciar a su propia naturaleza espiritual; por más que grite a los cuatro vientos lo contrario, tarde o temprano seguirá un dogma, una doctrina, una regla existencial perfecta que le dará la pauta de vida, la fórmula de la plenitud y la protección frente al abismo del universo y al vacío de la muerte. Da igual, ateos, santeros, consumistas irredentos, seguidores de cualquier creencia o moda, todos los seres humanos ansían lo mismo, vivir una vida de perfección y equilibrio. De un modo u otro buscan una suerte de santidad, buscan la protección, la fórmula para defenderse de los peligros del mundo. La mayoría pasa por la vida sin hacer daño a nadie, pero a veces esa búsqueda lleva a caer en manos del mal. Las sectas ofrecen cura para las enfermedades incurables, fórmulas para atraer el trabajo, ganancias a los negocios y los hogares, protección frente a los enemigos reales o imaginarios, y además sin los impedimentos y reglas que impone la Iglesia. Está bien codiciar, envidiar, poseer a cualquier precio, dar rienda a la gula, la ira, la venganza, un parque temático para los más bajos instintos.

Ella asintió perdiendo la paciencia.

—Le escucho, padre, pero ¿qué tiene que ver todo esto con el asesinato del subinspector Etxaide?

Él lo pensó bien antes de responder.

—Puede que nada, pero un reputado psiquiatra de mi equipo clínico resultó ser el inductor de una serie de horribles crímenes; además, estuvo implicado en el traslado a nuestro centro de su madre y en su posterior fuga, unido a lo que evidentemente tenía intención de llevar a cabo en aquella cueva con su hijo. Berasategui planeó y ejecutó sus planes en un larguísimo período de tiempo. Tengo entendido que los primeros crímenes del tarttalo datan de diez años atrás. Entonces debía de estar recién salido de la universidad.

Amaia siguió las explicaciones del padre Sarasola con creciente atención.

—Si tenemos en cuenta que usted se presentó en mi consulta preguntando por un demonio que mata a los durmientes y que Berasategui tuvo relación con Esparza, que posteriormente asesinó a su hija, y con su madre, que pretendía hacer lo mismo con su hijo, y si además uno de los policías que lo investiga es asesinado, tengo, por fuerza, que alarmarme.

Ella pensó en la tumba vacía de su hermana y, por un instante, hasta dudó entre contárselo a Sarasola o no.

—Padre Sarasola, ¿por qué tengo la sensación de que, a pesar de todo lo que me ha dicho, aún no me ha dicho nada?

Él la miró con admiración.

—Navarra es importante, ¿sabe? Siempre lo ha sido. Tierra de santos y columna de la Iglesia, pero también, y quizá por eso mismo, la presencia del mal a través de los siglos ha sido una constante, y no me refiero a los procesos inquisitoriales, a comadronas y herboleras, sino a los horribles crímenes que inspiraron durante siglos las leyendas que han llegado hasta nuestros tiempos. La brujería y las prácticas satánicas que incluían sacrificios humanos no son cosa del pasado. Hace tres años, un hombre se presentó en una comisaría de Madrid junto a su abogado para confesar que el remordimiento no le dejaba vivir. En 1979 se había establecido junto con un grupo bastante numeroso en un caserío de la localidad navarra de Lesaka.

La mención de Lesaka consiguió captar toda la atención de Amaia, mientras a su mente acudía el recuerdo de su primera conversación con Elena Ochoa.

—El grupo estaba regentado por un dirigente, un hombre que se presentaba a sí mismo como psicólogo o psiquiatra y que no vivía en la misma casa, pero que les visitaba con asiduidad. Según sus declaraciones, el grupo practicaba la brujería tradicional invocando a las entidades ancestrales, y en el transcurso de sus ceremonias y aquelarres, como él mismo los llamó, procedían al sacrificio de distintos animales, corderos y gallos principalmente, así como a la práctica de orgías y rituales en los que se cubrían de sangre o la ingerían. Al cabo de los meses, una de las parejas que formaban el grupo tuvo un bebé. Según el denunciante, ambos lo ofrecieron al grupo como máximo sacrificio. La niña tenía apenas unos días cuando fue asesinada en un ritual satánico como ofrenda al mal. El testigo relató con detalle el modo en que le arrebataron la vida, en una horrible ceremonia en la que se cometieron aberraciones de todo tipo. Pocos meses después, el grupo se desintegró dispersándose por todo el país. Entre los imputados hay abogados, médicos y un educador, y muchos de ellos son padres. El caso se lleva en un juzgado de Pamplona.

—No —negó ella—. Eso es imposible, conozco todos los casos de homicidio abiertos en esta ciudad.

—El juez que lo lleva decretó el secreto de sumario y, como le digo, la denuncia se hizo en Madrid, ante otro cuerpo de policía. Si se trasladó a Pamplona es porque el presunto delito se cometió en Navarra, y el responsable del juzgado tuvo el buen criterio de decretar el secreto de sumario inmediatamente, debido a la naturaleza delicada del asunto y a la alarma social que generaría, así como por el daño que una acusación de ese tipo que aún no ha sido probada podría causar en los implicados, pero sobre todo por seguridad. El hombre que denunció el caso vive oculto y bajo protección policial y eclesiástica.

Amaia escuchaba asombrada sintiéndose absolutamente idiota ante aquel hombre que, sin pertenecer a un cuerpo de seguridad, sabía más de un caso de homicidio que ella misma. Se fueron sucediendo las imágenes de una niña vestida con harapos que apenas daba sus primeros pasos cruzando el prado que separaba Argi Beltz de Lau Haizeta; su propia madre saliendo de madrugada para acudir a aquellos encuentros; su *amatxi* Juanita llorando mientras le cantaba; los certificados de defunción amañados por la enfermera Hidalgo y su sonrisa torcida; la tumba vacía de su hermana, y la suave y oscura pelusilla que asomaba de aquella mochila en el suelo; el cadáver de Elena Ochoa en un charco de sangre, las cáscaras de nuez y el aroma de la muerte que desprendía el cuerpo caliente.

—¿Hallaron el cuerpo? —preguntó en un susurro.

—No, el testigo no sabe qué pasó con él, duda de si acabó enterrada en el bosque o en otro lugar. Sólo sabe que se la llevaron.

Hizo un esfuerzo por esquivar las imágenes que, como proyectadas por una moviola, se repetían una y otra vez en su cabeza, y miró a Sarasola intentando poner orden en su mente.

—Conozco una historia casi idéntica, con la diferencia de que ésta se produjo en un caserío de Baztán. Los padres prepararon mejor su coartada y nunca han sido investigados por ello.

Sarasola la miró paciente mientras asentía.

—Sí, en el caserío donde el doctor Berasategui impartía sus terapias de ayuda en el duelo; también era una niña y ocurrió en el año...

—En el año en que yo nací —terminó ella.

37

Los padres de Jonan vivían en un pequeño ático que, en compensación por los escasos metros del interior, reinaba sobre una terraza que se extendía por toda la superficie del edificio, asomándose sobre la ciudad anochecida e iluminada que refulgía por el efecto de la nieve acumulada, cada vez más escasa y que, sin embargo, permanecía intacta en la extensión del balcón, tras los cristales. Sonaba música de fondo, no muy alta, y una chica le había puesto en la mano un vaso de whisky, que apuró sin preguntar. Los padres de Jonan permanecían juntos y rodeados por un grupo de familiares que en ningún momento los dejó solos. Él la cogía por el hombro y, a ratos, ella apoyaba la cabeza en el pecho de él, en un gesto pequeño e íntimo de infinita confianza. La mayoría de los invitados eran muy jóvenes, ¿qué se podía esperar? La madre le había dicho que era una reunión de amigos, y los de Jonan no podían ser muy mayores. La conminaron a acercarse en cuanto la vieron y ella lo hizo, abandonando el vaso vacío sobre un mueble. Ambos la abrazaron.

—Gracias por venir, inspectora.

—Amaia —rogó ella.

—Está bien, Amaia —contestó la madre, sonriendo—. Gracias.

—Jonan la admiraba y la respetaba profundamente —dijo solemne el padre.

No pudo evitar pensar en las palabras de los de Asuntos Internos: «¿Le autorizó usted a entrar en su correo?».

—Yo también admiraba y respetaba a su hijo —dijo sintiéndose un poco mezquina, un poco traidora. Alguien más se acercó a saludarles, y ella aprovechó para huir hacia la cocina, donde la chica de antes preparaba nuevas copas; tomó una y apuró un buen trago, visualizando el whisky amargo y sedoso al bajar por su garganta hasta caer en su estómago, encogido y vacío. La conversación con Sarasola la había dejado extenuada, acabando con las pocas fuerzas que le quedaban. Había entrado en la casa de Mercaderes esperando hallar un refugio contra la inseguridad y el miedo, y tan sólo había encontrado allí el vacío de su familia ausente, la oscuridad, las habitaciones demasiado grandes, los altos techos contra los que el eco de sus pasos había rebotado, los objetos amados de su hijo, la presencia callada de James. Había encendido todas las luces mientras recorría la casa vacía, sintiendo el peso de las ausencias y arrepintiéndose de estar allí. Frente al espejo de su dormitorio, se había despojado del uniforme de gala y lo había estirado sobre la cama, mientras miraba con tristeza la guerrera roja que se ponía para recibir medallas y que a partir de ese día y para siempre sería el traje de los funerales. Eligió unos vaqueros y una camisa blanca, y se enfundó un jersey negro encima y unas cómodas botas que le permitirían moverse sin peligro por el resbaladizo pavimento de la ciudad; después se soltó la goma que sujetaba el pelo y comenzó a cepillarlo mientras en su mente se repetía, palabra por palabra, la conversación mantenida con Sarasola. Brujería, sacrificio de bebés y tumbas vacías, el Vaticano y los archivos de Berasategui, la tumba de los Tremond Berrueta volada por los aires y el cadáver de Jonan en medio de un charco de sangre. Consiguió que hasta la teoría de Sarasola de que la muerte de Jonan tuviera algo que ver con todo aquello casi le pareciera idílica en comparación con los datos que ella conocía, con lo que los de Asuntos Internos sospechaban, y con aquello en lo que no quería pensar, en la sola posibilidad de que... Soltó el cepillo, corrió hasta el baño, se inclinó sobre el váter sujetándose el pelo y vomitó. Cuando la náusea cedió, se volvió hacia el espejo y miró su imagen desdibujada por las lágrimas provocadas por el esfuerzo. Abrió el grifo y se lavó la cara y los dientes.

—No puede ser —le dijo a su reflejo, y salió de aquella casa que se le caía encima... Y en ese momento, con la segunda copa, comenzaba a sentir el balsámico efecto del alcohol recubriendo su estómago y produciéndole, por primera vez en los últimos días, una sensación semejante a la normalidad. Regresó al salón a tiempo de ver cómo Montes y Zabalza saludaban a los padres de Etxaide. Iriarte le hizo una seña y se la llevó a un lado.

—¿Qué le parece? —Sin duda se refería a la teoría de los de Asuntos Internos; era evidente que también habían hablado con los demás.

—No lo sé, Iriarte, tiene que ser un error, quiero que sea un error —dijo más bajo.

Él asintió.

—... Pero cuadra lo de la orden, ese día accedió a su ordenador y pudo verla.

—Eso no significa nada, pudo acceder para otra cosa.

—¿Sin autorización?

—¡Por Dios!, él conocía todos mis pasos, no necesitaba mi autorización.

—¿Tampoco para el correo personal?

—¡Cállese! —dijo demasiado alto. Miró alrededor y bajó la voz—. Aún no sé nada, estoy tan confusa como usted, pero estamos aquí como sus amigos para honrar su memoria. Hablaremos mañana.

Iriarte tomó un vaso de los que repartía la chica y se alejó hacia el centro del salón. Montes le sustituyó.

—Yo no lo creo —dijo contundente—. Sí que creo que accedió al ordenador, a las pruebas nos remitimos, pero no... Ya sabe cómo era con los ordenadores, seguro que ac-

cedió para instalar un antivirus o alguna pollada de ésas
—comentó despectivo para intentar quitarle importancia.

Amaia asintió sin convicción.

—No quiero hablar de esto ahora.

—Y yo lo entiendo, pero no se enfade con Iriarte, ya
sabe lo persuasivos que son los de Asuntos Internos cuando
creen haber olisqueado una presa. Está muy preocupado
—dijo haciendo un gesto con la barbilla hacia él—. Todos
lo estamos —añadió fijándose en Zabalza, que se había
sentado y escuchaba silencioso y con el vaso intacto en la
mano a un grupo de amigos de Jonan que explicaban con
gran tristeza algo que a todas luces parecía muy divertido.

—Amaia —llamó la madre de Jonan. Junto a ella
estaba un hombre joven, que reconoció al instante como
el de la foto en la cubierta del barco que Jonan tenía en
su habitación. —Quiero presentarle a Marc, la pareja de
Jonan.

Le tendió la mano y, al mirar su rostro, vio todos los
signos del intenso sufrimiento que padecía. Los ojos delataban el llanto reciente, pero no había debilidad en el gesto con el que apretó su mano tras separarse de su suegra y
llevársela aparte.

—Marc —habló ella—. No lo sabía, me siento terriblemente avergonzada por ello, pero no sabía que estuvie-
seis juntos.

Él tomó un par de vasos llenos y le tendió uno.

—No se torture, él era así, muy reservado con sus cosas. Sin embargo, a mí sí que me hablaba de usted.

Ella sonrió.

—¿Me acompañas fuera? —dijo dirigiéndose a la terraza. Tomó su abrigo y salió pisando la nieve, que ya había perdido su textura seca y se deshizo bajo sus pies. Avan-
zaron hasta la barandilla y durante un minuto se limitaron
a mirar las luces de la ciudad y a beber en silencio.

—Nos conocimos en Barcelona hace un año. ¿Sabes
que el mes que viene me iba a venir a vivir aquí? Habría-

mos vivido juntos mucho antes, pero para él quedaba totalmente descartado dejar su trabajo, así que logró convencerme para que lo hiciera yo. Pedí el traslado en mi empresa, que por suerte tiene sucursal aquí... Y ahora —dijo separando los brazos en gesto de desamparo—, yo estoy aquí y él se ha ido.

Sintió la rabia creciendo en su interior, esa clase de rabia que te impulsa a correr, a gritar y a hacer promesas que quizá no puedas cumplir.

—Escúchame, voy a cogerle, cogeré al responsable de esto, te lo juro. Él apretó los ojos y la boca conteniendo apenas el llanto.

—¿Y qué más da? Eso no va a devolvérmelo.

—No —dijo ella—. No nos lo devolverá.

Y la absoluta certeza de sus palabras la ahogó con el peso de aquella realidad que se negaba a aceptar. Comenzó a llorar lágrimas grandes y rotundas en un caudal imposible de contener, lo sabía, pero aun así intentó hacerlo y sólo consiguió gemir con un llanto que le brotaba desde el estómago haciendo temblar todo su cuerpo. Marc la abrazó llorando con ella de ese modo arrasador y absoluto que te vacía como si te diera la vuelta, dejando todos tus nervios expuestos al aire, reservado para llorar junto a los que sienten el mismo dolor que tú. Estuvieron así, pegados el uno al otro, rotas todas las barreras del decoro, llorando y sosteniéndose mutuamente, unidos por el sentimiento que tiene la propiedad de hermanar y de aislar a los seres humanos como ningún otro.

—Debemos de parecer un par de marineros borrachos —dijo Marc al cabo de un rato.

Ella rió mientras se pasaba una mano por el rostro y, separándose de él, reparaba en que aún tenían los vasos en la mano. Los elevaron en mudo brindis y bebieron.

Él miró de nuevo hacia las luces de la ciudad.

—¿Reconoces esa sensación de darse cuenta, una vez que algo ha sucedido, de que mientras lo vivías no eras consciente del significado de las cosas que ocurrían

y, de pronto, cuando todo ha pasado, se te revela haciéndote sentir como un idiota? Como si hubieras ido por el
mundo sin percatarte de nada, como descubrir que has
pasado bailando por un campo de minas, inconsciente e
idiota.

Ella hizo un gesto cómplice.

—Él lo sabía.

—¿Qué sabía? —lo interrogó.

—Que estaba en peligro, no sé si la palabra es ésa, si
sospechaba o era plenamente consciente de la amenaza.

—¿Te dijo algo? —Se interesó más.

—No exactamente, pero, como he dicho, cosas que
hizo y dijo, que son las que me pasaron desapercibidas,
ahora cobran significado. No estoy seguro de si se sentía
amenazado hasta este punto, aunque no lo creo, de eso
me habría dado cuenta. Además, sus compañeros han dicho que ni siquiera cogió su pistola cuando abrió la puerta, así que el peligro no debía de parecerle inminente;
pero de algún modo él presintió que quizá algo podía pasar, y dejó un mensaje para usted.

—¿Para mí? —se sorprendió.

—Bueno, no es un mensaje al uso, pero hace más o
menos quince días me dijo que preparaba algo para usted
y que, si no podía dárselo él, debería hacerlo yo.

Amaia se quedó sin aliento.

—¡Oh, por Dios!, ¿qué te dio?

Él negó.

—No me dio nada; es a eso a lo que me refería, cosas
que en aquel momento no parecían tener sentido y que
ahora, de pronto, cobran importancia. Dijo que debería
decirle una palabra.

—¿Una palabra? —repitió decepcionada.

—Sí, dijo que usted sabría cómo usarla.

—¿Qué palabra?

—«Ofrenda.»

—¿Ofrenda y nada más?

—Ofrenda y su número. Nada más.

—¿Estás seguro? Trata de recordar en qué contexto te lo dijo, de qué estabais hablando. ¿Quizá te contó algo primero?

—No, eso fue lo que me dijo, que tenía algo para usted y que, si no podía dárselo, yo debería recordar esta palabra, «ofrenda», y su número.

Huyó, o por lo menos tuvo esa sensación. Sólo se despidió de Marc y de los padres de Jonan. Aterida y agotada como estaba tras el llanto en la terraza, sintió sin embargo algo parecido a un alivio que, sabía, sería temporal. Antes de salir del piso reparó en el subinspector Zabalza, que seguía sentado en el mismo lugar con el grupo de amigos de Jonan, inmóvil, con el vaso intacto entre las manos y con un leve atisbo de sonrisa en su rostro, relajado de un modo inusual en él. Ni siquiera habían vuelto a cruzar un par de palabras tras su intento de bloquear su entrada en el piso de Jonan. Bajó en el ascensor observando su imagen en el espejo, demasiado iluminado. Los ojos un tanto enrojecidos y nada más; casi deseó unas ojeras como las de Iriarte o el rostro ceniciento de Zabalza. Quería llevar visibles los signos del dolor, quería romperse y dejarse ir por una vez. Se detuvo en el portal a abotonarse el abrigo mientras observaba ambos lados de la calle tratando de ubicarse y decidir en qué dirección caminar. Salió y echó a andar, mirando con desagrado los montones de nieve sucia que comenzaban a fundirse en un lento proceso de agonía acuosa que encharcaba las aceras y que ella odiaba en la ciudad.

En Elizondo, tras el deshielo y la lluvia, el agua sabía adónde ir. Cuando era pequeña, le gustaba salir justo cuando la lluvia cesaba y escuchar el suave rumor del agua goteando desde los aleros de los tejados, deslizándose entre las juntas de los adoquines, resbalando por la superficie empapada de las hojas y las cortezas oscuras de los árboles, volviendo, regresando al río, que como una remota criatura milenaria llamaba a sus hijos a unirse de nuevo al caudal antiguo del que procedían. Las calles empapadas brillaban con la luz que se abría paso entre los claros, arrancando destellos de plata que delataban el movimiento pequeño del agua hacia el río. Pero aquí el agua no tenía madre, no sabía adónde ir, y se derramaba por las calles como sangre vertida.

Observó a los clientes de un bar, que fumaban apelotonados en la puerta, y creyó reconocer entre un grupo que entraba una figura conocida. Oyó entonces su nombre y se volvió sorprendida al reconocer la voz de Markina. El juez avanzaba desde su coche, aparcado frente al portal del que ella acababa de salir. Le había visto un instante mezclado entre la gente en el funeral, pero ahora su aspecto era distinto. Vestía vaqueros y un grueso chaquetón marinero. Pensó que parecía más joven. Detenida en mitad de la acera, esperó a que él llegase a su altura.

—¿Qué hace aquí? —preguntó arrepintiéndose inmediatamente.

—Esperarte.

—¿A mí?

Él asintió.

—Quería hablar contigo y sabía que os reuniríais aquí.

—Podía haberme llamado...

—No quería decirte esto por teléfono —dijo acercándose hasta casi rozarla—. Amaia, lo siento por ti, lo siento por él, sé que teníais una relación especial...

Ella apretó los labios conmovida y apartó la mirada, dirigiéndola a las luces lejanas de la avenida.

—¿Adónde ibas? —preguntó el juez.

—Buscaba un taxi, supongo...

—Yo te llevo —dijo él haciendo un gesto hacia su coche—. ¿Adónde quieres ir?

Ella lo pensó un segundo.

—A tomar una copa.

Él hizo un gesto interrogativo hacia el bar cercano.

—... Pero aquí no —objetó ella recordando al grupo que acababa de entrar. Lo último que le apetecía era mantener conversaciones sociales y contestar con manidas fórmulas de gratitud a otras más manidas aún de condolencia.

—Conozco el lugar perfecto —contestó él accionando la manija de su coche.

La sorpresa debió de reflejarse en su rostro cuando Markina detuvo el vehículo ante el hotel Tres Reyes, en pleno centro de la ciudad.

—No te sorprendas, este hotel tiene un magnífico bar inglés y los mejores *gin-tonics* de la ciudad, con la ventaja de que sus clientes son, en su mayoría, viajeros de paso y de fuera de Pamplona. Vengo aquí cuando me apetece una copa tranquila y no encontrar a conocidos.

Probablemente tenía razón, en todos los años que hacía que vivía en Pamplona no recordaba haber entrado al *lobby* del hotel jamás.

—Usted debería saberlo, inspectora. Los bares de los hoteles propician por tradición reuniones de negocios legales y no tanto, y el escenario cinematográfico perfecto para los encuentros discretos.

Ella se dirigió a las altas banquetas de la barra, dando la espalda al resto del local y rechazando de forma instintiva las mesas bajas que se repartían por todo el bar. Estaba lo bastante animado como para pasar desapercibidos entre los clientes y lo suficientemente tranquilo como para que pudieran mantener una conversación por encima del sonido de la música procedente del fondo del local, donde un cuarteto de *jazz* interpretaba sin estridencias piezas muy conocidas. El barman, que rondaría la cincuentena, colocó ante ellos los posavasos y la carta de *gin-tonics*, en la que aparecían una docena de recetas y que ella rechazó sin mirar.

—Creo que seguiré con whisky, es lo que bebían en la

reunión en casa de los padres de Jonan —explicó—. No sé siquiera si había otra cosa, una chica muy guapa repartía vasos sin opción a elegir, como en un funeral irlandés.

—Dos whiskies entonces —pidió Markina al barman.

—Macallan —puntualizó ella.

—Excelente elección, señora —respondió educado el hombre—. ¿Sabe que en 2010 una botella de Macallan de sesenta y cuatro años se subastó en Sotheby's por cuatrocientos sesenta mil dólares?

—Espero que no fuera ésta —bromeó ella mientras observaba el modo ceremonioso con que el barman vertía el whisky en los vasos. Markina los tomó en sus manos y le tendió uno.

—Sigamos entonces con la costumbre irlandesa y brindemos por él.

Ella levantó su vaso y bebió, sintiéndose aliviada y confusa a la vez. Sabía que, en parte, ello se debía a la presencia del juez a su lado y a tener que reconocer que en las últimas horas, sumada a la pesadilla que se había desatado a su alrededor, parte de su tristeza había procedido del hecho de que él estuviese enfadado con ella, del temor a haber perdido el pequeño vínculo que de alguna manera le unía a él, de haberle decepcionado, de no volver a verle sonreír de aquella forma. Él estaba contando que había asistido a un funeral irlandés en una ocasión, hablaba de lo triste y emotivo que había sido ver a toda aquella gente celebrar la vida del difunto, de la antigua tradición de que los funerales durasen tres días porque, según las leyendas locales, si al fallecido le podía quedar un resquicio de vida, si sufría catalepsia o estaba fingiendo su muerte, ésta sería la prueba definitiva, porque ningún irlandés resistiría tres días de bebida, fiesta y amigos disfrutando a su alrededor sin levantarse de su ataúd. Era una bonita historia que escuchó simulando prestar atención, mientras su mirada quedaba atrapada una vez más en el dibujo de sus labios, en la punta de su lengua asomando brevemente para lamer el whisky que quedaba depositado sobre ellos, en la cadencia de su voz, en sus manos rodeando el vaso.

—No te imaginaba bebiendo whisky —observó él.

—Durante la autopsia, mientras esperábamos en el despacho de San Martín, el doctor sacó una botella y tomamos un trago... No sé, nunca había pensado en la tradición de brindar por los muertos, no estaba planeado..., el caso es que lo hicimos, y hoy, en la casa de sus padres, de nuevo whisky. Tiene algo, no sé qué es, con una extraordinaria capacidad sedante que permite mantener la mente clara y el pensamiento coherente, pero sin que duela tanto —dijo bebiendo otro trago y apretando los labios.

—Lo cierto es que no parece gustarte mucho.

Ella sonrió.

—Y no me gusta, pero me gusta cómo me hace sentir, creo que comprendo a los irlandeses y que siempre relacionaré el sabor del whisky con la muerte. Cada uno de estos tragos amargos es como comulgar, dejar que te limpie y te cure por dentro. —Bajó la mirada y quedó en silencio unos segundos. Odiaba la sensación del llanto yendo y viniendo; cuando ya parecía controlada, la angustia crecía como un tsunami y las ganas de llorar casi la ahogaban en su intento de contenerlas.

Sintió la mano de él sobre la suya, y el contacto con su mano fuerte, con su piel cálida, fue una descarga de energía magnética suficiente para erizar los pelos en su nuca, para hacerle recuperar el control. Apartó la mano y disimuló tomando el vaso y apurándolo. Markina hizo un gesto al barman, que se acercó portando la botella de Macallan casi como si llevase a un bebé.

—Todo es muy raro; por ejemplo, estar aquí bebiendo con usted, la última persona con la que habría imaginado acabar bebiendo esta noche —dijo ella cuando el barman se hubo alejado.

—¿Cuándo vas a empezar a tutearme definitivamente?

—Supongo que cuando usted se aclare sobre si soy Salazar, la inspectora o Amaia, la incauta que le pone en ridículo. —El reproche le salió rápido y sin cortapisas; estaba cansada y suponía que un poco borracha, no le quedaba paciencia para tonterías. Sin embargo, al ver el gesto de disgusto en él, se arrepintió de inmediato de haberlo dicho.

—Amaia... Lo siento, imagino que...

—No —dijo cortándole—. Yo lo siento, lo siento mucho. —Le miró a los ojos—. Y no por la jueza francesa ni por su informe de quejas, lo siento por Yolanda Berrueta y lo siento por ti—. Él escuchaba inmóvil, en silencio—. Confiaste en mí, me hablaste de tu madre, y yo como nadie sé cuánto puede llegar a costar eso. Tomé la decisión de acudir a la jueza francesa porque creí sinceramente que podría tener algo. Si no te lo comuniqué no fue porque te considerase débil o demasiado sensibilizado con el tema, aunque es obvio que lo estás.

Él levantó una ceja y sonrió un poco.

Le habría besado en aquel instante.

—Me pediste más, me dijiste que debía traerte algo más sólido, y pensé que lo hallaría en aquella tumba de Ainhoa. Me equivoqué, pero lo cierto es que, y esto me lo hizo ver Jonan Etxaide, la jueza observó indicios suficientes como para emitir la orden, si no, no lo habría hecho.

—Eso es pasado, Amaia —susurró él.

—No, no lo es si sigues creyendo que de forma intencionada pasé sobre ti.

—No lo creo —dijo él.

—¿Estás seguro?

—Completamente —dijo sonriendo de aquel modo. Pensó que era la calma que guardaba el gesto lo que la hechizaba, el modo directo en que la miraba mientras lo hacía, la hermosura perfecta del acto que parecía nuevo en él cada vez y que, sin embargo, ella podía recrear con detalle, y supo que había sido aquello lo que había temido perder, lo que no habría soportado perder. Miró su boca durante un par de segundos y desvió su mirada hacia el vaso, del que bebió preguntándose cuántas veces un trago de whisky sustituye a un beso.

Estaba borracha cuando a las tres cesó la música en el bar y, aun así, fue consciente de que lo estaba. El licor había actuado como un bálsamo aceitoso, cubriendo sus heridas con un tibio manto que le permitía sentir que aquellas bestias furiosas que le mordían el alma ahora dormían sedadas por el mágico poder de dieciocho años en barrica de roble. Era consciente de que sería un alivio pasajero y de que, cuando las bestias despertasen, sería de nuevo insufrible, pero al menos durante unas horas había conseguido quitarse de encima el peso que la ahogaba aplastando sus pulmones e impidiéndole respirar. La música había cesado hacía mucho y con ella se habían marchado la mayoría de los clientes. Habló, sobre todo, de Jonan, permitiéndose pensar en él de un modo dulce, sin la carga de su imagen en el suelo, de sus manos vacías reposando sobre el charco de sangre, de su rostro sin vida. Recordando cómo se habían conocido, cómo había llegado a ganarse su respeto. Casi sonrió recordando su animadversión a tocar cadáveres, sus extraordinarios conocimientos de historia criminal. El llanto regresó y lo contuvo mientras hablaba desinhibida por el alcohol, aunque, aun así, inclinó un poco el rostro para escapar de la mirada del barman, que, discreto conocedor de su oficio, se había apostado en el lugar más alejado de la barra y allí abrillantaba vasos como si se tratase de algo primordial.

Markina la escuchó en silencio asintiendo cuando debía hacerlo, haciendo un nuevo gesto al camarero para que llenase los vasos, que él coleccionaba intactos. Recordaría más tarde el espejo que ocupaba todo el fondo de la barra, la iluminación estratégica que permitía apreciar la variedad ambarina de botellas de licor, el brillo de los vasos alineados, la blancura de la chaquetilla del barman, las notas desordenadas de la música, algunas palabras y los ojos de Markina. Poco a poco la niebla lo cubrió todo y los recuerdos se volvían confusos. Estaban saliendo del bar y volvía a nevar, pero los copos eran pequeños y húmedos, poco más que gotas de lluvia heladas. No, no eran aquellos copos grandes como pétalos de rosas antiguas, aquellos casi irreales que habían caído para detener el mundo. Elevó el rostro hacia la luz de una farola y los vio precipitarse como enjambres furiosos cayendo sobre sus ojos mientras deseaba una nevada capaz de sepultarla, capaz de acabar con su pena. Y, de pronto, las bestias dormidas que vivían de su dolor, para las que la negación ya no era suficiente y tampoco Macallan, con su trampa color caramelo que había parecido calmarlas, ahora, con cuatro copos de nieve, despertaban más feroces y despiadadas que antes.

Markina se detuvo junto al coche y la observó. Miraba caer la nieve y lo hacía como presenciando un evento extraordinario. Había avanzado hasta situarse bajo la luz de una farola y alzaba el rostro, que en el acto quedó empapado de los copos que se deshacían al tocar su piel mientras ella, ajena, miraba al cielo con infinita tristeza. Se acercó muy despacio, dándole tiempo, esperando. Sólo después de unos minutos la instó a subir al coche poniendo una mano sobre su hombro. Amaia se volvió y él pudo ver que, mezclado con el agua de lluvia, había un torrente de lágrimas que surcaban su rostro. Abrió los brazos ofreciéndole el amparo que necesitaba y ella se sepultó en ellos como si fueran el lugar que siempre había estado buscando, rompiendo a llorar desesperada, abandonada, y con todas las reservas rotas mientras él contenía entre sus brazos el dolor que la desgarraba desde dentro con gruesos suspiros que la hacían temblar como si fuese a romperse. La estrechó con fuerza y la dejó llorar, vencida.

38

No oía nada. El mundo se había sumido en un silencio irreal y ensordecedor. Abrió los ojos y vio cómo caían los copos gigantes, secos y pesados que la sepultaban amortiguando cualquier sonido excepto el de su propio corazón, que latía lento mientras la nieve la cubría, entrando en sus ojos, su nariz y su boca. Notó entonces el sabor polvoriento y mineral a pan crudo de la harina y supo que no era nieve, sino polvo blanco que un asesino sin piedad arrojaba sobre ella para enterrarla viva en la artesa de la harina. «No quiero morir», pensó.

—No quiero morir —gritó, y su grito en el sueño la trajo de vuelta.

Intentó abrir los ojos y los notó pegajosos por el llanto que la había acompañado hasta el mismo instante en que se durmió. Tardó un par de segundos en reconocer la habitación en la que acababa de despertar. De forma instintiva, se volvió buscando la luz que se colaba por las rendijas de una persiana que alguien había dejado entreabierta y que permitía vislumbrar el perfil de un ventanal cubierto con una gran cortina blanca. Intentó incorporarse y la cabeza le dio una sacudida que la llevó de vuelta a la realidad. Esperó un par de segundos mientras las laceraciones que se repetían en su cabeza se calmaban. Apartó el cobertor y apoyó en el suelo alfombrado los pies descalzos, reparando entonces en que estaba completamente vestida, excepto por las botas y los calcetines, colocados junto a la cama. Buscó su arma y se tranquilizó al encontrarla sobre la mesilla. Tambaleándose, fue hacia la ventana y levantó la persiana hasta conseguir que la grisácea luz de aquella mañana penetrase en la habitación. La enorme cama de la que acababa de levantarse dominaba por completo el espacio; había, ademas, una mesilla a cada lado de ésta y un pesado mueble de anticuario oscuro que brillaba pulido bajo la escasa luz y que, a los pies de la cama, servía como atril a un cuadro de grandes dimensiones. Regresó al lecho mientras se pasaba una mano por el pelo enredado y recordaba los acontecimientos de la noche anterior.

Había llorado, había llorado como nunca antes en su vida; aún le dolían el pecho y la espalda como si entre su esternón y su columna vertebral hubiese un vacío, una herida abierta, un corte en la pleura por el que se habían escapado aire y vida. Y no le importó, casi se sintió orgullosa de aquel dolor físico que le laceraba el pecho. Recordó que él la había consolado, la había abrazado mientras se deshacía en llanto, mientras maldecía al universo, que volvía a señalarla con su dedo poniéndola en el punto de mira, haciéndola sentir pequeña y asustada de nuevo. Pero él estaba allí. No recordaba que hubiera dicho ni una sola palabra, simplemente la abrazó y la dejó llorar, sin mentir, sin intentar que cesase su llanto a costa de promesas de que todo iría bien, de que pronto pasaría, de que no dolería tanto. El recuerdo de su abrazo seguía vivo trayéndole certera la presencia de su piel tensa sobre el cuerpo delgado y fuerte que la sostuvo mientras ella se deshacía. Recordó su aroma, el perfume que emanaba de la aspereza de la lana de su abrigo, de su piel, de su cabello, e inconscientemente tendió la mano hacia la blancura de las almohadas y las atrajo hacia sí para hundir el rostro en ellas y aspirar buscando, anhelando su olor, su tibieza, recreando la sensación de sus brazos al sentir su cuerpo, sus manos acariciándole el pelo mientras ella sepultaba el rostro en su cuello en un absurdo intento de que él no la viera llorar.

Miró la hora en su reloj y vio que apenas eran las siete. Dejó las almohadas en su lugar maldiciendo el maquillaje que se había puesto el día anterior, escaso pero suficiente para dejar oscuras marcas en la superficie nívea de las almohadas. Se dio una ducha rápida, molesta con la idea de tener que vestirse con la misma ropa con la que había dormido, y con el cabello mojado salió de la habitación.

La cocina estaba abierta al salón; no había cortinas en las ventanas y desde cualquier lugar de la estancia podía verse la extensión del jardín, en el que el césped aparecía de un verde oscuro, aplastado por la nieve del día anterior y que la suave lluvia que caía había terminado por descomponer. Markina sorbía un café mientras hojeaba la prensa sentado en un taburete alto junto a la barra de la cocina. Llevaba puestos unos vaqueros y una camisa blanca que no había terminado de abotonar; el cabello se veía húmedo y aún estaba descalzo. Al verla sonrió, dobló el periódico y lo abandonó sobre la mesa.

—Buenos días, ¿cómo te encuentras?

—Bien —respondió ella sin gran convencimiento.

—¿La cabeza?

—Bueno, nada que no cure una aspirina.

—¿Y el resto? —preguntó mientras la sonrisa se esfumaba.

—El resto no creo que se cure nunca... Y está bien así. Quería darte las gracias por acompañarme ayer. —Él negó mientras ella hablaba—. Y... por cederme tu cama —añadió ella haciendo un gesto hacia el sofá, donde se veían un par de almohadas y una manta.

Él sonrió mirándola de aquel modo que siempre le llevaba a pensar que conocía un secreto, algo que a ella se le escapaba.

—¿Qué es tan divertido? —preguntó.

—Me alegra que estés aquí —contestó él.

Ella miró alrededor como constatándolo. Estaba allí, había dormido en su cama, desayunaba con él. Él tenía la ropa a medio poner, ella tenía el pelo mojado. Sin embargo, faltaba algo en aquella ecuación. Sonrió a su café sujetando la taza con ambas manos.

—¿Qué harás hoy?, ¿irás al juzgado?

—Quizá a última hora de la mañana. Tengo trabajo en casa, «lectura pendiente» —dijo haciendo un gesto hacia un buen montón de documentación que descansaba sobre la mesa—. ¿Y tú?

Ella lo pensó un instante.

—No lo sé, lo cierto es que no tengo caso con el que seguir. Supongo que me dedicaré a adelantar papeleo y me daré una vuelta a ver si hay algún avance en la investigación de Jonan.

—Después podrías regresar... —dijo Markina mirándola a los ojos. No sonreía, aunque en sus palabras había un matiz cercano al ruego.

Ella lo observó. La camisa a medio abotonar permitía ver la clavícula marcada en su piel bronceada, el nacimiento de la barba que se extendía por su rostro, que siempre le parecía tan joven, y en sus ojos, aquella determinación divertida que le resultaba tan atractiva. Lo deseaba. No era cosa de un día. Él, con su juego de seducción, había conseguido meterse en su cabeza de un modo tan bestia que lo ocupaba todo.

—... O podría quedarme —contestó ella.

Él suspiró antes de responder.

—No.

Su respuesta la cogió por sorpresa. Había dicho que no, acababa de pedirle que regresara y ahora decía que no. La confusión se reflejó en su rostro.

Él sonrió con firme dulzura.

—Es por el modo en que llegaste hasta aquí... —dijo—. Ayer estabas muy triste, necesitabas hablar, compañía, alguien que escuchase, beber y brindar por tu amigo, emborracharte... Hoy estás aquí, en mi casa, y no puedes imaginar cuántas veces lo he deseado. Pero no así... En las mismas circunstancias habría traído a casa a cualquier amigo; sin embargo, no es así como quiero que llegues aquí. Sabes lo que siento, sabes que no va a cambiar, pero no voy a permitir que entre tú y yo suceda nada de modo accidental. Por eso ahora tienes que irte y ojalá regreses, porque si lo haces, si llamas a esa puerta, cuando te abra sabré que vienes por mí, que no hay nada casual ni accidental en tu presencia aquí.

No supo qué decir, estaba absolutamente desconcertada. Dejó la taza sobre la mesa, se puso en pie y cogió su abrigo y su bolso, que colgaba en el respaldo de una silla. Se volvió una vez más a mirarle. Él seguía observándola muy serio, aunque en sus ojos continuaba presente aquella determinación propia de los que saben cosas que tú desconoces. Cerró la puerta a su espalda y recorrió el sendero empedrado que separaba la entrada del límite con la calle mientras sentía el frío fijándose como un casco a su pelo aún húmedo. Paró un taxi mientras se abotonaba el abrigo y sacaba de los bolsillos guantes y gorro, que se ajustó durante el trayecto hasta su coche. Después condujo por la ciudad, que ya se colapsaba a la hora de los colegios y los repartos, maldiciendo y decidiéndose por la carretera que iba hacia las afueras, en dirección a San Sebastián.

A medida que se alejaba de la ciudad iba sintiéndose más y más perdida. Recordó otro tiempo en que conducir le proporcionaba calma; solía salir de madrugada a pasear sin rumbo preciso, y a menudo en esos vagabundeos encontró la evasión suficiente para pensar y la tranquilidad que tanto ansiaba. Hacía mucho de eso. La ciudad colapsada, las calles intransitables con los coches de los padres que se empeñaban en llevar a sus hijos al colegio y aparcar en doble fila en la misma puerta. Los peatones ateridos, hacinados bajo las marquesinas de las paradas de autobús, dedicaban miradas torvas de reproche a los conductores que pasaban demasiado cerca de los charcos que el deshielo y la lluvia habían formado por doquier. La autovía no le dio mayor consuelo. La circunvalación de Pamplona estaba atestada de vehículos con los bajos blanquecinos por la sal, que saltaba sucia desde el suelo crepitando bajo el coche. No podía pensar. Cuando debía hacerlo dejaba conducir a Jonan y fijaba su mirada en un punto lejano en el paisaje mientras él la llevaba confiada. Desvió el coche hacia el área de servicio de Zuasti y aparcó cerca de la entrada del singular edificio; apuró su paso bajo la lluvia y se cruzó con los clientes que salían. La calidez del local la recibió tras las puertas. Pidió un café con leche en un vaso y eligió una mesa junto a la cristalera desde donde podía divisar la niebla derramándose por las laderas de los montes mientras dejaba pasar el tiempo hasta poder tomar entre las manos el vaso sin quemarse. La lluvia arreció contra los cristales, que alcanzaban una gran altura en el punto central del local y que le recordaron a un refugio de montaña en los Alpes. Elevó la mirada hasta la estructura metálica que sostenía el vértice del tejado y vio un gorrión que revoloteaba saltando de viga en viga por el interior de la estructura.

—Vive aquí —explicó una camarera al ver que había llamado su atención—. Hemos intentado echarlo de todas las formas posibles, pero se ve que está a gusto y la altura de la estructura hace que sea un poco complicado alcanzarlo. Tiene un nido ahí y, según dicen, lleva aquí un par de años, más que yo. Cuando hay poca gente, baja y picotea las migas que caen al suelo.

Sonrió a la chica con amabilidad y evitó contestarle para no iniciar una conversación a la que la camarera parecía muy dispuesta. Centró de nuevo su interés en el gorrión. Un pájaro listo o una criatura atrapada. La lluvia arreciando contra el cristal atrapó de nuevo su atención, capturándola con el modo hipnótico en que las gotas se deslizaban en regueros brillantes produciendo un efecto lento, como de aceite. Quería pensar, pensar en el caso, en Jonan, en James, y sólo conseguía pensar en él, en sus pies descalzos, en la piel que se adivinaba bajo su camisa, en su boca, en su sonrisa y su exigencia pidiendo siempre un poco más. Dejó escapar un suspiro y decidió llamar a James. Sacó su teléfono y calculó la hora; en Estados Unidos serían poco más de las tres de la madrugada; lo dejó sobre la mesa, frustrada, y cerró los ojos. Sabía qué quería hacer, sabía qué debía hacer, lo sabía bien, lo sabía perfectamente. Él marcaba las reglas y no era un juego, era mucho más. Él no se conformaría con menos, y ella se debatía en un mar de dudas. Dejó sobre la mesa el café intacto y unas monedas, y salió de nuevo bajo la lluvia.

Todo su cuerpo temblaba. Notaba la tensión creciente agarrotando la musculatura de su espalda, recorriendo sus nervios como electricidad que se concentraba en las puntas de sus dedos y producía la extraña sensación de que en cualquier momento éstos se romperían bajo sus uñas para dejar salir aquella energía apremiante. El estómago encogido, la boca seca y el aire del cubículo del coche que se le antojó insuficiente para sus pulmones. Aparcó frente a la casa bloqueando el camino de salida y desanduvo el sendero de lajas sintiéndose enfermar a cada a paso mientras el corazón producía cadentes latigazos que resonaban en su oído interno. Llamó a la puerta decidida y arrepentida a partes iguales, y esperó con la respiración contenida, en un intento de calmar la ansiedad que amenazaba con dominarla por completo. Cuando abrió, aún estaba descalzo y el pelo se le había secado desordenado y le caía sobre la frente. No dijo nada, se quedó allí en pie sonriendo de aquel modo misterioso y mirándola a los ojos. Ella tampoco dijo nada, pero elevó una mano helada hasta tocar con los dedos ateridos su boca, que encontró suave y cálida como si la comisura de sus labios se hubiese convertido en su objetivo, en su destino, en el único lugar a donde era posible ir. Él sujetó su mano entre las suyas como si temiera perder aquel nexo, y tiró de ella hacia el interior de la casa, tras lo que empujó la puerta, que se cerró a su espalda. Detenida ante él, con los dedos sobre sus labios, esperó un par de segundos mientras intentaba juntar en su mente dos palabras que tuvieran sentido, y supo que ya no podría decir nada, que debía dar paso a otra voz, a un idioma que era el suyo y que como una apátrida jamás había podido compartir con nadie. Retiró la mano de su boca y se contempló en sus ojos, que le devolvieron la misma mirada, el mismo temor, el mismo vértigo. Avanzó audaz y dio un paso para unirse a su piel, fundiéndose en su pecho, mientras él, con los ojos cerrados, la abrazaba temblando.

Elevó los ojos, lo miró y supo que podría amarlo...

Se liberó del abrigo húmedo del exterior y, tomándolo de la mano, lo condujo hacia el dormitorio. La luz que entraba por la escasa abertura de la persiana apenas permitía distinguir los límites de los pesados muebles; la abrió, dejando que la claridad del cielo nublado bañase con su luz lechosa la habitación. Él, de pie junto a la cama, la observaba con aquel gesto que la enloquecía, pero no sonreía. Ella tampoco. Su rostro reflejaba la desazón que le producía la certeza de hallarse ante un igual. Avanzó hasta ponerse a su lado y lo miró presa de la gran congoja que crecía en su pecho atenazándola con una angustia nueva. Lo tocó con manos entorpecidas por los nervios y el pudor de reconocerse en él, de saber que si estaba allí era porque por primera vez en su vida podía desnudarse de verdad, quitarse la ropa y la vergüenza de la carga de su existencia, y que al hacerlo se veía reflejada en él como en un espejo. Supo que nunca había deseado antes a nadie, que nunca había experimentado la agonía del anhelo de su carne, su saliva, su sudor, su semen, que nunca había experimentado la ambición de un cuerpo, de la piel, la lengua, el sexo. Supo que nunca antes había codiciado los huesos, el pelo, los dientes de un hombre. La redondez de sus hombros, la firmeza de sus nalgas cabalgando sobre ella, la curvatura perfecta de su espalda, la suavidad de su pelo un poco largo, por el que lo sujetó conduciéndolo a sus pechos, a su pelvis. No había habido ningún hombre antes que él. Ese día nacía al deseo y aprendía un nuevo lenguaje, un idioma vivo, exuberante e innovador que descubría de pronto y que podía hablar, sintiendo cómo su lengua pugnaba por dominarlo en un momento para después enmudecer, dejando que fuese él el que hablase, sintiendo la fuerza de sus manos comprimiendo su carne, el modo en que la sujetó por las caderas y la vehemencia con que dirigió los envites a su interior, la firmeza de sus gestos empujándola en el límite entre la guía y la orden, el vigor de sus brazos cuando ella se subió sobre sus piernas para volver a tenerlo dentro. El fuego derramándose en su interior en un éxtasis postergado y deseado hasta rayar en la locura, un millón de terminaciones nerviosas gritando en carne viva. Y el silencio después, que deja los cuerpos exhaustos, la mente agotada, el hambre dormida, saciada por un tiempo que se prevé corto.

La luz blanquecina procedente de los pocos claros que se abrían bañando la ciudad por la mañana se había esfumado totalmente cuando volvió a subir a su coche, y a pesar de que no podían ser mucho más de las cinco de la tarde, el cielo de estaño devoraba la luz, motivando que los sensores del alumbrado público encendieran las farolas.

Arrancó el motor y se detuvo unos segundos para tomar conciencia de los cambios que se habían producido a su alrededor. Como si se tratase de una viajera interestelar y hubiese recabado de pronto en un planeta nuevo, aunque idéntico al propio, percibía una atmósfera distinta, más fresca y densa, que la obligaba a caminar teniendo cuidado de no perder el equilibrio y que le daba una nueva percepción de las cosas pintando todo lo que le rodeaba de un tinte que le confería cualidades de quimera.

Tomó su teléfono y revisó las llamadas perdidas. Llamó primero a James, que susurrando desde la sala de espera de un hospital muy lejano le explicó que acababan de hablar con el cirujano que había llevado a cabo la operación de su padre y que todo parecía haber salido bien. Ibai y él la echaban de menos. Después llamó a Iriarte. Aún no había novedades desde balística.

Las calles de la parte vieja estaban muy concurridas. Decidió dejar el coche en el aparcamiento de la plaza del Castillo y recorrer a pie la distancia que la separaba de la casa de Mercaderes. Según se aproximaba a la puerta de su domicilio, ya pudo ver el abultado montón de publicidad que sobresalía por la abertura del buzón. Pero además, al retirar los panfletos de supermercados y gasolineras, comprobó que el interior lo ocupaba un grueso paquete envuelto en papel de estraza y rodeado con varias vueltas de fino cordel granate. Sabía de quién procedía mucho antes de tocarlo; aun así, no pudo evitar sorprenderse ante el hecho de que se lo hubiera enviado allí. La afilada escritura del agente Dupree cubría la superficie del paquete, en el que estaba escrito su nombre. Tomó el pesado legajo apretándolo contra su pecho y entró en la casa.

Se deshizo al fin de la ropa, que tenía la sensación de haber llevado durante una semana, se dio una larga ducha caliente y, al salir del baño, se detuvo ante su uniforme de gala, aún sobre la cama, que suponía el más firme recordatorio de la muerte de Jonan. Lo miró durante unos segundos en silencio pensando que debería colgarlo en una percha y guardarlo en el armario mientras se debatía contra la voz interior que le decía que, de alguna manera, el uniforme sobre la cama constituía un homenaje, la presencia intangible pero poderosa del honor que representaba, del compromiso ineludible que significaba, y la duda que le atenazaba el pecho y que aún no estaba dispuesta a guardar en el armario. Tomó el paquete que le había enviado Dupree y se dirigió a la cocina para cortar el cordel con el que lo había amarrado mientras pensaba que hasta el envoltorio era muy de Nueva Orleans. Retiró el papel y un paño de algodón, que al tocarlo percibió un poco húmedo y que envolvía un libro encuadernado en suave y oscura piel. No presentaba título alguno ni en la portada ni en el lomo, y al alzarlo lo notó extraordinariamente pesado. Custodiada por dos guardas de seda, la primera página presentaba un intrincado dibujo en el que la floritura de las letras apenas permitía discernir el título: *Fondation et religion Vaudou*.

Admirada, palpó la sedosa ligereza de las páginas, que, ribeteadas con una filigrana dorada, parecían demasiado livianas para conferir tanto peso al tomo.

Los primeros capítulos estaban dedicados a la explicación de los orígenes de la religión que millones de personas practicaban en el mundo y que era la oficial en varios países. Observó entonces que la prieta sucesión de hojas presentaba alguna anomalía, y con cuidado separó las páginas hasta dar con la que Dupree había marcado depositando entre las entregas una pequeña pluma negra. Amaia la tomó entre sus dedos con aprensión y observó la prieta escritura en carboncillo con la que su amigo había completado los bordes del libro y subrayado diversos pasajes: «Provocar la muerte a voluntad. El *bokor* o brujo rayado lukumi, el sacerdote o houngan que ha elegido usar el poder para el mal». Unas páginas más adelante, Dupree había trazado varios círculos en torno a unas palabras:

> *Un mort sur vous.*
> *Un démon sur vous.*

Debajo había escrito:

> El muerto que se sube sobre ti, o el demonio que se te sube encima, en América Latina literalmente «se te sube un muerto».

A continuación se describía con detalle el ataque de un demonio paralizador que, enviado por un *bokor*, inmovilizaba a su víctima mientras dormía, permitiendo que fuera consciente de cuanto sucedía a su alrededor y asistiera aterrorizada a la tortura del maléfico espíritu, que, acomodado sobre su pecho, le impedía respirar y moverse y detenía el suplicio en el último instante o lo prolongaba hasta la muerte. Algunas víctimas afirmaban haber visto a un ser repugnante sobre ellos, en ocasiones a una gruesa mujer semejante a una bruja, en otras un inmundo dragón.

«La saliva de un dragón de Komodo contiene bacterias suficientes como para provocar septicemia», pensó en las palabras de San Martín.

Pasó las páginas buscando los apuntes de su amigo y descubrió otra pluma que, con el ímpetu, salió volando y planeó lenta y funesta hasta quedar posada en el suelo. Se agachó a recogerla y leyó el texto marcado como «El sacrificio».

Las palabras a las que las comillas conferían el grado de importancia, de extraordinaria rareza, de máxima expresión, resonaron en su recuerdo pronunciadas por Elena Ochoa: «el sacrificio», y por Marc en aquella terraza nevada sobre la ciudad en una noche que tan sólo era la del día anterior, aunque parecían haber pasado varios años: «ofrenda», una palabra que se suponía que ella sabría cómo usar.

El *bokor* ofrecía al mal el más aberrante de los crímenes, la más codiciada de las presas, que por su naturaleza blanca y pura no podía ser tocado; el sacrificio debía ser ofrecido por los únicos que tenían propiedad sobre él, sus propios padres. Los responsables de haberlo traído al mundo ofrendaban su fruto, su recién nacido al mal, en una ceremonia en la que el demonio se bebería su vida y les compensaría con cualquier favor que deseasen.

Una ilustración mostraba a un bebé sobre un altar.

A su lado, dos figuras extasiadas, presumiblemente los padres, y un sacerdote que con los brazos alzados empujaba un enjuto y siniestro reptil que, situado sobre el niño, succionaba entre sus fauces su nariz y su boca. Justo debajo, Dupree había escrito varias frases cortas.

«Grupos del mismo sexo.»

«Durante un período concreto de tiempo.»

«En un escenario limitado.»

Y garabateado bajo estas premisas, un breve mensaje con el que Dupree había estampado su firma.

«*Reset*, inspectora.»

Pasó las páginas hasta llegar a la última, deteniéndose en las abominables ilustraciones y cerciorándose de que no había más apuntes de Dupree. Después cerró el libro, se puso en pie y emprendió un errático paseo que la llevó de habitación en habitación por toda la casa. Aún envuelta en el albornoz y con los pies descalzos, sentía crujir los rastreles de madera que atravesaban el piso de lado a lado y que producían réplicas de crujidos en los cuartos vacíos. Al pasar frente al salón reparó en el ordenador, un equipo un poco anticuado que apenas utilizaba. Regresó a la cocina y buscó en la alacena las libretas en las que apuntaban la lista de la compra, cinta adhesiva, un taco de *posits* amarillos y un par de rotuladores. Volvió al salón y encendió el ordenador. Buscó un mapa de Navarra, lo imprimió y con la cinta lo adhirió a la superficie lisa de una estantería; con un rotulador señaló todos los lugares donde vivían las familias de los niños. Se dio cuenta entonces de que necesitaba un mapa mayor, pues la localidad de Ainhoa estaba en la frontera francesa. Buscó en otra página un mapa de la zona y lo imprimió, para colocarlo junto al anterior y añadir en éste a los niños de Ainhoa. El dibujo resultante era irregular; los puntos no parecían guardar ninguna relación entre sí, excepto que la mayoría de los pueblos estaban en el valle de Baztán. Estudió el dibujo consciente de que no tenía ningún sentido y pensó en las palabras de

Dupree: «*Reset*, inspectora, olvide lo que cree que sabe y empiece de cero, desde el principio».

El teléfono sonó en el silencio de la casa trayéndola de vuelta a la realidad. Mientras contestaba la llamada, tomaba conciencia de que la escasa luz que había sido protagonista de aquella jornada se había rendido, dando paso a la noche sin haber logrado llegar a amanecer, y de que aún llevaba puesto el albornoz con el que había salido de la ducha.

—¿Qué has estado haciendo durante toda la tarde?

Miró los mapas que ya cubrían buena parte de la estantería y el libro de Dupree abierto sobre la mesa, y se sintió de pronto culpable. Se puso en pie y apagó la pantalla del ordenador.

—Nada, perdiendo el tiempo —contestó mientras apagaba la luz y salía de la sala.

—¿Tienes hambre? —preguntó Markina, al otro lado de la línea.

Lo pensó.

—Mucha.

—¿Cenarás conmigo?

Ella sonrió.

—Claro, ¿dónde quedamos?

—En mi casa —respondió él.

—¿Vas a cocinar para mí?

Supo que él sonreía cuando contestó:

—¿Cocinar?, lo haré todo para ti.

39

Oh, Jonan, Jonan. Sentía los brazos de Zabalza sujetándola con firmeza, impidiéndole moverse mientras ella se deshacía en llanto por su amigo muerto, por la sangre derramada, por sus manos contra el suelo... Gimió, y despertó en la oscuridad, sólo rota por la escasa luz que, proveniente de las ventanas del salón, se colaba por la abertura de la puerta entornada. Estiró la mano para alcanzar su teléfono móvil, un poco más de las siete. El destello de la pantalla iluminó la habitación mientras entraba una llamada y ella se felicitaba por haber silenciado el sonido. Era Iriarte. Se deslizó fuera de la cama y salió de la habitación.

—Inspectora, espero no haberla despertado.

—No se preocupe —apremió.

—Tenemos noticias. Los resultados del análisis de balística. Según los trazos impresos en los dos proyectiles recuperados en la autopsia, la pistola con la que se dispararon es la misma con la que se asesinó al portero de una discoteca en Madrid hace seis años. Una pistola vinculada a las mafias del Este que fue hallada en el escenario del crimen y posteriormente desapareció del depósito de pruebas de un juzgado de Madrid.

—¿Cómo es posible, de un juzgado?

—Por lo visto hubo un pequeño conato de incendio y algunas pruebas resultaron destruidas o dañadas por la acción de los bomberos, y tras el desescombro se echaron en falta varias cosas. Acabo de enviarle el informe de balística por correo. Y le adelanto que es probable que los de Asuntos Internos quieran volver a interrogarnos...

Ella resopló como respuesta.

—¿Vendrá hoy por la comisaría?

Ella miró hacia la puerta del dormitorio.

—No, a menos que me necesite; oficialmente estoy de vacaciones.

Él no respondió.

—Iriarte..., lo de la pistola no significa nada, la investigación aún no ha concluido.

—Claro.

Regresó a la habitación y a tientas recogió su ropa mientras sus ojos se acostumbraban de nuevo a la penumbra y ella comenzaba a vislumbrar la silueta de los hombros, de la espalda del hombre que dormía sobre la cama. Se detuvo asombrada por la fuerza de las fantasías que la sola visión de su cuerpo desencadenaba en su mente.

Arrojó la ropa al suelo y se deslizó de nuevo a su lado.

Quería hablar personalmente con Clemos. No le gustaba el cariz que estaba tomando el caso, y aunque entendía que el resultado de las pruebas era el que era, no quería que la desidia les llevase a abandonar otras líneas de investigación. Decidió pasar por casa para cambiarse de ropa. Comprobó satisfecha que su buzón seguía libre de la plaga publicitaria y subió las escaleras planeando la conversación con el inspector Clemos. Al pasar frente al salón vio los mapas que había prendido el día anterior de su estantería y percibió el suave zumbido del ventilador del ordenador, que, recordó de pronto, no había apagado. Encendió la pantalla y fue cerrando las páginas de las que había sacado los mapas, hasta que a la vista quedó tan sólo el escritorio, en el que parpadeaba un sobrecito azul indicando que tenía correo. Era una vieja cuenta que había abierto para navegar y que jamás usaba, pues recibía todo su correo oficial en la cuenta de interior en la comisaría y el personal en una de Gmail que solía consultar desde el teléfono.

Clicó sobre el icono y lo que vio en la pantalla la dejó helada. Era un mensaje de Jonan Etxaide.

Estaba asombrada, nunca había recibido correo de Jonan ni de nadie del trabajo en aquella dirección; excepto James, sus hermanas y un par de amigas de la universidad, dudaba de que nadie más conociera la existencia de aquella cuenta. Pero lo que terminó de confundirla fue que, según la fecha, el correo había sido enviado hacía dos días, por la tarde, a la hora del funeral, cuando Jonan Etxaide llevaba más de veinticuatro horas muerto y ya había sido incinerado. Tiritando, abrió el mensaje, que lejos de disipar sus dudas resultó ser, si cabía, más misterioso.

Jonan Etxaide desea compartir este elemento con usted.
Tipo-Documentos e Imágenes
Título-***********
Este correo le permite el acceso a estos archivos previa inserción de la clave

Había dos recuadros para rellenar: cuenta y clave.

Durante unos segundos, miró el cursor parpadeando en la pantalla con el corazón acelerado, la boca seca y un leve temblor que desde la punta de su dedo índice detenido sobre el ratón comenzaba a extenderse por todo su cuerpo. Se levantó y, medio mareada, fue hasta la cocina, cogió de la nevera una botella de agua helada y tomó un trago apoyada contra la puerta antes de regresar a la sala. El cursor seguía parpadeando apremiante. Releyó un par de veces más el corto mensaje como si de una nueva lectura fuese a ser capaz de extraer alguna clase de información que se le había escapado. Y miró de nuevo el cursor sobre la casilla «cuenta», que, ineludible, parecía demandarle una respuesta.

Tecleó «amaiasalazariturzaeta@gmail.com».

Desplazó el cursor hasta la casilla «clave».

Las palabras de Marc sonaron claras en su cabeza. «Ofrenda» y el número.

Escribió «Ofrenda» y se detuvo..., ¿qué número? Sacó su móvil y consultó en la agenda el número de teléfono de Jonan mientras casi a la vez lo descartaba; no podía ser nada tan evidente. Tecleó una sucesión de ceros hasta que el cursor le indicó que había llegado al límite. Eran cuatro cifras, diez mil combinaciones posibles, pero él había dicho su número. Sacó de nuevo su teléfono.

Iriarte le contestó al otro lado.

—Inspector, ¿puede decirme cuál era el número de placa del subinspector Etxaide?

—Lo miro, espere.

Oyó el auricular golpeando sobre la mesa y el teclado de fondo.

—Sí, 1269.

Dio las gracias y colgó.

Escribió el número tras la clave, dio a enter y el drive se abrió.

Le sudaban las manos; la ansiedad se agolpaba en su pecho mientras el mensaje se abría ante sus ojos.

No había ningún texto, sólo una docena de carpetas ordenadas alfabéticamente. Movió el cursor sobre ellas para ver los títulos: Ainhoa, Escenarios, Berasategui, Hidalgo, Salazar... Abrió una al azar. Por el modo en que la información había sido agrupada, todo apuntaba a que la nube había actuado tan sólo como una copia de seguridad. Los documentos en el interior de las carpetas no guardaban una disposición reconocible; encontró la orden de registro para la casa de la enfermera Hidalgo, un audio con la declaración en comisaría de Yolanda Berrueta y la vida laboral de la enfermera. Abrió la carpeta titulada Markina y vio una serie de fotos en las que se reconoció a sí misma junto al juez en la explanada frente al auditorio Baluarte.

—Jonan, ¿qué significa todo esto? —susurró aterrada.

Abrió la carpeta titulada Ainhoa y ante ella se desplegaron varias fotos del interior de la tumba de los hijos de Yolanda Berrueta, unas cuantas ampliaciones de los detalles del interior. Interesada e impresionada, miró las manitas de un bebé que asomaban del interior de la caja y la hipnótica carita del otro, completamente ennegrecida. Había muchas ampliaciones. Jonan había tomado el detalle de las iniciales que identificaban los ataúdes: D. T. B., correspondiente a Didier Tremond Berrueta, y M. T. B., a Martín Tremond Berrueta. Había una serie de más de veinticinco fotos, pero vio que Jonan se había fijado sobre todo en el ataúd metálico destinado a contener cenizas, que aparecía volcado y completamente abierto. En un costado aparecían las iniciales, que Jonan había ampliado y volteado para que fuesen legibles: H. T. B. Había ampliado también una esquina visible de una bolsa de plástico que contenía las cenizas, en la que podía apreciarse lo que parecía el borde de un logo azul y rojo. Amaia estudió las fotos entendiendo por qué a Jonan le había llamado la atención aquello. Una bolsa para restos humanos de colores era algo inusual. En la sucesiva secuencia de fotos, Jonan había reunido al menos doce envases de alimentos entre los que había lentejas, sal de mesa, harina y azúcar, todos productos franceses, todos en bolsas transparentes de plástico y con logos azules y rojos. En la siguiente fotografía, Etxaide había recortado la ampliación de la esquina de la bolsa visible y la había colocado junto a un envase de azúcar de un kilo; el logo se correspondía exactamente.

—Joder —exclamó Amaia.

De inmediato vinieron a su mente la bolsa de grava que había dentro del ataúd de su hermana y las bolsas de azúcar que Valentín Esparza había cubierto con una toalla para disimular el fondo del ataúd de su hija. Con el corazón latiéndole a mil por hora volvió a revisar una por una las fotos mientras acudía a su mente la pregunta de Yolanda Berrueta: «¿Por qué iba alguien a meter azúcar en una cajita de muertos?». Las imprimió y, con ellas en la mano, comenzó a pasear como una fiera enjaulada por el salón. Cogió el teléfono, llamó al hospital Saint Collette y preguntó si sería posible hablar con Yolanda Berrueta; le dijeron que, aunque estaba bastante mejor, era prudente esperar un poco más. Colgó desolada, estaba claro que no podía preguntárselo a su exmarido. Fue hasta la habitación, volcó el contenido de su bolso encima de la cama y sobre su uniforme de gala y encontró la tarjeta del padre de Yolanda. Marcó su número. El hombre respondió enseguida.

—¿Podría ir a hablar con usted ahora? Es muy importante.

Las nubes se desplazaban por el cielo plomizo a gran velocidad arrastrando la lluvia lejos del valle y haciendo que la sensación térmica descendiese al menos cuatro grados. A pesar de la baja temperatura, el padre de Yolanda insistió en que hablasen fuera de la casa.

—Es por mi mujer, ¿sabe? Todas estas cosas le afectan muchísimo, y bastante está sufriendo ya con lo de Yolanda.

Ella asintió comprensiva, se sujetó el pelo metiéndoselo dentro del gorro y, como en un acuerdo tácito, comenzaron a andar alejándose de la puerta de la casa.

—No le molestaré mucho; de hecho, sólo tengo que hacerle una pregunta. En el interior de la tumba de Ainhoa hay otro pequeño ataúd con las iniciales H. T. B.

Él asintió apesadumbrado.

—Sí, es el de Haizea, mi nieta.

—¿Tuvo otra nieta?

—Un año antes de que nacieran los niños, Yolanda tuvo a esa niña. Pensaba que usted lo sabía. Una niña sana, preciosa, que sin embargo falleció a las dos semanas de nacer, aquí, en esta casa. Ésa fue la razón de la depresión de Yolanda. Después todo fue de mal en peor... Yo creo que fue un gran error quedarse embarazada tan pronto, aunque el marido insistía en que, cuanto antes tuviese otros niños, antes se le iría de la cabeza el dolor por la pérdida de la niña. Pero yo creo que no estaba preparada para afrontar un embarazo después de algo así, y ella lo puso de manifiesto durante toda la gestación, no se cuidó, estaba abandonada, parecía que todo le daba igual; sólo cuando los niños nacieron, al verlos, al tenerlos en brazos, mi hija pareció resucitar. Aunque no lo crea, es una buena madre, pero ha sufrido mucho, su vida es una desgracia. Ha tenido tres hijos, y los tres están muertos.

Amaia lo miraba abatida. La idea de la sustitución era exactamente aquello que había estado huyendo de su mente, lo mismo que Valentín Esparza le había dicho a su mujer, que tener otro hijo le quitaría de la cabeza el dolor por la niña. Ella también había dicho que no podría amarlo, que no podía tener otro hijo. Pero Yolanda era más frágil, más delicada, y en su caso su marido sí había logrado su propósito.

—Yolanda no me lo dijo.

—Mi hija lo confunde todo debido al tratamiento que toma: a veces no sabe muy bien si las cosas han ocurrido antes o después, y la muerte de esa niña fue tan traumática para ella que desde entonces todo parece muy embrollado en su cabeza.

Amaia asintió. Recordaba que Yolanda le había dicho eso exactamente, que a veces no lograba estar muy segura de lo que había ocurrido antes y de lo que había ocurrido después, aunque mientras lo pensaba recordó también que en su declaración en comisaría había dicho algo relativo a que el bebé no estaba en su caja.

—Señor Berrueta, sólo tengo una pregunta más: ¿incineraron el cuerpo de la niña?

—No, ni a la niña ni a sus hermanos. Somos gente tradicional, y la familia de su marido también lo es, ya ha visto su panteón familiar en Ainhoa.

Amaia insistió:

—Esto es muy importante, necesito saberlo con certeza y no puedo preguntárselo a su exmarido.

Berrueta torció el gesto al escuchar hablar de su yerno.

—No hace falta que hable con él. La funeraria de Oieregi se encargó de todo. Le daré la dirección del dueño; él le ratificará que fue un entierro tradicional y que la conducción se realizó desde el hospital, donde fallecieron, hasta el tanatorio, y desde allí al panteón de Ainhoa.

Le llevó diez minutos localizar al responsable de la funeraria y obtener su confirmación.

Regresó a Pamplona sin detenerse en Elizondo. Tenía ganas de ver a la tía, pero el contenido de aquellos archivos la reclamaba con urgencia. Frente al ordenador todo era muy confuso porque los documentos no estaban acompañados de una explicación y debía revisarlos uno a uno hasta entender por qué Jonan los había resaltado.

Volvió a abrir las fotos en las que aparecía junto a Markina. Las miró dudando. ¿Qué llevaría a Jonan a mostrar interés por su vida privada? ¿Por qué la espiaba?, ¿por qué leía su correo? Sintió una enorme rabia e impotencia al no entender nada, pero decidió que dejaría aquello para después; ahora, Jonan acababa de mandarle un mensaje, acababa de darle algo tangible y palpable, y ella iba a darle un voto de confianza. Pensó en la clave que Jonan había elegido para el archivo, «ofrenda»; la palabra en sí misma tenía importancia, pero lo que decía más era el número que había elegido para completarla, el número de su placa, el número que lo hacía policía, y casi pudo oír a Marc diciendo que Jonan no quería ni pensar en la posibilidad de abandonar su trabajo.

—Maldita sea, Jonan, pero ¿qué has hecho?

La carpeta de Markina contenía, además de las fotos de la noche en la que estuvieron hablando frente al Baluarte, una breve historia de la vida del juez, lugar de nacimiento, centros en los que había cursado estudios, destinos que había ocupado antes de llegar a Pamplona. Le llamaron la atención la dirección y el número de teléfono de la clínica geriátrica en la que había estado internada una mujer llamada Sara Durán. Etxaide había entrecomillado la palabra «madre». Amaia negó con la cabeza, confusa, sin entender qué pintaba aquel dato allí.

En la carpeta llamada Salazar vio las fotos del ataúd de su hermana vacío en aquel panteón de San Sebastián y las fotos de los huesos de los *mairus* que habían sido abandonados en la profanación de la iglesia de Arizkun, los que tenían cientos de años y aquellos otros blancos, limpios y que pertenecían a su hermana. Había varias ampliaciones por secciones de la única fotografía que consiguió tomar del plumífero que llevaba Rosario la noche de su huida y que apareció en el río antes de que el juez suspendiese la búsqueda. También mapas del monte con posibles vías de huida a pie desde la cueva de Arri Zahar.

En la carpeta Herranz había una breve ficha de la secretaria del juez y algo que la sorprendió muchísimo: más fotos, tomadas al parecer en el interior de una cafetería en las que se veía a la secretaria de Markina hablando con Yolanda Berrueta.

El archivo de escenarios era una lista de las direcciones de todos los bebés fallecidos de muerte de cuna que ya habían investigado, a los que Jonan había añadido a la hermana de la propia Amaia, aunque había eliminado, sin embargo, a los hijos de Yolanda Berrueta. Tomó uno de los mapas que había utilizado la tarde anterior y fue marcando de nuevo los pueblos, incluyendo a su hermana en Elizondo y evitando marcar Ainhoa en el mapa; después unió los puntos que se deslizaban a ambos lados de la carretera N-121. ¿Podía ser aquello? Muy a menudo, los crímenes en serie se habían perpetrado en torno a importantes vías de comunicación que facilitaban la huida del asesino, pero éste no era el caso.

«*Reset*, inspectora», pensó obligándose a centrarse en lo que sabía. Imprimió un nuevo mapa y marcó en él las localidades de origen de las víctimas, incluida ella misma y su hermana, y reparó entonces en que, si eliminaba a los niños de Ainhoa, el dibujo presentaba una forma lineal, que fue más evidente cuando al acercarse percibió la fina línea azul que indicaba el curso del río Baztán. Al colocar las marcas en sus lugares, la evidencia del trazo del río quedó de manifiesto señalando un escenario que se extendía desde Erratzu hasta Arraioz, pasando por Elbete y Elizondo y llegando con Haizea hasta Oieregi. Lo observó. La presencia del trazo azul clamaba desde el mapa.

El río. «Limpia el río», pensó, y como si aquellas palabras tuviesen el poder de un ensalmo para convocar fantasmas, las visiones de sus sueños aparecieron como un eco en su mente trayéndole el recuerdo de las enormes flores blancas, de los ataúdes vacíos.

Retrocedió hasta sentarse en el sillón y permaneció allí observando los mapas, tratando de asimilar lo que tenía delante. En su mente se mezclaban las imágenes del libro, las consignas de la ofrenda, las palabras de Sarasola sobre la naturaleza perniciosa de los ficheros de Berasategui y la naturaleza del «sacrificio» que los grupos de Lesaka y Elizondo habían realizado a principios de la década de 1980. Se puso en pie y añadió al dibujo dos nuevas marcas; no podía evitar pensar en la ignominia que suponía no conocer ni sus rostros, haber nacido para morir, ser una vida tan breve que ni siquiera nadie se había tomado la molestia de adjudicarles una identidad, su pequeño lugar en el mundo.

40

No reconoció la voz cuando cogió el teléfono.

—Amaia, soy Marc. No sabía a quién llamar.

Le costó un par de segundos ubicarse.

—Hola, Marc, perdóname, no te había reconocido. ¿Qué puedo hacer por ti?

—La policía ha terminado con el registro en la casa de Jonan y esta mañana nos han entregado la llave. No quería que los padres pasaran por ese trago, así que he ido yo solo, pero nada más entrar he visto la mancha de sangre del suelo. —Su voz se entrecortó presa de la angustia—. No sé por qué razón había pensado que alguien habría limpiado, que aquello no estaría así... No he podido entrar. Estoy en el portal... Y no sé qué hacer.

No tardó ni diez minutos en llegar. Marc, de pie en la acera y mortalmente pálido, intentó sonreír al verla, aunque el gesto se quedó en una mueca en su boca.

—Debiste llamarme desde el principio.

—No quería molestar a nadie —dijo tendiéndole la llave.

Ella la tomó y la observó durante un instante en la palma de su mano como si se tratase de un objeto extraño que le costase reconocer. Marc cubrió entonces con su mano la de ella, se inclinó y le dio un beso. Después se volvió hacia la calle y se fue sin decir nada más.

Es extraordinario lo que puede llegar a oler la sangre. El delator zumbido de las moscas indicaba que ellas también la habían olido. La sangre, otrora roja y brillante, se había tornado pardusca, casi negra en los bordes del charco, donde había comenzado a secarse, y en el centro producía una nauseabunda sensación de movimiento por los cientos de larvas que, aunque en su primer estadio, presentaban una frenética actividad. Ahí seguían los guantes que el forense y los policías habían utilizado, restos de cápsulas plásticas y pañuelos de papel, el aire viciado por la presencia de la muerte y las superficies cubiertas del polvo blanco y negro con que sus compañeros habían elevado las huellas. No era ni muchísimo menos el peor escenario de un crimen que le había tocado ver. En ocasiones, cuando el cadáver era descubierto días, incluso semanas después, cuando el olor delataba su presencia alertando a los vecinos, los escenarios llegaban a ser realmente espeluznantes.

Sacó su teléfono y buscó en la agenda el número de una empresa de limpiezas traumáticas, auténticos especialistas, solucionadores, señores lobo. Explicó brevemente el estado del escenario y les prometió esperar allí hasta que llegaran. Solían ser eficaces, se desplazaban en poco tiempo, hacían su trabajo y desaparecían, igual que ella.

Se sentía tan extraña al estar allí sin Jonan, y lo más desolador era que, aunque estaba en su casa, viendo lo que él veía cada día, lo que él tocaba cada día, no podía sentirle, no quedaba ni un solo rastro de su presencia allí. Ni siquiera aquella sangre vertida en el suelo era ya la suya. Ahora era de las moscas, y pensó en cómo aquella sangre amada se había vuelto despreciable.

Agotada, se volvió para inspeccionar el lugar y, al ver el sofá, recordó la teoría de la forense sobre un disparo desde abajo, desde la posición de sentado. «O el asesino era bajito», murmuró. Se sentó y levantó su mano como si blandiera un arma. El cadáver no había sido movido del lugar donde cayó, pero si el agresor hubiera estado allí, donde ella estaba ahora, no habría podido dispararle de frente. Se agachó para mirar bajo el sofá y comprobó que, en efecto, no parecía haber sido desplazado de su lugar, no había marcas que indicasen que lo hubieran arrastrado y, debajo, el polvo se había depositado uniformemente. Desde su posición agachada volvió a mirar la mancha oscura que cubría buena parte de la superficie del salón. La imagen de Jonan tirado en el suelo se reprodujo en su mente con precisión fotográfica. Sintió una arcada que contuvo a duras penas. Se puso en pie y se dirigió a la ventana. Si la abría, entrarían más moscas, eso seguro, pero al menos se disiparía un poco el nauseabundo olor. No acertó a apartar las cortinas, y aun así abrió la ventana, por la que entró una heladora brisa que las sacudió, haciéndolas ondear hacia el interior del salón. De la superficie gris de una de ellas se desprendió un trozo de fibra del mismo color, que salió volando por encima del charco de sangre y cayó al suelo, al otro lado de la habitación. Se acercó curiosa y observó que, aunque era del mismo color que las cortinas, era evidente que no se trataba del mismo tejido. Era un hilo brillante, un trozo de unos pocos milímetros. Miró a su alrededor intentando identificar el origen de aquella tela y no encontró en aquella habitación ni en ninguna otra de la casa un tejido del que pudiera proceder. Seleccionó la cámara en su teléfono móvil e hizo varias fotos desde distintos ángulos. Abstraída por sus pensamientos, la llamada entrante la cogió desprevenida y el sobresalto hizo que el teléfono se le escapara de las manos cayendo a sus pies; lo recogió nerviosa y contestó. Era Markina. Su voz le llegó cálida y cargada de sensualidad. Cerró los ojos y los apretó con fuerza descartando los pensamientos que acudían a su mente con sólo escucharle.

—Estoy en el piso de Jonan —contestó.

—¿Un nuevo registro?

—No, ya han terminado. Esta mañana han autorizado a entrar a la familia y me han pedido que me encargue de recibir al equipo de limpiezas traumáticas. Les estoy esperando.

—¿Estás ahí sola?

—Sí.

—¿Te encuentras bien?

—Sí, no te preocupes, llegarán enseguida y me iré —dijo sin quitar los ojos del trozo de tela—. Ahora no puedo continuar hablando.

Colgó el teléfono y buscó sobre el aparador hasta hallar unos sobres de correo publicitario. Vació el contenido de uno y con cuidado depositó el tejido en el interior. Entonces se fijó en que la tela parecía presentar un dibujo que casi creyó reconocer como una letra que se repetía a intervalos sobre el retal, y aunque no era una experta, se notaba que el paño era rico y delicado. Cerró el sobre, lo guardó en su bolso y se centró en inspeccionar con atención las cortinas y el resto de superficies. No encontró nada más que el polvo utilizado para las huellas. La científica había hecho un buen trabajo; probablemente el trozo de tela no tendría ninguna importancia, hasta era posible que llevase prendido allí y disimulado por el color de las cortinas mucho tiempo.

Dejó a los de limpiezas traumáticas enfundados en sus buzos blancos y en sus mascarillas trabajando en el piso y se dirigió a la comisaría de Beloso.

Cinco minutos de conversación con Clemos bastaron para poner de manifiesto sus peores sospechas. Se encontraba tan satisfecho como un cerdo en una charca. Le expuso brevemente la información que Iriarte ya le había adelantado sobre la procedencia de la pistola y, a pesar de su insistencia en que debían continuar con otras líneas y de que le arrancó la promesa de que así sería, estaba segura de que la línea de investigación seguiría en aquella dirección.

Mordazmente, le insinuó que debía de tener ya alguna prueba que relacionara a Etxaide con esa clase de grupos, pero el policía no se dio por aludido. Es cuestión de tiempo, contestó.

Se disculpó un minuto ante Clemos, cogió de una mesa vacía un folio de una impresora y unas tijeras, entró en los baños de la segunda planta, sacó de su bolso un par de guantes, que se puso, y el sobre con el trozo de tejido, del que cortó un fino filamento, que guardó de nuevo en el sobre; el resto lo envolvió con cuidado en la hoja de papel. Salió de los servicios y buscó de nuevo a Clemos.

—Esta mañana la familia del subinspector Etxaide me ha pedido que acompañase a los de limpiezas traumáticas al piso. Un momento antes de que iniciasen su trabajo he abierto la ventana y este trozo de tela ha salido volando; lo he comprobado y no se corresponde con ningún otro tejido de la casa, al menos a la vista —dijo tendiéndole el sobre.

—Debió avisar a la científica.

—No me joda, si no llego a estar allí, los de las limpiezas habrían destruido esto, que puede ser una prueba. Lo recogí observando el procedimiento.

—¿Hizo fotos? —preguntó molesto.

—Sí, se las acabo de enviar.

Clemos tomó el sobre.

—Gracias —gruñó—. Seguramente no será nada.

Amaia se volvió hacia la salida sin tomarse la molestia de contestarle.

Salió del edificio y, sin abandonar aún el recinto de la comisaría, llamó desde su coche a la doctora Takchenko.

—Doctora, ¿está aún en Pamplona?

—Sí, pero por poco tiempo, acabo de terminar mi conferencia. A mediodía salgo hacia Huesca.

—¿Cree que podríamos vernos? Tengo algo para usted.

—Estoy en una cafetería en la calle... —Oyó cómo alargaba la frase mientras buscaba la dirección—. Monasterio de Iratxe. ¿Quiere que quedemos por aquí?

—En diez minutos estoy con usted.

El encuentro fue breve. La doctora Takchenko tenía pensado llegar a casa para comer con su marido y no quiso entretenerse más que el tiempo que les llevó tomar un café. Lamentó no haber reparado antes en que aquélla era una calle muy próxima al juzgado y la elegante cafetería estaba muy frecuentada por abogados y jueces.

Cuando salían del bar, la doctora le preguntó:

—Inspectora, ¿conoce a esa mujer? He observado que no ha dejado de mirarla desde que estamos aquí.

Amaia se volvió advirtiendo la furtiva mirada de Inma Herranz, que tomaba café con otras dos mujeres apoyada en la barra. Aquella cafetería estaba cerca de los juzgados. Maldijo la casualidad.

A la doctora Takchenko le gustaba su coche alemán. Su marido solía reírse de su obsesión por la seguridad, pero era cierto que cuando se decidió por aquel coche no lo había hecho pensando en su lujosa apariencia externa, sino en los sistemas de seguridad, que lo hacían uno de los más fiables vehículos que se podían poner sobre la calzada. Le gustaba conducir en carretera, pero hacerlo por el centro de una ciudad, además desconocida para ella, le resultaba particularmente desagradable. Al salir de la cafetería con el sobre que la inspectora Salazar le había confiado, le había dicho que saldría de inmediato para Huesca; sin embargo, llevaba cerca de quince minutos dando vueltas por el centro de Pamplona mientras buscaba a la antigua usanza la dirección que aquel inútil navegador parecía incapaz de encontrar. Esquivando un autobús de línea que casi se le había echado encima y aguantando las pitadas de un taxista energúmeno, detuvo al fin su coche frente a una agencia de envíos rápidos, dejó encendidas las luces de emergencia y apresurada se dirigió al interior, introdujo el sobre que Amaia le había dado en otro y se lo entregó al hombre de mediana edad que había tras el mostrador.

—Envíelo con toda urgencia a esta dirección.

Después subió a su coche alemán y continuó su camino.

41

Amaia pasó el resto de la tarde inspeccionando con cuidado las carpetas que contenía el mensaje de Jonan. Puso especial atención en la de Inma Herranz. Estudió detenidamente las fotos en las que aparecía con Yolanda Berrueta. En una de ellas casi podía verse cómo el sudor hacía brillar su rostro. Se preguntó qué relación tenía con Inma Herranz. No parecían amigas; en todas las fotos se podía ver que la que hablaba era Yolanda y que Herranz la escuchaba paciente. La propia Yolanda le había dicho que había revuelto cielo y tierra, que había buscado toda clase de ayudas; no sería raro que, enterada de que Herranz era asistente personal de un juez, la hubiese abordado para hablarle de su historia. Tendría que comprobarlo. Sonó el teléfono. Era él.

—Quiero verte.

Al dejar de mirar la pantalla, Amaia notó la vista cansada y un incipiente dolor de cabeza. Aun así, sonrió antes de responder:

—Yo también.

—Pues ven.

—¿Cocinarás de nuevo para mí?

—Cocinaré para ti, si es lo que quieres.

—Eso es lo que quiero, además —dijo mientras apagaba el ordenador.

La llamada de Iriarte llegó justo cuando aparcaba frente a la casa de Markina.

—Inspectora, será mejor que venga a Elizondo. Inés Ballarena y su hija se han acercado esta tarde al cementerio a visitar la tumba de la niña e inmediatamente han notado que algo extraño pasaba. Todas las flores que habían sido colocadas en el momento del entierro aparecían amontonadas, puestas de cualquier manera como si alguien las hubiera revuelto; han avisado al enterrador, que nos ha llamado, seguro de que la tumba ha sido forzada. Voy ahora mismo hacia allí...

Markina descorchaba una botella de vino cuando sonó el teléfono. Atendió la explicación de Amaia de por qué no podría ir y de que no sabía cuánto iba a tardar. Colgó inmediatamente e hizo otra llamada. Su gesto se había ensombrecido.

—Acaban de informarme de que al parecer la tumba de la familia de Esparza ha sido violada. Los familiares fueron a visitarla y encontraron algo raro. La Policía Foral va para allá. ¿Qué puede decirme de esto?

Escuchó a su comunicante. Colgó el teléfono y lo lanzó con furia alcanzando la botella de vino, que explotó y derramó su contenido por toda la encimera.

Amaia aparcó en la puerta del cementerio, que para ser de noche se veía bastante iluminado. Vio a Iriarte, Montes y Zabalza, así como a un par de funcionarios del ayuntamiento, junto a las tres mujeres. Inés, su hija y la vieja *amatxi,* a pesar del frío y la hora, estaban tranquilas y permanecieron en silencio mientras el inspector Iriarte le explicaba de nuevo lo que ya sabía. Ella echó una mirada al panteón, casi por completo cubierto de coronas y arreglos florales, y volviéndose hacia las mujeres preguntó:

—¿Qué es lo que han notado diferente?, ¿y cómo es que estaban aquí tan tarde? Hace mucho frío.

—Vinimos a poner velas —contestó la vieja *amatxi*—. Para que la niña tenga luz —dijo señalando un par de velas encendidas a los pies de la sepultura.

Inés Ballarena dio un paso adelante.

—Perdone a mi madre, es una vieja costumbre de Baztán. Se traen velas para que...

—... para que los difuntos encuentren su camino en la oscuridad —dijo Amaia—. Mi tía también conoce esa costumbre, alguna vez me ha hablado de ella.

—Bueno —continuó Inés—, durante el entierro trajeron muchísimas flores, ya lo ve. Después de poner la losa las fuimos colocando con cuidado. Detrás, las coronas más grandes apoyadas contra la pared del panteón; delante, los ramos más pequeños... Si se fija, verá que ahora está todo mezclado, como si alguien lo hubiera retirado y vuelto a poner sin ningún orden, pero lo más evidente es que algunas de las coronas están al revés y las bandas aparecen invertidas y no se pueden leer. Le aseguro que tuve buen cuidado de colocarlas como es debido.

—Como es debido —susurró Amaia. Se dirigió entonces al enterrador.

—¿Han estado realizando algún arreglo en esta parte del cementerio o se ha producido algún entierro en las tumbas colindantes que haya obligado a mover lo que hay en la superficie de la losa?

El funcionario la miró como si aquello le pareciese absurdo. Negó meneando con parsimonia la cabeza. Ya había tenido que hablar otras veces con él y sabía que era hombre de pocas palabras.

—Puede ser una gamberrada, quizá un grupo de chavales entró durante la noche en el cementerio y movió las flores como parte de algún juego tonto —propuso ella.

El enterrador carraspeó.

—Perdone, señora, no había terminado de hablar...

Ella miró a Montes, que había puesto los ojos en blanco, y, sonriendo, asintió animándole a continuar.

—La losa está desplazada de su lugar por lo menos cinco centímetros —dijo colocando un par de gruesos dedos entre la piedra y el borde de la tumba.

—¿Es posible que se quedase así tras el entierro? —preguntó ella, introduciendo sus propios dedos en la abertura.

—Ya le digo a usted que no. Tengo mucho cuidado de que todas las piedras queden bien ajustadas, por el agua, ¿sabe? Si no lo hiciera estarían todas las sepulturas inundadas... Además, si está ladeada tiene más riesgo de romperse. Cuando acabó el entierro, esta losa estaba en su sitio. Se lo garantizo —afirmó el hombre, tajante.

Montes se situó junto a la piedra e intentó empujarla sin ningún resultado.

—Así no conseguirá nada —dijo otro de los funcionarios—. Nosotros utilizamos una palanca y unas barras de acero sobre las que la deslizamos.

Amaia contempló interrogante a Inés Ballarena y a su hija. Ellas miraron primero a la vieja *amatxi* y luego contestaron:

—Ábranla.

Amaia miró al enterrador.

—Ya ha oído a las señoras. Ábranla.

Tardaron unos minutos en traer las barras de acero y la palanca mientras ellos ayudaban a apartar las flores. Tal y como había explicado el enterrador, su sistema era muy sencillo. Tras levantar un poco la losa, introducían las barras bajo la piedra y después la hacían rodar sobre éstas deslizándola. En cuanto la tumba quedó descubierta, todos apuntaron sus linternas al interior. En el fondo se veían dos viejos ataúdes, además del de la niña. Introdujeron una escalera metálica en el interior y el enterrador descendió llevando en la mano una palanca más pequeña, que no fue necesaria. El féretro estaba abierto.

Y aunque todos pudieron verlo, se volvió hacia arriba para decir:

—Aquí dentro no hay nada.

—Oh, Dios mío, al final se la ha llevado, ha regresado y se ha llevado a nuestra hija.

Sonia Ballarena se desplomó en el suelo.

42

Era curioso. No había sentido la presencia de Jonan en su propia casa; sin embargo, ahora, mientras miraba por aquella ventana de la comisaría como tantas veces, su ausencia adquiría una presencia extraordinaria, un espacio del que casi se podían definir los límites del lugar que habría ocupado. Jonan, que se había ido dejándole una carga de intrigas y sospechas. Jonan y todo lo que había a su alrededor, lo que le había motivado a llevar una investigación paralela y oculta. Jonan y sus razones y motivaciones. Jonan espiándola, ¿desconfiaba acaso de ella? Y si era así, entonces, ¿por qué le había enviado aquel archivo, ¡un día después de morir! ¿Y a través de quién? Jonan y sus palabras a Marc delatando su temor. Jonan y la extraña clave que había dejado para ella.

«Mierda, Jonan, ¿qué has hecho?»

Entendía a Clemos y a los de Asuntos Internos; por más que odiase admitirlo, si ella hubiera estado al mando de la investigación y se tratase de un desconocido, habría sospechado de él. Pero era Jonan, ella lo conocía, y hasta en la propia clave que había elegido para hacerle llegar su mensaje ponía de manifiesto su honor. Sin embargo, la carga era pesada; ya había escarmentado de intentar resolverla sola. Sabía que no podía contarlo todo porque al hacerlo estaría traicionando la última voluntad de Etxaide, que se lo había hecho llegar sólo a ella, pero la sensación de no saber en quién podía confiar le causaba una gran desazón. Contaba con Montes, sabía que él la seguiría; tenía dudas respecto a Zabalza, pero estaba claro que el que más problemas le planteaba era Iriarte. Era evidente el desasosiego que le causaban aspectos que escapaban a su control, como en el momento de la muerte de Elena Ochoa. Todas aquellas historias de tumbas vacías estaban muy alejadas de lo que un policía práctico como él podía catalogar de normal dentro del desempeño de sus funciones. Para él, el cumplimiento de las normas era religión, y lo que iba a contarles, y sobre todo lo que iba a pedirles, entraba en conflicto con la investigación paralela que desarrollaba el equipo de Pamplona... Miró apenada la niebla que se derramaba por las laderas de los montes añorando a Jonan una vez más y de pronto su presencia fue tan fuerte que se volvió, segura de que lo encontraría a su espalda.

El subinspector Zabalza se hallaba junto a la puerta. Sostenía en una mano una taza de porcelana, que levantó ante sus ojos como deseando justificar su presencia.

—He pensado que quizá querría un café.

Ella lo miró, miró la taza. Jonan siempre le traía el café... ¿Qué cojones creía que estaba haciendo aquel imbécil? Los ojos se le llenaron de lágrimas y se volvió de nuevo hacia la ventana para evitar que pudiera verlas.

—Déjelo sobre la mesa —contestó—, y avise por favor a Montes y a Iriarte. En diez minutos aquí, tengo algo que contarles.

Él salió sin decir nada.

Iriarte traía en las manos un par de folios, de los que fue leyendo notas.

—Hemos establecido que la última visita de la familia Ballarena al cementerio antes de percatarse de los movimientos en la tumba había sido la tarde anterior. El enterrador no se había fijado especialmente en la sepultura, así que no podemos constatar desde cuándo estaban movidas las flores, pero todo lleva a pensar que, si se han arriesgado a abrir la tumba, habrá sido durante la noche anterior. Como saben, avisamos a las patrullas de carreteras y se establecieron controles rutinarios sin ningún resultado.

Montes continuó:

—He hablado de nuevo con la familia Ballarena. La joven madre está en estado de *shock*, e Inés, un poco más serena, dice que evidentemente alguien que conocía las intenciones de Valentín Esparza cumplió su voluntad llevándose el cuerpo, aunque puede entender a la perfección que su hija piense que su marido ha regresado de la tumba. La vieja *amatxi* ha sido la más original. Afirma que a ella no le ha sorprendido, que se la ha llevado Inguma. Ha dicho de forma literal: «Desde que murió era para él, nuestra pequeña se convirtió en una ofrenda».

Amaia levantó la cabeza.

—¿Ha dicho «ofrenda»?

—Es una mujer mayor —contestó Iriarte, entendiendo que Amaia quería una justificación a aquellas palabras.

—También hemos hablado con los familiares de Valentín Esparza —continuó Montes—, y establecido el lugar en el que estuvieron durante las últimas horas, y, bueno, lo cierto es que todos tienen coartada y parecían absolutamente espantados ante el hecho y bastante indignados por las sospechas. Han contratado a un abogado.

Amaia se puso de nuevo en pie y se dirigió hacia la ventana, como si en la niebla que ya cubría del todo el valle pudiese encontrar alguna clase de inspiración.

—Estarán de acuerdo conmigo en que la desaparición del cadáver de la niña Esparza relanza el caso. Hay algo que quiero mostrarles —dijo volviéndose hacia el escritorio y extrayendo de un sobre unas copias impresas, que fue colocando en orden encima de la mesa—. Recordarán que en el momento del fallecimiento de Jonan estábamos pendientes de que nos enviase las ampliaciones de las fotografías que se habían tomado en Ainhoa la noche en que Yolanda Berrueta hizo volar en pedazos la tumba de sus hijos. Pues bien, son éstas. Jonan me las debió de dejar en el buzón, las recogí ayer en mi casa de Pamplona.

La reacción de Iriarte no se hizo esperar.

—¿Se las dejó en el buzón? Eso es del todo irregular. ¿Por qué haría algo así en lugar de enviarlas por correo electrónico a la comisaría?

—No lo sé —contestó ella—. Quizá quería que apreciase los detalles de las ampliaciones...

—Debemos enviar esta información inmediatamente a Asuntos Internos y al inspector Clemos.

—Así lo he hecho esta misma mañana, pero como jefa de Homicidios considero que estas fotos constituyen también pruebas relativas al caso en el que trabajamos; no creo que el cumplimiento de las normas deba impedirnos continuar con la investigación.

Iriarte pareció satisfecho, aunque miró las fotos con recelo.

—Lo que tienen delante son ampliaciones del interior de la tumba de Ainhoa, y pueden distinguirse, además de los féretros de adulto, tres ataúdes diferentes. Como saben, se confirmó que los niños de Yolanda Berrueta estaban en su interior, pero a Jonan le llamó la atención la tercera cajita —dijo apuntando con el dedo al pequeño féretro, a la vez que extendía ante ellos una nueva remesa de fotografías—, y sobre todo su contenido. Hizo estas ampliaciones y comparativas y logró establecer que la bolsa que había en el interior del ataúd, y que dimos por hecho que contenía cenizas humanas, no era una bolsa de las habitualmente utilizadas para contener cenizas, sino una bolsa alimentaria, concretamente un envase de azúcar.

—¡Joder! —exclamó Montes—. ¿A quién se supone que pertenecían?

—A la primera hija de Yolanda Berrueta y Marcel Tremond, una niña que nació un año antes que los mellizos, una niña que falleció al poco de nacer, en el domicilio de los padres de Yolanda en Oieregi. ¿A ver si adivinan de qué?

—Muerte de cuna —susurró Iriarte.

—Muerte de cuna —repitió ella—. Y hay más. Tanto el padre de Yolanda como el encargado de la funeraria de Oieregi que se ocupó del velatorio y del traslado hasta el cementerio de Ainhoa están dispuestos a jurar que la niña no fue incinerada. Que el cadáver estaba en el interior de aquel ataúd.

—No creo que la jueza nos permita volver a inspeccionar la tumba, pero puedo hablar con el jefe de gendarmes y pedirle que lo compruebe.

—No serviría de nada. Marcel Tremond se encargó de que a la mañana siguiente la losa de la tumba fuera sustituida. Según el sacerdote de Nuestra Señora de la Asunción, los miembros de la familia Tremond estaban tan afectados que ni siquiera permitieron que el enterrador descendiese al interior a retirar los cascotes y a levantar los ataúdes volcados. Ordenaron cerrarla inmediatamente, y así se hizo.

—¡Qué cabrón! —exclamó Montes.

Amaia asintió.

—No sabe hasta qué punto. El padre de Yolanda Berrueta me contó que, tras la muerte del primer bebé, su hija cayó en una terrible depresión y que fue el marido el que casi la forzó a quedar de nuevo embarazada, a pesar de que los médicos recomendaban lo contrario.

—Porque así olvidaría antes el disgusto de haber perdido a la niña... —dijo Iriarte.

—Llevó muy mal el embarazo, pero se volcó en ellos en cuanto nacieron, cargada de culpabilidad y amargura. —Hizo una pausa mientras daba tiempo a que sus compañeros asimilasen lo que acababa de decirles—. No tenemos ninguna posibilidad de confirmar nuestras sospechas ni de justificar que la niña no está en su tumba en Ainhoa, y obtener un permiso judicial para verla de nuevo queda totalmente descartado. Aun así, este nuevo caso dibuja un mapa bastante definido en Baztán y alrededor del río —dijo colocando un mapa sobre la mesa y dibujando puntos rojos sobre los pueblos de alrededor del río Baztán hasta llegar al límite con Guipúzcoa—. Pasos a dar. Hay que establecer un perfil de comportamiento y actuación de los sospechosos. ¿Qué tienen en común estas familias, aparte del hecho de que perdieron a sus hijas de muerte de cuna en la mayoría de los casos o bien cuando eran muy pequeñas? ¿Qué sabemos?

»Uno, todas eran niñas. Dos, las familias no gozaban de muy buena situación económica en el momento del fallecimiento de las criaturas. Tres, todas las familias experimentaron una bonanza económica en los años siguientes. Cuatro, por lo menos en cuatro de los casos, los dos que investigaron los de servicios sociales, el de Yolanda Berrueta y el de Esparza, sabemos que en el momento de la muerte de las niñas manifestaron que todo iba a ir mejor a partir de ese momento.

Se detuvo y les miró esperando.

—¿Algo más que podamos añadir?

—Podría llevarnos a pensar que alguien les pagó o compensó económicamente por la muerte de sus hijas —sugirió Montes.

—Sí, pero ¿para qué iba a querer alguien cadáveres de niñas? —preguntó Iriarte.

—¿Podemos establecer que de verdad estaban muertas? Por lo menos en el caso de la niña de Argi Beltz, no ha sido posible localizar el certificado de defunción debido a esa historia que cuentan los padres sobre su viaje a Inglaterra. Podría tratarse de una adopción ilegal, quizá fueron vendidas... Se han dado casos parecidos de tumbas vacías con niños robados —expuso Zabalza.

—Sí, yo también tuve esa sospecha con el caso de la desaparición del cuerpo de mi propia hermana, pero en los casos en los que hubo autopsias está descartado y en el de la niña Esparza yo misma vi el cadáver. De todos modos no estaría de más que buscase usos para los que pueda utilizarse el cadáver de un bebé.

—Se me ocurren prácticas médicas y forenses, pero desde luego por los cadáveres no se paga tanto como para enriquecer a una familia; venta ilegal de órganos, que se habría puesto de manifiesto en las autopsias; y, bueno, es una práctica asquerosa, pero algunos cárteles de la droga han aprovechado cadáveres de bebes previamente vaciados y rellenados de nuevo de droga para colar importantes alijos a través de los aeropuertos, ya que los bebés no pasan por el escáner ni son cacheados.

—Eso explicaría el enriquecimiento.

—No creo que un cártel de la droga pague tanto. Puede que puntualmente recibieran dinero, pero es que se han hecho ricos y todos tienen negocios a primera vista legales.

Montes intervino.

—Hay algo que se nos olvida. Aparte de la riqueza económica, lo que a mí me dejó impresionado es que, por lo menos en uno de los casos, una de las madres experimentó la curación milagrosa de un cáncer terminal, y no es que sea inaudito, se han dado algunos casos, pero no deja de ser asombroso que una persona desahuciada experimente una recuperación tan extraordinaria hasta sanar por completo. He investigado su caso, y ya hace años que fue dada de alta definitivamente como paciente oncológica. No digo que tenga nada que ver, pero hay que reconocer que esta gente tiene una flor en el culo: una cosa es tener suerte y otra la buena estrella de la que parecen disfrutar todos ellos.

Amaia resopló.

—Éste es otro aspecto de esta investigación del que quiero hablarles —dijo dirigiendo una intensa mirada a Iriarte—. Partimos de la base de que debemos tener la mente abierta y no cerrarnos a ninguna posibilidad. Hemos establecido la relación del doctor Berasategui con los padres de estas niñas, todos sabemos el trato que él daba a los cadáveres de las víctimas que inducía a matar siendo el tarttalo, y sabemos, por los restos que encontramos en su domicilio, que las prácticas caníbales no le eran ajenas. Creo que, teniendo en cuenta el errático comportamiento de Esparza tras el fallecimiento de su hija y el hecho de que alguien ha completado su labor llevándose el cadáver días después, no deberíamos descartar otro tipo de prácticas. Cuento con una testigo que puede corroborar parte de la declaración de Elena Ochoa de que en los años setenta, en el caserío de Argi Beltz, aquí mismo, en Baztán, se estableció una secta que practicaba rituales cercanos al satanismo, con sacrificios de animales incluidos; y un informante muy fiable, del que no puedo revelar el nombre, me ha confirmado que se dieron prácticas similares en otro caserío de Lesaka, probablemente dirigidas por un mismo hombre, su sacerdote, un maestro de ceremonias, una especie de líder o gurú, un hombre que debía de tener entonces unos cuarenta y cinco años, y que se movía entre ambos grupos, aunque no residía con ninguno de ellos. Mi informante afirma que en Argi Beltz nació una niña, un hecho refrendado por la otra testigo, que declara que la niña murió en extrañas circunstancias, ¿la recuerdan? Ainara Martínez Bayón. Sus padres sostienen que la niña falleció de un ictus durante un viaje al extranjero. El subinspector Etxaide trabajaba en esto en el momento de su muerte y llegó a establecer que muy probablemente esa niña jamás estuvo en el Reino Unido porque nunca salió de España, lo que explicaría que no exista certificado de defunción, informe de autopsia ni acta de enterramiento. Esa niña era hija de los actuales propietarios del caserío, una pareja rica que fue la anfitriona en las reuniones de Berasategui, a las que en ocasiones acudía la enfermera Hidalgo, el exmarido de Yolanda Berrueta y Valentín Esparza. Esto no puede ser casual, y aunque inicialmente lo justificaron como sesiones de ayuda en el duelo, mi informante me ha asegurado que la naturaleza de las reuniones era muy distinta.

Iriarte se puso en pie.

—Inspectora, ¿qué nos está diciendo? ¿Que hacían prácticas de brujería? No podemos sustentar una investigación en teorías inadmisibles, a menos, claro, que nos diga quién es ese informante.

Amaia lo pensó durante unos segundos.

—Está bien, si me dan su palabra de que no saldrá de aquí. El interés de esta persona es que este caso se resuelva, ha obrado de buena fe, pero si esto se hiciera público nos traería graves complicaciones; ya me ha advertido que lo negará categóricamente.

Los tres asintieron.

—Se trata del padre Sarasola.

Era evidente que Iriarte no se esperaba aquello. Volvió a sentarse.

Me confesó que hallaron en la clínica un fichero sobre las prácticas del doctor Berasategui que tenían que ver con sus investigaciones relativas a algo que ellos llaman el matiz del mal, lo que se podría traducir como la búsqueda de aspectos satánicos, demoniacos o malignos, mezclados con alteraciones psicológicas y prácticas de todo tipo. El padre Sarasola me contó que esos ficheros, por su naturaleza maligna, salieron del país en valija diplomática y fueron trasladados al Vaticano. Nada puede hacerse al respecto. Él lo negará, la Santa Sede lo negará y el Gobierno nos zumbará a nosotros si se nos ocurre hacer ruido con esto; pero me dijo también que la naturaleza del contenido era tan oscura que, al enterarse del asesinato del subinspector Etxaide, había creído que debíamos conocer esta circunstancia por si nuestras investigaciones nos habían acercado, sin saberlo, hasta algo peligroso.

Todos se quedaron en silencio pensando lo que acababa de decir.

Fue Iriarte el que habló de nuevo.

—Ya veo que el doctor Sarasola lo tiene todo bien atado... Espero que usted tenga alguna idea, porque lo cierto es que yo no sé por dónde continuar. No podemos hacer nada más que comprobar las coartadas de los familiares y amigos de Valentín Esparza para averiguar si alguien tuvo algo que ver con el expolio de la tumba, y de momento parece que esto no está dando resultados. Esparza y Berasategui están muertos. Volver a pedir la colaboración de la jueza francesa está fuera de todo lugar, y si no puede justificar ante el juez una relación plausible entre Esparza, los demás padres de las niñas y Berasategui que justifique la apertura de las tumbas de los otros bebés, éste se mantendrá en su postura. Así que usted dirá qué hacemos ahora.

—Se olvida de la enfermera Hidalgo. Ella es, sin duda, el nexo; como ayudante de su hermano y como partera tuvo información privilegiada sobre los embarazos en el valle. Nos consta que era una habitual en las presuntas reuniones de ayuda en el duelo de Argi Beltz. Y algo que no debemos olvidar, me insinuó sin pudor que había colaborado con algunos padres para «solucionar el problema» que suponía traer a algunos niños al mundo. Creo que debemos seguir investigándola.

—Yo me encargo —dijo Montes.

—Quiero que revisen de nuevo todos los datos relativos a la muerte de cuna, pero no sólo en el valle, sino en toda la comunidad de Navarra, prestando especial atención a aquellos casos en los que las víctimas fueron niñas y sus poblaciones de origen colinden con el río Baztán. Si aparece alguna, investiguen las finanzas de su familia antes y después del fallecimiento de la niña. Si podemos establecer que se lucraron de alguna manera de la muerte de sus hijas, estaremos definiendo un patrón.

»De momento, no se me ocurre nada más que hacer; sigan con los interrogatorios a los familiares y amigos de Esparza, y si algo les parece sospechoso, conseguiremos una orden para registrar sus propiedades, aunque lo cierto es que tengo pocas esperanzas de hallar el cuerpo de esa niña.

—Quizá Sarasola pueda darle alguna pista —dijo despectivo Iriarte.

Ella le miró.

—Si es tan experto en prácticas de ese tipo, sabrá dónde suelen llevar los cuerpos.

Ya se había puesto en pie cuando los detuvo.

—Antes de que terminemos, hay algo que quiero decir sobre el subinspector Etxaide. En los años que trabajé con él me demostró constantemente su lealtad y su honestidad, y tengan en cuenta que la investigación que lleva a cabo Asuntos Internos aún no ha concluido. Jonan era nuestro compañero y no tenemos ninguna razón para pensar nada malo de él.

Asintieron mientras se dirigían a la puerta.

—Zabalza, quédese. Tengo una duda sobre un aspecto informático, y me temo que ahora es usted el que más conocimientos de este tipo tiene—. Él hizo un gesto afirmativo—. Lo que quería preguntarle es muy simple: ¿hay alguna manera de programar el correo electrónico para que se envíe en un día y a una hora concretos?

—Sí, puede hacerse; de hecho, el *spam* se envía así.

—Sí, ya imaginaba que podría hacerse, pero voy un poco más allá. ¿Sería posible programar el correo para que se enviase automáticamente si se produjera una circunstancia concreta?

—¿Puede ser más específica? —dijo él, interesado.

—Imagine que quiero enviar un correo que contiene información sensible, y que yo deseo que sea revelada si, por ejemplo, por alguna circunstancia yo no pudiera enviarlo.

—Se podría programar una especie de temporizador, que se pondría en marcha diariamente y que podría ser detenido o reiniciado con una clave. El día en que la clave no se introdujese, una vez que se cumpliera el tiempo establecido como límite, el correo se enviaría de forma automática.

Ella lo pensó.

—¿Es así como le envió las fotos?

Ella no contestó.

—Habría sido algo propio de él... Le envió algo más, ¿verdad? —Hizo una pausa y la miró fijamente sabiendo que no habría respuesta—. No soy el topo, no dije una palabra sobre la orden, no lo hablé con nadie ni por casualidad.

Ella le observó sorprendida ante su arranque.

—Nadie le ha acusado de serlo.

—Sé que lo ha pensado. Quizá no nos hemos entendido muy bien, pero, más allá de las diferencias personales, nunca traicionaría ni a mis compañeros ni a mi trabajo.

Ella asintió.

—No... tiene por qué justificarse...

—Confíe en mí.

Lo recordó abatido en el portal de Jonan. El modo en que había intentado impedir que ella lo viese así, y tras la reunión en la casa de los padres, afligido, escuchando a los amigos de Etxaide, aniquilado, como si aquel día hubiese sido destruido y vuelto a componer con trozos de su cuerpo muerto.

El teléfono de ella sonó en aquel instante; comprobó la pantalla y vio que era el doctor González, de Huesca. Zabalza se puso en pie, se despidió con un gesto y salió mientras ella contestaba la llamada.

—Doctor, no esperaba tener noticias suyas tan pronto.

—Inspectora Salazar, me temo que no son la clase de noticias que usted espera. Ayer, mientras mi esposa se dirigía hacia aquí, un vehículo la embistió y la sacó de la carretera.

—Oh, Dios mío, está...

—Está viva, gracias a Dios. Varios conductores lo presenciaron, se detuvieron a socorrerla y avisaron enseguida a los servicios de emergencias..., inspectora, los bomberos tardaron más de cuarenta minutos en liberarla. Tiene rotas la pelvis, la cadera, una pierna, la nariz, la clavícula y un feo corte en la cabeza, pero está consciente, ya sabe lo dura que es. No se me ocurrió llamarla en las primeras horas, compréndame, sólo pensaba en ella.

—Claro, no tiene por qué disculparse.

—Aún está en la UCI y no me permiten acompañarla, pero hace un rato me han dejado hablar con ella un minuto y me ha pedido que la llame. No recuerda muy bien cómo ocurrió el accidente, aunque los testigos que llegaron al lugar afirman que otro vehículo implicado en el accidente estaba detenido en el arcén, que vieron a dos hombres ascender por la ladera, subir al coche y largarse. La policía me ha confirmado que el automóvil fue registrado, esparcieron todo el contenido de su bolso, abrieron su equipaje, buscaron hasta bajo los asientos, en la guantera, en todos los huecos del coche. Cuando hoy se lo he dicho, ella me ha llamado la atención sobre algo que casi había olvidado: por lo visto, usted le dio algo, algo que le pidió que analizásemos. Ayer, justo cuando me avisó la policía, acababa de llegar un sobre por un servicio de mensajería; me sorprendió ver que mi mujer lo había enviado desde Pamplona. Creo que los hombres que registraron el coche buscaban ese sobre.

Amaia quedó desconcertada mientras intentaba pensar y sólo conseguía una imagen mental de las graves lesiones de Takchenko.

—La doctora me ha dicho que se trata de una muestra de tejido.

—Así es.

—Pues está de suerte: nosotros no habríamos podido hacer gran cosa con él más allá de obtener la composición

397

exacta, pero conozco a la persona ideal para este trabajo. Andreas Santos es un experto forense en tejidos; le conozco desde hace años y es el mejor. En una ocasión desmontamos un nido de cigüeñas en la localidad riojana de Alfaro y, de entre la composición del nido, se extrajeron cantidad de tejidos, que fue analizando y datando. Para sorpresa de todos, había entre ellos algunos que databan del medievo. Las cigüeñas recogen todo tipo de materiales para la composición de sus nidos y, por lo visto, algunas también son aficionadas al robo en tenderetes. Con las telas y barro hacen los nidos tan recios que se mantienen durante siglos sobre las torres. Santos ha trabajado con varios museos y posee el mayor registro de telas y urdimbres fabricadas en Europa en los últimos diez siglos. Si me autoriza, querría enviarle su muestra, yo no voy a poder encargarme. La doctora me ha dicho que me vaya a casa, pero no pienso moverme de aquí.

—Si usted se fía, yo me fío —claudicó.

43

La niebla que se había descolgado desde los montes ocupaba las calles como legítima dueña del valle produciendo la falsa sensación de que era más temprano, justo en ese momento antes del amanecer en el que el día quedaría detenido si el sol no lograba abrirse paso entre las nubes. Condujo con cuidado su coche por las estrechas calles de Txokoto para salir hacia la carretera de Francia cuando vio a Engrasi envuelta en un grueso abrigo. Caminaba pegada a las antiguas casas del primer barrio de Elizondo, a la altura del puente. Cuando estuvo a su lado detuvo el coche y bajó la ventanilla.

—Tía, ¿adónde vas tan temprano?

—¡Cariño! —exclamó sonriendo—. ¡Qué sorpresa!, creía que estabas en Pamplona.

—Iba para allá ahora mismo. ¿Y tú?

—Voy al obrador, Amaia. Estoy preocupada por tus hermanas. Siguen con esa absurda idea de la partición, andan a bronca diaria, y creo que es mejor que me pase por allí porque ayer noche Flora llamó a Ros y la avisó de que esta mañana iría al obrador acompañada por el auditor y un tasador.

Amaia abrió la puerta del acompañante.

—Sube, tía, voy contigo.

Había aparcados frente a la puerta del almacén varios coches desconocidos, además del Mercedes de Flora. El encargado las saludó muy serio, en un gesto que se extendía por los rostros de todos los operarios que trabajaban en las mesas de acero. Ros, sentada tras la mesa del despacho, circunspecta y silenciosa, parecía decidida a no abandonar aquel puesto, como si se tratase de un fuerte o una atalaya, quizá sólo el símbolo del poder en aquel negocio, desde el que vigilaba las idas y venidas de los dos hombres trajeados. Uno medía el local y fotografiaba la maquinaria y los hornos; el segundo estaba sentado junto a Flora y el administrador, que desde hacía años llevaba la contabilidad de Mantecadas Salazar, en las altas banquetas que rodeaban la barra y en las que, sin duda, debían encontrarse bastante incómodos. Flora sonrió al verlas y Amaia se dio cuenta de que estaba nerviosa, aunque intentaba disimularlo bajo su habitual barniz de despótica complacencia, como si fuese la dueña, la reina roja que con sus seguros ademanes y su voz un poco más alta de lo preciso pusiese de manifiesto todo el tiempo quién mandaba allí. Pero Amaia la conocía, y supo que no era más que una pose que ofrecía a su público y que quedaba desmentida por las furtivas miradas que dedicaba a Rosaura, que, impasible, asistía a aquella representación de fuerza como una espectadora paciente que esperaba al final de la obra para decidir si le había gustado o no. Y eso asustaba a Flora. Estaba acostumbrada a obtener el efecto deseado con sus acciones, a provocar que el mundo se moviese a su antojo, y la reacción, o más bien la falta de reacción de Ros, la sacaba de quicio, Amaia podía notarlo en el modo en que aspiraba el aire lenta y profundamente cada vez que la miraba. Pero Flora no era la única alarmada por la pasividad de Ros. La tía y ella lo habían hablado, y estaban de acuerdo en que aquello que no suponía más que un pulso para Flora, una ocasión más para demostrar su fuerza y su dominio, hundiría a Ros, para la que el obrador se había convertido durante el último año en el centro de su existencia, el lugar para el que soñaba proyectos, y probablemente el primer gran éxito de su vida.

—Le he ofrecido mi ayuda —le había confesado la tía—. Ya sé que en igualdad de condiciones no debería hacerlo, pero creo que para Ros significa algo mucho más importante y profundo que para Flora.

—James también lo hizo, pero Ros la rechazó; nos dijo que tenía que hacerlo sola.

—Lo mismo me dijo a mí —respondió apenada la tía—. A veces no sé si es bueno que seáis tan independientes; no sé quién os ha dicho que haya que hacerlo todo solas.

Tranquilizada por la apariencia de calma, dejó a la tía allí y, tras unos minutos, reemprendió su camino a Pamplona.

La niebla la acompañó hasta pasar el túnel de Almandoz, obligándola a reducir la velocidad y prestar atención a aquella carretera que cada año se cobraba su impuesto de vidas entre los camioneros que viajaban de Pamplona a Irún y los vecinos del valle, que, resignados, aceptaban aquella cruel tributación como admitían la lluvia, la niebla o los períodos en que el túnel estaba cerrado y debían dar la vuelta por la aún más peligrosa carretera vieja.

No podía quitarse de la cabeza a la doctora Takchenko, lo ocurrido y el instinto que la había llevado a enviar la muestra de tejido a través de una mensajería. El doctor tenía razón, Takchenko era dura, pero también era lista. En el tiempo que hacía que la conocía ya le había demostrado en más de una ocasión tener una mente brillante y un instinto de supervivencia que la había mantenido viva cuando aún residía en su país, lo que, por circunstancias que no contaba, le generó una fuerte alergia a las comisarías. Ahora había sido capaz de valorar la importancia y la amenaza que subyacía en la prueba que le había entregado, algo que a ella se le había escapado. No había considerado el valor de su hallazgo y con su gesto la había puesto en peligro. Pero si aquel resto constituía una prueba, una prueba que a los de rastros se les había pasado por alto, y nadie le había visto recogerla, sólo el asesino podía saber que aquel indicio estaba allí y que tenía tanta importancia como para delatarle, o al menos para apuntar las sospechas en su dirección. Resonaron en su cabeza las palabras de Sarasola: «Quizá se han acercado demasiado sin saberlo a algo realmente peligroso».

Le había llamado antes de salir de comisaría, y quizá la propuesta de Iriarte de preguntarle no fuese tan descabellada. Pero antes tenía que hacer algo. Se detuvo en una tienda de informática a la entrada de Pamplona y compró un par de *pen drives*; después fue a la casa de Mercaderes y repasó de nuevo los archivos de Jonan relativos a la enfermera Hidalgo. Además de la orden de registro y una ficha con sus datos básicos, aparecía su vida laboral. Se preguntó por qué aquello habría interesado a Etxaide. Ella misma les contó que, tras el fallecimiento de su hermano, había tenido la oportunidad de trabajar en otros hospitales. Los repasó de nuevo, aunque era un dato que ya tenían. Antes de jubilarse había estado en el Hospital Comarcal de Irún y, anteriormente, en dos clínicas privadas, una en Hondarribia, Virgen de la Manzana, y la otra también en Irún, la clínica Río Bidasoa, y en todas como comadrona. Releyó el nombre de los hospitales y supo entonces qué era lo que había llamado la atención de Jonan: río Bidasoa. El río Baztán se llamaba así sólo hasta Oronoz-Mugaire; a partir de Doneztebe tomaba el nombre de Bidasoa, un cambio de nombre al cambiar de provincia, pero el mismo río. Sorprendida y animada por el descubrimiento, cogió el teléfono y marcó el número de Montes.

—Inspectora.

—Creo que erróneamente estamos limitando la búsqueda al río Baztán, pero el río continúa, sale de Navarra, entra en Guipúzcoa y desemboca en el mar Cantábrico, y allí se llama río Bidasoa; si la enfermera Hidalgo estaba relacionada con las prácticas y actuaba como captadora de los padres de estas niñas, es probable que extendiera su acción allí donde trabajaba. Dígale a Zabalza que deben ampliar la búsqueda no sólo a las niñas fallecidas por muerte de cuna en Navarra, sino también en Guipúzcoa, poniendo especial atención a las que viviesen en localidades cercanas al río Bidasoa.

Colgó el teléfono e introdujo el *pen drive* en el puerto del ordenador; grabó el contenido del archivo que Jonan le había enviado y el encargo que lo acompañaba; dudó un instante mientras releía aquellas palabras generadas por un mensaje automático y que, sin embargo, constituían la última voluntad de su amigo. Lo borró sintiendo, mientras lo hacía, que rompía un nexo, casi espiritual, que constituía para alguien una amenaza tan importante que Jonan había muerto por ello, tan peligrosa e inminente que también la doctora Takchenko había estado a punto de fallecer. Antes de irse, guardó en su bolso el *pen drive* y, en un arrebato, arrojó también a su interior el libro de Dupree. Salió de la casa y condujo hasta el aparcamiento de un centro comercial, bajó del coche y saludó al chófer de Sarasola antes de subir al vehículo donde el sacerdote la esperaba.

Fue directa al grano.

—Dijo que había un testigo.

—Sí, un miembro arrepentido.

—Necesito hablar con él.

—Eso es imposible —objetó.

—Puede que para mí, sí; pero no para usted —replicó ella.

—Es un testigo protegido por la policía.

—Policial y eclesiásticamente, me dijo —le recordó.

El padre Sarasola quedó en silencio. Pensativo. Tras unos segundos, se inclinó hacia adelante y le dio unas indicaciones al chófer, que puso el motor del vehículo en marcha.

—¿Ahora?

—¿Qué ocurre?, ¿no le viene bien? —respondió sarcástico.

Ella permaneció en silencio hasta que el vehículo se detuvo en la esquina de una céntrica calle.

—Pero ¿está aquí, en Pamplona?

—¿Se le ocurre un lugar mejor? Baje del coche y entreténgase un cuarto de hora; después camine hasta el número 27 de la calle paralela y llame al primer piso.

—¿Es seguro?

—Toda la manzana pertenece a la Obra, y, créame, es más fácil que entre un camello por el ojo de una aguja a que entre alguien ajeno a esta casa.

El piso al que la condujeron era impresionante, con artesonados y molduras que se extendían por los altos techos, hasta los que llegaban las hojas de las ventanas, que, como largos cortes en el edificio, permitían la entrada de luz, escasa en el invierno pamplonés, pero que habían tamizado con finas cortinas blancas que reducían la iluminación de la estancia a una expresión mortecina. El piso estaba caldeado; sin embargo, la amarillenta y lánguida bombilla sepultada entre las molduras, a tres metros de sus cabezas, era tan pobre que, combinada con la austeridad de los escasos muebles, contribuía a crear un ambiente frío e incómodo. El hombre que tenía ante ella vestía un traje gris que le quedaba grande y una impoluta camisa blanca; Amaia reparó en que, a pesar del traje, iba en zapatillas de estar por casa. El corte de pelo a maquinilla y el afeitado un tanto descuidado, que delataba gran cantidad de canas, le hacían parecer más mayor de los cincuenta y cinco años que le había dicho Sarasola que tenía.

El hombre la miró con desconfianza, pero atendió con respeto exagerado a las palabras del sacerdote y accedió sumiso a su petición.

Estaba muy delgado y jugueteaba nervioso con la alianza que colgaba floja de su dedo.

—Hábleme de su estancia en Lesaka.

—Tenía veinticinco años y acababa de terminar la universidad, y aquel verano me vine con unos amigos a pasar San Fermín. Aquí conocí a una chica; ella nos invitó a la casa que compartía con unos amigos. Al principio todo nos pareció divertido, era una especie de comuna que exploraba la búsqueda de lo tradicional, el ser humano y las fuerzas de la naturaleza. Tenían una pequeña plantación de maría y nos colocábamos para escuchar el viento, a la madre tierra, para bailar alrededor del fuego. El grupo organizaba charlas a las que a veces invitaba a nuevos candidatos a unirse, gente del pueblo o turistas como yo que acababan allí buscando espiritualidad, la brujería de Baztán, magia, espiritismo. A menudo hablaban de un tal Tabese, de lo que él decía, de lo que él sabía, pero durante ese tiempo no le vi. Cuando acabó el verano, la mayoría de la gente se fue, pero a mí me invitaron a quedarme en la casa. Y entonces fue cuando comenzaron a mostrar la verdadera naturaleza del grupo. Durante aquel septiembre le conocí. Me fascinó desde el momento en que lo vi. Tenía un buen coche y vestía muy bien, y sin hacer ostentación mostraba ese aire propio de la gente con mucho dinero y que lo ha tenido siempre; no sé si sabe a lo que me refiero. Había algo en su piel, su corte de pelo o sus modales que era en verdad seductor, era muy especial; creo que todos estábamos enamorados de él, incluido yo —dijo, y Amaia vio que mientras hablaba sonreía un poco y se embelesaba recordando a aquel hombre—. Todos lo amábamos, habríamos hecho cualquier cosa que nos pidiera... De hecho, lo hicimos. Era muy atractivo y sensual, sexualmente irresistible; nunca he vuelto a sentir algo así por un hombre, ni siquiera por una mujer —musitó con lástima.

—¿Dónde vivía?

—No lo sé, nunca sabíamos cuándo iba a venir; de pronto aparecía y todo era una fiesta cuando llegaba. Después, cuando se iba, sólo vivíamos esperando a que volviera de nuevo.

—¿Recuerda su nombre completo?

—Nunca lo olvidaré, se llamaba Xabier Tabese, y calculo que tendría unos cuarenta y cinco años. No sé nada más, entonces no necesitábamos saber nada más. Sólo que lo amábamos y que él nos daba el poder. Tabese nos indicaba exactamente qué era lo que teníamos que hacer y de qué modo, nos enseñó la antigua brujería, defendía la vuelta a lo tradicional, el respeto por los orígenes, por las fuerzas primigenias y el modo de relacionarse con ellas, que no es otro que la ofrenda. Nos reveló la olvidada religión, las presencias mágicas de criaturas extraordinarias que desde antaño han estado en ese lugar. Nos explicó cómo los primeros pobladores de Baztán establecieron marcadores en forma de monumentos megalíticos y líneas ley que atravesaban todo el territorio. Las alineaciones de Watkins las databan en el Neolítico, y ya indicaban la presencia de los genios; sólo teníamos que despertarlos y dedicarles ofrendas, y así obtendríamos lo que quisiéramos. Nos explicó cómo durante miles de años el hombre se había relacionado con aquellas fuerzas en una unión provechosa y muy satisfactoria para ambas partes, y lo único que había que entregar a cambio eran vidas, pequeños sacrificios de animales que debían ofrendarse de un modo concreto. —El hombre se pasó las manos por el rostro con fuerza, como si quisiera borrar los rasgos de su cara—. Pronto obtuvimos los primeros favores, las primeras muestras de su poder, y nos sentimos pletóricos y poderosos como brujos medievales... No puede ni imaginar la sensación de saber que has provocado un efecto, el que sea; es tan grandioso que te sientes un dios. Pero a medida que íbamos obteniendo gracias, iban pidiéndonos más a cambio. Durante casi un año viví con el grupo y tuve acceso a conocimientos, poderes y experiencias extraordinarias... —Se detuvo y quedó en silencio, mirando al suelo durante tanto tiempo que Amaia comenzó a impacientarse. Entonces levantó el rostro y continuó—. No hablaré de «el sacrificio», no puedo. El caso es que lo hicimos, y aunque todos participamos, fueron sus propios padres los que la ofrecieron y le dieron muerte, debía hacerse así. Cuando todo hubo acabado, se llevaron el cuerpo, y a los pocos días el grupo comenzó a disgregarse; todos desaparecieron en menos de un mes y Tabese no regresó jamás. Yo fui uno de los últimos en irme; entonces ya sólo quedó la pareja que había hecho la ofrenda.

»Durante años no volví a ver a ninguno de los integrantes, aunque sé que la vida les fue bien, por lo menos tanto como a mí. Encontré trabajo, emprendí negocios y en pocos años era rico. Me casé —dijo tocando de nuevo la alianza—, tuve un hijo, mi hijo. Cuando tenía ocho años enfermó de cáncer y, en una de las visitas al hospital, reconocí entre los médicos a uno de los miembros del grupo. Se acercó a mí y, al conocer la suerte de mi hijo, me dijo que podía solucionarlo; sólo tenía que entregar un sacrificio. El dolor y la desesperación de ver a mi pequeño tan enfermo me hicieron llegar a planteármelo. Para bien o para mal, uno se pregunta muchas cosas cuando está viendo a su hijo morir, pero, sobre todo, ¿por qué me pasa esto a mí, qué he hecho para merecerlo?, y en mi caso la respuesta era tan clara como la voz de Dios atronando en el interior de mi cabeza. Mi hijo falleció a los pocos meses. A la semana siguiente me presenté en una comisaría y hasta hoy. Hicimos lo que hicimos y obtuvimos los beneficios que obtuvimos, es tan real como que estoy aquí. Desde el mismo instante en que denuncié y confesé, todo se desmoronó a mi alrededor. Perdí el trabajo y mi dinero, perdí a mi mujer y mi casa, perdí a mis amigos. No me queda ningún lugar a donde ir, nadie a quien recurrir.

—Tengo entendido que había más grupos en otras localidades.

El hombre asintió.

—¿Sabe si alguien más realizó uno de esos sacrificios?

—Sé que en Baztán se hablaba de que pronto harían uno. Recuerdo que en una ocasión en que visité la casa vi que una de las parejas tenía una niña... Y parecía destinada...

—¿Qué quiere decir?

—Ya lo había visto antes con mi propio grupo; la niña estaba allí, los padres la alimentaban y poco más, y el resto del grupo evitaba relacionarse con ella con normalidad. Estaba destinada a ser un sacrificio, y una relación de otra clase lo habría complicado. Se la trataba como al resto de las criaturas destinadas a ser ofrendadas, sin nombre, sin identidad ni vínculo.

Amaia buscó en su móvil una foto de su madre cuando era joven y se la mostró al hombre.

—Sí —respondió apesadumbrado—. Era una de las integrantes del grupo de Baztán; no sé si lo hizo, pero recuerdo que estaba embarazada cuando la conocí.

—¿Cómo debía hacerse? ¿Cuál era el procedimiento para obtener el resultado esperado?

El hombre se cubrió la cara con ambas manos y habló a través de ellas.

—Por favor, por favor —rogó.

—Hermano —le reconvino Sarasola con firmeza.

El hombre apartó las manos de su rostro y lo miró intimidado por su voz.

—Había que sacrificarla al mal, a Inguma, y debía ser como Inguma, privándoles de aire, y después como ofrenda su cuerpo debía ser cedido.

«Un démon sur vous», pensó Amaia.

—¿Con qué fin?

—No lo sé.

—¿Es eso lo que hicieron con el cuerpo de la niña de Lesaka?

—Yo no lo sé, es algo que también debían hacer los

padres. Era parte del ritual, de las condiciones que se debían cumplir. Tenía que ser una niña, debía tener menos de dos años y estar sin bautizar.

—Sin bautizar —repitió ella y tomó nota del dato—. ¿Por qué?

—Porque el bautizo también supone una ofrenda, un ofrecimiento y un compromiso con otro dios. Debían estar sin bautizar.

Amaia no pudo evitar pensar en su hijo tendido en el suelo de aquella cueva mientras se admiraba del prodigioso modo en que se habían alineado los planetas para impedir su muerte desde mucho antes de que naciera.

—¿Y la edad?

—Entre el nacimiento y los dos años, el alma se encuentra aún en transición; es cuando son más válidos para la ofrenda, lo son durante toda la infancia, justo hasta que empiezan a transformarse en adultos; ahí se produce otro momento de conversión que los hace deseables para sus propósitos, pero es más fácil justificar el fallecimiento de un bebé antes de los dos años que el de una adolescente.

—¿Por qué niñas y no varones?

—Los sacrificios deben hacerse por grupos de sexo, no sé la razón, pero Tabese nos contó que siempre había sido así. Cuando Inguma despierta, se lleva a un número de víctimas, pero siempre de un mismo sexo, de un mismo grupo de edad, en idénticas circunstancias hasta que se completa el ciclo. Él nos explicaba cómo debía hacerse, la importancia que tenía, los beneficios que obtendríamos... Por norma general, los más entregados eran los hombres. A algunas mujeres les costaba más, aunque estuvieran decididas, y cuando lo hacían caían en una depresión, y la consigna era tener hijos de nuevo, enseguida. Pero sé que alguna no lo llevó demasiado bien. Otras simplemente desconocían lo que sus maridos iban a hacer. Me dijeron que en algún caso la cosa acabó bastante mal. Yo entonces no podía entenderlo, pero, ahora que he pasado por lo que es perder un hijo, sé que no podría amar a otro que viniera a sustituirlo... Si me forzaran a ello, puede que hasta lo odiase.

—¿Qué se obtenía a cambio de una ofrenda?

—Lo que se deseaba, pero dependía de la naturaleza de la ofrenda: salud, dinero, riqueza, quitarse de en medio a competidores, dañar a terceros, venganza; a cambio de «el sacrificio» podía obtenerse cualquier cosa.

—¿Y por qué debían llevarse después el cuerpo?

—Porque eso es lo que se hace con las ofrendas, cederlas, entregarlas. Llevarlas al lugar donde cumplen su función.

—¿Qué clase de lugar es ése?

—No lo sé —respondió el hombre, cansado—. Ya se lo he dicho.

—Haga un esfuerzo, piense un poco más, ¿de qué lugares solía hablarles?

—De lugares mágicos, de lugares que conservaban poderes mucho más antiguos que el cristianismo y donde las mujeres y los hombres habían ido tradicionalmente a depositar sus ofrendas para obtener desde buenas cosechas hasta desencadenar tormentas. Los poderes pueden ser utilizados tanto de forma positiva como negativa. Decía que aquellos lugares eran como grandes lupas del universo donde se concentraban energías y fuerzas que el hombre moderno había olvidado.

Pensó en el modo en que ella misma lo había hecho, la piedra mesa y la gruta de Mari, y en la sensación de su presencia la última vez que estuvo allí.

—¿Y en el bosque? —preguntó.

El hombre la miró alarmado.

—Se refiere al guardián del equilibrio. No todas las energías son de la misma naturaleza, y ésa, en concreto, nos era hostil. Debe entender que todo funciona como en una teoría de cuerdas que rige todos los mundos que están en éste: cuando se fuerza una acción que no estaba destinada a producirse, debe entregarse algo a cambio, una ofrenda, un sacrificio, pero pretender que una acción quede sin consecuencia es ridículo. El universo debe ajustarse de nuevo y las ondas expansivas de un acto pueden tener consecuencias mucho tiempo después. Nuestras acciones despertaron a Inguma, pero también a otras fuerzas antagónicas a ésa. —Hizo una pausa, sonrió amargamente—. ¿Cree que mi hijo murió porque sí? ¿No cree que la circunstancia en la que me veo es consecuencia directa de lo que pasó en aquella casa hace más de treinta años? Yo lo creo. Yo lo sé.

—¿Qué hay de los miembros que decidían abandonar el grupo?

—No lo entiende —contestó sonriendo con amargura—. Nadie puede abandonar el grupo y nadie queda exento de hacer su ofrenda, pase el tiempo que pase, tarde o temprano Inguma se lo cobrará. Nos dispersamos porque era parte del acuerdo, pero nunca dejamos de pertenecer al grupo.

—Conozco a alguien que lo hizo —dijo pensando en Elena Ochoa—, y parece que usted lo ha logrado.

—... Y he pagado las consecuencias, todavía no he terminado de pagarlas. Yo haré lo que debo hacer, pero ellos acabarán conmigo.

—Parece que le están dando buena protección —dijo ella mirando a Sarasola.

—Usted no lo entiende, esto es temporal. ¿Cree que podré quedarme aquí para siempre? Esperarán lo que haga falta, pero cuando ellos vengan a por mí, nadie podrá protegerme.

Amaia pensó entristecida en Elena entre aquel charco de sangre y cáscaras de nuez.

—Conocí a alguien que me dijo algo parecido.

Tendió la mano al hombre, que la miró aprensivo mientras cruzaba los brazos sobre el pecho.

—Gracias por su colaboración —dijo entonces. Como

respuesta, él asintió con gesto cansado—. Una última pregunta, ¿significan para usted algo las nueces?

El gesto del hombre se heló en su cara y comenzó a temblar visiblemente mientras su rostro se arrugaba y rompía a llorar.

—Las dejaron en el portal de mi casa, las encontré dentro de mi coche, en mi bolsa de deporte, en el buzón —gimió el hombre.

—Pero ¿qué significan?

—Simbolizan el poder. La nuez porta la maldición de la bruja o el brujo dentro de su pequeño cerebro, significa que eres su objetivo, que viene a por ti.

44

Habían hecho el amor en cuanto llegó a su casa. Él acababa de regresar del juzgado y aún llevaba puesto uno de aquellos elegantes trajes tan sobrios con los que solía acudir a las vistas. Amaia lo besó, tomándose tiempo para disfrutar de su boca mientras comenzaba a desnudarlo. Había descubierto con él un gusto extraordinario por desvestirlo, por quitarle la ropa muy despacio deslizando las prendas, que iban quedando amontonadas en el suelo mientras lentamente desabotonaba su camisa para dejar que la boca trazase sobre la piel un mapa de los deseos por donde luego irían las manos. Después lo había conducido hasta el sofá y, sentada a horcajadas sobre él, se había abandonado al placer.

Exhausta y satisfecha, se estiró y se dio la vuelta para verlo caminar desnudo por la casa mientras recogía las prendas del suelo y se ponía sobre la piel algo de ropa y un delantal con el que se dispuso a hacer la cena.

—Me encanta verte cocinar —dijo cuando él se acercó a traerle una copa de vino.

—A mí me encanta verte tumbada en mi sofá —respondió él deslizando su mano desde la nuca y bajando por su espalda.

Sonrió mientras admitía que Jonan tenía razón. Markina alteraba su razón, trastocaba su criterio. Y le daba igual. Desde el momento en que había entrado en su casa, desde el momento en que había regresado allí aquella mañana, había evitado pensar en eso, ya había pensado bastante, ya se había resistido bastante. Ni en un millón de años habría imaginado que algo así le podía pasar a ella, pero había ocurrido y él la había forzado a decidir, a pronunciarse, lo había hecho y no se arrepentía. Le ayudó a poner la mesa y rechazó una segunda copa de vino cuando comenzaban a cenar.

—Será mejor que tome agua, tengo que trabajar.

Él compuso una mueca de fastidio.

—Llevo todo el día sin verte, creí que pasarías la noche conmigo.

—No puedo...

—¿Qué ocurre? ¿Estás preocupada?

—Había olvidado que la conociste en Aínsa... La doctora Takchenko ha tenido un accidente de tráfico, está bastante mal.

—¡Oh, la doctora! Lo siento mucho, Amaia. Espero que se recupere, me pareció una mujer extraordinaria.

—Lo hará, son sobre todo fracturas muy aparatosas, pero nada vital... Pero ante todo es por el caso Esparza, aunque parezca algo muy relevante la desaparición del cuerpo de la niña, no cambia demasiado lo que tenemos. Hemos hablado con los familiares, con los amigos, y nadie sabe nada, no hay testigos, nadie vio nada.

—No deberías dejar que algo que no lleva a ninguna parte te preocupe tanto.

—No es sólo por esta niña. Tú puedes entenderlo, mi propia hermana falta de su tumba..., es como estar viviendo un bucle una y otra vez —dijo evitando mencionar los descubrimientos que había hecho a partir de la información que Jonan le había enviado.

Él la miró sonriendo.

—¿Sabes qué creo? Creo que algún familiar o amigo del padre de esa niña se la llevó para enterrarla en el lugar que él tenía dispuesto; seguramente es una razón sentimental, no sería de extrañar que la hubiera llevado a la tumba de su propia familia o a algún panteón antiguo perteneciente a sus antepasados. Es un hecho que la madre quería incinerar el cuerpo, y eso para algunas personas sigue siendo un sacrilegio. Más a menudo de lo que parece se dan disputas en las familias por el asunto de dónde enterrar a los fallecidos, los funerales, quién asiste, quién no. Recuerdo un caso en el que llegaron hasta el juzgado por la decisión de dónde debía ser enterrado un hombre, en el panteón de sus padres o en el que había dispuesto su esposa; por supuesto, habían celebrado sendos funerales en su memoria, y la competición por ver quién ponía la esquela más grande en el periódico les había llevado a gastar una fortuna comprando espacio publicitario.

—¿Hasta el punto de sacar un cadáver de su ataúd en plena noche?

Él chascó la lengua con disgusto.

—Ya sabes lo que opino sobre el tema, esto no nos lleva a ninguna parte, Amaia, sólo a causar más dolor y sufrimiento. Entiendo que debe abrirse una investigación, pero lo más probable es que el cuerpo no aparezca, y espero que no estés pensando en pedir una orden para abrir todas las tumbas de la familia Esparza. Esperaba que hubieras tenido suficiente con el ejemplo de Yolanda Berrueta.

Ella se sorprendió un poco ante la dureza del comentario.

—Ya te dije que sí. No daré ningún paso que perjudique a persona alguna. A propósito de Yolanda Berrueta, un testigo afirma que la vio hablando en una cafetería cercana al juzgado con tu secretaria.

—¿Con una secretaria del juzgado?

—No con una secretaria judicial, con tu ayudante personal, con Inma Herranz.

—No tenía noticia de esto, pero si te parece importante mañana mismo le preguntaré al respecto.

—Hazlo —dijo dejando los cubiertos con disgusto sobre el plato.

Él miró preocupado su porción de pescado casi intacta y resopló.

—Nunca vas a parar, ¿verdad, Amaia? —Ella le miró interrogativa—. ¿Cuál es la verdadera razón por la que te tiene tan obsesionada este caso? ¿El caso de un majadero que se llevó el cadáver de su hija para enterrarlo en otro lugar o lo que tú pretendes ver en él? ¿No te das cuenta del daño que te haces? Tienes que dejarlo, tienes que parar de una vez. Te quiero, Amaia, quiero que te quedes en esta casa, quiero que te quedes a mi lado, pero las cosas no van a funcionar si sigues obsesionada por el pasado, si sigues buscando fantasmas.

Se sintió tan atacada que apenas podía pensar con claridad.

—No puedo, no puedo hacer lo que me pides... No es una obsesión, es instinto de supervivencia, no tendré paz mientras ella siga ahí fuera. ¿Obsesión, dices? Rosario mató a mi hermana, intentó matar a mi hijo, ha pretendido acabar conmigo durante toda mi vida. No descansaré hasta que esté de nuevo encerrada; no puedo descansar mientras mi enemigo sigue fuera. Si nunca has vivido algo semejante, no puedes hacerte una idea.

Él negó con la cabeza y extendió su mano hacia ella implorándole la suya. Ella cruzó sus brazos sobre el pecho en firme defensa.

—Está muerta, Amaia, la arrastró el río; recuperamos su ropa prendida en una rama kilómetros más abajo. ¿Cómo imaginas que una mujer en sus circunstancias pudo haber sobrevivido a eso? Y si fuera así, ¿dónde está?

Amaia se puso en pie y cogió su abrigo y su bolso.

—No quiero continuar con esta conversación; es el eco de otras que ya he tenido antes con otras personas y no quiero tenerla contigo. Si es verdad que me quieres, debes quererme como soy: soy un soldado, un buscador.

Esto es lo que soy, y no voy a parar. Y ahora es mejor que me vaya.

Él se interpuso entre la puerta y ella.

—Por favor, no te vayas, quédate. No podré soportarlo si te vas ahora.

Ella alzó una mano, la colocó sobre sus labios y después lo besó.

—Tengo trabajo. Nos vemos mañana. Te lo prometo.

Ya no se veía nada a través del cristal empañado por su aliento. Markina apoyó la frente y sintió el frío de la noche atravesando la ventana. La había visto partir subiéndose a su coche y ahora se sentía morir. No podía evitarlo, cuando no la tenía cerca sentía en su interior un vacío inexplicable, como si le faltase un órgano vital. Si tan sólo fuese capaz de proporcionarle un poco de paz. Vertió un poco más de vino en su copa, se sentó en el sofá donde antes habían hecho el amor y extendió la mano para tocar el espacio que ella había ocupado. Durante horas pensó en aquella cuestión.

45

Introdujo la llave en la cerradura e inmediatamente notó que algo andaba mal. Siempre cerraba con dos vueltas; sin embargo, la puerta se abrió al primer giro de su muñeca. Retrocedió un paso para dirigir su mirada a la calle desierta, sacó su arma y volvió a acercarse para escuchar, intentando percibir si había movimientos en el interior de la casa. Nada. Con cuidado, empujó la puerta e inspeccionó la entrada, que parecía en orden, mientras dirigía una mirada a la oscuridad que reinaba en la escalera; entró y encendió la luz mientras escuchaba. Abrió la puerta del estudio de James, en la planta baja, y comenzó a subir las escaleras. La cocina, una habitación vacía, el salón, un baño, la habitación que su suegra, Clarice, le había montado a Ibai, su dormitorio y su baño, armarios huecos; no había nadie. Desanduvo sus pasos apagando luces, sin lograr desprenderse de la sensación de que alguien había estado en la casa en su ausencia. Observó concienzuda cada superficie, cada objeto, con la pistola aún en la mano y el oído atento. Entró en el salón y, mientras observaba los mapas prendidos en la estantería, estuvo tan segura de que alguien había estado allí que casi podía dibujar en el aire el espacio viciado que había ocupado. Nada parecía cambiado. Todo seguía en su lugar, pero el pálpito era tan fuerte que apenas podía contener la rabia que le producía la certeza de aquella presencia extraña en su casa. Se felicitó por haber borrado los datos del ordenador y reparó entonces en que el segundo *pen drive* que había dejado sin usar había desaparecido. Tomó de nuevo su bolso, bajó las escaleras, salió de la casa y cerró la puerta con dos vueltas, como siempre. Después llamó a Montes.

—Quiero que me haga un favor.

—Pida.

—Vaya a casa de mi tía y quédese en la puerta hasta que yo llegue. Luego le explico.

Al entrar en la calle Braulio Iriarte vio el coche desde el que el inspector Montes le daba las luces. Aparcó y subió a su lado en el asiento del copiloto.

—Gracias.

—De nada, pero a cambio me lo cuenta —respondió él.

—Ayer la familia de Jonan me pidió que fuese a su piso. Cuando esperaba a los de limpiezas traumáticas hallé unas fibras y entregué una muestra a la doctora rusa que suele hacernos las analíticas paralelas en Aínsa. Mientras se dirigía a su casa, alguien la sacó de la carretera y registró el coche; se recuperará, pero hace un rato, al regresar a mi domicilio de Pamplona, he notado que alguien había entrado en mi casa. Se han llevado un *pen drive* vacío. Por eso le pedí que vigilase la casa de mi tía, por si al fulano se le ocurría buscar aquí.

—Vale —dijo Montes pensativo—. Dice que halló esas fibras en el piso de Jonan.

Ella asintió.

—Y por supuesto le llevó una muestra a nuestro amigo el inspector Clemos.

—Fui hasta la comisaría de Beloso, pero Clemos ya tiene el caso cerrado, mafias del Este y tráfico de drogas. Le dije que no tenía una sola prueba y me contestó que ya aparecerían.

—¿No le dejó la muestra?

Ella negó.

—Sólo parte.

—¡Olé sus cojones! —exclamó Montes.

—¡Fermín!, no sea crío.

—¿Consiguieron llevarse la muestra de la doctora rusa?

—No, es una mujer muy lista, la había enviado por DHL.

—Desde luego, parece que esa fibra es importante para alguien, pero lo que no entiendo es que si alguien entra en su casa buscando unas muestras de fibra termine llevándose un *pen drive*.

Ella suspiró.

—Jonan me envió un mensaje.

—¿Cuándo?

—Bueno, no lo sé, lo recibí el día después de su funeral, pero ya sabe cómo son esos informáticos; me ha dicho Zabalza que es un envío programado.

—Sí, me lo ha explicado, y también que creía que Jonan le había mandado algo más.

Amaia se sorprendió.

—¿Le ha dicho eso?

—No sé de qué se extraña, a mí me lo cuenta todo, somos amigos. Ya le he dicho muchas veces que es un buen tío. De todos modos, estoy pensando que tuvo que ser acojonante encontrarse el mensaje de Etxaide cuando llevaba horas muerto. ¡Qué cabrón de chaval! —dijo riendo—. ¡Si me lo manda a mí me da un infarto!

Rieron juntos durante un rato.

—Lo malo es que a Iriarte esto no va a gustarle un pelo —expuso Montes.

—Claro que no, por eso no vamos a decirle nada.

—Joder, jefa, claro que no, a mí me parece bien. Al fin y al cabo, si un muerto te manda un mensaje desde el otro mundo, estás en tu derecho de no compartirlo. Sería una especie de última voluntad o algo así. Y por Zabalza no se preocupe, no va a decir nada. En cuanto al tipo ese del que nos pasó el nombre, no hemos encontrado a nadie que se llame Xabier Tabese, Javier Tabese, ni ninguna variante.

—¿Han tenido en cuenta la edad?

—Sí, unos setenta y cinco años, aunque claro, también puede que ya haya muerto, pero de entrada no hay nada; mañana seguiremos buscando. De lo que sí hay novedades es de las muertes de cuna en Guipúzcoa; hemos encontrado cuatro casos de niñas fallecidas en las orillas del río Bidasoa, en Hondarribia. De momento no hemos terminado con todos los datos de las familias, pero le adelanto que a todas les va bastante bien, empresarios, banqueros, médicos. A todas les fue realizada la autopsia en el anatómico forense de San Sebastián y la causa oficial de la muerte en todos los casos es muerte súbita del lactante. Usted dirá por dónde continuamos; no tenemos jurisdicción en Guipúzcoa, así que o convence al juez para que curse la petición a un juez de Irún o lo veo difícil.

—Es pronto para eso. Reúna los datos y ya veremos. ¡Ah!, y acuérdense de descartar a las niñas que hubieran sido bautizadas.

—Eso va a ser tedioso, ese tipo de información no aparece en los certificados de defunción y habrá que llamar parroquia por parroquia —dijo con fastidio.

Ella se bajó del coche y le dio las buenas noches.

—Ah, se me olvidaba, en el Saint Collette han aceptado al fin la visita a Yolanda Berrueta, mañana a las diez de la mañana.

46

Yolanda Berrueta no estaba en su habitación. Amaia salió a la puerta y comprobó que el número que la enfermera le había indicado era el correcto. Se dirigió entonces al control de enfermería de la planta y justo en ese momento la vio venir por el pasillo acompañada por una enfermera. Le sorprendió su aspecto. Caminaba por su propio pie, aunque, prudente, la enfermera que la custodiaba la sujetaba por el brazo y la cintura. Tenía algunos cortes en el rostro no demasiado profundos y llevaba un parche médico que le cubría el ojo izquierdo y se prolongaba hacia la oreja del mismo lado. Sin duda, era la mano la que presentaba peor aspecto, el vendaje cubría casi totalmente el brazo, recogido en cabestrillo, y el volumen hacía que pareciese algo grotesco, y sobre el codo, que la manga corta del camisón hospitalario no llegaba a cubrir del todo, el tejido se veía tumefacto y la piel tirante por la hinchazón.

—Perdone la confusión. La habíamos bajado a otra planta para las curas —dijo la enfermera.

Yolanda rechazó meterse en la cama y la enfermera la ayudó a acomodarse en un sillón.

Cuando se quedaron a solas, Amaia habló.

—Yolanda, quiero que sepa que lamento profundamente lo que pasó, lo siento.

—Usted no tuvo la culpa.

—Cometí un error y por eso la jueza paralizó la apertura de la tumba; de no haber sido así, usted habría podido comprobar que sus hijos estaban allí y se habría quedado en paz y sin sufrir daño alguno.

—Nadie tuvo la culpa, inspectora, pero yo fui la responsable, y si las cosas hubieran sido como usted dice, yo habría comprobado que mis hijos estaban allí, pero nunca nadie se habría dado cuenta de que faltaba la niña, habrían seguido pensando para siempre que estaba loca y quizá no habrían escuchado a esa pobre chica de Elizondo a la que también le falta su niña.

Debió haberle dicho a Berrueta que no le mencionase nada a su hija, aunque ella también lo habría hecho en su lugar. Más allá de la aparatosidad de los vendajes, Yolanda presentaba un excelente aspecto, aparentaba estar sobria, orientada, despierta, y toda la confusión y la apatía que parecían formar parte de su personalidad habían desaparecido.

—Estaba ofuscada y asustada, y la medicación me hizo confundir los ataúdes, pero ya ve que tenía razón, me robaron el cuerpo de mi bebé. Ahora sólo debo centrarme en salir de aquí para ir a buscarla.

Amaia la miró alarmada. Se había equivocado de nuevo, la inicial sensación de control de Yolanda era tan sólo la firme decisión de seguir con su búsqueda.

—Ahora debería centrarse en recuperarse; deje que la policía haga su trabajo. Le prometo que seguiremos buscando a su hija—. La mujer le dedicó una sonrisa condescendiente y cargada de intención—. Yolanda, la razón principal de que esté aquí hoy es preguntarle por una cuestión muy concreta. —Sacó de su bolso la foto en la que aparecía junto a Inma Herranz y se la mostró.

—Es la secretaria de un juez. ¿Qué quiere saber?

—Ya sé quién es. Lo que quiero que me diga es de qué se conocen y de qué hablaron.

—Ya le dije que había escrito a todos los juzgados, al

defensor del pueblo, a la presidenta de Navarra, a todas partes pidiendo que me dejasen abrir la tumba de mis hijos. Esa mujer me llamó y me citó en una cafetería. Yo le expliqué los detalles y ella se mostró muy interesada y me consiguió una cita con el juez.

Amaia abrió los ojos, asombrada.

—¿Con qué juez?

—Con el juez Markina. Él fue muy amable, aunque no podía ayudarme; me recomendó que me pusiera en contacto con usted, dijo que era una policía muy buena y que, si había posibilidades, usted sacaría adelante la investigación.

Amaia la escuchaba con la boca abierta.

—Me dijo también que fuera discreta, que procurase que pareciese un encuentro casual, que si no era así usted no se interesaría por el caso.

Amaia quedó en silencio mirando fijamente a Yolanda y recordó que, cuando la conoció frente a Argi Beltz, Yolanda se había sorprendido de lo joven que era y había comentado que no la imaginaba así. Sólo después de un rato acertó a hablar.

—El juez Markina le indicó que viniera a mí con discreción, como si fuera una casualidad porque si no yo no me interesaría por el caso.

—Sí, y dijo además que era muy buena en lo suyo. También me pidió que nunca le comentase que él la había recomendado, pero supongo que ahora ya da igual y usted tiene derecho a saberlo.

Paseó por los jardines del hospital durante un rato antes de subir al coche mientras intentaba entender el propósito de lo que acababa de escuchar y vencer la confusión que le producía. Markina le había enviado a Yolanda Berrueta, pero, si era su intención que la ayudase, ¿por qué había paralizado la exhumación de los cuerpos en el cementerio de Ainhoa?, ¿quizá había esperado que le pidiese su colaboración, que por otra parte habría sido lo ortodoxo? Y después de enviársela, casi la crucificó por lo ocurrido en el cementerio, tal vez porque pensaba, como ella, que todo aquel dolor se podía haber evitado yendo por los cauces normales.

No entendía nada. Subió al coche y salió del recinto del hospital. Acababa de incorporarse a la carretera cuando su teléfono sonó. Era él; activó el manos libres y contestó.

—Vaya, precisamente estaba pensando en ti —dijo.

—Y yo en ti —contestó dulcemente él—, pero casi no tengo tiempo, ahora mismo entro a una vista y llevo hasta la toga puesta. Te llamo para decirte que ya he preguntado a mi secretaria y me ha dicho que, en efecto, Yolanda se le acercó un día en la cafetería, le dijo que quería hablar con ella, le explicó el caso de sus hijos y le pidió que mediase ante el juez por ella. Inma la escuchó y no le dio ninguna importancia; dice que pensó que estaba loca.

Una vez que se despidió y colgó, tuvo que detener el coche a un lado de la carretera para asimilar lo que acababa de oír. Le había mentido.

El teléfono sonó ensordecedor dentro del vehículo detenido en el arcén.

—Iriarte.

—Inspectora, buenas noticias. La policía nacional ha detenido a Mariano Sánchez, el funcionario de la cárcel huido; estaba en Zaragoza, en casa de un amigo. Por lo visto, ayer por la noche salieron de juerga y tuvieron un accidente de chapa con otro coche. Montes y Zabalza han ido a buscarlo y estarán aquí en un par de horas. Y tenemos unos cuantos avances en cuanto a localización de posibles víctimas, creo que esto le va a interesar.

Mariano Sánchez aún tenía resaca como consecuencia de la juerga de la noche anterior. Los ojos enrojecidos y la boca pastosa. En el rato que llevaba sentado en la sala, había pedido agua en tres ocasiones.

—No voy a decir nada —les espetó al verlos entrar.

—Me parece perfecto, pero mientras, ¿qué tal si voy hablando yo? Usted no tiene por qué responder, no tiene que decir nada —dijo Iriarte colocando ante él una foto ampliada en la que se le veía en la puerta de la celda de Berasategui introduciendo algo por el portillo—. A pesar de que el preso estaba incomunicado, usted se acercó a su celda y, como puede apreciarse en la imagen, le suministró el medicamento con el que acabó con su vida.

—La foto no prueba nada. No se distingue nada. Es verdad que me acerqué a la celda, pero sólo le di un apretón de manos, me caía bien.

—Sería una buena justificación —respondió Iriarte mientras ponía ante el detenido una bolsa de pruebas que contenía el envoltorio de la farmacia en la que había adquirido el tranquilizante— si no fuera porque el farmacéutico le recuerda perfectamente—. El hombre miró la bolsa con fastidio, como si aquel nimio detalle hubiese dado al traste con su elaborado plan—. Me parece que no se da cuenta del problema en el que se ha metido, no se trata de la desobediencia de las normas, de que perderá su trabajo y de que seguramente le procesarán por tráfico de drogas. Le presento a la inspectora Salazar, de Homicidios. Está aquí porque van a acusarle de la muerte del doctor Berasategui.

El hombre miró a Amaia y comenzó a temblar.

—Oh, mierda, mierda —repitió llevándose las manos a la cabeza.

—No se desespere, no está todo perdido —dijo Amaia—, aún le queda una opción.

El hombre la miró esperanzado.

—Si me ayuda, yo podría convencer al juez de que ha

colaborado y dejarlo todo en que vulneró las reglas al lle-
varle algo a un preso, aunque, claro, no tenía por qué saber
qué era aquello; podía haber sido simplemente un medicamento. Quizá el doctor se sentía mal y le pidió que le comprase aquello para calmar su dolor de estómago, por
ejemplo.

El hombre asintió con demasiado ímpetu.

—Eso fue exactamente lo que pasó. —El alivio en su
voz era evidente—. El doctor me pidió que le comprase
un medicamento. Yo no tenía ni idea de lo que iba a hacer
con él. Eso seguro que el juez lo entenderá, él me dijo que
cuidase del doctor.

—¿Qué juez?

—El juez que fue a la cárcel aquel día.

—¿Se refiere al juez Markina?

—No sé cómo se llama; es ese juez joven.

—¿A qué hora fue eso?

Cuando acabábamos de trasladar al doctor.

—¿Y dice que el juez le pidió que cuidase de Berasategui? —preguntó Iriarte.

—No, exactamente, me dijo algo así como que le procurase atenciones. Ya sabe lo raro que hablan esos tipos.

—Intente recordarlo —le animó Amaia—. Hay una
gran diferencia entre que le dijese que estuviese atento al
doctor o que le dijese que cuidase de él.

El hombre la miró con gesto confuso y tardó un buen
rato en responder, mientras ponía cara de estar haciendo
un esfuerzo casi doloroso por recordar.

—No lo sé, fue algo así. Me duele mucho la cabeza,
¿pueden darme un ibuprofeno?

Salió de la sala y subió a su despacho segura de que se le
había pasado algo por alto, algo que la conversación con el
funcionario le había hecho recordar. Desplegó las fotos
que Jonan había incluido en la carpeta Berasategui... Las

repasó de nuevo una por una. Era evidente que eran las mismas que Iriarte acababa de mostrarle a Mariano Sánchez y estaban extraídas de la filmación de la cámara con la que habían establecido que el funcionario había sido el que había proporcionado la ampolla de droga a Berasategui. Pero Jonan se había detenido en las horas siguientes. Se veía a sí misma junto a sus compañeros entrando y saliendo de la celda. Al director de la prisión hablando con Markina. A ella junto a los dos; otra en la que se les unía San Martín, y a Markina solo..., de esta última había varias ampliaciones, y al fijarse entendió por qué había llamado la atención de Etxaide. En las fotografías en las que Markina aparecía junto a San Martín y ella misma hablando en los pasillos, el juez llevaba vaqueros y una camisa azul; recordó lo guapo que estaba, lo mucho que le había desconcertado verle tras soñar con él la noche anterior. En la otra foto vestía de traje, seguramente el atuendo que llevaba en el juzgado, lo que tenía puesto cuando aquella mañana ella le llamó para alertarle de lo ocurrido con Berasategui. Movió la foto para comprobar la hora que aparecía al pie. Era de las doce de la mañana.

El director de la prisión le había dicho que Markina le había llamado por teléfono para pedirle que trasladase urgentemente al preso; como él no se encontraba en la ciudad, se lo había encargado a su adjunto, que en ningún momento había mencionado que el juez hubiera visitado la prisión. Cerró la carpeta, extrajo el *pen drive* y se lo guardó en el bolsillo.

No había pedido cita, aunque comprobó por teléfono que Manuel Lourido estaba trabajando en el turno de mañana. Cuando llegó al acceso exterior, dio como referencia su nombre y pudo ver la cara de sorpresa del hombre en cuanto accedió a las instalaciones interiores de la prisión.

—No sabía que fuese a venir, inspectora —dijo repasando su lista de visitas—. ¿A quién quiere ver?

—No me encontrará en la lista —respondió ella sonriendo—. No vengo a visitar a ningún preso, sino a hablar con usted.

—¿Conmigo? —se extrañó el hombre.

—Es relativo a la investigación sobre el suicidio de Berasategui. Hemos detenido a Mariano Sánchez y él ha confesado haberle proporcionado la droga como prueban las imágenes, pero parece que no quiere caer solo y pretende salpicar a algún compañero más —mintió—. No es que nosotros lo creamos, pero, ya sabe, hay que comprobarlo todo.

—¡Será cabrón! Ya le digo yo que no hay nada de eso, sólo él y esos dos atontados que eran como Pin y Pon, siempre juntos y con menos cerebro que un mosquito.

—Necesito comprobar que no hubo ninguna otra visita al preso aquella mañana.

—Por supuesto —dijo tecleando su clave en el ordenador—. Aquel día Berasategui no tuvo más visitas que la suya.

—¿Quizá su abogado, o el juez Markina, que aconsejó el traslado a aislamiento?

—No, nadie más que usted.

Decepcionada, dio las gracias al hombre y se volvió hacia la salida.

—... Pero sí que estuvo aquí.

—¿Qué?

—Yo aún estaba trabajando y recuerdo que le vi, y si no consta entre las visitas es porque no vino a ver a Berasategui ni a ningún otro preso; vino a ver al adjunto al director, y esas visitas no constan en el mismo lugar; aquí sólo aparecen las de los reclusos —dijo señalando la pantalla.

Amaia lo pensó un par de segundos.

—¿Podría avisar al director de que estoy aquí? Pregúntele si me haría el favor de recibirme.

Manuel levantó el auricular del teléfono interno, marcó una serie de números y transmitió la petición.

El silencio se alargó durante unos segundos mientras el director se lo pensaba. No le extrañó dada la dureza de su último encuentro con él en urgencias del hospital.

—De acuerdo —contestó el funcionario a la línea. Colgó y salió de detrás del mostrador.

—La verá ahora, acompáñeme.

—Una cosa, Manuel, no hable de nuestra conversación con nadie; forma parte de la investigación policial.

Se preparó antes de entrar en el despacho. Era consciente de que sería un encuentro hostil, pues había sido muy dura con aquel hombre; pero ahora estaban en sus dominios, un paso en falso y la echaría de allí.

Se puso en pie para recibirla y le tendió una mano cautelosa.

—¿En qué puedo ayudarla, inspectora?

—Estoy ultimando aspectos sobre el caso del suicidio de Berasategui antes de cerrarlo definitivamente ahora que hemos detenido a Mariano Sánchez, que se hace responsable de haber entregado el medicamento por su cuenta a Berasategui. —Casi oyó el suspiro de alivio del hombre—. Entiendo que han sido tiempos duros para usted, con lo difícil que tiene que ser dirigir una prisión y todas estas desgracias...

La cosa iba bien. Hablar de desgracias hacía parecer que eran algo inevitable de lo que no se le podía hacer responsable. Él pareció ceder un poco y hasta esbozó una leve sonrisa de circunstancias. En el fondo no era mal tipo.

—Para ir cerrando el tema... El día en el que ocurrieron los hechos yo visité al preso por la mañana. ¿Recibió alguna otra visita?

—Bueno, tendría que consultarlo, pero todo parece indicar que no.

—El juez le llamó por teléfono inmediatamente cuando yo le avisé para decirle que era conveniente que Berasategui fuese trasladado.

—Sí, y yo le pedí a mi adjunto que lo hiciera; volví a llamar a los quince minutos para comprobar que, en efecto, se había llevado a cabo el traslado, y él me confirmó que así era.

—¿Le importaría que hablase con su adjunto? Es sólo para verificarlo, pura rutina.

—Claro, por supuesto. —Apretó una tecla del interfono y pidió a un funcionario que avisasen a su adjunto, que entró enseguida, lo que le produjo la sensación de que había estado esperando tras la puerta.

Se puso un poco nervioso al verla. Ella, todo sonrisas, se levantó y le dio la mano.

—Siento molestarle. Le contaba al director que estamos terminando de cerrar el caso Berasategui. Como sabrá, hemos detenido a Mariano Sánchez, que se hace enteramente responsable de haber entregado el vial al doctor, pero estoy tratando de ordenar un poco todo el papeleo; ya sabe cómo son estas cosas.

Él asintió comprensivo.

—El director me dice que le llamó por teléfono a petición del juez para que llevase a cabo el traslado del preso y unos quince minutos más tarde para comprobar que se hubiera realizado sin incidentes.

—Sí, así es —reconoció el adjunto.

Amaia se volvió hacia el director.

—... y entonces el juez volvió a llamarle a usted para corroborarlo.

—No, lo hice yo, yo le llamé.

—Muy bien —dijo fingiendo apuntarlo—. ¿Y el juez vino por aquí para comprobarlo?

El director se encogió de hombros y miró al adjunto dudando.

Amaia sonrió.

—¿Vino aquella mañana el juez Markina a la cárcel para verificar el traslado del preso? —repitió.

El hombre la miró a los ojos.

—No.

Ella sonrió.

—Pues nada más, hemos terminado. Muchísimas gracias a los dos, han sido muy amables, les agradezco mucho su tiempo. Porque la verdad es que estoy deseando terminar con este caso.

El alivio del director era evidente, y la preocupación apenas disimulada en el rostro del adjunto también.

Subió al coche, por teléfono convocó la reunión de la tarde y salió de la ciudad rumbo a Baztán mientras pensaba en toda aquella sarta de mentiras. El adjunto negaba la presencia del juez en la prisión, pero no sólo había estado allí, sino que además había una grabación que lo situaba frente a la celda del doctor Berasategui.

47

La tía había cocinado lentejas. El olor del potaje y el fuego encendido en la chimenea le hicieron sentirse en su hogar, aunque la ausencia de James y, sobre todo, de Ibai había sumido la casa en un silencio al que ya no estaban acostumbradas. Aprovechó para llamar a James, que contestó sorprendido a la llamada y que, sin embargo, tras una breve y trivial conversación, ella derivó enseguida a la tía y a su hermana para que pudieran hacerle carantoñas a Ibai, que según su padre escuchaba atento y sonriendo las voces conocidas.

Mientras el cielo se oscurecía sobre su cabeza y comenzaban a oírse los primeros truenos acercándose desde los montes, caminó hacia la comisaría pensando en la conversación que acababa de mantener con su tía. Cuando Ros salió para el obrador, ésta le había preguntado:

—¿Qué está pasando entre tu marido y tú, Amaia?

Ella había intentado soslayar la pregunta.

—¿Por qué crees que pasa algo?

—Porque has contestado con una pregunta y porque he escuchado vuestra conversación y sólo os ha faltado daros el parte meteorológico.

Ella había sonreído ante su observación.

—Cuando las parejas ya no tienen nada que decirse, hablan del tiempo, como con los taxistas. Tú, ríete, pero es uno de los signos de inminente ruptura.

El rostro de Amaia se ensombreció al pensarlo.

—¿Ya no le amas, Amaia?

Había salido precipitadamente justificándose con la hora, con tanta prisa que olvidó la llave del coche, pero, acobardada por la inquisitiva mirada de Engrasi, no había querido volver a buscarla. La capacidad de aquella mujer para discernir lo que estaba pensando, lo que la atormentaba, siempre le había sorprendido.

La pregunta seguía resonando en su cabeza: ¿amaba aún a James? La respuesta inmediata era sí, le amaba, estaba segura, y sin embargo... ¿qué era lo que sentía por Markina? Fascinación, habría dicho Dupree; encoñamiento, habría dicho Montes. Jonan se había expresado sin cortapisas, creía que nublaba su juicio y anulaba su perspectiva..., recordaba cuánto le había molestado oírlo, y a la vista de las últimas revelaciones empezaba a pensar que no se equivocaba.

Entró en la sala de reuniones y vio que Montes había empezado a exponer sobre la pizarra fotos y documentos que ya comenzaban a acumularse.

—¿Han logrado algún avance? —preguntó de modo general mientras tras los cristales el cielo se oscurecía con las gruesas nubes de la tormenta. Se acercó a los interruptores y encendió las luces.

—Algo, aunque no gran cosa. El tema de los bautismos nos ha permitido limpiar un poco la lista, pero, como ya supuse, el proceso es largo y lento. Primero, según la dirección del bebé, hay que buscar la parroquia que le corresponde; después, hablar personalmente con los párrocos, que son los únicos que tienen acceso a esa información y que sólo atienden a la hora de despacho parroquial, que en muchas iglesias ni siquiera es a diario. Aun así, por ejemplo, con los cuatro casos que teníamos en Hondarribia hemos tenido suerte reduciéndolos a dos; los otros eran una niña alemana que falleció durante las vacaciones de los padres y la segunda estaba bautizada.

—¿Zabalza?

—Como suponíamos, al buscar datos de toda Navarra, el número ha aumentado considerablemente. Pero limitándonos a poblaciones que colinden con el río tenemos un caso en Elizondo, otro en Oronoz-Mugaire —dijo colocando marcas sobre el mapa—, otro en Narbarte, dos en Doneztebe y dos en Hondarribia, como ya le ha dicho el inspector.

Ella estudió el dibujo que las marcas rojas trazaban sobre el mapa mientras un fuerte trueno hacía retumbar los cimientos de la comisaría; miró hacia fuera en el instante en que la cortina de lluvia chocaba con estrépito contra los cristales.

—¿A cuánto tiempo atrás se remontan los datos?

—Diez años —contestó Zabalza—. ¿Quiere que me remonte más?

—Estaría bien que pudiera obtener datos por lo menos hasta la fecha en la que tenemos noticia de algún caso, incluso un poco más.

—Añada en otro color las antiguas, en Elizondo, la niña de Argi Beltz, mi hermana, la niña de Lesaka, la hija de los abogados Lejarreta y Andía en Elbete, y la del padre que increpó a la forense en Erratzu.

El dibujo recorría el río desde su nacimiento hasta su desembocadura con una siniestra sucesión de puntos, todos en poblaciones por las que pasaba el río Baztán o donde tomaba el nombre de Bidasoa.

Se volvió y vio que el inspector Iriarte se había detenido tras ella y observaba el mapa preocupado.

—Parece que ha establecido una pauta.

—Siéntense —ordenó ella como respuesta—. Yo también tengo novedades que contarles. Siguiendo su consejo, inspector —dijo dirigiéndose a Iriarte—, pedí ayuda al padre Sarasola, que, para mi sorpresa, me organizó una entrevista con el testigo protegido que denunció el crimen de Lesaka. Me contó más o menos lo mismo que Sarasola: eran una secta mística con reminiscencias satanistas, con la diferencia de que en vez de practicar una religión de adoración al demonio y anticristiana cultivaban una especie de regreso a las tradiciones mágicas de Baztán..., en palabras del testigo, una regresión a las prácticas espirituales tradicionales que durante milenios se llevaron a cabo en este mismo lugar y que permitían una comunicación entre el hombre y las fuerzas preternaturales, geniales, telúricas y poderosísimas que habían conformado la religión que seguían los habitantes de la zona. Y la brujería y sus prácticas ancestrales relacionadas con pócimas, hechizos, herboristería y curanderismo, aprendiendo a explorar los límites del poder del hombre frente a estas entidades que pretendían dominar.

—Pero ¿lo creían de verdad?

La lluvia arreció contra los cristales con fuerza y un rayo cruzó el vacío iluminando con un fogonazo el cielo casi negro y cambiante como un océano.

—Voy a decirle lo mismo que me respondió el padre Sarasola cuando se lo pregunté. Deje de plantearse la fe de los demás en esos términos..., claro que lo creían, la fe mueve a millones de personas, millones de peregrinos van a Santiago, a Roma, a La Meca, a la India; la venta de libros sagrados encabeza aún las listas anuales, y las sectas proliferan, captando adeptos hasta el punto de que en todas las policías del mundo se están creando unidades especializadas. Dejemos a un lado lo que nos parece lógico, admisible, probable, porque hablamos de otro tema, uno muy poderoso y, en las manos del líder adecuado, muy peligroso.

»Este grupo en particular defendía la vuelta a lo tradicional, el respeto por los orígenes, por las fuerzas primigenias, y el modo de relacionarse con ellas no era otro que a través de la ofrenda. Refrendaban sus teorías con la antigua religión, las presencias mágicas de criaturas extraordinarias que desde antiguo se han dado en esta zona del mundo. Ellos se remontan aún más atrás y afirman que ya los primeros pobladores de Baztán establecieron marcadores en forma de monumentos megalíticos y líneas ley que atravesarían todo el territorio, las alineaciones de lugares de interés geográfico e histórico, como los antiguos monumentos y megalitos, montañas y riscos, peñas, cuevas y grietas naturales que habrían facilitado la localización de lugares con significado espiritual donde la comunicación con estas fuerzas podía establecerse con facilidad. Una teoría refrendada por un tal Watkins las databa en el Neolítico y permitirían la navegación segura y la referencia en las grandes migraciones. Son muchos los autores que defienden la existencia de estas líneas ley. El líder del grupo les instruyó en prácticas que pretendían la invocación de estas fuerzas, a las que pondría a su servicio sin rezos, sin observar una vida de privaciones, sin normas ni obstáculos a sus deseos, tan sólo a cambio de ofrendas de vida, inicialmente de animales domésticos, según el testigo con asombrosos resultados, hasta llegar a lo que ellos llamaban «el sacrificio». Consistía en una ofrenda humana. Pero para obtener un gran favor no sirve cualquier humano, el sacrificio debe hacerse con una niña menor de dos años, porque creen que su alma aún está entre los dos mundos y es especialmente atractiva para el demonio al que se lo ofrecen, Inguma. Además debe estar sin bautizar y se le debe dar muerte del mismo modo en que Inguma toma a sus víctimas...

Un nuevo trueno retumbó sobre sus cabezas, obligándoles, por un instante, a prestar atención al magnífico evento que se producía tras los cristales.

—Asfixiándolas —dijo Zabalza.

—Eso es, bebiéndose su aire, y eso es exactamente lo que el testigo afirma que hicieron, y después deben llevar el cadáver a un lugar, que dice desconocer, para completar el ritual. Lo que obtienen es riqueza económica sobre todo y para todos los participantes, pero en el caso de los padres, lo que deseen.

»Me dijo otras cosas muy interesantes: los datos que les pasé ayer, y en los que Montes y Zabalza ya están trabajando; el nombre de su líder, Xabier Tabese, y su edad, debe de tener ahora unos setenta y cinco años, y algo más que puede sernos provechoso. Me explicó que, en ocasiones, sólo un miembro de las parejas que realizaban las ofrendas era afín al grupo. E incluso entre las que lo eran, algunas, aun resueltas a llevar a cabo el sacrificio, caían en una terrible depresión tras el crimen. Esto me recordó el caso de Yolanda Berrueta y el de Sonia Ballarena, pero me hizo pensar que quizá muchas de esas parejas terminaron por separarse, como ocurrió con Yolanda, y si alguna de esas niñas hubiera sido enterrada en el panteón perteneciente a la familia de la madre, no nos costaría convencerla para que autorizase la apertura. Podríamos hacerlo sin orden judicial si la madre lo pidiese; incluso podríamos justificarlo, con el fin de no tener problemas, con cualquier excusa como la necesidad de reubicar los restos de algún cadáver que llevase más tiempo, comprobar que no entrase agua en el interior de las tumbas. Averigüen entre los padres de las niñas que puedan ser víctimas cuáles están divorciados.

»Una cosa más que les puede ser útil, prueben a buscar a Tabese como psicólogo, psiquiatra o médico. Elena Ochoa me dijo que creía que tenía formación relacionada con la psicología.

Un nuevo rayo iluminó el cielo y el apagón los dejó a oscuras dos segundos antes de que la luz regresara.

La sensación de caminar bajo la lluvia no le disgustaba, pero el ensordecedor crepitar de las gotas contra la tela tensa del paraguas la enervaba sobremanera. Sintió el teléfono vibrando en su bolsillo. Tenía dos llamadas perdidas: una de James, otra de Markina. Borró el registro y sepultó el teléfono en lo más profundo de su bolsillo mientras se detenía frente a la casa del viejo señor Yáñez. Llamó sólo una vez y lo imaginó refunfuñando mientras se levantaba de su improvisado camastro frente al televisor. Al cabo de un rato oyó cómo corría el pestillo de la puerta, y el rostro arrugado de Yáñez apareció ante ella.

—Ah, es usted —fue su saludo.

—¿Puedo pasar?

No contestó; abrió la puerta del todo y echó a andar por el pasillo en dirección al salón. Llevaba el mismo pantalón de pana, pero había sustituido el grueso jersey y la bata de felpa por una camisa de cuadros. La temperatura en el interior de la casa era agradable. Siguió a Yáñez, que se sentó en su sofá, y le hizo un gesto para que ella también lo hiciera.

—Gracias por avisar —dijo bruscamente.

Ella le miró confusa.

—A los de la caldera, gracias por avisar.

—No tiene importancia —respondió.

El viejo señor concentró su atención en la pantalla del televisor.

—Señor Yáñez, quiero preguntarle algo.

Él la miró.

—En mi anterior visita me contó que un policía vino a verle antes que yo. Me contó que le preparó un café con leche...

Yáñez asintió.

—Quiero que mire esta foto y me diga si fue éste —dijo mostrándole en la pantalla del móvil una fotografía de Jonan Etxaide.

—Sí, fue ése, muy majo chaval.

Amaia apagó la pantalla y guardó el móvil.

—¿De qué hablaron?

—Pssh —contestó Yáñez haciendo un gesto vago.

Amaia se puso en pie y tomó de una mesita auxiliar la foto de su esposa que le había enseñado en su anterior visita.

—Su mujer no se deprimió tras nacer su hijo, ¿verdad? Creo que ya se encontraba mal mucho antes, pero el nacimiento del bebé fue devastador para ella; no podía amarlo, lo rechazaba porque aquel hijo venía a sustituir a la hija que había perdido.

Yáñez abrió la boca pero no dijo nada. Levantó el mando que tenía a su lado y apagó el televisor.

—No tuve ninguna hija.

—Sí que la tuvo; ese policía lo sospechaba y por eso vino a hablar con usted.

Yáñez quedó en silencio unos segundos.

—Margarita tendría que haberlo olvidado, pero en lugar de eso se pasaba el día pensando, hablando de lo que había sucedido.

—¿Cómo se llamaba?

Él tardó un poco en responder.

—No tenía nombre, no llegó a ser bautizada. Murió a las pocas horas de nacer de muerte de cuna.

—¡Joder, mató a su propia hija! —dijo Amaia asqueada.

Yáñez la miró y, poco a poco, en su boca se fue dibujando una sonrisa que se convirtió en risa y en carcajada. Rió como un loco durante un rato y cesó de pronto.

—¿Y qué piensa hacer, denunciarme? —preguntó amargado—. Mi hijo está muerto; mi mujer está muerta, y yo, pudriéndome vivo en esta casa para el resto de mis días. ¿Cuántos inviernos más cree que aguantaré? Ya todo da igual, debimos darnos cuenta. Una vez alguien me dijo que todo lo que te concede el demonio se convierte en mierda... De hecho, mi vida entera se ha convertido en un magnífico montón de mierda, me da igual si vienen a por mí. Si me envían las nueces me las tragaré y dejaré que el mal se abra camino entre mis tripas. Hace tiempo que renuncié; cuando mi esposa murió, todo lo que me había parecido tan importante, el dinero, esta casa, los negocios, todo dejó de importarme. Renuncié.

Amaia pensó en las palabras del testigo escondido en la casa del Opus Dei.

«Nadie abandona el grupo.»

—Puede que usted lo hiciera, pero su hijo le tomó el relevo, un sacrificio así no puede desperdiciarse, ¿verdad?

Yáñez cogió el mando de la tele y volvió a encenderla.

Amaia se dirigió a la salida y, cuando iba por la mitad del pasillo, él la llamó.

—Inspectora, esta tarde la luz se ha ido de nuevo y creo que la caldera ha vuelto a apagarse.

Ella abrió la puerta de la calle.

—¡Que te jodan! —exclamó mientras la cerraba. Volvió a la comisaría, subió a la sala de reuniones y puso una nueva marca roja en el mapa.

48

Ros Salazar había prolongado su jornada un poco más de lo habitual. Sentada tras su mesa, aprovechaba para contestar el correo mientras esperaba.

La puerta del almacén estaba abierta y, desde su posición, vio entrar a Flora, aunque fingió no haberlo advertido hasta que su hermana depositó unas carpetas sobre la mesa.

—Bueno, hermanita, aquí están los informes y la tasación. Te los dejo para que los mires con calma, pero te adelanto que sólo el valor de negocio del obrador supera con creces el capital que suman todas tus propiedades, en el supuesto de que no las tengas ya hipotecadas, eso por no hablar del local, la maquinaria... En la última página he incluido mi oferta... No seas tonta, Ros, coge el dinero y lárgate de mi obrador.

Ernesto, el encargado, las interrumpió. Llevaba en la mano una bolsita de la ferretería.

—Siento interrumpir, Rosaura. ¿Dónde te dejo las copias de las llaves que me has pedido?

—No te preocupes, ya habíamos terminado de hablar, quédate una y deja el resto en el panel del almacén —respondió Ros—. Gracias, Flora, te daré una contestación pronto —dijo cortante.

—Piénsatelo, hermanita —insistió Flora antes de salir, cerrando la puerta del despacho a su espalda. Ros abrió el cajón de la mesa y, sin mirarlos, depositó los informes en su interior. Después, simplemente se dedicó a contemplar cómo parpadeaba el cursor en la pantalla del ordenador, contando las intermitencias, uno, dos, tres, cuatro, hasta sesenta y sesenta más.

Se levantó y fue hasta el almacén; abrió el armarito de llaves y contó las copias que había encargado. Comprobó que faltaban dos, la que le correspondía a Ernesto y la que se había llevado Flora. Sonriendo, regresó al despacho, apagó el ordenador y salió cerrando la puerta a su espalda.

Amaia consultó su reloj calculando la hora de Estados Unidos y marcó el número de James. La pregunta que le había lanzado Engrasi había sido como un martillo en su cabeza durante toda la tarde.

—Te echamos de menos —fue la respuesta de él al otro lado del mar—. ¿Cuándo vendrás?

Le explicó que las cosas no avanzaban en buena dirección en la investigación del asesinato de Jonan. Su amiga la doctora Takchenko había sufrido un terrible accidente de tráfico... Quizá un par de días más. Escuchó los balbuceos de Ibai jugando con el teléfono y se sintió terriblemente triste, terriblemente mal.

Después llamó a Markina.

—Llevo toda la tarde intentando hablar contigo. ¿Qué te apetece cenar?

—He estado muy ocupada. Te alegrará saber que Yolanda Berrueta está mucho mejor, esta mañana la he visitado en el hospital. —Hizo una pausa esperando su respuesta.

—Es una buena noticia.

—Me contó vuestra entrevista.

—...

—Ésa en la que le recomendaste que contactase con-

443

migo de forma discreta porque era la persona adecuada para ayudarla.

—Lo siento, Amaia, era la desolación pura, me dio mucha pena, me recordó a mi propia madre, obsesionada con sus bebés, pero yo no podía hacer nada. Sólo le dije que si lograba que tú te interesases por el caso de forma genuina quizá podrías ayudarla. Y no me equivoqué, lo hiciste.

—Me manipulaste.

—Eso es justo lo que no hice, Amaia, no quería que se presentase ante ti diciendo que iba de mi parte; eso habría sido una manipulación y algo totalmente irregular. Ella llegó a ti, vale, por recomendación mía, pero sólo fue un consejo a una persona desesperada que sufría enormemente. Tú te interesaste, tú tomaste la decisión de ayudarla. No puedes reprocharme creer en ti.

—Eso no te impidió ponerme zancadillas.

—No hiciste las cosas bien, y lo sabes.

—Me refiero a nuestra conversación de anoche. Detestas abrir tumbas, pero me envías a esa mujer; te pido el permiso y me lo deniegas, y me reprochas que me obsesione con un caso hacia el que me empujas pero en el que no me apoyas.

—Tienes razón, fui un imbécil ayer, pero no puedes reprocharme que no te proteja, que no te defienda... Lo he hecho ante la jueza De Gouvenain, que quería cursar una queja ante la familia Tremond, que llegó a mi despacho amenazando con demandarte por daños y perjuicios. Te protejo, Amaia, de todos y de todo, pero como juez tengo unos límites, los mismos o parecidos a los que tú debes de tener como jefa de Homicidios. La diferencia es que yo no me salto las normas, Amaia, ¿o te atreves a afirmar que no has transgredido ni un procedimiento mientras investigabas el último caso? Sé cómo actúas, me pareces brillante, y me he enamorado de ti, pero no puedes pedirme que te siga porque sobre todo he de protegerte de ti misma y de tu miedo... Nadie como yo sabe lo que es tener una familia horrible y la carga que puede suponer de por vida.

Ella quedó en silencio. No, no podía decirlo, en aquel instante ocultaba información al propio juez, a Clemos, a Iriarte, y ni siquiera le había dado todos los datos a Montes; había encargado un análisis paralelo de la fibra, y no pensaba informar de momento sobre la hija de Yáñez, aunque, como él decía, no iba a poder probarlo. Y además iba a guardarse la información hasta que supiera por qué razón el adjunto al director de la cárcel de Pamplona negaba la presencia del juez allí cuando Berasategui fue trasladado; y no quería correr el riesgo de preguntárselo a Markina. Pero no pudo evitarlo.

—¿Estuviste en la prisión el día que murió Berasategui?

Él contestó enseguida. Eso era bueno.

—Claro, nos vimos allí.

— Sí, lo recuerdo, pero me refiero a si estuviste en la prisión después de hablar conmigo por teléfono, antes de que Berasategui apareciera muerto.

Esta vez tardó un par de segundos en contestar.

—¿Por qué lo preguntas?

Mala señal, cuando alguien era sincero respondía inmediatamente. Responder con una pregunta sólo tenía dos razones: tomarse más tiempo para pensar la respuesta o evitar responder. O lo que era lo mismo: mentir, ocultar la verdad.

—¿Estuviste o no?

—Sí, al ver que el director no estaba, no me quedé tranquilo; no conocía al adjunto y no sabía si se podía confiar en que se lo tomase en serio; decidí pasarme por allí para comprobarlo.

—Sí, me parece normal, pero es que se lo he preguntado al adjunto y lo ha negado.

—Ese tío es un idiota.

Sí, ya se lo había parecido, sintió el alivio en el pecho.

—¿Llegaste a hablar con Berasategui?

—Ni siquiera me acerqué a su celda.

—Pero hablaste con el funcionario...

—Sí, le dije que no le quitase el ojo de encima. Y ahora ven a casa y continuaremos esta conversación desnudos y con una botella de vino. Si quieres.

Ella suspiró.

—No puedo, en serio, estoy en casa de mi tía y ya le he prometido que cenaría con ella —respondió sin fuerza.

—¿Mañana entonces?

—Sí.

49

Flora pensó que las dos de la madrugada era una hora prudente; encontrar a alguien por la calle a esas horas en invierno en Elizondo era poco menos que un milagro. Y tenía que hacerlo aquella noche para devolver la llave antes de que Ros la echase de menos. Por suerte, la entrada del almacén seguía tan oscura como siempre; llevaba años pidiendo al ayuntamiento que pusieran allí una farola, pero el terreno vecinal era privado y el consistorio se resistía. Entró en el almacén y tuvo la precaución de no encender las luces hasta que estuvo en el despacho, pues sabía que aquéllas apenas podían verse desde fuera, excepto por los portillos altos que estaban junto al techo y en los que era poco probable que alguien se fijase. Sin perder el tiempo, se descalzó, se subió al sofá, retiró el cuadro de Ciga y accionó la apertura de la caja con la clave que ella misma había creado. El mecanismo saltó y la puerta quedó abierta. Estaba vacía. La miró incrédula e incluso metió una mano hasta tocar el fondo metálico de la caja. Su corazón perdió un latido cuando oyó una voz a su espalda.

—Buenas noches, hermanita. —Flora se volvió asustada y con tal ímpetu que a punto estuvo de caer en el sofá—. Si estás buscando el contenido de esa caja, lo tengo yo. Lo cierto es que casi había olvidado que había una caja ahí detrás, y hasta aquella ocasión en la que entraste mientras yo no estaba y dejaste un poco ladeado el cuadro, no me di cuenta. Durante días estuve pensando qué podía ser tan importante como para que fueras capaz de venir aquí como un ladrón en la noche.

—¿Pero tú...?

—No, no conocía la clave, pero no es ningún problema cuando eres la propietaria. Llamas al experto, le dices que has olvidado la clave, la detecta y te la abre.

—No tienes ningún derecho. El contenido de esta caja es privado.

—En la primera parte no estoy de acuerdo, éste es mi obrador. En cuanto a la privacidad del contenido de la caja, te entiendo, Flora, yo tampoco querría que nadie lo viese. Te deja en muy mal lugar, hermanita—. Flora seguía en pie encima del sofá, con una mano apoyada en la puerta de la caja—. Bájate de ahí y déjame que te cuente lo que va a pasar ahora —dijo Ros divertida—. He revisado todo el contenido de esa caja, no una vez, docenas de veces, tantas que casi me lo sé de memoria.

Flora estaba pálida. Se sujetaba el estómago con ambas manos como si tuviese que contener una terrible náusea; aun así sacó fuerzas de su pánico y amenazó a Ros.

—¡Vas a devolvérmelo ahora mismo!

—No, Flora, no voy a devolvértelo, pero calma, que no tienes nada que temer de mí si te portas bien. No es mi intención perjudicarte; no quiero tener que ir a visitarte a la cárcel, aunque dudo que lo hiciera, pero me imagino el sufrimiento que esto le causaría a la tía y me hace pensármelo dos veces. Como te he dicho, lo he revisado, lo he leído y lo he entendido, Flora. No te reprocho nada, no soy quién. Al contrario que tú, yo nunca he alardeado de que mi moral fuera superior a la de los demás, y sólo por eso ya estaría bien darte una lección. Pero, por otra parte, también entiendo lo que hiciste; durante años, yo misma he sido la coartada de un marido estúpido y vago..., claro que él no mató a nadie, porque de haber sido así y de haberlo sabido eso me convertiría en su cómplice, ¿no crees?

Flora no contestó.

—Te comprendo, Flora, hiciste lo que había que hacer y no te lo reprocho. Morir en aquel caserío quizá fue lo mejor que le pudo pasar al pobre Víctor. Pero que te comprenda no significa que vaya a dejar que me jodas. No te voy a entregar, Flora, a menos que no me dejes más opción. Di muchas vueltas a lo que tenía entre manos y cómo debía obrar, y al final la luz se hizo en mi mente. Creo que nuestra familia ha sufrido ya bastante, así que guardé tu diario y los preciosos zapatos rojos en una caja y se la llevé a un notario. Nunca había pensado en hacer testamento, pero hay que estar preparado para todo. Soy joven y estoy sana, y no espero morir próximamente, pero aun así dispuse, entre otras cosas, que si algo me sucedía, si muero sea como sea, este sobre le sea entregado a nuestra hermana Amaia. Y hay algo que tengo claro, Flora: tu moral y la mía pueden dejar mucho que desear, pero si Amaia llega a conocer el contenido de ese diario no le temblará la mano. Quizá sea debido a la forja que supuso su infancia, a toda la mierda que permitimos que le pasara, pero tú sabes, como yo, que ella no aprobaría esto que hago, ni tendría piedad de ti. Así que, hermanita, buscaremos un notario, otro —dijo sonriendo—, para llevar a cabo una donación en la que me cederás tu parte del obrador. No quiero nada más. Coge tu dinero y vete a vivir tu vida. Yo no te molestaré, no volveremos a mencionar nunca esta conversación, pero si intentas joderme, yo te joderé a ti.

Flora la escuchaba atentamente, con los brazos cruzados sobre el pecho y el mismo gesto en su rostro que adoptaba cuando discutía de negocios.

—Pareces muy segura de que funcionará.

—Lo estoy, en esta familia somos expertos en guardar secretos terribles y hacer como si no pasara nada.

Flora suavizó el gesto de su rostro y de pronto sonrió.

—Vaya, parece que la pequeña Ros por fin ha espabilado —dijo mirándola aprobatoriamente—. Mañana buscaré a ese notario, y ahora no dejes que ningún mierda vuelva a manejar tu vida.

Cogió su bolso y la rebasó caminando hacia la puerta.

—Flora, espera.

—¿Sí?

—Por favor, antes de irte vuelve a dejar todo eso en su sitio.

Flora se giró, volvió atrás, cerró la puerta de la caja, colgó el cuadro y colocó bien los cojines del sofá.

50

Los gestos, los detalles, las pequeñas cosas que conformaban su mundo y se habían hecho imprescindibles se ponían de manifiesto con la ausencia de James. Llevaba al
menos quince minutos despierta acariciando con el dorso
de su mano la superficie vacía de la almohada. Los besos
breves y en cantidad que depositaba por toda su cabeza
para despertarla; el café con leche en un vaso que ponía
sobre su mesilla cada mañana; sus manos grandes y rudas
de escultor; el olor de su pecho aspirado a través del jersey;
el espacio entre sus brazos reservado para ser su refugio.

Salió de la cama y bajó descalza a la cocina para prepa-
rarse un café con leche, con el que regresó para meterse de
nuevo bajo el edredón. Miró con disgusto el teléfono, que
comenzó a sonar en el instante en que lo hacía, aunque el
fastidio quedó mitigado por la sorpresa al ver que se trataba del padre Sarasola.

—Inspectora... Lo cierto es que no sé cómo decirle
esto—. Ella se sorprendió, si había un hombre en el mundo capaz de explicar cualquier cosa, ése era Sarasola; no
podía imaginar que hubiera algo que pudiera plantearle
semejantes dudas—. Rosario ha vuelto.

—¿Qué? ¿Ha dicho que...?

—Hace escasamente quince minutos su madre entró en
la recepción de la clínica, se situó frente a las cámaras de seguridad, sacó de entre su ropa un cuchillo y se cortó el cuello.

Amaia comenzó a temblar de la cabeza a los pies.

—Los recepcionistas y los dos guardias de seguridad de la puerta avisaron inmediatamente a varios médicos, que intentaron por todos los medios salvarle la vida. Lo siento, inspectora, su madre falleció mientras la trasladaban al quirófano. No pudieron hacer nada, la pérdida de sangre ha sido descomunal.

El despacho del doctor Sarasola le pareció tan frío e impersonal como la primera vez; no parecía su hábitat. Para un hombre tan culto y refinado parecía más acertada una estancia similar a la que el doctor San Martín ocupaba en el Instituto de Medicina Legal, pero el suyo había sido decorado con sobriedad monacal. Sobre las paredes blancas, tan sólo un crucifijo. El mobiliario, aunque de buena calidad, era tan anodino como el de cualquier sucursal bancaria; sólo la mesa de cerezo desentonaba y añadía, a la vez, una nota de personalidad y buen gusto. No obstante, era un buen lugar para pensar: la ausencia de distracciones, de elementos de cualquier clase que pudieran atraer la mirada, invitaba a la introspección, el recogimiento y el análisis. Y eso era exactamente lo que estaba haciendo allí en la última hora. Se había vestido a trompicones, obligándose durante todo el trayecto a conducir con prudencia mientras un millón de recuerdos de su infancia se reproducían en su mente como una moviola constante en la que se veía atrapada entre recuerdos dolorosos que, sin embargo, le produjeron una extraña sensación de melancolía, muy cercana a la nostalgia de algo que nunca había tenido.

No era algo que se pensase, pero sin duda había deseado un millón de veces verse libre de la carga que suponía tener miedo, verse libre de ella. Había pasado el último mes defendiendo su teoría de que estaba viva, de que se hallaba escondida en algún lugar, esperando. La había sentido en la piel, como las ovejas sienten la presencia del lobo, e igual de loca de miedo y angustia había luchado contra la lógica de los que sostenían que se la había llevado el río. Y ahora, sentada en el despacho de Sarasola, la incredulidad inicial daba paso al desencanto y la decepción. Y no sabía por qué.

Sarasola la había acompañado por un largo pasillo, conduciéndola de nuevo hasta la sala de seguridad que ya conocía de la noche en que escapó Rosario, mientras le explicaba otra vez cómo se había producido el regreso.

—Tengo que advertirle que las imágenes son muy fuertes. Ya sé que es usted inspectora de Homicidios, pero Rosario era su madre; a pesar de lo terrible de sus relaciones, eso no implica que no vaya a ser impactante verla en estas circunstancias. ¿Lo comprende?

—Sí, pero tengo que verlo con mis propios ojos.

—Eso también lo comprendo.

Hizo una seña al jefe de seguridad, que accionó la reproducción. La imagen en la pantalla mostró la recepción de la clínica en un plano abierto que sugería que las cámaras estaban situadas sobre las puertas de los ascensores. La zona de admisiones de la clínica estaba bastante concurrida a aquella hora; imaginó que eran pacientes de visitas externas, o médicos y personal que llegaban a trabajar o que salían de turno. Vio entrar a Rosario, llevaba una mano oculta bajo el chaquetón y con la otra se rodeaba la cintura. Caminaba lentamente, pero no con dificultad, sólo como alguien que está muy cansado o abatido. Se dirigió directamente hasta el punto central del *hall* y, sin mirar a nadie, levantó la cabeza hasta asegurarse de ser captada por las cámaras. Lloraba. Su rostro estaba surcado de lágrimas y su expresión era de gran abatimiento. Sacó de debajo de su ropa la mano que había permanecido oculta, y a la vista quedó un cuchillo de grandes dimensiones. Lo levantó a la altura de su garganta, lo apoyó de costado en ésta mientras en su rostro la boca se contraía en un rictus de crueldad que Amaia ya conocía, y con un gesto rápido y firme, deslizó el cuchillo de izquierda a derecha cercenándose el cuello. Aún permaneció en pie tres segundos. Cerró los ojos antes de caer al suelo. Después, carreras, alarma, el gran grupo que la rodeaba impedía verla. El jefe de seguridad apagó la pantalla. Ella se dirigió a Sarasola.

—¿Querrá ocuparse de llamar a mis hermanas, por favor?

—Por supuesto. No tiene que preocuparse, yo lo haré.

No había querido hablar con nadie, ni con sus hermanas, ni con San Martín, ni con Markina, ni con el comisario que la había llamado hacía más de veinte minutos. Sarasola la había conducido hasta su despacho y se había ocupado de quitárselos de encima con un perfectamente ensayado «respeten su dolor». Pero no era verdad, no le dolía; no había dolor, ni paz, no había alivio, ni una suerte de alegría reservada a los que se libran de sus enemigos. No había descanso y no había satisfacción, y sólo tras pensarlo durante mucho rato supo por qué. No le cuadraba, no se lo creía, no era lógico, no tenía sentido, no era lo que podía esperarse. No se vencía así al lobo. Al lobo había que perseguirlo, sitiarlo y enfrentarse a él cara a cara para arrebatarle su poder. El lobo no se suicidaba, el lobo no se arrojaba a los acantilados; al lobo había que matarlo para que dejase de ser lobo. No podía quitarse de la cabeza el abatimiento de sus gestos, el sufrimiento que reflejaba su rostro, la desesperación de las lágrimas resbalando por su piel, el gesto último de crueldad dibujado en su boca para poder acometer aquello que había ido a hacer. Ya lo había visto antes en otro lobo suicidado, en otra pantomima de inmolación, en el que otro monstruo había muerto llorando de autoconmiseración por la gran pérdida que su vida suponía. Había llorado tanto que había empapado la almohada de su celda. En aquel instante, tras ver morir a Rosario, estuvo más segura que nunca de que ninguno de los dos lo había hecho voluntariamente.

La invadió entonces una sensación de asco, de pura repulsión, que reconoció de inmediato. Era lo que sentía ante la mentira, ante la inmunda impresión de estar rodeada de mentiras.

Salió del despacho de Sarasola y, sin despedirse, regresó directamente a la comisaría de Elizondo.

Subió de dos en dos las escaleras hasta el segundo piso y se asomó a los despachos buscando a sus compañeros. Zabalza trabajaba en su ordenador.

—¿Dónde están Iriarte y Montes?

—Iban a Igantzi, a entrevistarse con una mujer que perdió a una niña por muerte de cuna y se divorció a las tres semanas; después iban a verse con otra en Hondarribia. Jefa... Me he enterado de lo de su madre...

—No diga nada —fue su respuesta, y sin añadir más se dirigió a su despacho. Conectó el *pen drive* con los ficheros de Jonan en su ordenador y comenzó a abrir carpetas. Por primera vez entendió qué era lo que veía; una colección de mentiras, simulaciones y engaños.

La tumba de Ainhoa en la que no debería haber habido bebés. Mentira. La misma tumba donde debía descansar el cuerpecillo de una niña ocultaba otra mentira. La entrevista entre Yolanda Berrueta e Inma Herranz urdiendo una mentira. La vida laboral de la enfermera Hidalgo ocultaba una mentira. Berasategui y su vínculo con el grupo de Argi Beltz escondía una mentira. Las fotos del juez en la prisión el día en que murió Berasategui, otra mentira. Jonan le había enviado una colección de embustes y falsedades que había tras otras apariencias y se representaban a su alrededor. Abrió la carpeta con las fotos de aquella noche con Markina frente al auditorio Baluarte mientras se preguntaba qué significaba aquello, qué había tras aquellas imágenes. Cerró la carpeta y abrió la siguiente. Era la que contenía la dirección de la clínica de reposo en Madrid en la que estaba internada una mujer llamada Sara. Se preguntó qué clase de mentira había tras aquel nombre.

El teléfono vibró sobre la mesa desplazándose unos centímetros y produciendo su desagradable zumbido de insecto moribundo. Era Padua, de la Guardia Civil. Estuvo a punto de colgar, pero finalmente contestó la llamada. Padua, a pesar de ser de los que apostaban por que Rosario estaba muerta desde la noche de la riada, se había implicado en la búsqueda personal del cuerpo, según él; de la evidencia de que seguía viva, según ella. Escuchó las condolencias del teniente y le dio las gracias. Dejó el teléfono sobre la mesa en el momento en que volvía a sonar; esta vez no lo cogió. Silenció la llamada, era de nuevo Markina.

El subinspector Zabalza se asomó a la puerta de su despacho; su gesto delataba la ansiedad contenida a duras penas.

—Jefa, creo que tenemos algo importante.

Ella le hizo un gesto indicándole que entrase.

—El dato de que Tabese hubiera podido estar relacionado con la medicina ha sido crucial. El Colegio de Médicos de Madrid acaba de confirmar que hubo una clínica Tabese en Las Rozas en los años setenta, ochenta y hasta mediados de los noventa; su titular, conocido como doctor Tabese, fue muy popular entre la sociedad madrileña en esas décadas, pues gozaba de un gran prestigio por sus novedosos tratamientos importados de Estados Unidos. El doctor falleció; no saben exactamente cuándo, aunque lo que sí me confirman es que llevaba tiempo retirado de la vida pública. Está enterrado en Hondarribia, donde residía desde que dejó la práctica de la psicología. Era normal que no hallásemos nada, el doctor adoptó para el ejercicio médico el nombre de su clínica, aunque su nombre era Xabier Markina —dijo poniendo ante ella una fotografía en blanco y negro muy ampliada.

—¿Markina?

—El doctor Xabier Markina era el padre del juez Markina.

Amaia estudió la imagen del hombre, que guardaba un gran parecido con el juez en una versión bastante más mayor.

Aquello no se lo esperaba. Recordaba que le había dicho que su padre se dedicaba a la medicina y que falleció poco tiempo después que su madre, consumido por el dolor tras los repetidos intentos de suicidio de ésta, ingresada en un centro psiquiátrico hasta su muerte. Tomó su teléfono y marcó el número de Iriarte; mientras hablaba, Zabalza regresó discretamente tras su mesa.

—¿Han llegado ya a Hondarribia?

—Estamos muy cerca —respondió Iriarte.

—Necesito que localicen en el registro del ayuntamiento la sepultura de Xabier Tabese. El Colegio de Médicos de Madrid acaba de confirmarnos que era un médico psicólogo que ejerció durante años en una clínica para ricos llamada Tabese y que se retiró a vivir a Hondarribia hasta el momento de su muerte. Por lo visto está enterrado ahí; también puede que aparezca con su verdadero nombre, Xabier Markina, era el padre del juez.

Iriarte se quedó en silencio, pero de fondo pudo oír el largo silbido de Montes, que sin ninguna duda conducía y había oído la conversación a través del manos libres.

—Sean discretos, pregunten por el certificado de defunción y el acta de enterramiento en el cementerio y localicen la tumba.

Antes de colgar, Iriarte le dijo:

—Nos ha llamado San Martín para contarnos lo sucedido esta mañana... No sé qué decir, inspectora, estábamos equivocados... Usted tenía razón, no es algo para hablarlo así, pero quiero que sepa que lo siento.

—Está bien, no se preocupe... —dijo cortando sus disculpas. Colgó el teléfono, guardó el *pen drive* de Jonan, apagó el ordenador y tomó su abrigo. Ya estaba en la puerta del ascensor cuando volvió atrás y se asomó al cubículo de Zabalza.

—¿Quiere acompañarme?

Él no contestó, se puso en pie y cogió del cajón su arma de servicio.

Subieron a su coche y durante casi una hora ella condujo en silencio hasta Pamplona. Al llegar allí, lo detuvo en una gasolinera y preguntó:

—¿Le gusta conducir? Yo tengo que pensar.

Él sonrió.

Cuatrocientos cincuenta kilómetros son mucho tiempo para permanecer en silencio, o al menos eso debió de pensar el subinspector Zabalza, que parecía incómodo ante el mutismo de Amaia. Al cabo de un rato, y con el comedimiento de quien se lo ha pensado mucho, preguntó si podía poner música y ella asintió, pero, cuando llevaban dos horas de trayecto, él apagó la radio, sacándola de su abstracción.

—He suspendido la boda —dijo.

Ella le observó sorprendida.

Él no la miraba, mantenía la vista fija en la carretera, y supo que aquello le costaba un gran esfuerzo. Resuelta a no violentarlo más, permaneció en silencio mirando hacia fuera.

—Lo cierto es que nunca debí dejarme llevar tan lejos. Ha sido un error desde el principio... ¿Y sabe qué es lo más terrible?, que ha sido la muerte de Etxaide lo que me ha hecho decidirme—. Ella le contempló entonces brevemente, asintió y dirigió de nuevo su mirada a la carretera—. Cuando la otra noche estuve en su casa, en la casa de sus padres, y conocí a sus amigos y a su novio... Bueno, nunca había visto nada igual. Sus padres estaban tan orgullosos... Y no era una pose de funeral de vacías alabanzas a alguien que ha muerto. ¿Vio cómo trataban a su pareja? —Amaia asintió en silencio—. Estuve horas escuchando hablar a sus amigos, contando lo que solía hacer, lo que solía decir, lo que solía pensar... Y mientras lo hacía me daba cuenta de que no le había conocido y de que probablemente no lo había hecho porque él representaba todo lo que yo quería ser, lo que yo no soy. Me da igual lo que digan los de Asuntos Internos, como me dará igual el previsible resultado de su investigación: Jonan Etxaide era un tipo íntegro, leal y honesto, y además era valiente, con esa clase de valor que hace falta para vivir.

Guardó silencio y, al cabo de unos segundos, fue Amaia la que preguntó:

—¿Se encuentra bien?

—No, pero lo estaré. Ahora mismo todavía estoy sufriendo el maremoto que ha supuesto la noticia, pero me siento mejor, así que si en los próximos días necesita que meta horas, que me quede en comisaría o que conduzca hasta el Sáhara Occidental, estaré encantado de estar ocupado—. Ella hizo un gesto afirmativo con la cabeza—. Y usted tenía razón. ¿Recuerda lo que me dijo la noche de la profanación de la iglesia de Arizkun? Me sentí identificado con aquel chico, con su incapacidad para afrontar lo que ocurría, con esa sensación de vivir atrapado. Usted tenía razón y yo no.

—No es necesario...

—Sí que lo es, es necesaria esta explicación porque tiene que poder confiar en mí..., estaba resentido y eso me hacía verla como un enemigo.

—Sí —sonrió ella—. ¿Cómo fue aquello que dijo? Poli estrella de los cojones...

—Sí, lo siento.

—No lo sienta, me gusta. Igual hasta hago que me lo borden en la gorra del FBI, el éxito que iba a tener entre los agentes norteamericanos.

Él volvió a encender la radio.

La clínica La Luz se ubicaba en un viejo edificio que podría ser una muestra de la arquitectura socialista centroeuropea y que, curiosamente, tanto se había utilizado, sobre todo en edificios oficiales durante el régimen franquista. La proximidad del complejo a la localidad de Torrejón de Ardoz y a la base militar le dio algunas pistas del posible uso que pudo tener aquel edificio en otros tiempos; sus instalaciones distaban millas en cuanto a seguridad comparadas con la clínica Nuestra Señora de las Nieves o la universitaria de Pamplona, donde había estado alojada su madre. Dejaron el coche en un desproporcionado aparcamiento para los escasos vehículos que se apiñaban en batería en la línea más cercana al edificio.

Un portón de hierro y un portero automático constituían toda la seguridad en la entrada. Llamaron al timbre y, a la pregunta, simplemente contestaron: policía.

La recepción de la clínica estaba despejada, aunque contra la pared del fondo se veían alineados una docena de carros llenos de toallas, esponjas y pañales de contención urinaria. Sin embargo, lo que sin duda se convirtió en el elemento distintivo desde el momento en que cruzaron la puerta fue el olor. Olía a viejo, a heces, a verduras hervidas y a colonia barata de lavanda. Y mientras avanzaban hacia el mostrador, vieron cómo la joven que se encontraba tras él colgaba un teléfono y se volvía hacia una puerta lateral, de la que salió una mujer de unos cincuenta años vestida con un traje chaqueta. Avanzó directamente hacia ellos tendiéndoles la mano.

—Buenos días, soy Eugenia Narváez. La recepcionista me ha dicho que son de la policía —dijo escrutando sus rostros—. Espero que no haya ningún problema.

—No hay ningún problema. Soy la inspectora Salazar y él es el subinspector Zabalza. Nos gustaría hablar sobre una de sus pacientes.

El alivio se reflejó de inmediato cn su cara.

—Una paciente, claro, por supuesto —dijo avanzando hacia el mostrador de recepción mientras hacía un gesto para que la siguieran—. ¿Y de quién se trata?

—De una mujer que estuvo ingresada en este centro hace años, hasta que falleció. Se llamaba Sara Durán.

La mujer les miró sorprendida.

—Debe de haber un error, Sara Durán es paciente de este centro desde hace mucho tiempo, pero está viva, o al menos lo estaba hace un rato, cuando le he dado sus pastillas —aclaró sonriendo.

—Vaya, es una sorpresa —contestó Amaia tratando de pensar—. Nos gustaría verla, si no hay problema.

—Problema ninguno —respondió la mujer—, pero es mi obligación advertirles de que Sara lleva con nosotros muchos años y no está aquí precisamente de vacaciones. Su percepción de la realidad es por completo distinta a la que ustedes o yo podamos tener, y cualquier cosa que les diga resultará bastante liosa; su mente está muy confusa. Además es una mujer extraordinariamente emotiva, los cambios en su comportamiento son constantes y pasa de la risa al llanto en un instante..., así que si eso les ocurre no se asusten, vuelvan a la conversación y manténganse firmes. Ella tiene una gran tendencia a despistarse. Ahora mismo aviso a un celador —dijo levantando el auricular del teléfono.

Había una veintena de sillones alineados frente al televisor, que emitía una película del oeste. Una docena de residentes se agrupaban en los primeros puestos para ver mejor el programa. El celador se dirigió directamente a la única mujer del grupo.

—Sara, tienes visita, estos señores han venido a verte.

La mujer miró incrédula al celador y luego a ellos. En su rostro se dibujó una gran sonrisa. Se levantó de su sillón sin demasiado trabajo y, coqueta, se agarró del brazo del celador, que la guio hasta una mesa rodeada por cuatro sillas, al fondo del salón.

Estaba muy delgada y el rostro se veía arrugado y consumido hasta marcar su calavera. Sin embargo, el cabello no había encanecido del todo; detenido en una gama del acero al estaño, se veía abundante y lustroso, y lo llevaba recogido en una coleta baja. Sara aún iba en camisón, a pesar de que ya eran más de las cuatro de la tarde. Sobre éste, una bata abrochada en la que se veían varias manchas de comida.

—Hola, Sara, he venido a verte porque quiero que me hables de tu marido y de tu hijo.

La sonrisa que la mujer había mantenido en su rostro hasta ese instante se borró de pronto y ella comenzó a llorar.

—¿Es que no lo sabe? ¡Mi bebé murió! —exclamó cubriéndose el rostro con las manos. Amaia se volvió hacia el celador, que les miraba desde el otro lado de la sala. El hombre les hizo un gesto de que continuaran.

—Sara, no es de tu bebé de quien quiero que hablemos, sino de tu otro hijo, y sobre todo de tu marido.

La mujer dejó de llorar.

—Señora, usted se equivoca, yo no tengo otro hijo, sólo tuve a mi bebé, mi bebé que murió —dijo componiendo una mueca triste.

Amaia sacó su teléfono móvil y le mostró en la pantalla una foto del juez.

La mujer sonrió.

—Ah, sí, qué guapo está, ¿verdad? Pero creí que estaba hablando de mi hijo; éste es mi marido.

—No, no es su marido, es su hijo.

—¿Cree que soy tonta y no sé distinguir a mi marido? —le increpó, arrebatándole el teléfono de las manos mientras miraba la fotografía. Sonrió de nuevo—. Claro que es mi marido, ¡qué guapo está! Es tan hermoso, sus ojos, su boca, sus manos, su piel —dijo tocando la pantalla con las yemas de los dedos—. Es irresistible. Usted lo entiende, ¿verdad? Usted tampoco puede resistirse a él, pero no se lo reprocho, nadie puede. Nunca he podido olvidarlo, nunca he amado a nadie como le amé a él, aún lo sigo amando y lo sigo deseando a pesar de que él nunca viene a verme. Ya no me quiere, no, ya no me quiere. —Y comenzó a llorar de nuevo—. Pero me da igual, yo le sigo amando.

Amaia la miró con tristeza. Había conocido bastantes casos de Alzheimer en los que los afectados no reconocían a sus propios hijos o los confundían con versiones más jóvenes de personas que conocieron en el pasado. Se preguntó si valdría la pena intentar explicarle que, si su esposo no iba a verla, era porque había fallecido, o sería mejor ahorrarle un disgusto que, por otra parte, sólo le duraría el poco tiempo que tardara en olvidarlo.

—Sara, éste es su hijo. Imagino que se parece mucho a su marido.

Ella negó con la cabeza.

—¿Es eso lo que dice?, ¿que soy su madre? Claro, debo de estar horrible —murmuró pasándose las manos por la cara arrugada—. No me dejan mirarme en el espejo... ¿Usted podría hablar con ellos y decirles que me pongan un espejo en mi habitación? No volveré a cortarme. Lo prometo —dijo mostrándoles la muñeca de la mano que tenía libre, en la que se veían varias cicatrices de cortes.

La mujer concentró de nuevo toda su atención en la foto.

—¡Qué guapo es! Aún me vuelve loca, es irresistible para mí. —Se levantó el camisón, introdujo la mano entre sus piernas y comenzó a moverla rítmicamente—. Siempre lo ha sido.

Amaia le arrebató el teléfono e hizo un gesto al celador para que se acercara.

—¿No recuerdas a tu otro hijo, Sara?

El celador había llegado a su lado y la reprendió con

una dura mirada. Ella detuvo el vaivén de su mano bajo el camisón y se volvió airada hacia Amaia.

—No, no tengo otro hijo. Mi bebé murió y yo estoy condenada por eso. Porque a pesar de que llevo años intentando no pensar en él lo hago cada día; a pesar de que no ha vuelto a verme, de que sé que ya no me quiere, de que él fue mi perdición, aún querría que me follase —dijo retomando el cadencioso movimiento bajo el camisón.

—¡Sara! —la reprendió de nuevo el celador consiguiendo que se detuviese—. Será mejor que lo dejen ya, está muy nerviosa —pidió dirigiéndose a los dos.

Se levantaron para irse y, entonces, la mujer se volvió hacia Amaia; su expresión había mutado hacia la más horrible demencia.

—Y tú también —gritó mientras el celador la sujetaba por los brazos—. Tú también te mueres por que te folle. —Se detuvo en seco, como fulminada por un rayo de certeza, y comenzó a gritar de nuevo—: No, ya lo ha hecho, se ha metido en tu coño y en tu cabeza, y ya nunca podrás sacarlo de ahí.

Los gritos, que ya habían cesado cuando llegaban a la escalera, se reanudaron. La mujer fue corriendo hacia ellos; cuando llegó a su altura, sujetó por la muñeca a Amaia y levantó su mano, en la que depositó una nuez. Después se volvió hacia el celador, que llegaba corriendo detrás, y alzó ambas manos en gesto de rendición. Amaia observó el fruto pequeño, compacto, brillante de sudor y seguramente de algo más procedente de las manos de Sara.

—¡Eh, Sara! —llamó.

Cuando la mujer se volvió a mirarla, dejó caer la nuez al suelo y la aplastó de un pisotón, dejando alrededor del fruto una estela de esporas negras del moho que había en su interior.

La mujer rompió a llorar.

Eugenia Narváez los esperaba en el mismo lugar donde les había recibido.

—Vaya, lo lamento, imagino que no habrá sido nada agradable —dijo observando que Amaia mantenía las manos alejadas de sí.

—No se preocupe. Sólo una cosa más, necesitaríamos ver la ficha relativa al ingreso de Sara en esta clínica; también nos gustaría saber quién se hace cargo de los gastos y si su hijo ha venido alguna vez a verla.

—No puedo facilitarle esos datos, son privados. En cuanto a su hijo, que yo sepa, el único bebé que tuvo fue la niña que se le murió.

—¿Una niña? Creí que había dicho que era un niño...

—Siempre dice «mi bebé», pero era una niña; aquí lo sabemos todos, consta en su historia clínica y ella se lo cuenta a todo el que quiere escucharla.

—¿Y este hombre? —Zabalza le mostró la foto del juez.

La mujer sonrió.

—No, créame, si hubiera visto a ese hombre no lo habría olvidado.

—Señora Narváez, no estamos interesados en los datos médicos. Sólo quiero ver la ficha de ingreso y saber quién paga los gastos. Está bien esta clínica suya; parece un negocio bien montado, es evidente que tienen muchos residentes, y a pesar de que sólo he visto un par de salas, ha sido suficiente para darme cuenta de que todavía van en pijama a las cinco de la tarde. Sara tenía manchas de comida por toda la ropa y olía como si hiciera días que no recibe un baño. No tengo jurisdicción aquí, pero puedo avisar a unos compañeros de Madrid, que tardarán cinco minutos y pondrán patas arriba su clínica, que no sé si cumple o no estrictamente la normativa, aunque seguro que será molesto. No querrá eso, ¿verdad?

La sonrisa en su cara se había borrado. No dijo nada, suspiró sonoramente y se volvió hacia su despacho. Tardó tres minutos exactos, los que Amaia invirtió en lavarse las manos, en volver con un papel fotocopiado.

—Es una copia de la ficha de ingreso. En cuanto a quién paga, no lo sé; ingresamos los cargos a ese número de cuenta —dijo indicando una serie de números escritos con bolígrafo justo debajo.

Aspiraron profundamente el aire frío del exterior en cuanto cruzaron la puerta.

—Creo que me costará semanas sacarme de dentro la impresión de ese olor —dijo Zabalza escrutando el contenido del papel—. El número de cuenta es de Navarra, reconozco la clave que indica la zona, concretamente Pamplona. El ingreso está firmado por el doctor Xabier Tabese en 1995.

Quince minutos más tarde sonó el teléfono. Era Markina. Respondió a la llamada, aunque no puso el manos libres.

Su tono de voz delataba gran tristeza y decepción.

—Amaia, ¿qué está pasando? Acaban de llamarme de la clínica de Madrid en la que está ingresada mi madre, me han dicho que has ido a verla.

«¡Vaya, para no saber quién pagaba las cuentas se han dado mucha prisa en avisarle!», pensó, aunque no respondió.

—Amaia, cualquier cosa que hubieras querido saber podrías habérmela preguntado a mí.

Ella siguió en silencio.

—Llevo todo el día llamándote. Me han dicho que estabas en la clínica esta mañana, adonde he llegado para el levantamiento del cadáver, pero te has ido sin que pudiéramos hablar, no me coges el teléfono... Amaia, estoy preocupado por ti, y resulta que tú estás resolviendo misterios imaginarios que yo podría aclararte con sólo que te dignases hablar conmigo—. Ella siguió en silencio—. Amaia... Contéstame. Me estoy volviendo loco. ¿Por qué no me hablas? ¿Qué he hecho mal?

—Me mentiste.

—¿Porque te dije que había muerto? Bueno, pues ya la has visto, ya sabes por qué llevo años diciendo que murió cuando yo era un crío. Al fin y al cabo, yo estoy muerto para ella, ¿por qué no pagarle con la misma moneda? —Ella quedó en silencio. Él casi gritaba. Vio el gesto de Zabalza, que evidentemente estaba oyendo la conversación—. ¿Por qué te cuesta tanto entenderlo? Tú misma te has pasado años evitando mencionar que tu madre estaba en un psiquiátrico y dejando que todo el mundo supusiera que había muerto, tú me lo contaste... Mira cómo has reaccionado hoy, ni siquiera quieres hablar del tema, eres incapaz de enfrentarte al hecho de que ha muerto, de que ya estás libre de ella, y en lugar de eso huyes y te largas a Madrid a desenterrar los cadáveres de mi pasado. ¿Lo que vale para ti no vale para los demás? Hay algo que me dijiste el otro día y en lo que tienes razón: tú eres así, y así debo aceptarte. Amaia, sé quién eres, sé cómo eres, y sin embargo no puedo dejar de preguntarme qué más necesitas, qué estás buscando ahora... Ya tienes a tu madre, ya tienes a la mía. ¿Cuántos demonios más tienes que exorcizar para estar en paz? ¿O quizá has entrado en un juego que te gusta más de lo que eres capaz de reconocer? —dijo, y colgó el teléfono sin darle opción a responder.

De nuevo tenía razón. Ella misma había evitado hablar de su madre durante años, hasta el punto de que muchas personas de su alrededor pensaban que estaba muerta. Había escondido su pasado maquillándolo de normalidad mientras soñaba cada noche con el monstruo que se abocaba sobre su cama para comérsela. Podía entenderlo perfectamente.

—Parece que se ha molestado un poco —dijo Zabalza al cabo de unos segundos.

—... Y eso que aún no sabe que investigamos a su padre —dijo ella malhumorada.

51

La llamada de Iriarte se produjo una hora más tarde. Estaba de buen humor. La mujer de Igantzi se había mostrado muy colaboradora; estaba divorciada de su marido, un arquitecto al que le fue muy bien después de que falleciera la única hija que tuvieron juntos. Por lo visto, él había vuelto a casarse y tenía dos hijos; ella lo odiaba por eso. Estaba convencida de que la había dejado por negarse a tener otro hijo tras morir su bebé, una niña que contaba un mes de edad en el momento del fallecimiento y estaba sin bautizar. Reposaba desde el día de su muerte en el panteón de su propiedad, que había heredado de su familia. Le habían explicado el caso Esparza; no recordaba a la enfermera Hidalgo, aunque dio a luz a la niña en la clínica Río Bidasoa en el período en que la enfermera trabajaba allí. Habían visitado el cementerio con ella aquella misma tarde y ya habían hablado con el enterrador para comunicarle su petición de abrir el panteón al día siguiente.

—Y hemos hecho doblete, aunque podría haber sido triplete. Una de las mujeres de Hondarribia está totalmente convencida de que su hija no está enterrada en su ataúd, dice que vio algo raro el día del sepelio; por desgracia, no puede hacer nada, el panteón pertenece a la familia de su marido, del que lleva divorciada más de diez años. La otra mujer divorciada de Hondarribia también nos autoriza a abrir la suya; su marido es cliente de Lejarreta y Andía, y tuvieron una fuerte bronca cuando la niña falleció sobre la cuestión de dónde iba a ser enterrada; finalmente se hizo en el panteón propiedad de ella. Con ésta, en el peor de los casos y si las cosas se ponen difíciles, no creo que tengamos problemas para conseguir una orden judicial, su padre es juez de paz de Irún.

—Realmente son buenas noticias —admitió ella—. Buen trabajo.

—Gracias. Y respecto a Tabese, hemos solicitado el certificado de defunción, que lo más seguro es que llegue mañana, pero en el cementerio nos facilitaron la cédula de enterramiento. La fecha que consta se corresponde con la de la lápida, y es de hace quince años. En la causa del fallecimiento de la que se toma nota para el registro del cementerio pone ahogado en accidente náutico. Le envío por correo electrónico foto de la cédula y un par más que hemos hecho del panteón, que, por cierto, es impresionante.

Ella abrió los archivos y pudo ver un antiguo y señorial panteón rodeado por cuatro gruesos postes y una cadena con eslabones como puños que lo circundaban; el único nombre que aparecía en la losa apenas era visible por la cantidad de flores que lo cubrían.

—Parece que alguien recuerda aún al doctor... Entérese de quién le lleva tantas flores, parecen todas de la misma especie; en la foto no se aprecia muy bien.

—Sí, son orquídeas. Ya me llamó la atención y se lo pregunté al enterrador; me dijo que cada semana vienen con una furgoneta de una floristería de Irún y las reponen. Tenemos el nombre, y ya le hemos dejado un aviso al propietario para que nos llame.

—De acuerdo, será muy tarde cuando lleguemos a Elizondo, así que nos vemos mañana en la comisaría a las diez para salir hacia Igantzi.

Había dejado a Zabalza frente a la comisaría para que pudiera coger su coche, y ahora, detenida delante de la casa de la tía, se sentía incapaz de entrar, incapaz de enfrentarse con Engrasi y con sus hermanas, que, en la docena de mensajes que le habían dejado en el móvil, le decían que la esperarían hasta que llegase. Se demoró unos minutos mientras ordenaba sus pensamientos y apuntaba un par de preguntas que quería hacerles a Montes e Iriarte por la mañana, hasta que a ella misma le pareció ridículo seguir dilatando su entrada en la casa, que, acogedora, la esperaba con las luces encendidas.

Levantó las manos y se cubrió la cara intentando hacer desaparecer la sensación de rigidez que tensaba los músculos de su rostro. Al apartar las manos, recordó la sensación de la nuez que Sara había depositado en ellas, rememorando de pronto aquello que le había sido esquivo toda la tarde. Arrancó el motor y condujo por la carretera de los Alduides hasta detenerse frente a la verja del cementerio. No había ni una farola en aquella carretera, y en la noche fría y despejada, las estrellas eran insuficientes para proporcionar un poco de claridad. Sin apagar las luces de su coche, lo situó frente a la verja dejando que los faros iluminasen el interior del camposanto. El efecto no fue el deseado, pues la mayor parte del haz de luz chocaba contra los primeros escalones y perdía el efecto de profundidad que había esperado lograr. Abrió el maletero, cogió la potente linterna que siempre llevaba allí y entró en el cementerio. La tumba que buscaba estaba en línea recta a la entrada, un poco a la derecha. Cuando llegó, el ángel que se sentaba sobre ella quedó cubierto por la sombra de su silueta, que las luces de su coche proyectaban contra las paredes altas de los panteones. Recorrió con el haz de su linterna la superficie de la losa y, escondida entre los tiestos, encontró la nuez. La cogió y notó que estaba fría y mojada por el rocío de la noche. Se la metió en el bolsillo del abrigo y salió del cementerio. A continuación, condujo hasta la casa de Engrasi, aparcó y, esta vez sí, salió del coche. Odiaba los susurros de velatorio, el tono de voz que la gente adoptaba para hablar de los recién muertos. Se había encontrado en esta situación en el caserío Ballarena cuando la pequeña falleció; en la sala de espera del Instituto Navarro de Medicina Legal mientras sus compañeros, cabizbajos, hablaban de Jonan, y fue exactamente lo que encontró en su casa al entrar aquella noche. Su tía y sus hermanas hablaban con un tono quedo, cargado de culpas y silencios, y enmudecieron en cuanto la oyeron entrar. Se quitó el abrigo, lo colgó en la entrada y se asomó a la puerta del salón. Ros fue la primera en ponerse en pie y arrojarse a sus brazos.

—Oh, Amaia, lo siento, lo siento, tenías razón, siempre tienes razón; no sé cómo fuimos tan estúpidas al no hacerte caso.

Flora se puso en pie y dio dos pasos hacia ella, pero se detuvo antes de llegar a tocarla. Ros se apartó de Amaia y las dejó frente a frente.

—Bueno, como ha dicho Ros, al final ha resultado que tenías razón.

Amaia asintió. Aquello era bastante más de lo que había esperado de Flora; estaba segura de que habría preferido morirse antes que pronunciar aquellas palabras. Entonces Ros miró a Flora y le hizo un gesto para que continuara. Flora se humedeció los labios, incómoda.

—Y lo siento, Amaia, no sólo por no haberte escuchado, sino por todo lo que has tenido que pasar durante estos años. Lo único positivo que podemos extraer de esta historia es que por fin ha terminado.

—Gracias, Flora —dijo francamente, no porque pensara que su hermana estaba siendo sincera, sino para premiar el esfuerzo que le costaba ser cortés. La tía se acercó para abrazarla.

—¿Estás bien, mi niña?

—Estoy bien, tía, no tenéis por qué preocuparos. Estoy bien.

—No cogías el teléfono...

—La verdad es que ha sido un día muy raro. A pesar de todo, nunca esperé un final así.

Flora volvió a sentarse, visiblemente aliviada por la falta de emoción que demostraba Amaia, como si hubiera esperado una explosión de gritos y reproches que al final no había llegado.

—Imagino que mañana nos entregarán el cuerpo y lo propio sería que celebrásemos algún tipo de ceremonia.

—No cuentes conmigo, Flora —la cortó Amaia—. Por lo que a mí respecta, los funerales, entierros y ceremonias por nuestra madre ya han sido más que suficientes. Estoy segura de que te encargarás gustosa de sus restos y de proporcionarle un entierro digno, pero yo no quiero saber nada más de este asunto. Y te agradeceré que no vuelvas a mencionármelo.

Flora abrió la boca para contestar, pero la tía Engrasi la fulminó con una dura mirada y dijo:

—Bueno, chicas, podéis aprovechar para darle la buena noticia a vuestra hermana.

Amaia las miró expectante.

—Que lo cuente Flora. Al fin y al cabo, ha sido idea suya —dijo Ros.

No se le escapó la dura mirada de Flora a Ros antes de comenzar a hablar.

—Bueno, lo cierto es que en los últimos días he estado dando muchas vueltas a todo este asunto del obrador. He pensado en los pros y los contras, y me he dado cuenta de que regresar ahora a la gerencia del obrador me restaría mucho tiempo de otros importantes proyectos que tengo en mente, además de la televisión. Así que he decidido que, puesto que Ros ya ha demostrado que puede llevar bien el negocio familiar, lo más acertado será que siga haciéndolo. En unos días arreglaremos los papeles y Ros será a partir de entonces la única propietaria del negocio Mantecadas Salazar.

Amaia miró a Ros alzando las cejas incrédula.

—Sí, Amaia, Flora vino a verme ayer y me lo comunicó. Estoy tan sorprendida como vosotras.

—Pues enhorabuena a las dos —dijo Amaia estudiando las miradas de ambas, los gestos hostiles, el evidente dominio de Ros.

—Bueno, a mí me vais a perdonar. Como dice Amaia, ha sido un día muy largo y muy raro. Necesito descansar e imagino que vosotras también lo necesitaréis —se despidió Flora puesta en pie, tras lo que se inclinó para besar a la tía y cogió su abrigo y su bolso.

Amaia la siguió hasta la entrada.

—Espera, Flora, que te acompaño. Tengo que hablar contigo —dijo cogiendo su abrigo y volviéndose sobre el hombro para decir—: y a vosotras os advierto que no me esperéis levantadas, y sobre todo lo digo por ti. —Señalaba con un dedo a la tía.

—Ya soy demasiado mayor para recibir órdenes de una niñata. Y más vale que vuelvas pronto a casa, jovencita, o avisaré a la policía —respondió bromeando.

La diferencia de temperatura entre el salón de Engrasi y la calle la hizo estremecer. Se abrigó abrochándose los botones y levantando las solapas para que protegieran su cuello, y, durante un rato, simplemente caminó en silencio al lado de su hermana.

—¿Qué era eso que querías decirme? —Se impacientó Flora.

—Dame tiempo, hermana, ha sido un día muy complicado. Tengo que pensar, y ya te he dicho que iba a acompañarte hasta tu casa.

Continuaron en silencio y se cruzaron con una patrulla de la policía municipal y un par de vecinos que sacaban a sus perros a un paseo tardío. Flora tenía en Elizondo una preciosa casa unifamiliar de nueva construcción rodeada por un pequeño jardín y adornada con gran cantidad de flores que alguien se encargaba de regar cuando ella no estaba en el pueblo. Se detuvieron frente a la puerta mientras Flora manipulaba la cerradura. Ni siquiera se le ocurrió plantear la posibilidad de que se despidieran allí. La determinación en la actitud de Amaia dejaba claro que no la había acompañado únicamente para evitar que caminara sola por la calle.

Entraron directamente en el salón, y Amaia se detuvo ante una ampliación de la foto de Ibai que ya había visto en la casa de Zarautz y que aparecía rodeada por un fino marco metálico que resaltaba la belleza del retrato en blanco y negro. Iba a ser cierto lo que la tía pensaba respecto a lo que Flora sentía por el niño, sobre todo visto cómo fingía indiferencia ante su interés arrojando el abrigo sobre el sillón y entrando en la cocina, desde donde dijo:

¿Te apetece tomar algo? Creo que yo me tomaré una copa.

—Sí —aceptó—. Tomaré whisky.

Flora regresó con dos vasos de líquido ambarino en las manos; depositó uno sobre una mesita y se sentó en el sofá mientras tomaba un trago. Amaia hizo lo propio colocándose justo a su lado, tomó una de las manos de Flora y, tal y como Sara había hecho aquella tarde, depositó en ella la nuez que había cogido de la tumba de Anne Arbizu.

Flora no pudo disimular el susto, y su movimiento fue tan brusco para deshacerse del fruto que la mayor parte del whisky se derramó sobre su falda. Amaia lo recuperó de entre los cojines del sofá y, sujetándolo entre el pulgar y el índice, lo sostuvo ante sus ojos. Flora lo miró espantada.

—Saca eso de esta casa.

Amaia la miró asombrada, no era la reacción que había esperado.

—¿De qué tienes miedo, Flora?

—Tú no sabes lo que es eso...

—Sí que lo sé. Sé lo que significa. Lo que no entiendo es por qué las dejas sobre la tumba de Anne Arbizu.

—No debiste tocarla, es... Es algo para ella —dijo entristecida.

Amaia observó a su hermana y el modo en que miraba la nuez. Impresionada, la guardó de nuevo en su bolsillo.

—¿Qué era Anne Arbizu para ti, Flora? ¿Por qué dejas nueces sobre su tumba? ¿Por qué niegas que la amabas? Créeme, Flora, nadie va a juzgarte. Ya he visto a demasiada gente destrozarse la vida por no admitir a quién ama.

Flora dejó sobre la mesa el vaso que aún sostenía en las manos y con un pañuelo de papel comenzó a frotar furiosa la mancha de la falda, una y otra vez, una y otra vez, con gran ímpetu. Y de pronto rompió a llorar. Ya la había visto llorar así en otra ocasión, e igualmente había sido cuando le había mencionado a Anne y su relación con ella. El llanto le brotaba desde las tripas agitando su cuerpo y haciéndola hipar, incapaz de controlarse; estrujaba el pañuelo que había utilizado para frotar la mancha para enjugar ahora las lágrimas que corrían por su rostro, y estuvo así un rato hasta que consiguió calmarse lo suficiente como para hablar.

—No es lo que crees —acertó a decir—. Estás totalmente equivocada. Quería a Anne igual que tú quieres a Ibai.

Amaia la miró desconcertada.

—Exactamente igual que tú quieres a Ibai. Porque Anne Arbizu era mi hija.

Amaia quedó muda por el asombro.

—Tuve a Anne a los dieciocho años. Quizá recuerdes aquel verano que pasé con nuestras tías de San Sebastián..., bueno, pues nunca estuve en casa de las tías. Tuve el bebé y lo di.

—Entonces ya salías con Víctor...

—El bebé no era de él.

—Flora, me estás diciendo que...

—Conocí a un hombre, era un tratante de ganado que vino para una de las ferias, bueno... Ocurrió lo que ocurrió y no volví a verle. Unas semanas después, descubrí que estaba embarazada.

—¿Lo intentaste, al menos?

—Amaia, no soy tonta ni lo he sido nunca, ni siquiera con dieciocho años. Fue una aventura, algo que no tenía que haber pasado y que tuvo unas consecuencias que no deseaba, pero no tenía en la cabeza ninguna tontería de historia romántica, no fue nada más que alguien que pasó por aquí.

—¿Lo supieron nuestros padres?

—La *ama*, sí.

—¿Y ella estuvo de acuerdo en...?

—No, al principio conseguí ocultarlo. Reuní algo de dinero; el aborto estaba prohibido en todo el país, así que acudí a la consulta de un médico, al otro lado de la frontera, que era conocido por hacer ese tipo de trabajos. Me practicó un aborto, o eso creí yo a la vista de cómo sangraba y cómo me dolía. Aquel carnicero me arrancó los ovarios, Amaia, me destrozó por dentro y me incapacitó para tener hijos. Sin embargo, no hizo lo que tenía que hacer. A pesar de la hemorragia, a pesar de la pérdida de líquido y sangre, el embarazo siguió adelante. Cuando llegué a casa, estaba tan mal que no pude ocultárselo a la *ama*, que me llevó a casa de la enfermera Hidalgo. Ella detuvo la hemorragia. La *ama* se disgustó, como es normal. Por supuesto, quedaba descartado que pudiera criar al bebé; lo ocultaríamos hasta el parto y después lo entregaríamos; me hizo prometer que no se lo diría a nadie, ni siquiera al *aita*. Me dijo que quizá aquel error podría ser mi oportunidad de que todo fuese bien a partir de aquel momento. En una ocasión en que le saqué el tema de la adopción, me miró como si hablase otro idioma y me contestó que el bebé no iba a ser adoptado, sino entregado.

Amaia la interrumpió alarmada por lo que acababa de oír.

—¿Te explicó qué significaba eso de entregarla? ¿La *ama* te llevó a conocer al grupo?

—No conocí a ningún grupo, sólo conocí a Hidalgo, la enfermera que me salvó y que me ayudaría en el momento del parto. Ellas iban a ocuparse de todo y yo no quise saber más..., pero había algo en aquella enfermera que me recordaba al matarife que me había practicado el intento de aborto, todo sonrisas y promesas de que se ocuparían de todo, de que acabarían con mi problema y después las cosas irían mejor. Yo había oído hablar de las parteras que no ataban los cordones umbilicales y dejaban morir a los hijos no deseados que habían llegado a término. Amaia, no sé ni me importa lo que puedas estar pensando de mí, pero créeme si te digo que quería lo mejor para la criatura, que fuese a parar a una buena familia, como se decía entonces, con posibles. Cuando estaba de seis meses, y antes de tener problemas para ocultar mi barriga, cogí mis ahorros y acudí a una casa de la caridad regentada por religiosas que había en Pamplona y que en aquellos tiempos recogían a descarriadas como yo que habían quedado preñadas de cualquier manera. No estuvo tan mal. Viví allí hasta que tuve a la niña. El mismo día en que nació me despedí de ella y la di en adopción con la promesa de que iría a una buena familia. A los pocos días regresé a casa... Seguí saliendo con Víctor; continué con mi vida y no volvimos a hablar del tema, pero la *ama* nunca me lo perdonó y se encargó de hacérmelo pagar. Imagínate mi sorpresa cuando se empezó a rumorear que los Arbizu habían adoptado a una niña y me asomé a su carrito para verla: era Anne; podría haberla reconocido entre un millón de niñas —dijo mientras las lágrimas volvían a correr por su rostro—. He tenido que vivir todos estos años viendo a mi hija en la casa de otros y sin atreverme a mirarla dos veces para que nadie notase lo que sentía por ella. He estado amargada toda mi vida viéndola crecer, atormentada por su presencia, que me mantenía encadenada a este pueblo sólo para poder estar cerca de ella. Y de pronto, el año pasado vino a verme; se presentó en el obrador una tarde a última hora y me dijo que sabía quién era yo y quién era ella. Amaia, no puedes imaginar cómo era, guapa, segura, inteligente; había investigado hasta dar conmigo. No me reprochó nada, me dijo que lo entendía y que lo único que quería era seguir teniendo trato conmigo sin herir los sentimientos de sus ancianos padres... Hasta propuso que lo contáramos a todo el mundo cuando ellos hubieran fallecido. Ella me regaló esa foto para que tuviera un recuerdo de cuando era un bebé —dijo señalando la foto que ocupaba buena parte de la pared.

—Creí que era Ibai —dijo Amaia—, me preguntaba cuándo se la habías tomado...

—Sí, el parecido es asombroso; me rompe el corazón ver a tu hijo, y a la vez lo adoro por parecerse tanto a ella. En el corto período de tiempo en el que la traté, me hizo sentir cosas que no había imaginado jamás. Anne era muy especial, no puedes imaginar cuánto. Nunca he sido tan feliz, Amaia, y nunca volveré a serlo, porque entonces, cuando creía que por fin había encontrado mi felicidad, él la mató, mató a mi niña... —Flora lloraba sin cubrirse el rostro, rotas todas las reservas. Confesados todos los pecados, ya no pareció importarle que su hermana la viera así.

Amaia la había escuchado anonadada. Entre todos los tipos de relaciones que había imaginado entre su hermana y Anne Arbizu, aquélla era la única que no se le había pasado por la cabeza. La miró llorar conmovida y entendiendo muchas cosas.

—¿Y lo mataste por eso? ¿Mataste a Víctor porque él mató a tu hija? —Flora negó pasándose las manos por el rostro para enjugarse las lágrimas, que no parecían tener fin—. ¿Sabías lo que estaba haciendo? —Ella negó—. Flora, mírame —dijo obligándola a serenarse—. ¿Tenías alguna sospecha de que era Víctor el que estaba matando a las niñas?

Flora miró a su hermana obligándose a ser cauta. Si en algo tenía razón Ros, era en que Amaia no sería tolerante con el crimen fueran cuales fuesen las razones con las que intentara justificarlo.

—No estuve segura hasta que fui a verle aquella noche a su casa y él me lo confirmó.

—Pero llevaste un arma contigo, Flora. —Ella no contestó—. Así que sospechabas. ¿Por qué pensaste que había sido él el que había matado a Anne?

—Ten en cuenta que yo lo conocía mejor que nadie.

—Sí, eso lo sé, pero ¿cuándo lo supiste?

—Lo supe y punto.

—No, Flora, y punto no: mató a dos chicas más, además de Anne, y a muchísimas otras antes incluso de que os casarais... ¿Desde cuándo lo sabías? ¿Sospechabas de él y permitiste que continuara matando niñas hasta que le tocó a Anne?

—No lo sabía, te lo juro —mintió—. Recuerda que ninguno de los crímenes se produjo mientras estuvo casado conmigo, y volvió a empezar cuando nos separamos. No se me ocurrió en ningún momento que Víctor fuese el responsable de los crímenes del basajaun hasta la muerte de Anne.

—Pero ¿por qué?, ¿por qué cuando mató a Anne?

—Por el modo en que las elegía —dijo con rabia dejando de pronto de llorar—. Cuando mató a Anne, supe con qué criterio las estaba eligiendo.

Amaia permaneció un par de segundos inmóvil mirando a su hermana.

—Flora, creemos que escogía a chicas en el paso entre la niñez y la adolescencia, y que las víctimas fueron casuales. Carla se bajó del coche de su novio en el monte, Ainhoa perdió el autobús, Anne llevaba una doble vida de secretos y relaciones que ocultaba a sus padres; simplemente estaban solas en el lugar equivocado en el momento equivocado. —Flora negó, sonriendo con amargura—. ¿Qué quieres decir, Flora?

—Por el amor de Dios, se supone que eres una experta —respondió dejando emerger su habitual falta de paciencia—. ¿Qué hacía con los cuerpos?

Amaia la miró sin entender muy bien adónde quería llegar.

—Les abría la ropa, les rasuraba el vello púbico, les quitaba los zapatos de tacón, les borraba el maquillaje y las colocaba... —Amaia se detuvo pensativa y miró a su hermana con ojos nuevos mientras repasaba mentalmente. Las llevaba de vuelta a la infancia borrando de sus cuerpos los signos que las hacían adultas; las disponía con las palmas de las manos en actitud de ofrecimiento y las abandonaba a la orilla del río Baztán. Como ofrendas al pasado, a la pureza. El carácter ritual de los crímenes había estado de manifiesto desde el principio. Hasta las mataba privándolas de aire. Se estremeció al pensarlo—. ¿Qué quieres decir, Flora? Habla claro.

—Que las entregó, las sacrificó —dijo completamente dueña de sí.

—Pero..., pero ¿cómo iba Víctor a saber? ¿Se lo dijiste tú?

Flora compuso un gesto que recordaba vagamente una sonrisa.

—¿Yo? Antes habría muerto que hablar de eso, y menos con él.

—¿Cómo lo supo, cómo supo que Anne era tu hija?

—Ya te he dicho que la *ama* nunca me lo perdonó.

—Ella se lo dijo —concluyó Amaia—. Le dijo a Víctor que esa chica era tu hija. ¿Por qué crees que lo hizo, quizá para perjudicar tu matrimonio?

—No, ya estábamos separados.

—Entonces, ¿para qué?

—Quizá para que terminase lo que ella pensaba que

debía hacer, del mismo modo que pretendió acabar con Ibai la noche en que se fugó, igual que ha intentado acabar contigo durante toda la vida: para completar lo que hizo con nuestra hermana.

—¿Crees que Víctor eligió a sus víctimas porque eran algo así como ofrendas fallidas, algo que no se llegó a completar?

—No sé por qué escogió a las demás, pero él mató a mi hija porque no la entregué... Yo no lo hice, y él lo hizo por mí porque ella se lo dijo. —Amaia miraba a su hermana anonadada—. ¿Por qué me miras así?

—Flora, acabo de darme cuenta de que tú has aborrecido a nuestra madre durante la mayor parte de tu vida, e incluso más que yo.

Flora se levantó, tomó los dos vasos vacíos, los llevó a la cocina y se puso a fregarlos. Amaia la siguió.

—¿Por qué dejas nueces sobre la tumba de Anne?

—No lo entenderías.

—Prueba.

—Anne no era una chica como las otras, era excepcional en muchos aspectos, y ella lo sabía; tenía un gran dominio sobre los demás de un modo que no sabría explicarte.

Amaia pensó en cómo Anne había seducido a Freddy, en cómo tenía engañados a sus padres con su doble vida, en su estrategia para deshacerse del teléfono móvil al que Freddy la llamaba y que les había traído de cabeza durante la investigación, y recordó a la hermana de su madre adoptiva diciéndole: «Era una *belagile*».

—Ella me contó lo de las nueces, me dijo que simbolizaban el poder femenino que durante siglos las mujeres habían ejercido en Baztán, que podía concentrarse en modo de deseo en una pequeña nuez y que ella sabía cómo usarlo... Sólo eran fantasías de adolescente, ya sabes, a todas les gusta sentirse especiales, Amaia, pero ella lo creía, y cuando estaba con ella, yo también. Decía que esa energía no terminaba con la muerte, y me gusta pensar eso, que de alguna manera la energía de Anne se concentra en esos frutos que ahora son lo único que me une a ella, lo único que le puedo llevar para que su voluntad siga viva en su interior.

—¿Y tan terrorífico te resulta lo que pudiera haber en su alma que no puedes ni tocar la nuez?

Flora no contestó.

Amaia suspiró mientras miraba a su hermana. Era hábil. Había sido sincera, probablemente como no lo había sido en su vida, pero no dudaba de que también había intentado colar un par de embustes. La habilidad consistía en distinguirlos.

—¿Y qué hay de toda esa pantomima del obrador que habéis representado en casa de la tía?

—No hay ninguna pantomima. Las cosas son como te las hemos contado. Eso no significa que todas las diferencias entre Ros y yo estén resueltas, pero lo intentamos.

Amaia la miró con recelo. Ros y Flora no se habían puesto de acuerdo en nada en toda su vida, y que lo hicieran de la noche a la mañana en el momento en que las espadas estaban en alto no terminaba de cuadrarle. Aun así no tenía modo de probarlo, pero no podía dejar de preguntárselo.

Salió de la casa de Flora y, sin siquiera consultar la hora, enfiló la cuesta hacia la comisaría. Al acercarse pudo ver que el portón exterior estaba cerrado. Lo abrió usando su tarjeta y saludó a los policías que hacían el turno de noche. Subió al segundo piso y se dirigió directamente a los ficheros donde guardaban toda la información relativa al caso Basajaun. Durante las horas siguientes se dedicó a colocar sobre la pizarra las fotos de los escenarios, de las tres víctimas, de las autopsias que habían guardado un año atrás y que había esperado no tener que volver a ver nunca. Ainhoa Elizasu, Carla Huarte y Anne Arbizu volvieron a mirarla desde el panel de aquella sala. Se sentó ante ellas estudiando el gesto tímido con el que Ainhoa miraba a la cámara, el descaro de Carla y su pose sexy, y la intensa y poderosa mirada de Anne. Recordó sus cuerpos sobre la mesa de acero de San Martín, las declaraciones de sus padres y de sus amigos, y el perfil que sobre la personalidad del asesino habían elaborado en aquella misma estancia. «Rasga sus ropas y expone los cuerpos, que aún no son los de las mujeres que ellas quieren ser, y en el lugar que simboliza el sexo y la profanación de su concepto de infancia elimina el vello, que es la señal de madurez, y lo sustituye por un dulce, un pastelito tierno que simboliza el tiempo pasado, la tradición del valle, el regreso a la infancia, quizás a otros valores. Este asesino se siente provocado, confiado y con mucho trabajo por hacer, va a seguir reclutando chiquillas y las traerá de vuelta a la pureza... Incluso el modo en que les coloca las manos vueltas hacia arriba simboliza entrega e inocencia.» A su mente acudieron las palabras del testigo oculto en la casa del Opus Dei: «Entre el nacimiento y los dos años, el alma se encuentra aún en transición; es cuando son más válidos para la ofrenda, lo son durante toda la infancia, justo hasta que empiezan a transformarse en adultos; ahí se produce otro momento de transición que los hace deseables para las fuerzas, pero es más fácil justificar el fallecimiento de un bebé antes de los dos años que el de una adolescente».

En aquellos crímenes, que incluso la prensa había catalogado como rituales, el asesino asfixiaba a sus víctimas privándoles del aire con un fino cordel, en un movimiento tan rápido que apenas dejaba huellas en los cuerpos, que después llevaba a hombros hasta la orilla del río Baztán, donde procedía a rasgar sus ropas dejando sus cuerpos de niñas expuestos al rocío del río; luego rasuraba sus pubis eliminando el vello, peinaba sus cabellos a los lados de la cabeza formando dos mitades, abría sus manos a los lados y las colocaba en actitud de ofrecimiento con las palmas vueltas hacia arriba como vírgenes, como ofrendas, en una ceremonia de purificación, de regresión a la infancia, de nuevo niñas, de nuevo puras, de nuevo ofrendas. Comprobó, aunque lo recordaba perfectamente, sus pueblos de procedencia. Ainhoa en Arizkun y Carla y Anne en Elizondo. Se puso en pie atrapada en la mirada de Anne Arbizu, que un año después de su muerte seguía fascinándola por su fuerza. Incomodada, evitó sus ojos mientras se acercaba a la pizarra, donde, con cautela, colocó tres nuevas marcas en el mapa que trazaba un siniestro recorrido del río.

52

La primera misa del día en la catedral de Pamplona era a las siete y media de la mañana y no estaba muy concurrida. Amaia esperó junto a la puerta lateral, que era la única abierta a aquellas horas, hasta que vio detenerse frente a la entrada el coche oficial del padre Sarasola. Cuando estuvo segura de que la había visto, penetró en el templo y, dirigiéndose hacia uno de los altares laterales, se sentó en el último banco. Un minuto después, el padre Sarasola lo hizo a su lado.

—Veo que no soy el único que tiene cumplida información de todo lo que ocurre en Pamplona. Vengo aquí cada mañana, pero si lo que quería era hablar conmigo, podía haber llamado y habría pasado a recogerla con mi coche...

—Tendrá que perdonar mi impulso, pero hay algo de lo que quiero hablarle y no podía esperar. Como para usted y sus colegas del Vaticano, para mí el comportamiento del doctor Berasategui resulta fascinante; quizá es el tipo de perfil más sofisticado con el que me he topado. En Quantico habrían pagado por evaluar la conducta de un inductor capaz de usar la ira de otros para firmar sus crímenes, capaz de convencer a otros hombres hasta llevar al extremo su crueldad, pero lo suficientemente selectivo como para elegir un tipo de víctima concreta. ¿Sabe? Hasta hace poco los analistas estaban tan fascinados por la mente criminal que apenas reparaban en las víctimas, que veían sólo como la consecuencia de sus obras. Pero los lobos no comen ovejas porque sí; podrían comer conejos, zorros o ratas. Comen ovejas porque les gusta su carne, su miedo y sus balidos aterrados. Todas las víctimas del tarttalo eran mujeres de Baztán, la mayoría no vivían en el valle pero su origen marcaba un patrón innegable. Y la pregunta podría ser: ¿cómo seleccionó Berasategui a esos hombres? Conocemos la respuesta a través de las terapias que impartía como psiquiatra, acceso directo a todo tipo de desórdenes del comportamiento dispuestos ante él como en la carta de un restaurante, y con el dominio que sus conocimientos le otorgaban para manipularlos no fue demasiado difícil, aunque reconozcámoslo, sí muy sofisticado. Pero para mí ésa no es la pregunta importante. La buena es: ¿por qué eligió a esas víctimas? Cuando fui a verle a la cárcel, le reproché que se escondiese tras hombres tan patéticos, y su respuesta fue que nunca pretendió que cargasen con su responsabilidad, que eran meros actores representando su obra. Se veía algo así como un director de escena. Que fuesen ellos los que dieran muerte a sus mujeres sólo era la primera parte; después fue cuando él, el verdadero autor, se cobró su trofeo amputándoles un brazo. Es otra rareza, ¿sabe? Me sorprendió que un asesino pulcro como él escogiese un trofeo tan tosco, con los problemas de conservación que implica... Hasta que entendí el significado de la cueva en la que los coleccionaba y supe que eran ofrendas a aquella criatura bestial de la que había tomado el nombre.

Sarasola se había inclinado acercando su cabeza hasta casi rozarla y la escuchaba. Ella hablaba muy bajo; su voz era apenas un susurro.

—No eligió a los individuos, eligió a las víctimas. Ayer alguien me hizo prestar atención a algo que se me había escapado y empiezo a pensar que la elección de las víctimas nos lleva un poco más lejos, a plantearnos quiénes eran esas mujeres y por qué las eligió Berasategui. Mujeres de Baztán, mujeres que ya no vivían en Baztán, mujeres que habían nacido allí y que murieron quizá a cientos de kilómetros pero que terminaron siendo ofrendas en una cueva del valle. Como las adolescentes acabaron siéndolo en el río.

Sarasola se irguió sobrecogido.

—Despojadas de cualquier señal de madurez, desnudas y rasuradas como niñas pequeñas, sin zapatos, sin maquillaje, como ofrendas a la pureza, al regreso a la tradición, privadas de aire hasta morir.

Sarasola se pasó una mano por los ojos y se los frotó como si intentase borrar de sus retinas la imagen de sus descripciones.

—Víctor Oyarzabal era hijo de una mujer dominante y había repetido el patrón al elegir a su esposa. Comenzó a beber muy joven para procurar controlar sus impulsos asesinos. Y durante un tiempo pareció que lo había conseguido. En una ocasión le pregunté cómo lo había logrado, y me dijo que asistía a terapia. Hice algún comentario respecto al grupo de alcohólicos anónimos que se reunía en la parroquia, pero él me dijo que prefería la discreción de un grupo de terapia en Irún. He mandado un correo preguntándolo; imagino que no tendrán ningún problema en aclararme quién era el terapeuta, pero no tiene ningún sentido que esté aquí perdiendo el tiempo si usted puede decírmelo y confirmar lo que creo. Dígame, padre, ¿en ese siniestro fichero del doctor Berasategui mencionaba si sometió a terapia a Víctor Oyarzabal, conocido como el basajaun?

Sarasola asintió apretando los labios a la vez que ella comenzaba a negar con la cabeza mientras se inclinaba hacia adelante apoyando los codos en las rodillas y cubriéndose el rostro.

—No pensaba decírmelo —dijo atónita.

Sarasola tomó aire profundamente antes de hablar.

—Créame si le digo que es lo mejor.

—¿Lo mejor para quién? ¿No se da cuenta de la monstruosidad que supone?

—Los hechos están ahí, no me ha necesitado para nada. Esos hombres están muertos; Berasategui está muerto, y usted solita ha llegado a la conclusión.

—No, en eso se equivoca, esto no ha concluido. Ayer, mientras veía el vídeo de seguridad en su clínica, sentí una gran decepción..., al principio no podía explicármelo, pero me ocurre siempre que la respuesta no es satisfactoria. Dígame, si Berasategui era el inductor, ¿quién le indujo a él a matarse? Porque hay algo que tengo claro, y es que no fue su decisión. Me entrevisté con él aquella misma mañana y estaba más cerca de fugarse que de matarse. ¿Quién le ordenó morir, al igual que a Rosario? Puede que los hechos que narra su testigo protegido acaecieran hace treinta años, pero esta secta está tan viva como entonces y puede que más fortalecida, mejor entramada y experimentada. Sus miembros pululan por nuestra sociedad, vestidos de éxito y respetabilidad, y sin embargo no son distintos de los brujos de aquelarre que pintó Goya. Gente oscura y siniestra que practica sus ritos de muerte, así que deje de ocultar la verdad. Usted pudo leer los informes de Berasategui, ¿por qué eligió a aquellas mujeres?

Sarasola se santiguó e inclinó ligeramente la cabeza hacia adelante mientras musitaba una plegaria. Pedía ayuda. Ella esperó paciente con los ojos clavados en su rostro.

Sarasola por fin la miró.

—Recuerde lo que dijo el testigo: «Nadie abandona el grupo, siempre acaban cobrándose la deuda».

—¿Quiere decir que en algún momento esas mujeres pertenecieron al grupo?

—Ellas, sus familias o sus parejas, pero está claro que quedaron en deuda. Ninguna de ellas podía tener hijos, excepto Lucía Aguirre, pero sus hijas eran ya demasiado mayores. Esas mujeres ya no podían ser ofrenda para Inguma ni proporcionarle una, aunque podían serlo para un dios menor hambriento de carne.

—¿Y las chicas del río?

—Trabajo sin terminar.

—Y usaron a Víctor...

—Probablemente Víctor venía así de serie, ya sabe lo que quiero decir: no se fabrica un psicópata, pero si tomas las obsesiones de uno y las encauzas, obtienes un servidor fiel. Y eso es lo que hacen, ése es exactamente el modus operandi de una secta destructiva. Detectan las debilidades de sus adeptos, que siempre son de unas características particulares: personas flojas, banales, gente manejable. Explotan sus carencias destruyéndolos y volviendo a crearlos a su antojo, haciéndoles renacer dentro de un grupo que les ama, les protege, les respeta y les escucha, un lugar en el mundo en el que cobran importancia quizá por primera vez en su vida.

—Mercancía dañada —susurró Amaia.

—Mercancía dañada muy valiosa y maleable para un líder que sepa valorarla.

Se puso en pie y se inclinó para despedirse de Sarasola.

—Rece por mí, padre.

—Siempre lo hago.

53

Llevaba veinte minutos detenida en el interior de su coche frente al Instituto Navarro de Medicina Legal. Aún era temprano, todavía no habían comenzado a llegar los trabajadores del centro. Apoyada sobre el volante, había inclinado la cabeza hacia adelante para descansar un poco. Tres suaves golpecitos en el cristal la sacaron de su abstracción. Vio al doctor San Martín y bajó la ventanilla.

—Salazar, ¿qué hace aquí?

—No lo sé —fue su respuesta.

Aceptó un café de la máquina que San Martín se empeñó en pagar y le siguió hasta su despacho sosteniendo el vaso de papel por el orillo superior para evitar quemarse.

—¿Está segura de que no quiere verla?

—No, sólo quiero conocer algunos datos.

San Martín se encogió de hombros y levantó una mano indicándole que procediera.

—Lo que quiero saber es en qué estado se encontraba justo antes de morir. Creo que eso podría darnos una pista de dónde ha podido estar durante el último mes.

—Bien, pues estaba hidratada, los órganos bien perfundidos, las extremidades regadas, la piel en buen estado y no presentaba heridas, rozaduras o cortes ni abrasiones que puedan indicar que haya estado expuesta a las inclemencias del tiempo. Yo descartaría que en algún momento hubiese estado en el río. Tenemos la ropa que llevaba, y aunque está muy manchada de sangre puede apreciarse que era cómoda y de buena calidad. Llevaba unos zapatos bajos de piel, no portaba reloj, pulseras, anillos ni ningún tipo de identificación. En conjunto parecía saludable y bien cuidada.

—¿Nada más?

Él se encogió de hombros.

—Debería verla, la ha perseguido durante demasiado tiempo y ha acabado convirtiéndola en algo irreal, en una pesadilla. Necesita verla.

—Ya he visto el vídeo de seguridad de la clínica.

—No es lo mismo, Amaia. Su madre está muerta en una cámara frigorífica, no deje que se convierta en un fantasma.

El depósito se encontraba en un anexo a la sala de autopsias. San Martín encendió las luces del techo y se dirigió directamente a la primera puerta de la fila inferior. La abrió tirando del pestillo y extrajo la camilla móvil sobre la que estaba el cuerpo. Miró a Amaia, que permanecía silenciosa a su lado, y tomando la sábana por los extremos destapó el cadáver.

La inmensa costura oscura recorría su cuerpo desde la pelvis hasta los hombros trazando sobre la piel su característica Y. El oscuro trazo que partía de la oreja izquierda dibujaba una línea descendente hacia la derecha, y, aunque se apreciaba que no era demasiado profundo, en el centro del corte resultaba visible la presencia rosácea de la tráquea. La mano derecha, con la que había sujetado el cuchillo, se veía manchada de sangre, pero en la izquierda podían apreciarse las uñas limpias, cortas y limadas. Los cabellos aparecían visiblemente más cortos que el día que huyó junto a Berasategui de la clínica, y el rostro, tan crispado en el momento de la muerte, se veía ahora completamente relajado, laxo, como una máscara de goma abandonada tras el carnaval.

San Martín tenía razón. No era un demonio lo que había sobre aquella mesa, tan sólo el cadáver de una mujer vieja y maltratada. Hubiera querido sentir entonces ese alivio que tanto necesitaba, esa sensación de liberación, de que todo había terminado, y en lugar de eso una sucesión de recuerdos irreales bailó en su mente, recuerdos que no tenía porque jamás los había vivido, recuerdos en los que su madre la abrazaba o la llamaba «cariño», recuerdos de cumpleaños con pasteles y sonrisas, recuerdos de caricias de manos blancas, amables, que nunca recibió y que a fuerza de soñarlas, de pensarlas, se habían hecho reales como historias vividas y cuidadas en la memoria. La mano de San Martín en su hombro fue suficiente. Se volvió hacia él y rompió a llorar como una niña.

Ibai no dormía bien desde que habían llegado. Suponía que el ajetreo del viaje y el cambio en sus horarios y costumbres lo habían alterado más de lo que él había esperado, y cada noche se despertaba llorando. James lo tomaba en brazos y se dedicaba a mecerlo y entonar cancioncillas absurdas hasta que lo veía recostarse contra su hombro y cerrar los ojitos, no sin resistirse hasta el final. Lo acostó en la cuna que Clarice había preparado para él y que, no sin discutir con ella, había conseguido trasladar a su habitación, y durante un rato lo observó dormir. Su rostro, habitualmente relajado, reflejaba hasta en el sueño la inquietud que se transmitía a sus miembros ocasionándole repentinos respingos que sacudían su cuerpecillo, que se resistía a relajarse.

—Echas de menos a tu mamá, ¿verdad? —susurró al bebé dormido, que como si le hubiese oído dejó escapar un suspiro. La melancolía del niño le sacudió el corazón una vez más. Dirigió una mirada preocupada al teléfono que reposaba sobre la mesilla y, tras alcanzarlo, comprobó por enésima vez que no tenía mensajes, correos ni llamadas de ella. Consultó el reloj, las dos de la madrugada, serían casi las ocho de la mañana en Baztán y Amaia ya estaría levantada. Colocó el dedo sobre la tecla de llamada y notó la ansiedad agolpándose en su pecho cuando la presionó, lo que le recordó las emociones que sintió las primeras veces que habló con ella cuando se conocieron. La señal de llamada le llegó clara, y hasta recreó a miles de kilómetros el sonido del teléfono sonando como un insecto moribundo sobre su mesilla o amortiguado en el fondo de su bolso. Escuchó la señal hasta que saltó el buzón de voz. Colgó y miró de nuevo a su hijo dormido mientras las lágrimas nublaban sus ojos y pensaba en cómo los silencios, las palabras que no se dicen, las llamadas que no se responden pueden contener un mensaje tan claro.

Subió por las escaleras consultando la hora en su móvil. Vio la llamada de James, que se había producido, seguramente, cuando estaba en la iglesia con Sarasola, y la borró mientras se prometía que le telefonearía en cuanto tuviese un minuto. Dedicó una furtiva mirada a la máquina de café reconociendo que la falta de sueño comenzaba a hacerle mella y sintiéndose tentada por los ridículos vasitos de papel. Entró en la sala de reuniones, donde sus compañeros miraban disgustados su exposición en la pizarra.

—¿Qué significa todo esto? —preguntó Iriarte al verla.

Ella captó la hostilidad, una hostilidad que no pasó inadvertida para Montes y Zabalza, que se volvieron hacia ella expectantes.

—Buenos días, señores —contestó ella deteniéndose en seco.

Esperó a que contestasen y, con cierta parsimonia, dejó sobre una silla su bolso y su abrigo antes de acercarse a la pizarra para colocarse frente al inspector Iriarte.

—Imagino que se refiere a la inclusión de las víctimas de los casos Basajaun y Tarttalo en el recuento de víctimas más reciente.

—No, me refiero a por qué toma dos casos cerrados y los mezcla con el actual.

—Decir que estaban cerrados es simplemente un tecnicismo. Tanto Víctor Oyarzabal como el doctor Berasategui están muertos; los dos casos se cerraron abruptamente por esta causa, pero de ahí a decir que están ultimados va un abismo.

—No estoy de acuerdo. Esos hombres eran los únicos autores de sus crímenes, y las demás personas implicadas están muertas.

—Quizá no todas...

—Inspectora, no sé adónde pretende llegar con esta teoría, pero si intenta establecer una relación entre estos casos y el actual debería tener algo realmente firme.

—Lo tengo. El padre Sarasola acaba de confirmarme que Berasategui fue el terapeuta de Víctor Oyarzabal, le trató como a los demás homicidas implicados en sus crímenes con terapias para el control de la ira.

Montes emitió un largo silbido cargado de razones que le mereció una reprobatoria mirada de ambos. Iriarte se volvió hacia las imágenes de las chicas, que les contemplaban desde la pizarra.

—Sarasola, un testigo perfecto de no ser porque negará todo lo que le ha dicho si lo lleva ante el juez, con lo cual no tiene nada.

Inspector, no pretendo llevarlo ante el juez, pero sin duda esta información es capital para la investigación.

—No estoy de acuerdo —repitió empecinado—. Son casos cerrados, los presuntos asesinos están muertos. No puedo comprender su empeño en hacer de un caso de expolio en un cementerio un misterio de proporciones épicas. El robo de cadáveres no pasa de ser un delito contra la salud pública.

—¿Eso es para usted? ¿Un expolio en un cementerio? ¿Se le olvida cuánto sufrimiento se ha generado alrededor de todo esto, esas madres, esas familias...?

Él bajó un poco la mirada, pero no contestó.

—... y se le olvida también, por lo visto, que el subinspector Etxaide trabajaba en este caso cuando fue asesinado. ¿O va a decirme que su inviolable corporativismo le ha llevado también a aceptar la teoría del inspector Clemos?

Iriarte levantó la cabeza y la miró furioso. Sus ojos ardían lo mismo que su rostro, que se había tornado tan rojo que parecía a punto de sufrir un ataque.

No dijo nada. Salió de la sala y se refugió en su despacho tras cerrar de un portazo.

—Vamos, nos esperan en Igantzi —dijo ella—. Creo que el inspector Iriarte no nos acompañará hoy.

54

Un todoterreno de alta gama se detuvo tras el coche de policía en la entrada del cementerio. Las escaleras empinadas guiaban al visitante a través de un estrecho sendero, reducido aún más por la espesura de los arbustos que lo custodiaban hasta la puerta de una pequeña ermita. Bajo el insuficiente alero de la construcción, dos hombres y una mujer se cobijaban con los paraguas abiertos. Amaia hizo una seña a Montes para que se dirigiera hacia allí mientras ella retrocedía hasta el vehículo aparcado.

Yolanda Berrueta bajó la ventanilla.

—¿Yolanda? No sabía que hubiera recibido el alta.

—Yo la solicité. Estoy mucho mejor y permanecer en el hospital no me sentaba bien. Volveré para hacerme las curas —dijo levantando el vendaje, que, aunque se había reducido notablemente, aún resultaba muy aparatoso.

—¿Qué hace aquí?

Yolanda miró hacia el cementerio.

—Ya sabe lo que hago.

—Yolanda, no puede estar aquí; debería estar en el hospital o descansando en su casa. Ha tenido suerte de que el juez haya aceptado una fianza a cambio de no entrar en prisión por lo que hizo, pero no abuse de su estrella —dijo señalando sus vendajes—. De hecho, en su estado no puede conducir.

—He dejado el tratamiento.

—No me refiero tan sólo al tratamiento... Conduce con una sola mano, con la visión de un solo ojo...

—¿...y qué va a hacer, detenerme?

—Quizá es lo que debería hacer para evitar que se ponga en peligro... Váyase a casa.

—No —contestó firme—. No puede impedirme estar aquí.

Amaia resopló mientras negaba con la cabeza.

—Tiene razón, pero quiero que llame a su padre y le pida que venga a recogerla. Si la veo al volante, tendré que detenerla.

Ella asintió.

Los enterradores rodearon la losa, que ya había sido despejada, y procedieron a abrirla.

Aleccionada previamente, la mujer se dirigió al enterrador.

—¿Quiere bajar como le he pedido para comprobar que no hay filtraciones en el interior?

El hombre colocó la escalerilla ayudado por su compañero y bajó al interior. Cuando llegó abajo, la mujer le habló de nuevo:

—Desde aquí parece que el ataúd de mi hijita ha sido desplazado del lugar donde lo pusieron en el entierro. ¿Quiere comprobar que todo esté en orden?

El hombre apuntó su linterna a la cerradura de la cajita. Pasó la mano por el frágil mecanismo.

—Yo diría que ha sido forzada, está abierta —dijo levantando la tapa y mostrando el vacío de su interior.

Amaia se volvió hacia la mujer, que miraba hacia el interior de la fosa cubierta con el paraguas negro que, como un eclipse parcial, oscurecía su rostro. Levantó la mirada y, entristecida, dijo:

—No sé si me creerán, pero lo he sabido siempre, desde el primer día. Son cosas que una madre sabe.

Yolanda Berrueta, que permanecía silenciosa a una distancia prudente, asintió a sus palabras.

Amaia no regresó a comisaría. Lo último que deseaba era un nuevo enfrentamiento con Iriarte, y estaba tan cansada que apenas podía pensar. Montes se encargaría de localizar al exmarido de la mujer de Igantzi para interrogarlo. Antes de llegar a casa recibió una llamada en la que le explicaba que, casualmente, se encontraba de viaje desde el día anterior, cuando una funcionaria del ayuntamiento, que era prima suya, le había informado de las reparaciones que iban a efectuarse en el panteón familiar.

Era un poco más de mediodía cuando entró en la casa; cuando llegaba especialmente cansada, como ese día, ésta la recibía con su abrazo maternal y su templado aroma de cera para muebles, lo que su cerebro traducía como la mejor de las bienvenidas al hogar. Rechazó comer nada a pesar de la insistencia de Engrasi de que tomase algo caliente antes de acostarse. Abandonó las botas al pie de la escalera y subió descalza sintiendo la calidez de la madera a través de los calcetines y despojándose del grueso jersey. Nada más entrar en la habitación, se tumbó sobre la cama y se cubrió con el edredón. A pesar del cansancio, de la falta de sueño, o precisamente por eso, las escasas dos horas que pasó estirada le dejaron el sabor agridulce del sueño sin descanso y en el que su mente se mantuvo tan activa que recordaba haber repasado datos, rostros, nombres y casi palabra por palabra su conversación con Sarasola, la declaración del testigo protegido, la discusión con Iriarte. Abrió los ojos cansada y aburrida de sus intentos de pensar en otra cosa. Aun así, comprobó sorprendida la hora en el reloj. Juraría que llevaba diez minutos allí. Se dio una ducha y, tras vestirse, se demoró un par de minutos mientras conseguía que una enfermera le dijera por teléfono que la doctora Takchenko seguía estable. Miró brevemente su reflejo en el espejo y bajó a satisfacer a Engrasi en su pretensión de que comiese algo caliente antes de salir a la carretera de nuevo.

Aparcar en Irún era imposible a aquella hora en que las salidas de los colegios, de los trabajos y las compras de la tarde atestaban el centro de la ciudad de una multitud bulliciosa. Después de dar varias vueltas, optaron por meter los coches en un aparcamiento subterráneo.

Marina Lujambio y su padre les habían citado en una cafetería. Montes hizo las presentaciones y, tras pedir unos cafés, Amaia comenzó a explicarles la situación. Les habló de Berasategui y su relación con el grupo de ayuda en el duelo y, aunque omitió aludir a los casos de Elizondo y Lesaka y mencionar la posibilidad de que se tratase de una secta, no escatimó detalles para hablar de la crueldad de Berasategui y su influencia y capacidad para persuadir y manejar a sus supuestos pacientes. Describió también los resultados de abrir la tumba de la familia Esparza y todo el proceso que habían vivido desde el intento de llevarse el cadáver del tanatorio hasta el expolio de la tumba familiar en Elizondo y lo ocurrido en Igantzi aquella misma mañana. Se refirió, además, al hecho de que en todos los casos se tratase de niñas supuestamente fallecidas de muerte súbita de lactante y a la relación de todos los progenitores con los abogados pamploneses y el grupo de duelo de Argi Beltz, como en el caso de su propio exmarido. La mujer, de unos cuarenta años, la miraba fijamente mientras asentía. El padre, que tendría cerca de sesenta y cinco y una poblada barba que le habría dado aspecto de leñador canadiense de no ser por la buena factura de su traje, escuchaba con atención sin dar muestras de empatía. Sin embargo, cuando Amaia calló, le sorprendió su contundencia.

—Seguramente su compañero ya le ha explicado que soy juez de paz aquí en Irún. Como es evidente, yo no podría dar una autorización para abrir la tumba de mi propia familia, no sería lo correcto, pero como su compañero nos indicó, lo hemos consultado con el ayuntamiento y no existe ningún problema para abrir el panteón para realizar reparaciones o sustituciones de la losa o del andamiaje interior, aunque debe hacerse fuera del horario en que el cementerio está abierto, esto es, a partir de las ocho de la tarde. Pero las cosas deben hacerse bien: es irregular que el enterrador abra un féretro a menos que la evidencia sea tal que se ponga de manifiesto que ciertamente está vacío. Si el ataúd presenta signos de haber sido manipulado, tampoco habrá problemas para obtener la orden pertinente, y si en efecto mi nieta no está en su tumba, le aseguro que no tendrá dificultades en conseguir que un juez de Irún le dé permiso para abrir la tumba de esa otra familia.

—Gracias, señoría, pero nada de eso será necesario. Un juez de Pamplona lleva el caso y, en cuanto termine esta entrevista, le informaré de su buena disposición e intenciones. Si al final hubiera que proceder como dice, él lo cursaría desde allí, donde desde hace tiempo venimos trabajando en esta investigación.

El juez Lujambio asintió satisfecho tendiéndoles la mano.

—Mañana a las ocho de la tarde.

La luz de la costa que tanto le gustaba había desaparecido del todo cuando llegó a Hondarribia. La tarde estaba quieta y templada como un heraldo de la primavera que tanto anhelaba y que parecía concentrarse sobre la bella población costera. Bajó del coche frente al cementerio en el que abrirían la tumba al día siguiente y dejó que Montes y Zabalza la guiasen al interior, donde, quizá animados por el buen tiempo, aún quedaban algunos visitantes. Aspiró el salitre del mar unido a la cálida brisa que contribuía a disipar por el aire el perfume de las flores dispuestas sobre las tumbas. La familia Lujambio tenía un panteón sencillo a ras de tierra recubierto de un mármol gris que brilló bajo la luz de las farolas de forja. Amaia se acercó para ver las fotografías incrustadas en la losa, que mostraban los rostros en vida de sus moradores. Una costumbre en desuso, la mayoría de las imágenes parecían tomadas en los años sesenta. Justo en la calle paralela, la tumba de la familia López, que se negaban a abrirla. No había flores frescas, pero sí un par de macetas verdes bien cuidadas. Retrocedieron casi hasta la entrada y se detuvieron ante el panteón que habían ido a visitar. Reconoció la gruesa cadena que rodeaba la tumba sustentada por cuatro columnas de granito mate por las fotos que le había mandado Iriarte al móvil. La tumba estaba sola, no colindaba con ningún otro enterramiento y su colocación ladeada, rompiendo la disposición del resto de las sepulturas, le hizo pensar en las tumbas mormonas. Sobre la cabecera, una estela discoidal con su característica línea antropomórfica, y bajo ésta, una placa que cubría el nombre original del panteón con una sola palabra «Tabese». No pudo ver si sobre la losa que revestía el enterramiento, más elevado que el resto, aparecían otras inscripciones, pues la superficie estaba casi en su totalidad cubierta por un tapiz de flores blancas de gran tamaño. La cabecera del panteón se apoyaba en un murete de media altura, que rodeó para acceder a la parte trasera. Era una zona reservada a los trabajadores del cementerio. Contra el muro se veían plegadas dos lonas azules como las que habían utilizado para cubrir la tumba de los Tremond Berrueta en Ainhoa, una soga gruesa recogida en un montón similar a un nudo de ocho de claras reminiscencias marineras y una carretilla bastante oxidada. Junto a la pared trasera, un grifo de jardín, una alcantarilla abierta y una especie de mesa con sobre de rejilla en la que aún eran visibles restos húmedos y que, como sabía, se usaba para desprender de los huesos los restos de tejido blando que quedaban tras sacarlos de los nichos al cumplirse el tiempo de alquiler y antes de ser arrojados al osario común.

—¡Joder, qué asco! —murmuró Montes frunciendo la nariz.

Amaia caminó buscando la parte alta del panteón hasta

dar con las tres escaleras descendentes que desembocaban en una recia puerta que daba acceso a la cripta, tan baja que seguramente para acceder a través de ella habría que agacharse. Maldijo su descuido por haberse dejado la linterna en el coche. Sacó su móvil y buscó la aplicación que encendía la pequeña cámara con una intensidad de luz aceptable. La puerta se había ajado tomando un mortecino tono gris que impedía identificar la madera con la que se hizo, pero si databa de la misma época que la cerradura debía de ser muy antigua. Se inclinó hacia adelante y casi tuvo que sentarse en los escalones mientras pensaba que el ángulo que quedaba para introducir por allí un ataúd era muy angosto. Reparó en una hilera de hojas que se amontonaban contra la pared y junto a la puerta, como si se hubiesen barrido o las hubiese empujado el viento hacia allí, y que formaban un ángulo recto con el acceso a la cripta. Bajó su teléfono hasta casi rozar el suelo y percibió con claridad la curva que la puerta había trazado al abrirse en la arenisca del suelo y que se dibujaba más clara sobre el pavimento oscuro por el lugar donde rozó al abrirse. Revisó entonces los goznes, que se veían sucios de polvo, excepto en los bordes, donde se encontraban las dos piezas que lo componían; allí la luz proveniente de su teléfono arrancó un guiño al metal pulido.

—Se supone que el fulano este falleció hace quince años... —dijo Montes apreciando su descubrimiento—. Y nos consta, según el registro del cementerio que consultamos ayer, que no se ha producido ningún otro entierro en este panteón. Tabese es el único inquilino.

—Pues todo indica que se abrió recientemente.

Amaia se irguió para poder ver el panteón por encima del muro y el *flash* de una fotografía la cegó un instante. Dio la vuelta de nuevo al muro y desde lejos volvió a percibir el destello del *flash* mientras oía la voz de Zabalza increpando a alguien. Estuvo segura antes de verla; aun así, le asombró comprobar que era Yolanda quien hablaba con el subinspector.

—¡Por el amor de Dios! ¿Qué hace aquí? ¿Qué le dije esta mañana?

—He venido en un taxi —fue su respuesta.

—Pero ¿qué se supone que hace aquí?

Ella no contestó.

—Ya está bien, Yolanda, he tenido mucha paciencia... Ahora váyase a casa, y le advierto que, si mañana la veo de nuevo por aquí, la detendré por obstruir una investigación.

Ella no se inmutó. Se adelantó unos pasos y disparó de nuevo su cámara iluminando todo el cementerio.

Amaia se volvió hacia sus compañeros componiendo un gesto de incredulidad ante la obstinada procacidad de la mujer.

—Inspectora —llamó Yolanda—, venga aquí.

Amaia avanzó hasta colocarse a su lado.

—¿Se ha fijado en esas flores? —dijo apoyando la cámara en el vendaje que cubría su mano izquierda y mostrándole la foto en la pantalla digital mientras accionaba el *zoom*—. Son muy curiosas, ¿no cree? Se diría que parecen pequeños bebés durmiendo en sus cunitas.

Amaia sintió un inmediato rechazo ante la incoherencia de su comentario, pero al mirar la fotografía aumentada quedó fascinada por su belleza. La corola, de un blanco marfil, envolvía como un capazo un centro rosáceo que asemejaba de un modo extraordinario la figura de un bebé con los brazos extendidos. Yolanda le cedió entonces la cámara y, rebasando la cadena en su punto más bajo, se inclinó sobre la losa y arrancó de la vara que la sostenía una de aquellas increíbles flores.

Amaia se acercó para ayudarla a descender los escalones y le tendió una mano, que ella rechazó. Tomó su cámara y, sin decir nada más, se dirigió hacia la puerta.

—Recuerde lo que le he dicho, Yolanda. —Ella levantó la mano sin volverse y salió del cementerio.

—¡Como una chota! —decretó Fermín negando con la cabeza.

—¿Tiene a mano el número de teléfono de la floristería que suministra las flores? —preguntó Amaia.

Una dependienta cogió el teléfono y, tras escuchar su pregunta, la pasó con el dueño.

—Sí, el señor Tabese debió de ser un hombre de gustos exquisitos. Como ya le dije al otro policía que llamó, nosotros somos expertos, yo mismo crío las orquídeas con gran éxito, pero las más raras las importamos de un productor de Colombia que tiene las mejores y más caprichosas variedades del mundo. Ésta en concreto es la *Anguloa uniflora*, y, en efecto, se asemeja de un modo extraordinario a un bebé en su cunita, pero no es la única que tiene un gran parecido con otras cosas. Hay una que recuerda a una bailarina perfecta, otra que dibuja en su centro una carita de mono y una con una preciosa garza blanca en pleno vuelo, con una precisión que parece hecha por el hombre. Pero la *Anguloa uniflora* es una de las más asombrosas. Leí que en algunas regiones de Colombia era considerada de mal agüero: si una mujer las recibía mientras estaba embarazada, era señal inequívoca de que su bebé moriría.

Amaia cortó la perorata del florista, segura de que, como él mismo había afirmado, podría estar hablando del fascinante mundo de las orquídeas durante horas; le dio las gracias y colgó.

Condujo tras el coche de Montes hasta Elizondo divertida por la absurda competencia de los dos hombres por conducir que les había llevado a una discusión medio en broma medio en serio en la puerta del cementerio. Hizo sonar su claxon como despedida cuando ellos tomaron el desvío de Elizondo. Entonces, la pantalla del navegador se iluminó con la entrada de una llamada procedente de un número desconocido.

—Buenas noches, soy el profesor Santos. El doctor González me pidió que realizase una búsqueda para usted.

—Ah, sí, muchas gracias por su amabilidad.

—Los doctores y yo somos viejos amigos y ya saben que estas cosas son para mí un placer. Tengo noticias sobre la muestra que me hicieron llegar. Es satén de seda, de altísima calidad, es un tejido de gran resistencia que el artesano consigue mezclando los hilos de seda en un entramado de otras fibras de un modo concreto que le aporta ese aspecto liso y perfecto del satén de seda. Pensé de inmediato que lo más probable era que se tratara de seda de la India importada y trabajada en Europa, y no me equivoqué. Mi labor se vio enormemente facilitada porque es una tela firmada, y por su gran resistencia suele usarse sobre todo en corbatas, chalecos y prendas de gran calidad.

—¿Ha dicho que está firmada?

—Algunos fabricantes introducen marcas, pequeñas variaciones en el entramado que actúan como firma de su casa; pero es que ésta además ha sido elaborada por encargo para un cliente que pidió que se incluyese en la tela una especie de troquelado con su distintivo, que resulta perceptible al ojo y, aunque bastante dañado por efecto de la intensa temperatura a la que fue sometida la muestra, aún ha arrojado suficiente información. Se trata de una exclusiva sastrería londinense que trabaja a medida y por encargo; por supuesto, no puedo acceder a los datos sobre su clientela, pero imagino que ustedes lo tendrán más fácil.

—¿Dice que la muestra había estado expuesta a altas temperaturas?

—No tiene indicios de incidencia directa del fuego, pero desde luego estuvo muy cerca de una potente fuente de calor.

—¿Y las iniciales que aparecen en la tela?

—Oh, no son iniciales. ¿Le había dado esa sensación? Es un escudo de armas, esta sastrería es famosa por haber vestido a caballeros y nobles desde los tiempos de Enrique VIII.

55

Había ensayado lo que diría, el modo en que expondría sus avances y su urgente necesidad de ayuda, pero en ese momento, detenida frente a la puerta de Markina, las dudas sobre el efecto que tendrían sus palabras la asediaban. Las cosas se habían puesto difíciles entre ellos en los últimos días y las llamadas sin responder se coleccionaban en su teléfono. La conversación no se preveía fácil.

Markina abrió la puerta y se detuvo un instante, sorprendido. Sonrió al verla y, sin decir nada, extendió una mano, que colocó en su nuca, y la atrajo hasta su boca.

Todas las palabras, todas las explicaciones que llevaba aprendidas para convencerle se diluyeron en su beso húmedo y cálido mientras la estrechaba, casi con desesperación, entre sus brazos.

Tomó su rostro entre las manos y la separó un poco para poder verla.

—No vuelvas a hacer esto jamás, me he vuelto loco esperando tu regreso, tus llamadas, algo de ti —dijo besándola de nuevo—. No vuelvas a alejarte así de mí.

Se apartó de él sonriendo ante su propia debilidad y el esfuerzo que le costaba hacerlo.

—Tenemos que hablar.

—Después —contestó él volviendo a estrecharla.

Cerró los ojos y se abandonó a sus besos, a la urgencia de sus manos, tomando conciencia de cuánto le gustaba, del modo en que lo copaba todo logrando que nada más importase cuando estaba en sus brazos. Aún llevaba el traje gris que se había puesto para ir al juzgado; su maletín y su abrigo sobre una silla indicaban que acababa de llegar. Deslizó la chaqueta por sus hombros y, mientras se besaban, buscó los botones, que uno a uno fue desabrochando al mismo tiempo que con una cordada de pequeños besos descendía por la línea que trazaba la barba por su mandíbula.

Oyó su teléfono, que sonaba desde muy lejos, a un millón de años luz de donde ella se encontraba en aquel instante. Tuvo la tentación de dejar que la llamada se extinguiese sin cogerla, pero en el último instante, y venciendo la voz que en su cerebro suplicaba continuar, se separó de él sonriendo y contestó aprisa.

La voz de James le llegó tan clara y cercana como si estuviera allí mismo.

—Hola, Amaia.

Pareció que una gran bomba vaciaba todo el aire de la estancia. La sensación de vergüenza, de exposición, fue tan fuerte que, de modo reflejo, reaccionó volviéndose de espaldas mientras se arreglaba la ropa casi como si él pudiera verla.

—James, ¿qué pasa? —contestó atropelladamente.

—No pasa nada, Amaia. Llevo días sin hablar contigo, tu tía me ha contado lo de tu madre, no me coges el teléfono, ¿y me preguntas qué pasa? Dímelo tú.

Ella cerró los ojos.

—No puedo hablar ahora, estoy trabajando —dijo sintiéndose horrible al mentirle.

—¿Vendrás?

—Aún no puedo...

La comunicación cesó de pronto, él había colgado. Y a pesar de la situación, no sintió alivio, sino todo lo contrario.

Markina había retrocedido a la cocina y preparaba dos copas de vino. Le tendió una.

—¿De qué querías hablarme? —dijo fingiendo no haber escuchado la conversación ni ser consciente de su malestar—. Si es sobre la visita a mi madre, está olvidado; debí darme cuenta de que, siendo policía, sentirías curiosidad... Yo también busqué información sobre ti y tu familia cuando te conocí...

—Es sobre tu padre. —Su rostro se ensombreció—. Me pediste que te trajera más, que te diera más, querías datos y pruebas sólidas. Me has obligado a buscar subterfugios alegales para poder avanzar en la investigación, para poder cumplir tus condiciones. Esta mañana hemos abierto una tumba en Igantzi.

—¿Sin autorización?

—La madre de la niña era la propietaria del panteón, y, alegando reparaciones, no ha habido impedimento para abrirla. La niña no estaba; alguien se llevó su cadáver, y todo indica que fue al poco de fallecer. El padre está fuera del país, en viaje de negocios, y aún no hemos podido hablar con él. —Markina escuchaba atentamente con un gesto entre interesado y crítico—. Mañana por la tarde abriremos otra en Hondarribia. La madre de la niña, divorciada de su marido desde hace años, es hija de un juez de paz que nos ha prometido toda la ayuda necesaria. Tanto el hombre de Igantzi como el de Hondarribia están relacionados por negocios con los abogados Lejarreta y Andía y con el grupo de ayuda en el duelo de Berasategui. Tenemos otro caso sospechoso en el mismo pueblo y dos más en territorio navarro, y si, como sospechamos, mañana esa niña no está en su tumba, tendremos tres casos de profanación y robo de cadáveres relacionados con el mismo grupo. Teniendo en cuenta las actividades por las que estaba en prisión Berasategui, creo que abrir oficialmente una investigación es lo que procede. —Él no dijo nada. Estaba muy serio, como siempre que pensaba—. Si se abre esa investigación, el nombre de tu padre saltará a la palestra.

—Si le has investigado ya sabrás que me abandonó cuando mi madre perdió la razón. Dejó un fondo para cubrir mi manutención y mis estudios y se largó. No he vuelto a saber nada de él.

—¿No lo has buscado nunca? ¿No has querido saber qué hacía?

—Podía imaginarlo, ir de mujer en mujer, vivir como el millonario que era, viajar, navegar en el yate en el que terminó muriendo... No había vuelto a saber nada de él hasta que me comunicaron su muerte. El matrimonio de mis padres no era idílico, él ya tenía sus aventuras antes; a veces les oía discutir y siempre era sobre eso.

Ella sopló hasta vaciar sus pulmones y volvió a coger aire antes de hablar.

—Según lo que hemos averiguado, el doctor Xabier Markina compatibilizaba los caros tratamientos en su clínica de Las Rozas con la dirección del grupo sectario que se estableció en Lesaka y Baztán a finales de los setenta y principios de los ochenta. Era su líder espiritual, una especie de guía que les introdujo en prácticas ocultistas. Tenemos bajo custodia a un testigo que lo identifica sin lugar a dudas; este testigo ha denunciado que entre esas prácticas se realizó un sacrificio humano de una niña recién nacida que él mismo presenció y del que participó en un caserío de Lesaka. Afirma que en alguna ocasión visitaron al otro grupo, que vivía en Argi Beltz, en Baztán, y que ellos también se preparaban para realizar un sacrificio idéntico. El testigo ha identificado a mi madre como una de las personas que integraban ese grupo. La hija de los Martínez Bayón, que formaban parte del grupo original y son los actuales dueños de la casa, falleció con catorce meses en un supuesto viaje al Reino Unido, un viaje que esa niña nunca llegó a realizar. No hay acta de defunción, informe de autopsia, acta del enterramiento, ni aparece en el pasaporte de sus padres, como era norma en esa época. El padre de Berasategui me confesó que su esposa y él entregaron a su primera hija a esa práctica y que las depresiones de su esposa sobrevinieron por esa razón. Ella no pudo soportarlo y no pudo amar a su nuevo hijo; no sé hasta qué punto se nace psicópata o la falta de amor y el desprecio pueden hacer el resto —dijo callándose el hecho de que sospechaba que Sara Durán no había enloquecido de dolor, sino de culpa—. Tengo otra testigo que confirma la relación de Berasategui y los otros miembros del grupo y sus frecuentes visitas a la casa, además de una colección de fotos de Yolanda Berrueta en las que se ven los vehículos aparcados en la puerta de la casa.

Él bajó la mirada sin decir nada.

—Hay un testigo más —continuó Amaia—. No puede declarar, y no hay modo de obligarle por su condición particular, aforado y miembro de una embajada, pero tuvo acceso a cierta información comprometida que ya no obra en su poder y en la que se establecía, sin ningún lugar a dudas, la relación entre Víctor Oyarzabal, el asesino conocido como basajaun, y el doctor Berasategui y sus provechosas terapias de control de la ira que desembocaron en los crímenes que sus pacientes perpetraron contra sus propias esposas, todas mujeres de Baztán. He prometido no desvelar su nombre y tendría que hablar con él para convencerle de que al menos te lo contase a ti.

Él ni siquiera la miraba.

—Has hecho los deberes —susurró.

—Lo siento, es mi trabajo.

—¿Y qué quieres ahora? —preguntó retador.

—No me hables así. Soy policía, he investigado, son hechos, no me los invento —se defendió ella—. Se supone que esto es lo que me pediste. Creo que no soy quién para decirte lo que debes hacer, te di mi palabra de que no volvería a pasar sobre ti. Haz lo que debas.

Él suspiró y se puso en pie.

—Tienes razón —dijo acercándose a ella—. Es sólo que nunca esperé acabar así mi carrera: fui el juez más joven en acceder a la judicatura, y ahora todo eso de lo que siempre he estado huyendo acabará conmigo.

—No tiene por qué, no eres responsable de lo que hicieran tus padres.

—Qué futuro crees que le espera a un juez cuya madre es una enferma mental y su padre el líder de una secta satánica... Da igual que no llegue a probarse, la sola sospecha me destruirá.

Ella lo miró apenada mientras el teléfono, que aún tenía en la mano, volvía a sonar.

—Inspectora, soy el padre de Yolanda. Estoy muy preocupado por mi hija, esta tarde llegó a casa y se puso a imprimir fotos de flores y a decir cosas raras. Ya sabe que no quiere tomar el tratamiento. No ha querido cenar y acaba de salir en mi coche..., no he podido detenerla y no sé adónde va.

—Creo que yo sí. No se preocupe, me encargaré de llevarla de vuelta a casa.

—¿Inspectora...?

—Dígame.

—Cuando vino la policía a preguntar si faltaba más explosivo que los doscientos gramos que Yolanda utilizó para abrir la tumba... Bueno, quizá faltase un poco más, no quería tener más problemas.

—Tengo que irme, ha surgido una complicación —dijo cogiendo el bolso que había dejado sobre una silla, junto a las cosas de él. El abrigo azul marino que él había colgado del respaldo se escurrió yendo a parar al suelo. Se agachó y, al recogerlo, pudo sentir la suave textura del satén de su forro; lo colocó con cuidado volviéndolo del revés para ver el suave sello que, como troquelado en la tela, repetía cada pocos centímetros la marca que constituía la firma de aquel sastre y que aparecía en brillantes colores en una etiqueta cosida en la parte superior interna. Con cuidado, lo dejó de nuevo en la silla permitiendo que su mano se deslizase por la superficie perfecta de la tela.

—¿Quieres que vaya contigo? —preguntó él a su espalda.

Ella se volvió desconcertada mientras le veía ponerse de nuevo la chaqueta gris que ella misma le había quitado.

—No, es mejor que no, se trata de un asunto casi doméstico.

Aturdida por la presencia de la duda, que comenzaba a crecer como un tsunami, se dirigió a la puerta.

—¿Regresarás después? —preguntó Markina.

—No sé cuánto tardaré —respondió.

—Te esperaré —contestó sonriendo de aquel modo.

Subió al coche mientras un millón de pensamientos iban y venían en su cabeza. Las manos le temblaban levemente y, cuando fue a meter la llave en el contacto, ésta se le escurrió entre los dedos y fue a parar a sus pies. Se agachó para cogerla y, al alzar la cabeza, vio que Markina la observaba pegado al cristal de su ventanilla.

Sobresaltada, contuvo un grito, metió la llave en el contacto y bajó la ventanilla.

—Me has asustado —exclamó intentando sonreír.

—Te has ido sin darme un beso —dijo él.

Ella sonrió, se inclinó de lado y le besó a través de la ventanilla abierta.

—¿Conducirás con el abrigo puesto? —observó él mirándola fijamente—. Creí que siempre te lo quitabas para conducir.

Amaia bajó del coche, dejó que él la ayudase a quitarse el abrigo y lo arrojó al asiento del copiloto. Markina la abrazó con fuerza.

—Amaia, te quiero y no soportaría perderte.

Ella sonrió una vez más y volvió a subir al coche, puso el motor en marcha y esperó hasta que él empujó la puerta.

Por el espejo retrovisor lo vio detenido en el mismo lugar, observando cómo se marchaba.

56

Oh, Jonan, cuánto le necesitaba. Su compañero se había convertido en su instrumento de precisión para pensar. Sin él, los datos bailaban confusos en su cabeza. Se había acostumbrado al intercambio de ideas, a las sugerencias y observaciones que él le hacía constantemente, y a sus silencios cargados de la energía que contenía mientras se moría por hablar, esperando a que ella saliese de su meditación y le diese pie. Suspiró añorando su presencia con la certeza de que lo haría siempre, mientras repartía su atención entre la carretera oscurecida por un ciclo cada vez más amenazante, su impulso natural de correr tras aquella loca que iba a conseguir matarse y la necesidad de detenerse, de ralentizar el mundo a su alrededor para poder pensar, recapacitar, poner orden en el caos de su cabeza. Un relámpago iluminó el perfil de los montes recortando la silueta de los riscos donde vivía la diosa de la tormenta, «ya viene». Un escudo como firma de un sastre no era una prueba capital, por otro lado, cuántos hombres en todo el país tenían ropa hecha a medida por un sastre inglés... Como había dicho el profesor Santos, quizá con una orden judicial podrían acceder al fichero de clientes del exclusivo sastre. El forro, como el abrigo, era azul marino, pero recordaba perfectamente haberle visto con un abrigo gris que solía llevar con aquel traje y que ya le había llamado la atención la última vez que lo había combinado con el azul. Un detalle que pasaría inadvertido en cualquier hombre. Pero no en Markina. Buscó en el registro de llamadas del coche y marcó.

—¿Profesor Santos? Soy la inspectora Salazar, siento molestarle de nuevo.

—No se preocupe, ¿en qué puedo ayudarla?

—Es algo que se me ha ocurrido. ¿Podría la abrasión que aparece en la tela ser consecuencia de un disparo que se hubiera efectuado a través de ella?

—Lo pensé —respondió el profesor dubitativo—, pero la muestra es demasiado pequeña para realizar la prueba sin dañarla de forma definitiva...

—No debe preocuparle eso, tenemos otra muestra. ¿Cuánto le llevaría realizar el análisis?

Una sucesión de relámpagos y sus colas quebraron el cielo e iluminaron la noche durante un par de segundos, dejando en sus retinas una impresión oscura que tardaría un rato en desaparecer.

—Para buscar esos residuos en el tejido tendré que realizar una prueba de Walker; tengo lo necesario, pero debido al escaso tamaño de la muestra, fijarla y plancharla va a ser complicado... Calculo que me llevará unos veinte minutos hasta que tengamos el revelado.

—No sabe cuánto se lo agradezco. Llámeme en cuanto lo tenga, le estaré esperando. —Colgó y marcó de nuevo.

—Buenas noches, jefa, ¿aún trabajando?

—Yo sí, y usted, también. Necesito que me diga cuanto antes de qué juzgado concretamente desapareció el arma con la que dispararon al subinspector Etxaide... Llame a Zabalza si precisa ayuda, quizá él pueda acceder a la información.

La lluvia comenzó a caer ensordecedora sobre la chapa del vehículo y, a la vez que un trueno hacía vibrar el aire, la comunicación quedó cortada.

En el piso de Jonan habían hallado un solo casquillo, aunque se habían efectuado dos disparos. En su mente reprodujo con claridad el esquema en el que, con una silueta humana, la doctora Hernández había marcado las heridas mortales, trazando la posible trayectoria de los disparos y planteando la teoría del tirador sentado, que ella había descartado. Ahora, una nueva posibilidad aparecía plausible ante sus ojos: que el asesino se encontrase de pie ante Jonan y que le hubiese disparado desde el interior del bolsillo o a través del forro de un abrigo, que habría mantenido oculta el arma, con lo que la trayectoria de la bala habría trazado aquel ángulo ascendente y arrastrado una porción de tejido tan liviano que habría volado, literalmente, expandido primero por la fuerza del disparo, suspendido después por su característica ligera hasta quedar atrapado en su descenso entre las fibras más toscas de las cortinas, que por ser del mismo color habían disimulado su presencia. Los ojos se le llenaron de lágrimas mientras pensaba en Jonan y su mente regresaba al momento de su muerte. Lo vio abriendo la puerta, venciendo la inicial sorpresa, sonriendo como hacía siempre, invitando a su asesino a entrar... Sintió que el corazón se le rompía de pura angustia mientras la niña que vivía allá en el fondo de su mente rezaba muerta de miedo al dios de las víctimas negándose a abrir los ojos. Se mordió el labio inferior con tanta fuerza que notó el metálico sabor de su sangre. Un nuevo rayo iluminó la noche y el retumbar de los truenos la alcanzó como una criatura viva que la hubiese perseguido mientras atravesaba los valles y por fin fuera a darle caza. «La Dama viene.» «Ya viene.»

Reconoció el todoterreno del padre de Yolanda aparcado frente al cementerio; detuvo su coche detrás en el momento en que entraba una llamada.

—Dígame, profesor.

—En el revelado se aprecia una mancha rojiza como consecuencia de la deflagración. No hay duda, es la huella de un disparo.

Cogió su linterna y bajó del coche para dirigirse hacia la puerta de hierro, que se veía cerrada. Se ajustó la capucha del abrigo antes de salir bajo la tormenta, que venía tras ella todo el camino y que la alcanzó con una suerte de lluvia helada que comenzó a caer con más intensidad. Creyó oír una explosión, que no fue demasiado fuerte, sonó poco más que un petardo; aun así, provocó que los perros que guardaban los huertos cercanos empezaran a ladrar, aunque el ruido quedó inmediatamente disimulado por los truenos que rompían sobre el monte Jaizkibel. Halló una piedra cerca de la pared que le permitió alzarse lo suficiente para tomar impulso y saltar al interior. Las luces de las farolas, que lo iluminaban por la tarde, estaban apagadas, sumiendo el camposanto en una oscuridad total. Tras la pared que sustentaba la trasera del panteón de Tabese brillaba la única luz.

57

El inspector Iriarte se sentía realmente molesto. Apagó las luces cuando se lo pidieron y permaneció apoyado en la pared, junto al interruptor, oyendo a toda su familia entonar el cumpleaños feliz en torno a las velas encendidas sobre la tarta de cumpleaños de su suegra. Odiaba discutir, daba igual con quien fuese, pero los desencuentros con las personas con las que debía trabajar le disgustaban sobremanera. Evitaba los enfrentamientos personales a toda costa, pero había ocasiones, como aquella mañana, en que eran ineludibles. La discusión con Salazar le había dejado mal cuerpo, y a pesar de que había terminado diciendo lo que quería decir, persistía la sensación de que no sólo no se habían entendido, sino que, además, lo que había ocurrido entre ellos afectaría a su entendimiento futuro. Salazar le sacaba de quicio, su modo de hacer las cosas provocaba constantes roces entre los compañeros, algo que ya había hablado con ella y no parecía que fuese a dar resultado. Lo que le molestaba es que hubiera insinuado que su corporativismo no le dejaba ver más allá. Pero lo que más le jodía, y joder era la palabra, era que le acusase de estar dispuesto a crucificar al subinspector Etxaide en aras de ese corporativismo. Y lo peor era que había estado dándole vueltas al tema de Berasategui y admitía que dar por cerrado el caso de un tipo tan complejo era muy arriesgado. Su teoría cuadraba, pero costaba mucho entender sus avances si no los compartía, si se guardaba información. Y le constaba que lo hacía.

Su mujer accionó el interruptor mirándole con reproche y, poniéndose ante él, lo empujó hacia el pasillo.

—¿Estás muy preocupado?

La miró y sonrió; ella era capaz de saber lo que pensaba en cada momento.

—No —mintió.

—Te he dicho tres veces que encendieras la luz y ni te has enterado, y además tienes el ceño fruncido; a mí no me engañas.

—Lo siento —dijo sinceramente.

Ella miró hacia el ruidoso grupo de familiares en la cocina, y de nuevo a él.

—Anda, lárgate.

—Pero ¿y tu madre qué va a decir?

—Deja que yo me ocupe de mi madre —contestó alzándose sobre las puntas de sus pies para besarle.

Llevaba un buen rato tomando notas sentado frente a la pizarra y oyendo la lluvia, que golpeaba cada vez con más furia los cristales, cuando llegaron Montes y Zabalza.

—¿Qué hacen aquí a estas horas? —preguntó Iriarte consultando su reloj.

Montes miró la pizarra y el buen montón de documentos que Iriarte tenía extendidos sobre la mesa.

—La jefa nos ha pedido que hagamos una comprobación urgente.

—¿De qué se trata?

—Nos ha pedido que comprobemos en qué juzgado de Madrid desapareció el arma que se utilizó en el asesinato de Etxaide.

—Yo tengo ese dato, fui yo quien se lo contó. ¿Por qué no me ha llamado a mí?

—¡Vamos, Iriarte...!

—Vamos, ¿qué? —preguntó él poniéndose en pie y haciendo tambalear la silla en la que se había sentado—. ¿También piensan que estoy dispuesto a aceptar cualquier cosa por no alzar la voz?

Montes bajó un poco el tono para contestar.

—Esta mañana no parecía dispuesto a apoyarla en su intención de seguir otras líneas de investigación.

—¿De qué investigación está hablando? ¿Quizá de esa que se traen entre manos y de la que no sé más que lo que me quieren contar?

Montes no contestó.

—¿Para qué quiere ese dato? ¿En qué anda metida?

Montes lo pensó y, haciendo un gesto de fastidio, respondió.

—No lo sé... Jonan Etxaide le hizo llegar una especie de mensaje después de muerto, un correo programado o algo así. Por lo visto, él tenía algunas sospechas respecto hacia dónde podían ir las cosas...

—Y por supuesto la inspectora se reservó esa información, ¿ven a qué me refiero?

—Bueno, yo no diría tanto como información; era un mensaje personal y algunas pistas, nada probado, sólo conjeturas. Y puede que ni eso...

Iriarte les miró pensativo, se notaba que estaba muy cabreado. Resopló y dijo:

—Era el penal número uno de Móstoles, en Madrid No sé qué importancia puede tener.

—El juez Markina estuvo asignado a ese juzgado; lo leí el otro día cuando busqué la vida laboral de su padre. Al llamarse igual; me salió primero la suya —dijo Zabalza.

Un policía de uniforme se asomó a la puerta.

—Jefe, tengo al teléfono a un hombre que insiste en hablar con usted, ya es la segunda vez que llama. Antes le he dicho que no estaba, pero ahora que ha venido... Dice que es el padre de Yolanda Berrueta.

Benigno Berrueta estaba muy nervioso. Le contó atropelladamente lo que pasaba con su hija, que había llamado a la inspectora Salazar, pero estaba preocupado.

Iriarte colgó el teléfono y marcó el número de Salazar. Comunicaba. Volvió a intentarlo. Un rayo cayó muy cerca, con su peculiar estruendo de chapa y de luz a la vez, provocando que a los pocos segundos se encendiera el alumbrado de emergencia y evacuación de la comisaría.

—Joder, siempre igual, las tormentas de los... —protestó Montes.

Iriarte colgó el teléfono.

—Vamos —dijo comprobando su arma y dirigiéndose a la salida. Montes y Zabalza le siguieron.

Amaia permaneció inmóvil unos segundos mientras escuchaba con atención, oyó los golpes contra la madera y los jadeos que, debido al esfuerzo, emitía Yolanda y que eran audibles sobre el rumor de la lluvia en las losas de los panteones. Corrió rodeando las tumbas y, al llegar al acceso a la cripta, vio la luz de la linterna, que oscilaba adelante y atrás con cada patada de la mujer contra la puerta.

—Yolanda —la llamó.

Ella se volvió, y al hacerlo Amaia pudo ver la decisión en sus ojos y el pelo pegado a la frente bañada en sudor bajo un gorro de plástico. La explosión había practicado un pequeño boquete en la puerta que dejó colgando la cerradura, que, sin embargo, se había trabado entre la madera y la pared inmovilizando la puerta.

—Apártese de la puerta, Yolanda.

—Tengo que abrirla, creo que mi hija está ahí. No quería pasarme esta vez y creo que he puesto poco, pero tengo más goma-2 en el coche.

Amaia se situó tras ella y le puso una mano sobre el hombro.

Yolanda se volvió hecha una furia y le lanzó un puñetazo, que la derribó por sorpresa contra los escalones. Amaia retrocedió y sacó su arma.

—¡Yolanda! —gritó.

La mujer se volvió a mirarla y su expresión mudó a la absoluta sorpresa sólo un instante antes de que el disparo atronase junto al oído de Amaia dejándola instantáneamente sorda. Yolanda cayó fulminada en el suelo mientras una mancha de sangre crecía en su pecho. Amaia se volvió aterrorizada apuntando su pistola hacia el lugar de donde había venido el disparo y vio, de pie, bajo la lluvia y con gesto sombrío, al juez Markina.

—¿Qué has hecho? —preguntó sin oírse apenas, con el oído derecho taponado como si estuviese bajo el agua. Se agachó junto a la mujer y comprobó su pulso sin dejar de apuntar al juez.

—Creí que iba a atacarte —respondió él.

—No es verdad. La has matado, la has matado porque tenía razón.

Markina negó disgustado.

—¿Es aquí donde están? —preguntó irguiéndose y mirando hacia la puerta de la cripta.

Él no contestó. Amaia retrocedió un paso y lanzó una patada contra la cerradura, tal y como había hecho Yolanda un minuto antes.

—No lo hagas, Amaia —rogó él sin bajar su arma.

Ella se volvió y lo miró furiosa. La lluvia arreció empujada por el viento mojando sus rostros con agua helada mientras el rumor de la tormenta, que se acercaba, casi como una entidad consciente, iba en aumento.

—¿Vas a dispararme? —preguntó—. Si vas a hacerlo no deberías perder el tiempo, porque te doy mi palabra de que voy a ver lo que hay ahí dentro aunque sea lo último que haga.

Markina bajó el arma y se pasó la mano por el rostro para retirar el agua que le entraba en los ojos. Ella se volvió hacia la puerta y propinó otra patada a la madera, que cedió con gran estruendo mientras la cerradura caía rota en el suelo.

—Te lo ruego, Amaia, podrás mirar si quieres, pero antes escúchame.

Ella se agachó para recoger los restos del mecanismo y los arrojó fuera del radio de apertura de la puerta; introdujo los dedos en el hueco astillado y, sintiendo cómo la madera se hundía en su carne, tiró de ella hacia fuera.

Del interior oscuro del panteón llegó el olor inconfundible de la muerte, la putrefacción en sus primeros estadios. Ella frunció la nariz y se volvió hacia él apuntándole con la Glock.

—¿Por qué huele así si no ha habido enterramientos en esta tumba desde hace quince años?

Él dio un paso hacia ella, que apuntó su arma con más fuerza.

—¿Qué haces, Amaia? No vas a dispararme —dijo mirándola con ternura y tristeza, como a una niña pequeña que no se ha portado bien.

Ella quiso responder, pero las fuerzas la abandonaron mientras lo miraba. Era tan joven, tan hermoso...

—Te diré todo lo que quieras saber, te lo juro —dijo él levantando una mano—. Se acabaron las mentiras, te lo prometo.

—¿Desde cuándo lo sabías? ¿Por qué no los denunciaste? ¿Por qué no los paraste?, están locos.

—Amaia, no puedo pararlo, no te haces una idea de lo grande que es.

—Quizá no —rebatió ella—, pero algunos, como la niña Esparza, son muy recientes; quizá se habría podido evitar.

—He tratado de evitarlo en la medida en que he podido.

—Fuiste a la cárcel y viste a Berasategui; el adjunto al director lo negó; me dijiste que no te habías acercado a la celda..., ésas fueron exactamente tus palabras, pero Jonan tenía una foto en la que se te veía muy cerca —dijo ella pensativa.

—Te amenazó, estabas aterrorizada —contestó él, furioso.

—¿Tuviste algo que ver?

Markina desvió la mirada, molesto y digno, aun bajo la lluvia conservaba el porte elegante y la altivez que eran su seña distintiva.

—¿Mataste a Berasategui?

—No, lo hizo él solo, tú misma lo viste.

—¿Y Rosario?

—No habrías descansado jamás mientras ella estuviese por ahí, tú me lo dijiste.

Lo examinó sorprendida, sin saber qué era lo que le confundía más, si el hecho de conocer que era el gran inductor o el de que admitiera su responsabilidad casi como si ostentase un honor.

—No puedo creerlo, voy a entrar —avisó ella.

—Amaia, te ruego que no lo hagas.

—¿Por qué?

—Sigue hablando conmigo, pero no mires ahí dentro. Por favor —dijo alzando el arma y apuntándola de nuevo.

Ella lo contempló atónita.

—Tú tampoco vas a dispararme —dijo. Se dio la vuelta y, agachándose, entró en la tumba.

La construcción era simple. Un altar central sobre el que se apoyaba un pesado ataúd de madera mate cubierto en buena parte de intrincados adornos.

A su alrededor, dispuestos formando un óvalo, había restos de al menos veinte criaturas. De algunos cadáveres no quedaban más que huesos que delataban la antigüedad de los despojos, pero a sus pies Amaia vio el cuerpecillo hinchado y muy descompuesto de la niña Esparza. A su lado, colocado sobre una vieja toquilla, un esqueleto de huesos muy blancos al que le faltaba un brazo. «Como tantos otros.» Vencida por la arcada, dejó caer la linterna y se derrumbó de rodillas llorando mientras percibía la presencia de Markina, que había entrado tras ella. Él recogió la lámpara y la trabó en una grieta de la pared para arrojar la luz hacia el techo y conseguir iluminar el siniestro escenario.

Amaia sintió que sus lágrimas ardían como compuestas de un fuego que era rabia y vergüenza, coraje y oprobio. No, aquello simplemente no podía ser, era tan aberrante que le revolvía el estómago y le producía una sensación de náusea constante que la llenaba de asco e ira de un modo que no había experimentado jamás. Las preguntas se agolpaban como olas en una playa intentando competir en fuerza y furia.

—Sabías que tu padre era el responsable de esto y lo ocultaste, ¿por qué?, ¿por tu carrera, por tu reputación?

Él suspiró y le sonrió de aquel modo. Un rayo iluminó la noche fuera de la tumba dibujando la silueta del juez contra la única salida de la cripta, y Amaia pensó que preferiría estar allí, bajo la tormenta, segura de que el viento helado, la lluvia en su rostro y los truenos sobre su cabeza le ofrecerían más amparo y consuelo que aquel lugar.

—Amaia, mi reputación es lo que menos me preocupa. Esto es mucho más importante y poderoso, más fuerte y salvaje, es una fuerza de la naturaleza..., ya estaba ahí antes de que llegásemos.

Ella le miró incrédula.

—¿Tú formas parte de esto?

—Yo no soy más que el canal, el hilo conductor de una religión tan antigua y poderosa como el mundo que tiene su origen en tu valle, bajo las piedras que conforman tu pueblo, tu casa..., y de un poder como nunca has imaginado, un poder que hay que alimentar.

Lo observó mientras sus ojos se arrasaban en llanto. No podía ser, aquel hombre que había tenido en sus brazos, por el que había cruzado abismos que creía insalvables, aquel que había considerado su igual, uno como ella, a quien no había amado quien debía hacerlo, se desmoronaba como un ídolo caído en desgracia mientras ella se preguntaba cuántas de sus palabras sólo habían estado destinadas a confundirla, a lograr que creyese confiada que se encontraba ante un semejante, un ser con idéntico dolor en su corazón. Quiso preguntarle si había habido algo auténtico en su historia. Pero no lo hizo, porque ya conocía la respuesta y sabía que no podría tolerar oírla de su boca, una boca que aún amaba.

Fuera de la cripta, la tormenta desatada aullaba entre los árboles que rodeaban el cementerio y la lluvia redoblada en fuerza y furia se deslizaba por las escaleras que descendían al interior de la tumba, derramándose sobre ellas en oleadas de agua que, sin la defensa de la recia puerta, comenzaba a penetrar en el interior.

—¿Eso es lo que creéis que hacéis? ¿Alimentar un poder con niñas para que un demonio se beba su vida? —dijo señalando con su pistola los despojos oscuros que rodeaban el ataúd—. ¿Hacer que sus padres las ofrenden al mal? Es asesinato.

Él negó.

—Es un alto precio, es un sacrificio, no puede ser fácil ni sencillo, pero la recompensa es extraordinaria, y viene haciéndose desde el principio de los tiempos. Luego llegó el cristianismo y lo vistió todo de pecado y culpa, haciendo que los hombres y mujeres olvidaran la manera de hablar con las fuerzas vivas.

Ella le miró incrédula, incapaz de asimilar que aquel hombre fuera el mismo que conocía. Las palabras en su boca pertenecían a un argot reservado a los predicadores y agoreros del fin del mundo.

—Estás loco —musitó contemplándolo con tristeza.

Un rayo alcanzó algún lugar del cementerio con su ensordecedor estruendo metálico.

Markina cerró los ojos, dolido.

—No me hables así, Amaia, por favor, te daré cuantas explicaciones quieras, pero no me trates así, tú no.

—¿Cómo puedo calificaros si no es como locos peligrosos? Mi madre mató a mi hermana —exclamó mirando hacia el montón de huesos blancos que clamaban desde el suelo oscuro de la cripta—, como ha intentado matarme durante toda mi vida... ¡Ibais a matar a mi hijo! —le gritó.

Él negó con la cabeza y se adelantó un paso, bajando de nuevo el arma y adoptando un tono paciente y conciliador.

—Berasategui era un psicópata y tu madre estaba obsesionada con cumplir su cometido... Éste es el problema, que algunos no lo hacen porque es lo que hay que hacer, sino que les gusta. Pero está solucionado, y te prometo que nadie os hará daño ni a ti ni a Ibai. Te quiero, Amaia, dame la oportunidad de dejar todo esto atrás y de empezar una nueva vida a tu lado; los dos lo merecemos.

—¿Y Yolanda? —dijo dedicando una mirada a la puerta de la tumba, donde el cuerpo de la mujer yacía empapado bajo la lluvia, que seguía derramándose hacia el interior como una pequeña catarata que ya formaba un oscuro charco en la entrada.

Él no contestó.

—Tú me la enviaste, ¿por qué?

—Cuando llegó a mí estaba tan confusa, con toda esa absurda historia de sus hijos desaparecidos... Vi una oportunidad perfecta para que investigases el caso y vieras que no conducía a nada, que te convencieras de que tan sólo eran los desvaríos de una loca, que quedarían probados cuando vieses que los niños estaban en sus tumbas. No creí que pasarías sobre mí, yo tenía que haber estado formando parte de aquello, no podía dejar que la jueza francesa lo estropease todo, la orden era extensiva a los féretros infantiles, sin especificar. Si al ver la otra caja Yolanda lo hubiera pedido, habrían tenido que mostrárselo. Y me vi obligado a detenerlo. Claro que no conté con que estuviera tan loca como para hacer volar el panteón.

Un nuevo rayo se abatió esta vez sobre ellos, provocando que el exterior se iluminase de un modo tan terrorífico que les hizo agachar de forma instintiva las cabezas, seguros de que el relámpago había caído exactamente sobre la tumba. «La Dama viene.»

Tratando de ignorar el frenesí de las fuerzas naturales que se congregaban sobre su cabeza, Amaia continuó.

—Dejaste que esa pobre mujer se destrozase, la mandaste como un cordero al matadero sin importarte su sufrimiento, y ahora la has matado.

—Acababa de derribarte de un golpe, sabía que tenía explosivos, ¿por qué no iba a tener un arma?

—¿Por qué me has hecho esto, por qué te acercaste a mí?

—Si te refieres a por qué me he enamorado de ti, no estaba planeado. ¿Es que aún no te has dado cuenta? Te amo, Amaia: tú estás hecha para mí, me perteneces como yo te pertenezco. Nada puede separarnos porque sé que, aunque ahora mismo te cueste asimilar lo que ves, eso no cambia que me quieres.

De nuevo, el magnífico estrépito de la tormenta y el fulgor de un relámpago que se precipitó sobre sus cabezas mientras a la mente de Amaia acudían absurdos datos acerca de la probabilidad de que un rayo alcanzase dos veces el mismo lugar. «Ya está aquí, la Dama llega», casi creyó oírlas bajo el fragor de la tormenta. La Dama venía; Mari llegaba con su furia de rayos y truenos como un genio del éter, el olor del ozono como un heraldo anunciando su venida. Markina se volvió hacia la entrada como si él también hubiera escuchado los cantos de las lamias recibiendo a su señora.

—Entrasteis en mi casa para llevaros el *pen drive*, y el accidente de Takchenko...Tu secretaria nos vio cuando le entregué el sobre...

—Siento lo de la doctora, me cae bien. Te aseguro que me alegro de que no muriese en el accidente; no tenían que haber llegado tan lejos, nunca fue mi intención que sufriese, no soy un hombre cruel.

—¿No eres un hombre cruel?, pero...Todas esas mujeres, las niñas del río, todos esos bebés. ¿Cuántas muertes pesan sobre tu cabeza?

—Ninguna, Amaia, cada uno es dueño de su vida, pero yo soy responsable de la tuya. Te amo y no puedo permitir que nadie te dañe. Si me condenas por haberte protegido, adelante, aunque en algo tienes razón: tu madre estaba desbocada, no atendía a razones, no habría parado jamás hasta conseguirlo, hasta acabar con tu vida, y yo no podía permitirlo.

—Atendió a una última orden, igual que Berasategui, igual que Esparza y los que le precedieron. ¿Qué poder tienes sobre esas personas? ¿Suficiente como para ser dueño de sus vidas?

Él se encogió de hombros y sonrió de una manera encantadora, con aquel aire de travesura que antes la había fascinado. Una sucesión de truenos sacudió los cimientos del camposanto haciendo vibrar la tierra de los muertos, que ella sentía que se abría a un infierno mientras él la miraba de aquel modo. Se le rompió el corazón al darse cuenta de que lo amaba, amaba a aquel hombre, amaba a un demonio, un seductor natural, la masculinidad perfecta, el gran seductor.

—¿Dónde está tu abrigo gris?

Él hizo un gesto de contrariedad y chascó la lengua antes de responder.

—Se estropeó.

—¡Oh, Dios! —gimió.

El estrépito de la tormenta se redobló con nuevos rayos y truenos, que, como plañideras del dolor que ella sentía, resquebrajaban el cielo, aullaban con el viento entre las cruces del cementerio y se derramaban en aquella precipitación que era el llanto del Baztán, de las lamias clamando «lava la ofensa, limpia el río».

Él se acercó extendiendo la mano hacia ella.

—Amaia.

Ella elevó el rostro arrasado de lágrimas para mirarle. La voz se le rompió mientras preguntaba:

—¿Mataste a Jonan?

—... Amaia.

—¿Mataste a Jonan Etxaide? —preguntó de nuevo casi sin voz. Las lamias gritaban allá fuera.

Él la miró negando.

—No me preguntes eso, Amaia —rogó.

—¿Lo hiciste o no? —gritó.

—Sí.

Ella sollozó de dolor mientras su llanto se redoblaba y se inclinó hacia adelante hasta tocar su rostro en la tierra compacta de la cripta. Vio a Jonan en aquel charco de sangre, vio sus cabellos arrancados del cráneo por el disparo, y los ojos que un asesino piadoso había cerrado después de matarlo. Se irguió levantando la Glock y apuntó a su pecho buscando la referencia en el cañón del arma y apretándola con todas sus fuerzas. Tenía los ojos arrasados en llanto, pero sabía que era un tiro perfecto, apenas les separaban dos metros de distancia...

—¡Cabrón! —gritó.

—No lo hagas, Amaia. —La miró desolado y, presa de una gran amargura, alzó el arma, que entonces ella supo que era la de Jonan, y apuntándola a la cabeza susurró—: Lástima.

Los disparos procedentes de la entrada de la cripta sonaron ensordecedores, amplificados por el escaso espacio. Más tarde Amaia no sería capaz de afirmar si habían sido dos o tres mezclados con los truenos. Markina se miró el pecho, sorprendido por el intenso dolor, que no llegó a reflejarse en su rostro. La fuerza de los impactos a tan corta distancia lo derribó hacia adelante y quedó tendido boca abajo junto a Amaia. En su espalda brotaba la sangre, cubriendo de rojo su traje gris. Vio a Iriarte acuclillado en la entrada de la tumba, calado hasta los huesos, y aún con el arma humeante en la mano, avanzó hasta ella mientras le preguntaba si estaba bien. Amaia se inclinó sobre Markina, le arrebató la pistola de Jonan y miró a Iriarte como si le debiese una explicación.

—Mató a Jonan.

Iriarte asintió apretando los labios.

Primero sobrevino el silencio de la tormenta alejándose rauda, casi huyendo. Mientras, llegaron la ambulancia, el forense, agentes de la Ertzaintza, el juez, el comisario. Los rostros serios y preocupados, y las palabras susurradas en aquella voz baja de los velatorios, la consternación y el espanto obligaban inicialmente al comedimiento y la prudencia. Luego fue el turno de las palabras. Era más de mediodía cuando terminaron de declarar. Los abogados Lejarreta y Andía fueron detenidos en su despacho entre sonadas protestas y amenazas de demandas. La Policía Foral de la comisaría de Elizondo se encargó de Argi Beltz, en Orabidea; los primeros indicios apuntaban a que Rosario se habría ocultado allí durante el período de tiempo que estuvo desaparecida. Cuando llegaron a la casa de la enfermera Hidalgo, en Irurita, la encontraron pendiendo del extremo de una cuerda de su precioso nogal, y en Pamplona, Inma Herranz, fiel a su carácter empalagoso y mezquino de *geisha* fea, se deshizo en lágrimas tratando de convencer a quien la quisiera escuchar de que había actuado bajo coacción. Los médicos del anatómico forense de San Sebastián, que se habían hecho tristemente célebres por sus brillantes identificaciones de restos humanos, sobre todo de niños, en casos que habían estremecido a todo el país, tendrían trabajo durante semanas para identificar y datar los restos de las niñas que rodeaban el ataúd en aquella macabra ofrenda. Un ataúd que resultó estar vacío.

Se emitió una orden de búsqueda contra Xabier Markina (Tabese).

Los de Asuntos Internos fueron más breves de lo que esperaban, teniendo en cuenta que habían disparado contra un juez. A Iriarte le darían un poco más la lata, pero a ella la dejaron en paz en cuanto entregó su informe escrito. Un informe en el que no omitió nada relativo a la investigación, pero sí todo lo referente a ella misma y su intimidad con Markina.

Regresó a casa conduciendo su propio coche en una tarde que se extinguía y que, tras la tormenta de la noche anterior, aún permitía observar por la carretera entre Hondarribia y Elizondo las ramas caídas, las hojas arrancadas a los árboles. Conduciendo entre el escaso tráfico, bajó la ventanilla del coche para saborear la quietud que parecía impregnarlo todo, como si el valle hubiera quedado sepultado bajo una capa de bolas de algodón que literalmente devoraban los sonidos y expandían el aroma mojado y fresco de la tierra húmeda y limpia que llevaba prendido en el alma.

Aún quedaba en el cielo un hilo de luz plateada cuando se detuvo en el puente Muniartea. Bajó del coche y aspiró el aroma mineral del Baztán corriendo bajo sus pies, y asomada a la barandilla observó el salto del agua, que venía crecido tras la descarga de agua en Erratzu, en la cabecera del río, y que había arrasado sus orillas hasta su desembocadura en Hondarribia. Viéndolo ahora tranquilo, fluyendo lento y recatado, costaba imaginar la potencia de aquel genio que el Baztán era capaz de desarrollar. Pasó la mano por la piedra fría, allí donde estaba grabado el nombre del puente, y oyendo el rumor del agua en la presa se preguntó si ya era suficiente, si el río ya estaba limpio, si la ofensa había sido lavada. Esperaba que sí, porque dudaba que le quedasen fuerzas para otra batalla. Las lágrimas que ardían en sus ojos cayeron sobre la piedra fría y se deslizaron hacia el río, en aquel camino que inexorablemente hacía el agua en Baztán.

Engrasi la abrazó en cuanto entró en la casa y Amaia lloró en su regazo como lo había hecho tantas veces cuando era pequeña. Lloró el miedo, la rabia, la amargura y el arrepentimiento; lloró por lo perdido, por lo mancillado, por el dolor de la muerte, por los huesos y la sangre; lloró mucho, muchísimo, entre los brazos de Engrasi, hasta dormirse agotada y despertarse de nuevo para seguir llorando mientras su tía lamentaba que las puertas no pudieran quedar para siempre cerradas y su niña llorara los males del mundo, y dejaran pasar un día, y otro, y otro. Lloró hasta que no le quedaron lágrimas dentro. Debía ser así, debía estar preparada para lo que tenía que hacer.

Después hizo cuatro llamadas y recibió una.

La primera a la hija de Elena Ochoa para decirle que su madre no se había suicidado, que la carta que dejó había permitido detener a los miembros de aquella peligrosa secta de asesinos de niños cuya noticia copaba los informativos.

La segunda a Benigno Berrueta para decirle que podría enterrar los restos de su nieta junto a Yolanda.

La tercera a Marc para decirle que habían acabado con el cabrón que asesinó a Jonan. Omitió decirle que, como él había predicho, no sentía que hubiera servido de nada, ni le devolvía a Jonan, ni le hacía sentir mejor. De hecho, nunca se había sentido peor.

La cuarta a James.

Durante los dos primeros días había escuchado las explicaciones con las que la tía intentaba tranquilizarlo todas las veces que llamaba. Luego simplemente había dejado de hacerlo. Y ahora, con el teléfono en la mano, las fuerzas la abandonaban mientras se enfrentaba al momento más difícil de su vida.

Él respondió de inmediato.

—Hola, Amaia. —Su voz sonó tan cálida y amable como siempre, aunque podía percibir la tensión que intentaba controlar.

—Hola, James.

—¿Vas a venir? —preguntó tajante, tomándola por sorpresa. Era lo mismo que había estado reclamando en cada llamada desde que se había ido.

Ella tomó aire antes de responder.

—James, en dos días empiezan los cursos en Quantico, y ya estaba decidido que asistiría, aquí no me ponen ninguna pega, así que iré.

—No es eso lo que te he preguntado —respondió—. ¿Vas a venir?

—James, han pasado muchas cosas. Creo que tenemos que hablar.

—Amaia, sólo hay una cosa que necesito oírte decir, y es que vendrás, que vendrás total y absolutamente, que vendrás a reunirte conmigo para que podamos volver juntos a casa. Es lo único que quiero oír, respóndeme: ¿vas a venir?

Ella cerró los ojos y, sorprendida, comprobó que aún le quedaban lágrimas.

—Sí —contestó.

Había anochecido cuando recibió la llamada que esperaba.

—¿Ya es de noche en Baztán, inspectora...?

—Sí.

—Ahora necesitaré su ayuda...

Nota de la autora

Desde la publicación de *El guardián invisible* en enero de 2013, me han preguntado en muchas ocasiones de dónde surgió la novela, si había una idea seminal de la que hubiera brotado la historia de la Trilogía del Baztán. Siempre he respondido que puse en ella mucho de lo que me ha configurado personalmente: una familia matriarcal y el mundo mitológico que por suerte formó parte de mi infancia y que, con otros nombres, se ha preservado en el valle de Baztán como en pocos lugares; y también algunos aspectos que me fascinan literariamente y que tienen que ver con la progresión de una investigación policial. Ésa era la forma de la novela que quería leer. El deseo de lo que quería lograr, pero el germen...

Fue una noticia en la prensa, breve, siniestra, cargada de dolor, injusticia y miedo, suficiente para impactarme y quedarse como un fantasma omnipresente en mi memoria. El suceso desapareció de las páginas de los periódicos con la misma discreción con la que había aparecido, y a pesar de que indagué para encontrar alguna referencia más a aquel horrible hecho, el silencio parecía haber sepultado, como tan a menudo ocurre, la confesión de un testigo arrepentido que afirmaba haber participado junto a un grupo de personas en el crimen ritual de un bebé de apenas catorce meses. Los hechos habían ocurrido treinta años atrás (la fecha que fijé como nacimiento de Amaia Salazar) en un caserío de una localidad Navarra, y los propios padres de la niña la habrían entregado como sacrificio, haciendo desaparecer después el cadáver y uniéndose al riguroso pacto de silencio que todos los miembros de la secta habrían respetado hasta la actualidad.

«Se llamaba Ainara y tenía catorce meses cuando fue asesinada, poco más se sabe de ella.» Esta frase que aparecía en el artículo original se me quedó grabada a fuego, y poco a poco, en mi mente, Ainara fue teniendo todo aquello que le habían negado, un rostro, unas pequeñas manos blancas, los ojos más tristes del mundo y unos inseguros primeros pasos. Al recuerdo de una niña que nunca conocí se sumó la constatación terrible de que los que debían amarla y protegerla fueran justamente los que le hicieron daño. Y además, la injusticia de un nombre olvidado, el agravio de no tener una tumba, la ferocidad de segar una vida que apenas comienza y justificarlo como parte de un ritual de fe, una oscura religión, un mágico culto al mal.

La historia está basada en aquella noticia, en un puñado de datos y muchas suposiciones. Lejos de mi deseo pretender que lo que plantea la novela constituya una hipótesis de lo que ocurrió. Me importaba resaltar la potencia de unas creencias para provocar actuaciones monstruosas, algo que lamentablemente no tiene nada de ficción y es, de hecho, muy real. Doctrinas pervertidas que se sustentan con la sangre de los inocentes. El mal, no los malvados, sino el mal.

La memoria de Ainara está presente en cada página de mis libros, visité la población donde vivió su corta vida, una existencia despreciada desde su nacimiento hasta su muerte. Busqué cualquier referencia al crimen, me pregunté mil veces por el misterioso testigo. Por fin, mientras escribía *Legado en los huesos*, conseguí entrevistarme con el responsable de aquella investigación, un caso que permanece bajo secreto de sumario debido al extenso número de implicados, repartidos por toda la geografía española, que con la excepción del testigo delator han mantenido en silencio su diabólico pacto durante todos estos años.

En el momento en que escribo esta nota, la investigación en torno a la muerte de Ainara continúa abierta.

Agradecimientos

Gracias a la Policía Foral de Navarra y especialmente a la comisaría de la Policía Foral de Elizondo por ser leales a vuestro lema, que ahora es también el mío, *AURRERA!*

A Iñaki Cía por su colaboración y amabilidad, pero por delante, va mi admiración por su labor y dedicación; y a Patxi Salvador por su asesoría en balística y explosivos, gracias a él ahora soy un arma letal.

También al capitán de Policía Judicial de la Guardia Civil de Pamplona y su equipo por su amable y valiosa ayuda.

Gracias de todo corazón a mi amiga Silvia Sesé por ser, también, mi editora.

A mi amiga Alba Fité (la conseguidora) por ser tan condenadamente eficaz.

A mi querida Anna Soler-Pont, mi agente, por ser quien más me cuida, la poli mala, mi consejera.

A José Ortega de Unoynueve por su asesoría en los aspectos informáticos. ¡Casi empiezo a entenderlo!

A Fernando de El Casino de Elizondo por compartir conmigo la belleza de ritos y costumbres que no deben ser olvidados.

A las empresas de limpiezas traumáticas Amalur y 24-7 por su disposición a explicarme los entresijos de su delicado trabajo.

Gracias a la asociación de comerciantes de Baztán, Bertan Baztan, por vuestra simpatía y buen hacer.

Al agente especial John Foster.

Y no puede ser de otro modo, gracias a la Dama, a la señora, a Mari, por inspirar una buena siembra, por propiciar una magnífica cosecha.

Glosario

Iseba txotxola: tía chiflada, embelesada, derretida.

Txikiteros: tradicionalmente se llama *txikiteros* a los hombres que van a los bares en cuadrilla a tomar vinos cortos, llamados *txikitos*, pequeños.

Etxeko andrea: ama de casa, señora de la casa.

Eguzkilore: flor seca del cardo silvestre que se coloca en la puerta de las casas para ahuyentar a los malos espíritus.

Botil harri: piedra bote, o piedra botella; se utilizaba para el juego de la *laxoa*, una modalidad de pelota vasca.